國家古籍整理出版
專項經費資助項目

○ 曾棗莊 曾濤 編纂

宋代藝話全編

第一册

巴蜀書社

圖書在版編目(CIP)數據

宋代藝話全編/曾棗莊,曾濤編纂.—成都:巴蜀書社,
2019.3
ISBN 978-7-5531-1139-1

Ⅰ.①宋… Ⅱ.①曾… ②曾… Ⅲ.①文藝理論—中國
—宋代 Ⅳ.①I206.44

中國版本圖書館CIP數據核字(2019)第068219號

SONGDAI YIHUA QUANBIAN
宋代藝話全編

曾棗莊 曾濤 編纂

出 品 人	林　建
總 編 輯	侯安國
責任編輯	李　蓓
出　　版	巴蜀書社
	成都市槐樹街2號　郵編610031
	總編室電話:(028)86259397
網　　址	www.bsbook.com
發　　行	巴蜀書社
	發行科電話:(028)86259422　86259423
經　　銷	新華書店
照　　排	成都完美科技有限責任公司
印　　刷	成都東江印務有限公司
版　　次	2019年3月第1版
印　　次	2019年3月第1次印刷
成品尺寸	260mm×185mm
印　　張	161.5
字　　數	3400千
書　　號	ISBN 978-7-5531-1139-1
定　　價	2000.00圓(全四冊)

本書如有印裝質量問題,請與本社發行科聯繫調換

凡　例

一、所謂宋代藝話，指宋人對歷代（含宋代）藝術家及其書法、繪畫、音樂、舞蹈等藝術作品的相關問題的論述和記載。

二、本書收錄宋人藝話，包括論藝及事，即記述藝術家軼事、藝術作品本事及有關見聞的資料；以及論藝及法，即對作品的藝術批評鑒賞，包括理論主張、對藝術家及其作品的品評、作品真偽考辨等資料。

三、本書所收資料包括宋人藝話專著和輯錄兩個部分。宋人藝話專著指作者本人編著的藝話或後人輯佚並爲學界認可的藝話專著。輯錄部分遍查宋人經、史、子、集著作，凡屬藝話類的文字均予收錄或選錄。

四、本書以作者立目，按作者生卒年或大致生卒年先後編排。

五、每一作者均撰作者小傳，簡要介紹該作者生平仕履、藝術成就、藝話特點以及收錄資料的版本出處。

六、本書所收資料，均擇善本爲底本。他本文字有異同，凡底本文義可通者，一律以底本爲準。底本確有誤，則據他本改正，並出校記。文字一般照用原書之字，不統一異體字、異形字。本書資料較多採用文淵閣《四庫全書》本。《四庫全書》聲名一向不太好，原因之一是説它擅改原書，但這是人云亦云之説。《四庫全書》刪改的主要是涉及民族問題的部分，就其他方面而言，《四庫全書》是叢書中編得最好的一種，多數版本都是經過嚴格比較後挑選的，內容較完整，錯字較少。這也是本書多用《四庫全書》作底本和校本的原因。

七、本書所收資料，爲符合藝話形式，均用中文數字按條編排。每條資料後面均詳注書名、卷次、篇名，不用簡稱。

八、本書用繁體字加新式標點符號排印，較長的文章均作分段，詩則不分段。

目　録

凡　例 …………………………………………………………（001）

董羽藝話（一則）………………………………………………（001）
張昭藝話（三則）………………………………………………（002）
孫光憲藝話（四則）……………………………………………（005）
楊昭儉藝話（一則）……………………………………………（007）
陶穀藝話（八則）………………………………………………（008）
李成藝話（一則）………………………………………………（010）
范質藝話（一則）………………………………………………（012）
徐鉉藝話（五則）………………………………………………（013）
竇儼藝話（一則）………………………………………………（016）
郭忠恕藝話（三則）……………………………………………（017）
景焕藝話（二則）………………………………………………（019）
王元藝話（一則）………………………………………………（020）
曹彬藝話（一則）………………………………………………（021）
張洎藝話（三則）………………………………………………（022）
曹用藝話（一則）………………………………………………（023）
田錫藝話（三則）………………………………………………（024）
釋夢英藝話（四則）……………………………………………（027）
張詠藝話（一則）………………………………………………（031）
吳淑藝話（九則）………………………………………………（033）
柳開藝話（二則）………………………………………………（038）
陶岳藝話（二則）………………………………………………（040）
晁迥藝話（二則）………………………………………………（041）
鄭文寶藝話（一則）……………………………………………（042）

001

龍袞藝話（二則）	（043）
崔遵度藝話（一則）	（044）
王禹偁藝話（五則）	（046）
蘇易簡藝話（一則）	（050）
趙湘藝話（一則）	（051）
李上交藝話（二七則）	（052）
李畋藝話（一則）	（057）
王欽若藝話（一則）	（058）
李宗諤藝話（一則）	（059）
錢易藝話（三〇則）	（060）
宋真宗藝話（一則）	（064）
周越藝話（一則）	（065）
楊億藝話（一則）	（066）
釋智圓藝話（一則）	（067）
杜衍藝話（四則）	（068）
黃休復藝話	（069）
釋重顯藝話（一則）	（092）
張錫藝話（一則）	（093）
夏竦藝話（一則）	（094）
范仲淹藝話（六則）	（096）
晏殊藝話（二則）	（099）
胡宿藝話（三則）	（101）
鄧保信藝話（一則）	（103）
阮逸藝話（一則）	（104）
張伯玉藝話（一則）	（105）
韓退藝話（一則）	（106）
賈昌朝藝話（一則）	（107）
宋祁藝話（九則）	（108）
尹洙藝話（二則）	（115）
梅堯臣藝話（四四則）	（117）
富弼藝話（二則）	（128）
江休復藝話（六則）	（130）
蘇舜元藝話（一則）	（132）
文彥博藝話（一〇則）	（133）
雷簡夫藝話（一則）	（136）

歐陽修藝話（一九六則） …………………………………………（137）

釋契嵩藝話（一則） ……………………………………………（188）

張方平藝話（三則） ……………………………………………（190）

韓琦藝話（八則） ………………………………………………（193）

范鎮藝話（三六則） ……………………………………………（196）

蘇舜欽藝話（三則） ……………………………………………（214）

趙抃藝話（四則） ………………………………………………（216）

劉几藝話（四則） ………………………………………………（218）

李覯藝話（三則） ………………………………………………（220）

蘇洵藝話（五則） ………………………………………………（222）

祖無擇藝話（二則） ……………………………………………（226）

龔鼎臣藝話（四則） ……………………………………………（227）

邵雍藝話（八則） ………………………………………………（228）

魏漢津藝話（四則） ……………………………………………（230）

蔡襄藝話（一九則） ……………………………………………（232）

王琪藝話（二則） ………………………………………………（238）

《國老談苑》藝話（一則） ……………………………………（239）

楊蟠藝話（一則） ………………………………………………（240）

錢明逸藝話（一則） ……………………………………………（241）

戴蒙藝話（一則） ………………………………………………（242）

韓維藝話（八則） ………………………………………………（243）

周敦頤藝話（四則） ……………………………………………（246）

陳襄藝話（三則） ………………………………………………（248）

李丕緒藝話（一則） ……………………………………………（251）

文同藝話（一三則） ……………………………………………（252）

黃庶藝話（四則） ………………………………………………（259）

宋敏求藝話（五則） ……………………………………………（261）

王珪藝話（三則） ………………………………………………（263）

司馬光藝話（六則） ……………………………………………（265）

曾鞏藝話（一一則） ……………………………………………（267）

劉敞藝話（一三則） ……………………………………………（272）

張載藝話（二則） ………………………………………………（276）

劉道醇藝話 ………………………………………………………（279）

陳洵直藝話（一則） ……………………………………………（304）

蘇頌藝話（二五則） ……………………………………………（305）

003

王鴻藝話（一則）	（312）
房庶藝話（三則）	（313）
王臨藝話（一則）	（315）
王安石藝話（一三則）	（316）
劉叔贛藝話	（322）
龐元英藝話（三則）	（326）
强至藝話（八則）	（328）
鄭獬藝話（二則）	（331）
劉攽藝話（九則）	（333）
吴處厚藝話（三則）	（336）
岑宗旦藝話（二則）	（337）
吴雍藝話（一則）	（338）
章衡藝話（一則）	（339）
陳舜俞藝話（一則）	（340）
范純仁藝話（二則）	（342）
王欽臣藝話（一三則）	（343）
王安國藝話（二則）	（346）
吕陶藝話（二則）	（348）
徐積藝話（三則）	（350）
沈遘藝話（一則）	（352）
蒲宗孟藝話（一則）	（353）
吴覿藝話（一則）	（355）
張唐英藝話（二則）	（356）
祖無頗藝話（一則）	（357）
俞紫芝藝話（一則）	（358）
劉摯藝話（二則）	（359）
沈括藝話（三七則）	（361）
蔣之奇藝話（二則）	（370）
馮山藝話（二則）	（371）
沈遼藝話（六則）	（372）
蘇唐卿藝話（一則）	（374）
侯溥藝話（二則）	（375）
郭祥正藝話（一九則）	（378）
王令藝話（三則）	（383）
韋驤藝話（一〇則）	（385）

楊傑藝話（一〇則）	（389）
吳則禮藝話（二二則）	（396）
釋文瑩藝話（一四則）	（401）
郭若虛藝話	（405）
黃希旦藝話（一則）	（445）
張舜民藝話（二三則）	（446）
曹輔藝話（一則）	（452）
花日新藝話（一則）	（453）
王得臣藝話（一〇則）	（454）
王鞏藝話（二則）	（456）
蔡確藝話（二則）	（457）
王闢之藝話（二四則）	（458）
蘇軾藝話（三一五則）	（462）
韓忠彥藝話（一則）	（537）
孫升藝話（一則）	（538）
朱長文藝話（三則）	（539）
呂希哲藝話（一則）	（542）
莫君陳藝話（二則）	（543）
子厚藝話（一則）	（544）
張景修藝話（一則）	（545）
陳師錫藝話（一則）	（546）
蘇轍藝話（三三則）	（547）
徐康直藝話（一則）	（557）
呂升卿藝話（一則）	（558）
陳雄藝話（一則）	（559）
吳立禮藝話（一則）	（560）
范祖禹藝話（一則）	（561）
劉涇藝話（二則）	（562）
鄭俠藝話（一則）	（563）
舒亶藝話（一則）	（564）
孔武仲藝話（九則）	（566）
陸佃藝話（一則）	（570）
釋道潛藝話（八則）	（571）
張商英藝話（一則）	（573）
魏泰藝話（七則）	（574）

條目	頁碼
黃裳藝話（一四則）	（576）
何執中藝話（一則）	（583）
張向藝話（一則）	（584）
孔平仲藝話（三四則）	（585）
崔希仲藝話（一則）	（590）
黃庭堅藝話（四五八則）	（591）
華光道人藝話	（682）
吳儀藝話（一則）	（686）
王詵藝話（二則）	（688）
□琰藝話（一則）	（689）
張知權藝話（一則）	（690）
呂大臨藝話（一則）	（691）
蔡京藝話（五則）	（693）
呂南公藝話（一則）	（696）
曾肇藝話（一則）	（697）
李元膺藝話（四則）	（698）
畢仲游藝話（四則）	（700）
李之儀藝話（七〇則）	（702）
王仲至藝話（一則）	（718）
張勵藝話（一則）	（719）
蔡肇藝話（二則）	（720）
劉安世藝話（一則）	（722）
趙說藝話（一則）	（723）
李公麟藝話（二則）	（724）
廖正一藝話（一則）	（725）
田晝藝話（一則）	（726）
李彥弼藝話（一則）	（727）
秦觀藝話（一六則）	（728）
羅畸藝話（一則）	（736）
米芾藝話	（737）
李昭玘藝話（九則）	（774）
李復藝話（一一則）	（778）
華鎮藝話（九則）	（783）
陳師道藝話（三〇則）	（789）
賀鑄藝話（五則）	（796）

條目	頁碼
朱彧藝話（二則）	（798）
游酢藝話（一則）	（799）
王瓘藝話（三則）	（800）
劉跂藝話（五則）	（801）
林敏功藝話（三則）	（804）
林敏修藝話（三則）	（805）
楊時藝話（八則）	（806）
章炳文藝話（二則）	（809）
高翔藝話（一則）	（811）
晁補之藝話（二七則）	（812）
張耒藝話（二三則）	（822）
王讜藝話（三八則）	（828）
郭思藝話	（836）
林放藝話（一則）	（851）
劉發藝話（一則）	（852）
周邦彦藝話（一則）	（853）
錢世雄藝話（二則）	（854）
薛紹彭藝話（二則）	（856）
邵伯溫藝話（一則）	（857）
崔鷗藝話（四則）	（858）
何頡之藝話（一則）	（860）
李膺仲藝話（一則）	（861）
蔡卞藝話（一則）	（862）
黃定藝話（一則）	（863）
董賓卿藝話（二則）	（864）
晁說之藝話（二六則）	（865）
楊延齡藝話（四則）	（871）
郟僑藝話（一則）	（872）
晁沖之藝話（一則）	（873）
洪朋藝話（二則）	（874）
蘇元崇藝話（一則）	（875）
劉欽止藝話（一則）	（876）
蘇邁藝話（一則）	（877）
李廌藝話	（878）
蔡肇藝話（四則）	（887）

鄒浩藝話（九則）……………………………………………………（888）

毛滂藝話（一則）……………………………………………………（891）

潘大臨藝話（六則）…………………………………………………（892）

趙令畤藝話（二八則）………………………………………………（894）

鮑慎由藝話（一則）…………………………………………………（898）

吳可藝話（四則）……………………………………………………（899）

劉正夫藝話（一則）…………………………………………………（900）

李新藝話（三則）……………………………………………………（901）

王壽卿藝話（二則）…………………………………………………（903）

饒節藝話（二則）……………………………………………………（904）

蔣猷藝話（一則）……………………………………………………（905）

蘇庠藝話（一則）……………………………………………………（906）

方勺藝話（一則）……………………………………………………（907）

洪炎藝話（一則）……………………………………………………（908）

慕容彥逢藝話（五則）………………………………………………（909）

周行己藝話（五則）…………………………………………………（911）

謝逸藝話（三則）……………………………………………………（913）

邢居實藝話（一則）…………………………………………………（915）

劉安節藝話（一則）…………………………………………………（916）

張友正藝話（一則）…………………………………………………（918）

笪净之藝話（一則）…………………………………………………（919）

汪伯彥藝話（一則）…………………………………………………（920）

宋正功藝話（一則）…………………………………………………（922）

張琠藝話（一則）……………………………………………………（923）

陳暘藝話（二則）……………………………………………………（924）

李岱藝話（一則）……………………………………………………（926）

晁詠之藝話（一則）…………………………………………………（927）

洪芻藝話（二則）……………………………………………………（928）

趙暘藝話（一則）……………………………………………………（929）

王當藝話（六則）……………………………………………………（930）

釋祖可藝話（九則）…………………………………………………（932）

胡致隆藝話（二則）…………………………………………………（934）

李彭藝話（一四則）…………………………………………………（935）

薛嗣昌藝話（一則）…………………………………………………（939）

李錞藝話（一則）……………………………………………………（940）

吴开藝話（一則） …………………………………………（941）
許光凝藝話（一則） …………………………………………（942）
韓拙藝話 ………………………………………………………（943）
趙鼎臣藝話（五則） …………………………………………（953）
孫奇藝話（一則） ……………………………………………（955）
廖剛藝話（三則） ……………………………………………（956）
唐庚藝話（二則） ……………………………………………（958）
釋惠洪藝話（七一則） ………………………………………（959）
方匋藝話（二則） ……………………………………………（975）
劉昺藝話（一〇則） …………………………………………（977）
俞次契藝話（一則） …………………………………………（983）
李粲藝話（一則） ……………………………………………（984）
吕頤浩藝話（四則） …………………………………………（985）
尹焞藝話（二則） ……………………………………………（987）
葛勝仲藝話（二一則） ………………………………………（988）
米友仁藝話（三三則） ………………………………………（993）
夏倪藝話（三則） ……………………………………………（1001）
許景衡藝話（一二則） ………………………………………（1002）
蘇過藝話（四則） ……………………………………………（1005）
許翰藝話（四則） ……………………………………………（1007）
曾紆藝話（五則） ……………………………………………（1009）
黄伯思藝話（一〇六則） ……………………………………（1011）
胡安國藝話（一則） …………………………………………（1040）
李時雍藝話（二則） …………………………………………（1041）
彭俊民藝話（一則） …………………………………………（1042）
王賞藝話（二則） ……………………………………………（1043）
鄧襄藝話（一則） ……………………………………………（1044）
李孝彥藝話（一則） …………………………………………（1045）
郭印藝話（二則） ……………………………………………（1046）
謝薖藝話（一七則） …………………………………………（1047）
朱淑真藝話（二則） …………………………………………（1051）
陳葆光藝話（六則） …………………………………………（1052）
徐俯藝話（九則） ……………………………………………（1054）
王玠藝話（一則） ……………………………………………（1056）
釋祖秀藝話（一則） …………………………………………（1057）

009

王安中藝話（一五則） …… （1058）
葉夢得藝話（三三則） …… （1062）
張擴藝話（二則） …… （1071）
彭乘藝話（一一則） …… （1072）
馬永卿藝話（八則） …… （1075）
高晦叟藝話（一則） …… （1077）
何薳藝話（三二則） …… （1078）
錢伯言藝話（二則） …… （1085）
黃朝英藝話（二則） …… （1087）
宋京藝話（二則） …… （1089）
莊綽藝話（九則） …… （1090）
劉一止藝話（二則） …… （1093）
陳淵藝話（四則） …… （1094）
李光藝話（一〇則） …… （1096）
唐恥藝話（一則） …… （1099）
杜從古藝話（一則） …… （1100）
程俱藝話（一一則） …… （1102）
關注藝話（一則） …… （1106）
樊察藝話（一則） …… （1107）
王寀藝話（一則） …… （1108）
宇文虛中藝話（一則） …… （1109）
汪藻藝話（一二則） …… （1110）
許亢宗藝話（一則） …… （1114）
張標藝話（一則） …… （1116）
王庭珪藝話（二六則） …… （1117）
陳克藝話（一五則） …… （1124）
趙明誠藝話（三則） …… （1127）
孫覿藝話（一九則） …… （1129）
朱敦儒藝話（四則） …… （1134）
張懷藝話（一則） …… （1136）
王珉藝話（一則） …… （1138）
韓駒藝話（一三則） …… （1139）
周紫芝藝話（四五則） …… （1144）
吳激藝話（一則） …… （1155）
宋徽宗藝話（四則） …… （1156）

劉沔藝話（一則）	（1159）
綦崇禮藝話（一則）	（1160）
張綱藝話（九則）	（1161）
李綱藝話（四一則）	（1164）
張澂藝話（三則）	（1174）
張守藝話（一四則）	（1176）
呂本中藝話（一七則）	（1180）
釋可觀藝話（一則）	（1185）
吳喆藝話（二則）	（1186）
李清照藝話（一則）	（1187）
曾幾藝話（八則）	（1190）
李處權藝話（五則）	（1192）
朱弁藝話（一二則）	（1194）
蔣璨藝話（四則）	（1197）
張邦基藝話（四八則）	（1199）
李邴藝話（三則）	（1211）
溫革藝話（三則）	（1213）
葉廷珪藝話（一則）	（1214）
向子諲藝話（二則）	（1215）
陳東藝話（一則）	（1217）
吳正平藝話（一則）	（1218）
劉才邵藝話（四則）	（1219）
孟元老藝話（一則）	（1221）
無名氏藝話（一則）	（1223）
王洋藝話（九則）	（1224）
江少虞藝話（六則）	（1227）
程瑀藝話（一則）	（1231）
喻汝礪藝話（二則）	（1232）
鄭剛中藝話（三則）	（1235）
林季仲藝話（一則）	（1237）
曹筠藝話（一則）	（1238）
何先覺藝話（一則）	（1239）
宋唐卿藝話（一則）	（1240）
洪皓藝話（二則）	（1241）
李彌遜藝話（一八則）	（1242）

吴説藝話（四則） ………………………………………………………（1247）

李長民藝話（一則） ………………………………………………………（1249）

秦檜藝話（一則） …………………………………………………………（1250）

陳與義藝話（二〇則） ……………………………………………………（1251）

折彦質藝話（三則） ………………………………………………………（1255）

洪興祖藝話（一則） ………………………………………………………（1256）

趙沂藝話（一則） …………………………………………………………（1257）

王銍藝話（一三則） ………………………………………………………（1258）

張知甫藝話（一則） ………………………………………………………（1262）

龔明之藝話（六則） ………………………………………………………（1263）

張元幹藝話（二九則） ……………………………………………………（1265）

范公偁藝話（五則） ………………………………………………………（1272）

徐度藝話（五則） …………………………………………………………（1274）

胡珵藝話（一則） …………………………………………………………（1276）

郭雍藝話（二則） …………………………………………………………（1277）

黃尚文藝話（一則） ………………………………………………………（1279）

李廷瓘藝話（一則） ………………………………………………………（1280）

王行藝話（一則） …………………………………………………………（1281）

鄭伯肅藝話（一則） ………………………………………………………（1282）

鄧肅藝話（一二則） ………………………………………………………（1283）

蘇籀藝話（一五則） ………………………………………………………（1287）

徐兢藝話（三則） …………………………………………………………（1292）

張九成藝話（四則） ………………………………………………………（1294）

高承藝話（一四則） ………………………………………………………（1296）

辛次膺藝話（一則） ………………………………………………………（1299）

李祁藝話（一則） …………………………………………………………（1300）

趙伯牛藝話（一則） ………………………………………………………（1301）

邵博藝話（三〇則） ………………………………………………………（1302）

晁子綺藝話（一則） ………………………………………………………（1307）

李若水藝話（一則） ………………………………………………………（1308）

王之道藝話（九則） ………………………………………………………（1309）

馬永易藝話（一四則） ……………………………………………………（1312）

句龍如淵藝話（一則） ……………………………………………………（1314）

富元衡藝話（一則） ………………………………………………………（1315）

潘良貴藝話（一則） ………………………………………………………（1316）

張煒藝話（三則） …………………………………………………（1317）

楊椿藝話（一則） ……………………………………………………（1318）

蔡絛藝話（一四則） …………………………………………………（1319）

田如鼇藝話（一則） …………………………………………………（1323）

蔡安彊藝話（一則） …………………………………………………（1324）

張嵲藝話（八則） ……………………………………………………（1325）

朱翌藝話（二〇則） …………………………………………………（1328）

姚孝錫藝話（一則） …………………………………………………（1332）

康與之藝話（三則） …………………………………………………（1333）

張浚藝話（一則） ……………………………………………………（1335）

李璜藝話（一則） ……………………………………………………（1337）

朱松藝話（六則） ……………………………………………………（1338）

胡寅藝話（一一則） …………………………………………………（1340）

謝伋藝話（一則） ……………………………………………………（1343）

錢世昭藝話（一則） …………………………………………………（1344）

曹勛藝話（五一則） …………………………………………………（1345）

王佐才藝話（六則） …………………………………………………（1357）

姚平仲藝話（一則） …………………………………………………（1359）

王進藝話（一則） ……………………………………………………（1360）

曾愷藝話（二則） ……………………………………………………（1361）

百歲老人藝話（四則） ………………………………………………（1362）

衛博藝話（一則） ……………………………………………………（1364）

仲并藝話（五則） ……………………………………………………（1365）

陳章藝話（一則） ……………………………………………………（1367）

劉子翬藝話（一一則） ………………………………………………（1368）

吳曾藝話（一六則） …………………………………………………（1372）

馮時行藝話（一〇則） ………………………………………………（1377）

范浚藝話（五則） ……………………………………………………（1380）

程敦厚藝話（一則） …………………………………………………（1382）

胡銓藝話（二一則） …………………………………………………（1383）

吳坰藝話（二則） ……………………………………………………（1389）

曾惇藝話（二則） ……………………………………………………（1390）

王佐才藝話（一則） …………………………………………………（1391）

王之望藝話（一一則） ………………………………………………（1392）

吳芾藝話（一則） ……………………………………………………（1395）

013

鄭樵藝話（六四則）………………………………………………（1396）
陳棣藝話（一則）……………………………………………………（1433）
沈作喆藝話（一七則）………………………………………………（1434）
姚寬藝話（一五則）…………………………………………………（1438）
季南壽藝話（一則）…………………………………………………（1441）
林仰藝話（一則）……………………………………………………（1442）
胡宏藝話（三則）……………………………………………………（1443）
董棻藝話（二則）……………………………………………………（1445）
朱冠卿藝話（一則）…………………………………………………（1446）
史浩藝話（六則）……………………………………………………（1447）
張子文藝話（三則）…………………………………………………（1450）
葛立方藝話（二則）…………………………………………………（1451）
宋高宗藝話……………………………………………………………（1452）
李石藝話（二一則）…………………………………………………（1458）
陳長方藝話（四則）…………………………………………………（1463）
陳善藝話（三則）……………………………………………………（1464）
曾覿藝話（二則）……………………………………………………（1466）
錢端禮藝話（五則）…………………………………………………（1467）
黄訪藝話（二則）……………………………………………………（1469）
魯可封藝話（一則）…………………………………………………（1470）
胡仔藝話（一四二則）………………………………………………（1471）
林之奇藝話（五則）…………………………………………………（1508）
王十朋藝話（二三則）………………………………………………（1511）
程縝藝話（一則）……………………………………………………（1517）
林光朝藝話（二則）…………………………………………………（1518）
胡縉藝話（一則）……………………………………………………（1520）
晁公遡藝話（四則）…………………………………………………（1521）
洪适藝話（三四則）…………………………………………………（1523）
錢及之藝話（一則）…………………………………………………（1534）
汪應辰藝話（一二則）………………………………………………（1535）
韓元吉藝話（二六則）………………………………………………（1538）
周麟之藝話（三則）…………………………………………………（1546）
曾敏行藝話（二二則）………………………………………………（1548）
史堯弼藝話（一則）…………………………………………………（1552）
員興宗藝話（四則）…………………………………………………（1553）

014

曾協藝話（二則）……………………………………………………（1555）

鄧深藝話（二則）……………………………………………………（1556）

李壽臣藝話（一則）…………………………………………………（1557）

葛郯藝話（一則）……………………………………………………（1558）

謝諤藝話（二則）……………………………………………………（1559）

魯長卿藝話（一則）…………………………………………………（1560）

查籥藝話（一則）……………………………………………………（1561）

曾伋藝話（一則）……………………………………………………（1562）

崔敦禮藝話（五則）…………………………………………………（1563）

李呂藝話（六則）……………………………………………………（1566）

張堯臣藝話（一則）…………………………………………………（1568）

李流謙藝話（二則）…………………………………………………（1569）

程大昌藝話（二一則）………………………………………………（1570）

洪邁藝話（二八則）…………………………………………………（1576）

趙伯驌藝話（一則）…………………………………………………（1587）

陸游藝話（一一九則）………………………………………………（1588）

呂簡修藝話（一則）…………………………………………………（1610）

姜特立藝話（三則）…………………………………………………（1611）

謝褒藝話（一則）……………………………………………………（1613）

吳儆藝話（一則）……………………………………………………（1614）

趙介藝話（一則）……………………………………………………（1615）

范成大藝話（三三則）………………………………………………（1616）

張震藝話（一則）……………………………………………………（1624）

鄭興裔藝話（三則）…………………………………………………（1625）

王淮藝話（一則）……………………………………………………（1627）

鄧椿藝話……………………………………………………………（1628）

呂企中藝話（二則）…………………………………………………（1655）

周必大藝話（一三五則）……………………………………………（1656）

尤袤藝話（一二則）…………………………………………………（1694）

周煇藝話（一四則）…………………………………………………（1698）

宋孝宗藝話（五則）…………………………………………………（1702）

楊萬里藝話（六二則）………………………………………………（1705）

李遠藝話（一則）……………………………………………………（1720）

王明清藝話（一一則）………………………………………………（1721）

項安世藝話（二則）…………………………………………………（1725）

015

李洪藝話（九則）……………………………………………………（1726）
釋寶曇藝話（四則）…………………………………………………（1729）
趙雄藝話（一則）……………………………………………………（1731）
留正藝話（一則）……………………………………………………（1732）
宇文紹奕藝話（一則）………………………………………………（1733）
何異藝話（一則）……………………………………………………（1734）
李洪藝話（二則）……………………………………………………（1735）
唐季度藝話（一則）…………………………………………………（1736）
趙善括藝話（三則）…………………………………………………（1737）
宋黻藝話（一則）……………………………………………………（1739）
喻良能藝話（一二則）………………………………………………（1740）
翟畋藝話（一則）……………………………………………………（1743）
朱熹藝話（九一則）…………………………………………………（1744）
沈揆藝話（六則）……………………………………………………（1767）
章深藝話（一則）……………………………………………………（1769）
高文虎藝話（二則）…………………………………………………（1770）
王厚之藝話（七則）…………………………………………………（1772）
葛郛藝話（一則）……………………………………………………（1776）
張泉甫藝話（一則）…………………………………………………（1777）
周蒙藝話（一則）……………………………………………………（1778）
沈端節藝話（一則）…………………………………………………（1779）
羅頌藝話（一則）……………………………………………………（1780）
張孝祥藝話（一二則）………………………………………………（1781）
程迥藝話（一則）……………………………………………………（1784）
趙彥衛藝話（二三則）………………………………………………（1785）
袁采藝話（一則）……………………………………………………（1791）
張栻藝話（二三則）…………………………………………………（1792）
陳造藝話（二〇則）…………………………………………………（1798）
張縯藝話（二則）……………………………………………………（1803）
朱晞顏藝話（一則）…………………………………………………（1805）
薛季宣藝話（三則）…………………………………………………（1806）
葛邲藝話（二則）……………………………………………………（1808）
榮苣藝話（三則）……………………………………………………（1809）
曾槃藝話（二則）……………………………………………………（1810）
周勛藝話（一則）……………………………………………………（1811）

秦熵藝話（一則） ……………………………………………………（1812）

孫紹遠藝話（一則） ……………………………………………………（1813）

鄒耑藝話（一則） ………………………………………………………（1814）

張頎藝話（一則） ………………………………………………………（1815）

薛澄藝話（一則） ………………………………………………………（1816）

王質藝話（九則） ………………………………………………………（1817）

周孚藝話（八則） ………………………………………………………（1820）

程洵藝話（一則） ………………………………………………………（1822）

林亦之藝話（一則） ……………………………………………………（1823）

朱涣藝話（一則） ………………………………………………………（1824）

羅願藝話（一則） ………………………………………………………（1825）

胡融藝話（二則） ………………………………………………………（1827）

唐仲友藝話（一則） ……………………………………………………（1828）

吕祖謙藝話（七則） ……………………………………………………（1829）

馬純藝話（一則） ………………………………………………………（1835）

葛天民藝話（一則） ……………………………………………………（1836）

章淵藝話（一則） ………………………………………………………（1837）

樓鑰藝話（一六〇則） …………………………………………………（1838）

陳傅良藝話（一八則） …………………………………………………（1892）

龔頤正藝話（一則） ……………………………………………………（1897）

張枃藝話（一則） ………………………………………………………（1898）

曾機藝話（一則） ………………………………………………………（1899）

王信藝話（二則） ………………………………………………………（1900）

王阮藝話（二則） ………………………………………………………（1901）

王炎藝話（一四則） ……………………………………………………（1902）

京鏜藝話（一則） ………………………………………………………（1907）

楊冠卿藝話（七則） ……………………………………………………（1908）

陸九淵藝話（五則） ……………………………………………………（1911）

張貴謨藝話（一則） ……………………………………………………（1913）

薛紹藝話（一則） ………………………………………………………（1914）

章甫藝話（一〇則） ……………………………………………………（1915）

袁説友藝話（三六則） …………………………………………………（1917）

范士衡藝話（一則） ……………………………………………………（1925）

楊簡藝話（七則） ………………………………………………………（1926）

蔡戡藝話（六則） ………………………………………………………（1931）

詹阜民藝話（一則）	（1933）
錢聞詩藝話（一則）	（1934）
謝深甫藝話（一則）	（1935）
李大異藝話（一則）	（1936）
林子冲藝話（一則）	（1937）
曾丰藝話（一一則）	（1938）
游九言藝話（四則）	（1942）
袁文藝話（一二則）	（1944）
陳亮藝話（三則）	（1946）
趙蕃藝話（二九則）	（1948）
游次公藝話（一則）	（1954）
詹體仁藝話（一則）	（1955）
李如篪藝話（二則）	（1956）
許及之藝話（一九則）	（1958）
袁燮藝話（三〇則）	（1962）
許開藝話（二則）	（1970）
何澹藝話（一則）	（1971）
張棱藝話（一則）	（1972）
宋光宗藝話（四則）	（1973）
倪思藝話（一則）	（1974）
黃樵仲藝話（一則）	（1975）
鞏豐藝話（四則）	（1976）
王叔簡藝話（一則）	（1978）
汪逵藝話（一則）	（1979）
尹獻藝話（一則）	（1980）
趙不譾藝話（一則）	（1981）
虞從龍藝話（一則）	（1982）
黃嚞藝話（一則）	（1983）
羅點藝話（一則）	（1984）
滕璘藝話（一則）	（1985）
林至藝話（一則）	（1986）
李延智藝話（一則）	（1987）
楊文皥藝話（一則）	（1988）
楊汝明藝話（一則）	（1989）
饒延年藝話（一則）	（1990）

葉適藝話（一一則）……………………………………………………（1991）
歐陽謙之藝話（一則）…………………………………………………（1995）
陳藻藝話（一則）………………………………………………………（1996）
王楙藝話（四則）………………………………………………………（1997）
毛珝藝話（一則）………………………………………………………（1999）
費少南藝話（一則）……………………………………………………（2000）
莊夏藝話（二則）………………………………………………………（2001）
董居誼藝話（一則）……………………………………………………（2002）
李澄叟藝話（一則）……………………………………………………（2003）
呂皓藝話（一則）………………………………………………………（2004）
唐大受藝話（一則）……………………………………………………（2005）
喻璆藝話（二則）………………………………………………………（2006）
包遜藝話（一則）………………………………………………………（2007）
單煒藝話（二則）………………………………………………………（2008）
黃榦藝話（一則）………………………………………………………（2009）
張鎡藝話（一三則）……………………………………………………（2010）
康復藝話（一則）………………………………………………………（2013）
趙汝談藝話（二則）……………………………………………………（2014）
孫應時藝話（七則）……………………………………………………（2015）
趙汝述藝話（一則）……………………………………………………（2018）
敖陶孫藝話（一則）……………………………………………………（2019）
趙淳藝話（一則）………………………………………………………（2020）
陳文蔚藝話（二則）……………………………………………………（2021）
章良能藝話（一則）……………………………………………………（2022）
劉過藝話（一則）………………………………………………………（2023）
朱權藝話（二則）………………………………………………………（2024）
曾三異藝話（四則）……………………………………………………（2025）
姜夔藝話（一五則）……………………………………………………（2026）
衛涇藝話（六則）………………………………………………………（2032）
晏袤藝話（一則）………………………………………………………（2035）
祝寬夫藝話（六則）……………………………………………………（2036）
家誠之藝話（一則）……………………………………………………（2037）
任希夷藝話（二則）……………………………………………………（2038）
高似孫藝話（二則）……………………………………………………（2039）
蔡淵藝話（一則）………………………………………………………（2041）

周綸藝話（一則） …………………………………………………………（2042）

曹彥約藝話（六則） ………………………………………………………（2043）

杜思恭藝話（一則） ………………………………………………………（2045）

蔡建侯藝話（一則） ………………………………………………………（2046）

向水若藝話（三則） ………………………………………………………（2047）

李壁藝話（一則） …………………………………………………………（2048）

周南藝話（二則） …………………………………………………………（2049）

裘萬頃藝話（八則） ………………………………………………………（2050）

韓淲藝話（三二則） ………………………………………………………（2052）

戴援藝話（一則） …………………………………………………………（2058）

陳淳藝話（二則） …………………………………………………………（2059）

趙師夏藝話（一則） ………………………………………………………（2061）

樓洪藝話（一則） …………………………………………………………（2062）

徐璣藝話（一則） …………………………………………………………（2063）

俞成藝話（一則） …………………………………………………………（2064）

楊妹子藝話（三則） ………………………………………………………（2065）

湯正仲藝話（一則） ………………………………………………………（2066）

米憲藝話（一則） …………………………………………………………（2067）

林正大藝話（一則） ………………………………………………………（2068）

施宿藝話（三則） …………………………………………………………（2069）

程珌藝話（四則） …………………………………………………………（2071）

釋居簡藝話（三五則） ……………………………………………………（2073）

曾漸藝話（一則） …………………………………………………………（2081）

劉宰藝話（一四則） ………………………………………………………（2082）

劉學箕藝話（二則） ………………………………………………………（2085）

周端臣藝話（一則） ………………………………………………………（2087）

周文璞藝話（三則） ………………………………………………………（2088）

王象之藝話（二則） ………………………………………………………（2089）

李心傳藝話（二二則） ……………………………………………………（2090）

戴復古藝話（一三則） ……………………………………………………（2096）

榮傳辰藝話（一則） ………………………………………………………（2100）

金盈之藝話（二則） ………………………………………………………（2101）

高翥藝話（二則） …………………………………………………………（2102）

蘇泂藝話（五則） …………………………………………………………（2103）

趙汝鐩藝話（五則） ………………………………………………………（2105）

趙汝績藝話（四則）……（2107）

魯之茂藝話（一則）……（2109）

鄭价藝話（一則）……（2110）

王遂藝話（一則）……（2112）

陳宓藝話（一一則）……（2113）

張鎬藝話（一則）……（2117）

曾從龍藝話（一則）……（2118）

趙與訔藝話（七則）……（2119）

費袞藝話（二則）……（2123）

洪咨夔藝話（六則）……（2124）

戴栩藝話（二則）……（2127）

張淏藝話（五則）……（2128）

鄭清之藝話（四則）……（2131）

張世南藝話（一〇則）……（2133）

名山樵子藝話（一則）……（2136）

周假菴藝話（一則）……（2137）

陳鑒之藝話（四則）……（2138）

曾由基藝話（一則）……（2139）

黃大受藝話（一則）……（2140）

釋師範藝話（三則）……（2141）

王夢龍藝話（一則）……（2142）

牟益藝話（二則）……（2143）

于有成藝話（一則）……（2144）

徐照藝話（二則）……（2145）

魏了翁藝話（三六則）……（2146）

鄒登龍藝話（一則）……（2155）

真德秀藝話（一八則）……（2156）

謝采伯藝話（九則）……（2163）

留元剛藝話（一則）……（2166）

吕午藝話（五則）……（2167）

張端義藝話（一一則）……（2170）

張煒藝話（四則）……（2172）

史彌寧藝話（八則）……（2173）

劉昌詩藝話（一則）……（2175）

吳泳藝話（一則）……（2176）

021

華岳藝話（三則） …… （2178）
黃順之藝話（一則） …… （2180）
沈説藝話（一則） …… （2181）
葉寘藝話（四則） …… （2182）
陳耆卿藝話（三則） …… （2184）
齊碩藝話（一則） …… （2186）
李從周藝話（一則） …… （2187）
包恢藝話（四則） …… （2188）
程公許藝話（四則） …… （2191）
黃敏求藝話（一則） …… （2193）
杜範藝話（三則） …… （2194）
方大琮藝話（七則） …… （2196）
岳珂藝話（七則） …… （2201）
林表民藝話（二則） …… （2206）
尤焴藝話（一則） …… （2207）
袁甫藝話（七則） …… （2208）
陳郁藝話（一○則） …… （2211）
楊伯巖藝話（一則） …… （2214）
王邁藝話（三則） …… （2215）
耐得翁藝話（一則） …… （2217）
江千里藝話（一則） …… （2220）
陽枋藝話（一則） …… （2221）
劉克莊藝話（一六四則） …… （2222）
陳起藝話（一則） …… （2273）
徐鹿卿藝話（五則） …… （2274）
陳振孫藝話（五則） …… （2276）
樓杓藝話（一則） …… （2278）
趙戣藝話（一則） …… （2279）
許棐藝話（五則） …… （2280）
姚鏞藝話（三則） …… （2282）
朱蕭藝話（一則） …… （2283）
史繩祖藝話（四則） …… （2284）
游似藝話（二則） …… （2286）
張侃藝話（九則） …… （2288）
徐經孫藝話（一則） …… （2290）

孫德之藝話（二則） …………………………………………………（2291）

汪注藝話（一則） ……………………………………………………（2292）

曾宏迪藝話（二則） …………………………………………………（2293）

朱正大藝話（一則） …………………………………………………（2295）

周弼藝話（四則） ……………………………………………………（2296）

韓補藝話（一則） ……………………………………………………（2298）

林希逸藝話（一一則） ………………………………………………（2299）

徐元杰藝話（二則） …………………………………………………（2303）

唐士恥藝話（一則） …………………………………………………（2304）

謝愈修藝話（一則） …………………………………………………（2305）

釋紹嵩藝話（一則） …………………………………………………（2306）

趙希㻑藝話（一則） …………………………………………………（2307）

趙希邁藝話（一則） …………………………………………………（2308）

葛紹體藝話（二則） …………………………………………………（2309）

王柏藝話（二八則） …………………………………………………（2310）

蕭澥藝話（一則） ……………………………………………………（2320）

劉翼藝話（一則） ……………………………………………………（2321）

李曾伯藝話（七則） …………………………………………………（2322）

曹士冕藝話（四則） …………………………………………………（2325）

江萬里藝話（一則） …………………………………………………（2327）

宋伯仁藝話（二則） …………………………………………………（2328）

趙孟堅藝話（九則） …………………………………………………（2329）

謝奕修藝話（二則） …………………………………………………（2332）

施樞藝話（一則） ……………………………………………………（2333）

朱南杰藝話（一則） …………………………………………………（2334）

方岳藝話（一二則） …………………………………………………（2335）

葉茵藝話（六則） ……………………………………………………（2338）

溫豫藝話（一則） ……………………………………………………（2340）

袁立儒藝話（五則） …………………………………………………（2341）

武衍藝話（一則） ……………………………………………………（2343）

李昂英藝話（四則） …………………………………………………（2344）

高斯得藝話（一則） …………………………………………………（2346）

蕭立藝話（六則） ……………………………………………………（2347）

董史藝話（四則） ……………………………………………………（2349）

謝奕恭藝話（一則） …………………………………………………（2351）

李衡藝話（二則） ……………………………………………………………（2352）
俞桂藝話（一則） ……………………………………………………………（2353）
陳鵠藝話（九則） ……………………………………………………………（2354）
趙希鵠藝話（一則） …………………………………………………………（2357）
俞文豹藝話（一則） …………………………………………………………（2358）
羅椅藝話（一則） ……………………………………………………………（2359）
羅大經藝話（三則） …………………………………………………………（2360）
趙孟淳藝話（二則） …………………………………………………………（2361）
張槃藝話（二則） ……………………………………………………………（2362）
俞松藝話（二則） ……………………………………………………………（2363）
潘牥藝話（一則） ……………………………………………………………（2364）
宋理宗藝話（二則） …………………………………………………………（2365）
戴埴藝話（一則） ……………………………………………………………（2366）
葛剛正藝話（一則） …………………………………………………………（2368）
嚴粲藝話（七則） ……………………………………………………………（2369）
歐陽守道藝話（一〇則） ……………………………………………………（2371）
祝泌藝話（一則） ……………………………………………………………（2376）
車若水藝話（三則） …………………………………………………………（2378）
釋文珦藝話（一八則） ………………………………………………………（2379）
孫子秀藝話（一則） …………………………………………………………（2383）
薛嵎藝話（一則） ……………………………………………………………（2384）
程驤藝話（一則） ……………………………………………………………（2385）
黃震藝話（五則） ……………………………………………………………（2386）
胡仲弓藝話（一三則） ………………………………………………………（2388）
胡仲參藝話（二則） …………………………………………………………（2391）
家鉉翁藝話（一六則） ………………………………………………………（2392）
釋道璨藝話（二九則） ………………………………………………………（2398）
王義山藝話（一則） …………………………………………………………（2405）
陳著藝話（二九則） …………………………………………………………（2406）
徐集孫藝話（一則） …………………………………………………………（2414）
吳錫疇藝話（一則） …………………………………………………………（2415）
姚勉藝話（一三則） …………………………………………………………（2416）
許月卿藝話（四則） …………………………………………………………（2420）
衛宗武藝話（四則） …………………………………………………………（2422）
余觀復藝話（一則） …………………………………………………………（2424）

劉黻藝話（四則）……………………………………………………（2425）

葉隆禮藝話（二則）……………………………………………………（2427）

舒岳祥藝話（一〇則）…………………………………………………（2428）

黃文雷藝話（二則）……………………………………………………（2431）

樂雷發藝話（一則）……………………………………………………（2432）

陳杰藝話（五則）………………………………………………………（2433）

馬廷鸞藝話（六則）……………………………………………………（2435）

王應麟藝話（三九則）…………………………………………………（2438）

文及翁藝話（二則）……………………………………………………（2445）

余謙一藝話（二則）……………………………………………………（2446）

謝枋得藝話（一則）……………………………………………………（2447）

董楷藝話（一則）………………………………………………………（2448）

牛泰來藝話（一則）……………………………………………………（2449）

楊公遠藝話（一則）……………………………………………………（2450）

牟巘藝話（五二則）……………………………………………………（2451）

陳允平藝話（一則）……………………………………………………（2464）

錢應孫藝話（一則）……………………………………………………（2465）

方回藝話（七六則）……………………………………………………（2466）

何應龍藝話（一則）……………………………………………………（2483）

徐理藝話（一則）………………………………………………………（2484）

何夢桂藝話（八則）……………………………………………………（2485）

曹之格藝話（一則）……………………………………………………（2488）

趙潛藝話（一則）………………………………………………………（2489）

金履祥藝話（一則）……………………………………………………（2490）

劉辰翁藝話（九則）……………………………………………………（2491）

俞德鄰藝話（一三則）…………………………………………………（2495）

周密藝話（二八則）……………………………………………………（2498）

吳龍翰藝話（三則）……………………………………………………（2508）

吳自牧藝話（三則）……………………………………………………（2510）

金應桂藝話（三則）……………………………………………………（2512）

文天祥藝話（一〇則）…………………………………………………（2513）

文天祐藝話（一則）……………………………………………………（2516）

史衛卿藝話（一則）……………………………………………………（2517）

艾性夫藝話（九則）……………………………………………………（2518）

趙孟溁藝話（一則）……………………………………………………（2520）

連文鳳藝話（五則） …………………………………………………………（2521）

汪元量藝話（一則） …………………………………………………………（2523）

方夔藝話（三則） ……………………………………………………………（2524）

蒲壽宬藝話（三則） …………………………………………………………（2526）

鄭思肖藝話 ……………………………………………………………………（2527）

林景熙藝話（一則） …………………………………………………………（2540）

陳普藝話（二則） ……………………………………………………………（2541）

鄧牧藝話（一則） ……………………………………………………………（2542）

于石藝話（一則） ……………………………………………………………（2543）

謝翱藝話（三則） ……………………………………………………………（2544）

謝覯藝話（一則） ……………………………………………………………（2546）

黎廷瑞藝話（四則） …………………………………………………………（2547）

熊禾藝話（一則） ……………………………………………………………（2548）

張玉孃藝話（二則） …………………………………………………………（2549）

趙崇絢藝話（二則） …………………………………………………………（2550）

俞琰藝話（一則） ……………………………………………………………（2551）

董羽藝話（一則）

董羽（生卒年不詳）字仲翔，毗陵（今江蘇常州）人。五代南唐畫家。原爲畫院待詔，後入宋圖畫院爲藝學，善畫魚龍海水。他在金陵清凉寺畫的《海水圖》，上有李煜八分書題字，蕭遠草書題名，人稱"三絕"。時有"筆法神化，精工第一"之稱。其作品有《騰雲出波龍圖》《踴霧戲水龍圖》《戲沙龍圖》《穿山龍圖》《當叟吹簫圖》等。著有《畫龍輯議》。

畫龍輯議

畫龍者，得神氣之道也。神猶母也，氣猶子也。以神召氣，以母召子，孰敢不致？所以上飛於天，晦隔層雲；下潛於淵，深入無底：人不可得而見也。古今畫圖者，固難推其形貌，其狀乃分三停九似而已。自首至項，自項至腹，自腹至尾，三停也。九似者，頭似牛，嘴似驢，眼似蝦，角似鹿，耳似象，鱗似魚，鬚似人，腹似蛇，足似鳳，是名爲九似也。雌雄有别：雄者角浪凹峭，目深鼻豁，鬚尖鱗密，上壯下殺，朱火煜煜；雌者角靡浪平，目肆鼻直，鬐圓鱗薄，尾壯於腹。龍開口者易爲巧，合口者難爲功，但要揮毫落墨，隨筆而生，筋骨精神，佇出爲佳。貴乎血目生威，朱鬚激發，鱗介藏煙，鬃鬛肘毛，爪牙噀伏。其雨露踊躍騰空，點其目而飛去，若張僧繇、葉公，則其人也。唐六如畫譜。文淵閣四庫全書本《御定佩文齋書畫譜》第十三卷。

張昭藝話（三則）

張昭（八九四～九七二）字潛夫，本名昭遠，避五代漢祖劉知遠諱，止稱昭。世居濮州范縣（今河南范縣）。祖楚平，壽張令。父直，以《周易》《春秋》教授生徒，時稱逍遙先生。昭歷仕後唐、晉、漢、周，入宋拜吏部尚書，封鄭國公，改封陳國公。開寶五年卒，年七十九。博通學藝，書無不覽，兼善天文、風角、太一、卜相、兵法、釋道之説，藏書數萬卷。尤好纂述，自後唐至宋初專筆削典章之任。著有《嘉善集》五十卷，《名臣事跡》五卷。

一　奏改樂章疏

昔周公相成王，製禮作樂，殿庭徧奏六代舞，所謂《雲門》《大咸》《大韶》《大夏》《大濩》《大武》也。周室既衰，王綱不振，諸樂多廢，惟《大韶》《大武》二曲存焉。秦漢以來，名爲二舞，文舞《韶》也，武舞《武》也。漢時改爲《文始》《五行》之舞，歷代因而不改。貞觀作樂之時，祖孝孫改隋文舞爲《治康》之舞，武舞爲《凱安》之舞。貞觀中有《秦王破陣樂》《功成慶善樂》二舞，樂府又用爲二舞，是舞有四焉。前朝行用年深，不可遽廢。俟國家偃伯靈臺，即別召工師更其節奏。今改其名，具書如左。

祖孝孫所定二舞名，文舞曰《治康》之舞，請改《治安》之舞；武舞曰《凱安》之舞，請改爲《振德》之舞。貞觀中二舞名，文舞《功成慶善樂》，前朝名《九功》舞，請改爲《觀象》之舞；《秦王破陣樂》，前朝名爲《七德》舞，請改爲《講功》之舞。其《治安》《振德》二舞，請依舊郊廟行用，以文舞降神，武舞送神。其《觀象》《講功》二舞，請依舊宴會行用。中華書局影印本《全唐文》卷八六四。

二　請改十二和樂奏

昔周朝奏六代之樂，即今二舞之類是也。其賓祭常用，別有九夏之樂，即《肆夏》

《皇夏》等是也。梁武帝善音樂，改九夏爲一二雅。前朝祖孝孫改雅爲和，示不相沿也。

臣今改和爲成，取《韶》樂九成之義也。十二成樂曲名：祭天神奏《豫和》之樂，請改爲《禋成》；祭地祇奏《順和》，請改爲《順成》；祭宗廟奏《永和》，請改爲《裕成》；祭天地宗廟登歌奏《肅和》，請改爲《肅成》；皇帝臨軒奏《大和》，請改爲《政成》；王公出入奏《舒和》，請改爲《弼成》；皇帝食舉及飲宴奏《休和》，請改爲《德成》；皇帝受朝、皇后入宮奏《正和》，請改爲《扆成》；皇太子軒懸出入奏《成和》，請改爲《允成》；元日、冬至，皇帝禮會登歌奏《昭和》，請改爲《慶成》；郊廟俎入奏《雍和》，請改爲《騂成》；皇帝祭享酌獻讀祝文及飲福受胙奏《壽和》，請改爲《壽成》。祖孝孫元定十二和曲，開元朝又奏三和，遂有十五和之名。

凡製作禮法，動依典故。梁置十二雅，蓋取十二天之成數，奏八音十二律之變。輒益三和，有乖稽古。又緣祠祭所用，不可盡去，臣取其一焉：祭孔宣父、齊太公廟降神奏《宣和》，請爲《師雅》之樂。三公升殿會訖，下階履行奏《祴和》，請廢，同用《弼成》；享先農耕藉奏《豐和》，請廢，同用《順成》。

已上四舞、十二成雅樂等曲，今具錄合用處所及樂章首數，一一條例在下。《全唐文》卷八六四。

三　詳定雅樂疏

昔帝鴻氏之製樂也，將以範圍天地，協和人神，候八節之風聲，測四時之正氣。氣之清濁不可以筆授〔一〕，聲之善否不可以口傳，故黃氏鑄金，伶倫截竹，爲律呂相生之算，宮商正和之音。乃播之於管絃，宣之於鐘石，然後覆載之情訢合，陰陽之氣和同，八風從律而不奸，五色成文而不亂，空桑、孤竹之韻足以禮神，《雲門》《大夏》之容無虧觀德。然月律有旋宮之法，倚於太師之職。

經秦滅學，雅道陵夷。漢初制氏所調，惟存鼓舞，旋宮十二均更用之法，世莫得聞。漢元帝時，京房善《易》別音，探求古義，以《周官》均法，每月更用五音。乃立準調，旋相爲宮，成六十調。又以其法所爲三百六十，傳於樂府，而編懸復舊，律呂無差。遭漢中微，雅音淪缺。京房準法，屢有言者，事終不成。錢樂空記其名，沈重但條其說。六十律法，寂寥不傳。梁武帝素精音律，自造四通十二律以叙八音〔二〕。又引古五正二變之音，旋相爲宮，得八十四調，與律準所調，音同數異。侯景之亂，其音又絕。隋朝初定雅樂，群黨沮議，歷載不成。而沛公鄭譯因龜茲琵琶七音，以應月律，五正二變，七調克諧，旋相爲宮，復爲八十四調。工人萬寶常又減其絲數，稍令古淡〔三〕。隋高祖不重雅樂，令儒官集議。博士何妥駁奏，其鄭、萬所奏八十四調並廢。隋氏郊廟所奏，惟黃鐘一均，與五郊迎氣，雜用蕤賓，但七調而已；其餘五鐘，懸而不作。三朝宴樂，用縵樂九部，迄於革命，未能改更。唐太宗爰命舊工祖孝孫

〔四〕、張文收整比鄭譯、萬寶常所均七音八十四調，方得絲管並施，鐘石俱奏，七始之音復振，四廂之韻皆調〔五〕。自安、史亂離，咸秦盪覆，崇牙樹羽之器掃地無餘，戛擊搏拊之工窮年不嗣。郊廟所奏，何異南箕？波蕩不還〔六〕，知音殆絕〔七〕。

臣等竊以音之所起，出自人心，夔、曠不能常泰，人亡則音息，世亂則樂崩。若不深知禮樂之情，安能明製作之本？陛下心苞萬化，學富三雍。觀兵耀武之功，已光鴻業；尊祖禮神之致，尤軫皇情。乃睠奉常，痛淪樂職。親閱四懸之器，思復九奏之音。爰命廷臣，重調鐘律。樞密使王朴采京房之準法，練梁武之通音，考鄭譯、寶常之七均，校孝孫、文收之九變。積累黍以審其度，聽聲詩以測其情。依權衡嘉量之前文，得備數和聲之大旨，施於鐘虡，足洽《簫韶》。

臣等今月十九日於太常寺集，命大樂令賈峻奏王朴新法黃鐘調七均，音律和諧，不相凌越。其餘十一管諸調，望依新法教習，以備禮寺施用〔八〕。其五郊天地、宗廟、社稷、三朝大禮，合用十二管諸調，並載唐史、《開元禮》，近代常行。廣順中，太常卿邊蔚奉敕定前件祠祭朝會舞名、樂曲、歌詞，寺司合有簿籍。伏恐所定與新法曲調聲韻不協，請下太常寺檢詳校試，如或乖舛，請本寺依新法聲調，別撰樂章、舞曲，令歌者誦習，永為一代之法，以光六樂之書。《全唐文》卷八六四。

〔一〕氣：原作"器"，據《資治通鑒》卷二九四胡三省注改。
〔二〕叙：原作"鼓"，據同上改。
〔三〕令：原作"全"，據同上改。
〔四〕爰：原作"受"，據同上改。
〔五〕廂：原作"廟"，據同上改。
〔六〕還：原作"遷"，據同上改。
〔七〕殆：原作"始"，據同上改。
〔八〕施：原作"視"，據同上改。

孫光憲藝話（四則）

孫光憲（九〇一～九六八）字孟文，自號葆光子，陵州貴平（今四川仁壽縣東北）。仕南唐三世，累官荊南節度副使、朝議郎、檢校秘書少監，試御史中丞。入宋，爲黃州刺史。太祖乾德六年卒。性嗜經籍，聚書凡數千卷。或手自抄寫，孜孜校讎，老而不廢。著有《北夢瑣言》《荊臺集》《橘齋集》等，僅《北夢瑣言》傳世。詞存八十四首，風格與"花間"的浮艷、綺靡有所不同。

一　柳大夫不受潤筆（李德陽附）

唐柳大夫玭，清廉耿介，不以利回。家世得筆法，蓋公權少師之遺妙也。責授瀘州牧，禮參東川元戎顧彥朗相公，適遇降德攻碑，顧欲濡染，以光刊刻。亞台曰："惡劄固無所恡，若以潤筆先（一作見）賜，即不敢聞命。"相國欽之，書訖，竟不干瀆也。

梁世兗州有下猛和尚，聚徒説法，檀旄雲集，時號"金剛禪"也。他日物故，建塔樹碑。廬嶽道士李德陽善歐書，下猛之徒請書碑誌，許奉一千緡。德陽不允，乃曰："若以一醉相酬，得以施展千緡之遺，非所望也。"終不肯書。斯亦近代一高人也。文淵閣四庫全書本《北夢瑣言》卷一二。

二　沈徽曲江吟（溫顗附）（節録）

吳興沈徽，乃溫庭筠諸甥也。嘗言其舅善鼓琴吹笛，亦云有絃即彈，有孔即吹，不獨柯亭、爨桐也。製《曲江吟》十調，善雜畫，每理髮則思來，輒罷櫛而綴文也。《北夢瑣言》卷二〇。

三　王俳優巨力

唐乾符中，綿竹王俳優者，有巨力。每遇府中饗軍宴客，先呈百戲，王生腰背一船，船中載十二人，舞《河傳》一曲。略無困乏。《全宋筆記》本《北夢瑣言·佚文》卷二。

四　王氏女

　　王蜀黔南節度使王保義，有女適荊南高從誨之子保節。未行前，暫寄羽服。性聰敏，善彈琵琶。因夢異人，頻授樂曲。所授之人，其形或道或俗，其衣或紫或黃。有一夕而傳數曲，有一聽而便記者。其聲清越，與常異，類於仙家紫雲之亞也。乃曰："此曲譜請元昆製序，刊石於甲寅之方。"其兄即荊南推官王少監貞範也，爲製序刊石。所傳曲，有道調宮、玉宸宮、夷則宮、神林宮、蕤賓宮、無射宮、玄宗宮、黃鐘宮、散水宮、仲呂宮。商調，獨指泛清商、好仙商、側商、紅綃商、鳳抹商、玉仙商。角調，雙調角、醉吟角、大呂角、南呂角、中呂角、高大殖角、蕤賓角。羽調，鳳吟羽、背風香、背南羽、背平羽、應聖羽、玉宮羽、玉宸羽、風香調、大呂調。其曲名一同人世，有《涼州》《伊州》《胡渭州》《甘州》《緣腰》《莫靼》《項盆樂》《安公子》《水牯子》《阿濫泛》之屬，凡二百以上曲。所異者，徵調中有《湘妃怨》《哭顏回》。常時胡琴不彈徵調也。王適高氏，數年而亡。得非謫墜之人乎？孫光憲子婦，即王氏之侄也，記得一兩曲，嘗聞彈之。亦異事也。《北夢瑣言·佚文》卷五。

楊昭儉藝話（一則）

楊昭儉（九〇二～九七七）字仲寶，京兆長安（今陝西西安）人。後唐長興年間進士。初任成德軍節度推官，歷左拾遺、直史館，曾與中書舍人張昭遠等同修《明宗實錄》，爲後來編《舊五代史》《新五代史》積累了豐富資料。以修史功遷殿中侍御史。

贈夢英大師

紀贈歌詩數百人，序師多藝各求新。末言篆隸飛龍鳳，且說風騷感鬼神。琴有古聲清耳目，鶴無凡態惹埃塵。英公所學還如此，不錯承恩近紫宸。《夢英大師詩碑》。文淵閣四庫全書本《宋詩紀事》卷二。

陶穀藝話（八則）

陶穀（九〇三~九七〇）字秀實，邠州新平（今陝西彬縣）人。本姓唐，避晉高祖石敬瑭諱改姓陶。歷仕晉、漢、周，先後任知制誥、中書舍人、兵部侍郎、翰林學士承旨、吏部侍郎等官。宋初，轉禮部尚書。累加刑部、戶部二尚書。開寶三年卒，年六十八。陶穀嗜學強記，博通經史。多蓄法書名畫，善隸書。著有《清異錄》二卷、文集十卷。

一　璧友

余家世寶一硯，不知何在。形正圓，腹作兩池，底分三魚口以承之，紫潤可愛。背陰有字云"璧友"，銘云："華先生製。天受玉質，研磨百爲，夫惟歲寒，非友而誰。"似是唐物。文淵閣四庫全書本《清異錄》卷下。

二　寶帚

僞唐宜春王從謙，喜書劄，學晉二王楷法。用宣城諸葛筆，一枝酬以十金，勁妙甲當時，號爲"翹軒寶帚"，士人往往呼爲"寶帚"。《清異錄》卷下。

三　字厄

蔡邕非紈素不下筆書篆，老賊缺姦太多，魏晉人墨跡，類是第一等楮先生。可謂自重。今人不擇紙而書，已納敗缺。更有用故紙者，字之大厄也。《清異錄》卷下。

四　尺二冤家

少師楊凝式，書畫獨步一時，求字者紙軸堆疊若垣壁。少師見則浩歎曰："無奈許多債主，真尺二冤家也。少時怪閻立本戒子弟勿習丹青，年長以來，始覺以能爲累。"《清異錄》卷下。

五　治書奴

裁刀，治書參差之不齊者，在筆墨硯紙間，蓋似奴隸職也，却以有大功於書。且雖四子精絶，標界停直，字劄楷穩，而邊幅無狀，不截而整之，未可也。表飾面目者繕寫人，助之者四子，成之者刀，如此品等，然後爲正。余爲裁刀爭功，兒戲之甚，都緣無事，日月長故耳。《清異録》卷下。

六　含春王

唐末，馮翊城外酒家門額書云："飛空却回顧，謝此含春王。"於"王"字末，大書"酒"也。字體散逸，非世俗書，人謂是呂河賓題。《清異録》卷下。

七　右軍書《黄庭經》續題

此乃明州刺史李振景福中罷任過浚郊，遺光禄朱卿。朱卿名友文，即梁祖之子，後封博王。王薨，予獲於舊邸，時貞明庚辰秋也。晉都梁苑，因重背之。中書舍人陶穀記。陶氏涉園影刻咸淳刊百川學海本《寶章待訪録》。

八　篆書《千字文》序〔一〕

在昔政弊結繩，變生畫卦。觀科斗之取象，自鳥跡之椎輪。六法陳而大篆興，八體分而異端起。因上下而指事，仰日月以象形。理既會元，文亦隨變。崩雲垂露，窮萬化以通神；鳳舞龍驤，闚千門而企聖。雖學徒甚眾，而能者蓋稀。

有僧夢瑛，荆楚之開士也。本其鄉黨，青草連洞庭之波；詢其名位，紫稻惹田衣之色。幼探內典，志在於法觀；旁通外學，行在於篆書。嘗以世之《千字》，言無二者，禪師智永，遺跡斯在，遂服膺肆業，自我作式。易銀鈎爲玉箸，代隸字以古文。工隨歲深，名因藝顯。聚棄筆以成塚，顧臨池而盡墨。史籀沒而蔡邕作，陽冰死而夢瑛生，則代不乏賢，諒非虛語。

聖朝丁卯歲，瑛公來自咸鎬，觀光象魏，袖所業《千文》，惠然見眎。且曰："今太尉相國濮陽公，建節關中，表率西夏。挈瓶飛錫，時棲賓館；隱几函杖，屢親講席。俾勒斯文，用傳不朽。"以穀三署交官，七朝掌誥，請陳事實，用紀碑陰。撫絃雖昧於希聲，搦管聊書於小序。庶使陳倉獵碣，同瞻拂劫之衣；汲塚筠編，不化焚書之火。

時仲春十日，翰林學士承旨、刑部尚書、知制誥、判吏部流內銓事陶穀於東京序。清同治刻本《金石萃編》卷一二四。

〔一〕題下原署："前攝忠武軍節度巡官皇甫儼奉命書。"

李成藝話（一則）

李成（生卒年不詳）字咸熙，別號營丘，青州益都（今山東益都）人。性曠蕩，嗜酒，喜吟詩，善琴弈。工畫山水，於時稱古今第一。乾德中，司農卿衛融知陳州，聞其名，召之，遂挈族而往。日以酣飲爲事。乾德五年游淮陽，醉死於客舍。

山水訣

凡畫山水，先立賓主之位，次定遠近之形，然後穿鑿景物，擺布高低。落筆無令太重，重則濁而不清；不可太輕，輕則燥而不潤。烘染過度則不接，辟綽絮繁則失神。發樹枝左長右短，立石勢上重下輕，擺布裁插，勢使相偎。上下雲煙，取秀不可太多，多則散漫無神；左右林麓，鋪陳不可太繁，繁則拍塞不舒。山高峻無使傾危，水深遠勿教窮涸。路須曲折，山要高昂。孤城置之遠邊，墟市依於山脚。雪天不用煙雲，雨裏無多遠望。山舍仍居隘窄，漁翁要在平灘。朝晴晃朗，暮雨陰昏。舍屋不在多開，魚釣有時而作。藤蔓依纏古木，窠叢簇紮山頭。高山煙鎖其腰，長嶺雲翳其脚。遠水縈紆而來，還用雲煙以斷其脈；怪石巉巖而立，仍須土阜以培其根。原野曠蕩相連，蒼山依其低淺。石須圓混，鋒芒八面稜層；木要交叉，挺幹四時枯茂。迅風拔木，暴雨崩崖。淺流側畔平灘，深澗陡崖直下。聳坡之土必要高，低則地淺；煙林之木亦宜疏，密則繁絮。重巖切忌頭齊，羣峰更宜高下〔一〕。孤峰遠設，野水遙拖。道路時隱時顯，橋梁或有或無。遠怕陰昏，近防重濁。顛崖怪石，不用頻施；峻嶺枯槎，也宜少作。遙煙遠曙太繁，恐失朝昏；密樹稠林斷續，防他版刻。山原峻險，依稀樵逕猶存；崖岸傾危，隱約雲林深暗。平川雖遠，參差皴染而成；流水泉源，彷彿還多攛撲。布兩路有明有晦，起雙峰陡高陡低。霧薄明爽舒晴，煙藹濛騰欲雨。喬木聳直，蟠屈者一株兩株；亂石礧堆，奇怪者三塊兩塊。點樹葉稀疏間密，皴石脈以重分輕。亭菴不在常施，樓觀仍須間作。人物轉顧多般，野店猶防相似。氣象則春山明媚，夏木繁陰，秋林搖落蕭疏，冬樹槎牙妥帖。樹根栽插，龍爪宛若抓拏；石布稜層，根脚還須帶土。之字水不過三轉，濺瀑水不過兩重。侵天一道飛泉，湧瀑多湍；徹底翻濤巨浪，淺瀨平流。煙波茫茫，雲浪浩浩。山無獨木，石不孤單。林煙一派便休，古木數株而已。喬木疏於平野，矮窠密布山頭；孤煙遠自水邊，薄靄驟依巖脚。野橋寂寞，遙通竹塢人家；古寺蕭條，掩映松林佛塔。春水綠而潋灩，夏津漲而瀰漫，秋潦盡而澄清，寒泉涸而凝泚。新篁肥滑，岸石須要皴蒼；古樹槎枒，景物兼還秀媚。分清分濁，庶幾輕重相兼；淳重淳輕，病在偏枯損體。山高木小，雖幽遠而氣雄；木大山低，雖雄豪而勢薄。千巖萬壑，要低昂聚散而不同；疊巘層巒，但起伏崢嶸而各異。不迷顛倒回還，自然游戲三昧。

悟理者不在多言，學之者還從規矩。文淵閣四庫全書本《林泉高致》附錄。

〔一〕更：原作"布"，據《稗編》卷八四改。

范質藝話（一則）

范質（九一一～九六四）字文素，大名宗城（今河北威縣東）人。後唐長興四年進士，歷仕後唐、晉、漢、周四朝。後周時官至左僕射兼門下侍郎、平章事，兼參知樞密院事，封蕭國公。入宋，仍爲宰相，加兼侍中，進封魯國公。乾德二年，罷爲太子太傅，卒。質廉介矜慎，力學強記，有集三十卷，又述五代史事爲《通録》六十五卷。

顏魯公書《華嚴經》跋

右魯公書最佳。頃年長安見於羅鄴王之猶子，今復舉以遺余，自此當永秘巾箱也。
適園叢書本《珊瑚網》卷二〇。

徐鉉藝話（五則）

徐鉉（九一六～九九一）字鼎臣，揚州廣陵（今江蘇揚州）人。初仕吳，爲校書郎。後事南唐李璟，歷官太子右諭德、知制誥、中書舍人。後主李煜嗣位，任禮部侍郎、尚書左丞、兵部侍郎、御史大夫、吏部尚書，充翰林學士。隨後主入宋，爲太子率更令、右散騎常侍，遷左常侍。淳化二年貶靜難軍行軍司馬，明年八月二十六日卒。徐鉉長於爲文，尤精小學，曾奉詔校定《説文》（存），著《質論》數十篇、《稽神録》二十卷（今存爲六卷本）、文集三十卷（存）。

一　又聽《霓裳羽衣曲》送陳君

清商一曲遠人行，桃葉津頭月正明。此是開元太平曲，莫教偏作别離聲。文淵閣四庫全書本《騎省集》卷五。

二　重修《説文》序

銀青光禄大夫、守右散騎常侍、上柱國、東海縣開國子、食邑五百户臣徐鉉，奉直郎、守秘書省著作郎、直史館臣句中正，翰林書學臣葛湍、臣王惟恭等，奉詔校定許慎《説文》十四篇，並《序目》一篇。凡萬六百餘字，聖人之旨蓋云備矣。

稽夫八卦既畫，萬象既分，則文字爲之大輅，載籍爲之六轡，先王教化所以行於百代，及物之功，與造化均，不可忽也。雖復五帝之後，改易殊體，六國之世，文字異形，然猶存篆籀之跡，不失形類之本。及暴秦苛政，散隸聿興，便於末俗，人競師法，古文既絶，譌僞日滋。至漢宣帝時，始命諸儒修倉頡之法，亦不能復。故光武時馬援上疏，論文字之譌謬，其言詳矣。及和帝時，申命賈逵修理舊文，於是許慎采史籀、李斯、揚雄之書，博訪通人，考之於賈逵，作《説文解字》，至安帝十五年始奏上之。而隸書行之已久，習之益工，加以行草、八分，紛然間出，返以篆籀爲奇怪之跡，不復經心。至於六籍舊文，相承傳寫，多求便俗，漸失本原。《爾雅》所載草木魚鳥之名，肆意增益，不可觀矣。諸儒傳釋，亦非精究；小學之徒，莫能矯正。

唐大曆中，李陽冰篆跡殊絶〔一〕，獨冠古今，自云"斯翁之後，直至小生"，此言爲不妄矣。於是刊定《說文》，修正筆法，學者師慕，篆籀中興。然頗排斥許氏，自爲臆說。夫以師心之見，破先儒之祖述，豈聖人之意乎？今之爲字學者，亦多從陽冰之新義，所謂貴耳賤目也。

自唐末喪亂，經籍道息。皇宋膺運，二聖繼明，人文國典，粲然光被，興崇學校，登進羣才。以爲文字者六藝之本，固當率由古法，乃詔取許愼《說文解字》，精加詳校，垂憲百代。

臣等愚陋，敢竭所聞。蓋篆書堙替，爲日已久，凡傳寫《說文》者皆非其人，故錯亂遺脫不可盡究。今以集書正副本及羣臣家藏者備加詳考，有許愼注義、序例中所載而諸部不見者，審知漏落，悉從補録。復有經典相承傳寫及時俗要用而《說文》不載者，承詔皆附益之，以廣篆籀之路。亦皆形聲相從，不違六書之義者。其間《說文》具有正體而時俗譌變者，則具於注中。其有義理乖舛，違戾六書者，並序列於後，俾夫學者無或致疑。大抵此書務援古以正今，不徇今而違古。若乃高文大册，則宜以篆籀著之金石；至於常行簡牘，則草隷足矣。又許愼注解，詞簡義奧，不可周知。陽冰之後，諸儒箋述，有可取者〔二〕，亦從附益。猶有未盡，則臣等粗爲訓釋，以成一家之書。《說文》之時，未有反切，後人附益，互有異同，孫愐《唐韻》〔三〕，行之已久，今並以孫愐音切爲定，庶夫學者有所適從。

食時而成，既異淮南之敏；縣金於市，曾非吕氏之精。塵瀆聖明，若臨冰谷。謹上。徐乃昌影宋明州刻本重刊本《徐公文集》卷二三。

〔一〕"李陽冰"上原衍"考"字，據中華書局一九六三年影印陳昌治同治刻本《說文解字》刪。
〔二〕者：原脱，據同上補。
〔三〕愐：原作"湎"，據同上改。

三 《韻譜》前序

昔伏羲畫八卦，而文字之端見矣；倉頡摸鳥跡，而文字之形成矣；史籀作大篆以潤飾之，李斯變小篆以簡易之，其美至矣。及程邈作隷，而人競趣省，古法一變，字義浸譌。

先儒許愼患其若此，故集《倉》《雅》之學〔一〕，研六書之旨，博訪通識，考於賈逵，作《說文解字》十五篇，凡萬六百字。字書精博，莫過於是，篆籀之體，極於斯焉。

其後賈魴以三《倉》之書皆爲隷字，隷字始廣，而篆籀轉微。後漢及今，千有餘歲，凡善書者皆草隷焉。又隷書之法，有删繁補闕之論，則其譌僞，斷可知矣。故今字書之數，累倍於前。

夫聖人創制，皆有依據。"不知而作"，君子愼之；"及史闕文"，格言斯在。若乃草木魚鳥，形聲相似，觸類長之，良無窮極。苟不折之以古義，何足可觀？故叔重之後，《玉篇》《切韻》所載，習俗雖久，要不可施之於篆文。

往者李陽冰天縱其能，中興斯學，贊明許氏，免焉英發〔二〕。然古法背俗，易爲堙微。方今許、李之書〔三〕，僅存於世，學者殊寡，舊章罕存。秉筆操觚，要資檢閱，而偏旁奧密，不可意知，尋求一字，往往終卷。力省功倍，思得其宜。

　　舍弟楚金，特善小學，因命取叔重所記，以《切韻》次之，聲韻區分，開卷可覩。楚金又集《通釋》四十篇，考先賢之微言，暢許氏之玄旨，正陽冰之新義，折流俗之異端。文字之學，善矣盡矣！今此書止欲便於檢討，無恤其他，故聊存詁訓，以爲別識；其餘敷演，有《通釋》焉〔四〕。五音凡十卷，詒諸同志者也。《徐公文集》卷二三。

〔一〕倉：原脫，據上海涵芬樓影印黃丕烈批校抄宋本《徐公文集》補。
〔二〕英：原脫，據同上補。
〔三〕今：原脫，據徐乃昌校記補。
〔四〕釋：原作"識"，據同上改。

四　《韻譜》後序

　　初，《韻譜》既成，廣求餘本，孜孜讎校，頗有刊正。今復承詔，校定《說文》，更與諸儒，精加研核，又得李舟所著《切韻》，殊有補益。其間有《說文》不載，而見於序例、注義者，知必脫漏，並從編錄；疑者，則以李氏《切韻》爲正，殆無遺矣。

　　前序猶謂學者殊寡，而今之學者益多，家蓄數本，不足以供其求借。潁川陳君文顥，任當守土，寵列侍祠，習武好文，憐才樂善，見人爲學，如己之誨子弟焉。因取此書，刊於尺牘，使摸印流行，比之繕寫，省功百倍矣。噫！仁人之用心也。

　　因躬自篆籀，庶祇來命，序之於後，以記其由。雍熙四年正月序。《徐公文集》卷二三。

五　《文房四譜》序

　　聖人之道，天下之務，充格上下，綿亙古今，究之無倪，酌之不竭，是以君子學然後知不足也。然則士之處世，名既成，身既泰，猶復孜孜于討論者，蓋亦鮮矣。昔魏武帝獨歎於袁伯業〔一〕，今復見於武功蘇君矣。

　　君始以世家文行，貢名春官，天子臨軒考第，首冠羣彥。出入數載，翱翔青雲，綵衣朱紱，光映里閈，其美至矣。而其學益勤，不矜老成，以此爲樂。退食之室，圖書在焉，筆硯紙墨，餘無長物。以爲此四者爲學之所資，不可斯須而闕者也。由是討其根源，紀其故實，參以古今之變，繼之賦頌之作，各從其類，次而譜之，有條不紊，既精且博。士有能精此四者，載籍其焉往哉！

　　愚亦好學者也，覽此書而珍之，故爲文冠篇，以示來者。《徐公文集》卷二三。

〔一〕袁伯業：原作"朱伯業"，據徐乃昌校記改。

竇儼藝話（一則）

竇儼（生卒年不詳）字望之，薊州漁陽（今天津薊縣）人。竇儀之弟。晉天福六年舉進士。宋初，轉禮部侍郎，當時祠祀樂章、宗廟謚號，多所擬定。卒年四十二。著有《義訓》十卷、《周正樂》一百二十卷、文集七十卷。

樂章當易新詞奏

三五之興〔一〕，禮樂不相沿襲。洪惟聖宋，肇建皇極，一代之樂，宜乎立名。禋享宴會樂章，固當易以新詞，式遵舊典。文淵閣四庫全書本《續資治通鑑長編》卷一。

〔一〕五：原作"王"，據《宋史》卷一二六《樂志》一改。

郭忠恕藝話（三則）

郭忠恕（？～九七七）字恕先，河南洛陽（今河南洛陽）人。幼舉童子試及第，尤工篆籀。周廣順中，召爲宗正丞兼國子書學博士，改《周易》博士。建隆初，因酒後爭於朝堂，貶乾州司户參軍，後又坐事削籍配靈武。太宗即位，召授國子監主簿，令刊定歷代字書。復以罪流登州，太平興國二年卒於道。忠恕善畫，通文字學，著有《佩觿》三卷（存）、《汗簡》三卷（存）。

一 《汗簡》序

汗簡者，古之遺像，後代之宗師也。蒼頡而下，史籀已還，妥姕漁獵，得其一二，傳寫多誤，不能盡通。

臣頃以小學蒞官，校勘正經石字。由是諮詢鴻碩，假借字書，時或采掇，俄成卷軸。乃以《尚書》爲始，石經、《説文》次之，後人綴緝者殿末焉。遂依許氏，各分部類，不相間雜，易于檢討。遂題出處，用以甄别。仍于本字下，直作字樣之釋，不爲隸古，取其便識。與今文正同者，惟目録之外，不復廣收。《切韻》《玉篇》，相承紕繆，體既煩冗，難繕牋毫，有所不知，盡闕如也〔一〕。四部叢刊續編本《汗簡》卷一。

〔一〕盡：似爲"蓋"之誤。

二 《汗簡略叙》後記

臣按鳥跡科斗，通謂古文。歷代從俗，斯文患寡，目論臆斷，可得而聞。太史公曰："禮失求諸野。"古文猶不愈於野乎！亦下臣之志也。塵露雖微，山海不却。略叙其事，集而次之。《汗簡》卷一。

三 答英公大師書

紫塞雲高，皇朝路遠，每捧報瑶之翰，如窺連璧之姿。

忠恕自落朝班，累丞詔命。已得林泉之味，堅辭名利之場。鶴髮半生，猿心久死。與師金蘭敦義，香火修因。飛杯容許於醉狂，結社不嫌於心亂。共得陽冰筆法，同傳史籀書蹤。

常痛屋壁遺文，汲塚舊簡，年代浸遠，謬誤滋多，賴與吾師同心正古。近覽真翰，轉見工夫。藏勢遏鋒，方上圓下，可以萬古教人也。晉宋而下，通篆籀者寡，唯碑碣印記，時用數字。傳授者未克精研，何妨檢討；盜聽者恥於好問，加之穿鑿。齋中序云：小篆散而八分生，八分破而隸書出，隸書悖而行書弊，行書狂而草書聖。自隸以下，吾不欲觀之矣。

見寄偏旁五百三十九字，按《說文字源》唯有五百四十部。孑字合收在子部，今目錄妄有更改之。又集解中誤收去部在注中。今點檢偏旁，少晶、焱、至、龜、弦五字。故知林氏虛誕，誤於後進者小說，見宜焚之。聊以親書達心，俟以萬劫發願。何人知之？英公知之。不宣。

遷客郭忠恕書達英公大師座前，十二月二十五日。希古樓刊本《八瓊室金石補正》卷八七。

景焕藝話（二則）

景焕（生卒年不詳），一名朴，號玉壘山人，成都人。曾隱居江油匡山。善畫，工文章。後蜀時與歐陽炯爲忘形交，一日聯騎遊成都應天寺，畫天王及部從，炯爲作長歌美之，草書僧夢歸書於廊壁，號爲"應天三絶"。著有《野人閒話》五卷、《牧豎閒談》三卷，今各存一卷。

一 《牧豎閒談》（選録）

元和中，成都樂籍薛濤者，善篇章，工辭辨，雖兼風諷教化之旨，亦有題花咏月之才，當時乃營妓之中尤物也。元稹微之知有薛濤，未嘗識面。初授監察御史出使西蜀，得與薛濤相見。自後元公赴京，薛濤歸浣花。浣花之人多造十色彩牋，於是濤別摸新樣小幅松花紙，多用題詩，因寄獻元公百餘幅。元於松花紙上寄贈一篇曰："錦江滑膩岷峨秀，化作文君及薛濤。言語巧偷鸚鵡舌，文章分得鳳凰毛。紛紛辭客皆停筆，箇箇郎君欲夢刀。別後相思隔烟水，菖蒲花發五雲高。"薛嘗好種菖蒲，故有是句。蜀中松花紙、金紗紙、襟色流沙紙、彩霞金粉龍鳳紙近年皆廢，惟十餘年綾紋紙尚在。文淵閣四庫全書本《説郛》卷十九下引《牧豎閒談》。

二 書畫八人

自蜀主好事，故藝能之士精於書畫者衆矣。沙門曇城學李陽泳篆，曇城則申天師門人也。工部員外郎昭嘏倣韓擇木八分書，昭嘏乃杜光庭門人。僧曉巒攻張草聖，曉巒則夢龜弟子，皆超木而差肩也。獨黄少監金師邊鸞雀竹處士滕昌祐，梁廣化野人。姜道隱本張藻松石，道隱不事譚論，不與人交往，不冠帶，不跪人，謂之搔頭相國。李昊爲著名道德，常住綿竹山中。李司議文才繼閻立本寫真。書畫八人，皆妙絶當代。野人平生討莊、老之書，有暇而性好圖畫，興忽至，即畫百尺之狀，縱意揮畫，苟不稱意則抹之，不啻千餘軀而已，飄飄然雲陰雨景，似有蜿蜒之勢，擲筆撫掌自爲怡逸，嘗以爲適意之作。亦曾撰集▢證▢筆訣三卷傳於▢ 文淵閣四庫全書本《説郛》卷二十八上引《野人閒話》。

王元藝話（一則）

王元（生卒年不詳）字文元，桂林（今廣西桂林）人，隱居不仕。與廖融爲詩友。

聽琴

拂塵開素匣，有客獨傷時。古調俗不樂，正聲君自知。寒泉出澗澀，老檜倚風悲。縱有来聽者，誰堪繼子期？文淵閣四庫全書本《全唐詩》卷七百六十二。

曹彬藝話（一則）

　　曹彬（九三一～九九九）字國華，真定府靈壽（今河北靈壽）人。五代漢乾祐中爲成德軍牙將，仕周至晉州兵馬都監。宋初統軍平蜀、征太原、下江南，拜樞密使。太宗時，加同平章事，進檢校太師兼侍中，封魯國公。卒，贈中書令，追封濟陽郡王，謚武惠。

題顏真卿裴將軍帖〔一〕

　　唐顏真卿書真草九十四字，若雪奔電掣，絕妙非常，世所罕見。得睹遺墨，亦足以慰高山仰止之思。恍然如入宗廟，睹天球河圖之珍，而聆《簫韶》之奏，甚大幸也。乾德二年四月上巳，開封曹彬題。中華書局聚珍仿宋版《壯陶閣法帖·元五》。

　　〔一〕此帖學者或認爲僞作，俟考。

張洎藝話（三則）

張洎（九三四～九九七）字偕仁，滁州全椒（今安徽全椒）人。南唐進士，後主時累遷至中書舍人、清輝殿學士，參預機密。入宋爲太子中允、判刑部。太宗即位，直舍人院，使高麗，改户部員外郎。淳化中，拜中書舍人，充翰林學士。至道元年爲給事中、參知政事；三年罷，改刑部侍郎，卒，年六十四。洎善迎合，好攻人之短。博涉經史，文采清麗，著文集五十卷，另有《賈氏談録》一卷（存）。

一　謝賜八分御書表

念次仲之遺範，榮元帝之名家。古文變體之後，唯此書并大小篆與時偕行。况仙毫揮灑，體備剛柔。犀利譬長劍之倚天，壯觀類洪河之紀地，潤澤如春雲之出岫，明媚若曉漢之横空。四部叢刊初編本《玉海》卷三三。

二

中土士人不工劄翰，多爲院體。院體者，貞元中翰林學士吴通微嘗工行草，然體近隸，故院中胥徒尤所倣。其書大行於世，故遺法迄今不泯，然其鄙則又甚矣。案：此條《説郛》所載，謹增入。　文淵閣四庫全書本《賈氏談録》。

三

李汧公勉百衲琴，制度甚古，其音清越無比。《賈氏談録》。

曹用藝話（一則）

曹用（生卒年不詳），乾德間在世，開封人。

題懷素小草客舍等帖

懷素小草《客舍》等帖，唐代絕倫。世亦罕見，子孫宜寶之。乾德二年五月四日，開封曹用家藏。適園叢書本《珊瑚網》卷二。

田錫藝話（三則）

田錫（九四〇～一〇〇四）字表聖，先世爲京兆（今陝西西安）人，唐末遷嘉州洪雅（今四川眉山）。太平興國三年，以進士第二人及第，除將作監丞、通判宣城。召還，改著作郎，拜右拾遺、直史館。出爲河北轉運使，改知相、睦州，遷起居舍人。還朝，判登聞院，又以本官知制誥，進兵部員外郎。端拱二年，因忤宰相出知陳州。以獄案留滯，責授海州團練副使。起爲工部員外郎，直集賢院，復戶部郎中。真宗即位，遷吏部郎中，判審官院兼通進銀臺封駁司。出知泰州。咸平五年再掌銀臺，兼御史知雜事，擢右諫議大夫、史館修撰。六年十二月卒。田錫以直言敢諫著稱，前後所上奏疏凡五十一篇，論文主張以意爲主，詩歌清麗秀雋。著有《奏議》二卷、《咸平集》五十卷、《別集》三卷、《唐明皇制誥後集》一百卷。今存《咸平集》三十卷、《麹本草》一卷。

一　李謨吹笛歌

洛陽少年稱李謨，衆推橫笛多功夫。當時教坊第一部，箏笛比伊皆不如。天津楊柳籠橋綠，朧月澹烟何處宿。不怕金吾禁夜嚴，偷得新翻禁中曲。曲中次第能記持，盡向橋欄闇譜之。性聰心慧歸來習，分明把向月中吹。五音嘈囋相攪出，呼宮吸徵尤奇崛。誰羨曹綱善琵琶，未說陽陶能觱篥。纏聲不斷如連環，重聲忽轉如迴山。清新不比《落梅曲》，飄飄乍象《霓裳》翻。碎節繁音交君驌，南箕皷風簫籟窄。一斛明珠一索穿，撒落金盤催曲拍。錚摐大抵聲雄豪，歷歷出羣宮調高。豐隆驚得蛟螭起，雨趁雲隨初嘯嗷。每到換頭多頓挫，一聲忽迸疑轟破。玲瓏祇許牙枝催，清脆不容他樂和。宮城響應聲更渾，夜靜月明諸處聞。何人懶憶馬南郡，知予已勝桓將軍。明皇上樓初聽得，聽罷沈吟都不測。宣令徧詢坊巷中，旋使王人捕入宮。李謨悉心以實對，皇慈由是寬其罪。後來落魄如散仙，扁舟玩月江湖天。繡囊探出金線管，揚眉舐唇徒自憐。驚神動鬼吹一曲，指法尤高氣海圓。波浪無風帖然靜，千里水面鋪輕烟。水族精靈潛鼓舞，老龍變見來相顧。因將鐵笛相對吹，李謨未識無驚怖。乃知藝但出衆奇，不獨人知鬼亦知。文淵閣四庫全書本《咸平集》卷十九。

二　南省試聖人並用三代禮樂賦　以"皇獸昭宣，禮樂備舉"爲韻

　　吾皇帝膺運承乾，唯師古以爲先。化邦家而輯睦，因禮樂以昭宣。雖三代令王，稽沿革而殊矣；而千齡聖運，能損益而煥然。豈不以樂也者本乎天，禮也者本乎地，將化民以成俗，信有教而無類。禮能加肅，先俎豆之有儀；樂以導和，宜笙鏞之大備。

　　昔夏后之御曆也，憲章於舜，祖述於堯，推曆稽人統之正，用寅爲歲首之朝。牲用乎驪，能降神於肸蠁；聲均《大夏》，又何取於《簫韶》。所以致皇獸穆穆，而王道昭昭。又若有商之統天也，以應天順人，惟干戈兮是舉；以逆取順守，致彝倫兮攸叙。恭爲禮本，嘉尚白於衣冠；《濩》爲樂稱，表均和於律呂。其以宗周之致理也，以道合乎地者稱帝，仁合乎天者爲皇。能兼帝皇之盛德，是爲聖哲之令王。騂犢貴誠，加以用宗彝之鬱鬯；黃鍾本律，其始導天統於陰陽。是知三王之救衰弊而拯黎元也，不相襲乎至音，靡相沿乎大禮。亦猶五材迭用，運元化以成功；四序交新，致歲功而有體。

　　今皇上嗣位而致升平也，前古之遺文必復，百王之闕政皆修，是以文章明備，聲教同流。明堂辟雍，表尊崇於儒術；宮懸樂府，方遠播於鴻猷。矧今卜代繼於周姬，登歌美乎象箾，方期駕玉輅於魯道，封金泥於泰嶽。遐方咸走於梯航，太史遠頒於正朔。小臣稽首而稱之曰：穆穆皇皇，有以見我宋之禮樂也。南城李氏宜秋館刊《宋人集》丁編《咸平集》卷九。

三　《符瑞圖》序

　　君德昭明，則天地應焉；和氣絪緼，則禎祥生焉。和氣升於天也，爲靈芒，爲潤沐，爲文彩；和氣發於地也，爲靈源，爲枝葉，爲器皿。器皿之衆，不可勝載，或丹其甑，或寶其鼎者也。枝葉之繁，不可徧紀，秀即爲芝，靈即爲蕡者也。爲淵爲源，若醴泉之類者也；爲文爲彩，若卿雲之比者也。潤沐則發爲膏露，靈芒則出若景星，以類旁求，舉一相貫。羽蟲得之，則威鳳神雀至焉；鱗蟲得之，則黃龍白魚出焉。蓋聖人修動天之德，自臻其祥；史官撰編年之書，得誌其異。披於竹素，驗於疇昔。闇君暴主，不無禎祥；衰世亂邦，亦有符瑞。故王莽矯詐而白雉入貢，晉恭衰微而騶虞乃來。

　　錫嘗本其微，原其理，以爲天之六氣，杼軸元化之萬物，陶鎔成質。在生植之多品，因邂逅以不類。所以禾之秀也，或異畝而同穎；穀之實也，或一年而再稔。實天地偶然之理，非時政必應之感。矧禽妖獸怪，雲態煙姿，呈象實繁，賦形不一。佞人苟悅於視聽，援毫遂疏于縑緗，貽厥後君，目爲瑞典，常情一覽，不無所惑。且草莫靈於屈軼，逢佞必指，未嘗指一佞人，而當時從而去之。獸莫祥於獬豸，遇邪必觸，未聞觸一邪臣，而當時從而殛之。以堯之明，追舜之聖，《唐典》斯在，《虞書》備存。於時佞人居庭，邪臣就列，非舜舉賢則元凱無由進也，非堯去凶則驩苗無由去矣。

況草靈弗及於指佞，獸祥未侔於觸邪，雖朱葉紫莖，自灌叢而特異，毻毛繢羽，於生類以稱靈，固不足貴也。若以春執耒耜，時逢一雨，錫必謂之靈雨；冬斂稼穡，時飄一雪，錫必謂之瑞雪。以豐年爲瑞，則民之福也。年之不豐，由風霜水旱之爲災；爲災不已，則强者執戈以寇糧，弱者易子以相食；相食不已，餒流於道路，死繼於溝壑。是時雖以一盃甘露、五色靈芝，易秕稗之食，不可得已。以賢人爲瑞，則國之福也。賢之不來，由讒邪姦佞之爲災；爲災不已，則智者慎言以避禍，怨者有心以思亂；思亂不已，則揭竿於耒耜，爭危於社稷。當是時，雖獲九苞之禽、雙觡之獸，俾靖邦國之難，不可得已。

　　夫居安思危，雖有妖災，妖災無所害也；當憂而樂，雖有符瑞，符瑞不足徵也。叙於至理，表於畫圖，以警好祥之心焉。宋慶元三年書隱齋刻本《國朝二百家名賢文粹》卷一六二。

釋夢英藝話（四則）

釋夢英（生卒年不詳。英，一作瑛）自號臥雲叟，衡州（今湖南衡陽）人。住南嶽，講《華嚴》法界觀；通文章及文字之學。工書法，尤長於玉箸篆，時人謂"（李）陽冰死而夢瑛生"。太祖召至簾前，易紫衣，賜號宣義大師，時年十九。去遊中南山，當世名士郭忠恕、陳摶、宋白等以詩稱述之。書跡有篆書《千字文》《說文偏旁字原》及正書《夫子廟堂記》等。

一　《偏旁字源目錄》序

昔秦相李斯變蒼頡、史籀之文，謂之小篆。其摹勒方圓之狀，則曲盡其妙；然於點畫，簡略爲之。時以法令滋章，簿書委積，故程邈又省小篆爲隸，蓋趨便捷之用也，是以篆籀之法鮮爲世珍。

至炎漢中興，復置小學，許叔重乃集籀、篆、古文數家之學，以隸書訓釋，爲《說文》三十卷，學者從之。自漢而下，無稽之作迭相馳競，故六書之法蕩而無守焉。至唐，則李監陽冰力扶壞本，下筆反古，有若神授。時好事者獲其真跡，櫝器而藏之，謂之墨寶，則懸黎夜光，比之瓴甋焉。

自陽冰之後，篆書之法，世絕人工，唯汾陽郭忠恕共余繼李監之美。於夏之日、冬之夜，未嘗不揮毫染素，乃至千百幅，反正無下筆之所，方可舍諸，及手肘胼胝，了無倦色。

考三代之文，窮六書之法，俱落筆無滯，從橫得宜。大者縮其勢而漏其白，小者均其勢而引其畫，伸而無倚，橈而無折，其鳥獸草木之象，山川蟲魚之形，如飛走動植於竹帛之上矣。蓋言象形字也。今依刊定《說文》，重書《偏旁字源目錄》五百四十部，貞石於長安故都文宣王廟，使千載之後知余振古風，明籀篆，引工學者取法於茲也。夢英自序。希古樓刊本《八瓊室金石補正》卷八七。

二　《重建夫子廟堂記碑》後序

此記刊石元在湖州臨安縣。夢英嘗愛斯文，見其格高才大，言婉思逸，真可以發揚夫子之聖德。然以文章，近代道理多虧，亡實取華，棄本逐末。前賢直述，後輩誰知。程氏清詞，光掩星辰，韻諧金石，良可重也。今轉輸二君子好奇尚異，見請重書，慮此雄文，久而湮沕，冀流傳於終古，重建立於鎬京。今上石畢功，特爲之後序。時壬午歲六月廿五日重建。清同治刻本《金石萃編》卷一二五。

三　論十八體書

篆書十八體係書惠休五古一首，連款共一百八十字，每五字爲一體，每體各以隸書紀其名並其緣起，具錄於左。

沙門惠休書古文　古文者，黃帝史蒼頡之所作。頡首有四目〔一〕，通於神明。仰觀奎星圓曲之勢，俯察龜文鳥跡之篆，采衆美合而爲字，故曰古文。《孝經援神契》云"奎主文章，蒼頡仿象"是也。自秦用小篆，焚燒先典，古文絕矣。武帝時，魯恭王壞孔子宅壁，得古文《尚書》，自後隨世變易，已成數體矣。隸書

西北秋風至大篆　大篆者，周宣王太史史籀之所作。始變古文，或同或異，謂之爲篆。篆者傳也，傳其物理，施之無窮。甄酆定六書，三曰篆書，八體書法，一曰大篆。又《漢書·藝文志》，《史籀》十五篇，並此也。以史官製之，用以教授，謂之史書。凡九千字。漢元帝、王遵、嚴延年並工史書，是也。隸書

楚客心悠哉籀文　籀文者，亦史籀之所作，與古文、大篆小異，後人以名稱書，謂之籀文。《七略》曰："史籀者，周時史官教學童書也，與孔氏壁中古文體異。"其跡有石鼓文存焉，蓋諷周宣畋獵之所作，今在陳倉，少人攻學。隸書

日暮碧雲合迴鸞篆　迴鸞篆者，史佚之所作。粵在文代，赤雀集庭；降及武朝，丹烏流室。今之此法，顯寫二祥，其草木鳥獸、山川蟲魚、飛走動隱，而成其字。自後年世湮謝，聖哲淪往，唯史氏研精，功爭造化矣。隸書

佳人殊未來柳葉篆　柳葉篆者，衛瓘之所作。衛氏三世攻書，善乎數體，溫故求新，又爲此法。其跡類薤葉而不直，筆勢明勁，莫能傳學。衛氏與索靖並師張芝，索靖得張芝之肉，衛瓘得張芝之筋，故號"一臺二妙"。隸書

露彩方泛豔垂雲篆　垂雲篆者，衛恒之所作。軒轅之代，慶雲常現，其體郁郁紛紛，爲書紀職，文字之興，取諸爲象。《書品》云：衛恒書如搖華美女，舞笑鏡臺，筆動若飛，字張如雲，莫能傳學。衛氏即垂雲之祖。隸書

月華始徘徊雕蟲篆　雕蟲篆者，魯秋胡妻之所作。秋胡隨牒遠仕，荏苒三年，鳴埋有懷，春居多思，桑時間玩，集爲此書。亦云戰筆書。其體遒健，垂畫纖長，旋繞屈曲，有若蟲形。其爲狀則玄鳥優游，落花散漫矣。隸書

寶書爲君掩小篆　小篆者，秦相李斯之所作。增損大篆，異同籀文，謂之小篆，亦曰秦篆。畫如鐵石，字若飛動，作楷隸之祖，爲不易之法。其名題鐘鼎，及作符印，至今用焉。"受命於天，既壽永昌"等，即李斯之小篆也。隸書

瑤瑟詎肯開填篆　填篆者，周之媒氏以仲春之月判會男女，則以此書表信往來。及魏明帝使京兆韋仲將點定芳林苑中樓觀，王廙、王隱皆云字間滿密，故云填篆，亦曰方填書。至今圖書印記，並用此書。隸書

相思巫山渚飛白書　飛白書者，後漢蔡邕之所作。漢靈帝嘉平年，詔蔡邕作《聖皇篇》。篇成，詣鴻都門進。時方修飾鴻都門，見役人以堊帚成字，心有悅焉，歸而爲飛白書。漢末魏初，並以題署宮闕。其體有二，創法於八分，窮微於小篆。蕭子雲《飛白論》云："王次仲飛而不白，蔡伯喈白而不飛。"隸書

悵望雲陽臺芝英篆　芝英篆者，漢陳遵之所作。陳氏每書，一坐皆驚，時人謂之"陳驚坐"。昔六國各以異體之書潛爲符信，則芝英興焉。秦焚丘典，其文煨滅。在漢中葉，武帝臨朝，爰有靈芝三本植於殿前，既歌《芝房》之曲，又述芝英之書焉。陳氏即芝英之祖。隸書

膏鑪絕沈燎剪刀篆　剪刀篆者，韋誕之所作，亦曰金錯書。本古之錢名。周之泉府，厥跡不存，降茲以還，其文可視，若漢之銖兩，新之刀布，今具存焉。其爲體狀若麗匡盤龍，新臺舞鳳。後史游深造其極焉。隸書

綺席生浮埃薤葉篆　薤葉篆者，仙人務光之所作。務光辭湯之禪，去往清泠之陂，植薤而食。輕風時至，見其精葉交偃，則而爲書，以寫《紫真經》三卷，見行於世。其爲狀也若搶風，遠望寒雲片飛，世絕人學矣。隸書

桂水目千里龍爪篆　龍爪篆者，晉右將軍王羲之所作。羲之曾遊天台，還至會稽，值風月清照，夕止桐亭，毫詠之末，題柱作一"飛"字，有龍爪之形焉。因之遂稱龍爪書。其勢若龍威虎振，拔劍張弩。隸書

因之平生懷科斗篆　科斗篆者，其流出於《古文尚書序》，費氏注云：書有二十法，科斗書是其一也。以其小尾伏頭，似蝦蟆子，故謂之科斗。昔魯恭王壞孔子宅以廣宮室，得科斗《尚書》及《禮記》《論語》凡數十篇，皆科斗文字。隸書

乾德五年於瓔珞篆　瓔珞篆者，後漢劉德昇之所作也。因夜觀星宿而爲此法。特乃存古之梗概，變隸之規蹤，體類科斗而不直，勢同迴鸞而宏逸，天假其法，非學之功。雖諸家之法悉殊，而此書最爲首出。後漢儒生，競皆攻學。隸書

長安書宣義懸針篆　懸針篆者，漢章帝郎中扶風曹喜之所作也，用題五經篇目。纖抽其勢，有若針之懸鋒也，故曰懸針。《河洛遺誥》云："懸針之書，亦出曹喜。小篆爲質，垂露爲紀。題署五經，印其三史。以爲楷則，傳芳千祀。"懸針即曹君爲主。隸書

大師夢英集垂露篆　垂露篆者，漢章帝郎中扶風曹喜之所作，以書章表奏事。謂其點綴如輕露之垂條，累垂欲落之象，故云垂露。漢章帝嘗重此書，懸之帳內，謂言："曹喜之書如金盤瀉珠，風篁雜雨，八法玄妙，一字千金〔二〕。"隸書　臺灣新文豐出版公司石刻史料新編本《金石續編》卷一三。

〔一〕四目：原誤作"西目"，據張彥遠《歷代名畫記》卷一《論畫之源流》改。

〔二〕金：原闕，據《墨池編》卷一補。

四　顔氏家廟碑跋

　　顔真卿之隸書，李陽冰之古篆，二俱奇絕也，好古之士，重如珠璧。自唐室離亂，其碑倒於郊野塵土之内，更慮年深，爲牧童樵叟之所毀壞。且夫物不終否，能者即興。有都院孔目官李延襲者，真好古博雅君子也，特上告知府郎中，移載入於府城，立於先聖文宣王廟，庶其永示多人，流傳千古。乃命南嶽夢英大師秉筆書記。時太平興國七年八月廿九日移，朝散大夫、行殿中侍御史、通判永興軍府事師頑、朝散大夫、行尚書考功員外郎、權知永興軍府事柱國李準重立。臺灣新文豐出版公司石刻史料新編本《宜禄堂收藏金石記》卷五七。

張詠藝話（一則）

張詠（九四六~一〇一五）字復之。以"乖則違衆，崖不利物"自戒，因號"乖崖子"，又號"九河生"。濮州鄄城（今山東鄄城北）人。少有大志，喜擊劍，尚氣節，重然諾。太平興國五年進士，授大理評事、知鄂州崇陽縣。六年，改將作監丞。雍熙初，遷著作佐郎。擢太子中允，通判麟州，徙相州，還知開封府浚儀縣。擢荊湖北路轉運使。淳化初，改太常博士。召還，授虞部郎中。未逾旬，擢樞密直學士、知通進銀臺司兼門下封駁事，勾當三班院。五年，知成都府事。至道二年，改兵部郎中。真宗即位，遷左諫議大夫。咸平初，召拜給事中，充戶部使，改御史中丞。二年，與溫仲舒同知貢舉，以工部侍郎出知杭州。五年，改知永興軍府，復以爲樞密直學士，知益州事。景德三年，召還，掌三班院，兼判登聞檢院。因瘍瘡亝於腦，不能着冠巾，求知潁州，詔許昇州。大中祥符三年，秩滿，遷工部尚書，留再任，兼昇、宣等十州安撫使。以瘍疾甚，上章求分司西京，差知陳州。八年八月卒，年七十，贈左僕射，諡忠定。張詠剛直勁嚴，兼通術數，爲文崇尚氣節，不事雕琢，雖曾參與西崑唱和，而與楊億、劉筠、錢惟演爲代表的西崑派風格不同，長篇有古樂府風氣，律詩得唐人體格。著有《乖崖先生文集》十二卷。

聲賦　並序

《聲賦》之作，豈拘模限韻，春雷秋蟲之爲事也？蓋取諸聲成之文，王化之本，苟有所補，不愧空言爾。賦曰：

罔象迷冥，大人忽生。混沌初竅，呀然震驚。二儀成形〔一〕，萬靈吐英。天機動制，軋而爲聲。故形有美惡焉，聲有小大焉。伊物類之動作，俟人事而克全。至於大雷隱空，萬竅吼風，不爲之隆；品物麏梟，羽足動發，不爲之末。未若人聲，與天通功，與物長雄。口吻之啓，義於厥躬；道機之張，騰凌鴻濛。其所聞者，羲、黃、唐、虞，繼踵而至。宇宙隘其神，造化俟其智。在聲之偉也，得不迴天而動地？觀其得一之發，清清泠泠，涼裏洗瀛，萬類聽之，如憎而醒。仁信之發，溶溶弈弈，呼道振德，萬類聽之，如白破黑。曰禮曰義，相生而起，鳴孝響悌，駭心清耳，萬類聽之，如愁得喜。廣成五老，聞而啓齒，曰："是何帝皇之聲也如此？"九道交訛，華夷和歌。蠢動鼻息，歡咍實多。其在物也，昭昭融融，萬緣和同，萬籟響空，答天之功；其在人也，萬心氣平，萬口宣騰，《雲門》《六英》，答君之聲。故知五音八聲，聲之枝歟？金石絲竹，聲之器歟？若本不正而聲不清，何嘗動天地、泣鬼神而有諸？

三王迭生，異業同聲，唱古寡應，呼今得精。儀禮以之繁會，時風爲之勁清。作禮者有周旋之矩，製樂者有《大武》之名。故聖人之音，鏗如鏘金；四人之治，潺若流水。加以商辛、夏癸，行無轍軌，情慾沸空，淫哇盈耳。民不知告，政聲遂毀。幽厲繼作，心胡可度。唱僻者輕脱，和僞者交錯。鼓鉦之響日馳，禮義之風日薄。王道民政，潰然投塈。攻乎亡國之音，聚爲終身之樂。秦怪一聲，天搖地坑。烘赫火烈，荒茫海傾。阿房輂材，枕杲山迴。紫塞築壘，匀轟震雷。鉗聖愚儒，四海睽孤。刮剝亡命，痛腦連脛。於是民失其業，怨口喋喋。野薄其農，荊榛颶風。刑失其矩，民哀無所。兵甲填委，死爲怨鬼。故怨之爲氣也，散爲囂塵，積爲屯雲，閉鬱六合，陽靈不矒。怨之爲聲也，烈風相倚，怒濤兼起，鬼哭於郊，神號於市。川谷爲之鬭擊，山巒以之崩圮。陳、吳一呼，而宗社瓦毀。天窮地終，醜聲不已。洎於漢唐，惟高與光。太宗纘堯，開元嗣皇。皆智冠今古〔二〕，氣凌昊蒼。倚天憑怒，即動盪於八荒；按劍大呼，即交應於中方〔三〕。借力者黎獻，助聲者賢良。亦不能廣仁義於遞奏，使道德之激揚〔四〕，掩商、秦之餘韻，繫唐、虞之聲芳者也。

未若我后，凝神定思，誠求理致。與聖作則，爲難於易。惟禮是崇，惟仁是嗜。叩乎杳冥，清净以聽。聞古謬惑，皇心不平。於以忠良是旌，息嗟吁之聲；不肖是黜，息濫謬之聲；均物惻隱，息哀怨之聲；厚施薄斂，息流亡之聲；四人是別，息澆競之聲；狴犴是理，息寃枉之聲；道德是守，息兵革之聲；人勞是恤，息彫斲之聲；小人是遠，息邪佞之聲；正音是奏，息浣濄之聲。

奇哉壯矣，堯嗟舜驚。致《章》《濩》之調下，覺唐堯之頌輕。浩浩蕩蕩，無得而名。謂聲之襲也，揚溢昭灼。上賢下愚，既歡且謔。鳥獸蹌蹌，蟲魅躍躍。信千載之一時，與有生而同樂。余欲引聲而作，未知何若。《續古逸叢書》影印潘氏滂熹齋藏宋刊本《乖崖先生文集》卷一。

〔一〕成：原作"吐"，據清黃丕烈校本改。
〔二〕今：原作"絕"，據同上改。
〔三〕應：原作"映"，據同上改。
〔四〕激：原作"擊"，據同上改。

吳淑藝話（九則）

吳淑（九四七～一〇〇二）字正儀，潤州丹陽（今江蘇丹陽）人。幼俊爽敏捷，爲韓熙載、潘佑所器重。仕南唐，以校書郎直內史。入宋，試學士院，授大理評事，預修《太平御覽》《太平廣記》《文苑英華》等書。歷官太府寺丞、著作佐郎、秘閣校理。獻《九弦琴五弦阮頌》，太宗稱賞其學問淵博；又作《事類賦》，分注爲三十卷進上。至道二年，兼起居舍人，預修《太宗實錄》，遷職方員外郎。咸平五年卒，年五十六。淑學有淵源，文章典雅，善筆札，喜好篆籀。著有《說文五義》三卷、《秘閣閒談》五卷，又有文集十卷，均已佚。現存《事類賦》三十卷，另有《江淮異人錄》二卷。

一 歌賦

若夫瑤池《白雲》，楚國《陽春》。林類優游於拾穗，宣父傷嗟於獲麟。聞越婦之採葛，聽買臣之負薪。憐被杖之曾子，美投壺之祭遵。石崇之哂郭訥，孟嘉之答桓溫。斯皆善於繼聲，妙能入神者也。又聞匏竹在下，人聲是貴，故手之舞而足之蹈，上如抗而下如墜。是以堯民擊壤，漢宮連臂，巫峽裏之鳴猿，聞隴頭之流水。薰風既調於虞舜，《麥秀》更傷於箕子。雍門得韓娥之妙，薛譚伏秦青之異。卿雲、天馬之辭，寶鼎、靈芝之瑞。梁塵爲之而自飛，行雲爲之而忽止。爾其馮諼彈鋏，寧生飯牛，橫汾壯麗，過沛遲留。悠揚六引，纏綿九秋。曳履嘗聞於參也，鼓盆復見於莊周。至於石城莫愁，北園瑣女，吐角含商，《陽阿》《激楚》。鼓枻泛滄浪之水，倚瑟望邯鄲之路。詠之元首，陳其九序。役人既唱於管仲，決河曾傷於漢武。彈劍每想於子由，蓋世復悲於項羽。則有傳於《子夜》，聽彼綿駒。曼聲宛轉，清響紆餘。止如槁木，端如貫珠。夏后三孽之獻，太康五子之須。伴尼陳、蔡之厄，文王羑里之拘。荊軻之渡易水，細君之入穹廬。師乙見傳而盡妙，延年特善而難逾。懸瓠竹堂，賞詠言之清麗；北林明月，含清韻之虛徐。別有葛天《八闋》，梁鴻《五噫》，夫子反之，接輿已而。覆鄂君之繡被，採南山之紫芝。夢兩楹兮曳杖，隱首陽兮採薇。觀搏髀、撫絃之怨，驚繞梁、動葉之奇。嘉有辭之津女，偉守節之陶妻。齊莊拊楹而及禍，原壤登木而見譏。

故曰"詩言志,歌永言",其義在斯。明嘉靖十六年秦汴校刊本《事類賦》卷一一。

二 舞賦

夫舞者,所以節八音而行八風。故曰樂以舞爲主,舞爲樂之容。非徒明德,亦將象功。習干戈於春夏,學羽籥於秋冬。則有迅如飛燕,飄若驚鴻。李陵之別蘇武,王智之銜蔡邕。瞻彼兩階,舞行八佾,玉戚兮朱干,皮弁兮素積。聽籥師之傳教,識旄人之舉職。皇祈旱暵,岐祠社稷。既垂手而側弁,亦執籥而秉翟。觀彼行綴,察其勞逸。周穆嘗駭於束芻,齊武不容於簮筆。若乃西楚拔劍,東夷荷矛,蹲蹲不已,儆儆未休。或見稱於鴝鵒,或被青於沐猴。爾其取彼成童,教之小舞,兵事以干,宗廟以羽。手之足之,進旅退旅,致右而憲左,再始兮三步。值其鷥翿,曳茲繭緒。忽鴻鶱而龍遊,俄縈塵而集羽。揚徵兮騁角,結風兮激楚。若夫問數於眾仲,振萬於夫人。龍朔之一戎大定,調露之六合還淳。懿夫唐之《上元》,漢之《文始》,俯仰屈伸,發揚蹈厲。驚《旄夏》之忽來,歎《象箾》之爲美。嘉陸遜之受賜,鄙顧譚之不止。師經之撞魏文,晏子之慚晉使。聞陶謙之勝人,見長沙之益地。及夫六成功立,四伐威行,鞞聞曹植,拂見楊泓。廣延既衒於無跡,飛燕亦矜其體輕。超鳥集〔一〕,拉鵠驚。赴節奏以投袂,當指顧而應聲。漢有延年之善,魏有馮肅之能。駭操干之刑天,驚拔戟之甘寧。周武王之山立,唐高祖之龍興。風起而纓緌乍拂,蓮開而掘柘初呈。斯繁態之萬變,雖辯捷而難名。《事類賦》卷一一。

〔一〕鳥:原作"烏",據宋紹興兩浙東路茶鹽司刻本改。

三 琴賦

伊朱絃之雅器,含太古之遺美。扣清徵於雲和,激流泉於綠綺。神女落霞,蔡邕焦尾。陶潛撫之以寄意,宓子彈之而爲治。周公之善越裳,文王之拘羑里。傳古法於嵇康,感幽靈於女子。若乃前廣後狹之制,圓天方地之儀,或懸璧以爲戒,或去軫以觀辭。衛女思歸之引,伯奇違養之悲。玩之有龍鸞之狀,聽之有志義之思。師襄既拱於夫子,伯牙亦哀於子期。則有寒山之幹,龍門之枝,空桑之美,嶧陽之奇。則九星而象六合,應八風而法四時。烏曾夜啼,雉亦朝飛。伯喈之許顧雍,鄒忌之識齊威。至於《禮》著坐遷,《傳》聞踞轉,漢則文姬,魏稱盧女。嗣宗之見孫登,穆丘之迎漢武。憐窮士之投楚,恨龜山之蔽魯。至如鬼谷之調五曲,女訓之著三終。斫茲美櫃,伐彼椅桐。楚莊之有繞梁,齊桓之重號鐘。松石方期於思話,林澗初從於戴顒。神氣沖和,獨推於千里;風韻清遠,唯稱於世隆。若夫《水仙》之引,《文王》之操,揩擊稱工,操縵盡妙。桓譚被責以失次,戴述循聲而赴召。或云晏龍初製,或曰神農始造。趙師之辨吳蜀,漢宣之得龍趙。爾乃泙公韻磬,張生響泉。閔子初駭於取鼠,蔡邕始驚於捕蟬。傷中散之被刑，哂師曹之見鞭。爾其倚扆而悲，向風而聽，見文王之思士，美琴高之養性。舞玄鶴於郭門，受清風於上景。至有《明光》《宛轉》，《霹靂》《箜篌》，松間風入，石上泉流。季鷹之哭彥先，賈子之對應侯。亦有蔡氏五弄，啓期三樂，曾子殘刑，商陵別鶴。師文雲浮而泉涌，鄒巴鳥舞而魚躍。鍾儀之操南音，師曠之調清角。周人避之於岐山，孺帝棄之於大壑。彈薰風而解慍，鼓緇帷而講學。亦嘗詠茲在御，痛彼俱亡。相如之挑卓氏，荊軻之揕秦王。或傳之濮水，或受自華陽。晉王之感孫息，雍門之悲孟嘗。斯豈聲音之至妙，故聽之而易傷者乎！《事類賦》卷一一。

四　笛賦

惟鐘籠之修簳兮，生萬仞之石溪。不假飾於雕鏤兮〔一〕，稟自然之天資。學龍吟兮相似，截馬䪗兮易持。蔡邕識高遷之異，漢祖驗昭華之奇。考其清濁之制，辨夫長短之宜。爾其伐昆溪之翠竹，翦雲夢之霜筠。爲《氣出》以《精列》，採《延露》與《巴人》。則有臥平陽之塢，宿代郡之亭，聆宋同之新引，聽朝霞之變聲。固可以滌邪納正，感物通靈者也。若乃傳妙理於馬融，美修能於丘仲，加之既自於君明，減之復因於奚縱。或以起路傍之愁，或以助軍中之勇。別有黃門之署，東箱之制。向秀怊悵而思舊，王愷忍暴而殺妓。歌聞夜者已訝神奇，寶煙竹者忽驚裂碎。石崇每賞於宋偉，謝氏曾矜於阿紀。李牟瓜洲之逸思，桓伊青溪之遺美。傳於樂府，有《折柳》兮《落梅》；起自羌人，見飛鴻兮流水。《事類賦》卷一一。

〔一〕兮：原無，據宋紹興兩浙東路茶鹽司刻本補。

五　鼓賦

鼓，動也，含陽而動者也。若夫鼍鼓逢逢，矇瞍奏公，應春分而著義，當啓蟄以施功。聞臨平之擊石，見南郡之銘銅。"坎其擊鼓，宛丘之下。"伐以鉦人，御之田祖。識伊耆之賁桴，考籥章之毛土。訝雷門之鵠飛，驚建康之鷺翥。爾其廣首纖腹之制，八面四足之奇，或狀如博局，或形同麋臍。擊其小而導其大，應在東而懸在西。姚泓既駭於石鳴，李陵俄知其氣衰。承乾聞玄素之諫，孫挹遭高爽之譏。則有製自黃帝，始於少昊，雖云無當於五聲，豈可不擊而不考。至於王侯路賁之制，商、周懸置之殊，樹以崇牙，駕以樓車。都曇兮答臘，雞婁兮密須。禰衡解衣而不怍，王公揚枹而自如。伐彼淵淵，奏茲簡簡。或置在西房，或列之下管。辨徒擊與播鞀。美登聞兮敢諫。復有思話騎棟，楚王警民。山中石鳴，荒外雷震。穆滿黎丘之樂，王喬鄴縣之神。亦云摘以銅丸，節之金鐲，羅浮神鉦，始興聖木。《周官》列職，著雷、靈、鼖、晉之差；《爾雅》著名，有鼖、應、鼛、麻之目。《事類賦》卷一一。

六　筆賦

禮曰：士載言，史載筆。古以爲能述事而言，故謂之爲述。又以爲能畢舉萬物之形，亦謂之爲畢。故秦謂之筆，楚謂之聿，而吳謂之不律。若乃漆管綠沈之妙，文犀象齒之殊，博山爲牀，錯寶爲跗。靜女嘗貽於彤管，周公曾寫於龜書。爾其中山之毫，北宮之製，秦將蒙恬之造始，官師路扈之精麗。周舍執之而司過，班超投之而立事。怒王思而逐蠅，傷盛吉而流涕。驚何晏而遽失，駭曹公而忽墜。阮檄而曾訝立成，禰賦而未嘗停綴。至於湘東三品，春坊四枝，含毫緬邈，搦管徘徊。楊璿染血而書帛，陶景用荻而畫灰。觀其染清松之微煙，奉纖毫之積潤，白牙碧鏤之奇，雞距鹿毛之雋。王充之户牖牆壁，左思之門庭藩溷。削荊既自於任末，捶琴更聞於柳惲。或以作鋤耒於詞園，或以爲刀稍於文陣。若至趙國秋毫，遼西麟角，鋒必九分，管唯二握。逢陸機而欲焚，過仲宣而見閣。闕澤既自傭書，安世亦嘗持槖。枕中而每欲傳方，薦下而還聞辟惡。鄭譯假潤以爲辭，曹褒懷鉛而嗜學。僧虔晦迹而見容，卜商括囊於則削。若夫陸倕授之於幼瑒，郭璞取之於江淹，白雲先生以鼠鬚而傳法，晉陵太守謂牙管之傷廉。至於上剛下柔之名，三束五重之美，夢大手於詞臣，表赤心於史氏。給相如而賦游獵，供荀悅而成《漢紀》。蔡琰求之而寫書，王隱授之而修史。耗白見識於辛毗，縹嘗聞於夫子。別有點高洋而作主，賜渾瑊而錄功。太初有不畜之慎，歐陽有不擇之工。至有寶胡盧而彌珍，却琉璃而若重。婕妤折之而尚存，鄭灼削之而更用。顏裴則炙以課薪，智永則瘞而作塚。亦聞採彼龍鐘，截兹箘簵，痛頡爲嘉，懸蒸有度。清麗識傅玄之銘，贍逸仰嵇含之賦。行本明佩刀之職，公權陳正心之喻。訝蠅集於苻堅，卜蛇銜於管輅〔一〕。仲將留神於製作，稚恭見求而靳固〔二〕。傳毛穎於韓公，自毫錐於白傅。逸少驚入木之七分，仲尼止獲麟之一句。斯濡翰之爲用，誠詞家之急務也。《事類賦》卷一五。

〔一〕卜：原作"小"，據宋紹興兩浙東路茶鹽司刻本改。
〔二〕稚：原作"雉"。庾翼字稚恭，徑改。

七　硯賦

採陰山之潛璞，琢圓池於璧水，成墨海於一紐，俟夏鼎之三趾。選自斧柯，置之綈几，或採於吳都山下，或取於永嘉溪裏。若夫蓮葉馬蹄之狀，圓天方地之形，木則貴其能軟，玉則取其不冰。鴝曾聞於銜水，蟻或見於沈罌。滴蟾蜍之積潤，點鴝鵒之寒星〔一〕。爾其郎官之樣，終葵之製，甄后則以爲常用，宇文則不能久事。劉弘嘗接於晉武，彭祖曾同於宣帝。盧携怒以相投，韓愈述其先瘞。至於梁武不珍於翔鳳，道支初得於浮楂。蚌貽庾翼，鐵遺洪涯。玩薇茫之金線，重點滴之青花。亦聞稠桑美石，興平青色，筆運翰染，浮津輝墨。學時方俟於凍開，洗處常聞於水黑。張華以麟筆同賜，王慈以素琴並得。取端溪者價重千金，出青州者名標第一。或爲祖先而增感，或因雷霆而遽失。至其汾水精奇，墐泥妙絕，歙山既重於龍尾，西域但施於竹節。秘雀臺之滑膩，寶栗岡之潤潔。斯所以作城池於筆陣，非徒比石墨於讒說也。《事類賦》卷一五。

〔一〕星：原作"皇"，據宋紹興兩浙東路茶鹽司刻本改。

八　紙賦

方絮之體，平滑如砥，在古則無，簡牘而已。若乃晉武側理，漢成赫蹏，松花鳳尾，玉屑香皮。意其裂之以告敗，朱詹吞之而療饑。至於平淮桃花，東陽魚卵，段氏雲藍，王公蠶繭，金花薛骨，剡藤麻面。分輕重於黃白，隨屈伸於舒卷。至若干寶之賜二百，陶侃之獻三千，青童琅玕之美，范寧藤角之妍。五色方瓦於鳳銜，純白或遭於蟲蠹。貢以和熹，求之秘府，嘉百幅於杜遷，美一函於魏武。爾其玩兹靡滑，閱此廉方，薛濤則矜誇蜀樣，僧虔則衒耀銀光。出晉朝者爲山濤之賜，墜郴州者爲溫裕之祥。美東宮之縹紅，重六合之雲陽。至有樹葉尤珍，桑根更潔，蔡侯始訝於鮮華，子良復稱其妙絕。因相如而逾貴，遇羲之而不節。羊續補被而道隆〔一〕，葛洪賣薪而志切。斯可以資日用於詞園，垂無窮之芳烈者也。《事類賦》卷一五。

〔一〕補被：原作"被補"，據宋紹興兩浙東路茶鹽司刻本乙。

九　墨賦

《真誥》曰：墨者陰之象。《釋名》曰：墨者晦之義。陸雲得之於魏臺，陶侃獻之於晉帝。或名重張金，或妙稱祖氏。王郎既受於嘉惠，張永亦傳其巧思。污扇上而因成駮牛，出池中而更驚童子。王遠書之而入木，班孟噴之而成字。復有二螺九子，上黨隃糜，其堅如玉，其紋若犀。別有吐於魚腹，磨之楯鼻。和冀公二兩之煙，矜仲將一點之漆。揚雄受賜而石室觀書，王肅追靈而東齋注《易》。故有領袖如皂，而脣齒皆黑。至於藏廬岳之十年，給東宮之四丸，王勃之盈衣袖，新室之污陵垣。亦有斲髓明志，刳心表虔，賣薪著業，飲水懲愆。玄光有文嵩之傳，青松吟曹植之篇。斯筆陣之鍪甲，實文苑之攸先也。《事類賦》卷一五。

柳開藝話（二則）

柳開（九四八～一〇〇一）字仲塗，自號"東郊野夫"，又號"補亡先生"。大名（今河北大名）人。開寶六年登進士第，授宋州司寇。九年，遷録事參軍。太宗討伐後晉，擢爲贊善大夫，知常州，移知潤州，拜監察御史。太平興國九年，知貝州，加殿中侍御史。雍熙二年，貶上蔡令。還闕，復侍御史，改崇儀使、知寧邊軍。端拱元年，知全州。淳化元年，移知桂州。明年，詔歸京師，爲黥徒所訴，入御史臺獄，貶滁州團練副使。召還，復崇儀使，知環州。至道元年，知曹州，移邢州。咸平元年，秩滿入覲，出知代州，移滄州，兼兵馬鈐轄。病卒於道，年五十四。宋初文章繼五代之習，崇尚偶儷，自柳開始爲古文，對改變宋初文風，功不可没。然開文大多詞澀言苦，令人難以卒讀。開不善詞賦，詩作甚少。著有《河東先生集》。

一 送程説序

樂之中，琴爲貴，君子多尚矣。古之時，聲隨己出，以舒其悲怨喜懼之心。聽之者知其能，然於以察夫民之情、國之政矣。

今之人即異於是。舉世而能者鮮矣。能之者，非能舒夫心以出乎聲也，蓋能習乎古之遺聲也。其或真僞之不分，節數之無度，復斯多矣，是若廢之者乎！或不幸而有好之者能習焉，當其發而鼓之也，見而來觀者百無一二矣，觀而能聽者幾人焉？聽而復能知者固加少矣。是以習於是者，日怠其功；好於此者，時微其學。益至乎寖削矣！況能感誠以變其聲，作音以述其志者哉！是以好而能者，始即樂其習焉，終乃傷乎己之莫若其不知之也。

或有夫觀而能聽者，聽而能知者，知而願學者，進于其能人曰："吾請子以師焉。"朝乃以傳之，暮乃以傳之，至夫善紀而不遺，敏問而不休。即能者，反懼彼之如己也，復不爲之盡焉。噫，是亦人之媮薄者乎！貴己而賤彼之所作也，致夫今不迨古，亂斯由也。嗚呼，甚矣哉！

有能善聽者，於世也已尚貴之，若莫可得也；能來師而進習焉，忍不爲之竭己以授彼乎？何好虛而惡實，務奸而鄙正之爲矣！

予學之於是也，但未知乎己之後，能異士而有如也，斯務求以習焉。程子良於此者也，予得請之。今行將告別，予敢言之，以慮後有進於子者，慎無如吾譏之說者也。

四部叢刊本（上海涵芬樓影印舊抄本）《河東先生集》卷一一。

二　贈麴穜彈琴序

我聽子之琴，實聞其聲，不能知子琴之音也。獨坐永日，泠然不休。嗟乎！我是病於子矣。子謂我能知其音，將欲宣其心，而達其志也，豈徒然乎。為子，我悲矣。不幸因子琴之悲而切，自感而自悲也。子果能為我而聽其言乎？

子之琴，有似於我之文也。力學十餘年，非古聖賢之所為用心者不敢安。於是學成而業精，行修而德廣。希於古之知己者，不可從而見也，徒勤勤而至於今矣。尤於人不我知，誠之而莫所遂其求也，甘自放於東郊矣。

聽子之琴，感我之悲也，亦將自尤而自責矣，又何外尤於他人乎？始自求於人，今知己之為過也。棄俗尚而專古者，誠非樂於人而取其責者也，獨宜其自知而自樂矣。用是而得與子言乎。

子以琴之能見於我也，將謂我能識其音而辨其功矣。我豈果能專為子識其音而辨其功乎？易子之願也，我亦如是矣。我聽子之琴，尚不能識其音而辨其功矣，人豈反能觀我之文也，而能為我行其言而盡其道乎？故知人不我知者，亦無尤也。與子務於古者也，知之者不足取於外也，誠乎己而已。

子聞此之言，固亦信我之感而悲，不為妄也。子試為我而思之，將見子亦嗚嗚而不禁矣。《河東先生集》卷一二。

陶岳藝話（二則）

陶岳（生卒年不詳）字介丘，又字舜諧，湖南永州祁陽（今湖南祁陽）人。東晉名臣陶侃之後，世居廬江潯陽。太宗太平興國五年進士，官太常博士、尚書職方員外郎，後出爲郡守。歷官四十餘年，有廉名。曾任端州知府，爲當地老百姓稱説，歷任刺史、知府不索取硯石者，惟包拯、陶岳二人。著有《五代史補》《湖湘故事》等。

一　淮南寫太祖真

武皇之有河東也，威聲大振。淮南楊行密常恨不識其狀貌，因使畫工詐爲商賈，往河東寫之。畫工到未幾，人有知其謀者，擒之。武皇初甚怒，既而親謂曰："且吾素眇一目，試召，亟使寫之，觀其所爲如何。"及武皇按膝，厲聲曰："淮南使，汝來寫吾真，必畫工之尤也。寫吾不及十分，即階下便是死汝之所。"畫工再拜。下筆時，方盛暑，武皇執八角扇，因寫扇角，半遮其面。武皇曰："汝諂吾也。"遽使別寫之。又應聲下筆畫其背弓撚箭之狀，仍微合一目，以觀箭之曲直。武皇大喜，因厚賂金帛遣之。文淵閣四庫全書本《五代史補》卷二。

二　馮吉好琵琶

馮吉，瀛王道之子，能彈琵琶，以皮爲弦。世宗嘗令彈於御前，深欣善之，因號其琵琶曰"遶殿雷"也。道以其惰業，每加譴責，而吉攻之愈精。道益怒，凡與客飲，必使庭立而彈之，曲罷，或賜以束帛，命背負之，然後致謝。道自以爲戒最極矣，吉未能悛改。既而益自若，道度無可奈何，歎曰："百藝之可工而身賤，理使然也。此子不過太常少卿耳。"其後果終於此。《五代史補》卷五。

晁迥藝話（二則）

晁迥（九五一～一〇三四）字明遠，先世爲澶州清豐（今河南清豐）人，後徙家彭門（今江蘇徐州）。太平興國五年進士。迥通釋老之書，持養生之說，而不喜術數之言。文章書法均有典則，李獻臣以爲"疑文滯義，須質正而後已。文章典贍，書法端楷，時輩推重"；所撰詔令得代言之體，楊億稱其"無過褒之語"（《郡齋讀書志》卷一九引）。晁迥詩又收入《西崑酬唱集》，然其詩風與西崑派其他詩人不侔，却與白居易詩風相近，集中多擬白居易之作，自謂於白氏詩"凡有愜心之理者，每好依據而沿革之，往往得新意以自規"（《法藏碎金》卷五）。著述甚富，《郡齋讀書志》卷一九著錄有《翰林集》三卷、《耄智餘書》三卷、《隨因紀述》，均已佚。現存著述有《昭德新編》三卷；《道院集》十五卷，經王古刪定爲《道院集要》三卷；《法藏碎金錄》十卷。

一

夫世終而奏雅，猶勝終不變其淫聲；年老而脩善，猶勝終不改其前過。_{文淵閣四庫全書本《昭德新編》卷上。}

二

畫工之格致高妙，有能注思落筆、傳神寫照而逼真者。文士之格致高妙，有能注思落筆、窮理盡性而臻極者。此二事頗相類也。吾常覽唐賢著述，有陳心法宗趣，而立言穎利明白，鑿出大意，使其曉暢文義者。了了見妙道之源，信知才俊精敏，有資助發揚之力。_{文淵閣四庫全書本《法藏碎金錄》卷一。}

鄭文寶藝話（一則）

鄭文寶（九五三～一〇一三）字仲賢，寧化（今福建寧化）人，一說襄城（今河南襄城）人。仕南唐至校書郎。入宋登太平興國八年進士第，除修武主簿，遷大理評事、知梓州錄事參軍事。召試翰林，改著作佐郎，通判潁州。授陝西轉運副使，前後自環慶部糧越旱海入靈武者十二次，曉達蕃情，習其語。其後屢任陝西、河東、京西轉運使，官至兵部侍郎。大中祥符六年卒，年六十一。能爲詩，善篆書，有集二十卷，又撰《談苑》二十卷、《江表志》三卷（存）、《南唐近事》一卷（存）。

《霓裳羽衣曲》，自兵興之後絕無傳者，周后按譜尋之，盡得其聲，無不驚異，明年亡國之應也。文淵閣四庫全書本《江表誌》卷下。

龍衮藝話（二則）

龍衮（生卒年不詳）字君章，吉州永新（今江西永新）人，約真宗、仁宗間在世。撰《江南野史》，是記載南唐至宋初江南史事的紀傳體史書，宋人云全書凡八十四傳。今僅存十卷，首三卷分載南唐三主事蹟，後七卷皆南唐諸臣傳，凡三十四傳，較宋人所見，已闕五十傳。所記南唐史事，偶有疏略訛舛，宋人已多有指出。但亦多存南唐君臣的珍聞軼事，頗有他書未見者。

一

（宋）齊丘之學，天才縱逸，穎出超羣，混然而得，非耗蠹前修而爲之辭。至如《鳳臺山亭詩》《延賓亭記》《九華三表》，有古儒之風格。《化書》五十餘篇，頗幾於道家。凡建碑碣，皆齊丘之文，命韓熙載八分書之。熙載嘗以舐實其鼻，或問其故，答曰："其辭穢而且臭。"時見謗誹，多此之類。文淵閣四庫全書本《江南野史》卷四。

二

尹琳者，其先世名濯者，爲晉平南將軍、廣州刺史，封鄱陽侯。濯死，葬於廬陵永新縣積慶鄉，今墳猶在也，而諸尹僅數百家，皆其子孫也。唐開元中，尹氏一女姿容頗麗，性識敏慧，不由保母而盡歌唱之妙，因重陽與羣女戲登南山之文峯，而同輩命之歌，乃顰眉緩頰，怡然一曲，聲逗數十里，故俗耆舊云："尹氏之歌，聞於長安。"時刺史因行部至邑，聞而問之，左右或對以尹氏之女，乃使召之。見其容質娉婷，年方及笄，因表進入宮，封爲唱歌供奉，日受恩寵，喉音妙絕，爲天下第一。於時海內樂人及王公貴戚，至共以邑名呼爲尹永新。僉曰："自秦青娥而後，一人而已。"後改元大會燕於含光殿，盡許長安百姓及戎狄之長人大內觀之。時燕樂方酣，百戲煩劇，而羣音喧嚻，無由遏禦。聖情煩撓，左右計無所出。高力士因推永新出，纔歌一聲，羣噪皆默於，是皇襟洞豁，至夕而終。今存始歌之處，後人號爲玉女峯，爲立廟祠，四時祭祀，或雨暘愆期禱之能應。《江南野史》卷六。

崔遵度藝話（一則）

崔遵度（九五四～一〇二〇）字堅白，本江陵（今湖北江陵）人，後徙淄川（今山東淄博）。太平興國八年進士。端拱初，擢著作佐郎。淳化中出知忠州。景德中，直史館，爲國史編修官。大中祥符元年，爲左司諫。天禧元年，拜吏部員外郎，加吏部郎中兼左諭德。天禧四年八月卒，年六十七。有集二十卷，又著《琴箋》一卷。

《琴箋》序

世之言琴者，必曰長三尺六寸象期之日，十三徽象期之月，居中者象閏，前世未有辨者。至唐協律郎劉貺以樂器配諸節候，而謂琴爲夏至之音。至於泛聲，卒無述者，愚嘗病之。因張弓附案，泛其弦而十三徽聲具焉，況琴瑟之弦乎！是知非所謂象者，蓋天地自然之節耳，又豈止夏至之音而已。

夫《易》有太極，是生兩儀。兩儀者，太極之節也；四時者，兩儀之節也；律呂者，四時之節也；晝夜者，律呂之節也；刻漏者，晝夜之節也。節節相受，自細至大而歲成焉。既不可使之節，亦不可使之不節，氣之自然者也。氣既節矣，聲同則應，既不可使之應，亦不可使之不應，數之自然者也。既節且應，則天地之文成矣。

文之義也，或任形而著，或假物而彰。日星文乎上，山川理乎下，動物植物，花者節者，五色具矣。斯任形者也。至於人常有五性而不著，以事觀之然後著；日常有五色而不見，以水觀之然後見；氣常有五音而不聞，以弦攷之然後聞。斯假物者也。是故聖人不能作《易》而能知自然之數，不能作琴而能知自然之節。何則？數本於一而成於三，因而重之，故《易》六畫而成卦。及其應也，一必於四，二必於五，三必於六焉。氣氣相召，其應也必矣。

卦既畫矣，故畫琴焉。始以一絃泛桐，當其節則清然而號，不當其節而泯然無聲，豈人力也哉！且徽有十三，而居中者爲一。自中而左泛有三焉，又右泛有三焉，其聲殺而已，絃盡則聲減。及其應也，一必於四，二必於五，三必於六焉，節節相召，其應也必矣。

《易》之書也，偶三爲六，三才之配具焉，萬物由之而出。雖曰六畫，及其數也，止三而已矣。琴之畫也，偶六而根於一，一鍾者，道之所生也。在數爲一，在律爲黃，在音爲宮，在木爲根，在四體爲心，眾徽由之而生。雖曰十三，及其節也，止三而已矣。卦之德方，經也；蓍之德圓，緯也；故萬物不能逃其象。徽三其節，經也；絃五其音，緯也；故眾音不能勝其文。

先儒謂八音以絲爲君，絲以琴爲君，愚謂琴以中徽爲君，盡矣。夫徽十三者，蓋盡昭昭可聞者也。苟盡絃而考之，乃總有二十三徽焉，是一氣也。丈絃具之，尺絃亦具之，豈有長短大小之限哉！是則萬物本於天地，天地本於太極，太極之外以至於無物；聖人本於道，道本於自然，自然之外以至於無爲；樂本於琴，琴本於中徽，中徽之外以至於無聲。是知作《易》者，考天地之象也；作琴者，考天地之聲也。

往者藏音而未談，來者專聲而忘理。《琴箋》之作也，庶乎近之。苟其闕也，請俟君子。中華書局二十四史本《宋史》卷四四一《崔遵度傳》。

王禹偁藝話（五則）

王禹偁（九五四～一○○一）字元之，濟州鉅野（今山東鉅野）人。淳化二年，太宗親試貢士，禹偁賦詩立就，拜左司諫、知制誥，判大理寺。以廬州尼道安訴訟徐鉉案受牽連，坐貶商州團練副使，移解州。四年，召拜左正言，直昭文館，出知單州。召爲禮部員外郎，再知制誥。至道元年，爲翰林學士，知審官院兼通進銀臺封駁司。以上疏言孝章皇后禮儀事，坐謗訕罷職，出知滁州。次年，移知揚州。真宗即位，禹偁上疏言五事，召還，復知制誥。時宰相張齊賢、李沆不協，以禹偁議論輕重其間，落知制誥，出知黄州。作《三黜賦》以見志。四年，徙蘄州，病卒，年四十八。禹偁喜獎掖後學，爲之延譽稱揚，當時名士多出其門下，實爲一代文學宗師。又以變革文風爲己任，所著詩文既變唐末五代雕繪纖弱之習，亦不爲柳開等宋初作家奇僻艱澀之言，實爲北宋詩文革新運動之先驅。平生撰著極富，著有《小畜集》三十卷、《别集》二十卷、《奏議》三卷、《承明集》十卷、《制誥集》十二卷、《四六》一卷，又著有《後集詩》三卷。今所存者爲《小畜集》三十卷，《五代史闕文》一卷。

一　唱山歌

滁民帶楚俗，下里同巴音。歲稔又時安，春來恣歌吟。接臂轉若環，聚首叢如林。男女互相調，其詞事奢淫。修教不易俗，吾亦弗之禁。叶韵。夜闌尚未闋，其樂何湛湛。用此散楚兵，子房謀計深。乃知國家事，成敗因人心。文淵閣四庫全書本《小畜集》卷五。

二　謝賜御草書詩表（節錄）

伏惟尊號皇帝陛下，書窮八法，學洞九流。英斷睿謨，運玄功而多暇；飛文染翰，縱草聖以爲娛。閒裁浙水之綾，爰寫渭南之句。宫中刀尺，剪雲霧於赤城；筆下風雷，走龍蛇於碧落。遍令中使，宣賜近臣，豈期瑣材，亦預宸眷！四部叢刊本《小畜集》卷二一。

三　大合樂賦

　　天地之禮，張樂雍美。王者作樂崇德，因高事天，固大合之奏已，暢至音於自然〔一〕。本乎人心，風俗以之而變矣；考諸古道，神祇於是而降焉。豈不以大樂之制，聖人能事，於以導淳和之氣，於以窒嗜欲之志。必使律呂克諧，宮商有次，絕靡靡之邪聲，表惜惜於大義。以此感人而人悅，以此薦神而神至。其用也，非八蠟以六宗；其大也，必父天而母地。見德音之孔昭，信同和而有自。又何止百獸率舞，丹鳳來儀。亦將動孝思於嚴配，揚和樂於華夷。繳如繹如，所謂樂之大者；載考載祔，乃得神其聽之〔二〕。徒觀夫其儀濟濟，大合之樂兮發而中禮，於以用之兮，配至誠於祖禰；其聲洋洋，大合之樂兮發而有章，於以用之兮，表至德於皇王。匪但崇牙設，猛簴張，金石間作，干戚成行，然後稱爲雅樂哉！

　　議夫樂之設也，非管非籥；樂之用也，唯淳唯朴〔三〕。若非審音以知政，安能製禮而作樂？聽之忘味，佞邪之道弗興；和而不淫，廉正之風有覺。是以大合之樂，其樂雍雍。用之於圓丘方澤，施之於除禪登封。豈鐘鼓云乎，姑悅人之耳目；異鏗鏘而已，失盛德之形容。

　　我國家《韶》《濩》登歌，《咸》《英》盡美。復夔樂於雅正，黜鄭聲於淰潭。自然天地効靈，耿休光於大祀。《小畜集》卷二七。

〔一〕暢：原作"陽"，據傅增湘校光緒二十五年廣雅書局刻聚珍本改。
〔二〕乃得：原無，據同上補。
〔三〕唯朴：原無"唯"字，據同上補。

四　李太白真讚　並序

　　予嘗讀《謫仙傳》，具得其事：始而隱以俟命也，中而仕以求用也，終而退以全身也。又嘗讀謫仙文，微達其旨：頌而諷，以救時也；僻而奧，以矯俗也；清而麗，以見才也。而未識謫仙之容，可太息矣，恨不得生於天寶間，與謫仙挈書秉毫，私願畢矣。有時沐肌濯髮，齋心整衣，屏妻孥，清枕簟，馨鑪以祝，拂榻而寐，意者求吉夢而覘仙姿也〔一〕。虔潔逾月，禱之弗徵。噫，凡目無分而覘之邪？仙客無靈而察之邪？

　　人欲方切，天從忽來〔二〕。丁丑中澣〔三〕，倅高平趙公，即故相之子也，既蒞厥職，因而造焉。公暇之間，語及皇唐文士，予以謫仙爲首稱。云得其真，出以相示。予乃彈冠拭目，拜而窺之，宿素志心，於是併遂。

　　觀乎謫仙之形，態秀姿清，融融春露，曉濯金莖；謫仙之格，骨寒氣直，泠泠碧江〔四〕，下浸秋石。仙眸半瞑，醉魄初爽，海底驪龍，眠濤枕浪。仙袂狂襬，霓裳任斜，松巔皓鶴，宿月棲霞。龍竹自攜，烏紗不整，異貌無匹，華姿若生。真所謂神仙中人，風塵外物者也。

亦既適願，能無述乎？且夫畫充國之形，頌而美德，寫曼倩之質，讚以紀功，矧我謫仙之文行哉！遂爲讚曰：

仙之來兮峨眉扃，曳素衣兮遊紫庭。仙之去兮騎長鯨，拂霞袖兮歸滄溟。雲濤雪浪圍蓬瀛，是誰仙筆留其形？國風闕敗誰繼聲，空有鶴態高亭亭。四部叢刊本《小畜外集》卷一〇。

〔一〕吉：原作"告"，據武英殿聚珍版書光緒二十年孫星華增刻本改。
〔二〕天：原作"天"，據同上改。
〔三〕丁丑中澣："丁丑"下似有脱字。
〔四〕泠泠：原作"冷冷"，據武英殿聚珍版書光緒二十年孫星華增刻本改。

五　《潘閬詠潮圖》讚　並序

賈閬仙以奪卷之忤，謫於長沙，李洞鑄其像以師之；孟浩然以上書之句，棄於襄陽，王維圖其形以觀之。故能使窮辱之士彌光，風雅之道不墜。清氣未盡，奇人繼生，處士潘閬得之矣。

處士總角之歲，天與詩性，故親族駭其語焉；弱冠之年，世有詩名，故賢英服其才焉。今内翰廣平宋公白贈詩云："宋朝歸聖主，潘閬是詩人。"其見許也如是。處士《自序吟》詩云："髮任莖莖白，詩須字字清。"又《貧居》詩曰："長喜詩無病，不憂家更貧。"又《峽中聞猿詩》云："何須三叫絶，已恨一聲多。"又《哭高舍人錫》詩云〔一〕："生前是客曾投卷，死後何人與撰碑。"又《寄張詠》詩云："莫嗟黑鬢從頭白，終見黄河到底清。"又《臨江亭》詩云："醉卧豈能妨燕雀，狂吟争不動魚龍。"寒苦清奇，多此類也。然趣尚自遠，交遊不群，松無俗姿，鶴有仙格。脱屣場屋，恥原夫之流；棲心雲泉，有終焉之計。言念吳越，跨江而來，錢塘、會稽，賣藥自給，因賦《浙江觀濤》之什，稱爲冠絶。

今太子中舍李公允以春宫之臣，被墨綬之貶，好奇尚異，有古人風。乃出輕綃，徵彩毫，寫彼詩景〔二〕，懸爲句圖，飛翰走僮，以越茂苑。且曰："若得吳縣序之，長洲讚之，可垂於不朽矣。"會予卧病不果。疾間之日，復出圖以閲之，誦詩以味之。乃知處士之句，絶唱也；李公之畫，好事也；羅君之序，樂善也。援毫讚之，以卒予志。辭曰：

天生潘閬，以詩爲名。賣藥澤國，吟潮海城。風引鶴領，霜號猿聲。天地借意，鬼神以驚。聞之心駭，誦之骨清。盧筆之賦，但述虛盈。光庭之論，徒曰縱橫〔三〕。何如一章，窮萬古情？中舍李公，爰徵畫工。快自象外，寫於圖中。吟態伊何？昂頭指空。寒沙暮島，望月孤鴻。吟聲伊何？舍水咽風。秋山虛谷，噴霜曉鐘。筆精墨妙，幽致何窮！凌煙有閣，甘泉有宫。欲圖厥象，必待其功。此詩克成，與勳比崇。霜縑一開,清風四來。展矣君子,芳塵遠哉!我藏此圖,携於上都。朝端人間,其能捨諸?吴山未泐,浙江未枯。湯湯潮聲,與詩名俱。《小畜外集》卷一〇。

〔一〕錫:原作"楊",據潘閬《聞高舍人錫下世》詩改。
〔二〕寫:原脱下半,據傅增湘校光緒二十五年廣雅書局刻聚珍本補。
〔三〕徒曰:原作"徒日",據文意徑改。

蘇易簡藝話（一則）

蘇易簡（九五八～九九七）字太簡，綿州鹽泉（今四川綿陽）人。太平興國五年進士第一，授將作監丞，通判昇州。八年，以右拾遺知制誥，屢知貢舉。雍熙三年，充翰林學士。淳化二年，遷中書舍人、翰林承旨。太宗飛白大書"玉堂之署"四字賜之，世以爲榮。四年，遷給事中、參知政事。後罷爲禮部侍郎，出知鄧州，移陳州。至道二年十二月卒，年三十九。易簡才思敏贍，雅善筆札，曾預修《文苑英華》，著有《文房四譜》四卷（存）、《續翰林志》二卷（存）、《文選雙字類要》三卷（存）、《玉堂集》二十卷等。

《文房四譜》後序

班《志》有言曰：小說家流千三百八十篇，蓋出於稗官，道塗之說也。孔子曰："雖小道，亦有可觀者焉。"苟致遠而不泥，庶亦幾於道也。矧善其事者必利其器，尋其波者必討其源。吾見其決洩古先之道，發揚翰墨之精，莫不由是四者，方傳之無窮乎。苟闕其一，雖敏妙之士，如廉頗不能將楚人也。

嘗觀《茶經》《竹譜》，尚言始末，成一家之說，況世爲儒者，焉能無述哉！因閱書秘府，遂檢尋前志，並耳目所及、交知所載者，集成此譜。問之通識者，亦曰可，故不能棄。其冠序則有騎省徐公述焉，敢以胸臆之志復書於卷末云。時皇宋龍集丙戌，雍熙紀號之三載，九月日序。學海類編本《文房四譜》卷末。

趙湘藝話（一則）

趙湘（九五九～九九三）字叔靈，南陽（今河南鄧縣）人，家於衢州，遂爲西安（今浙江衢縣）人。趙抃之祖。年十五學屬文，太平興國八年，應舉不利。淳化三年，再試，進士及第，授廬江尉。次年卒，年僅三十五歲。趙湘詩文頗爲時人稱賞，宋祁稱其詩"清整有法度，渾焉所得，不琢而美，無丹臒而采"，文章亦"恢動沈蔚，不減於詩"（《南陽集序》）。歐陽修亦謂"其詩清淑粹美"，文章"抑揚馳騁，辯博宏達"（《跋南陽集》）。《四庫全書總目》卷一五二稱其詩"大抵運意清新，而風骨不失蒼秀，雖源出姚合，實與雕鏤瑣碎、務趨僻澀者迥殊"，古文"亦掃除俳偶，有李翺、皇甫湜、孫樵之遺，非五季諸家所可及"。著有《南陽集》十二卷，原本已佚，四庫館臣自《永樂大典》等書輯出，編爲六卷。

《觀王巖彈箏》序

樂主於音也，音雅則和。人誠能雅而和，雖名器異，而不淫於色、不害於德也。苟離於是，雖塤篪鐘磬，爲鄭人衛人之執，惡能免乎趨數傲辟之過也？

淳化三年，湘始作尉潛溪。明年夏五月，事稍閒。一日，同僚者挈酒，登邑之南亭以避煩毒。四顧晴爽，薰風時來。

有王巖者，實金陵人，末至而居客之右，觀其貌則脱略，視其神則非俗人，語爽而氣清。主人揚之曰："巖善爲秦聲。"問之則唯唯。然湘聞則意有所不樂，陰語曰："是子貌脱略而神不俗，求其藝，則何鄙而且俗哉？"未幾，主人命是器置於巖之前，巖色無愧，復不讓。試調之，鏗鏗然；姑作，泠泠然；縱之，純純然。自初而終，且爲瑟聲，似非秦弦也。愛而問之，則捨器而作，對曰："某之志，始在琴瑟也。幼能學琴，逮成人，遇秦弦，或試調弄，調之則心存乎雅正。由是至於和，往往離部之曲作操弄，宛爾琴瑟之道如是，亦使人不蕩其心，不淫其志，無凝滯之想。"

嗚呼！邪正之音，果在乎人，不在乎器也。巖之志本雅，雖手因乎秦弦，而心存乎焦桐。夫豈異乎在莊墨之教，而好周公孔子之道；居蠻貊之國，而樂忠信禮樂之事？苟手存乎焦桐，心存乎秦弦，又豈異乎讀堯舜之書，行桀紂之教；立冠裳之門，發屠沽之行？《易》所謂外君子而內小人也。噫！手焦桐而心秦弦者，皆是也。

湘愛巖異於衆，因書實而爲序。武英殿聚珍本《南陽集》卷五。

李上交藝話（二七則）

李上交（生卒年不詳），洛陽（今河南洛陽）人。慶曆六年，以在部苛察，自荆湖南路轉運判官、太常博士降知筠州。皇祐二年，以職方員外郎知福州，改提點廣南西路刑獄公事。四年，坐失禦賊，降太常博士、監安州酒稅。嘉祐中，退寓鍾陵。著有《近事會元》五卷（存）、《豫章西山記》一卷。

《近事會元》（二七則）

霓裳羽衣曲

唐野史云：明皇開元中，道人葉法善引上入月宫。時秋，上苦凄冷，不能久留。回於天半，尚聞仙樂。及歸，但記其半曲，遂篆中寫之。會西京都督楊敬述進《婆羅門曲》，與其聲調相符，遂以月中所聞爲之散序，因敬述所進爲曲身，名《霓裳羽衣曲》也。又《楊妃外傳》云：天寶四載七月，於鳳凰園册女道士楊氏爲貴妃。進見之日，奏《霓裳羽衣曲》。注云：明皇三鄉望女幾山所作也。又引劉禹錫詩云："三鄉陌上望仙山，歸作《霓裳羽衣曲》。"又《小説》云：術士羅公遠導明皇入月宫聞之，尤甚怪誕，不足爲證。上交嘗聞，明皇洞曉音律，必欲神其曲，謂得於天上也。或夢寐所成，亦非異事。若云形體升天，殆欺人也。女幾回而作，近之矣。今又按，《樂苑》云：《霓裳羽衣曲》，開元西凉府節度使楊敬述進，在越調中。又《樂苑》云：《婆羅門曲》改《霓裳羽衣曲》，入大乞食調，今之大食、越調聲相近。唯高一均，是二調俱可行之，皆屬商也。《婆羅門曲》，大乞食調、越調雙調，今時樂工盡知之，其散序不復聞焉。近年樂工穿鑿不明，越與大食俱屬商聲，但見胡曲有仲呂商，即林鍾商也，便就其調，草爲八拍，曲破殊無和會，諒其曲必大也。自唐憲宗時，猶奏此曲。今不傳者，有以巢賊之後泯然也。無如白居易歌詩可証耳。白詩云："開元遺曲自凄凉，況近秋天調見商。"又和元稹詩云："我昔元和侍憲皇，曾陪内宴入昭陽。千歌萬舞不可數，就中最愛霓裳舞。舞時寒食秋風天，玉勾欄下香案前。案前舞者顔如玉，不著人間俗衣服。虹蜺霞帔步搖冠，花鈿瓔瓓佩珊瑚。娉娉似不任羅綺，願聽樂懸行復止。磬簫箏笛競相攙，擊擫吹彈聲迤邐。法曲之初，衆樂不齊，唯金石絲竹次第聲發，《霓裳序》初亦如此。散序六奏未動衣，陽臺宿雲慵不飛。散序六遍無拍，故不舞之。野史云：此是明皇所得之聲，分爲六序也。中序擘裂初入拍，秋竹竿裂春水拆。中序初有拍，亦名拍序，此後乃進《婆羅門曲》也。飄然轉旋回雪輕，嫣然縱送游龍驚。煙娥斂羣不勝態，風袖低昂如有情。上元點鬟招萼綠，王母揮袖別飛瓊。繁音急節十二遍，跳珠撼玉何鏗鍠。十二遍而終。翔鸞舞了却收翅，唳鶴曲終長引聲。凡曲將終，皆聲拍促速。惟《霓裳》之末長引一聲也。君不見我歌云：驚破霓裳羽衣曲；又不見我詩云：曲愛霓裳未拍時。由來能事皆有主，楊氏創聲君造譜。"楊氏謂敬述。創歌，令微之寄譜與樂天也。

胡渭州　伊州

《樂譜録》云：唐明皇天寶中，西涼節度使蓋嘉運進。

涼州　新涼州

唐明皇開元六年，西涼州都督郭知運進。又有《新涼州》，並在宮調上宮。竊詳七宮有八《涼州》，内正宫别有《小涼州》，亦曰《碎宮涼州》，其慢遍中來。七宫涼州中美聲聚而爲之，此有似《新涼州》也。又鄭棨《傳信記》云：初，郭知運進此曲，上召諸王便殿聽之，曲終，寧王不樂，對曰："此曲雖佳，臣有間焉。夫音者，始於宫商，成於角徵羽，莫不根襲於宫商也。斯曲宫雜而少徵，商亂而加暴。宫君，商臣也。宫不勝，則君勢卑；商有餘，則臣事僭。卑則偪下，僭則犯上。落於忽微，形於音聲，播之於歌詠，見之於人事。臣恐有播越之禍，悖迫之患，莫不兆於斯曲也。"上默然。後有安史之亂。

西涼州曲

唐《幽閒鼓吹》云：元載子，名伯和，勢傾中外，時閩帥寄樂伎十人，僅半歲，無因得進，伺其門下彈琵琶人康崑崙得通。伯和一試之，盡遺崑崙矣。先有和尚段善本者，自製《西涼州》，崑崙求之不與。至是以樂伎半贈之，乃肯傳焉。今《道調涼州》是也。

中和樂

唐德宗貞元十四年二月一日中和節，以雨雪改於二月七日宴羣臣，因奏上所製《中和樂》曲也。

奉聖樂曲

唐《盧氏雜說》云：韋皋鎮西川進之也。

内教坊　雲韶府

唐高祖武德已來，置於禁中，以按習雅樂，以中官一人充使。則天改爲雲韶府，神龍中復爲教坊。

大唐雅樂

唐太宗貞觀二年，太常少卿祖孝孫斟酌南北樂，考以古音，作爲大唐雅樂，以十二律各順其月，旋相爲宮，製十二和之樂，合三十一曲，八十四調。

改法曲爲仙韶曲　仙韶院

唐文宗開成三年，四改《法曲》爲《仙韶曲》，仍以伶官所居，謂之仙韶院。

左教坊　右教坊

《教坊錄》云：唐明皇開元末，西京右教坊在光宅坊，左教坊在延正坊。右善歌，左善舞，蓋相習也。

宜春院　十家　三國

《教坊錄》云：女妓入宜春院，謂之"內人"，亦曰"前頭人"，謂在上前也。骨肉得居教坊，謂之"內人家"。有請俸，其得幸者謂之"十家"。故鄭嵎《津陽門》詩云"十家三國增光輝"是也。家雖多，亦以十家呼之。三國謂秦、韓、虢楊氏三夫人也。

雲韶院

《教坊記》云：宜春人爲戲，則以雲韶添之，雲韶爲宮，蓋遼柘枝達摩之屬，謂之健舞。

七德舞　破陣樂

唐太宗貞觀元年，宴日奏《秦王破陣》之曲，蓋太宗在籓爲秦王時，士庶軍人相與作之，被甲持戟象戰事。上嘆曰："豈意今日登於雅樂。朕雖以武功定天下，終以文德綏海內。"遂令虞世南等改製歌詞，更名《七德舞》，舞者至一百二十人。

胡旋舞

唐明皇天寶六載，安祿山爲上所寵，加范陽節度使。先是康居國貢胡旋舞女，爾後安祿山與楊妃俱言其藝。傳之者不述舞態。上交按：白樂天歌詞云："胡旋舞，手應絃，足應鼓，絃鼓一聲雙袖舞，左旋右轉不知疲，千周萬匝無已時。"又云："胡旋女，出康居，徒勞東來萬里餘。中原自有能胡旋，鬭妙爭能爾不如。中有太真外祿山，二人最是能胡旋。祿山胡旋迷君眼，兵過黃河疑未反。太真胡旋感君心，死棄馬嵬念更深。從茲地軸天維轉，五十年來制不禁。"

舞馬

唐明皇開元中，三宴日諸樂戲外，有舞馬三十疋爲《傾杯樂曲》，奮首鼓尾，縱橫應節。又施三層寶牀，乘馬而上，抃轉如飛。後安禄山亦將數匹而歸，私習之。其後田承嗣代禄山，舞馬尚存者，一旦於櫪上聞鼓聲，頓挫以舞之。廐人惡之，舉箠以擊焉。其馬尚謂怒其未姸妙，因更奮擊宛轉，曲盡其態。廄役告承嗣，以爲妖，遂戮之，而舞馬絕。

梨園弟子

唐明皇開元二十年，以聽政之暇，詔太常樂工弟子三百人，爲絲竹之戲。音響齊發，有一聲誤，上必覺爲正之。號"皇帝弟子"，又云"梨園弟子"，以置近院於林苑之梨園也。

坐部　立部

唐高祖初登極後，燕享因隋舊制，厎九部之樂。其後分爲立、坐二部。

雅歌雜胡夷音　法曲

唐明皇開元二十五年，太常卿韋縚令博士韋逌，直太樂尚沖、樂正沈元福、郊社令陳虔、申懷操等，銓敘前後所用樂章爲五奏，付太樂習之。時太常舊相傳有宮商角徵羽《讌樂》五調歌各一奏，縚又令元戎更相整比爲七卷。又自開元已來，歌者雜用胡夷里巷之曲，其元成所集者，工人多不能曉，相傳謂之法曲也。

曲破

《唐傳》載云：天寶樂章，多以邊地爲名，若《凉州》《甘州》《伊州》之類是焉。其曲之遍擊聲處，名入破。後其地盡爲西番所沒，破其兆也。

羯鼓

唐《羯鼓錄》云：此樂出外夷，以戎羯鼓故也。其音主太簇一均，在都曇鼓、答臘鼓之下，都曇，狀腰而小者。臘取楷鼓也。雞婁鼓之上。

掬琵琶

唐《國史纂要異》云：貞觀中，彈琵琶裴洛兒私撥用手，今日掬琵琶也。

古琵琶

《酉陽雜俎》云：琵琶用鶤雞弦。開元中，段師名善本，能彈琵琶，用皮弦。賀懷智破撥彈之，不能成聲。

琵琶名

《傳載》云：唐時，漢中王瑀見康崑崙彈之，曰："琵聲多，琶聲少，亦未可彈五十四弦。"大弦也，自上而下謂之琵，自下而上謂之琶。

賀老琵琶

唐《談賓錄》云：賀老，名懷智也。

調啞鐘

唐太宗貞觀二年，祖孝孫以隋用黃鐘一宮，唯叩七鐘，餘五鐘虛懸不叩，謂之啞鐘。遂以旋宮之法，皆遍叩之，無復虛懸也。

雜戲弄孔子

唐文宗太和六年二月寒食，上宴羣臣，伶人弄孔子。帝曰："孔子，古今之師，安得侮黷？"亟驅出之。

潑寒胡戲

唐則天神龍二年，中宗即位後十一月，御洛成樓，始觀潑寒胡戲。至開元二年禁斷，因張說奏也。胡人以水相潑於寒月爲戲，謂之"乞寒胡"者。 以上文淵閣四庫全書本《近事會元》卷四。

李畋藝話（一則）

　　李畋（生卒年不詳）字渭卿，自號谷子，華陽（今四川成都）人。少年力學，博通經史，以學行爲鄉里所稱。張詠知益州，器重之。淳化三年進士及第，授懷寧主簿，爲國子監説書，改大理寺丞、知泉州惠安縣。後知榮州，以國子博士致仕。卒年九十。平生以著述爲志，《澠水燕談録》卷七謂其有《孔子弟子傳讚》六十卷、《道德經疏》二十卷、《張乖崖語録》二卷、《谷子》三十卷以及歌詩雜文七十卷，《郡齋讀書志》卷一三又著録有《該聞録》十卷、雜詩十二卷。現存著述僅《該聞録》一卷，有《説郛》本。

《益州名畫録》序

　　大凡觀畫而神會者鮮矣，不過視其形似。其或洞達氣韻，超出端倪，用筆精緻不謂之工，傅采炳縟不謂之麗，觀乎象而忘象，意先自然，始可品繪工於彀中，揖畫聖於方外，有造物者思，唯是得之。

　　江夏黃氏休復，字歸本，通《春秋》學，校左氏、公、穀書，暨摭百家之説。鬻丹養親，行達於世，恬如也。加以游心顧、陸之藝，深得厥趣，居常以魏晉之奇縱，隋唐之懿跡，盈縑溢帙，類而珍之。適值博雅之士欸扉求見，則敞茅屋，拂榻塵，架而陳之，娛賓賞心，萬慮一泯。及其僧舍道居，靡不往而玩之，環歲忘倦。

　　蓋益都多名畫，富視他郡，謂唐二帝播越及諸侯作鎮之秋。是時畫藝之傑者游從而來，故其標格楷模，無處不有。聖朝伐蜀之日，若升堂邑，彼廨宇寺觀前輩名畫，纖悉無圯者。迨淳化甲午歲，盜發二川，焚劫略盡，則牆壁之繪甚乎剝廬，家秘之寶散如決水，今可觀者十二三焉。噫！好事者爲之幾鬱矣。

　　黃氏心鬱久之，又能筆之書，存録之也。故自李唐乾元初至皇宋乾德歲，其間圖畫之尤精，取其目所擊者五十八人，品以四格，離爲三卷，命曰《益州名畫録》。

　　書來，謂余有陶隱居之好，恨無畫之癖，首既讀之，序以見託。且曰，畫之神妙功格，往躅前範，黃氏録之詳矣；至如蜀都名畫之存亡，繫後學之明昧，斯黃氏之志也。故其書婉而當，博而有倫，體而不亂，信夫學者得意忘象。觀前賢之逸軌，然後考黃氏之四格，則思過半矣，非獨鳴圖畫之譽於坤維者哉。時景德三年五月二十日，虞曹外郎致仕李畋序。文淵閣四庫全書本《益州名畫録》卷首。

王欽若藝話（一則）

王欽若（九六二～一〇二五）字定國，臨江軍新喻（今江西新餘）人。太宗征討太原，欽若時十八歲，作《平晉賦論》獻行在。淳化三年進士及第，爲亳州防禦推官，遷秘書省秘書郎，監廬州稅。改太常丞。召試學士院，拜右正言、知制誥，爲翰林學士。出爲西川安撫使。還朝，授左諫議大夫，參知政事。景德初，真宗出征澶淵，以參知政事判天雄軍，提舉河北轉運司。還，爲刑部侍郎，充資政殿學士。判尚書都省，修《冊府元龜》。改兵部侍郎，升大學士。以尚書左丞知樞密院事。大中祥符初，造爲祥瑞之説，助真宗東封泰山，爲封禪經度制置使，兼判兗州，封禪禮成，遷禮部尚書，命作《社首頌》，遷户部尚書。隨祀汾陰，改吏部尚書。明年，爲樞密使、同中書門下平章事。遷尚書右僕射，判禮儀院，拜左僕射。以太子太保出判杭州，歸朝，再爲資政殿大學士。除山南道節度使，判河南府。與丁謂不協，請就醫京師，不待報而歸，以擅去職守降司農卿，分司南京。仁宗即位，改秘書監，起爲太常卿，知濠州，移江寧府。召入朝，復爲門下侍郎，同平章事、昭文館大學士，監修國史。《真宗實録》成書，進司徒，封冀國公。天聖三年卒，年六十四，贈太師、中書令，諡文穆。王欽若敏於政事，富於文辭。著述頗豐，除奉旨編《冊府元龜》一千卷外，又編著《鹵簿記》等六百餘卷。其著述僅存《翊聖保德傳》三卷，收入《正統道藏》。

楊凝式《夏熱帖》跋

右楊凝式墨跡一紙，字畫奇古，筆勢飛動，天地間尤物也。公字與顔公一等，俱稱絶異，然公素不喜作尺牘，後人罕能見之，益可寶也。紫薇閣王欽若定國題，時大中祥符三祀天貺節日。適園叢書本《珊瑚網》卷二。

李宗諤藝話（一則）

李宗諤（九六四~一〇一二）字昌武，饒陽（今河北饒陽）人，李昉子。端拱二年進士及第，授校書郎。明年，獻文自薦，遷秘書郎、同修起居注。真宗即位，拜起居舍人，預重修《太祖實錄》。遷知制誥，判集賢院。景德二年，爲翰林學士。大中祥符初，從真宗封泰山，改工部郎中。二年，爲建昭應宮使。三年，知審官院。真宗祭祀汾陰，命爲經度制置副使，同權河中府事，拜右諫議大夫。五年卒，年四十九。宗諤風流儒雅，藏書萬卷，究心於典籍。歌詩精妙，後人以爲得李商隱之體。著有《翰林雜記》，紀宋朝制度；又著有文集六十卷。《內外制》三十卷、《大中祥符封禪汾陰記》《諸路圖經》《家傳》《談錄》等，均已佚。現存《先公李昉談錄》一卷。

黃筌竹讚　並序

工丹青、狀花竹者，雖一蕊一葉，必須五色具焉，而後見畫之爲用也。蜀人黃筌則不如是，以墨染竹，獨得意於寂寞間，顧彩繪皆外物，鄙而不施。其清姿瘦節，秋色野興，具於紈素，灑然爲真，固不知墨之爲聖乎？竹之爲神乎？惜哉筌去世久矣，後人無繼者。蜀亡二十年，蘇公易簡得筌遺跡兩幅，寶之如神，懼恐化去，惟樂安村民得一觀焉。噫！清瀟碧湘，會稽雲夢，有竹萬頃，去我千里，鮮碧蔽野，寧得而窺？曷若此圖，虛堂靜敞，滿目煙翠，行立坐卧，秋光拂人？又何必雨中移來，窗外種得，霜庭月檻，蕭騷有聲，然後稱子猷之高興乎！予歎筌圖之入神，美翰林之好事，抽毫抒思，敢爲之讚曰：

猗歟黃生，畫竹有名。能狀竹意，是得竹情。一毫搵筆，匪丹匪青。秋思野態，混然而成。背石枕水，蒼蒼數莖。森然如話，颯若有聲。湘江坐看，嶻谷隨行。大壁高展，清陰滿庭。

又詩曰：

惜哉黃公不可觀，空留高價傳千古。向非精賞值蘇公，時人委棄如泥土。文淵閣四庫全書本《蜀中廣記》卷一〇七。

錢易藝話（三〇則）

　　錢易（九六八～一〇二六）字希白，錢塘（今浙江杭州）人，錢俶子、錢惟演從弟。才思敏捷過人，數千百言，援筆立就。其詩文初學晚唐五季，後變而宗西崑體，辭翰博贍，不蹈襲陳言。嘗著《擬唐詩》一百首，篇篇模擬唐人詩題，備各家之體。著有《金閨集》六十卷、《瀛州集》五十卷、《西垣集》三十卷、《內制集》二十卷、又有《壽雲總錄》一百卷、《南部新書》十卷。今僅存《南部新書》十卷。

《南部新書》（二九則）

　　祕書省內落星石，薛稷畫鶴，賀知章草書，郎令餘畫鳳，相傳號爲四絕。元和中，韓公武爲校書郎，挾彈中鶴一眼，時人乃謂之五絕。又省之東即右威衛，荒穢摧毀。其大廳逼校正院，南對御史臺，有人嘲之曰："門緣御史塞，廳被校書摧。"文淵閣四庫全書本《南部新書》卷一。

　　王右丞善琵琶，賈魏公善琴，皆妙絕一時。

　　天后時，太常丞李嗣真聞東夷三曲一遍，援胡琴彈之，無一聲遺忘。

　　太和中，樂工尉遲璋左能囀喉爲新聲，京師屠沽效，呼爲"拍彈"。以上《南部新書》卷二。

　　《清夜遊西園》，顧長康畫。有梁朝諸王跋尾，云："圖上若干人，並食天祿。"貞觀中，褚河南裝背。

　　李羣玉好吹笙，常使家僮奏之。又善《急就章》，性善養白鷴。及授校書郎東歸，故盧肇送詩云："妙吹應諧鳳，工書定得鷴。"以上《南部新書》卷三。

　　李含光善書，或曰："筆跡過其父。"一聞此語，而終身不書。含光即司馬天師弟子。

《蘭亭序》，武德四年歐陽詢就越訪求得之，始入秦王府。麻道嵩奉教揭兩本，一送辨才，一王自收。嵩私揭一本。於時天下草創。秦王雖親總戎，《蘭亭》不離肘腋。及即位，學之不倦。至貞觀二十三年，褚遂良請入昭陵，後但得其模本耳。

　　元行沖在太常，有人於古墓得銅器，似琵琶而身正圓，人無識者。沖曰："此阮咸琵琶也。"乃令匠人以木爲之，至今乃有。以上《南部新書》卷四。

　　中土人尚札翰，多爲院體者。貞元年中，翰林學士吳通微嘗工行草，然體近吏。故院中胥吏多所倣效，其書大行於世，故遺法迄今不泯，其鄙拙則又甚矣。

　　李紓侍郎嘗放舉人，命筆吏勒書紙牓，未及名，首書貢院字吏得疾暴卒。禮部令史王昶者，亦善書，李侍郎召令終其事。適值昶被酒已醉，昏夜之中，半酣揮染，筆不加墨。迨明懸牓，方始覺悟，修改不及。粲然一牓之中，字有兩體，濃淡相間，反致其妍。自後書牓因模法之，遂爲故事。今因用氈墨淡書，亦奇麗耳。以上《南部新書》卷五。

　　武德中，天下始作《秦王破陣樂曲》，以歌舞文皇之功業。貞觀初，文皇重製《破陣樂圖》，詔魏徵、虞世南等爲詞，因名《七德舞》。自龍翔以後，詔郊廟享宴，皆先奏之。

　　弄參軍者，天寶末蕃將阿布思伏法，其妻配掖庭。善爲優，因隸樂工，遂令爲此戲。

　　永徽之理，有貞觀之遺風。製《一戎衣大定樂曲》。至永隆元年，太常丞李嗣真善審音律，能知興衰，云："近者，樂府有堂堂之曲。再言之者，唐祚再興之兆也。"後《霓裳羽衣》之曲，起於開元，盛於天寶之間。此時始廢泗濱磬，用華原石代之。至天寶十三載，始詔遣調法曲與胡部雜聲，識者深異之，明年果有祿山之亂。以上《南部新書》卷六。

　　宣皇製《泰邊陲曲》，撰其詞云："海岳晏咸通。"此符武皇之號也。

　　洛陽鄭生，丞相揚武之後也。家藏法書數十軸，賈君常得遍閱。其尤異者，晉衛瓘上晉武帝啓事，紙尾有批答處。又有文宗在遼東與宮人手勅，言"軍國事一取皇太子處置"。其翰真草相半，字有不用者，皆濃墨塗殺，圓如棋子，不可尋認。復有歐陽率更爲皇太子起草表本，不書太子諱，稱"臣某叩頭頓首"，書甚端謹，然多塗改，於紙末別標"臣詢呈本"四字。

盧詹尚書任吏部，押官告楷署其名，字體遒麗，時謂之"真書盧家"。以上《南部新書》卷八。

裴說，寬之姪孫，佐西川韋皋幕，善鼓琴，時稱妙絕。靈開山有美桐，取而製以新樣，遂謂之"靈開琴"。蜀中又有馬給，彈琴有名，尤能大小間絃。吳人陽子儒，亦於悲風尤妙。

貞元以來，選樂工三十餘人，出入禁中，號"宣徽"，常入供奉，皆假以官第。每奏伎樂稱旨，輒厚賜之。至元和八年，始分番上下，更無他錫，所借宅亦收之。

柳公權嘗於佛寺看朱審畫山水，手題壁詩曰："朱審偏能貌夕嵐，洞邊深墨寫秋潭。與君一顧西牆畫，從此看山不向南。"此句爲衆歌詠。後公權爲李聽夏州掌記，因奏事，穆宗召對曰："我於佛寺見卿筆劄，思見卿久矣。"宣出充侍書學士，非時宰所樂，進擬左金吾衛兵曹充職，御筆改右小諫。中外朝臣皆呼爲國珍。

韓晉公在朝，奉使入蜀，至駱谷，山椒巨樹，聳茂可愛，烏鳥之聲皆異。下馬以柘弓射其巔，杪柯墜於下，響震山谷，有金石之韻。使還，戒縣尹募樵夫伐之，取其幹，載以歸。召良匠斲之，亦不知其名，堅緻如紫石，有金色綫交結其間。匠曰："爲胡琴檀，他木不可並。"遂爲二琴，名大者曰"大忽雷"，小者曰"小忽雷"。因便殿德皇言樂，遂獻大忽雷爲禁中所有，小忽雷在親仁里。

貞元初，荊南有狂僧，善歌《河滿子》，嘗遇醉伍伯，塗中辱令歌。僧即發聲，其詞皆陳伍伯平生過惡。伍伯驚懼，自悔之不暇。

盧邁有寶琴，各直數十萬，有寒玉、石磬、響泉、和志之號。以上《南部新書》卷九。

十宅諸王，多解音聲，倡優百戲皆有之，以備上幸其院迎駕作樂，禁中呼爲"樂音郎君"。

唐韓幹善畫馬。閒居之際，忽有一人朱衣玄冠而至，幹問曰："何得及此？"對曰："我鬼使也。聞君善圖良馬，願賜一匹。"立畫焚之。數日，出，有人揖而謝曰："蒙惠駿足，免爲山川跋涉之苦，亦有以酬效。"明日有人送素縑百疋，不知其來，幹取用之。

明皇御勤政樓，下設百戲，坐安祿山於東間觀看，肅宗諫曰："歷觀今古，無臣下與君上同坐閱戲者。"玄宗曰："渠有奇相，我有以禳之故耳。"又嘗與之夜讌，祿山醉卧，化爲一豬而龍頭。左右遽告，帝曰："渠貒龍，不能爲也。"終不殺之，卒亂中原。

文皇謂虞世南一人而有五絕：一曰博聞，二曰德行，三曰書翰，四曰辭藻，五曰忠直。圖形凌煙閣，年八十一終。

有米都知者，伶人也，善騷雅，有道之士。故西樞王公樸嘗愛其警策云："小旗村店酒，微雨野塘花。"梁補闕亦贈其詩云："供奉三朝四十年，聖時流落髮衰殘。貪將樂府歌明代，不把清吟換好官。"近有商訓者，善吹笙，亦籍教坊爲都知，能別五音，知吉凶，復得畫之三昧，山水不下關、李。

僞蜀韓昭，仕王氏爲禮部尚書、麗文殿大學士。粗有文章，至於琴棋書算射法，悉皆涉獵，以此承恩於後主。朝士李台瑕曰："韓八座事藝，如拆襪線，無一條長。"時人韙之。以上《南部新書》卷十。

嵇康小舞詞　並序

薛九，江南富家子，得侍宮中。善歌舞《嵇康》。《嵇康》，江南曲名也。學舞於鍾離氏。建業破，零落於江北。予遇於洛陽福善坊趙春舍，飲酣，於是歌《嵇康》，其詞卽後主所製焉。嘗感激，坐人皆泣。春舉酒請舞，謝曰："老矣，腰腕衰硬，無復舊態。"乃強起小舞，終曲而罷。座有王生者，請予爲《嵇康小舞詞》：

薛九三十侍中郎，蘭香花態生春堂。龍盤王氣變秋霧，淮聲哭月浮秋霜。宜城酒煙濕羇腹，與君強舞當時曲。玉樹遺辭莫重聽，黃塵染鬢無前綠。我聞襄陽白銅鞮，荒情古豔傳幽悲。淒涼不抵亡國恨，座中苦淚飛柔絲。洛陽公子擎銀觴，跪奴和曲生輝光。茂陵旅夢無春草，彤管含羞裁短章。《補侍兒小名錄》。　文淵閣四庫全書本《宋詩紀事》卷七。

宋真宗藝話（一則）

宋真宗趙恒（九六八～一〇二二），宋太宗第三子，初名德昌。太平興國八年，授檢校太保、同中書門下平章事，封韓王，改名元休。端拱元年，封襄王，改元侃。淳化五年，進封壽王，加檢校太傅，爲開封尹。至道元年八月，立爲皇太子，仍判開封府事，改今名。至道三年，即皇帝位。建元咸平、景德、大中祥符、天禧、乾興，在位二十六年。乾興元年二月，卒於延慶殿，年五十五，葬於永定陵。天聖二年，上謚號爲文明武定章聖元孝皇帝，廟號真宗。真宗喜好文學，禮遇儒學之士，聽政之餘，專以讀書屬詞爲樂事，每觀一書畢，即有篇詠，使近臣賡和。祭祀汾陰回，自撰《太清樓聚書記》《朝拜諸陵因幸西京記》《西京內東門彈丸壁記》三篇文，而不假手於侍臣。詩文溫雅，著述尤多，天禧四年侍臣編真宗御集爲三百卷。其文今存《玉京集》六卷。

頒校定《切韻》詔

四聲成文，六書垂法，經籍資始，簡冊攸存。自吳楚辨音，隸古分體，年祀寖遠，攻習多聞。偏旁由是差訛，傳寫以之漏落，討論未備，教授何從？爰命刊修，務從精當。俾永代而作則，庶後學之無疑。宜令崇文院雕印，送國子監依九經書例施行。中華書局一九六二年排印本《宋大詔令集》卷一五〇。

周越藝話（一則）

周越（生卒年不詳）字子發，一字清臣，淄州鄒平（今山東鄒平）人。周起弟。官至主客郎中。天聖、慶曆間以書顯。集古今人書並所更體法，爲《古今法書苑》十卷（今存一卷）。

《古今法書苑》序

自倉史逮皇朝，以古文、大篆、小篆、隸書、飛白、八分、行書、草書通爲八體，附以雜書，以正書、正行、行草、草書分爲四等。文淵閣四庫全書本《佩文齋書畫譜》卷二。

楊億藝話（一則）

　　楊億（九七四～一〇二〇）字大年，建州浦城（今福建浦城）人。幼穎悟，七歲能屬文。雍熙元年，年方十一歲，召試闕下，試詩賦五篇，下筆立成，太宗嘉賞。楊億博覽強記，長於典章制度，詩歌宗尚李商隱之深沉含蓄，典雅華美，在宋初詩壇有很高聲望。歐陽修《六一詩話》稱其"雄文博學，筆力有餘，故無施而不可"。其後錢惟演、劉筠等起而仿傚，遞相唱和，由是西崑詩風盛行，一掃晚唐、五代蕪鄙之氣，宋初詩風爲之一變。楊億著述豐富，《直齋書錄解題》卷一七著録有《括蒼》《武夷》《潁陰》《韓城》《退居》《汝陽》《蓬山》《冠鰲》《辭榮》等集及《內外制》《刀筆》，凡一百九十四卷；《宋史·藝文志》七又著録有《虢略遺編》七卷。現存著述有《楊文公談苑》一卷、《武夷新集》二十卷，編有《西崑酬唱集》二卷。

筆

　　月兔湘筠巧製全，何人大手稱如椽。禁中鈴索夜批詔，閣上芸香晝草玄。墨妙三分憖入木，華褒一字重編年。史官遺直真堪畏，千載獨持生殺權。孫樵云：史官持生殺權於千百年後。　文淵閣四庫全書本《武夷新集》卷三。

釋智圓藝話（一則）

釋智圓（九七六～一○二二）俗姓徐，字無外，號中庸子，又號潛夫。錢塘（今浙江杭州）人。八歲，受戒於杭州龍興寺。二十一歲，從奉先寺清源法師學天台教觀，孜孜研討經論，撰著講訓，爲天台宗山外派義學名僧。大中祥符末，居西湖孤山瑪瑙禪院，世稱孤山法師，與隱士林逋相往還。智圓除佛學典籍外，喜讀儒家經典，學古文以通其道，吟詩以賦其情性。其論文重道輕文，以爲古文非澀其文句，難其句讀而已，當宗古道以立言，推崇韓愈"高文七百篇，炳若日月懸。力扶姬孔道，手持文章權"（《讀韓文詩》）；稱讚白居易詩"下視十九章，上蹱三百篇。句句歸勸誡，首首成規箴"（《讀白樂天集》）。自著詩文也富有文彩。平生著述甚富，有《閒居編》五十一卷。

叙傳神

釋氏子之恢廓才識者，必内貫三學，外瞻五明。戒、定、慧，之謂三學也，聲、醫、工、呪、因，之謂五明也。明者，曉解精識之謂乎。寫貌傳神，其工巧，明之至者矣。

夫寫貌貴乎似，既似矣，必在得其精爽於筆墨間，則神可傳矣。與其本體之無異，故世謂之寫真焉。豈比夫潑墨以圖山水、縱怪以狀鬼神，率情任意，無所規准耶，諒工巧之狂誕爾。故曰寫貌傳神，其工巧，明之至也。

惟久上人，錢唐人也，正業外，以傳神擅名吳越間。高僧巨儒，悉上人筆其狀也，雖止水照影，明鑑寫像，未之若也。噫，藝之精至有如此者！

因悟夫學吾仲尼之道者，豈不然與？仲尼得唐、虞、禹、湯、文、武、姬公之道，炳炳然猶人之有形貌也。仲尼既沒，千百年間，能嗣仲尼之道者，唯孟軻、荀卿、揚子雲、王仲淹、韓退之、柳子厚而已，可謂寫其貌、傳其神者矣。其申、商、莊、列、朱、翟之學者，乃潑墨圖山水、縱怪狀鬼神、率情任意之説，豈覬准於周孔乎？於戲！肖其容、得其神者，傳寫之上也；肖其容，不得其神者，次也；不肖其容，而姑爲人狀者，又其次也；寫人貌而反作獸形者，何足道哉！

李斯學周孔道，由荀卿門，洎乎相祖龍也，火六經而坑儒士，峻刑法以殘黔首，使天下搔然，卒滅秦嗣，何異乎寫人狀爲獸形耶！

因美上人之藝精筆妙，故叙之，亦足爲學道者之誡云。《續藏經》本《閒居編》卷二七。

杜衍藝話（四則）

杜衍（九七八～一〇五七）字世昌，越州山陰（今浙江紹興）人。真宗大中祥符初進士及第。自少時好學，工書畫，喜爲詩，讀書雖老不倦。杜衍歿後，歐陽修集其在南都時唱和詩爲一卷，又集其手書簡牘、歌詩爲十卷，今不存。《兩宋名賢小集》中有《杜祁公摭稿》一卷，收其詩十首。

一　睢陽五老圖　杜衍八十歲，王煥九十歲，畢世昌九十四，馮平八十七，朱貫八十八

五人四百有餘歲，俱稱分曹與掛冠。天地至仁難補報，林泉幽致許盤桓。花朝月夕隨時樂，雪鬢霜髯滿座寒。若也睢陽爲故事，何妨列向畫圖看？文淵閣四庫全書本《兩宋名賢小集》卷六十九之《杜祁公摭稿》。

二　鄉有好事者，出君謨行草八分書數幅，中有梅聖俞詩一首，用成拙句以識二分

莆田筆健與文豪，尤愛南山縣詠高。欲使英辭長潤石，每逢佳句即揮毫。清如韶濩諧音律，逸似鸞皇振羽毛。羲獻有靈應悵望，當時不見此風騷。《杜祁公摭稿》。

三　和孫珪秘丞

老來楷法不如初，試向閒齋習草書。落筆何曾見飛動，彫章早已過吹噓。《杜祁公摭稿》。

四　題懷素自序卷後

狂僧草聖繼張顛，卷後兼題大曆年。堪與儒門爲至寶，武功家世久相傳。太子太師致仕杜衍記，時至和甲午中夏，在南都。　文淵閣四庫全書本《書畫彙考》卷八。

黃休復藝話

　　黃休復（生卒年不詳），北宋蜀（今四川）人，字歸本，一作端本。約活動於北宋咸平之前。曾校《左傳》《公羊傳》《穀梁傳》。潛心畫藝，收集唐乾元至宋乾德間與蜀地有關畫史資料，著《益州名畫錄》。久往成都，和當時四川文人李畋、張及、任玠及畫家孫知微、童仁益等為友。好道術，曾受道於處士李諶，鬻丹養親，隱居不仕。通《春秋》學，兼精畫學，收藏甚富。並有小說《茅亭客話》十卷行世。其《益州名畫錄》記載了唐、五代至宋初成都地區的畫家和壁畫創作，共收自孫位至邱文曉等五十八位畫家的小傳及其手筆寫真處，評為逸、神、妙、能四品，另附有畫無名及無畫有名者之記錄。

《益州名畫錄》

益州名畫錄原序

　　大凡觀畫而神會者鮮矣，不過視其形似，其或洞達氣韻，超出端倪。用筆精緻，不謂之工；傅采炳縟，不謂之麗。觀乎象而忘象，意先自然，始可品繪工於彀中，揖畫聖於方外，有造物者思，唯是得之。

　　江夏黃氏休復，字歸本，通《春秋》學，校《左氏》《公》《穀》書，暨摭百家之說，鬻丹養親，行達於世，恬如也。加以游心顧、陸之藝，深得厥趣；居常以魏、晉之奇蹤，隋唐之懿迹，盈縑溢帙，類而珍之。適值博雅之士，欵扉求見，則敞茅屋，拂榻塵，架而陳之，娛賓賞心，萬慮一泯。及其僧舍道居，靡不往而玩之，環歲忘倦。蓋益都多名畫，富視他郡。謂唐二帝播越及諸侯作鎮之秋，是時畫藝之傑者，遊從而來，故其標格楷模，無處不有。聖朝伐蜀之日，若升堂邑，彼廟宇、寺觀前輩名畫，纖悉無圮者。洎淳化甲午歲，盜發二川，焚刼略盡，則墻壁之繪，甚乎剝廬，家秘之寶，散如決水。今可觀者，十二、三焉。噫！好事者為之幾鬱矣。黃氏心鬱久之，又能筆之書，存錄之也。故自李唐乾元初至皇宋乾德歲，其間圖畫之尤精，取其目所擊者五十八人，品以四格，離為三卷，命曰《益州名畫錄》。書來，謂余有陶隱居之好，恨無畫之癖，首既讀之，序以見託。且曰：畫之神妙功格，往躅前範，黃氏錄之詳矣。

至如蜀都名畫之存亡，繫後學之明昧，斯黃氏之志也。故其書婉而當，博而有倫，體而不亂。信夫學者得意忘象，觀前賢之逸軌，然後考黃氏之四格，則思過半矣，非獨鳴圖畫之譽於坤維者哉！時景德三年五月二十日，虞曹外郎致仕李畋序。

益州名畫錄目錄

畫之逸格，最難其儔。拙規矩於方圓，鄙精研於彩繪，筆簡形具，得之自然，莫可楷模。出於意表，故目之曰逸格爾。

逸格一人：

孫位。

大凡畫藝，應物象形，其天機迥高，思與神合，創意立體，妙合化權，非謂開厨已走，拔壁而飛，故目之曰神格爾。

神格二人：

趙公祐、范瓊。

畫之於人，各有本性，筆精墨妙，不知所然。若投刃於解牛，類運斤於斫鼻，自心付手，曲盡玄微，故目之曰妙格爾。

妙格上品七人：

陳皓、彭堅、張騰、趙溫奇、趙德齊、盧楞伽、張素卿。

妙格中品十人：

辛澄、李洪度、左全、張南本、高道興、房從真、趙德玄、常粲、常重胤、黃筌。

妙格下品十一人：

李昇、張玄、杜齯龜、刁光胤、蒲師訓、趙忠義、黃居寶、黃居寀、李文才、阮知誨、張玫。

畫有性周動植，學侔天功，乃至結嶽融川，潛鱗翔羽，形象生闢功者，故目之曰能格爾。

能格上品十五人：

呂嶤、竹虔、周行通、孔嵩、石恪、杜措、杜弘義、杜子瓌、杜敬安、蒲延昌、趙才、程承辯、丘文播、阮惟德、楊元真。

能格中品五人：

陳若愚、張景思、麻居禮、僧楚安、滕昌祐。

能格下品七人：

薑道隱、禪月大師、張詢、宋藝、李壽儀、僧令宗、丘文曉。

益州名畫錄卷上

逸格一人

孫位

孫位者，東越人也。僖宗皇帝車駕在蜀，自京入蜀，號"會稽山人"。性情疎野，襟抱超然，雖好飲酒，未嘗沉酩。禪僧道士，常與往還；豪貴相請，禮有少慢。縱贈千金，難留一筆，唯好事者時得其畫焉。光啟年，應天寺無智禪師請畫山石兩堵、龍水兩堵；寺門東畔，畫東方天王及部從兩堵。昭覺寺休夢長老請畫浮漚先生、松石墨竹一堵，仿潤州高座寺張僧繇戰勝一堵。兩寺天王、部眾，人鬼相雜，矛戟鼓吹，縱橫馳突，交加戛擊，欲有聲響。鷹犬之類，皆三五筆而成。弓弦斧柄之屬，並掇筆而描，如從繩而正矣。其有龍拏水洶，千狀萬態，勢欲飛動。松石墨竹，筆精墨妙，雄壯氣象，莫可記述。非天縱其能，情高格逸，其孰能與於此邪？悟達國師請於眉州福海院畫行道天王、松石、龍水兩堵，並見存。不知其後有何所遇，改名遇矣。景朴者，蜀人也。蜀廣政年，輒於應天寺門西畔畫西方天王及部從兩堵，以對孫遇筆。識者比之蹄涔巨浸，未萬分之一焉。慮誤後人，因附而正之。

神格二人

趙公祐

公祐者，長安人也，寶曆中，寓居蜀城。攻畫人物，尤善佛像、天王、神鬼。初，贊皇公（李德裕）鎮蜀之日，賓禮待之。自寶曆、太和至開成年，公祐於諸寺畫佛像甚多。會昌年，一例除毀，唯存大聖慈寺文殊閣下天王三堵、閣裏內東方天王一堵、藥師院師堂內四天王並十二神、前寺石經院天王部屬，並公祐筆，見存。公祐天資神用，筆奪化權，應變無涯，罔象莫測。名高當代，時無等倫。數仞之牆，用筆最尚風神、骨氣，唯公祐得之，六法全矣。

范瓊

范瓊者，不知何許人也。開成年與陳皓、彭堅同時同藝，寓居蜀城。三人善畫人物、佛像、天王、羅漢、鬼神。三人同手於諸寺圖畫佛像甚多。會昌年除毀後，餘大聖慈一寺佛像得存。洎宣宗皇帝再興佛寺，三人於聖壽寺、聖興寺、淨眾寺、中興寺，自大中至乾符，筆無暫釋，圖畫二百餘間牆壁。天王佛像、高僧經驗及諸變相，名目雖同，形狀一無同者。自淳化五年、咸平三年，兩遇兵火，得存三寺筆蹤：大聖慈南廊下藥叉、大將和修吉龍王、鬼子母、天女五堵，謂之十七護神；北廊下石經院門兩金剛、東西二方天王；中寺大悲院門上阿彌陀佛及四菩薩，院門兩畔觀音像、藥師像，石經板上七佛、四仙人、大悲變相，大將堂兩畔南北二方天王，文殊閣下北方天王及天王變相。此寺畫壁，自唐至今，年紀深遠，彩色故暗，重妝損者十四五矣。聖壽寺大殿釋伽像、行道北方天王像、西方變相，殿上小壁水月觀音，浴室院旁西方天王，大悲院八明王、西方變相，並大中年畫。此寺壁畫，年祀亦遠，倒損者十四五矣。聖興寺大殿東北二方天王、藥師、十二神、釋迦十弟子、彌勒像、大悲變相，並咸通畫。

其中西方一堵，甚著奇工，精妙之極也。焉芻瑟磨像兩堵，設色未半，筆蹤儼然，後之妙手，終莫能繼。自聖壽、聖興兩寺佛僧，范瓊親描，並見存。

妙格上品六人

陳皓（彭堅附）

陳皓、彭堅者，不知何許人也。開成中，與范瓊寓止蜀城。大中年，府主杜相公（悰）起淨眾等寺門屋。相國知三人中范瓊年齒雖低，手筆稱冠矣；因請陳、彭二公各畫天王一堵，各令一客將伴之，以幔幕遮蔽，不令相見，欲驗誰之強弱。至畫告畢之日，相國與諸府寮徹其幃幕，南畔仗劍振威者，彭公筆；北畔持弓奮赫者，陳公筆。二公筆力相似，觀者莫能升降。大約宗師吳道玄之筆，而傅采拂澹過之。畫之六法：一曰氣韻生動是也，二曰骨法用筆是也，三曰應物象形是也，四曰隨類賦采是也，五曰經營位置是也，六曰傳移模寫是也。斯之六法，名輩少該，唯此三人，俱盡其美矣。

張騰

張騰者，不知何許人也。太和末年，偶止蜀川，於諸寺壁圖畫亦多。會昌年，除毀皆盡。大中初，佛寺再興。於聖壽寺大殿畫文殊一堵、普賢一堵、彌勒下生一堵，浴室院北，對范瓊畫持弓北方天王一堵。大聖慈寺文殊閣下畫報身如來一堵。並騰之筆，見存。

趙溫奇

趙溫奇者，公祐子也。幼而穎秀，長有父風。父歿之後，於大聖慈寺文殊閣內繼父之蹤，畫北方天王及梵王帝釋大輪部屬，大將堂大將部屬並梵王帝釋，普賢閣下南方天王，華嚴閣上畫東西二方天王、梵王帝釋。中興寺大殿文殊、普賢及天王部眾。並溫奇筆，見存。

趙德齊

德齊者，溫奇子也。乾寧初，王蜀先主府城，精舍不嚴，禪室未廣，遂於大聖慈寺大殿東廊起三學延祥之院，請德齊於正門西畔畫南北二方天王兩堵。院門舊有盧楞伽畫行道高僧三堵六身，賴德齊遷移，至今獲在。光化年，王蜀先主受昭宗勑置生祠，命德齊與高道興同手畫西平王儀仗、旗纛、旌麾、車輅、法物，及朝真殿上皇姑、帝戚、后妃、嬪御百堵已來。授翰林待詔，賜紫金魚袋。蜀光天元年戊寅歲，蜀先主殂逝，再命德齊與道興畫陵廟，鬼神人馬及車輅儀仗、宮寢嬪御一百餘堵。大聖慈寺竹溪院釋迦十弟子並十六大羅漢，崇福禪院帝釋及羅漢，崇真禪院帝釋梵王，及羅漢堂文殊、普賢，皆德齊筆，見存。議者以德齊三代居蜀，一時名振，克紹祖業，榮耀何多！

盧楞伽

楞伽者，京兆人也。明皇帝駐蹕之日，自汴入蜀，嘉名高譽，播諸蜀川，當代名流，咸伏其妙。至德二載，起大聖慈寺。乾元初，於殿東西廊下，畫行道高僧數堵，顏真卿題，時稱二絕。至乾寧元年，王蜀先主於寺東廊起三學院，不敢損其名畫，移一堵於院門南，移一堵於門北，一堵於觀音堂後，此行道僧三堵六身畫，經二百五十餘年，至今宛如初矣。西廊下一堵，馬鳴、提婆像二軀，雖遭粉飾，猶未損其筆蹤。餘者重妝，皆昧前跡。蜀中諸寺，佛像甚多，會昌年皆盡毀。

張素卿

道士張素卿者，簡州人也。少孤貧，性好畫。在川主譙國夏侯公（孜）宅，多見隋唐名畫。藝成之後，落拓無羈束，遂衣道士服，唯畫道門尊像，豪貴之家，少得其畫者。乾符中，居青城山常道觀焚脩。至中和元年，僖宗皇帝遣使與賜紫道士杜光庭，封丈人山爲希夷公。癸卯歲，素卿上表云："五嶽既已封王，丈人位居五嶽之上，不可稱公。"是歲勅宜改封五嶽，丈人爲希夷真君，素卿賜紫。素卿有老子過流沙圖、五嶽朝真圖、九皇圖、五星圖、老人星圖、二十四化真人像、太無先生像。素卿於諸圖畫而能敏速，落錐之後，下筆如神，自始及終，更無改正。今龍興觀甚有畫壁，年深皆盡頹損，餘張百子堂板龕內門兩畔龍虎兩堵，素卿筆，見存。王蜀先主脩青城山丈人觀，請素卿於丈人真君殿上畫五嶽、四瀆、十二溪女、山林、溪沼、樹木、諸神及嶽瀆曹吏，詭怪之質，生於筆端，上殿觀者，無不恐懼。又於簡州開元觀畫容成子、董仲舒、嚴君平、李阿、馬自然、葛玄、長壽仙、黃初平、葛水瓊、竇子明、左慈、蘇躭十二仙君像，各寫當初賣卜賈藥、書符導引時真，筆蹤灑落，彩畫因循，當代名流，皆推畫手。蜀檢校太傅安公（思謙）好古博雅，唐時名畫，人皆獻之。黃筌、滕昌祐、石恪皆在其門館，賓禮優厚。甲寅歲十一月十一日，值蜀主誕生之辰，安公進素卿所畫十二仙真形十二幀，蜀主躭玩欲賞者久，因命翰林學士禮部侍郎歐陽炯次第讚之，令翰林待詔黃居寶八分書題之。凡有醮，奏於玉局開懸供養。乾德三年，聖朝克復。吏部侍郎呂公（余慶）鎮蜀日，求古畫圖書，並將進呈，斯畫預焉。

妙格中品十人

辛澄

辛澄者，不知何許人也。建中元年，大聖慈寺南畔創立僧伽和尚堂，請澄畫焉。纔欲援筆，有一胡人云："僕有泗州真本。"一見甚奇，遂依樣描寫及諸變相。未畢，蜀城士女瞻仰儀容者側足，將香燈供養者如驅。今已重妝損矣。普賢閣下五如來同坐一蓮花，及鄰壁小佛九身，閣裏內如意輪菩薩，並澄之筆，見存。

李洪度

洪度者，蜀人也。元和中，府主相國武公（元衡）請於大聖慈寺東廊下維摩詰堂內畫帝釋、梵王兩堵，笙竽鼓吹，天人姿態，筆蹤妍麗，時之妙手莫能偕焉。會昌前，諸寺圖畫亦多除毀，後餘此一處。

左全

左全者，蜀人也。世傳圖畫，跡本名家。寶歷年中，聲馳闕下。於大聖慈寺中殿畫維摩變相、師子國王、菩薩變相。三學院門上三乘漸次脩行變相、降魔變相。文殊閣東畔水月觀音、千手眼大悲變相。極樂院門兩金剛，西廊下金剛經驗及金光明經變相。前寺南廊下行道二十八祖，北廊下行道羅漢六十餘軀。多寶塔下仿長安景公寺吳道玄地獄變相，當時吳生畫此地獄相，都人咸觀，懼罪脩善，兩市屠沽，經月不售。王蜀時，令雜手重妝已損，惟存大體也。大中初，又於聖壽寺大殿畫維摩詰變相一堵，樓閣、樹石、花雀、人物、冠冕、蕃漢異服，皆得其妙，今見存。

張南本

張南本者，不知何許人也。中和年寓止蜀城，攻畫佛像人物、龍王神鬼。有金谷園圖、勘書圖、詩會圖、白居易叩齒圖、高麗王行香圖。今聖壽寺中門賓頭盧變相、東廊下靈山佛會、大聖慈寺華嚴閣下東畔大悲變相、竹溪院六祖、興善院大悲菩薩、八明王、孔雀王變相，並南本筆。相傳南本於金華寺大殿畫明王八軀，纔畢，有一老僧入寺，蹶仆於門下，初不知是畫，但見大殿遭火所焚。其時孫位畫水，南本畫火，代無及者。世之水火，皆無定質，唯此二公之畫，冠絕今古。僖宗駕回之後，府主陳太師於寶曆寺置水陸院，請南本畫天神地祇、三官五帝、雷公電母、嶽瀆神仙、自古帝王，蜀中諸廟一百二十餘幀，千怪萬異，神鬼龍獸，魍魎魑魅，錯雜其間，時稱大手筆也。至孟蜀時，被人模塌，竊換真本，鬻與荊湖人去。今所存，偽本耳。（偽本淳化年遭賊搓劫，已皆散失。）

高道興

高道興者，成都人也。攻雜畫，觸類皆長，尤善佛像高僧。光化年，高宗勅許王蜀先主置生祠，命道興與趙德齊同手畫西平王儀仗、車輅、旌旗、禮服、法物，朝真殿上皇姑、帝戚、后妃、女樂百堵已來。授翰林待詔，賜紫金魚袋。及先主殂逝，再命道興與德齊畫陵廟，鬼神、人馬、兵甲、公主儀仗、宮寢嬪御一百餘堵。今大慈寺中兩廊下高僧六十餘軀、華嚴閣東畔丈六天花瑞像，並見存。

房從真

房從真者，成都人也。攻畫甲馬、人物、鬼神，冠絕當時。有寧王獵射圖、羌人移居圖，陳登斫鱠圖，冷朝陽、王昌齡、常建冒雪入京圖。蒲師訓師其筆法。王蜀先主於浣花龍興寺脩聖夫人堂，合水津起通波侯廟，請從真畫甲馬、旂旗、從官、鬼神。授翰林待詔，賜紫金魚袋。今寶曆寺五丈天王閣下天王部屬諸神，並從真筆，後人重妝已損，蒲師訓因再脩之。

趙德玄

趙德玄者，雍京人也。天福年入蜀，攻畫車馬人物、屋木山水、佛像鬼神。筆無偏擅，觸類皆長，獨步川中，標名大手。其有樓殿臺閣，向背低昂，代無比者。有朱陳村圖、豐稔圖、漢祖歸豐沛圖、盤車圖、臺閣樣。入蜀時，將梁、隋、唐名畫百本，至今相傳。裴孝源《公私畫錄》云："自魏、晉以來，終於貞觀，秘府並人間畫，共集成二百九十八卷。二百三十卷是隋、唐官本，十三卷是左僕射蕭瑀進，二十卷楊素家得，三卷許善心進，十卷高平縣書佐女張氏所獻，四卷安福進，十八卷先在秘府，無得處人名，唯有天和年月。"集賢校理張懷瓘云："昔武帝博雅好古，鳩集名畫，令鑑者數人，共詳名氏，兼定品格，供御賞玩。及侯景作亂，江陵府將陷，元帝先焚內庫書畫數萬卷，深可歎息。其後帝王亦有兼愛，人多進之，又盈秘府。天后朝，張易之奏召天下名工，修諸圖畫，因竊換真本，私家收藏，偽本將進納。易之歿後，薛稷所得；稷歿之後，岐王所獲。岐王慮帝忽知，乃盡焚爇。"吁！天下重寶，再經灰燼。當時天府所藏，多涉於偽，人間所畜，或乃是真。古畫頻經焚燒，積年散失，能秘在者，得非稀世之寶邪？蜀因二帝駐蹕，昭宗遷幸，自京入蜀者，將到圖書名畫，散落人間，固亦多矣。杜天師在蜀集道經三千卷、儒書八千卷。德玄將到梁、隋及唐百本畫，或自模揭，或是粉本，或是墨跡，無非秘府散逸者。本相傳在蜀，信後學之幸也。今福慶禪院隱形羅漢變相兩堵，德玄筆，見存。

常粲

常粲者，雍京人也。咸通年，路侍中（巖）牧蜀之日，自京入蜀，路公賓禮待之。粲善傳神雜畫，有七賢像、六逸像、女媧伏羲神農像，謂之三皇圖。立釋迦像、五天胡僧像、孔子西周問禮像、名醫下蠱像、樗蒲圖、龍樹驗丹圖。先賢卷軸，至今好事者收得，為後學師範矣。玉局化壁畫道門尊像甚多，王蜀時脩改後頗損已換。今大聖慈寺悟達國師（知玄）真，粲之筆，見存。

常重胤

重胤者，粲之子也。僖宗皇帝幸蜀，回鑾之日，蜀民奏請留寫御容於大聖慈寺。其時隨駕寫貌待詔，盡皆操筆，不體天顏。府主陳太師（敬瑄）遂表進重胤，御容一寫而成，內外官屬，無不歡駭，謂為僧繇之後身矣。宣令中和院上壁，及寫隨駕文武臣寮真。殿上御容前，寫西川節度副大制置、指揮諸道兵馬兼供軍使、太師中書令、成都尹、潁川郡王陳敬瑄，義成軍節度使、中書令王鐸，門下侍□韋昭度，檢校司徒守太子太保鄭畋，檢校司徒鄭延林，翰林學士承旨守兵部尚書樂朋龜，翰林學士守禮部尚書杜讓能，翰林學士戶部侍郎崔疑，翰林學士中書舍人沈仁偉，翰林學士中書舍人侯翻，尚書左僕射裴璩，禮部尚書兼太常禮儀使牛叢，左散騎常侍楊堪，右散騎常侍柳涉，右散騎鄭瑱，左諫議大夫李紹鮞，右諫議大夫蕭說，尚書左丞知中朝御史中丞盧澤，給事中李輝，給事中宋旦，中書舍人鄭欣，比部郎中知制誥蘇循，尚書右丞判戶部張禕，尚書吏部侍郎張讀，尚書刑部侍郎充集賢殿學士李燠，尚書禮部侍郎知貢舉歸仁澤，行在十軍司馬工部侍郎判度支秦韜玉。御容後寫左神策軍觀軍容使、護軍中尉田令孜，右神策護軍中尉、觀軍容使西門思恭，內飛龍使知內侍省楊復恭，內樞密使田匡禮，內樞密使李順融，宣徽南院使劉景宣，宣徽北院便田獻銖，左衛大將軍石守惊，左金吾大將軍劉巨容，行在諸軍馬步都虞候趙及，諸司使副一百餘員。尋授駕前翰林待詔，賜緋魚袋。自駕歸京，韋相國（昭慶）授西川節制，陳太師與監護田軍容（令孜）拒命據城，王蜀先主時為行軍司馬。重圍三年，陳太師、田軍容以城降。既克下，王先主拜僖宗御容。於時繪壁百寮咸在，唯不見陳太師、田軍容真，因問二公何無寫貌。寺僧對云："拒扞王師，近方塗抹。"先主曰："某豈與丹青為參商。"遽命重寫。常待詔曰："不必援毫。"乃搵皂莢水洗之，而風姿宛然。先主嘉賞，賜以金帛。常公自言："我畫屋爛梁摧之外，雨淋水洗，終無剝落者矣。"眾歎所謂前無去者，後無繼者。偽通王（宗裕）性多猜忌，或於膝婢，意欲寫貌，惡人久見。謂常待詔曰："頗不熟視審觀可乎？"常公但諾之。王曰："夫人至矣。"立斯須而退。翌日，想貌姿容短長，無遺毫髮。其敏妙皆此類也。玉局化寫王蜀先主爲使相日真容，後移在龍興觀天寶院壽昌殿上。大聖慈寺興善院泗州和尚真、華亭張居士真、寶曆寺請塔天王、寧蜀寺都官土地，並重胤筆，見存。

黃筌

黃筌者，成都人也。幼有畫性，長負奇能。刁處士入蜀，授而教之竹石花雀。又學孫位畫龍水、松石、墨竹，敦李升畫山水、竹樹，皆曲盡其妙。筌早與孔嵩同師，嵩但守師法，別無新意；筌既兼宗孫、李，學力因是博贍，損益刁格，遂超師之藝。後唐莊宗同光年，孟令公（知祥）到府，厚禮見重。建元之後，授翰林待詔，權院事，賜紫金魚袋。至少主廣政甲辰歲，淮南通聘，信幣中有生鶴數隻，蜀主命筌寫鶴於偏殿之壁。警露者、啄苔者、理毛者、整羽者、唳天者、翹足者，精彩體態，更愈於生，往往生鶴立於畫側。蜀主歎賞，遂目爲六鶴殿焉。尋加至內供奉、朝議大夫、檢校少府少監上柱國。先是，蜀人未曾得見生鶴，皆傳薛少保畫鶴爲奇。筌寫此鶴之後，貴族豪家竟將厚禮請畫鶴圖，少保自此聲漸減矣。廣政癸丑歲，新搆八卦殿，又命筌於四壁畫四時花竹、兔雉鳥雀。其年冬，五坊使於此殿前呈雄武軍進者白鷹，誤認殿上畫雉爲生，掣臂數四，蜀王歎異久之，遂命翰林學士歐陽炯撰《壁畫奇異記》以旌之。筌有春山圖、秋山圖、山家晚景圖、山家早景圖、山家雨景圖、山家雪景圖、山居詩意圖、瀟湘圖、八壽圖。今石牛廟畫龍水一堵，見存。

蜀八卦殿壁畫《奇異記》，偽蜀翰林學士歐陽炯撰述

夫龍圖鳳紀，初宣上古之文；帝室皇居，必蘊非常之寶。是以書美鍾、張之翰，畫稱顧、陸之蹤，代有其人，朝無乏事。今上睿文英武聖明孝皇帝御極之一十九載，九功惟敘，七政斯齊，化溢升平，俗登仁壽。天惟行健，動則總覽萬機；道法自然，靜則無遺一物。將欲權衡三代，撰揖百王，宸襟所適，諒超化表。嘗於大殿西門創一小殿，藻井之上，輪排八卦，故以爲號焉。其御座几案，圖書之外，非有異於常者，固不關於聖慮。其年秋七月，上命內供奉檢校少府少監黃筌，謂曰："爾小筆精妙，可圖畫四時花木蟲鳥、錦雞鷺鷥、牡丹躑躅之類，周於四壁，庶將觀矚焉。"筌自秋及冬，其工告畢。間者，淮南獻鶴數隻，尋令貌於殿之間。上曰："女畫逼真，其精彩則又過之。"筌以下臣末技，降堦曲謝而已。至十二月三日，上御斯殿，有五坊節級羅師進呈雄武軍先進者白鷹，其鷹見壁上所畫野雉，連連掣臂，不住再三，誤認爲生類焉。上嗟歎良久，曰："昔聞其事，今見其人。"遽令所進呈者引退，無至搦損茲壁。因目筌爲當代奇筆，仍令宣付翰林學士歐陽炯紀述奇異，微臣拜手，因得敘其書焉：

伊昔大舜垂衣，作繪乃彰於象物；宗周鑄鼎，觀形可御於神姦。漢號靈臺，唐稱煙閣，圖畫之要，史策攸傳。公私雖見於數家，今古皆言於六法。六法之內，惟形似、

氣韻二者爲先。有氣韻而無形似，則質勝於文；有形似而無氣韻，則華而不實。筌之所作，可謂兼之。不然者，安得粉壁之中，矞霜毛而欲起；彩毫之下，混朱頂以相親？而又觀彼白鷹，盻乎錦雉，儼丹青而可測，狀若偎叢；掣條鏇以難停，勢將掠地。遂契重瞳之鑒，假以好生；俄回三面之仁，真疑害物。舉斯二類，兼彼羣花，四時之景堪觀，千載之名可尚。稽諸往牒，少有通神。圖海獸以騰波，秦朝賈譽；畫池龍而致雨，唐室垂名。至於誤點成蠅，徒成小巧，不成似犬，安可勝言？況玆殿也，迥架昭回，高臨爽塏。瑤池水滿，浮鏡裏之樓臺；玉樹風輕，鑲壺中之日月。聖上以動詠墳典，親講政刑，崇製禮作樂之名，極侍膳問安之孝，允文允武，無怠無荒，故士有一技一藝，皆升陟褒賞如筌者焉。激東海之波濤，難方聖澤；拱北辰之光耀，永固皇基。誠非末士之常談，可紀至尊之所禦。臣職叨翰苑，譽乏儒林，因黃聖謨，聊同畫品，恭承宣命，實愧菲辭。時廣政十六年，歲次癸丑，十二月記。

益州名畫錄卷中
妙格下品十一人
李昇

李昇者，成都人也，小字錦奴。年纔弱冠，志攻山水，天縱生知，不從師學。初得張藻員外（唐時名士，善畫山水。）山水一軸，玩之數日，云："未盡妙矣。"遂出意寫蜀境山川平遠，心思造化，意出先賢。數年之中，創成一家之能，俱盡山水之妙。每含毫就素，必有新奇。桃源洞圖、武陵溪圖、青城山圖、峨眉山圖、二十四化山圖，好事得之，爲箱篋珍；後學得之，爲亡言師。明皇朝有李將軍擅名山水，蜀人皆呼昇爲小李將軍，蓋其藝相匹爾。悟達國師自京入蜀，重其高手，請於聖壽寺本院同居數年。因於廳壁畫出峽圖一堵，霧中山圖一堵。既而又請於大聖慈寺真堂內，畫漢州三學山圖一堵、彭州至德山一堵。時稱悟達國師真堂四絕：常粲寫真、僧道盈書額、李商隱贊、李昇畫山水。今見存。

張玄

張玄者，簡州金水石城山人也。攻畫人物，尤善羅漢。當王氏偏霸武成年，聲跡喧然，時呼玄爲"張羅漢"。荊、湖、淮、浙，令人入蜀縱價收市，將歸本道。前輩畫佛像羅漢，相傳曹樣、吳樣二本。曹起曹弗興，吳起吳棟。曹畫衣紋稠疊，吳畫衣紋簡略。其曹畫，今昭覺寺孫位戰勝天王是也；其吳畫，今大聖慈寺盧楞伽行道高僧是也。玄畫羅漢，吳樣矣。今大聖慈寺灌頂院羅漢一堂十六軀，見存。

杜齯龜

杜齯龜者，其先本秦人，避祿山之亂，遂居蜀焉。齯龜少能博學，涉獵經史，專師常粲寫真雜畫，而妙於佛像羅漢。王蜀少主以高祖受唐深恩，將興元節度使唐（道襲）私第爲上清宮，塑王子晉爲遠祖于上清祖殿，命齯龜寫大唐二十一帝御容於殿堂之四壁。每三會五獵，差太尉公卿薦獻宮內。殿堂行事，齋宮職掌，並依大清宮故事。

又命齯龜寫先主太妃、太后真於青城山金華宮。授翰林待詔，賜紫金魚袋。今嚴君平觀杜天師（光庭）真、大聖慈寺華嚴閣東廊下祐聖國師（光業）真，並齯龜筆，見存。

刁光胤

刁光胤者，雍京人也，天福年入蜀。攻畫湖石花竹、貓兔鳥雀。性情高潔，交遊不雜。入蜀之後，前輩有攻花雀者，頓減價矣。有師問筆法者，黃筌、孔嵩二人，親授其訣。孔類升堂，黃得入室。刁公居蜀三十餘年，筆無暫暇，非病不休，非老不息，卒時八十以來。豪貴之家及好事者，收得其畫，將爲家寶，傳視子孫。大聖慈寺熾盛光院明僧録房牕傍小壁四堵，畫四時雀竹。廣政中，黃居寀重妝，雀蝶精奇轉甚。三學院大廳小壁花雀兩堵，光胤畫，時年已耄矣。

蒲師訓

蒲師訓者，蜀人也。幼師房從真，畫人物、鬼神、蕃馬。長興年，值孟令公改元，興脩諸廟，師訓畫江瀆廟、諸葛廟、龍女廟。及先主殂，畫陵廟、鬼神、蕃漢人物、旗幟兵仗、公王車馬、禮服儀式，縱橫浩瀚，莫不周至。授翰林待詔，賜紫金魚袋。甲寅歲春末，蜀王或夜夢一人，破帽故襴，龎眉大目，方頤廣顙，立於殿堦，跛一足，曰："請脩理之。"言訖寢覺。翌日，因檢他籍，見此古畫是前夕所夢者神，故絹穿損畫之左足。遂命師訓令驗此畫是誰之筆。師訓對云："唐吳道玄之筆。曾應明皇夢，云：'痔者神也。'"因令重脩此足。呈進後，蜀主復夢前神謝曰："吾足履矣。"上慮爲祟，即命焚之。青城山丈人觀真君殿內五嶽四瀆、部屬諸神，張素卿筆。廣政中，山水泛溢，沖損數堵。蜀王命師訓曰："素卿之筆，公往繼之可矣。"四堵師訓筆也。（今丈人觀聖朝廣其殿宇，重新興創別畫，無舊跡矣。）王蜀先主祠堂東畔正門東畔鬼神一堵、寶曆寺天王閣下天王部屬，房從真筆，後人妝損，師訓再脩，兼自畫兩堵。大聖慈寺南廊下觀音院門兩金剛、鄰壁請塔天王，並師訓筆，見存。

趙忠義

趙忠義者，德玄子也。德玄自雍繈負入蜀，及長，習父之藝，宛若生知。孟氏明德年，與父同手畫福慶禪院東流傳變相一十三堵，位置鋪舒，樓殿臺閣、山水竹樹、蕃漢服飾、佛像僧道、車馬鬼神、王公冠冕、旌旗法物，皆盡其妙，冠絕當時。蜀王知忠義妙於鬼神、屋木，遂令畫關將軍起玉泉寺圖，於是忠義畫自運材斸基，以至丹楹刻桷，皆役鬼神。地架一坐佛殿，將欲起立，蜀王令內作都料看此畫圖枋栱有准的否，都料對曰："此畫復較，一座分明無欠。"其妙如此。授翰林待詔，賜紫金魚袋。先是，每年杪冬末旬，翰林攻畫鬼神者，例進鍾馗焉。丙辰歲，忠義進鍾馗，以第二指挑鬼眼睛。蒲師訓進鍾馗，以母指剜鬼睛。二人鍾馗相似，唯一指不同。蜀王問此畫孰爲優劣，筌以師訓爲優。蜀王曰："師訓力在母指，忠義力在第二指，二人筆力相敵，難議升降。"並厚賜金帛。時人謂蜀王深鑒其畫矣。今衙北門大安樓下天王院，自濮陽吳公（行曾）鎮蜀之日創興，其中有唐時名畫數堵，及高道興、杜齯龜、房從真、趙德齊畫佛像羅漢經驗變相。廣政初，忠義與黃筌、蒲師訓合手畫天王變相十堵以來，各盡所能，愈於前輩。淳化五年甲午，兵火焚盡。今餘王蜀先生祠堂正門西畔神鬼、大聖慈寺正門北墙上西域記、石經院後殿天王變相、中寺六祖院傍藥師經變相，並忠義筆，見存。

黃居寶

黃居寶，字辭玉，筌之次子也。畫性最高，風姿俊爽。前輩畫太湖石，皆以淺深墨淡嵌空而已；居寶以筆端挾攃（上七賞反，下七葛反），文理縱橫，夾雜砂石，棱角峭硬，如虯虎將踊，厥狀非一也。其有畫松竹花雀，變態舊規，皆如湖石之類。授翰林待詔，賜紫金魚袋。不幸早亡，秀而不實者也。

黃居寀

居寀，字伯鸞，筌少子也。畫藝敏贍，不讓於父。蜀之三王，崇奢宮殿，苑囿池亭，世罕其比。居寀父子，入內供奉迨四十年，殿庭墻壁，門幃屏障，圖畫之數不可紀錄。授翰林待詔、將仕郎、試太子議郎，賜金魚袋。淮南通好之日，居寀與父同手畫四時花雀圖、青城山圖、峨眉山圖、春山圖、秋山圖，用答國信。使命將發，秋山全未及畫，蜀王令取在庫秋山圖入角。居寀與父奉命別畫，經月方畢，工更愈於前者。翰林學士徐光溥進《秋山圖歌》以紀之。廣政甲子歲，蜀王令居寀往葛仙山脩蓋仙化，回至彭州，棲真南軒畫水石一堵，自未至酉而畢，敏而復妙者也，今見存。居寀有四時野景圖、湖灘水石圖、春田放牧圖。當時卿相及好事者得居寀子父圖障卷簇，家藏戶寶，爲稀世之珍。今衙廳余理毛、啄苔鶴兩堵、水石兩堵、龍門圖一堵、武侯廟龍水一堵，並居寀筆，見存。聖朝克蜀之後，居寀赴京，頗爲翰長陶尚書（穀）殊禮相見。因收得名畫數件，請居寀驗之。其中秋山一圖，是故主答淮南國信者，畫絹縫之內，自有銜名。陶公云："此是淮王所遺。"看之果符其說。聖朝授翰林待詔、朝請大夫寺丞上柱國，賜紫金魚袋。淳化四年，充成都府一路送衣襖使。時齒六十一。於聖興寺新禪院畫龍水一堵、天臺山圖一堵、水石兩堵，工夫雖少，大體宛存。

偽學士徐光溥《秋山圖歌》

天與黃筌藝奇絕，筆精迥感重瞳悅。遣思潛通造化工，揮毫定得神仙訣。秋來奉詔寫秋山，寫在輕綃數幅間。高低向背無遺勢，重巒疊嶂何屢顏。目想心存妙尤極，研巧覼能狀不得。珍禽異獸皆自馴，奇花怪木非因植。崎嶇石磴絕游蹤，薄霧冥冥藏半峰。婆蘿掩映迷仙洞，薜荔縈垂緻古松。月檻參差錦鱗躍，星壇斑駁翠苔封。傍岸牛羸行嚼草，過橋僧老坐揣節。屈原江上嫋娟竹，陶潛籬下芳菲鞠。良宵祇恐鵾鵠啼，晴波但見鴛鴦浴。暮煙羃羃鏁村塢，一葉扁舟橫野渡。颭颭白蘋欲起風，黯黯紅蕉猶帶雨。曲沼芙蓉香馥鬱，長汀蘆荻花蔌蔌。鴈過孤峰帖遠青，鹿傍小溪飲殘綠。秋山秀兮秋江靜，江光山色相輝映。雪迸飛泉灣釣磯，雲分落葉擁樵逕。張璪松石徒稱奇，邊鸞花鳥何足窺。白旻鷹逞淩風勢，薛稷鶴誇警露姿。方原畫山空巉巖，峭壁枯槎人見嫌。孫位畫水多洶湧，警湍怒濤人見恐。若教對此定妍媸，必定伏膺懷愧悚。再三展向冕旒側，便是移山回碙力。大李小李減聲華，獻之愷之無顏色。鬊髻垂綸渭水濱，吾皇覘之思良臣；依稀荷畚傅岩野，吾皇覘之求賢者。從茲及展復懸旌，宵衣旰食安天下。才當老人星應候，願與南山俱獻壽。微臣稽首貢長歌，丹青景化同天和。

李文才

李文才者，華陽人也。攻畫人物、屋木、山水，善寫真，罕及，周昉之亞也。蜀廣政中，荊南高太王令邸務丁晏入蜀，請文才寫興義門兩雙石筍，兼微其故實，將歸本道。文才告道士范德昭："皆云真珠樓基，或云是海眼，未審孰是。"德昭曰："吾聞諸至人，斯乃鹽叢啟國鎮蜀之碑，中以鐵柱貫之，下以橫石相連，埋於地際，上有文字，言：'歲時豐儉兵革水火之事。'諸葛曾掘驗之。真珠樓基、海眼，皆非也。"蜀人少知，云出《圓方記》，未詳。廣政末，主置真堂大聖慈寺華嚴閣後，命文才寫諸新王文武巨僚等真。授翰林待詔、將仕郎、試大子司議郎，賜緋魚袋。畫未畢，聖朝弔伐，盡已除毀。三學院經樓下西天三藏真、定惠國師真、華嚴閣迎廊下奉聖國師真、應天寺無智禪師真，並文才筆，見存。

阮知誨

阮知誨者，成都人也。攻畫女郎，筆蹤妍麗，及善寫真。王氏乾德年，寫少主真於大聖慈寺三學院經樓下。孟氏明德年，寫先生真於三學院真堂內，寫福慶公主真、玉清公主真於內庭。知誨兩朝多寫皇姑帝戚，渥澤累遷，授翰林待詔、銀青光祿大夫、檢校尚書左僕射、兼御史大夫上柱國。

張玫

張玫者，成都人也。父授蜀翰林寫貌待詔，賜緋。玫有超父之藝，尤精寫貌及畫婦人，鉛華姿態，綽有餘妍，議者比之張萱之儔也。孟先主明德年，於大聖慈寺三學院置真堂，玫曾與故東川董大尉（璋）寫真。先主惡之不為寫己，乃命阮知誨獨寫己真。文武臣僚，玫之筆也。（今並塗抹，無畫蹤矣。）授翰林待詔，賜紫金魚袋。玫有自漢至唐治蜀君臣像三卷。

能格上品十五人

呂嶢（竹虔附）

呂嶢者，京兆人也。唐翰林待詔。自京隨僖宗皇帝車駕至蜀，授將佐郎，守漢州雒縣主簿，賜緋魚袋。今大聖慈寺華嚴閣上天王部屬諸神及王波利真，並嶢之筆，見存。竹虔者，雍京人也，攻畫人物佛像。聞成都創起大聖慈寺，欲將吳道玄地獄變相於寺畫焉。廣明年隨駕到蜀，左全已在多寶塔下畫竟，遂與華嚴閣下後壁西畔畫丈六天花瑞像一堵。

周行通

周行通者，蜀人也。攻畫人物鬼神、蕃馬戎服、器械氈帳、鷹犬羊雁之類及川原放牧，盡得其妍。有李陵送蘇武圖、奪馬圖、三困圖、射雕圖、陰山七騎圖。蜀人皆傳周胡蕃馬為妙，行通多髯故也。

孔嵩

孔嵩者，一名景，蜀人也。幼攻花雀，長遇刁處士入蜀，師其筆法。至晚年，巾裹衣服，言論動止，俱學刁公。在蜀公侯門四十餘載，圖畫甚多，人皆寶之。黃筌於石牛廟畫龍一堵，黃居寀於諸葛廟畫龍一堵，蒿於廣福院畫龍一堵，婉蜓怪狀，不與常同，逼視遠觀，勢欲躍躍，時人異之。此三公畫龍，宗師孫位。位宗顧愷之、曹弗興行龍之筆。謝赫《古畫錄》云："弗興之筆，代不復傳，秘閣之內，一龍而已。"魏赤烏元年冬十月（此赤烏是吳太祖年號，非魏武帝），武帝遊青溪，見一赤龍自天而下，淩波而行，遂命弗興圖之。武帝讚曰："赤烏孟冬，不時見龍。青溪深澗，奮鬐來空。有道則吉，無德則凶。匪兼雲雨，靡帶雷風。弗興畫畢，未贊奇工。我因披閱，蘊隆忡忡。"至宋文帝時，累月亢旱，祈禱無應，乃取弗興畫龍置於水上。應時畜水成霧，經旬霶霈。其所畫流落人間，至今相傳。

石恪

石恪，字子專，成都人也。幼無羈束，長有聲名，雖博綜儒學，志唯好畫。攻古體人物，學張南本筆法。有田家社會圖，鼇壑開峽圖，夏禹治水圖，新羅人較力圖，陳子昂、盧藏用、宋之問、高適、畢構、李白、孟浩然、王維、賀知章、司馬承禎仙宗十友圖，嚴君平拔宅升仙圖，五星圖，南北斗圖，壽星圖，儒佛道三教圖，道門三官五帝圖。雖豪貴相請，少有不足，圖畫之中，必有譏諷焉。城中寺觀壁畫亦多，兵火後，餘聖壽寺經閣院玄女堂六十甲子神、龍興觀仙遊閣下龍虎君，並見存。

杜措

杜措者，蜀人也。幼慕李升山水，長亦勤學，廿年中，晝夕不捨。今大聖慈寺六祖院傍地藏菩薩竹石山水一堵，並院內羅漢蜀上小壁，翠微寺禪和尚真，三學院經堂上小壁太子捨身喂餓虎一堵、善惠仙人布髮掩泥一堵，並措之筆，見存。

杜弘義

杜弘義者，蜀州晉原人也。攻畫佛像羅漢。今寶曆寺東廊下一堵文殊、西廊下一堵普賢，及行道高僧十餘堵，見存。蜀人相專杜老朱羅漢為妙。老矣，弘義小字。

杜子瓌

杜子瓌者，成都人也。擅於賦采，拂淡偏長，唯攻佛像。王蜀時，於龍華泉東禪院畫毘盧佛，據紅日輪、乘碧蓮花座。每誇同輩云："某妝此圓光，如日初出，淺深瑩然，無筆砧之跡。"見存。

杜敬安

敬安，子瓌子也，美繼父蹤，妙於佛像。今大聖慈寺普賢閣下北方天王、三學院羅漢閣下無量壽尊，並敬安筆。蜀城寺院，敬安父子圖畫佛像羅漢甚眾。蜀偏霸時，江、吳商賈入蜀，多請其畫，將歸本道。孟氏明德年，授翰林待詔，賜金魚袋。

蒲延昌

蒲延昌者，師訓養子也。筆力遒健，甚得師法。廣政中進畫，授翰林待詔，賜緋魚袋。時福感寺禮塔院僧模寫宋展子虔獅子於壁，延昌一見曰："但得其樣，未得其筆爾。"遂畫獅子一圖，獻通進王昭遠。公有嬖妾患痁，是夕懸於臥內，其疾頓減。王公召而問其神異，延昌云："宋展氏子虔於金陵延祚寺佛殿之內，畫此二獅子，患人因坐壁下，或有愈者。梁昭明太子偶患風恙，御醫無減，吳興太守張僧繇模此二獅子，密懸寢堂之內，應夕而愈。故名曰'辟邪'，有此神驗久矣。"展氏古本獅子，一則奔走奮迅，一則回攫咆哮。僧繇後亦繼之，二獅子翻身側視，鬃尾俱就八分，爪牙似二龍拏珠之狀。其本至今相傳。延昌於諸葛廟壁畫亦多，兵火後，餘聖壽寺、青衣神廟神鬼人物數堵，見存。

趙才

趙才者，蜀人也。攻畫人物、鬼神、甲馬。廣政年，才與蒲師訓子父較敵其藝，浣花甘亭侯廟、頗當神廟鬼神人物、旗幟甲馬，及資福寺門南北二方天王。甲午歲兵火，倒損已盡。今存諸葛廟第三門兩畔鬼神兩堵，見存。

程承辯

程承辯者，眉州彭山人也。攻畫人物鬼神。當孟氏廣政中，與蒲師訓、蒲延昌、趙才，遞相較敵其藝，皆推妙手。兼善雕刻機巧人物鬼神、怪異禽獸之類，奇絕當時。今彭山縣洞明觀天蓬黑殺玄武火鈴一堂、存耳山王堂游變神鬼一堵，見存。

丘文播

丘文播者，漢州人也，後改名潛。攻畫山水人物、佛像神仙。今新都乾明禪院六祖、漢州崇教禪院羅漢、紫極宮二十四化神仙，皆文播筆，見存。其有花雀，文播男余慶畫。

阮惟德

惟德者，知誨子也。襲承父藝，美繼前蹤。子父同時入內供奉。畫貴公子夜宴圖、宮中賞春圖、宮中戲秋千圖、宮中七夕乞巧圖、宮中熨鐵圖、宮中按舞圖、宮中按樂圖，皆畫當時宮苑、亭臺花木、皇妃帝后富貴之事，精妙頗甚。授翰林待詔、將仕郎、試太常寺齋郎，賜緋魚袋。蜀廣政初，荊湖商賈入蜀，竟請惟德畫川樣美人卷簇，將歸本道，以為奇物。

楊元真

楊元真者，石城山張玄外族也。攻畫佛像羅漢，兼善妝鑾。當王氏武成中，善塑像者，簡州許侯、東川雍中本二人，時推妙手。今聖興寺天王院天王及部屬、熾盛光佛、九曜二十八宿，天長觀、龍興觀、龍虎宮，並雍中本塑。大聖慈寺熾盛光佛、九曜二十八宿、華嚴閣下西畔立釋迦像，並許侯塑，皆元真妝。肉色髭髮、衣紋錦繡，及諸禽類，備著奇功，時輩罕及。今四天王寺壁畫五臺山文殊菩薩變相一堵，元真筆，見存。

真二十二處

蜀自炎漢至於巨唐，將相理蜀，皆有遺愛，民懷其德，多寫真容。年代既遠，頹損皆盡；唯唐杜相國及聖朝呂侍郎二十二處見存。六處有寫貌人名，一十六處亡失寫貌人姓氏。皆評妙格。

杜相國（鴻漸　真在大慈寺）

崔相國（寧　真在龍興寺）

韋太師（皋）

高太尉（崇文　真在大慈寺）

武相國（元衡　真在聖壽寺）

段相國（文昌　真在資福寺　兩任護軍從事　真在天慈寺普賢閣下）

李太尉（德裕　真在大慈寺）

楊侍中（嗣復　真在聖壽寺）

李相國（固言　真在龍興寺　護軍從事　真全）

崔相國（鄲　真在大慈寺　護軍從事　真全）

杜相國（悰　真在淨眾寺　兩任護軍從事　真全　皆陳詵筆）

白令公（敏中　真在福感寺）

魏相國（暮　真在中興寺　護軍從事　真全）

夏侯相國（孜　真在聖壽寺）

吳太尉（行魯　真在四天王寺）

高相國（駢　護軍從事　真全）

牛尚書（叢　護軍從事　真全）

蕭相國（鄴　護軍從事　真全）

陳太師（敬瑄　常待詔筆）

韋相國（昭度　常待詔筆　以上真在大慈寺）

王司徒（建　真在龍興觀　常待詔筆）

呂侍郎（余慶　真在聖壽寺　王鑾之模寫）

益州名畫錄卷下
能格中品五人
陳若愚

道士陳若愚者，左蜀人也。師張素卿畫，遂衣道士服。師事素卿，受其筆法。王氏永平，廢興聖觀爲軍營。其觀有五金鑄天尊形明皇御容一軀，移在大聖慈寺御容院供養。餘道門尊像殿堂，皆就龍興觀起立；今精思院北帝殿是也。殿上壁畫有青龍君、白虎君、朱雀君、玄武君四像，並若愚筆，見存。

張景思

張景思者，金水石城山張玄之裔也。思之一族，世傳圖畫佛像羅漢。景思王氏永平年，於聖壽寺北廊下，畫降魔變相一堵，見存。

麻居禮

麻居禮者，蜀人也。幼師張南本筆法，親得其訣。光化、天福年，聲跡已喧。資、簡、邛、蜀州，寺觀壁畫甚多。今聖壽寺偏門北畔，畫八難觀音一堵，見存。

僧楚安

僧楚安，蜀州什邡人也，俗姓句氏。攻畫人物樓臺，有明皇幸華清宮避暑圖、吳王宴姑蘇臺圖，此二圖皆畫於墻壁、圖簇、團扇之上。其墻壁、圖簇、團扇，大小雖殊，功夫並無減者，奇巧如此。當時公侯相重，皆稱妙手。今大聖慈寺三學院大廳後，明皇帝幸華清宮避暑圖一堵，楚安筆，見存。僧惠堅者，蜀人也。亦好圖畫，而最謬焉。廣政中，三學院僧請畫姑蘇臺一堵，對句楚安避暑宮圖，識者以爲無鑒之甚也。今亦見存，恐後人誤認，故附而正之。

滕昌祐

滕昌祐，字勝華，先本吳人，隨僖宗入蜀，以文學從事。唯昌祐不婚不仕，書畫是好。情性高潔，不肯趨時。常於所居樹竹石杞菊，種名花異草木，以資其畫。歿時年齒八十有五。初攻畫無師，唯寫生物，以似爲功而已。有蟲魚圖、蟬蝶圖、生菜圖、折枝花圖、折枝果子圖、雜竹樣。造夾紵果子，隨類傅色，並擬諸生。攻書，時呼"滕書"。今大聖慈寺文殊閣、普賢閣、蕭相院、方丈院、多利心院、藥師院、天花瑞像數額，並昌祐筆也。其畫蟬蝶草蟲，謂之"點畫"，蓋唐時陸果、劉褒之類也。其畫折枝花，下筆輕利，用色鮮妍，蓋唐時邊鸞之類也。

能格下品七人

姜道隱

姜道隱者，蜀州綿竹人也。年纔韶亂，盡日不歸，父母尋之，多於神佛廟中畫處纔見。及長，爲人木訥，不務農桑，唯畫是好。不畜妻孥，孑然一身。常戴一竹笠，布衣草履，筆墨而已。雖父母兄弟，亦罕測其行止，人皆呼爲"木柔頭"（蜀語謂其鬢髮蓬鬆）。偽相趙國公（昊）知其性跡，請畫屏風。相公問何姓名，蜀語對云："姜姓無名。"相國曰："既無名，何不以道隱名之？"自此始名焉。宋王趙公（庭隱）於淨眾寺創一禪院，請道隱於長老方丈畫山水松石數堵。宋王與諸侍從觀其運筆，道隱未嘗回顧，旁若無人。畫畢，王贈之十縑，置僧堂前，拂衣而去，他皆放此。今綿竹縣山觀寺，多有畫壁見存。

禪月大師

禪月大師，婺州金溪人也。俗姓姜氏，名貫休，字德隱。天福年入蜀，王先主賜紫衣師號。師之詩名高節，宇內咸知。善草書圖畫，時人比諸懷素。師閻立本，畫羅漢十六幀，龐眉大目者，朵頤隆鼻者，倚松石者，坐山水者，胡貌梵相，曲盡其態。或問之，云："休自夢中所覩爾。"又畫釋迦十弟子，亦如此類，人皆異之，頗爲門弟子所寶。當時卿相皆有歌詩，求其筆，唯可見而不可得也。太平興國年初，太宗皇帝搜訪古畫日，給書中程公（羽）牧蜀，將貫休羅漢十六幀爲古畫進呈。

偽翰林學士歐陽炯《禪月大師應夢羅漢歌》

西嶽高僧名貫休，高情峭拔凌清秋。天教水墨畫羅漢，魁岸古容生筆頭。時幀大綃泥高壁，閉目焚香坐禪室。或然夢裏見真儀，脫下袈裟點神筆。高握節腕當空擲，窣窣毫端任狂逸。逡巡便是兩三軀，不似畫工虛費日。悴石安排嵌復枯，真僧列坐連跏趺。形如瘦鶴精神健，骨似伏犀頭骨麤。一倚松根傍巖縫，曲綠腰身長欲動。看經弟子擬同聲，瞌睡山童欲成夢。不知夏臘幾多年，一手搘頤偏袒肩。口開或若共人語，身定復疑初坐禪。案前臥象低垂鼻，崖裹老猿斜展臂。芭蕉花裹刷輕紅，苔蘚文中暈深翠。硬節笻杖矮松牀，雪色眉毛一寸長。繩關梵夾兩三片，線補衲衣千萬行。林間落葉紛紛墮，一印殘香斷煙火。皮穿木履不曾拖，筍織蒲團鎮長坐。休公休公逸藝無人加，聲譽喧喧遍海涯。五七字詩一千首，大小篆字三十家。唐朝歷歷多名士，蕭子雲、吳道子，若將書畫比休公，只恐當時浪生死。休公休公始自江南來入秦，於今到蜀多交親。詩名畫手皆奇絕，覷你凡人事事精。瓦官寺裹維摩詰，舍衛城中辟支佛。若將此畫比量看，最是人間爲第一。

張詢

張詢者，南海人也。爰自鄉薦下第，久住帝京，精於小筆。中和年，隨駕到蜀，與昭覺寺休夢長老故交，遂依託焉。忽一日，長老請於本寺大慈堂後留少筆蹤，畫一堵早景，一堵午景，一堵晚景，謂之"三時山"。蓋貌吳中山水，頗甚工。畫畢之日，遇僖宗駕幸茲寺，盡日歡賞。王氏朝，皇太子簡王欲要遷於東宮，爲壁泥通枋，移損不全，乃寢前命。今見存。

宋藝

宋藝，蜀人也，攻寫真。王蜀時，充翰林寫貌待詔。模寫大唐二十一帝聖容，及當時供奉道士葉法善、禪僧一行、沙門海會、內侍高力士於大聖慈寺玄宗御容院上壁。今見存。

李壽儀

道士李壽儀者，邛州依政人也。壯年慕道，於本縣有德觀爲道士。齋醮之外，專精畫業，人呼爲"李水墨"。多畫道門尊像，往來青城山丈人觀。宗師張素卿筆法，每點簇五嶽四瀆部屬，歸家習學之，如此數年。簡州開元觀有張素卿畫十二仙君一堂（乾德四年，遭火所焚），廣政中，壽儀往彼，焚香齋潔模寫，將歸邛州天師觀西院上畫其壁，但窮精粹，筆力因於素卿，神彩氣韻有過時流。一堂六堵，見存。

僧令宗

僧令宗，丘文播異姓弟也。攻畫山水人物、佛像天王。今大聖慈寺三學院下、經樓院下兩畔四天王兩堵、放生池揭諦堂內六祖，並令宗筆，見存。

丘文曉

丘文曉，播弟也。攻畫花雀、人物、佛像。今淨眾寺延壽禪院，天王祖師及諸高僧竹石花名二十餘堵，廣政癸卯歲，文曉與僧令宗合手描畫，今見存。

有畫無名

大聖慈寺六祖院羅漢閣上，峨眉山、青城山、羅浮山、霧中四堵，中和年畫，不留姓名，評妙格中品。

三學院，舊名東廚。院門兩畔畫東北二方天王兩堵，王蜀先主修改後，移在院內北廊下，亡失姓名，評能格上品。

多寶塔下南北二方天王、彌勒佛會、師子國王、菩薩，普賢閣外北方天王，不記畫人姓名，評能格中品。

聖壽寺東廊下維摩詰堂內，畫居士方丈花竹芭蕉、山水松石、風候雲氣三堵，景福年畫，不留姓名，評能格中品。

昭覺寺大悲堂內四天王兩堵、堂外觀音一堵，寺門後兩畔東西天王兩堵，並中和年畫，不知畫人名姓，評能格中品。

無畫有名

《益州學館記》云："獻帝興平元年，陳留高朕為益州太守，更葺成都玉堂石室。東別創一石室，自為周公禮殿。其壁上圖畫上古、盤古、李老等神，及歷代帝王之像。梁上又畫仲尼七十二弟子、三皇以來名臣。"耆舊云："西晉太康中，益州刺史張收筆。"古有益州學堂圖，今已別重妝，無舊跡矣。劉瑱，齊永明十年，成都刺史劉悛再脩玉堂禮殿，靈宇嚴肅。悛弟瑱，性自天真，時推妙手。畫仲尼四科十哲像，並車服禮器。今已重妝別畫，無舊蹤矣。

薛少保者，名稷。天后朝位至太子少保，文章學術，名冠當時，而好圖畫。《畫品錄》云："秘書省有薛少保畫鶴，時稱一絕。"又聞蜀郡多有公畫。盧求《成都記》云："府衙院西廳，少保畫鶴與青牛，並少保《自眉州司馬遷移文》記。"今改舊制，無畫蹤矣。

王宰者，大曆年家於蜀川。善畫山水樹石，意出像外，故杜甫歌云："十日畫一水，五日畫一石。能事不受相促迫，王宰始肯留真跡。壯哉昆侖方壺圖，掛君高堂之素壁。巴陵洞庭日本東，赤岸水與銀河通，中有雲氣隨飛龍。舟人漁子入浦漵，山木盡亞洪濤風。尤攻遠勢古莫北，咫尺應須論萬里。焉得并州快剪刀，剪取吳松半江水。"今蜀中寺觀，亦無畫蹤，唯好事者收得。《畫品錄》定為妙格。

韋偃者，京兆人也，寓止蜀川。善畫馬，韓幹之亞也。故杜甫歌云："韋侯別我有所適，知我憐君畫無敵。戲拈禿筆掃驊騮，欻見騏驎出東壁。一匹齕草一匹嘶，坐看千里當霜蹄。時危安得真置此，與人同生亦同死。"蜀中寺觀，亦無筆蹤，唯好古者收得。《畫品錄》定為妙品。

浣花龍興寺，《成都記》云："本正覺寺，內有前益州長史臨淮武公（元衡）並從事五人，具朝服，繪於中堂。"淳化五年，兵火後無畫蹤矣。

《成都記》云："府衙西北，前益州五長史真，李太尉（德裕）文記。"今無畫蹤，唯文字相傳爾。

重寫前益州五長史真記

益州草堂寺（《成都記》云："寺在府西七里，去浣花亭三里。"），列畫前長史一十四人（節度使職不帶尹，則帶長史，非今賓佐也），代稱絕跡。余嘗於數公子孫之家獲見圖狀，乃知草堂績事，靡不造真。昔巖野旁求，徒聞審像；稽山高謝，唯上鎔金。孰若托之丹青，妙畫神照？然楚國祠廟，魯王宮室，暨此邦文翁舊館，皆圖歷代卿相，粲然可觀。唯有慕於前良，曾莫究於形似，與夫年代既遠，遺像猶存。入虛室而煙霞暫披，拂浮埃而瑤林斯覿。余以精廬甚古，畫壁將傾，乃選其功德尤著五人，模於郡之廳所，追惟二漢臺閣，皆有圖寫。黃霸、于定國，雖宰相名臣，不得在畫像之列。卓子師德行君子，而居功臣之右。今之所取，其在玆乎？采色既新，光靈可想，儼若神對。吾將與歸，因敘其書，以貽來哲。大和四年閏十二月十八日，劍南西川節度副大使知節度事、銀青光祿大夫檢校兵部尚書兼成都尹、御史大夫讚皇縣開國伯李德裕記。

胡氏亭畫記

檢校尚書司空員外郎賜緋魚袋郭圓撰：藝遊而至者，則神傳焉；神傳者，國寶矣；墨妙之於藝，又加貴焉。浮圖焰梁熾，今國力不能迨也。故藝之至者，雖鴻德巨儒，亦伍於工徒矣。唐故宰相薛公稷，畫入神品，以名之重，時加貴之。成都靜德精舍有壁二堵，雜繪鳥獸人物，態狀生動，乃一時之尤者也。吾后帝宇之五年，汙叛帖夷，萬方無事，於是大去蠹人之疾，以浮圖氏為最。詔走御史監毀域內之祠，凡雲構山峙之宇，一時而壞，百工之名跡隨去焉。胡氏（璩）文而好古，惜少保之跡不存於鄉，迺操斤挾黨，力剟於頹垒之際，得人三十七頭、馬八足。又於福勝祠獲展氏子虔天樂二十五身，及鄉之名工李氏感天樂十二色。皆神傳異跡。陷於茅亭之壁，長者之車益滿門矣。任愚子若缺，時寓蜀，壯君好事之心，亡於壓覆，於是染醉毫紀其始於石。會昌五年五月三日記。（今畫無舊跡，唯存石記在三學山廨院東北，此院是胡璩宅。）以上文淵閣四庫全書本《益州名畫錄》。

《茅亭客話》（八則）

蜀先兆

聖朝乾德二年，歲在甲子，興師伐蜀。明年春，蜀主出降。二月，除兵部侍郎叅知政事呂公餘慶知軍府事，以偽皇太子策勳府為理所。先是，蜀主每歲除日，諸宮門各給桃符一對，俾題元亨利正四字。時偽太子善書劄，選本宮策勳府桃符親自題曰"天垂餘慶、地接長春"八字，以為詞翰之美也。至是，呂公名餘慶，太祖皇帝誕聖節號長春，天垂地接，先兆皎然。國之興替，固前定矣。文淵閣四庫全書本《茅亭客話》卷一。

蘭亭客序

昔晉穆帝永和九年暮春三月三日，太原孫統承公、富春孫綽興公、唐漢王彬之道生、陳郡謝安石、高平郗曇春熙、太原王蘊叔仁、釋支遁道林，並逸少子凝之、徽之、操之等四十有一人，修禊之會，羲之為序，興逸而書之。筆跡遒媚，勁健絕代。凡二十八行，三百二十四字。唐太宗購得其本，令趙模、韓道政、馮承素、諸葛貞等摹勒以賜皇太子諸王近臣。太宗酷好書法，有大王書真跡三千六百張，率以一丈二尺為一軸，得一百五十卷。太宗自書"貞觀"二字為印，印縫及卷之首尾，又選貴臣子弟有性識者，以爲弘文館學生，內出書法，命之學習焉。其有人間善書者，並召入館。由是十數年間，海內靡然。工書翰者衆，其王書法帖所寶惜者獨《蘭亭序》爲最。常置於御座之側，朝夕觀覽。貞觀二十三年，聖躬不豫臨崩，謂高宗曰："吾欲從汝求一物，汝誠孝也，豈能違吾心耶。汝意如何？"高宗聽命。太宗曰："吾欲得《蘭亭》，可將去乎？"高宗哽噎流涕曰："唯。"命奉諱之日用玉匣貯之，隨仙駕送入靈宮。今趙模等所摹者本，往往有好事者收藏得。僞蜀時，吳王遣內客省使高弼通好，持國書於蜀，因獻僞皇太子王羲之石本《蘭亭》一軸，當時識者議此本是羲之撰序，後刻石於蘭亭者，僞皇太子攻王書，體法精妙，弼故有是獻。僞翰林待詔米道鄰侍書於太子，掌書法百餘卷，皆是二王法帖、古來名賢墨跡及石本者。迨聖朝伐蜀，其書帖盡歸米道鄰私家。至乾德中，有鸞彩賤王七郎，名文昌，與道鄰世舊，道鄰因文昌石本《蘭亭》即吳使高弼獻太子者。文昌好博雅，古來名書多收藏之，羲之眞書《樂毅論》《黃庭經》、草書十七帖，晉魏兩漢至李唐名臣墨跡及石本皆萃於家。當時與往還好書者，毛熙震、王著、勾中正、張仁戩、黃居實、張德釗、張文懿、史戴、滕昌祐、石恪、李德華、陳熙載。僧懷戩、義西嘗訪之，閱其所藏，終日忘倦。太平興國初，光祿卿高公保寅，即諸宮高氏之後，入川爲九州巡檢，休復嘗謁見之。因得張藻山水一軸、羲之墨跡《蘭亭》一軸、注崇山二字、圍者乎二字，皆是趙模、諸葛貞搨者。檀香軸、古錦標皆煙晦蟲蠹，時得與諸賢往復玩之。甲午歲，家藏書畫焚掠殆盡，今蜀中兩經寇亂，諸家名書古畫罕得見聞，故備言之爾。《茅亭客話》卷三。

周寫貌

僞蜀成都人周元裕，攻寫貌。時因避暑於大聖慈寺佛牙樓下，或自長吁，傍有一村人詰其吁嘆，元裕答云："某攻寫真有年矣，生平薄命，有請召寫真者，富室則不類，貧家則酷似。母老供給不迨，故有是歎。"村人因問元裕詮泊之處，良久曰："某有薄土在靈池縣，鄰村有觀，觀主欲要寫真，囑我多時。來日詰朝同來相尋，勿失此約。"翌日，有一道流，白晳長髭，來求寫真，云："夜來隣村門徒話及，特來奉謁。"元裕乃定思，援毫立就。其貌無少差異。道流喜云："門外有一僕，將少相酬。"出門呼之，已失道流蹤跡。逡巡，蜀城士庶咸言："靈池朱眞人來周處士家寫真。"求請眞容者日盈其門，自此所獲供侍周贍。觀斯靈異，得非有道之士出處人間，救振貧苦者乎？《茅亭客話》卷四。

勾生

益州大聖慈寺，開元中興創，周迴廊廡皆累朝名畫，冠於坤維。東廊有維摩居士堂，蓋有唐李洪度所畫，其筆妙絕。時值中元日，士庶遊寺，有三少年俱善音律，因至此，指天女所合樂云："是《霓裳羽衣曲》第二疊頭第一拍也。"其中勾生者即云："某不愛樂，但娶得妻如抱箏天女，足矣。"遂將壁畫者項上搯一片土，吞之爲戲，既而各退歸。勾生是夜夢在維摩堂內，見一女子，明麗絕代，光彩溢目，引生於廡下狎昵。因是每夜忽就生所止，或在寺宇中繾綣，迨月餘。生舅氏范處士者，見生神志癡散，似爲妖氣所侵，或云服符藥設醮拜章除之，始得生。父母領之。其夜天女對生歔欷不自勝，曰："妾本是帝釋侍者，仰思慕不奪君，願託以神契。君今疑妾，妾不可住，君亦不必服諸符藥，妾亦不欲忘情於衣帶中。"解玉琴爪一對曰："聊爲思念之物，君宜保愛之，自此永訣。"生捧之無言酬答，但彼此嗚咽而已。既去，生自是日漸羸瘠，不逾月而卒。玉琴爪其家收得，至順寇時方失之。壁畫天女，至今項上指甲痕尚存焉。《茅亭客話》卷四。

景山人

玉壘山人景煥，有文藝，善畫龍。涉獵經史，撰《野人閒話》《牧豎閒談》。住川城北隅，數畝園蔬，家族數口，豐儉得中。山人情性溫雅，守道儉素，未嘗與人有毫髮之競對。人無老少，必先稱名。雍熙年初，有富家王仲璋者，求山人畫龍，初甚愛重。後有人云："景山人畫格品低於孫位、黃筌。"遂將染爲皂。山人聞之曰："何不速言！"酬以好絹，恭謝而退。嘗使小僕挈帽隨行，遇雨尋僕不見，冒雨而歸。妻問何以不戴帽，衣服濡濕，山人云："亢陽衍雨，不許人戴帽。"其妻使婢送金釵還鄰家，婢中路遺之，泣告山人，因他處假令還鄰人。山人嘗於婢僕輩知其乏困飢寒，誠謂君子不虐幼賤。山人園圃中養二斑鶩，夜見鶩糞中有光明，往告之。山人令以水淘之，獲鈜金二兩餘。吁，誰謂天蓋高，何懲惡勸善如反掌耶！《茅亭客話》卷九。

孫處士

孫處士名知微，字太古，眉州彭山人也。因師益部攻水墨僧令宗，俗姓丘氏。知微形貌山野，爲性介潔，凡欲圖畫道釋尊像，則精心率意，虛神靜思，不茹葷飲酒，多在山觀村院，終冬夏方能周就。嘗寓青城白侯壩趙村，愛其水竹重深，囂塵不入，冀絕外慮，得專藝學。知微畫思遲澁無覉束，有位者或求之，不動，即絕食託疾而遁。導江縣有一女巫，人皆肅敬，能逆知人事。知微素尚奇異，嘗問其鬼神形狀，欲資其畫。女巫曰："鬼有數等，有福德者精神俊爽，而自與人交言。若是薄相者，氣劣神悴。假某傳言，皆在乎一時之所遇，非某能知之也。今與求一鬼，請處士親問之。"知微曰："鬼何所求？"女巫曰："今道途人鬼各半，人自不能辨之。"知微曰："嘗聞人死爲冥官追捕，案籍罪福，有生天者，有生爲人者，有生爲畜者，有受罪苦經劫者。今聞世間人鬼各半，得非謬乎？"女巫曰："不然，冥途與人世無異，苟或平生不爲不道事，行無過，詎有桎梏及身者乎？今見有王三郎在冥中足知鬼神之事，處士有疑請自問之。"知微曰："敢問三郎鬼神形狀，欲資所畫。"俄有應者曰："今之所問，形狀醜惡怪異者皆是魍魎輩，神者一如陽間尊貴大臣，體貌魁梧，氣岸高邁。蓋魂魄強盛，是以有精爽至於神明，非同淫屬之鬼爾。"知微曰："鬼神形狀已得知矣，敢問鬼神何以侵害於生人？"應者曰："鬼神之事人皆不知，凡鬼神必不能無故侵害生人，或有侵害者，恐是土木之精、千歲異物、血食之妖鬼也。此物猶人間之盜賊，若無故侵害生人，偶聞於神明，必加侵害，亦不異盜賊之抵干憲法爾。若人爲鬼所害者，不聞乎爲惡於隱者。鬼得而誅之；爲惡於顯者，人得而誅之乎？"知微曰："明神禱之而求福，有之乎？"應者曰："鬼神非人，實親於德，是依皇天。無親亦惟德而是輔，凡有德者，不假禱祈，神自福之。若素無德行，雖勤禱之，得福鮮矣。"知微曰："今冥中所重者罪，在是何等？"應者曰："殺生與負心爾。所景奉者浮圖教也。"知微曰："某之後事可得聞乎？"應者曰："禍福之事不可前告。神道幽秘，弗許預知也。"知微曰："今欲酬君，君欲希我何物？"應者曰："望君濟我資鏹數百千貫。"知微辭之，應者曰："所求者非世間銅鐵爲者，乃楮貨爾。"知微乃許之。應者曰："燒時慎勿使著地，可以薪艸薦籍之，向一處以火爇，不得攪剔，其錢則不破碎，一一可達也。"遂依教蟠紙錢數百千貫。噫，昔漢世以前，未知幽冥以何爲賂遺之物爾。《茅亭客話》卷十。

黃處士

黃處士名延矩，字垂範，眉陽人也。少爲僧，性僻而簡，常言："家習正聲，自唐以來待詔金門，父隨僖宗入蜀，至某四世矣。琴最盛於蜀。製斲者數家，惟雷氏而已。"又云："雷氏之琴不必盡善，有瑟瑟徽者爲上，金玉者爲次，螺蚌者亦又次焉。所以爲異者，岳雖高而弦低，雖低而不拍面，按之若指下無弦吟，振之則有餘韻。非雷氏者，箏聲絕無琴韻也。"處士常言："隋文帝子蜀王秀造千面琴，散在人間，故有號寒玉韻磬響泉和志者。琴則有操引曲調及弄，弦則有歌詩五曲，一曰《伐檀》，二曰《鹿鳴》，三曰《騶虞》，四曰《鵲巢》，五曰《白駒》。蓋取諸國《風》《雅》《頌》之詩聲其章句，以律和之之謂也。非歌詩之言，則無以成其調也。本詩之言而成調，非因調以成言也。諸詩皆可歌也。"咸平中，知州馮公知節召孫知微畫，俾處士彈琴，二公俱止僧舍，嘗會愚茅亭。進士張及贈之詩曰："二公高節厭喧卑，同寄蕭宮共展眉。玉樹冰壺齊品格，野雲皋鶴本追隨。泉流指下何人賞，岳峭毫端秖自知。綣戀賢侯美風教，故山歸去尚遲遲。"祥符壬子秋告歸鄉里，遺愚養和一法。是年冬病卒，年八十。其樂天知命者歟！《茅亭客話》卷十。

小童處士

童處士名益，字友賢。因兄能畫，相學習而頓悟，若生而知之。大凡性有巧拙，畫無古今。蜀末歸命，聖宋以前有張、杜二人善畫佛像羅漢，有張南本畫人物車馬，黃伯鸞花雀竹石，李昇山水，李文秀寫真。自往及今，有童君與前輩不相下也。童君於海雲山寺畫慈寺如來十六羅漢，大聖慈寺三學院《楞嚴經》變相，玉局化龍虎君二十四化神仙，天慶觀龍虎君聖祖殿嶽瀆神祇，所有神仙侍從向背低昂無遺其勢者。鳥獸洪纖、樹石山水無遁其形者，而又筆蹤遒健，天機俊逸。九曜院寫張侍郎真，精神氣韻如出素壁之前，時推妙手。張侍郎在任日，俾童君畫《鮑倩五禽圖》，於五勢之間各寫侍郎真在其中，侍郎展開曰："老夫山野，豈堪圖之！"因是優禮待之。祥符中，於愚茅亭圖水石六堵，謂愚曰："時輩皆云彈琴非是樂，寫真非是畫，是耶非耶？請爲言之。"愚對曰："《春秋左氏傳》，晉侯觀於軍府，見鍾儀問曰：南冠而繫者誰也？有司對曰：鄭人所獻楚囚也。使稅之召而弔之，再拜稽首問其族，對曰：伶人也。能樂乎？對曰：先父之職官也。敢有二事，使與之琴，操南風。杜預注云，伶人樂官也，豈不謂琴爲樂乎？南齊謝赫論畫有六法，一曰氣韻生動，二曰骨法用筆，三曰應物像形，四曰隨類傅彩，五曰經營位置，六曰傳移模寫。其寫真者，於畫六法中一法爾，豈不謂之畫乎？若祇以畫人頭面而已，豈曰盡善，若祇以寫真擅名，不亦寡乎！譬諸膳夫和羹，虀醯鹽梅以烹魚肉，齊之以味，闕一不可。今國朝取士於詩賦策論，闕一者不中其選也，則知君子之道貴乎全也。畫與學，雖殊功用奚異。君其全和。"童曰："益雖不敏，請事斯語矣。"《茅亭客話》卷十。

釋重顯藝話（一則）

　　釋重顯（九八〇～一〇五二）俗姓李，字隱之，遂州（今四川遂寧）人。幼年出家，受具足戒。遊方至隨州，參雲門宗大師光祚，從學五年，盡得其道。至池州景德寺，爲首座，爲僧眾講《般若論》。後爲蘇州洞庭山翠峰寺住持。繼住持明州雪竇山賢聖寺三十一年，賜號明覺大師，世稱雪竇和尚。皇祐四年六月卒，年七十三。重顯工翰墨，嘗舉古代佛門公案一百則，以韻文頌其宗旨，即著名的《雪竇頌古》，於禪宗影響甚大，雲門宗風由此大盛，號爲"雲門中興"。重顯作詩多涉禪宗，然胸懷脫灑，韻度高邁，意之所到，天然拔俗。著述甚多，現存著述有《明覺禪師語錄》六卷、《頌古集》一卷、《拈古》一卷、《碧巖錄》十卷，均收入《大正藏》；又存《祖英集》二卷、《瀑泉集》一卷。

贈琴僧

　　太古清音發指端，月當松頂夜堂寒。悲風流水多嗚咽，不聽希聲不用彈。文淵閣四庫全書本《祖英集》卷上。

張錫藝話（一則）

張錫（九八二～一〇四九）字貺之，其先京兆（今陝西西安）人。大中祥符元年登進士甲科，歷知南昌縣、新州、東明縣，權三司鹽鐵判官，出爲荊湖北路轉運使，還判度支勾院，爲京東、河北轉運使，侍御史知雜事，判大理寺，權知諫院，度支、鹽鐵副使，知河中府、滑州。進翰林侍讀學士、判太常寺、國子監。皇祐元年七月卒，年六十八。

唐韓幹《馬性圖》跋

畫馬之法，畫骨力神氣爲上，畫肉次之，畫毛又次之。韓幹畫馬，正如九方皋相馬之法，在其千里駿骨，不在驪黃牝牡之間也。今觀太史徐時用先生所藏韓生《馬性圖》，似欲馳驟，乃知買死馬以千金者有以也。吾人作書爲墨豬而乏風韻者，曾畫工不若也夫。張錫題。文淵閣四庫全書本《石渠寶笈》卷三二。

夏竦藝話（一則）

夏竦（九八五～一〇五一）字子喬，江州德安（今江西德安）人。景德四年舉試賢良方正科。官至參知政事、樞密使。卒贈太師、中書令，賜謚文正，改謚文莊。爲人急於進取，喜用權術，世人目爲奸邪。然明敏好學，才智過人，爲郡有治績，善治軍旅，在文學上亦多有建樹。論文以氣骨爲主，強調文章有經邦治國之用，應根於道，益於世，具有頌刺之義、規諷之旨。他既不滿浮淺鄙俚的五代文弊，又不滿當時西崑體"近俳優，如繡屏"的詩風，但也強調文辭藻飾，認爲"無文不遠，君子所以尚辭"（《將帥部議論篇序》）。其詩絕大部分爲奉和應制之作，典雅富贍，但缺乏社會意義。詞作存世極少，劉克莊稱其《宮詞》"不減《香奩》《花間》之作"（《後村詩話》前集卷二）。長於四六駢文，富麗典則，其表章制誥典策被譽爲"四六集大成者"（《四六話》卷上）。其進策、奏議，反映社會弊端及其政治主張，有較高社會價值。他的書信，尤其是青年時代求舉制策之書啟，辭筆委婉曲折。著有《夏竦集》一百卷、《策論》十三卷，原本已佚，四庫館臣自《永樂大典》輯錄出《文莊集》三十六卷，另有《古文四聲韻》等著述。

《古文四聲韻》序

臣謹案《尚書正義》曰："科斗書，古文也。所謂倉頡本體，周所用之。以今所不識，是古人所爲，故名古文。形多頭麤尾細，腹狀團圓，似水蟲之科斗也。"

《漢書·藝文志》載《孝經》古孔氏一篇二十二章，學之者鮮矣。兩漢而下，蔡中郎刻石經，杜伯山得漆書《古文尚書》一卷，獨寶愛之。又汲郡安釐王塚壞，得竹策古文《春秋》，書楚事者最精。晉魏以降，隸習殆絕。唐貞元中，李陽冰子、開封令服之有家傳古《孝經》及漢衛宏《官書》兩部合一卷，授之韓愈。愈識歸公，歸公好古能解之，因遺歸公。又有自項羽妾墓中得古文《孝經》，亦云渭上耕者所獲。其次有右補闕衛包勒修《三方記》於雲臺觀，瞿令問刻《峿𡼏銘》於營道，及天台山司馬天師漆書《道德經》上下篇幢。龍德中，羅浮道士厲山木重寫其本，藏之天台玉霄藏。

聖宋有天下，四海會同，太學博士、周之宗正丞郭忠恕首編《汗簡》，究古文之根本。文館學士句中正刻《孝經》，字體精博。西臺李建中總貫此學，頗爲該洽。翰林、少府監丞王維恭寫讀古文，筆力尤善。殆今好事者，傳識古文科斗字也。

臣逮事先聖，久備史官。祥符中，郡國所上古器，多有科斗文。深懼顧問不通，以忝厥職，繇是師資先達，博訪遺逸。斷碑蠹簡，搜求殆徧；積年踰紀，篆籀方該。自嗟其勞，慮有散墜，遂集前後所獲古體文字，準唐《切韻》，分爲四聲，庶令後學，易於討閱。仍條其所出，傳信於世。字有闕者，更俟同志相續補綴。

此者伏遇體天法道欽文聰武聖神孝德皇帝陛下緝熙百度，宣精六藝。法唐堯之稽古，邁商宗之典學。多能攸縱，小善不遺。猥錫宸旨，特令進御。臣久役廢書，積憂傷目，數四校讎，尚虞舛誤。干冒宸扆，伏增惶越。

慶曆四年二月二十四日推誠保德翊戴功臣、開府儀同三司、行吏部尚書、知亳州軍州事、管內河堤勸農使兼管句本州駐泊軍馬公事、開治溝洫河道事、上柱國、九江郡開國公、食邑八千四百户、食實封二千六百户臣夏竦謹序進。文淵閣四庫全書本《古文四聲韻》卷首。

范仲淹藝話（六則）

范仲淹（九八九～一〇五二）字希文，吴縣（今江蘇蘇州）人。幼年而孤，母貧無所依，再適長山朱氏，從其姓，名説。既長，入學舍，晝夜講誦，益自刻苦。大中祥符八年進士及第，爲廣德軍司理參軍，改亳州節度推官，始歸迎其母，還姓更名。天聖中，晏殊薦其文學，以大理寺丞爲秘閣校理。以言事忤章獻太后，出通判河中府，轉殿中丞，遷太常博士。久之，召爲右司諫，途中奏上論時弊十事疏。太后崩，上疏請掩其小過，以全大德。率臺官諫阻廢郭皇后，貶知睦州，徙蘇州。拜禮部員外郎、天章閣待制，召還，益論時政闕失，執政大臣忌之，命知開封府。獻《百官圖》譏刺吕夷簡以官賞私人，落職，知饒州，徙潤、越州。寶元初，與西夏戰事起，爲陝西經略安撫副使，兼知延州。元昊求和，復書拒之，坐奪一官，降知耀州，改慶州，遷環慶路經略安撫使，改陝西安撫經略招討使。慶曆三年，召爲樞密副使，改參知政事，推行新政，獻《十策》，主張薄任子之恩，嚴磨勘之法，爲權貴佞幸所忌，謗毀稍行，出爲河東陝西宣撫使，以資政殿學士知邠州，歷知鄧、杭、青諸州。皇祐四年，求知潁州，至徐州而卒，年六十四，贈兵部尚書，諡文正。少有大節，慨然有志於天下，貫通經術，明達政體。其論文主張以經世致用爲本，當抑末揚本，對五代以來文風不滿，盛讚尹洙"力爲古文"之舉，歐陽修改變文風之功。其著述亦力行其主張。其政論雜文趨向古文，講求實效，旨意深切；其餘文章鋪陳敍事，駢儷工整。其詩歌關心民生疾苦，有所爲而作。擅長爲詞，擺脱宋初詞專一描寫閨情的束縛，直接抒發自己的感慨。著述甚豐，現存《范文正公奏議》二卷、《范文正公文集》二十卷、《范文正公詩餘》一卷等。

一　鳴琴

思古理鳴琴，聲聲動金玉。何以報昔人，傳此堯舜曲。_{文淵閣四庫全書本《范文正集》卷一。}

二　聽真上人琴歌

銀潢耿耿霜稜稜，西軒月色寒如冰。上人一叩朱絲繩，萬籟不起秋光凝。伏羲歸天忽千古，我聞遺音淚如雨。嗟嗟不及鄭衛兒，北里南隣競歌舞。競歌舞，何時休，師襄堂上心悠悠。擊浮金，戛鳴玉，老龍秋啼蒼海底，幼猿暮嘯寒山曲。隴頭琴瑟咽流泉，洞庭蕭蕭落寒木。此聲感物何太靈，十二銜珠下仙鵠。爲予再奏《南風詩》，神人和暢舜無爲。爲余試彈《廣陵散》，鬼物悲哀晉方亂。乃知聖人情慮深，將治四海先治琴。興亡哀樂不我遁，坐中可見天下心。感公遺我正始音，何以報之千黃金。《范文正集》卷二。

三　和楊畋孤琴詠

愛此千里器，如見古人面。欲彈換朱絲，明月當秋漢。我願宮商絃，相應聲無間。自然召南風，莫起孤琴歎。《范文正集》卷二。

四　與唐處士書

十二月日，高平范某，謹再拜致書於處士唐君：蓋聞聖人之作琴也，鼓天地之和而和天下。琴之道，大乎哉！秦作之後，禮樂失馭，於嗟乎，琴散久矣！後之傳者，妙指美聲，巧以相尚，喪其大，矜其細，人以藝觀焉。

皇宋文明之運，宜建大雅，東宮故諭德崔公其人也。得琴之道，志於斯，樂於斯，垂五十年，清靜平和，性與琴會，著《琴箋》，而自然之義在矣。

某嘗游於門下，一日請曰："琴何爲是？"公曰："清厲而靜，和潤而遠。"某拜而退，思而釋曰：清厲而弗靜，其失也躁；和潤而弗遠，其失也佞。弗躁弗佞，然後君子，其中和之道歟！

一日又請曰："今之能琴，誰可與先王和者？"曰："唐處士可矣。"某拜而退，美而歌曰："有人焉！有人焉！"且將師其一二。屬遠仕千里，未獲所存。

今復選於上京。崔公既沒，琴不在於君乎？君將憐其意，授之一二，使得操堯舜之音，游羲黃之城，其賜也豈不大哉！又先王之琴傳傳而無窮，上聖之風存乎盛時，其旨也豈不遠矣！誠不敢助南薰之詩，以爲天下富壽，庶幾宣三樂之情，以美生平而可乎！

某狂愚之咎，亦冀捨旃。不宣。某再拜。宣統二年重雕康熙歲寒堂本《范文正公集》卷九。

五　今樂猶古樂賦　民庶同樂，今古何異

古之樂兮所以化人，今之樂兮亦以和民。在上下之咸樂，豈今昔之殊倫。何後何先，俱可諧於雅頌；一彼一此，皆能感於人神。

原夫惟孟子之謨猷，激齊王之思慮。惠民之道將進，述樂之言斯著。以謂昔時搏拊，實用洽於羣情；此日鏗鏘，亦足康於兆庶。蓋在乎君臣交泰，民物茲豐。和氣既充於天下，德華遂振於域中。寔萬邦之所共，諒百世之攸同。聽此笙鏞，曷異聞《韶》之美；顧茲匏土，宛存擊壤之風。孰是孰非，爰究爰度。且何傷於異制，但無求於獨樂。移風易俗，豈惟前聖之所能；春誦夏弦，寧止古人之有作。若乃均和其用，調審其音。上以象一人之德，下以悦萬國之心。既順時而設教，孰尊古而卑今。六律再推，自契伶倫之管；五聲未泯，何慙虞舜之琴。其或政尚滋章，民猶勞苦。樂雖遵於前代，化未暢於率土。曷若我咸臻仁壽，共樂鍾鼓。八風時叙，命夔而不在當年；萬舞日新，教胄而何須往古。若然則不假求舊，惟聞導和。其制也雖因時而少異，其音也蓋理心而靡他。播茲治世之音，無遠弗屆；較彼先王之樂，相去幾何。

今國家大樂方隆，休聲遝被。曾不惑於鄭衛，自能和於天地。舉今古而酌中，與英莖而豈異。《范文正公集》卷二〇。

六　題褚摹《蘭亭序》

高平范仲淹嘗守會稽郡，游蘭亭曲水。今復觀斯文於才翁東齋，足爲佳遇。慶曆八年十二月二十六日題。文淵閣四庫全書本《珊瑚木難》卷三。

晏殊藝話（二則）

　　晏殊（九九一～一〇五五）字同叔，撫州臨川（今江西撫州）人。出身清貧，七歲知學問，善屬文，鄉里號爲神童。景德初，張知白安撫江西，以神童薦於朝，真宗命殊與進士千餘人並試於廷，殊神氣自若，援筆立成，賜同進士出身，擢秘書省正字，讀書於秘閣。明年，獻其所爲文，召試中書，遷太常寺奉禮郎，徙光祿寺丞，充集賢校理。再遷著作佐郎，同判太常禮院。天禧二年，仁宗始封昇王，選爲王府記室參軍，遷左正言、直史館。知制誥，判集賢院。年三十即爲翰林學士，兼判太常寺、知禮儀院。仁宗即位，拜右諫議大夫兼侍讀學士，遷給事中，判吏部流內銓，侍講崇政殿。奉詔撰《天和殿御覽》《真宗實錄》，書成。進禮部侍郎，知審官院。天聖三年，拜樞密副使，遷刑部侍郎。上疏論張耆不可爲樞密使，忤劉太后意，出知宣州，改南京留守。任上大興學校，又延請當時著名文人如王琪、張亢等爲幕客，賓主相得甚歡。六年，召還，爲御史中丞，改資政殿學士兼翰林侍讀學士。八年，知貢舉，擢歐陽修爲第一，張先、刁約、石介亦於同科及第，一時名士多出其門。明道元年，復樞密副使，拜參知政事，遷尚書左丞。二年，罷致，出知亳、陳二州。寶元元年，自陳州召還，復爲御史中丞、三司使。康定初，知樞密院事，擢樞密使。慶曆三年，拜同中書門下平章事，充集賢殿大學士兼樞密使。四年罷相，以工部尚書出知潁州，徙陳、許州、永興軍。至和元年卒，年六十五，贈司空兼侍中，諡元獻。晏殊知人好賢，喜獎拔後進。及爲相，范仲淹、韓琦、富弼皆用爲執政，歐陽修、余靖、蔡襄、孫沔爲諫官，均爲一時名臣。晏殊是宋代文學大家。他的文學主張與北宋古文家一致，推崇韓、柳之文，以爲文章當扶道垂教，非獨以屬詞比事爲工。現存晏殊詩多爲應制之作，頗有中晚唐詩風。其文學成就以詞最爲突出，繼承了花間詞派溫庭筠、韋莊的風格，又深受南唐馮延巳的影響，所作不減馮延巳。在形式上，晏殊詞無長調，全爲小令。在藝術手法上，他善於用白描手法描繪人物。晏殊一生富貴，地位顯要，因此在他的詞中沒有像柳永那樣的吟詠羈旅窮愁的作品，也很少歌宴唱和應酬之作，即使是描寫兒女之情的作品，也顯得隱約含蓄，不像柳永、張先那樣直露。其集久已散佚，清康熙時胡亦堂輯《元獻遺文》一卷，《四庫全書》據以收錄，後來勞格增補三卷。民國初，南城李之鼎將二書校訂，勒爲一編，收入宜秋館刊《宋人集》乙編。晏殊詞在宋代已有單刻本行世，《直齋書録解題》卷二一著録有《珠玉詞》一卷。

一　飛白書賦

　　昔在軒后，旁羅俊英。乃有蒼頡，思周神明。下侔羽族之跡，上法奎圜之精。始造古文，播於寰瀛。爰及東漢，紀年熹平。其臣蔡邕，譽聞帝庭。矚鴻都之蔵役，掃堊帚而字成。寓物增華，窮幽洞靈。筆此一體，用飛白而爲名。飾宫闕之題署，助聖賢之藝能。厥後累朝之臣，習此奇蹟。代百名系，存乎簡籍。

　　然猶獻之白而不飛，子雲飛而不白。伊唐二葉，迨及高宗。咸所留意，亦云盡工。分賜宰弼，渙揚古風。若乃宫硯沉碧，山鑪泛清，恣沖襟之悦穆，拂神翰以縱橫。空濛蟬翼之狀，宛轉蚪驂之形。爛皎月而霞薄，颺珍林而霧輕。曳彩綃兮泉客之府，列纖縞兮夏王之庭。仙風助其縹渺，辰象供其粹凝。信一人之妙用，非末學之能稱。而況取象八分，資妍小篆。玉潔冰潤，龍驤虎變。合心手以冥運，體乾坤之壯觀。民國南城李氏宜秋館刊本《宋人集》乙編本《元獻遺文補編》卷一。

二　御飛白書扇賦

　　鶩思三雲〔一〕，灑迴春之藻翰，成變楷之奇文。婉結無方，輕濃有制。該筆苑之遒潤，集書林之妍媚。標王字於日中，湛金波於月際。六藝之逸品〔二〕。

　　在昔貞觀之隆，文皇念功，時則有無忌、師道沐鷥蚪之班詔；咸亨以還，高宗禮賢，時則有至德、處俊荷機翼之垂訓。亦有攀車受覘，登楸被恩，一言蒙魯衮之厚，八體著羲圖之則。五明在手，於以見虞帝達聰之勤；四座生風，於以彰武王救暍之德。四部叢刊初編本《玉海》卷三四。

〔一〕"鶩思三雲"上似有四字對句。
〔二〕"六藝之逸品"上下似有脱文。

胡宿藝話（三則）

胡宿（九九五～一〇六七）字武平，常州晉陵（今江蘇常州）人。天聖二年進士，爲眞州揚子尉，調廬州合淝主簿。召試學士院，爲館閣校勘，與修《北史》。改集賢校理，通判宣州。三遷太常博士，判吏部南曹。知湖州，於任上大興學校，一時湖學興盛，爲東南之冠。爲三司鹽鐵判官，判度支勾院，知蘇州，爲兩浙路轉運使。召還，修起居注，以本官知制誥，兼勾當三班院。已而兼判吏部流內銓。拜翰林侍讀學士，遷翰林學士兼史館修撰、判館事。累遷尚書左司郎中，兼知通進銀臺司、審刑院、群牧使，判尚書禮部、都省，再知禮部貢舉。嘉祐六年，拜右諫議大夫、樞密副使。英宗即位，擢給事中。治平三年，以尚書吏部侍郎、觀文殿學士知杭州。四年，以太子少師致仕，命未至而已卒，年七十二，贈太子太傅，謚文恭。胡宿學問賅博，文章爲時所重。工四六文，誥命制辭，典重贍麗，上法六朝，有晚唐遺風，其近體五七言律詩，波瀾壯闊，聲律鏗訇，具盛唐詩歌氣概。是時，西崑詩派盛行，胡宿詩也有學西崑派者，風格近於楊億、劉筠。著有《胡宿集》七十卷、《制詞》四卷，久已佚，四庫館臣自《永樂大典》輯出佚詩文，編爲《文恭集》五十卷、補遺一卷，後刪去其中青詞樂語十卷，定爲四十卷。

一　謝御書飛白扇子歌

聖皇多才復多藝，包犧徒云造書契。坦然製作侔日星，煥有文章賁天地。太宗飛白入於神，玉堂四字標奇勢。寶趾一學造其精，聖祖神孫知善繼。萬幾餘力表全能，三紀體仁成至治。金壺貯墨奉嚴禋，生年大揭明堂門。素龍鱗角儼欲舉，白鳳翅翼行將翻。八會遼邈不可見，六書細碎何足論。仁慈原廟多珍榜，河漢黼黻輝朝昏。天公常勅六丁護，在在處處祥煙屯。邇英叨簉侍清切，浴蘭每歲逢佳節。鮫人海底織冰綃，宮工天上裁紈雪。彌綸寶篆已珍華，泛灑神毫益精絶。紛如薄霧翳靈芝，淡若輕雲拂初日。免令常侍登御牀，就降王人頒睿札。玉璽封題光姓名，孤臣拜手懼且榮。賜炎扇暍昭慈眷，夙夜安民彰聖情。九門纔覺妙墨出，三殿已覺薰風生。標章有愧參鴻碩，視草無能神聖明。短歌莫盡形容美，微云聊依頌嘆聲。文淵閣四庫全書本《文恭集》卷一。

二　議樂詔

朕聞古者作樂，本以薦上帝、祀祖考。三五之盛，不相沿襲，然必太平，始克明備。周武受命，至成王時，周公始大合樂，以和邦國。漢初亦沿舊樂，至武帝時，始定泰一、后土樂詩。光武中興，至明帝時，始改"大予"之名，損益前後，以製樂節。唐高祖造邦，至太宗時，孝孫、文收，始定鐘律，明皇方成唐樂。是知經啓善述，禮樂重事，須三四世，聲文乃定。

國初亦循用王朴、竇儼所定周樂，太祖患其聲高，遂令和峴減下一律。真宗始出聖意，大祠用樂，又議隨月轉律之法，屢如按核。然念《樂經》久，學墜者罕傳，歷古研覃，亦未究緒。頃雖再三考定，博訪知音，終未有的究古今、知聲知經可信之人。嘗爲改更，未適兹意，如其製作，益須切當。宜委中書門下，集兩制及太常禮樂官，將天地、五方、神州、日月、宗廟、社蠟、祭享所用登歌、宮懸，審更定奪聲律是非，按古合今，調諧中和。務要議論允適，經久可用，垂信不朽，使祖功宗德，發揚無窮，神祇感格，善氣來應。苟獲至當，何憚改爲。

但審聲、驗書，二學鮮並，互詆胸臆，無所援據，慨然希古，靡忘於懷。尚賴洽聞，共圖盛節。故兹詔示，想宜知悉。《文恭集》卷二四。

三　臨海梵才大師真贊

梵才大師以實性會道，以餘力工詩。天聖中，至自台山，館於輦寺。朝之名臣勝士，莫不欣挹其風，日至於室，參評雅道，間印禪理。尋被詔譯館，訂正智者、慈恩二教，及同編《釋教總録》三十卷。七年，書成奏御，賜紫方袍。未幾，歸臨海北山，掃淨名庵居之。

慶曆初，予自山出守吳興，師適有苕溪之行，得尋支、許之集。自我見將二十年，雖正始之音，泠然在耳，而赤髭之相，邈哉難值。門人有繪其像持至都下者，宛具眉毫，若與神對。感舊懷遠，爲之贊云：

北山大士，梵才錫名。禪離文字，詩陶性情。迹安林刹，聲動王城。學徒傳像，繪筆何精。秀氣閑遠，妙相圓成。此身有報，本體無生。月皎寒水，雲棲太清。龍華後會，聊記宿誠。《文恭集》卷二九。

鄧保信藝話（一則）

鄧保信（生卒年、字里不詳），景祐中爲禮賓副使、東頭供奉官，受詔與李照等改定鐘律。寶元初轉洛苑副使，慶曆二年轉內藏庫使。皇祐五年爲內侍押班、左騏驥使，後拜內侍都知，嘉祐三年八月落都知。

教習樂器奏

準敕，兩制官與太常寺奏定九絃琴、五絃阮二器，則有太宗皇帝聖製譜法。又據音工所陳，磬、簫、琴和巢笙本有清聲，塤、篪、竽、築、琴本無清聲，唯歌者止以正聲作歌應合諸器，亦是一音，別無差戾者。

臣等已依詳按譜教習。所有九絃琴、五絃阮，今寺無譜，欲下國子監御書閣取本傳寫，以憑按譜學習。臣等又據塤、篪、竽、築、瑟五器，求古法並有清聲。

按樂書，雅塤土音重濁，而有頌塤小，而其聲皆清。篪，似塤，多濁，然本竹音，互吹之則亦有清聲。竽，古法三十六簧，正倍清聲各十二。瑟二十五絃，中聲、清聲各十二，叧有極清一絃，如琴第一徽。已上五器，與鐘磬清濁，互相同和。又據歌工止用正聲應合諸器，即令鎛鐘一擊，編鐘、磬三擊，先後互應，清濁相均，既有定規，果無差戾。今采諸器考按，并得諧和，望下太常，令太樂令丞諸工等習學，各職古法〔一〕。中華書局一九五七年縮印精裝本《宋會要輯稿》樂三之一四。

〔一〕古：原作"去"，據《宋會要輯稿補編》第二二九頁改。

阮逸藝話（一則）

阮逸（生卒年不詳）字天隱，建州建陽（今福建南平建陽）人。天聖五年進士。景祐初，知杭州鄭向薦逸知古樂，上其所撰《樂論》十二篇並樂管十三，召詣闕，與胡瑗同校鐘律，造鐘磬。康定元年，入爲太子中允，上《鐘律制議》並圖三卷。慶曆初遷太常寺丞，改兼國子監丞。皇祐中，更鑄太常鐘磬，召逸與近臣太常議秘閣，遂典樂事。遷屯田員外郎。著有《易筌》《王制井田圖》等。

太常曲譜及辭章未便事件奏

舊樂章四言韻三十二字〔一〕，播於宮架譜聲，即四十八字，蓋聲多而辭少。故行禮之際，工或以一字而轉爲數聲，殊失諧和之節。欲乞新製明堂樂音，依四十八字，作四言六韻，適合譜字，免致聲繁詞短。

太常八音，惟金聲繁夥，而掩眾樂，非所謂無相奪倫之義。此亦是樂章字少，遂以一字連擊數聲，故四十八字外，虛聲至一二百聲，流爲煩數。又行禮時，樂章不奏徹全篇，或三四句而止，如此，何以致誠於明靈，揄揚乎盛德哉！乞學習工歌並鐘師二職，並令依曲譜四十八擊，與章辭四十八字同節同和，不使煩夥，流而無節。宛委別藏本《太常因革禮》卷二〇。

〔一〕"言"下似脫一"四"字。

張伯玉藝話（一則）

張伯玉（生卒年不詳）字公達，建安（今福建建甌）人。天聖二年進士，天聖末守陳州司戶參軍，景祐初除兩使幕職官，寶曆初爲蘇州從事，歷并州判官、知并州太谷縣事。皇祐間爲侍御史，出知太平府。至和中出倅新定，嘉祐間爲侍御史。嘉祐末，以度支郎中知越州，治平元年十二月改知福州。著有《蓬萊詩》二卷。

題徐常侍篆桐廬縣額

桐廬縣額，故左省常侍徐君之篆也。篆自秦丞相斯以名烜天下，歷漢、魏以降，學者亡數。至唐中興，始得李陽冰繼之，陽冰後又無人焉。至於我朝，有徐君。自秦到今，幾一千五百年，以篆名家者三焉。天下之人言篆者，不歸於三家，則無所祖尚也。其爲字之寶雄乎！其傑藝乎！

始，徐君與秣陵刁侯衎俱事江南李氏，號爲名臣。後從其君歸於我，刁初得太祝，爲桐廬宰，徐君以率更令留禁中。嘗以版素馳京師，敏而得之，遂揭之於今。今之賢士大夫道東南者，過七里瀨則訪子陵釣臺，至桐廬則樂觀徐君之篆，其名也豈虛然哉！

皇祐初，吾進士同年之子曰彭城劉數，以清白長是邑，且冀其速朽，走奉錢抵具區，買洞庭石來，命工摹刻於署堂之左，方請吾言以表之。

夫古之人所以能流聲名、美風俗，使百世之後，談娓娓而不絕者，皆有以起之也。然則異時講桐廬之故事者，茲可泯乎？

常侍名鉉，字鼎臣，廣陵人。其儒行節義，與其篆籀爲世寶者，悉書於太史氏，茲不復贅。五年冬十有一月至日，吳郡張伯玉題。文淵閣四庫全書本《嚴陵集》卷八。

韓退藝話（一則）

韓退（生卒年不詳），絳州稷山（今山西稷山）人，自號稷山逸民。師事种放。母死，負土成墳，徒跣終喪，去隱嵩山。吳遵路、石延年、孫等論其高節。嘉祐二年六月詔賜粟帛，號安逸處士。

种放《會真詩筆》題後

予向遊西洛，訪號崇真張太師白於崇陽山齋。愛其幽寂，款留數日，因語及予有泰山之遊，遂出种明逸《題會真詩筆》一軸授予曰："隱君昔書此詩留吾山齋，子其因往，可爲模石於泰山乎？"嘗然其請。

後到絳數載，憚於登涉，未能副深託之意。且會真在皇上未封祀前有太平之號，至回蹕，始覥今額，而隱君之詩周旋氣概，分明物象，蓋嘗陪於此，得其詳矣。觀其筆勢壯重，辭意脫灑，實一代無擬倫耳。紙尾復數君題名，又可尚也。它日模刻翠珉，當藏真館，爲天下之觀邪。稷山逸民韓退題後。希古樓刊本《八瓊室金石補正》卷一〇四。

賈昌朝藝話（一則）

賈昌朝（九九七～一〇六五）字子明，真定獲鹿（今河北鹿泉）人。天禧元年，真宗祀南郊，獻頌，召試，賜同進士出身，除晉陵主簿、國子監説書。爲德化縣令兼潁川郡王伴讀。歷知宜興、東明縣，召爲國子監説書。景祐元年，遷尚書都官員外郎、崇政殿説書。直集賢院，判尚書禮部、太守寺，爲史館修撰，擢知制誥。權判吏部流內銓兼侍講，權知開封府。以右諫議大夫權御史中丞，判國子監。慶曆三年，拜參知政事。四年，爲樞密使。五年，拜同中書門下平章事，兼樞密使，監修國史。七年，出判大名府，兼北京留守、河北安撫使。皇祐元年，移知鄭州，以觀文殿大學士判尚書都省。除山南東道節度使，再改同中書門下平章事。四年，爲侍講，出知許州。五年，判大名府。嘉祐元年，封許國公。三年，移許州。七年，復判大名府。英宗即位，進封魏國公。治平二年卒，年六十八，贈司空兼侍中，諡文元。昌朝以儒學經術傳家，能詩文，其《論邊事疏》論削方鎮兵權太甚之弊，直言讜論，爲人所不敢言。詞僅傳《木蘭花令》一首，黄昇以爲極有風味。著有《群經音辨》十卷、《春秋要論》十卷、《通紀》八十卷、《本朝時令》二十卷、奏議、文集各三十卷。除《群經音辨》外均已佚。

題范仲淹書《伯夷頌》

范希文好談古賢人節義，老而彌篤。書此頌時年六十有三矣。癸巳歲夏四月昌朝書。文淵閣四庫全書本《趙氏鐵網珊瑚》卷二。

宋祁藝話（九則）

宋祁（九九八～一〇六一）字子京。安州安陸（今湖北安陸）人，後徙開封雍丘（今河南杞縣）。天聖二年與兄宋庠同舉進士，當時稱"二宋"。累遷同知禮儀院、尚書工部員外郎，知制誥。又改龍圖學士、史館修撰。拜翰林學士承旨。卒謚景文。在詩歌創作上，宋祁向來被看作西崑派餘緒，不少詩篇有明顯的西崑派濃豔、艱澀的痕跡。但就其現存的全部詩作來看，在內容和形式上都形成了自己獨特的風格。其詞僅存七篇，其中《玉樓春》最為知名，廣為傳誦，尤其是"紅杏枝頭春意鬧"一句，極其生動地描繪出春意盎然的境界，因此獲得了"紅杏尚書"的雅號。其散文以精博、典雅、善議論著稱，多有感而發，文字洗煉，置之於北宋大家中毫不遜色。著作甚豐，與歐陽修合修《唐書》十餘年，為列傳一百五十卷；修《籍田記》《集韻》《大樂圖》二卷。現存著述除《新唐書》外，還有《西州猥稿》三卷、《宋景文集》六十二卷（補遺二卷、附錄一卷）、《宋景文筆記》三卷、《宋景文雜說》一卷等。

一　嵇中散畫像　顧長康畫中散為目送飛鴻、手揮五絃像，世共貴之，謂以風韻可想見也

彼美雲章子，翛然天外情。凝眉逐層靄，俯手散餘清。霄迥心逾遠，徽遷曲暗成。千秋想蕭散，方覺繪毫精。文淵閣四庫全書本《景文集》卷十二。

二　議樂疏

臣伏覩右司諫、直集賢院韓琦奏劄子節文："臣曾將《景祐廣樂記》看詳，備見實紀李照所造違古之樂，上薦天地宗廟。臣竊聞和峴減定鐘律等見今存在，欲乞特降聖旨指揮，下太常寺復用舊樂者。"奉敕："已差資政殿大學士宋綬等與兩制同共詳定聞奏。"伏緣臣自景祐元年中，曾蒙差付太常寺，與燕肅等同共磨治鐘磬，後來親見李照重定律度，及相次提舉胡瑗別造鐘磬，臣於太常樂器，粗知本末，苟有所見，不容隱默，謹用畫一如後。

一、李照所造鐘磬，當時衹是將太府寺布帛尺一面定法改造，比舊樂頓下四律。

伏緣李照資性詭僻，辯論專固，莫非出自私意，不循古法。其尺約長王朴尺二寸，其斗法以六百二十黍爲一龠，六龠爲一合，自古合龠爲合，今頓差四合。十合爲一升，十升爲一斗，謂之律斗。其秤以一升水之重爲一斤，比今太府見用官秤，一斤零十一兩。十斤爲一秤，今太府以十六斤爲一秤。謂之律秤。又減鐘磬十六枚爲十二枚。自古經史中無十二枚爲一架。其鐘之形狀，並不依典故。聲韻遙長，掩遏羣樂。又李照自造太竽、大笙，亦充大樂行用，皆恣懘新聲，不依古制。及有新降到雙鳳管，樂工吹之，並不成聲。李照雖自稱曉達音律，其實與伶官賤工識見無異。遂敢敗壞祖宗以來舊樂，使朝廷以不法之器，薦見天地祖宗，四海傳聞，莫不竊議。祇如照所定黃鐘之管，乃是南呂倍聲。舊黃鐘九寸正聲，却降在太蔟、夾鐘之間。其太蔟商聲，君聲君位也。今君聲降在臣位，羽聲來處尊宮，三年有餘，於理尤害。天災人事，不合常理，皆不祥之大也。如此數事，人無愚智，所共明知。陛下況深達律呂，可以斷自聖慮，便從改正。應於李照曾奏請添損並違今背古者，乞如韓琦所奏，一切皆令停罷，盡復祖宗舊制。

一、太常寺舊樂，本自唐昭宗時雅樂亡散，器無孑遺。尋有博士商盈孫，參約典故，更造鐘磬。其後五代相傳，習而不改。至周時王朴重定尺度，略加添正。太祖朝又詔和峴以景表尺，重加磨治，稍令聲下。昨緣景祐二年，燕肅始乞修正樂器。其時祇得王朴律准，又無王朴所定律尺律管，參驗音韻。而燕肅祇據律準與鐘磬見聲，按定高下。即是此太常舊樂，比王朴時已自不同。況和峴減定後，又經真宗朝景德中李宗諤一次修飾，至燕肅，凡經三度磨鑢。然俱不先立尺度律管，所以後來無處根正法度音律。然其舊器傳自唐末，祖宗三聖無人輕議，用之薦享八十餘年。雖非的然如舜《韶》、周《武》，法度明備，要之沿襲本末，實與典禮最近，非同李照率意詭妄，製作不經。今若陛下且以考舊典差近法度，即乞先取景表尺裁鑄律管，以按王朴律，然後和峴當時所定聲律高下，確然可見。況舊鐘尚有七百餘枚，係本寺收管，略加磨鑢，令與聲律相協。所有舊磬，爲照定樂時盡底界截破壞，無見存者。若且將李照所定石磬，自太蔟以下，刻磨長短，亦與舊樂黃鐘以下髣髴相近；及將本寺磬朴二百餘片，相兼添補，亦可諧合音律，與鐘粗得三縣，即可於將來南郊大禮前一時了畢。不過數月，便可見功。其餘絲竹諸器，祇是移正聲調，便成雅樂。況禮樂之本，出自天子。今陛下天縱睿聖，通知音律，復古順道 何所致疑？伏乞即下有司，速令修復，以旌善述之美。

一、景祐三年，詔令臣監領胡瑗鑄造鐘磬一架。臣伏見胡瑗曉演算法，能將先儒所說黃鐘管內八百一十分爲方分演算法並與鄭康成《周禮注》及班固《律曆志》古法相合。自隋唐以來，諸儒辯論黃鐘一龠之法，皆不及瑗。相次於雜物庫請銅鑄之時，忽於雜銅內得古鐘三枚，即不知甚年，及是何州府納到。臣與故翰林侍讀學士馮元即時驗認。其鐘古質精妙，項鎛皆有兼隅。上有三十六乳，餘外璩雲氣爲飾。其兩欒之制如鈴不圓，正與《周禮》所說形制相符。一鐘破損，二鐘尚可叩擊。遂仔細洗滌，於鐘上有篆文兩行。其篆亦字體古簡，推本其文，不是近代所造，乃是漢魏間所用者。

其文曰："越作朕皇祖文考寶和鐘,越思萬年子子孫孫永寶用享。"凡二十二字。臣與馮元商量,此既古器,又合經典。除三十六乳與鄭康成說小異。康成以爲鐘每面三十六乳,即一鐘合七十二乳。遂畫圖樣進呈後,一面勒令胡瑗悉依古鐘形狀製造新鐘,成一十六枚。其胡瑗所定律尺律管,比王朴鐘祇下半律,鐘磬甚得諧韻。其時不曾許當面進呈,遂祇送太常寺收繫,即目見在。後來又蒙別差官詳定李照、胡瑗等律尺管,其時議者皆云,胡瑗實龠之黍,或有大小不同,以爲未盡合古,遂抑而不行。至於八百一十分之法,則盡以爲然,無有非者。臣以爲胡瑗之尺,黍雖有長短大小之差,未盡合古,然比舊樂又近法度。如更使諸儒略加論討,庶可施行而合雅正矣。臣又竊嘗謂陛下用心詳定雅樂之日,獲此古鐘,乃是瑞應。因此若便定律石律管,使諸儒極意論難,從其長者,定爲尺法,然後作鐘石以聲之,有何不可?而前來議者,固執李照不法之器,以爲此樂已經郊祀天地,不可輕改,更候有知音者,然後改之。且祖宗舊樂,相傳八十餘年,經真宗東封西祀,一旦爲李照狂妄率然敗壞,却無輕改之憚。今欲依據經典,裁正律度,反以爲更候知音。假如今世遂無知音,則是李照不經之器,便傳後代,取笑千載,此亦陛下昭然可判議者之大謬也。臣以爲陛下既自明律度,不須更以知音爲言。夫知音自古難得,非獨今也。若世無夔、牙,則且當以法度自據。雖有清濁高下,其失不遠。故臣願陛下祇將胡瑗八百一十分之法,詔取上黨秬黍,擇其中者,差一二精力宮官,及左右一二信臣,於宮中重加校定。陛下因以餘暇,親臨製決。黍定求寸,寸定求尺,尺定則律、度、量、衡四物皆正矣。然後依古法,將新尺試以推步,晷景若合,此一不謬也。試以新管埋地候氣,氣候若應,此二不謬也。然後可以遂頒天下,明告以律度量衡之法,因之修定雅樂,詔當今稍知音律經術者,同加討論,事無不齊。然此一事,雖非朝夕急政,陛下能以萬幾之暇,慮而定之,亦千載不刊之美也。其有先獲古鐘,恐禁中忘記當時進呈圖樣,今再畫到一本,隨狀進呈。

右,謹具如前。臣以儒史爲業,合爲文辭敷啟。又緣臣久在病假,既不獲乞上殿面奏,今來事涉辯論,不敢修飾文語,貴要暢盡事理,是敢直說本末。謹具狀奏聞,伏候敕旨。湖北先正遺書本《宋景文集》卷二七。

三 《大樂圖義》序〔一〕

臣聞至樂之作也,本於天理,藏於人心。天理難乎象見,故推數以成律呂;人心易以假物,故探和以寫金石。音之所比曰曲,聲之所集曰音。細大得所曰平,驕僭不入曰治。然後詩以文之,舞以動之,歌以長之。盛薦上帝,升配祖考。邦國以和,神人以諧。疵癘不作,陰陽來釐。君子得其道,小人得其欲。樂之時義,其至矣哉!

昔聖人之製作也,以律呂造夫婦之端,宮商合君臣之誼,塤箎寄伯仲之睦,琴瑟懷志義之思。舞綴以觀勞逸,宮軒以等貴賤。非爲娛於耳目,取玩於性情。

自周衰去聖,世變風移。玩其所以爲音,略其所以爲義。去易良之轍,遡回遹之波。或窕或槬，或流或湎，宋鄭緣隙，桑濮增華。新樂遂興，而至樂隱矣。是以宣尼皇皇表於云乎之歎，子夏勤勤納其非聽之說。而後新聲盛於漢世，雜謠讙於江左。成器亂於隋，吳曲併於唐歌。國教相沿，民心積習。但聞濮澧之尚，不見《雅》《頌》之全。是故眾邪勝正，群雕散樸，而人不可與言樂矣。

夫古樂今樂，大略可詳。古之樂也，效中聲而求之，迭主均以生之，故黃鐘九寸而爲律本。其爲聲也，高不凌，下不犯，從容舒散，清明博大，隱然常有法度，而得節奏之中。故聽之者樂不及蕩，過不至哀。

今之樂也，大則倍之，使不及聽；小則促之，務以爲玩。濁夕飲濁，清表增清。故其爲聲也，或震盪，或噍殺，去本律，犯他聲。累錯曲折，以爲要眇，蕩然無有法度可畏。故聽之者廣則容奸，狹則思欲。驕哇而侈隨，溺終而哀夭。其不可也如是。

夫天地之合，自有中和之境，以寓大樂。不至者堙鬱亂國之音，過之者悲哀亡國之音。是以聖人之常，據中以御兩端，故遁色縵聲無自入焉。諒非不世出之主，其盛德之君，疇能上懷千古，以示來裔？

皇帝陛下丕紹景歷，勤經大猷，百度交修，九歌惟叙。因太常署周王朴所製律準，遂推正聲，別製新曲。出入《韶》《勺》，軼度《英》《莖》。被之絃匏，絃匏以協；移之簫篪〔二〕，簫篪以調。發而不散，幽而不密。德全而文縟，氣盛而化神。太和薰然，四極爰臻。而有司孤陋，無京房、荀勖、文收、孝孫之學，不足以奉承盛德。觀海靡涯，步天無階，口誦耳剽，尚所未暇，又況敢望清光，助萬分哉！

然乃知前聖後聖，未嘗不垂意於成功，留神於作樂。因律以本萬事，即音以平八風。蓋樂樂所自成，明有制也。用先王之樂，明有法也。作樂之本，非律不生，非聲不協，非音不寫，非均不諧。而史氏樂家，所傳至廣，聯緗圖，祕廣內，或未接帝覽，或有煩書程，紛綸葳蕤，弗獲其要。

臣竊不自揆，輒推本前人六律五聲八音七均之說，及三大祫所用之樂，古今宮縣升歌之異，上列爲圖，後詁其義。並今樂署闕典所當釐補者，更爲雜論七篇附焉。總目曰《大樂圖義》，析其卷爲上、下。惟歌舞於律呂差遠，故不著於篇。

臣又聞先民有言，知而復知，足爲重知。陛下發總聰睿〔三〕，昭合天德〔四〕，樂之元本已知之矣。而臣重以爲言者，乃悁悁於忠，亦思不出位，以備稗官之一說云爾。

淺聞孤學，懼不足採。謹上。《宋景文集》卷四五。

〔一〕題下原注："按《崇文總目》，祁著《大樂圖義》上下二卷，當在景祐時上。"
〔二〕移：原作"務"，據《國朝二百家名賢文粹》卷一六二改。
〔三〕發：原作"攸"，據同上改。
〔四〕昭：原作"胸"，據同上改。

四　致工篆人書

辱書論篆，意甚悉。僕患世人不知六書矣。書之學出於聖人，夬揚於王廷，百官以治者，書契也。仲尼見泰山封禪者七十有二家，文皆不同，安得謂仲尼不治書耶？子雲持三尺素未央庭中，以集《訓纂》，復作奇字。叔重爲《説文解字》以佐孔氏〔一〕。伯喈自爲三體，勒五經於太學。今之視揚、許、蔡，若高山然，未聞以善書爲訾也。

足下自謂工篆，而自知六書，抑揚其意則可，若曰恐世人指以爲藝，胡自信不厚耶？工篆而不知意，藝也，待詔於翰林者是已；工篆知意，儒者學也，揚、許、蔡常兼之矣。足下胡不曉人之未曉，反以人之不曉而自晦其曉耶？后夔爲伶人，伊尹爲饔人，足下必怪且噱，胡明於此而未燭於彼歟？

自唐室學廢，諸儒搦管者，雖題部點畫不復能別。逮今百年，經僞史駁。僕比不自揆，與葉道卿建言於朝，欲以九經刊石，用篆隸二體，檢正僞駁其不與文合者〔二〕，以救流蕩之失。幸上開許，俾之卒業。足下又倡藝自惑，是欲助人之醉而惡僕醒也耶？今人不知六書，非不好也，蓋未有以告之云耳。文王嗜昌歜，習之者蹙額，三年巨能嘗。萬一使石經之成，流佈宇内，數十年後，蹙額者皆張頤澤吻，嗜爲佳味，何藝之鄙乎？願勿爲疑。審能正羣經之文，以垂琰琬，僕方磨研執筆從足下游矣。匆匆答報，不悉。《宋景文集》卷五一。

〔一〕叔：原作"子"，徑改。
〔二〕此句似有誤。

五　《相國張公聽普印昕師彈琴詩》序

樂家有琴也，於古差近；釋子悟禪也，在法最勝。勝法難喻，古聲難調。二者合以相資，此昕師之鼓琴也。

相國清河公鎮許昌之初載，師以領忘言之契，有命駕之行。閒其清靖，參以宴坐。心照云舊，法樂甚歡。於是乘艾夜之閒，投蘭言之隙，思有以音聲佛事，蕭散天莢，竦神承流，深根寧極者，莫尚乎絲桐之樂，乃進而御之。既一再行，相國灑然而喜，顧謂四坐曰："夫聲緣器至，器乃假合；和寓聲現，聲本虛空。若夫據太和以親琴，琴也特朽株枯木；自解脱而論法，法也皆馱月行舟。道要盡然，吾聽止矣。"因爲詩以貺師，其亂章有彈意忘琴之句。所以逗機爐雪，遁跡魚筌，彷徉大方，脗合真際。師亦躊躇滿志，推琴而襫之。

它日，予與觀焉，竊美公以左槐真宰，回入佛乘，徑登之如此；又嘉師以安弦軟音，動盪天倪，造適之如彼，是用叙作者之意，以冠其篇云。

太常博士、直史館廣平宋某。湖北先正遺書本《宋景文集拾遺》卷一五。

六　論以尺定律奏〔一〕

臣聞樂生於音，音生於律，律定於尺，尺成於黍。得黍不真，尺固不定，定尺無準，律亦自差。而望聲調，是南舟泝燕，北轅走越，愈呕愈遠也。故尺短則律從而短，尺長則律從而長。短者聲清益上，長者聲濁益下。清濁不得其中，而至樂遁矣。

古者神瞽考中聲而量之，以爲之律，所以立均出度也。黃帝命伶倫斷竹長三寸九分，吹之以爲黃鐘之宫，然後製十二律，以上下求而聽鳳鳴。司馬遷黃鐘之律長八寸七分之一，太蔟七寸七分之二，林鐘五寸七分之三，應鐘四寸三分之二。班固、司馬彪説黃鐘長九寸，聲最濁。太蔟長八寸，林鐘長六寸，應鐘長四寸七分四釐強，聲最清。蔡邕、鄭康成、杜夔、荀勖等所論，尺有增損，而黃鐘之宫要以九寸爲定。

始勖當武帝泰始中，校太樂八音不和，知後漢至魏，尺長於古四分有餘，勖乃部署著作郎劉恭依《周禮》製尺，所謂古尺也。以古尺更鑄銅律，調叶聲韻。後汲郡盜發六國時魏襄王塚，得古周時玉律及鐘磬，與新律聲韻闇同。於時郡國或得漢時故鐘，吹勖律以合之，其聲皆應，時人稱爲精密。惟散騎侍郎陳留阮咸譏其聲高，聲高則悲，非興國之音，必古今尺有長短故也。武帝以勖律與周漢器合，遂施用之。後始平掘地，得古銅尺，歲久欲腐，不知所出何代，果長勖尺四分。時人咸服其妙，而莫能措意焉。勖立千載之下，推百代之法，度數既合，聲韻又諧，亦可謂密切而有證也。而時人掘地之一尺，破周漢之二器，亦近夫貴耳賤目也。

隋時始用木尺律而定律吕，鑄壞前代金石，以息物議。惜其制度文議没於江都，無聞焉耳。是時，尺有十五等：一、周尺；二、晉田父玉尺；三、梁表尺；四、漢官尺；五、魏尺；六、晉後尺；七、後魏前尺；八、中尺；九、後尺；十、東後魏尺；十一、蔡邕銅龠尺；十二、宋氏尺；十三、萬寶常水尺；十四、雜尺；十五、梁朝俗間尺。

後周氏達奚震等議，獨以鐵尺爲允，即十二宋氏尺也。其説曰："今以上黨羊頭山黍，依《漢書·律曆志》度之，若以大者稱累，依數滿尺，實於黃鐘之律，須撼乃容。若以中者累尺，雖復小稀，實於黃鐘之律〔二〕，不動而滿。計此二事之殊，良由消息未善。其於鐵尺，終有一會。且上黨之黍，有異他鄉，其色野烏，其形圓重，用之爲量，定不徒然。正以時有水旱之殊，地有肥瘠之異，取黍大小，未必得中。按許慎《解字》，黍體大，本異於常。疑今之大者，正是其中，累百滿尺，非是會古。實龠之外，裁剩十餘〔三〕，此恐圍徑或差，造律未妙。就如撼動取滿，論理亦通。今勘周漢古錢，大小有合；宋氏渾儀，尺度無舛。古者黃金方寸重一斤，今鑄金校驗，鐵尺爲近。"未及詳定，會高祖受命而止。

唐貞觀中，又詔張文收鑄銅斛秤尺，咸得其數。詔以其副，藏於樂署。至武延秀爲太常卿，用爲奇玩，以律與玉尺、玉斗舛合獻焉。開元中，將考宗廟樂。有司奏請出之，敕惟以銅管付太常，亡其九管。

國朝金石，傳自周代。世宗常詔王朴累黍定尺，以爲律管。管既不便，作準之尺寸，於今具在。而當時實錄，不論秬黍，未知何用，即加酬定。且五代離亂，古器蕩然，雖欲製作，靡所緣傍。時無神瞽，孰敢取中？獨非莫知，獨是莫曉。工乎音者，不能言義；工乎書者，不能察聲。信乎音聲之難，不可以言曉者也。故曰，知之者欲教而無從，心達者體之而無師。

方今去聖既遠，知音又寡，但取朴準，調叶八音。屬者太常臣燕肅，以律準尺之三分，欲爲十二律管，而黃鐘九寸，遂不得聲。更廣空道，乃與律應。雖管内均厚未悉如法，然深疑今尺比古差短，太常鐘石，遂及於清，流至法部，轉用高急。臣以爲宜求索上黨秬黍，如達奚震之言，選其精圓，累定寸尺，求管得管，求聲得聲。以所管之聲合周時之準，苟高下符會，清濁無差，即可遂爲定法，頒佈方國，足以示陛下同律度量衡之制。脱有與準未合，即乞募知音，別用新管，參考中聲，檢攝羣音，製定雅樂。庶乎正歷代之謬秕，亦何憚焉。宋慶元三年書隱齋刻本《國朝二百家名賢文粹》卷二六。

〔一〕題下原注："按《宋史》燕肅言鐘律不調，在景祐元年。祁時直史館，遷太常博士。"
〔二〕之律：原脱，據《隋書》卷一六《律曆志》上補。
〔三〕十：原脱，據同上補。

《宋景文筆記》（選錄　三則）

樂石有磬，今浮屠持銅鉢亦名磬。世人不識樂石，而儒者往往不曉磬折義，故不獨不識磬，又不能知鉢。

李陽冰深於篆、隸，而名作冰，音凝，故參政王公堯臣但讀"陽凝"。予曰陽凝無義，唯陽冰有"不冶"之語。以上文淵閣四庫全書本《宋景文筆記》卷上。

歌者不曼其聲則少和，舞者不長其袂則寡態。左顧者不能右盻，勢不兼也。《宋景文筆記》卷下。

尹洙藝話（二則）

尹洙（一〇〇一～一〇四七）字師魯，河南府（今河南洛陽）人，仲宣次子，源弟。天聖二年進士，授絳州正平縣主簿，歷河南府戶曹參軍、邵武軍判官。應書判拔萃科試，知河南府伊陽縣。召試，充館閣校勘，遷太子中允。景祐中，范仲淹以言事貶官，洙上書言仲淹忠亮有素，自稱與仲淹爲黨，願與俱貶，坐是貶監郢州商稅，徙唐州酒稅。丁父憂，服除，知河南長水縣。西夏戰事起，大將葛懷敏辟爲陝西經略判官。慶曆元年，諸將敗於好水川，以洙擅自發兵，降濠州通判，徙秦州。歷知涇、渭、慶、潞州。坐以公使錢爲部將償債，貶監均州酒稅。七年卒，年四十七。尹洙爲北宋古文運動先導，懲戒當時文風靡麗卑弱，繼柳開之後，與穆修大力宣導唐代韓、柳古文，又得歐陽修協力相助，於是時文風一變，古文遂成文壇主流，韓琦《尹公墓表》稱宋代文章"逾唐漢而躡三代者，公之功爲最多"。文章師法韓、柳，簡煉而有法度，范仲淹《河南集序》謂"其文謹嚴，辭約而理精，章奏疏議，大見風采"。其學長於《春秋》，又喜論兵，爲官往往從事於兵間，故其議論精密，切於兵機，《諫時政疏》《叙燕》《息戍》《兵制》數篇，時人以爲實救敗之策，識見與西漢賈誼相上下。今存《河南集》二十七卷。

一　書禹廟碑陰

唐劉公修禹廟碑，題云"補闕崔巨撰，段季展書"。巨，他文猶見一二〔一〕；季展，無聞者焉。劉公領財賦，有大功，其所與皆天下善士，巨、季展必當時之知名者。

今膳部員外郎周君越，嘗爲三門發運判官，始以墨本傳京師。周君以書名於世，故季展書大爲人愛重，四方競購之。傳本既多，字寖缺落。今發運判官、屯田員外郎左君瑾命工模刻於他石〔二〕，且構宇以置舊碑，又扃固焉。左君嘗謂予言忠州之功、巨之文、季展之書，皆當永其傳，不獨其書爲可寶也。予嘉左君真好事者，錄其言附之新碑之末。

寶元二年十一月二十日記。四部叢刊本《河南先生文集》卷四。

〔一〕一二：原誤作"五"，據國家圖書館藏明抄本改。

〔二〕模：原作"楷"，據同上改。

二　題楊少師書後

　　周太子少師楊公凝式墨跡，多在洛城佛寺中，今存者廣愛、長壽、天宮、甘露、興教凡五處〔一〕，皆題於壁。洛都有兩興教，此在延福坊。又集賢校理郭仲徵嘉善新居有十餘字，甘露致之。

　　公在洛，或與人爲銘記，皆不自書，公之書無刻於石者，論書者以公之筆，其馳騁自肆，蓋得於己意，刻之其似可盡，其得意不可盡，豈其然哉？予非善書者，莫能知已。

　　公所題壁，距今逾八十年，字頗闕落，不可辨者十有三四。天王院僧繼明，慮公之書久遂無傳，命僧某擇字之最完者，得長壽、甘露兩壁，總八十七，模刻於石。

　　寶元二年月日，尹某記。《河南先生文集》卷四。

〔一〕五：原作"六"，據文淵閣四庫全書本改。

梅堯臣藝話（四四則）

梅堯臣（一〇〇二～一〇六〇）字聖俞。宣州宣城（今安徽宣城）人。宣城古名宛陵，故又稱宛陵先生。早以詩名，而屢試不第。天聖末，以叔父梅詢蔭補河南主簿。錢惟演留守西京，器重之，引與酬唱；又與歐陽修、尹洙等人為詩友。歷知州縣。皇祐三年，召試學士院，賜同進士出身，改太常博士。四年，監永濟倉。至和三年，以趙概、歐陽修等薦，補國子監直講。奏進所撰《唐載記》二十六卷，詔命預修《唐書》。嘉祐二年，歐陽修知貢舉，梅堯臣為參詳官，是科蘇軾兄弟及第。梅堯臣生當宋代文風交替之際，早年曾受西崑詩派影響，後又積極參與歐陽修所倡導的詩文革新，在宋代詩壇具有很高的地位。他在詩歌理論和創作實踐方面均有建樹，對後代影響較大。其詩歌理論見於《梅氏詩評》《續金針詩格》和一些詩歌中。在創作實踐上，他一反西崑體詩風，以質樸平淡的語句抒懷言志，反映社會現實，以風格平淡、意境含蓄為藝術特徵，這是他與西崑派標榜的"雕章麗句"風格截然不同之處。亦能文，風格與其詩相類。著有《宛陵集》。今人朱東潤著有《梅堯臣集編年校注》。其《碧雲騢》，後人多認為是偽託之作。

一　詠王右丞所畫《阮步兵醉圖》　胡公疎新勒石

右丞筆通妙，阮籍思玄虛。獨畫來東平，倒冠醉乘驢。力頑不肯進，俛首耳前趨。一人牽且顧，一士旁挾持。捉鞍舉雙足，閉目忘窮塗。想像得風度，纖悉古衣裾。玉骨化為土，丹青終不渝。而今幾百歲，乃有胡公疎。買石遂留刻，漬墨許傳模。白黑就髣髴，毫芒辨精麤。千古畜深意，終朝懸座隅。誰謂盈尺紙，不憨雲霧圖。四庫全書本《宛陵集》卷四。

二　謝紫微以畫鷺二軸為寄

白鷺畫雙素，粉毫幽趣多。翹沙依折葦，刷羽對衰荷。浦思懸秋壁，江情憶釣蓑。因君遠相寄，詩詠對滄波。《宛陵集》卷五。

三　贈琴僧知白

上人南方來，手抱伏羲器。頹然造我門，不顧門下吏。上堂弄金徽，深得太古意。清風蕭蕭生，脩竹搖晚翠。聲妙非可傳，彈罷不復記。明日告以行，徒興江海思。《宛陵集》卷六。

四　孫主簿惠上黨寺壁胡霈然書墨跡一匣

上黨佛祠何可觀，開元瑞物圖高閣。又有長廊古壁上，復是名輩題丹臒。當時泥用絲作筋，意欲千載無剝落。書奇畫妙了不識，訛傳墨土能治平。瘥。寺僧不惜人掐取，筆墨遂闕如鳥啄。後來好事恐磨滅，寶刀裁劃泥如剝。取之龕置綠板匣，便寶箱楮同美璞。拂拭還看體勢生，盤屈蒼虬舞鷟鵉。在昔不畏屋壁壞，今也常恐兒童撲。夫君知我心所重，南歸贈以致誠愨。此時雖喜落吾手，老大腕硬無由學。但當拜貺不敢忘，若爲報言首未數。《宛陵集》卷七。

五　傳神悅躬上人

握中一寸毫，寶匣百鍊金。鑑貌不鑑道，寫形寧寫心。古人固不識，今人或所欽。依然見其質，儼爾恨無音。子誠丹青妙，巧奪造化深。妍媸必盡得，幻妄恐交侵。《宛陵集》卷十。

六　得孫仲方畫美人一軸

駿駒少馴良，美女少賢德。嘗聞敗君駕，亦以傾人國。因觀壁間畫，筆妙仍奇色。持歸非奪好，來者恐爲惑。《宛陵集》卷十。

七　觀居寧畫草蟲

古人畫虎鵠，尚類狗與鶩。今看畫羽蟲，形意兩俱足。行者勢若去，飛者翻若逐。拒者如舉臂，鳴者如動腹。躍者趯其股，顧者注其目。乃知造物靈，未抵毫端速。毗陵多畫工，圖寫空盈幅。寧公實神授，坐使羣輩伏。草根有纖意，醉墨得已熟。權豪不可致，節行今仍獨。《宛陵集》卷十。

八　同蔡君謨、江鄰幾觀宋中道書畫

君謨善書能別書，宣獻家藏天下無。宣獻既歿二子立，漆匣甲乙收盈廚。鍾王眞跡尚可覩，歐褚遺墨非因模。開元大曆名流夥，一一手澤存有餘。行草楷正大小異，點畫勁宛精神殊。坐中鄰幾索近視，最辨纖悉時驚吁。逡巡蔡侯得所得，索硯鋪紙纔須臾。一埽一幅太快健，檀溪躍過瘦的顱。觀書已畢復觀畫，數軸江吳種稻圖。稻苗秧秧水拍拍，羣鷺矯翼人荷鉏。陂塍高下石籠密，竹樹參倚荆籬疎。大車立輪轉流急，小犢欺顧稺子驅。令人頻有故鄉念，春事況及蠶桑初。虎頭將軍畫列女，二十餘子拖裙裾。許穆夫人尤窈窕，因誦《載馳》誠起予。予無書性無田區，美人雖見身老癯。舉頭事事不稱意，不如倒盡君酒壺。《宛陵集》卷十三。

九　觀何君寶畫

燕馬易畫，吳牛難圖。馬骨隱細牛骨麤，馬毛要密牛毛疎。麤疎必辨別，細密多模糊。乃知戴嵩筆，能出韓幹徒。幹馬精神在轡勒，嵩牛怒鬪無羇拘。昨日何家觀小軸，絹雖破爛色不渝。二頭相觸角競掎，前脚如跪後脚舒。尾株槊直脊臂蹙，筋力寫盡蹄腕殊。一勝一敗又苦似，勝者狠逐敗者趨。卷窮赤印置小字，置字乃是陶尚書。尚書國初人，愛畫收幾廚。買時不惜金與帛，帛載羊車錢載驢。後世兒孫不能保，賣入窮市無須臾。凡目矜新不重故，千錢酬直皆笑愚。四牛遂爲何氏有，裝背入眼天下無。坐中吾儕趣已異，又喜玄女傳兵符。此本實稱閻令畫，下筆筍細容顔姝。三人鬼狀一牛首，八女二十美丈夫。黃帝中間蔭葩蓋，霞扇錯玳旌擁朱。冠服難知歲月遠，但見儀衛森清都。復觀鹿臺獨夫受，妲己冷笑何由娛。酒池肉林騎行禽，剖心斮脛堪悲吁。數幅吳王宴西子，綵舟張樂當姑蘇。宮娥數百簇高下，鬟髻一一紅芙蕖。危峰細浪得平遠，前對洞庭傍太湖。商紂夫差可垂誡，歷世傳玩參盤盂。鵰鷹草木不足記，特詠此事心何如。《宛陵集》卷十五。

一〇　觀楊之美畫

天官乘車建朱旗，赤旛前亞風卷披。二龍緩駕蒼髯垂，印箱傍挈文籍隨。雙驂推輈如畏遲，行從冠服多威儀。水官自有眞龍騎，兩佐並跨鯨尾螭。步趨羣吏怪眼眉，雲生海面無端涯。雷部處上相與期，人身獸爪負鼓馳。後有同類挾且搥，次執電鏡風囊吹。青蛇有角魚足鬐，上下引導神所麾。地官既失不可知，此畫傳是閻令爲。設色鮮潤筆法奇，絹理膩滑雞子皮。吳生籠王多裂隳，八軸展玩忘晨炊。李成山水曉景移，黃筌花竹雀擁枝。韓幹馬本摸搭時，神駿多失存毫釐。日高腹枵眼皆眵，邂逅獲見何言疲？厚謝主翁意不衰，他日飽目看無遺。《宛陵集》卷十五。

一一　依韻和原甫省中松石畫壁　富彥國爲省判日，令許道寧畫

山林與城闕，事物不相對。唯聞秉道義，所處無內外。趨煩而毀靜，此理乃俗輩。昔有天下賢，喜得名筆會。買粉塗南牆，松石生屋內。石怪如春濤，松偃如起籟。畫來二十年，數偶未輒愛。罕親憑案顏，但覩抱犢背。雖當省闥嚴，晦昧欲何賴。今逢茂陵人，獨唱亦豪邁。《宛陵集》卷十八。

一二　二十四日江鄰幾邀觀三館書畫，錄其所見

五月祕府始暴書，一日江君來約予。世間難有古畫筆，可往共觀臨石渠。我時跨馬冒熱去，開廚發匣鳴鏁魚。羲獻墨跡十一卷，水玉作軸光疏疏。最奇小楷《樂毅論》，永和題尾付官奴。又看四本絕品畫，戴嵩吳牛望青蕪。李成寒林樹半枯，黃筌工妙《白兔圖》。不知名姓貌人物，二公對弈旁觀俱。黃金錯鏤爲投壺，粉障復畫一病夫。後有女子執巾裾，牀前紅毯平圍爐。牀上二姝展氍毹，繞牀屏風山有無。畫中見畫三重鋪，此幅巧甚意思殊。孰眞孰假丹靑模，世事若此還可吁。《宛陵集》卷十八。

一三　依韻和吳冲卿祕閣《觀逸少墨跡》

奇哉王右軍，下筆若神聖。長戈與伏弩，無不從號令。賢豪雖林立，帖歛孰敢競。師徒氣揚揚，龍虎旗正正。勝聲塞宇宙，自昔無此盛。赫赫猶至今，瑰瓚曷云並。崇崇中祕書，濟濟士游泳。墨寶收盈廚，來觀遇已橫。始知前人跡，鑴多自失勁。紙素儻未壞，萬古傳莫竟。一從歸人間，夢寐不能更。但媿將短才，輒爾接高詠。何羞趙壹窮，自有鍾嶸評。嘗聞曹將軍，尚請賦競病。我生羣俊末，貧賤亦足慶。文成終媿君，鉛刀値枯梗。《宛陵集》卷十八。

一四　依韻和原甫廳壁錢諫議畫蟹

諫議吳王孫，特畫水物具。至今圖寫名，不減南朝顧。濃澹一以墨，螯殼自有度。意將輕蔡謨，殆被蟛蚑誤。《宛陵集》卷十八。

一五　韻語答永叔內翰

世人作肥字，正如論饅頭。厚皮雖然佳，俗物已可羞。字法歎中絕，今將五十秋。

近日稍稍貴，追蹤慕前儔。曾未三數人，得與古昔儔。古人皆能書，獨其賢者留。後世不推此，但務於書求。不知前日工，隨紙泯已休。顏書苟不佳，世豈不寶收？設如楊凝式，言且直節脩。又若李廷中，清慎實罕侔。乃知愛其書，兼取爲人優。豈書能存久，賢哲人焉廋？非賢必能此，惟賢乃爲尤。其餘皆泯泯，死去同馬牛。大尹歐陽公，昨日喜疾瘳。信筆寫此語，謂可忘病憂。黃昏走小校，寄我東郭陬。綴之輒成篇，聊以助吟謳。《宛陵集》卷十九。

一六　次韻永叔試諸葛高筆戲書

公負天下才，用心如用筆。端勁隨意行，曾無一畫失。因看落紙字，大小得疏密。筆工諸葛高，海內稱第一。頻年值我來，我愧不堪七。安能事墨研，欲效前人述。嬾性真嵇康，閑坐喜捫蝨。是以持獻公，不佞物受屈。果然公愛之，奇蹤寫名實。豈惟播今時，當亦傳異日。嗟哉試筆詩，藏不容人乞。《宛陵集》卷二十一。

一七　薛九宅觀《鷗狐圖》

蜀中處士李懷袞，手畫皂鷗擒赤狐。狂爪入頰嘴迸血，短尾僵僨窮蹄鋪。鷗爭怒力狐爭死，二物形意無纖殊。一禽一獸固已別，硬羽軟毛非筆模。入君此室見此圖，如在原野從馳驅。《宛陵集》卷二十四。

一八　薛九公期請賦山水字詩

薛君堂懸山水字，請我賦作山水詩。呼童磨墨慰君意，彊作安得有好辭？昔年曾是杜陵客，東城水上橫此碑。字方數尺形勢健，豈似取次筆畫爲？東城父老語於我，推本翺自開元時。不知當時何所用，費力劃刻爲瓌奇。我去長安十載後，此石誰輦來京師。苑中構殿激流水，暮春脩禊浮酒巵。是時詞臣出不意，酒半使賦或氣萎。日斜鳴躄不可駐，未就引去如鞭笞。脫我幸得預此列，玉階立寫從然其。今雖下筆不稱意，已書滿幅令君嗤。《宛陵集》卷二十五。

一九　墨竹

許有盧孃能畫竹，重抹細拖神且速。如將石上蕭蕭枝，生向壁間天意足。戰葉斜尖點映間，透勢虛黏斷還續。粉節中心豈可知，澹墨分明在君目。《宛陵集》卷二十六。

二〇　歐陽永叔寄琅邪山李陽冰篆十八字並永叔詩一首，欲予繼作，因成十四韻奉答

我坐許昌塵土中，山翠泉聲違眼耳。公雖被謫守滁陽，日少郡事窮山水。東南有風西北來，忽得書詩連數紙。並寄陽冰古篆字，字形矯矯龍蛇起。其文乃秖題姓名，大曆六年春紙尾。報云此篆無人知，野僧好事為公指。公留巖下久徘徊，公剔莓苔汲泉洗。點畫雖然未苦訛，霜侵風剝多皴理。公疑鳥跡踏蒼崖，山祇愛惜將有以。雲藏至今不近俗，月伴古源清且泚。此石公知石不知，公與前人定知已。墨模幾幅許傳玩，譬於珙玉終可喜。況復為詩刻其下，句奇字峻驚山鬼。何當少得從公游，為公揮筆寧非美。《宛陵集》卷二十六。

二一　鳴琴

雖傳古人聲，不識古人意。古人今已遠，悲哉廣陵思。《宛陵集》卷三十一。

二二　觀永叔《集古錄》

古碑手集一千卷，河北關西得最多。莫怕他時費人力，他時自有錦蒙馳。《宛陵集》卷三十三。

二三　觀永叔畫真

良金美玉不可畫，可畫唯應色與形。除却堅明盡非闕，世人何得重丹青。《宛陵集》卷三十三。

二四　畫真來嵩

廣陵太守歐陽公，令爾畫我憔悴容。便傳髣髴在縑素，只欠勁直藏心胸。與我貨布不肯受，比之醫卜曾非庸。公今許爾此一節，爾只丹青其亦逢。《宛陵集》卷三十三。

二五　答仲雅上人遺草書並詩

經月不出戶，堂上多綠苔。忽有方外客，衣披稻畦來。來從青山下，手把紈素裁。筆草數行字，瘦蛇起春雷。渴墨未散霧，屈角麟欲開。裝為兩大軸，置我并瓊瑰。嫌瞋長鬚奴，挂壁不埽埃。智永與懷素，其名久崔嵬。師今繼此學，入神在徘徊。未料輒

以我，便比和羹梅。我心常苦酸，得姓何可能？《宛陵集》卷四十一。

二六　讀黃莘秘校卷

嵇康昔彈《廣陵散》，商聲高與宮聲緩。託名山鬼未傳人，古桐刃絲絲不斷。一聞僵卧竊其音，世間雖得能亦罕。賢明以之知盛衰，愚昧以之爲妄誕。頃年過我在蕪城，忽聽長拍去欲嬾。鳳皇養雛飛未高，雞鶩成羣翅終短。龍章秀骨苦輕時，繼作五言須款款。《宛陵集》卷四十五。

二七　觀邵不疑學士所藏名書古畫

野性好書畫，無力能自致。每遇高趣人，常許出以視。邵侯多奇玩，留我特開笥。首觀阮與杜，驢上瞑目醉。阮籍、杜甫。韓幹貌四馬，臨流解鞍轡。花驄照夜白，正側各畜意。繫衣穿袴鞾，坐立皆廄吏。精神宛如生，于齦復穿鼻。梅雞徐熙花，竹間寒雀睡。逸少自寫真，對鏡絕相類。數本失姓名，古胡幷老驥。山水樹石硬，荆關藝能至。荆浩、關仝。巨然李成者，落筆愈奇異。人物張僧繇，雖傳恐非是。其餘又莫究，模搨似未備。周秦已來書，行草楷篆隸。聲名舊烜赫，一一果可喜。邵侯愛我曹，咸使紙尾記。况侯有古學，小字刻珉翠。各贈墨本歸，懷寶誰肯忌？《宛陵集》卷四十七。

二八　觀王氏書

先觀雍姬舞六幺，妍葩發豔春風搖。舞罷英英書大字，玉者握管濃雲飄。風馳雨驟起變怪，文鰩晝飛明珠跳。席客聚立驚且歎，筆何勁健人柔夭。昔時裴旻能劍舞，丹青助氣精神超。藝雖不同意有會，世事相假非一朝。《宛陵集》卷四十七。

二九　泗州觀唐氏書

唐氏能書十載聞，誰教精絕向紅裙。百金買書蒲葵扇，不必更求王右軍。《宛陵集》卷四十七。

三〇　表臣齋中閱畫而飲

嘗觀韓幹馬，人物亦如生。君收四瘠骨，無肉只崢嶸。二匹痒磨樹，二匹縱其情。意思若不任，千里未可行。古絹蠹已盡，彩色無精明。歎惜傳至此，幾人金帛輕。隋時有名筆，獨寫嚴君平。猶持杖頭錢，酒肆心莫營。魁然中貴人，坐榻不知名。畫中有畫屛，山石侔天成。今時長沙叟，獼猴櫪林橫。疏毛與設色，前代何角爭。餘存品雖高，我未易敢評。主人愈好事，緘筒酒壺傾。《宛陵集》卷四十七。

三一　當世家觀畫

冰蠶吐絲織纖紈，妙娥貌入聲。玉輕邯鄲。曲眉淺臉鴉髮盤，白角瑩薄垂肩冠。銅青羅衫日月團，紅裙撮暈朝霞乾。手中把筆書小字，字以通情形以觀。形隨畫去能長好，歲歲年年應不老。相逢熟識眼生春，重伴忘憂作萱草。《宛陵集》卷四十九。

三二　觀楊之美《盤車圖》

谷口長松葉老瘦，澗畔古樹身枯高。土山慘憺遠復遠，坡路曲折盤車勞。二車廻正轅接輈，繼下三車來嶙嶙。過橋已有一乘歇，解牛離軛童可哂。黃衫烏巾驅犖鞭，經險就易將及前。轂輪傍側輻可數，蹄角攙錯卷箱聯。古絲昏晦三尺絹，畫此當是展子虔。坐中識別有公子，意思往往疑魏賢。子虔與賢皆妙筆，觀玩磨滅窮歲年。塗丹抹青尚欺俗，旱龍雨日猶賣錢。是亦可以祕，疑亦不可捐。爲君題卷尾，願君世世傳。《宛陵集》卷五十。

三三　元忠示胡人下程圖

單于獵罷卧錦紅，解鞍休騎荒磧中。蒼駒騧駱六十匹，隱谷映坡分尾鬃。九駞五牛羊頗倍，沙草晚牧生寒風。貴賤小大指五百，執作意態皆不同。二鷹在臂二鷹架，駿犬當對寧爭功。氈廬鼎列帳幕擁，鼓角未吹驚寒鴻。土山高高置烽燧，毛囊貯穫閒刀弓。水泉在側挹其上，長河杳杳流無窮。素紈六幅筆何巧，胡瓌盡妙誰能通。今日都城有別識，別識共許劉元忠。《宛陵集》卷五十。

三四　王原叔內翰宅觀山水圖

石蒼蒼，連峭峰，大山嵯峨雲霧中。老松瘦樹無筆蹤，巧奪造化何能窮。古絹脆裂再黏續，氣象一似高高嵩。上有荊浩字，特歸翰林公。願換廷珪一丸墨，誰言賣錢須青銅。范寬到老學未足，李成但得平遠工。黃金白璧未爲寶，文人師臣無不通。《宛陵集》卷五十。

三五　觀張中樂書大字

芝旭馳名世有孫，大書如曉過秋原。長松怪柏皆成炭，豫氏觀傍不解吞。《宛陵集》卷五十二。

三六　和楊直講《夾竹花圖》

桃花夭紅竹淨綠，春風相間連溪谷。花韶蜂蝶竹有禽，三月江南看不足。徐熙下筆能逼真，蠻素書成纔六幅。萼繁葉密有向背，枝瘦節疎有直曲。年深粉剥見墨縱，描寫工夫始驚俗。從初李氏國破亡，圖書散入公侯族。公侯三世多衰微，竊貿擔頭由婢僕。太學楊君固甚貧，直緣識別爭來鬻。朝質綈袍暮質琴，不憂明日鐺無粥。裝成如得驪頷珠，誰能更問龍牙軸。竹真似竹桃似桃，不待生春長在目。《宛陵集》卷五十四。

三七　觀韓玉汝《胡人貢奉圖》

時世重古不重新，破圖誰畫舊胡人。臂鷹捧盤犀利水，鐵鎖獅子同麒麟。翹翹雉尾插頭上，深目鉅鼻青搭巾。塗朱點綠筆畫大，筋骨怒露蠻祠神。茜袍白馬韓公子，從何得此來秘珍。定應海客遠爲贈，中國亦覩難擬倫。公子自言吳生筆，吳筆精勁瘦且勻。我恐非是不敢贊，退歸書此任從嗔。《宛陵集》卷五十五。

三八　王平甫惠畫水卧屛

臨流別君時，羨君觀吳潮。君行識我意，遣畫一幅綃。畫作繞牀屛，滔滔隨驚飆。前浪雪花卷，後浪白馬跳。宛然千萬重，不似筆墨描。窊亞亂我目，坐卧疑動搖。夜燈照河漢，如有織女招。朝日下天窗，東海無秦橋。秦橋不可度，織女不可邀。但慕乘桴公，空能誦唐堯。嘗聞挾柘彈，意必在食鴞。終當五湖上，歸去學漁樵。《宛陵集》卷五十七。

三九　和江鄰幾學士得雷殿直墨竹二軸

昔見雷子之小篆，今見雷子之墨竹。節瘦已似蛟龍孫，葉暗曾無鳳皇宿。江翁得之尤愛憐，作詩寫意酬雙軸。挂在空堂坐卧看，如玩蕭蕭巖畔綠。莫疑昏黑眼生花，松煤濃色切寒鴉。不問主人兼客至，明朝騎馬到君家。《宛陵集》卷五十七。

四〇　和江鄰幾學士畫鬼拔河篇

蒲中古寺壁畫古，畫者隋代展子虔。分明八鬼拔河戲，中建二旗觀却前。東廂四鬼苦用力，索尾揪斷一鬼顚。西廂四鬼來背挽，雙手砠下抵以肩。龍頭魚身霹靂使，持鉞鎮立旗左偏。拔山夜叉右握斧，各司勝負如爭先。兩旁搥鼓鼓四面，聲勢助勇努眼圓。臂梟張拳擊捧首，似與暴譃意態全。當正大鬼按膝坐，三鬼帶韀一執旃。操刀擐囊力指督，怒髮上直筋舊纏。虎尾人身又踣顧，蒺藜短挺金鎚堅。高下尊卑二十四，二十四鬼無黃泉。角錐竟強欲何睹，曷不各各還荒埏。《宛陵集》卷五十八。

四一　觀黃介夫寺丞所收邱潛畫牛

邱畫吳牛希戴嵩，吳牛角偃彎如弓。老牸望犉犢望母，母下平坡離牧童。牧童吹笛坡頭坐，古樹蕭騷葉戰風。黃君買畫都城中，不惜滿貫穿青銅。賣從誰家不肖子，傳自幾世賢卿翁。今時貴人所尚同，竟借觀玩題紙窮。紙窮磊落見墨妙，東府西樞三四公。應識古人丹青跡，願推此意佐國論，況乃聖德同堯聰。《宛陵集》卷五十九。

四二　乞巧賦（節錄）

天之巧者，總陰陽，運四時，懸日月星辰而不忒其璇璣，鼓雷風雨雪而不失其施，生萬物，死萬物，而物得其宜，此天之所以任大巧而不齔。人之巧者非它，直心口手足也。心巧於慮，口巧於詞，手巧於技，足巧於馳，亦各有極，不可強爲。故慮之巧不過多智謀，使爾多謀多智，則精鶩而魄離；詞之巧不過多辯言，使爾多言多辯，則鮮仁而行遺；技之巧不過多能藝，使爾多能多藝，則藝成而跡卑；馳之巧不過多履歷，使爾多履多歷，則速老而筋疲。如是，則吾焉用而乞之？吾學聖人之仁義，尚恐没而無知，肯乞世間之輕巧，以汨吾道而奪吾之所持？吾決守此而已矣，爾勿吾疑。《宛陵集》卷六十。

四三　擊甌賦

余觀今樂，愛乎清越出金石之間。所謂擊甌者，本埏埴、異琳球，入伶倫兮間齊優。其可尚者，鳴非瓦缶律度合，鼓非土缶音韻周，和非塤箎上下應，作非鐘磬節奏侔，而又冰質瑩然，水聲脩然，度曲泠然，入耳瀏然。猶有非之者曰：善則善矣，未若黷女之歌喉。何則？是謂絲不如竹，竹不如肉，以其近自然之氣，況此曾何參於樂錄之目乎！余辯之曰：融結合於造化，堅白播於陶鈞，發和於器，導和於人，可以樂嘉賓，可以暢百神，安得絲竹謳吟之匪倫也哉？《宛陵集》卷六十。

四四　書李斯篆後

天下之事，固有出於不幸者矣。苟有可以用於世者，不必皆聖賢之作也。蚩尤作五兵，紂作漆器，不以二人之惡而廢萬世之利也。

篆字之法，出秦李斯。斯之相秦，焚棄典籍，欲遂滅先王之法，而獨以己之所作刻石而示萬世，何哉？按《史記》，秦始皇帝行幸天下，凡六刻石；及二世立，又刻詔書於其旁。今皆亡矣，獨泰山頂上二刻僅在，所存數十字耳。今俗《嶧山碑》者，《史記》不載，又其字體差大，不類泰山存者。又有別本，云出於夏竦家者，以今市人所鬻較之無異。自唐封演已言《嶧山碑》非真，而杜甫謂棗木刻篆爾，皆不足貴也。

予友江鄰幾謫官於奉符，常自至泰山頂上視秦所刻石處，云："頑石不可鎸鑿，不知當時何以刻也。然而四面皆石，無草木，而野火不及，故能若此之久。然風雨所剝，其存者纔此而已。"本鄰幾遺予也，比今俗傳《嶧山碑》本，特爲真者爾。宋慶元三年書隱齋刻本《國朝二百家名賢文粹》卷一九四。

富弼藝話（二則）

富弼（一〇〇四~一〇八三）字彥國，河南洛陽（今河南洛陽）人。自少刻苦爲學，寓於佛寺，以冰雪沃面而讀。天聖八年，中茂才異等科，授將作監，知河南府長水縣，簽書河陽節度判官公事。以上疏言范仲淹貶官事，降通判絳州。景祐四年，召試館職，擢太子中允，直集賢院。通判鄆州。寶元元年，西夏戰事起，上疏條陳八事。三年，召爲開封府推官，兼知諫院。充三司鹽鐵判官，遷太常丞、史館修撰。慶曆初，改右正言、知制誥，糾察在京刑獄。慶曆二年，假尚書戶部侍郎，出使契丹。使還，除吏部郎中、樞密直學士，遷翰林學士。三年，擢樞密副使，兼翰林院侍讀學士，知審官院。與杜衍、范仲淹等同主慶曆新政。四年，出爲河北路宣撫使，知鄆州，兼京東西路安撫使，移知青州，兼京東東路安撫使。歷知鄭州、蔡州、河陽，遷戶部侍郎。至和二年，判并州，兼河東路經略安撫使。六月，拜同中書門下平章事，集賢殿大學士。嘉祐三年，加禮部尚書，昭文館大學士，監修國史。六年，丁母憂。英宗即位，召拜樞密使、同中書門下平章事，遷戶部尚書。出判河陽，封祁國公。熙寧元年，徙判汝州。二年，復拜左僕射、門下侍郎、同平章事。與王安石新政不合，出判河南府，改判亳州。四年，以阻礙實施青苗法受責，判汝州。上章請老，以韓國公致仕。元豐六年卒，年八十，贈太尉、鄭國公，諡文忠。富弼喜讀書，未嘗一日廢書，以至釋氏老莊方外之説，莫不究極精緻，《郡齋讀書志》卷一九謂其爲"文章辨而不華，質而不俚"。詩亦如其文，平易自然，無堆砌生造之弊。著有《青社賑濟錄》一卷、《奉使別錄》一卷、《富文忠公集》二十七卷、《富文忠公札子》十六卷，已散佚。今存詩集《富鄭公集》一卷，收入《兩宋名賢小集》。

一　題范希文手書《伯夷頌》墨跡

夷清韓頌古皆無，更得高平小楷書。舊相嘉篇題卷後，蘇家能事復何如。《兩宋名賢小集》卷四十九《富鄭公集》。

二　跋閻立本《十三帝圖》

閻立本家世善丹青，故文藝之外，頗闕逼之。貞觀中，時爲主爵郎，圖此列帝像，大特妙觀。其容止殊別，尊卑異宜，固非庸宂畫工所窺其閫域。

總章年嘗相唐高宗，官至中書令，位顯而畫蹟難得，故傳於世者少。雖闕都大之王金吾家有《西昇經》闕，下俱摩滅。庚子闕陽宦珦記。道光刻本《平津館鑑藏書畫記》。

江休復藝話（六則）

江休復（一〇〇五~一〇六〇）字鄰幾，開封陳留（今河南開封東南）人。天聖中，從尹洙、蘇舜卿遊，知名當世。後舉進士，調藍山尉，騎驢赴官，據鞍讀書，至迷失道。歷信、潞二州司法參軍，景祐元年，舉書判拔萃科優等，改大理寺丞，知長葛縣事，通判閬州。歷知天長縣，遷殿中丞。召充集賢校理，判尚書刑部。慶曆間，坐預蘇舜欽祠神會飲事落職，監蔡州商稅。遷知奉符縣，改太常博士、通判睦州，徙廬州，復集賢校理，判吏部南曹、登聞檢院，爲群牧判官，出知同州，提點陝西路刑獄。入判三司鹽鐵勾院，修起居注，累遷刑部郎中。嘉祐五年卒，年五十六。休復強學博覽，喜琴、弈、飲酒。爲政簡易，嘗著《神告》一篇，言皇儲未立，言辭深切，冀以感悟。熙寧間，歐陽修嘗序其文集，稱其"文辭雅正深粹，而論議多所發明，詩尤清淡閑肆可喜"（《歐陽文忠公集》卷四四《江鄰幾文集序》）。劉攽稱其詩"清淡有古風"，"郡邸獄冤誰與辯，皋橋客死世同悲"傷蘇子美謫死姑蘇，"用事甚精當"，至古詩"五十踐衰境，加我在明年"，則"天然渾厚"（《中山詩話》）。所著《唐宜鑑》十五卷、《春秋世論》三十卷、文集二十卷，均已失傳。《郡齋讀書志》卷一三著錄《江鄰幾雜誌》三卷，多記雜事，晁公武稱其"所記精博，絕人遠甚"，《四庫全書總目》亦稱"非委巷俗談可比"。《宋史·藝文志》作《嘉祐雜誌》，入小說家類。

《嘉祐雜誌》（選錄 六則）

持國按樂，見絃斷結續，笙竽之類吹不成聲。詰之，云自有私樂器。國家議黍尺，數年乃定，造樂器費以萬計，乃用樂工私器，以享宗廟。

永叔書法最弱，筆濃磨墨以借其力。

子容判禮院，謂君實八音克諧，無相奪倫。今樂懸但聞金聲，餘樂掩而不聞，宜罷連擊，次第見其聲。

李照譏王朴編鐘不圓。後得周編鐘。正與朴同。議者始知照之妄。

薛俅比部待闕蒲中，出協律郎蕭悅畫竹兩軸，乃樂天作詩者。薛蓄畫頗多，此兩畫尤佳也。

教坊伶人嘲鈞客直樂云：鈞客擊杖皷，百面如一。教坊不如他齊整，打一面如打百面，可謂婉而絞。以上文淵閣四庫全書本《嘉祐雜誌》。

蘇舜元藝話（一則）

蘇舜元（一〇〇六～一〇五四），字叔才，改字才翁，綿州鹽泉（今四川綿陽東南）人，蘇耆長子。外祖父王旦奏授同學究出身，調興平縣主簿，移新昌尉。天聖八年，召試學士院，賜進士出身。歷扶溝主簿，知咸平、眉山二縣，通判延州。入爲三司勾當公事，出提點福建路刑獄，移京西、河東、兩浙，爲京西轉運使。以度支員外郎充三司度支判官。至和元年卒，年四十九。舜元擅長書法，字體遒勁，爲文不襲故常，歌詩豪健，張耒《明道雜誌》以爲"詩有嘉句，子美亦不逮"，並舉其《宿僧院》"斷香浮缺月，古像守昏燈"句，以爲佳絕。著有《奏御集》十卷、《塞垣近事》二卷、《奏議》三卷、文集十卷，均已佚。

題虞世南小楷書《用筆賦》

公小楷見於石刻者，世亦甚鮮，況其真跡乎！今觀所書《用筆賦》，柔勁險媚，真如鐵綫縈結而成。或者評爲柳誠懸所臨，似則似矣，其入神處恐非誠懸所至也。嘉祐五年三月七日，蘇舜元。乾隆拓本《唐宋八大家帖》卷一。

文彥博藝話（一〇則）

文彥博（一〇〇六～一〇九七）字寬夫，汾州介休（今山西介休）人。天聖五年進士及第，知翼城縣，通判絳州，爲監察御史，轉殿中侍御史。出爲河東轉運副使，遷天章閣待制、都轉運使，歷知秦、益二州。慶曆七年，召拜樞密副使，改參知政事。命爲宣撫使，討伐貝州王則叛軍。八年，拜同中書門下平章事、集賢殿大學士；御史唐介劾其以內庭進用，罷政，知許州，改知永興軍。至和二年，復爲同中書門下平章事、昭文館大學士。嘉祐三年，出判河南府，封潞國公；改判大名、太原府，再判河南府。治平二年，自淮南節度使入爲樞密使。與王安石政見不合，力求外任。熙寧六年，出判河陽，徙大名府。元豐三年，除太尉，復判河南府；讀老，以太師致仕，閒居洛陽。紹聖初，章惇秉政，言者劾奏其朋附司馬光，降太子少保。四年卒，年九十二。崇寧間附元祐黨籍；後追復太師，諡忠烈。彥博連事宋仁宗、英宗、神宗、哲宗四朝，任將相五十年，退居洛陽後，與富弼、司馬光等置酒賦詩相樂，謂之"洛陽耆英會"。喜爲文辭，承楊億、劉筠之後，詩學西崑體，有晚唐風韻。爲文不事雕琢，通達曉暢，切於時用，葉夢得《文潞公略集序》以爲"未嘗有意於爲文，而因事輒見，操筆立成，簡質重厚，經緯錯出"。文彥博原有文集藏於家，後經靖康戰亂散佚，其少子維申復輯得詩文二百八十六篇，編次爲《略集》二十卷。嗣後遞有增補，南宋時有《文潞公集》四十卷、《補遺》一卷傳世。現存《文潞公集》四十卷。

一　詠箏

別院秋仍靜，高堂夜更閒。繁絲移寶柱，數曲奏《陽關》。好薦瓊筵上，長親繡座間。野王雖後出，無復謝東山。文淵閣四庫全書本《潞公文集》卷三。

二　秋夜聞笛

秋宵萬籟沉，羌笛似龍吟。向秀忽思舊，馬融方好音。細聲寒入牖，殘韻半和砧。莫奏《梅花曲》，旅人情更深。《潞公文集》卷三。

三　偶題看山樓新畫水山

盡日望西山，扶筇復倚欄。遠觀猶未足，更作畫圖看。《潞公文集》卷四。

四　雪中樞密蔡諫議借示范寬《雪景圖》

梁園深雪裏，更看范寬山。迥出關荆上，如遊嵩少間。雪愁萬木老，漁罷一簑還。此景堪延客，擁爐傾小蠻。白樂天云：酒榼也。　《潞公文集》卷五。

五　寄相州侍中韓魏公　時留守北京

嚮在三城，退公多暇日，玩法書名畫以爲娛樂，內韓晉公《村田歌舞圖》及顔魯公跋尾，雖得蒲中摹本，其實頗類眞跡。今再來大名，屋壁間覿公之書，正與顔類，覬得公之數字跋尾，以光前跡，是所願也，非敢望也。兼成小詩，藉以干澤：晉公名畫魯公書，高出張吳與柳虞。注：《畫記》以張、吳爲正經。幸得魏公揮寶墨，緣公楷法亦顔徒。《潞公文集》卷六。

六　題韓晉公《村田歌舞圖》後

治世舒長日，田家事力蘇。干戈久不識，簫鼓共爲娛。濁酒行無筭，酡顔倒更扶。將求太平象，此是太平圖。《潞公文集》卷六。

七　題《輞川圖》後

吾家伊上塢，亦自有椒園。漠漠清香遠，離離丹實繁。盈襜常要采，折柳不湏藩。每看輞川畫，起予商可言。《潞公文集》卷六。

八　題郭熙畫樵夫渡水扇

淺水深山一徑通，樵夫涉水出林中。可憐畫筆多情思，寫在霜紈一扇風。《潞公文集》卷七。

九　題宋宣獻書帖後

宣獻公文學德望，爲一代宗師。頃年嘗遊公藩，誤蒙與進。一日，延食於春明東閣，示予蘭陵蕭誠書，且曰："名筆也。"乃知公之行筆類蕭。今觀比小楷二軸，精勁有法，遠出前輩。追惟東閣眷與之厚〔一〕，不覺泫然！

熙寧九年六月二十四日，北都善養堂題。明嘉靖五年王溱刻本《文潞公文集》卷一三。

〔一〕眷：原作"春"，據文淵閣四庫全書本改。

一〇　跋魏文貞公墨跡

此玄成公貞觀間墨跡也。公以忠直顯，並不以書法名，而觀此卷，其樸茂之氣，撲人眉宇。如陳公所謂"生前由直道，歿後振芳塵"。豈知公之芳塵尚振於楮墨間，孰謂可以大節掩其末藝耶！文彥博謹跋。光緒刻本《石鐘山誌》卷四。

雷簡夫藝話（一則）

雷簡夫（生卒年不詳）字太簡，同州郃陽（今陝西合陽）人。初隱居不仕，康定中樞密使杜衍薦爲校書郎、簽書秦州觀察判官，遷知坊州、閬州、雅州。累薦蘇洵。後以招撫辰州酋豪彭仕羲功，擢三司鹽鐵判官，以疾出知虢、同二州，累遷尚書職方員外郎，卒。

聽江聲帖

予少年時學右軍《樂毅論》、鍾東亭《賀平賊表》、歐陽率更《九成宮醴泉銘》、褚河南《聖教序》、魏庶子《郭知運碑》、顔太師《家廟碑》，後又見顔行書《馬病》《乞米》《蔡明遠帖》，苦愛重，但自恨未及其自然。近刺雅州，晝卧郡閣，因聞平羌江瀑漲聲，想其波濤番番迅駛、掀搕高下，蹙逐奔去之狀，無物可寄其情，遽起作書，則心中之想盡出筆下矣。

噫！鳥跡之始，乃書法之宗，皆有狀也。唐張顛觀飛蓬驚沙、公孫大孃舞劍，懷素觀雲隨風變化，顔公謂豎牽法折釵股不如屋漏痕，斯師法之外，皆其自得者也。予聽江聲，亦有所得，乃知斯説不專爲草聖，但通論筆法已。欽伏前賢之言，果不相欺耳。文淵閣四庫全書本《墨池編》卷二。

歐陽修藝話（一九六則）

歐陽修（一〇〇七～一〇七二）字永叔，號醉翁，晚年又自號六一居士。吉州永豐（今江西永豐）人。天聖八年進士及第，任西京留守推官。官至翰林學士、樞密副使、參知政事，卒諡文忠。歐陽修是北宋詩文革新的領袖，其文學成就首推散文，爲唐宋八大家之一，對後世影響最爲深遠。其詩歌成就不如散文，但也有轉變一代詩風之功。擅長作詞，其詞基本上沿襲《花間集》風格，有南宋羅泌編的《六一詞》三卷。詩話是宋代產生的新的文學樣式。宋以前的詩文評著作可說是宋代詩話之源，但詩話之名則是從歐陽修的《六一詩話》起纔開始出現的。這是一種用筆記體寫成的兼具理論性和資料性的著述，比起嚴格的詩論，它的內容更爲廣泛，形式更爲靈活，往往以輕松恢諧的筆記形式，記錄重要、嚴肅的詩歌理論。他還撰有《歸田錄》《筆說》《試筆》等筆記，不拘一格，生動活潑，富有情趣。其中，《歸田錄》記述朝廷遺事、職官制度、社會風習和士大夫的趣事軼聞，介紹寫作經驗，頗有價值。除文學方面的成就外，歐陽修在經學、史學、金石學方面均有顯著成就。與宋祁合修《新唐書》二百二十五卷，包括本紀十卷，志五十卷，表十五卷，列傳一百五十卷，並獨撰《新五代史》。又喜收集金石文字，編爲《集古錄》。著述甚豐，現存文集有《歐陽文忠公集》一百五十三卷。文集重要選本有南宋乾道年間陳亮編《歐陽文忠公文粹》二十卷、明郭雲鵬編《遺粹》十卷。

一　哭一作"弔石"曼卿（節錄）

詩成多自寫，筆法顏與虞。旋棄不復惜，所存今幾餘。往往落人間，藏之比明珠。又好題屋壁，虹霓隨捲舒。遺蹤處處在，餘墨潤不枯。文淵閣四庫全書本《文忠集》卷一。

二　贈無爲軍李道士名景山二首

無爲道士三尺琴，中有萬古無窮音。音如石上瀉流水，瀉之不竭由源深。彈雖在指聲在意，聽不以耳而以心。心意既得形骸忘，不覺天地白日愁雲陰。

李師琴紋如臥蛇，一彈使我三咨嗟。五音商羽主肅殺，颯颯坐上風吹沙。忽然黄鐘回暖律，當冬草木皆萌芽。郡齋日午公事退，荒涼樹石交相加。李師一彈鳳凰聲，空山百鳥停嘔啞。我怪李師年七十，面目明秀光如霞。問胡以然笑語我，慎勿辛苦求丹砂。惟當養其根，自然燁其華。又云理身如理琴，正聲不可干以邪。我聽其言未云足，野鶴何事還思家。抱琴揖我出門去，獵獵歸袖風中斜。《文忠集》卷四。

三　彈琴效賈島體

古人不可見，古人琴可彈。彈爲古曲聲，如與古人言。琴聲雖可聽，琴意誰能論？横琴置牀頭，當午曝背眠。夢見一丈夫，嚴嚴古衣冠。登牀取之坐，調作《南風》絃。一奏風雨來，再鼓變雲烟。鳥獸盡嘤鳴，草木亦滋蕃。乃知太古時，未遠可追還。方彼夢中樂，心知口難傳。既覺失其人，起坐涕汍瀾。《文忠集》卷四。

四　送楊寘序〔一〕

予嘗有幽憂之疾，退而閒居，不能治也。既而學琴於友人孫道滋，受宮聲數引，久而樂之，不知疾之在其體也。

夫疾，生乎憂者也。藥之毒者，能攻其疾之聚，不若聲之至者，能和其心之所不平。心而平，不和者和，則疾之忘也宜哉〔二〕。

夫琴之爲技小矣，及其至也，大者爲宮，細者爲羽，操絃驟作，忽然變之，急者悽然以促，緩者舒然以和。如崩崖裂石，高山出泉，而風雨夜至也；如怨夫寡婦之歎息，雌雄雍雍之相鳴也。其憂深思遠，則舜與文王、孔子之遺音也；悲愁感憤，則伯奇孤子、屈原忠臣之所歎也。喜怒哀樂，動人心深。而純古淡泊，與夫堯、舜、三代之言語，孔子之文章，《易》之憂患，《詩》之怨刺，無以異。其能聽之以耳，應之以手，取其和者，道其堙鬱，寫其憂思，則感人之際亦有至者焉，是不可以不學也〔三〕。

予友楊君，好學有文，累以進士舉，不得志。反從廕調，爲尉於劍浦，區區在東南數千里外，是其心固有不平者。且少又多疾，而南方少醫藥，風俗飲食異宜。以多疾之體，有不平之心，居異宜之俗，其能鬱鬱以久乎？然欲平其心以養其疾，於琴亦將有得焉。

故予作琴說以贈其行，且邀道滋酌酒進琴以爲别〔四〕。宋慶元二年周必大編刻一百五十三卷本《歐陽文忠公集》卷四二。

〔一〕"送楊寘"下原校："一作'送楊二赴劍浦'。"
〔二〕"夫疾"至"宜哉"：原無，據原校補。
〔三〕是不可以不學也：原無，據原校補。
〔四〕"爲别"下原校："一無此二字，而有'說以贈其行，挈道滋之琴而行，曰是真可樂也，行將學之'二十二字。"

五 《七賢畫》序

　　某不幸，少孤。先人爲綿州軍事推官時，某始生，生四歲，而先人捐館。

　　某爲兒童時，先妣嘗謂某曰："吾歸汝家時，極貧。汝父爲吏至廉，又於物無所嗜，惟喜賓客，不計其家有無，以具酒食。在綿州三年，他人皆多買蜀物以歸，汝父不營一物，而俸祿待賓客，亦無餘已。罷官，有絹一匹，畫爲《七賢圖》六幅。此七君子，吾所愛也。此外無蜀物。"

　　後先人調泰州軍事判官，卒於任。比某十許歲時，家益貧。每歲時設席祭祀，則張此圖於壁，先妣必指某曰："吾家故物也。"後三十餘年，圖亦故闇。

　　某忝立朝，懼其久而益朽損，遂取《七賢》，命工裝軸之，更可傳百餘年。以爲歐陽氏舊物，且使子孫不忘先世之清風，而示吾先君所好尚。又以見吾母少寡而子幼，能克成其家，不失舊物。

　　蓋自先君有事後二十年，某始及第。今又二十三年矣，事跡如此，始爲作讚並序。

《歐陽文忠公集》卷六五。

六 與石推官第一書（節錄）

　　近於京師頻得足下所爲文，讀之甚善，其好古閔世之意，皆公操自得於古人，不待修之贊也。然有自許太高，詆時太過，其論若未深究其源者，此事有本末，不可卒然語，須相見乃能盡。然有一事，今詳而説，此計公操可朝聞而暮改者，試先陳之。

　　君貺家有足下手作書一通，及有二像記石本，始見之，駭然不可識，徐而視定，辨其點畫，乃可漸通。呼，何怪之甚也！既而持以問人，曰："是不能乎書者邪？"曰："非不能也。""書之法當爾邪？"曰："非也。""古有之乎？"曰："無。""今有之乎？"亦曰："無也。""然則何謂而若是？"曰："特欲與世異而已。"修聞君子之於學，是而已，不聞爲異也，好學莫如揚雄，亦曰此。然古之人或有稱獨行而高世者，考其行，亦不過乎君子，但與世之庸人不合爾。行非異世，蓋人不及而反棄之，舉世斥以爲異者歟。及其過，聖人猶欲就之於中庸。況今書前不師乎古，後不足以爲來者法。雖天下皆好之，猶不可爲。況天下皆非之，乃獨爲之，何也？是果好異以取高歟？然嚮謂公操能使人譽者，豈其履中道、秉常德而然歟，抑亦昂然自異以驚世人而得之歟？

　　古之教童子者，立必正，聽不傾，常視之毋誑，勤謹乎其始，惟恐其見異而惑也。今足下端然居乎學舍，以教人爲師，而反率然以自異，顧學者何所法哉？不幸學者皆從而效之，足下又果爲獨異乎！今不急止，則懼他日有責後生之好怪者，推其事，罪以奉歸，此修所以爲憂而敢告也，惟幸察之。不宣。同年弟歐陽某頓首。《歐陽文忠公集》卷六六。

七　與石推官第二書

　　修頓首白公操足下：前同年徐君行，因得寓書論足下書之怪。時僕有妹居襄城，喪其夫，匍匐將往視之，故不能盡其所以云者，而略陳焉。足下雖不以僕爲狂愚而絕之，復之以書，然果未能諭僕之意。非足下之不諭，由僕聽之不審而論之之略之過也。

　　僕見足下書久矣，不即有云，而今乃云者何邪？始見之，疑乎不能書，又疑乎忽而不學。夫書，一藝爾，人或不能，與忽不學時，不必論，是以默默然。及來京師，見二像石本，及聞說者云足下不欲同俗而力爲之，如前所陳者，是誠可諍矣，然後一進其說。及得足下書，自謂不能，與前所聞者異，然後知所聽之不審也。然足下於僕之言，亦似未審者。

　　足下謂世之善書者，能鍾、王、虞、柳，不過一藝，己之所學乃堯、舜、周、孔之道，不必善書，又云因僕之言欲勉學之者，此皆非也。夫所謂鍾、王、虞、柳之書者，非獨足下薄之，僕固亦薄之矣。世之有好學其書而悅之者，與嗜飲茗、閱畫圖無異，但其性之一僻爾，豈君子之所務乎？然至於書，則不可無法。

　　古之始有文字也，務乎記事，而因物取類爲其象。故《周禮》六藝有六書之學，其點畫曲直皆有其説。揚子曰"斷木爲棋，梡革爲鞠，亦皆有法焉"，而況書乎？今雖隸字已變於古，而變古爲隸者非聖人，不足師法，然其點畫曲直猶有準則，如母毋、ィイ之相近，易之則亂而不可讀矣。今足下以其直者爲斜，以其方者爲圓，而曰我第行堯、舜、周、孔之道，此甚不可也。譬如設饌於案，加帽於首、正襟而坐然後食者，此世人常爾。若其納足於帽，反衣而衣，坐乎案上，以飯實酒卮而食，曰我行堯、舜、周、孔之道者，以此之於世可乎？不可也。則書雖末事，而當從常法，不可以爲怪，亦猶是矣。然足下了不省僕之意，凡僕之所陳者，非論書之善不，但患乎近怪自異以惑後生也。若果不能，又何必學，僕豈區區勸足下以學書者乎！

　　足下又云"我實有獨異於世者，以疾釋老，斥文章之雕刻者"，此又大不可也。夫釋老，惑者之所爲；雕刻文章，薄者之所爲。足下安知世無明誠質厚君子之不爲乎？足下自以爲異，是待天下無君子之與己同也。仲尼曰："後生可畏，安知來者之不如今也。"是則仲尼一言，不敢遺天下之後生；足下一言，待天下以無君子。此故所謂大不可也。夫士之不爲釋老與不雕刻文章者，譬如爲吏而不受貨財，蓋道當爾，不足恃以爲賢也。

　　屬久苦小疾，無意思。不宣。某頓首。《歐陽文忠公集》卷六六。

八　與蔡君謨求書《集古錄》序書

　　修啓：曏在河朔，不能自閒，嘗集錄前世金石之遺文，自三代以來古文奇字，莫不皆有。中間雖罪戾擯斥，水陸奔走，顛危困躓，兼之人事吉凶，憂患悲愁，無聊倉卒，未嘗一日忘也。蓋自慶曆乙酉，逮嘉祐壬寅，十有八年，而得千卷，顧其勤至矣，然亦可謂富哉！

竊復自念，好嗜與俗異馳，乃獨區區收拾世人之所棄者，惟恐不及，是又可笑也。因輒自敘其事，庶以見其志焉。然顧其文鄙意陋，不足以示人。既則自視前所集錄，雖浮屠、老子詭妄之說，常見貶絕於吾儒者，往往取之而不忍遽廢者，何哉？豈非特以其字畫之工邪？然則字書之法雖爲學者之餘事，亦有助於金石之傳也。若浮屠、老子之說當棄而獲存者，乃直以字畫而傳，是其幸而得所託爾，豈特有助而已哉？僕之文陋矣，顧不能以自傳，其或幸而得所託，則未必不傳也。由是言之，爲僕不朽之託者，在君謨一揮毫之頃爾。

竊惟君子樂善欲成人之美者，或聞斯說，謂宜有不能却也，故輒持其說以進而不疑。伏惟幸察。《歐陽文忠公集》卷六九。

九　《牡丹記》跋尾

蔡君謨之書，八分、散隸、正楷、行狎、大小草，衆體皆精。其平生手書小簡、殘篇斷稿，時人得者甚多，惟不肯與人書石，而獨喜書余文也。若《陳文惠公神道碑銘》《薛將軍碣》《真州東園記》《杭州有美堂記》《相州晝錦堂記》，余家《集古錄目序》，皆公之所書。最後又書此記，刻而自藏於其家。方走人於亳，以模本遺予，使者未復於閩，而凶訃已至於亳矣，蓋其絕筆於斯文也。

於戲！君謨之筆既不可復得，而予亦老病不能文者久矣，於是可不惜哉！故書以傳兩家子孫。《歐陽文忠公集》卷七二。

一〇　書《梅聖俞稿》後（節錄）

凡樂，達天地之和而與人之氣相接。故其疾徐奮動可以感於心，歡欣惻愴可以察於聲。五聲單出於金石，不能自和也，而工者和之。然抱其器，知其聲，節其肉而調其律呂，如此者，工之善也。今指其器以問於工曰：彼籥者，簴者，堵而編、執而列者，何也？彼必曰：韜鼓、鐘磬、絲管、干戚也。又語其聲以問之曰：彼清者，濁者，剛而奮、柔而曼衍者，或在郊、或在廟堂之下而羅者，何也？彼必曰：八音，五聲，六代之曲，上者歌而下者舞也。其聲器名物，皆可以數而對也。然至乎勤盪血脉，流通精神，使人可以喜，可以悲，或歌或泣，不知手足鼓舞之所然，問其何以感之者，則雖有善工，猶不知其所以然焉，蓋不可得而言也。

樂之道深矣，故工之善者，必得於心，應於手，而不可述之言也。聽之善，亦必得於心而會以意，不可得而言也。堯、舜之時，夔得之，以和人神、舞百獸。三代、春秋之際，師襄、師曠、州鳩之徒得之，爲樂官，理國家，知興亡。周衰官失，樂器淪亡，散之河海，逾千百歲間未聞有得之者。其天地人之和氣相接者，既不得泄於金石，疑其遂獨鍾於人。故其人之得者，雖不可和於樂，尚能歌之爲詩。

古者登歌清廟，大師掌之，而諸侯之國亦各有詩，以道其風土性情。至於投壺、饗射，必使工歌，以達其意，而爲賓樂。蓋詩者，樂之苗裔與！漢之蘇、李，魏之曹、劉，得其正始。宋、齊而下，得其浮淫流佚。唐之時，子昂、李、杜、沈、宋、王維之徒，或得其淳古澹泊之聲，或得其舒和高暢之節，而孟郊、賈島之徒，又得其悲愁欝堙之氣。由是而下，得者時有，而不純焉。

今聖俞亦得之。然其體長於本人情，狀風物，英華雅正，變態百出，哆兮其似春，淒兮其似秋，使人讀之可以喜，可以悲，陶暢酣適，不知手足之將鼓舞也。斯固得深者邪！其感人之至，所謂與樂同其苗裔者邪！

余嘗問詩於聖俞，其聲律之高下，文語之疵病，可以指而告余也，至其心之得者，不可以言而告也。余亦將以心得意會，而未能至之者也。

聖俞久在洛中，其詩亦往往人皆有之，今將告歸，余因求其稿而寫之。然夫前所謂心之所得者，如伯牙鼓琴，子期聽之，不相語而意相知也。余今得聖俞之稿，猶伯牙之琴絃乎！《歐陽文忠公集》卷七三。

一一　跋晏元獻公書

右觀文殿大學士、兵部尚書晏元獻公二帖。公爲人直率，其詞翰亦如其性，是可佳也。《歐陽文忠公集》卷七三。

一二　跋李西臺書（一）

嘉祐三年三月晦日，和叔攜以過余，因得覽之，不能釋手。嗟今之人清尚如西臺君者，何少也！遂書其後而還之。廬陵歐陽修。《歐陽文忠公集》卷七三。

一三　跋李西臺書（二）

李公爲人端重清方，爲當時所重，不徒愛其筆跡也。嘉祐三年三月晦日，修題。《歐陽文忠公集》卷七三。

一四　跋李翰林昌武書

昌武筆畫遒峻，蓋欲自成一家，宜其見稱於當時也。修覽其書，知此道寂寞久矣。嚮時蘇、梅二子，以天下兩窮人主張斯道，一時士人傾想其風采，奔走不暇，自其淪亡，遂無復繼者。豈孟子所謂折枝之易，第不爲邪？覽李翰林詩筆，見故時朝廷儒學侍從之臣，未嘗不以篇章翰墨爲樂也。《歐陽文忠公集》卷七三。

一五　題薛公期畫

善言畫者多云鬼神易爲工，以謂畫以形似爲難，鬼神人不見也。然至其陰威慘澹，變化超騰，而窮奇極怪，使人見輒驚絕，及徐而定視，則千狀萬態，筆簡而意足，是不亦爲難哉？此畫雖傳自妙本，然其筆力精勁，亦自有嘉處。嘉祐八年仲春旬休日，竊覽而嘉之，題還薛公期書室。廬陵歐陽修題〔一〕。《歐陽文忠公集》卷七三。

〔一〕文後原校："一作'俗言見畫鬼神者易爲工，又其人不常見也。然而隱見出沒於有無之際，千狀萬態，筆簡而意足，難矣。及其變化飛騰，窮奇極怪，使人見輒驚絕，豈不又難哉！此畫雖所傳好本，然其筆力精勁，亦自有佳處。廬陵歐陽修竊覽而嘉之，遂題其後，以還公期書室。嘉祐八年仲春休日'。"

一六　跋杜祁公書

右杜祁公墨跡。公當景祐中，爲御史中丞，時余以鎮南軍掌書記爲館閣校勘，始登公門，遂見知獎。後十五年，余以尚書禮部郎中、龍圖閣直學士留守南都，公已罷相，致仕於家者數年矣。余歲時率僚屬候問起居，見公福壽康寧，言笑不倦。歲餘，予遭內艱云，居於潁。服除，來京師，蒙恩召入翰林爲學士，與公書問往還，無虛月。又二歲，公以疾薨於家。予既泣而論次公之功德而銘之，又集在南都時唱和詩爲一卷，以傳二家之子孫。又發篋，得公手書簡尺、歌詩，類爲十卷而藏之。余與時寡合，辱公之知，久而愈篤，宜於公有不能忘，知公筆法爲世楷模，人人皆寶而藏之，然世人莫若余得之多也。嘉祐八年六月晦日。《歐陽文忠公集》卷七三。

一七　跋《永城縣學記》

唐世執筆之士，工書者十八九，蓋自魏、晉以來風流相承，家傳少習，故易爲能也。下逮懿、僖、昭、哀，衰亡之亂，宜不暇矣。接乎五代，四海分裂，士大夫生長干戈於積屍白刃之間，時時猶有以揮翰馳名於當世者，豈又唐之餘習乎？如王文秉之小篆，李鄂、郭忠恕之楷法，楊凝式之行草。至於羅紹威、錢俶，皆武夫驕將之子，酣樂於狗馬聲色者，其於字畫，亦有以過人。

及宋一天下，於今百年，儒學稱盛矣，唯以翰墨之妙，中間寂寥者久之，豈其忽而不爲乎？將俗尚苟簡，廢而不振乎？抑亦難能而罕至也？蓋久而得三人焉，嚮時蘇子美兄弟以行草稱，自二子亡，而君謨書特出於世。

君謨筆有師法，真草惟意所爲，動造精絕，世人多藏以爲寶，而予得之尤多，若

《荔枝譜》《永城縣學記》，筆畫尤精而有法者。故聊誌之，俾世藏之，知余所好而吾家之有此物也。廬陵歐陽某書。嘉祐八年，歲在癸卯中元日。《歐陽文忠公集》卷七三。

一八　跋《茶録》

善爲書者以真楷爲難，而真楷又以小字爲難。羲、獻以來遺跡見於今者多矣，小楷維《樂毅論》一篇而已。今世俗所傳，出故高紳學士家最爲真本，而斷裂之餘，僅存者百餘字爾。此外吾家率更所書《温彥博墓銘》，亦爲絕筆。率更書世固不少，而小字亦止此而已，以此見前人於小楷難工，而傳於世者少而難得也。

君謨小字新出而傳者二，《集古録目序》橫逸飄發，而《茶録》勁實端嚴，爲體雖殊，而各極其妙。蓋學之至者，意之所到必造其精。予非知書者，以接君謨之論久，故亦粗識其一二焉。治平甲辰。《歐陽文忠公集》卷七三。

一九　跋觀文王尚書舉正書

右觀文學士、尚書王公，字伯中，清德之老也。余晚接公遊，愛其爲人。未幾，公以病卒，因録其遺跡而藏之，實思其人，不獨玩其筆也。

天聖中，公與謝絳希深、黄鑑唐卿修國史。余爲進士，初至京師，因希深始識公而未接其遊。後三十年，余爲翰林學士，公以書殿兼職經筵，始得竊從公後。故得公手筆不多。

嗚呼！天聖之間，三人者皆一時之選，今皆亡矣，其遺跡尤可惜，矧公素以書名當世也。治平元年清明前一日書。《歐陽文忠公集》卷七三。

二〇　跋學士院御詩

列聖御製刻石龕，在玉堂北壁，扃鐍甚嚴。

至和元年秋，余初蒙恩召爲學士，嘗因事獨對便殿。先帝密諭將幸玉堂，及欲如祖宗時夜召學士，因問唐朝故事。余奏曰："唐世學士以獻替爲職業，至於進退大臣，常參密議，故當時號爲内相。又謂之天子私人，其職在禁近，故唐制學士不與外人交通。比來選用非精，致上恩禮亦薄，漸見疏外，無異百司。若聖君有意崇獎，則當漸修故事。"予遂退而建言，不許私謁執政。時人喧然，共以爲非。蓋流俗習見近事，不知學士爲禁職，舊制不通外人也。

真宗時，劉子儀當直，既不爲丁晉公草制。明日，晏元獻公入直，劉見晏來，遽趨以出，相遇不揖，掩面而過，蓋當時學士猶交直也。

近時當直者多不宿，宿者暮入晨出，玉堂終日闃然，吏人共守空院而已。職隳事廢已久，自朝廷近臣皆不知故事，流俗不足怪也。因覽刻石，遂並記之於後。

治平元年清明日。

院中名畫，舊有董羽水，僧巨然山，在三堂後壁。其後又有燕肅山水，今又有易元吉猿及狌，皆在屏風。其諸司官舍，皆莫之有，亦禁林之奇玩也。

余自出翰苑，夢寐思之。今中書、樞密院惟內宴更衣，則借學士院解歇。每至，裴回畫下，不忍去也。《歐陽文忠公集》卷七三。

二一　跋薛簡肅公奎書

右薛簡肅公詩並書，其背乃天聖四年司農卿李湘門狀，是歲丙寅，至今丁未，實四十二年矣。偶得於家人篋中，因褾軸而藏之。公之清節直道，余既銘之，而有傳在國史，此不復書。治平四年閏月十八日。《歐陽文忠公集》卷七三。

二二　跋《醉翁吟》

余以至和二年奉使契丹。明年，改元嘉祐，與聖俞作此詩。後五年，聖俞卒。作詩殆今十有五年矣，而聖俞之亡亦十年也。閱其辭翰，一爲泫然，遂軸而藏之。熙寧三年五月十三日。《歐陽文忠公集》卷七三。

二三　跋三絕帖

南唐澄心堂紙爲世所珍，今人家不復有。曼卿詩與筆稱雄於一時，今亦未有繼者。謂之三絕，不爲過矣。余家藏此，蓋三十餘年。熙寧壬子正月雨中記。六一居士。《歐陽文忠公集》卷七三。

二四　國學試策（二）

問：樂由中出，音以心生，自金石畢陳，《咸》《韶》間作，莫不協和律呂，感暢神靈。雖嗜欲之變萬殊，思慮之端百致，敦和飾喜，何莫由斯。是以哀樂和睽，則噍殺嘽緩之音應其外；禮信殊衍，則《大雅》《小雅》之歌異其宜。鍾期改聽於流水，伯喈回車於欲殺。戚憂未弭，子夏不能成聲；感慨形言，孟嘗所以抆泣。斯則樂由志革，音以情遷，蓋心術定其慘舒，鏗鏘發之影響。是以亡陳遺曲，唐人不以爲悲；文皇劇談，杜生於斯結舌。謂致樂可以導志，將此音不足移人？先王立樂之方，君子審音之旨，請論詳悉，傾竚治聞。

對：人肖天地之貌，故有血氣仁智之靈；生禀陰陽之和，故形喜怒哀樂之變。物所以感乎目，情所以動乎心，合之爲大中，發之爲至和。誘以非物，則邪僻之將入；

感以非理，則流蕩而忘歸。蓋七情不能自節，待樂而節之；至性不能自和，待樂而和之。聖人由是照天命以窮根，哀生民之多欲，順導其性，大爲之防。爲播金石之音以暢其律，爲製羽毛之采以飾其容，發焉爲德華，聽焉達天理。此六樂之所以作，三王之所由用。人物以是感暢，心術於焉慘舒也。故《樂記》之文，噍殺嘽緩之音以隨哀樂而應乎外；師乙之說，以《小雅》《大雅》之異禮信而各安於宜。夫姦聲正聲應感而至，好禮好信由性則然，此則禮信之常也。若夫流水一奏而子期賞音，殺聲外形則伯喈興歎，子夏戚憂而不能成聲，孟嘗聽曲而爲之墮睫，亡陳之曲唐人不悲，文皇劇談杜生靡對，斯瑣瑣之濫音，曾非聖人之至樂。語其悲，適足以蹙匹夫之意；謂其和，而不能暢天下之樂。且黃鐘六律之音，尚賤於末節；《大武》三王之事，猶譏於未善。況鼓琴之末技，亡國之遺音，又烏足道哉！必欲明教之導志，音之移人，粗舉一端，請陳其說。夫順天地，調陰陽，感人以和，適物之性，則樂之導志將由是乎；本治亂，形哀樂，歌政之本，動民之心，則音之移人其在兹矣。帝堯之《大章》，成湯之《大濩》，乃是先王立樂之方；延陵之聘魯，夫子之聞《韶》，則見君子審音之旨。謹對。
《歐陽文忠公集》卷七五。

筆説（選録　七則）

鐘莛説

甲問於乙曰："鑄銅爲鐘，削木爲莛，以莛叩鐘，則鏗然而鳴。然則聲在木乎？在銅乎？"乙曰："以莛叩垣墻則不鳴，叩鐘則鳴，是聲在銅。"甲曰："以莛叩錢積則不鳴，聲果在銅乎？"乙曰："錢積實，鐘一有"則"字。虛中，是聲在虛器之中。"甲曰："以木若泥爲鐘，則無聲。聲果在虛器之中乎？"

學書靜中至樂説

有暇即學書，非以求藝之精，直勝勞心於他事爾。以此知不寓心於物者，真所謂至人也；寓於有益者，君子也；寓於伐性汩情而爲害者，愚惑之人也。學書不能不勞，獨不害情性耳，要得靜中之樂者惟此耳。

夏日學書説

夏日之長，飽食難過，不自知愧，但思所以寓心而銷晝暑者，惟據案作字，殊不爲勞。當其揮翰若飛，手不能止，雖驚雷疾霆，雨雹交下，有不暇顧也。古人流愛信有之矣。字未至於工，尚已如此，使其樂之不厭，未有不至於工者。使其遂至於工，可以樂而不厭，不必取悦當時之人，垂名於後世，要於自適而已。

嘉祐七年正月九日補空。

學書自成家說

學書當自成一家之體，其模仿他人謂之奴書。安昌侯張禹曰："書必博見，然後識其真僞。"余實見書之未博者。

廬陵歐陽修，嘉祐三年十一月冬至日。

世人作肥字說

世之人有喜作肥字者，正如厚皮饅頭，食之未必不佳，而視其爲狀，已可知其俗物。

字法中絕將五十年，近日稍稍知以字書爲貴，而追跡前賢，未有三數人。古之人皆能書，獨其人之賢者傳遂遠。然後世不推此，但務於書，不知前日工書隨與紙墨泯棄者，不可勝數也。使顏公書雖不佳，後世見者必寶也。楊凝式以直言諫其父，其節見於艱危；李建中清慎溫雅，愛其書者兼取其爲人也。豈有其實，然後存之久耶？非自古賢哲必能書也，惟賢者能存爾，其餘泯泯不復見爾。

轉筆在熟說

昨日王靖言轉筆誠是難事，其如對以熟〔一〕，豈不爲名理之言哉！往時陳堯咨以射藝自高。嘗射於家圃，有一賣油里翁釋擔而看，射多中，陳問："爾知射乎？吾射精乎？"翁對曰："無他能，但手熟耳。"陳忿然曰："汝何敢輕吾射！"翁曰："不然，以吾酌油可知也。"乃取一胡盧，設於地上，置一錢，以杓酌油瀝錢眼中入胡盧，錢不濕。曰："此無他，亦熟耳。"陳笑而釋之。

〔一〕"其如"下原校："疑"。

李晟筆說

余書惟用李晟筆，雖諸葛高、許頌皆不如意。晟非金石，安知其不先朝露以填溝壑？然則遂當絕筆，此理之不然也。

夫人性易習，當使無所偏繫，乃爲達理。適得聖俞所和《試筆詩》，尤爲精當。余嘗爲原甫說，聖俞壓韻不似和詩，原甫亦以爲知言。然此無他，惟熟而已。蔡君謨性喜書，多學，是以難精。古人各自爲書，用法同而爲字異，然後能名於後世。若夫求悅俗以取媚，兹豈復有天真耶？唐所謂歐、虞、褚、陸，至於顏、柳，皆自名家，蓋各因其性，則爲之亦不爲難矣。

嘉祐四年夏納涼於庭中，學書盈紙以付發。以上《歐陽文忠公集》卷一三〇。

三二　論樂説

清濁二聲爲樂之本，而今自以爲知樂者猶未能達此，安得言其細微之旨？《歐陽文忠公集》卷一三〇。

三三　鑑畫

蕭條淡泊，此難畫之意，畫者得之，覽者未必識也。故飛走、遲速，意淺之物易見；而閒和、嚴靜，趣遠之心難形。若乃高下嚮背、遠近重復，此畫工之藝爾，非精鑑者之事也。不知此論爲是不？余非知畫者，强爲之説，但恐未必然也。然世謂好畫者，亦未必能知此也。此字不乃傷俗耶。《歐陽文忠公集》卷一三〇。

三四　學書爲樂

蘇子美嘗言，明窗净几，筆硯紙墨皆極精良，亦自是人生一樂，然能得此樂者甚稀。其不爲外物移其好者，又特稀也。余晚知此趣，恨字體不工，不能到古人佳處。若以爲樂，則自足有餘。《歐陽文忠公集》卷一三〇。

三五　學書消日

自少所喜事多矣，中年已來漸以廢去，或厭而不爲，或好之未厭、力有不能而止者。其愈久益深而尤不厭者，書也。至於學字，爲於不倦時，往往可以消日。乃知昔賢留意於此，不爲無意也。《歐陽文忠公集》卷一三〇。

三六　學書作故事

學書勿浪書，事有可記者，他時便爲故事。《歐陽文忠公集》卷一三〇。

三七　學真草書

自此已後，隻日學草書，雙日學真書。真書兼行，草書兼楷。十年不倦，當得書名，然虛名已得，而真氣耗矣。萬事莫不皆然。有以寓其意，不知身之爲勞也；有以樂其心，不知物之爲累也。然則，自古無不累心之物，而有爲物所樂之心。《歐陽文忠公集》卷一三〇。

三八　作字要熟

作字要熟，熟則神氣完實而有餘。於靜坐中自是一樂事，然患少暇，豈其於樂處常不足耶？《歐陽文忠公集》卷一三〇。

三九　蘇子美蔡君謨書

自蘇子美死後，遂覺筆法中絕。近年君謨獨步當世，然謙讓不肯主盟。往年予嘗謂君謨學書如泝急流，用盡氣力，不離故處，君謨頗笑以爲能取譬。今思此語已二十餘年〔一〕，竟如何哉？《歐陽文忠公集》卷一三〇。

〔一〕"二"下原校："一無此字。"

四〇　李邕書

余始得李邕書，不甚好之，然疑邕以書自名，必有深趣。及看之久，遂謂他書少及者。得之最晚，好之尤篤，譬猶結交，其始也難，則其合也必久。

余雖因邕書得筆法，然爲字絕不相類，豈得其意而忘其形者邪？因見邕書，追求鍾、王以來字法，皆可以通。然邕書未必獨然，凡學書者得其一，可以通其餘。余偶從邕書而得之耳。嘉祐五年春分日，雪中西窗信筆。《歐陽文忠公集》卷一三〇。

四一　《石鼓文》跋

右《石鼓文》。岐陽石鼓初不見稱於前世，至唐人始盛稱之，而韋應物以爲周文王之鼓、宣王刻詩，韓退之直以爲宣王之鼓。在今鳳翔孔子廟中，鼓有十，先時散棄於野，鄭餘慶置於廟而亡其一。皇祐四年，向傳師求於民間，得之乃足〔一〕。

其文可見者四百六十五，不可識者過半〔二〕，余所集錄文之古者，莫先於此。然其可疑者三四〔三〕：今世所有漢桓、靈時碑往往尚在，其距今未及千歲，大書深刻，而磨滅者十猶八九。此鼓按太史公年表，自宣王共和元年至今嘉祐八年，實千有九百一十四年。鼓文細而刻淺，理豈得存？此其可疑者一也。

其字古而有法，其言與《雅》《頌》同文，而《詩》《書》所傳之外，三代文章真跡在者，惟此而已。然自漢已來，博古好奇之士皆略而不道。此其可疑者二也。

隋氏藏書最多，其誌所錄，秦始皇刻石、婆羅門外國書皆有，而獨無石鼓。遺近錄遠，不宜如此。此其可疑者三也。

前世傳記所載古遠奇怪之事，類多虛誕而難信，況傳記不載，不知韋、韓二君何據而知爲文、宣之鼓也。隋唐古今書籍粗備，豈當時猶有所見，而今不見之邪？然退之好古不妄者，余姑取以爲信爾。至於字畫，亦非史籀不能作也。

廬陵歐陽某記，嘉祐八年六月十日書。《歐陽文忠公集》卷一三四。

〔一〕"得之"下原校："一有'十鼓'二字。"
〔二〕"不可"上原校："一有'磨滅'二字。"
〔三〕四：疑當作"事"。

四二　《之罘山秦篆遺文》跋

右秦篆遺文，纔二十一字，曰："於久遠也，如後嗣爲，成功盛德。臣去疾、御史大夫臣德。"其文與嶧山碑、泰山刻石二世詔語同，而字畫皆異。惟泰山爲真李斯篆爾，此遺者。或云麻溫故學士於登州海上得片木，有此文，豈杜甫所謂"棗木傳刻肥失真"者邪？治平元年六月二十日書〔一〕。《歐陽文忠公集》卷一三四。

〔一〕"治平"以下十字原無，據原本卷末校記補。

四三　《秦泰山刻石》跋〔一〕

右秦二世詔，李斯篆。天下之事固有出於不幸者矣，苟有可以用於世者，不必皆賢聖之作也。蚩尤作五兵，紂作漆器，不以二人之惡而廢萬世之利也。

篆字之法，出於秦李斯。斯之相秦，焚棄典籍，遂欲滅先王之法，而獨以己之所作刻石而示萬世，何哉〔二〕？按《史記》，秦始皇帝行幸天下，凡六刻石，及二世立，又刻詔書於其旁，今皆亡矣。獨泰山頂上二世詔僅在，所存數十字爾。今俗傳《嶧山碑》者，《史記》不載，又其字體差大，不類《泰山》。存者其本出於徐鉉，又有別本，云出於夏竦家者，以今市人所鬻校之無異。自唐封演已言《嶧山碑》非真，而杜甫直謂"棗木傳刻"爾，皆不足貴也。

余友江鄰幾謫官於奉符，嘗自至泰山頂上，視秦所刻石處，云："石頑不可鐫鑿，不知當時何以刻也，然而四面皆石〔三〕，無草木，而野火不及，故能若此之久，然風雨所剝，其存者纔此數十字而已。"本鄰幾遺余也，比今俗傳《嶧山碑》本特爲真者爾。嘉祐八年五月十日書〔四〕。《歐陽文忠公集》卷一三四。

〔一〕原校："一作《書李斯傳後》。"
〔二〕"獨以"至"何哉"下原校："一作'至己之所作，則爲萬世不可朽之計，何其愚哉'。"
〔三〕石：原無。據原校引別本補。
〔四〕"嘉祐"以下九字原無，據原本卷末校記補。

四四　《秦嶧山刻石》跋（一）

　　右《秦嶧山碑》者，始皇帝東巡，群臣頌德之辭，至二世時丞相李斯始以刻石。今嶧山實無此碑，而人家多有傳者，各有所自來。

　　昔徐鉉在江南，以小篆馳名，鄭文寶其門人也，嘗受學於鉉，亦見稱於一時。此本文寶云是鉉所模，文寶又言嘗親至嶧山訪秦碑，莫獲，遂以鉉所模刻石於長安，世多傳之。余家《集錄》別藏泰山李斯所書數十字尚存，以較模本，則見真偽之相遠也。治平元年六月立秋日。《歐陽文忠公集》卷一三四。

四五　《秦嶧山刻石》跋（二）

　　右鄒嶧山秦二世刻石。以泰山所刻較之，字之存者頗多，而磨滅尤甚。其趙嬰、楊樛姓名，以《史記》考之，乃微可辨。其文曰"大夫趙嬰、五大夫楊樛。皇帝曰：金石刻盡始皇帝所為也，今襲號而金石刻"，凡二十九字，多於泰山存者，而泰山之石又滅"盛德"二字，其餘則同。而嶧山字差小，又不類泰山存者刻畫完好。而附錄於此者，古物難得，兼資博覽爾。蓋《集錄》成書後八年，得此於青州而附之。熙寧元年秋九月六日書。《歐陽文忠公集》卷一三四。

四六　後漢《修孔子廟器碑》跋

　　右漢《韓明府修孔子廟器碑》，云："永壽二年，青龍在涒灘，霜月之靈，皇極之日。"永壽，桓帝年號也。

　　按《爾雅》云："歲在申曰涒灘。"桓帝永興三年正月戊申大赦，改元永壽，明年丙申曰"歲在涒灘"是矣。云"霜月之靈，皇極之日"，莫曉其義，疑是九月五日。

　　前漢文章之盛，庶幾三代之純深，自建武以後，頓爾衰薄。崔、蔡之徒，擅名當世，然其筆力辭氣非出自然，與夫楊、馬之言，醇醨異味矣。及其末也，不勝其弊，"霜月"、"皇極"是何等語？

　　韓明府者，名敕，字叔節。前世見於史傳，未有名敕者，豈自余學之不博乎？《春秋左氏傳》載古人命名之說，不以為名者頗多，故以敕為名者少也。治平元年二月晦日書。《歐陽文忠公集》卷一三五。

四七　晉《蘭亭修禊序》跋　永和九年

　　右《蘭亭修禊序》，世所傳本尤多，而皆不同。蓋唐數家所臨也，其轉相傳模，失真彌遠，然時時猶有可喜處，豈其筆法或得其一二邪？想其真跡，宜如何也哉！

世言真本葬在昭陵，唐末之亂，昭陵爲温韜所發，其所藏書畫，皆剔取其裝軸金玉而棄之。於是魏、晉以來諸賢墨跡，遂復流落於人間。太宗皇帝時購募所得，集以爲十卷，俾模傳之，數以分賜近臣，今公卿家所有法帖是也。然獨《蘭亭》真本亡矣，故不得列於法帖以傳。

今予所得皆人家舊所藏者，雖筆畫不同，聊並列之，以見其各有所得。至於真僞優劣，覽者當自擇焉。

其前本流俗所傳，不記其所得。其二得於殿中丞王廣淵，其三得於故相王沂公家。又有別本在定州民家，二家各自有石，較其本纖毫不異，故不復錄。其四得於三司蔡給事君謨。世所傳本不出乎此，其或尚有所未傳，更俟博采。《歐陽文忠公集》卷一三七。

四八　范文度模本《蘭亭序》跋（二）〔一〕

自唐末干戈之亂，儒學文章掃地而盡。宋興百年之間，雄文碩儒比肩而出，獨字學久而不振，未能比蹤唐之人，余每以爲恨。今乃獲見范君筆法，信乎時不乏人，而患知之不博。不然，有於中必形於外。若范君者，筆跡不傳於世，而獨傳其家，蓋其潛光晦德，非止其書閟不傳也。《歐陽文忠公集》卷一三七。

〔一〕原注：此爲真跡，文後另收有集本，附於此："自唐末兵戈之亂，儒學文章掃地而盡。聖宋興百餘年間，雄文碩學之士相繼不絕，文章之盛，遂追三代之隆。獨字書之法寂寞不振，未能比蹤庠室，余每以爲恨。今乃獲見范君之書，信乎時不乏人，而患聞見之不博也。然若君之筆法，宣傳於世，久閟於家，蓋其潛光晦伏，非獨其書之閟也。"又據原本卷末校記引另一真跡，此後尚有"嘉祐七年五月旬休日廬陵歐陽某"十四字。

四九　晉《樂毅論》跋　永和四年

右晉《樂毅論》，石在故高紳學士家。紳死，家人初不知惜，好事者往往就閱，或模傳其本，其家遂秘藏之，漸爲難得。後其子弟以其石質錢於富人，而富人家失火，遂焚其石，今無復有本矣，益爲可惜也。後有"甚妙"二字，吾亡友聖俞書也。論與《文選》所載時時不同，考其文理，此本爲是，惜其不完也。《歐陽文忠公集》卷一三七。

五〇　晉《王獻之法帖》跋（一）

右王獻之法帖。余嘗喜覽魏、晉以來筆墨遺跡，而想前人之高致也。所謂法帖者，其事率皆弔哀候病、叙睽離、通訊問，施於家人朋友之間，不過數行而已。蓋其初非用意，而逸筆餘興，淋漓揮灑，或妍或醜，百態橫生。披卷發函，爛然在目，使人驟見驚絕。徐而視之，其意態愈無窮盡，故使後世得之以爲奇翫，而想見其人也。至於高文大冊，何嘗用此！而今人不然，至或棄百事，弊精疲力，以學書爲事業，用此終老而窮年者，是真可笑也。治平甲辰秋社日書。《歐陽文忠公集》卷一三七。

五一　晉《王獻之法帖》跋（二）

獻之帖蓋唐人所臨，其筆法類顏魯公，更俟識者辨之。《歐陽文忠公集》卷一三七。

五二　《晉賢法帖》跋

右《晉賢法帖》。太宗皇帝萬機之餘，留精翰墨，嘗詔天下購募鍾、王真蹟，集爲法帖十卷，模刻以賜群臣。

往時故相劉公沆在長沙，以官法帖鏤版，遂佈於人間。後有尚書郎潘師旦者，又擇其尤妙者別爲卷第，與劉氏本並行。至余集錄古文，不敢輒以官本參入私集，遂於師旦所傳，又取其尤者，散入錄中。俾夫啓帙披卷者時一得之，把翫欣然，所以忘倦也。治平元年五月十日書。《歐陽文忠公集》卷一三七。

五三　《宋文帝神道碑》跋

右《宋文帝神道碑》，云"太祖文皇帝之神道"，凡八大字而別無文辭，惟以此爲表識爾。古人刻碑，正當如此，而後世鐫刻功德、爵里、世系，惟恐不詳。然自後漢以來，門生故吏多相與立碑頌德矣。

余家《集古》所錄三代以來鐘鼎彝盤銘刻備有，至後漢以後始有碑文，欲求前漢時碑碣，卒不可得，是則冢墓碑自後漢以來始有也。此碑無文，疑非宋世立。蓋自漢以來碑文務載世德，宋氏子孫未必能超然獨見，復古簡質。又南朝士人氣尚卑弱，字書工者率以纖勁清媚爲佳，未有偉然巨筆如此者，益疑後世所書。

按《宋書》，文帝爲元兇劭所弒，初謚曰景，廟號中宗。孝武立，改謚曰文，號太祖，其墓曰長寧陵也。治平元年三月十六日書〔一〕。《歐陽文忠公集》卷一三七。

〔一〕"治平"以下十字原無，據原本卷末校記補。

五四　梁《智藏法師碑》跋　普通三年

右梁《智藏法師碑》，梁湘東王蕭繹撰銘，新安太守蕭幾作叙，尚書殿中郎蕭挹書，世號"三蕭碑"。法師者姓顧氏，幾、挹皆稱弟子，衰世之弊，遂至於斯。

余於《集古錄》而不忍遽棄者，以其字畫粗可佳，捨其所短，取其所長，斯可矣。嘉祐八年五月晦日書。《歐陽文忠公集》卷一三七。

五五　陳《張慧湛墓誌銘》跋　貞觀二十三年立

右陳《張慧湛墓誌銘》，不著書撰人名氏。陳、隋之間字書之法極於精妙，而文章頹壞，至於鄙俚，豈其時俗弊薄，士遺其本而逐其末乎？

予家《集録》所見頗多，自開皇、仁壽而後至唐高宗已前，碑碣所刻，往往不減歐、虞。而多不著名氏，如《鉗耳君清德頌》；或有名而其人不顯，如丁道護之類，不可勝數也。

慧湛陳人，至唐太宗時始改葬爾。其銘刻字畫遒勁有法，翫之忘倦，惜乎不知爲何人書也。治平元年四月晦日書。《歐陽文忠公集》卷一三七。

五六　陳浮屠智永書《千字文》跋（一）

右《千字文》，今流俗多傳此本爲浮屠智永書。考其字畫，時時有筆法不類者雜於其間，疑其石有亡闕，後人妄補足之。雖識者覽之，可以自擇，然終汩其真，遂去其二百六十五字。其文既無所取，而世復多有，所佳者字爾，故輒去其偽者，不以文不足爲嫌也。蔡君謨，今世知書者，猶云未能盡去也。嘉祐八年十月十八日書。《歐陽文忠公集》卷一三七。

五七　後魏《神龜造碑像記》跋

右《神龜造碑像記》，魏神龜三年立。余所集録自隋以前碑誌，皆未嘗輒棄者，以其時有所取於其間也。然患其文辭鄙淺，又多言浮屠，然獨其字畫往往工妙。惟後魏、北齊差劣，而又字法多異，不知其何從而得之，遂與諸家相戾。亦意其夷狄昧於學問，而所傳訛繆爾，然録之以資廣覽也。

此碑字畫時時遒勁，尤可佳也。神龜，孝明年號。按《魏書》，三年七月辛卯改元正光，而此碑是月十五日立，不知辛卯是其月何日也，當俟治曆者推之。嘉祐八年七月十一日書。《歐陽文忠公集》卷一三七。

五八　北齊《常山義七級碑》跋（一）

右不著書撰人名氏，文爲聲偶，頗奇怪，而字畫亦佳，往往有古法。碑云："常山太守、六州大都督、儀同三司綦連公以天保九年造浮圖。"天保，齊文宣年號也。《北齊書》有綦連猛，而不爲常山太守、都督、儀同等官，不知此所謂綦連公者何人也。嘉祐八年九月二十日書。《歐陽文忠公集》卷一三七。

五九　北齊《常山義七級碑》跋（二）

右《常山義七級碑》，不著書撰人名氏，文辭聲偶而甚怪，書字頗有古法。其碑首題云"慕容儀同麴常山石氏諸邑義七級之碑"。其文云："常山太守、六州大都督、儀同三司綦連公，以天保九年爲國敬造七級浮圖一區。至天統中，使持節都督瓜州諸軍事、驃騎大將軍、儀同三司、瓜州刺史、常山太守、六州大都督、頻陽縣開國子、樂平縣開國男慕容樂，及散騎常侍郎、驃騎大將軍、前給事黃門侍郎、繕州大中正、食新市縣幹、新除常山太守麴顯貴，與功曹石子和等增成之。"

蓋北齊時碑也。綦連公不見其名。北齊有綦連猛，不爲常山太守，不知此何人？而慕容樂官兼刺史、太守，並封兩縣，不可詳也。"食縣幹"入官銜，蓋當時之制，亦不可詳也。義者，眾成之名，猶若今謂義井之類也。《歐陽文忠公集》卷一三七。

六〇　《永樂十六角題名》跋〔一〕

右《永樂十六角題名》，不著年月，列名人甚多，皆無顯者，莫可考究，不知爲何時碑。其字畫頗怪而不精，似是東魏、北齊人所書。十六角者，庸俗所造佛塔。其後又書云"造十六角鎮國大浮圖"，則知爲塔矣。其謂之十六角，祇見此碑，而後魏時又有《常山義七級碑》，蓋當時俚俗語類皆如此。治平元年八月八日書。《歐陽文忠公集》卷一三七。

〔一〕題名原脫"名"字，據《集古錄》卷四補。

六一　《魯孔子廟碑》跋　興和三年

右《魯孔子廟碑》。後魏北齊時書多若此，筆畫不甚佳，然亦不俗，而往往相類。疑其一時所尚，當自有法。又其點畫多異，故錄之以備廣覽。《歐陽文忠公集》卷一三七。

六二　北齊《石浮圖記》跋

右齊《造石浮圖記》，云"河清二年，歲在癸未"。河清，北齊高湛年號也。碑文鄙俚而鐫刻訛繆，時時字有完者，筆畫清婉可喜，故錄之。又其前列題名甚多，而名特奇怪，如馮戩郎、馮貴買之類，皆莫曉其義。若名野義伽耶者，蓋出於浮圖爾。自胡夷亂華以來，中國人名如此者多矣。最後有馮黑太者，予謂太亦音撻，意隋末有劉黑闥、吳黑闥，皆以此爲名者，太、闥轉寫不同爾。然隋去北齊不遠，不知黑闥爲何等語也。《歐陽文忠公集》卷一三七。

六三　後周《大像碑》跋 _{大象三年}

右周《大像碑》，宇文氏之事跡無足採者，惟其字畫不俗，亦有取焉，翫物以忘憂者。惟怪奇變態，真僞相雜，使覽者自擇，則可以忘倦焉。故余於《集古》所錄者博矣。嘉祐八年六月二日書。《歐陽文忠公集》卷一三七。

六四　隋老子廟碑跋 _{開皇二年}

右《老子廟碑》，隋薛道衡撰。道衡文體卑弱，然名重當時。余所取者，特其字畫近古，故錄之。唐人字皆不俗，亦可佳也。《歐陽文忠公集》卷一三八。

六五　隋《龍藏寺碑》跋（一） _{開皇六年}

右齊開府長兼行參軍九門張公禮撰，不著書人名氏，字畫遒勁，有歐、虞之體。

隋開皇六年建，在今鎮州。碑云："太師、上柱國、大威公之世子，左威衛將軍、上開府儀同三司、使持節恒州諸軍事、恒州刺史、鄂國公、金城王孝僊奉敕勸獎州人一萬，共造此寺。"其述孝僊云："世業重於金、張，器識逾於許、郭。"然北齊、周、隋諸史不見其父子名氏，不詳何人也。《歐陽文忠公集》卷一三八。

六六　隋《龍藏寺碑》跋（二） _{開皇六年}

右隋《龍藏寺碑》，齊張公禮撰。龍藏寺已廢，此碑今在常山府署之門，書字頗佳，第不見其人姓名爾。

碑以隋開皇六年立，後題張公禮，猶稱齊。按周武帝建德六年虜齊幼主高常，齊遂滅，後四年隋建開皇之號，至六年齊滅，蓋十年矣。公禮尚稱齊官，何也？

嘉祐八年九月廿九日書。《歐陽文忠公集》卷一三八。

六七　隋《太平寺碑》跋 _{開皇九年}

右《太平寺碑》，不著書撰人名氏。

南北文章至於陳隋，其弊極矣。以唐太宗之致治，幾乎三王之盛，獨於文章不能少變其體，豈其積習之勢，其來也遠，非久而眾勝之，則不可以驟革也？是以群賢奮力，墾闢芟除，至於元和，然後蕪穢蕩平，嘉禾秀草爭出，而葩華美實爛然在目矣。

此碑在隋尤爲文字淺陋者，疑其俚巷庸人所爲，然視其字畫又非常俗所能，蓋當時流弊，以爲文章止此爲佳矣。

文辭既爾無取，而浮圖固吾儕所貶，所以錄於此者，第不忍棄其書爾。

治平元年三月十六日書。《歐陽文忠公集》卷一三八。

六八　隋《李康清德頌》跋　開皇十一年

右《李康清德頌》，不著書撰人名氏，文爲聲偶，而字畫奇古可愛。康，隴西狄道人也。其碑首題云"大隋冠軍將軍、太中帥、都督、恒州九門縣令隴西李君清德之頌"。

予在河北時，遣人於廢九門縣城中得此碑，字多訛闕。其後題"十一年歲在辛亥，大將軍在酉，二月癸丑朔十二日甲子建"，"年"上有二字訛闕不可識。按《隋書》開皇十一年歲在辛亥，其二字乃"開皇"也。"大將軍在酉"之説，出於陰陽家，前史不載，而此碑見之。《歐陽文忠公集》卷一三八。

六九　隋《陳茂碑》跋　開皇十八年

右《陳茂碑》，不著書撰人名氏，而字畫精勁可喜。

《隋書》列傳載茂事尤多闕繆。傳云：高祖爲隋國公，引爲寮佐，及受禪，拜給事黃門侍郎，在官十餘年，轉益州總管司馬，遷太府卿，後數載卒。而碑歷叙爲高祖寮佐時官，傳雖不書可也。其自爲黃門侍郎後，又爲行軍元帥長孫覽司馬，又爲蜀王府長史、太僕卿、判黃門侍郎、上開府儀同三司、梁州刺史等官，史氏皆不書，蓋其闕也。又據碑，茂爲蜀王長史，而傳爲益州總管司馬；碑爲太僕卿，而傳云太府，皆史家之繆也。碑云茂字延茂，史亦闕。

治平甲辰秋社日書。《歐陽文忠公集》卷一三八。

七〇　隋丁道護《啟法寺碑》跋　仁壽二年

右《啟法寺碑》，丁道護書。蔡君謨，博學君子也，於書尤稱精鑑，余所藏書未有不更其品目者，其謂道護所書如此。

隋之晚年，書學尤盛，吾家率更與虞世南皆當時人也，後顯於唐，遂爲絕筆。余所集錄開皇、仁壽、大業時碑頗多，其筆畫率皆精勁，而往往不著名氏，每執卷惘然，爲之歎息。惟道護能自著之，然碑刻在者尤少，余家《集錄》千卷，止有此爾。有太學官楊褒者，喜收書畫，獨得其所書《興國寺碑》，是梁貞明中人所藏，君謨所謂楊家本者是也，欲求其本而不知碑所在。然不難得，則不足爲佳物，古人亦云"百不爲多，一不爲少"者，正謂此也。

治平元年立春後一日太廟齋宮書。《歐陽文忠公集》卷一三八。

七一　隋《鉗耳君清德頌》跋　大業六年

右，不著書撰人名氏，其碑首題云"大隋恒山郡九門縣令鉗耳君清德之頌"。大業六年建。字畫有非歐、虞之學不能至也。

碑云：君名文徹，華陰朝邑人也。本周王子晉之後，避地西戎，世爲君長，因以地爲姓。曾祖靜，仕魏爲馮翊太守；祖朗，成、集二州刺史；父康，周荆、安、寧、鄧四州總管別駕，安陸、龍門二郡守，而前史皆不載。

碑在今廢九門縣中，余爲河北轉運使時求得之。《歐陽文忠公集》卷一三八。

七二　隋《廬山西林道場碑》跋　大業十三年

右《廬山西林道場碑》，渤海公撰。公爲隋太常博士時作，不著書人名氏，而字法老勁，疑公之書也。西林道場者，僞趙將竺氏捨俗出家，名曇現，始居於此。晉太和二年，光祿卿陶範始爲現弟子慧永造寺，而號西林。

按《兩京記》，隋嘗更名佛寺爲道場，此碑大業十三年建也。顏魯公寓題碑陰百餘字，尤奇偉，今附於碑後〔一〕。《歐陽文忠公集》卷一三八。

〔一〕原注：此爲集本，文後另收有真跡，今附於此："右《西林道場碑》，渤海公撰。公在隋爲太常博士時作，不著書人名氏。字畫遒勁，世或以爲公自書。公時年尚少，又字法與公書不同，不知何人書也。按《兩京記》，隋改佛寺爲道場，此碑大業中建，故謂之道場也。"

七三　《千文》後虞世南書

右虞世南所書，言不成文，乃信筆偶然爾。其字畫精妙，平生所書碑刻多矣，皆莫及也。豈矜持與不用意，便有優劣耶？

熙寧辛亥續附〔一〕。《歐陽文忠公集》卷一三八。

〔一〕"附"字原無，據原本卷末校記補。

七四　唐《德州長壽寺舍利碑》跋　武德六年

右《德州長壽寺舍利碑》，不著書撰人名氏，碑武德中建，而所述乃隋事也。其事跡文辭皆無取，獨録其書爾。

余屢歎文章至陳、隋，不勝其弊，而怪唐家能臻致治之盛，而不能遽革文弊，以謂積習成俗，難於驟變。及讀斯碑，有云"浮雲共嶺松張蓋，明月與巖桂分叢"，乃知王勃云"落霞與孤鶩齊飛，秋水共長天一色"，當時士無賢愚以爲警絶，豈非其餘習乎？

　　治平元年三月十六日書〔一〕。《歐陽文忠公集》卷一三八。

〔一〕"治平"以下十字原無，據原本卷末校記補。

七五　唐《衛國公李靖碑》跋　顯慶三年

　　右《李靖碑》，許敬宗撰。

　　唐初承陳隋文章衰弊之時，作者務以淫巧爲工，故多失其事實，不若史傳爲詳，惟其官封頗備。史云爲撫慰使，而碑云安撫使，其義無異，而後世命官多襲古號，蓋靖時未嘗有撫慰使也。由是言之，不可不正。

　　又靖爲刑部尚書，時以本官行太子左衛率；其封衛國公也，授濮州刺史。蓋太宗以功臣爲世襲刺史，後雖不行，皆史宜書〔一〕。其餘略之可也，故聊誌之。

　　治平元年三月二十日書。《歐陽文忠公集》卷一三八。

〔一〕"書"下原校："集本有'而不書者闕也'六字。"

七六　唐《郎穎碑》跋　貞觀五年

　　右唐《郎穎碑》，李百藥撰，宋才書，字畫甚偉。

　　穎父名基，字世業，而李百藥書穎世次，但云父世業，又書穎兄茂碑亦然。考其碑文，有"皇基締構"之言，則"基"字當時公私無所諱避，而於書世次〔一〕，字而不名，不詳其義也。是以君子貴乎博學〔二〕。

　　嘉祐八年九月二十四日書。《歐陽文忠公集》卷一三八。

〔一〕"次"下原校："四字集本作'百藥書穎父'。"
〔二〕"學"下原校："集本有'穎事唐爲大理卿，隋唐之時屢定律令，蓋法吏也'一十九字。"

七七　唐《歐陽率更臨帖》跋

　　右率更臨帖。吾家率更蘭臺世有清德，其筆法精妙，乃其餘事。豈止士人模楷，雖海外夷狄，皆知爲貴。而後裔所宜勉旃，庶幾不殞其美也。《歐陽文忠公集》卷一三八。

七八　唐岑文本《三龕記》跋　貞觀十五年

　　右《三龕記》，唐兼中書侍郎岑文本撰，起居郎褚遂良書，字畫尤奇偉。在河南龍門山，山夾伊水，東西可愛，俗謂其東曰香山，其西曰龍門。龍門山壁間鑿石爲佛像，大小數百，多後魏及唐時所造。惟此三龕像最大，乃魏王泰爲長孫皇后造也。《歐陽文忠公集》卷一三八。

七九　唐《辨法師碑》跋 _{顯慶三年}

右《辨法師碑》，李儼撰，薛純陀書。

純陀，唐太宗時人，其書有筆法，其遒勁精悍，不減吾家蘭臺。意其當時必爲知名士，而今世人無知者，然其所書亦不傳於後世。

余家《集録》可謂博矣，所得純陀書秖此而已，如其所書，必不止此而已也。蓋其不幸堙沉泯滅，非余偶録得之，則遂不見於世矣。乃知士有負絶學高世之名，而不幸不傳於後者，可勝數哉！可勝歎哉！

治平元年閏五月晦日書。《歐陽文忠公集》卷一三八。

八〇　唐《薛稷書》跋 _{貞觀、永徽之間}

薛稷書刻石者，余家集録頗多，與墨迹互有不同。

唐世顏、柳諸家刻石者，字體時時不類，謂由模刻人有工拙。昨日見楊褒家所藏薛稷書，君謨以爲不類，信矣。凡世人於事不可一概，有知而好者，有好而不知者，有不好而不知者，有不好而能知者。褒於書畫好而不知者也。畫之爲物，尤難識其精粗真僞，非一言可達。得者各以其意，披圖所賞，未必是秉筆之意也。

昔梅聖俞作詩，獨以吾爲知音，吾亦自謂舉世之人知梅詩者莫吾若也。吾嘗問渠最得意處，渠誦數句，皆非吾賞者，以此知披圖所賞，未必得秉筆之人本意也。《歐陽文忠公集》卷一三八。

八一　唐《吴廣碑》跋 _{總章二年}

右《吴廣碑》不著書、撰人名氏，而字畫精勁可喜。

廣字黑闥，唐初與程知節、秦叔寶等俱從太宗征伐，後與殺建成有功。至高宗時，爲洪州都督以卒。然《唐書》不見其名氏，惟《會要》列陪葬昭陵人，有洪州刺史吴黑闥，亦不知其名廣也。其名字、事迹，幸見於後世者，以有斯碑也。

碑字稍磨滅，世亦罕見，獨余《集録》得之，遂以傳者，以其筆畫之工也。故余嘗爲蔡君謨言，書雖學者之餘事，而有助於金石之傳者，以此也。

治平元年八月八日書。《歐陽文忠公集》卷一三八。

八二　唐《陶雲德政碑》跋 _{永淳三年}

右，唐申州録事張義感撰。雲字大舉，河南伊闕人也，高宗時爲恒州刺史。碑永淳三年立。

予爲河北轉運使，至真定府，見碑仆在府門外，半埋地中，命工掘出，立於廡下。字爲行書，筆跡遒麗，而不著書者姓名，惜哉！《歐陽文忠公集》卷一三八。

八三　隋《汎愛寺碑》跋 _{大業五年}

"李伯藥"字僅存，其下磨滅，而"書"字猶可辨。疑此碑伯藥自書，字畫老勁可喜。秋暑鬱然，覽之可以忘倦。

治平丙午孟饗攝事齋宫書，南譙醉翁六一居士。《歐陽文忠公集》卷一三八。

八四　唐《孝子張常洧旌表碣》跋 _{貞觀五年}

右唐《孝子張常洧旌表碣》，文字磨滅，僅可見其髣髴。蓋孝悌之爲名，人之所甚慕，而旌表非爲一世勸也。故特録之者，懼其將遂不見於後世也。其文辭筆畫亦自可佳，然不專取乎此也。《歐陽文忠公集》卷一三九。

八五　唐《流杯亭侍宴詩》跋

右《流杯亭侍宴詩》者，唐武后久視元年幸臨汝温湯〔一〕，留宴群臣應制詩也。李嶠序，殷仲容書。開元十年汝水壞亭，碑遂沉廢。至貞元中，刺史陸長源以爲嶠之文、仲容之書，絕代之寶也，乃復立碑造亭，又自爲記，刻其碑陰。

武氏亂唐，毒流天下，其遺跡宜爲唐人所棄。而長源當時號稱賢者，乃獨區區於此，何哉？然余今又録之，蓋亦以仲容之書可惜，是以君子患乎多愛〔二〕。《歐陽文忠公集》卷一三九。

〔一〕温：原無，據原本卷末校記補。
〔二〕原注：此爲真跡，文後另收有集本，附於此："右《流杯亭侍宴詩》者，唐武后久視元年幸汝州温湯，群臣應制詩也。李嶠序，殷仲容書。開元中汝水壞其亭，碑亦沉沒。貞元中，陸長源爲刺史，以爲嶠序、仲容書，絕代之寶也，乃爲之造亭立碑，自記其事於碑陰。武氏亂唐，毒流天下，其遺跡宜爲唐人所棄，而長源當時賢者，區區於此，何哉？然余今又録之者，特以仲容書爾，是以君子患乎多愛。"

八六　唐《司刑寺大脚跡敕》跋 _{長安二年}

右司刑寺大脚跡並碑銘二，閻朝隱撰。附詩曰"匪手携之，言示之事"，蓋諭昏愚者不可以理曉，而決疑惑者難用空言，雖示之已驗之事，猶懼其不信也。此自古聖賢以爲難。《語》曰"中人以下，不可以語上"者，聖人非棄之也，以其語之難也。佛爲中國大患，非止中人以下，聰明之智一有惑焉，有不能解者矣。

方武氏之時，毒被天下，而刑獄慘烈，不可勝言，而彼佛者遂見光跡於其間，果何爲自哉？古君臣事佛，未有如武氏之時盛也，視朝隱等碑銘可見矣。然禍及生民，毒流王室，亦未有若斯之甚也。

碑銘文辭不足録，録之者所以有警也。俾覽者知無佛之世，詩書雅頌之聲，斯民蒙福者如彼；有佛之盛，其金石文章與其人之被禍者如此，可以少思焉。

嘉祐八年重陽後一日書。《歐陽文忠公集》卷一三九。

八七　唐韓覃《幽林思》跋 _{武后時}

右《幽林思》，廬山林藪人韓覃撰。

余爲西京留守推官時，因遊嵩山得此詩，愛其辭翰皆不俗。後十餘年，始集古金石之文，發篋得之，不勝其喜。余在洛陽，凡再登嵩嶽。其始往也，與梅聖俞、楊子聰俱；其再往也，與謝希深、尹師魯、王幾道、楊子聰俱。當發篋見此詩以入集時，謝希深、楊子聰已死，其後師魯、幾道、聖俞相繼皆死。蓋遊嵩在天聖十年，是歲改元明道，余時年二十六，距今嘉祐八年，蓋三十一年矣。遊嵩六人，獨余在爾，感物追往，不勝愴然。

六月旬休日書。《歐陽文忠公集》卷一三九。

八八　唐武盡禮《寧照寺鐘銘》跋 _{景龍三年}

右，武盡禮筆法精勁，當時宜自名家，而唐人未有稱之見於文字者。豈其工書如盡禮者，往往皆是，特今人罕及爾？余每得唐人書，未嘗不歎今人之廢學也。《歐陽文忠公集》卷一三九。

八九　唐《韋維善政論》跋 _{先天元年}

右《韋維善政論》，著作郎楊齊哲撰。維先天中爲坊州刺史，齊哲所撰，其實德政碑也，特異其名爾。

余嘗患文士不能有所發明以警未悟，而好爲新奇以自異，欲以怪而取名，如元結之徒是也。至於樊宗師，遂不勝其弊矣。如齊哲之文，初無高致，第易碑銘爲論讚爾。

治平元年秋社日書〔一〕。《歐陽文忠公集》卷一三九。

〔一〕"治平"以下八字原無，據原本卷末校記補。

九〇　唐《有道先生葉公碑》跋　開元五年

右《有道先生葉公碑》，李邕撰並書。

余《集古》所錄李邕書頗多，最後得此碑於蔡君謨。君謨善論書，為余言邕之所書，此為最佳也。《歐陽文忠公集》卷一三九。

九一　唐《裴大智碑》跋　開元二十九年

右《裴大智碑》，李邕撰，蕭誠書。

誠以書知名當時，今碑刻傳於世者頗少。余《集錄》所得纔數本爾。以余之博采而得者止此，故知其不多也。然字畫筆法多不同，疑模刻之有工拙。惟此碑及《獨孤冊碑》字體同而最佳，冊碑在襄陽而不完，可惜也。二碑皆李邕撰而誠書。

治平元年清明後一日書。《歐陽文忠公集》卷一三九。

九二　唐《西嶽大洞張尊師碑》跋　開元十四年

右《西嶽大洞張尊師碑》，王延齡撰，李慈書。

尊師名敬忠，其事跡餘無所取，所錄者以慈書爾。慈之書體兼虞、褚，而遒麗可喜，然不知為何人。以其書當時未必不見稱於世，蓋唐人善書者多，遂不得獨擅，既又無他可稱，遂至泯然於後世。以余集錄之博，慈所書碑祗得此爾，尤為可惜也。

治平元年七月二十日書。《歐陽文忠公集》卷一三九。

九三　唐《安公美政頌》跋　開元二十九年

右《安公美政頌》，房璘妻高氏書。安公者名庭堅，其事跡非奇，而文辭亦匪佳作，惟其筆畫遒麗，不類婦人所書。

余所集錄亦已博矣，而婦人之筆著於金石者，高氏一人而已。然余常與蔡君謨論書，以謂書之盛莫盛於唐，書之廢莫廢於今。余之所錄如于頔、高駢，下至楷書手陳游瓌等書皆有〔一〕，蓋武夫悍將暨楷書手輩字皆可愛。今文儒之盛，其書屈指可數者無三四人，非皆不能，蓋忽不為爾。唐人書見於今而名不知於當時者，如張師丘、繆師愈之類，蓋不可勝數也。非余錄之，則將遂泯然於後世矣。余於《集古》不為無益也夫。

治平元年正月十三日書。《歐陽文忠公集》卷一三九。

〔一〕楷書手：原無，據原校引集本補。

九四　唐《石壁寺鐵彌勒像頌》跋　開元二十九年

右《太原府交城縣石壁寺鐵彌勒像頌》者，林諤撰〔一〕，參軍房璘妻高氏書。

余所集錄古文，自周秦以下訖於顯德，凡爲千卷，唐居其十七八。其名臣顯達，下至山林幽隱之士所書，莫不皆有，而婦人之書，惟此高氏一人爾。然其所書刻石存於今者，惟此頌與《安公美政頌》爾。二碑筆畫字體遠不相類，殆非一人之書。疑模刻不同，亦不應相遠如此，又疑好事者寓名以爲奇也，識者當爲辨之。

治平元年端午日書。《歐陽文忠公集》卷一三九。

〔一〕林諤撰：原無，據原校引集本補。

九五　唐《郎官石記》跋

右，唐右司員外郎陳九言撰，張旭書。旭以草書知名，此字真楷，可愛。記云"自開元二十九年已後，郎官姓名列於次"，而此本止其序爾。《歐陽文忠公集》卷一三九。

九六　唐《舞陽侯祠堂碑》跋

右《舞陽侯祠堂碑》，唐王利器撰，史惟則八分，徐浩篆額。天寶二年，縣令張紫陽修樊噲廟。文及書、篆皆可愛也。《歐陽文忠公集》卷一三九。

九七　唐《崔潭龜詩》跋　天寶五年

右崔潭龜詩，蔡有鄰書。

唐世以八分名家者四人：韓擇木、蔡有鄰、李潮、史惟則也。韓、史二家傳於世者多矣，李潮僅有存者。有鄰之書亦頗難得，而小字尤佳，若《石經藏贊》《崔潭龜詩》，與三代彝鼎銘何異？《歐陽文忠公集》卷一三九。

九八　唐《興唐寺石經藏讚》跋　開元中

右《興唐寺石經藏讚》，皆其作者自書，而八分者數家，惟蔡有鄰著其姓氏。有鄰名重當世，杜甫嘗稱之於詩。其爲苑咸所書小字，與三代器銘何異？可謂名實相稱也。

余家集錄有鄰書頗多，皆不若此讚，故尤寶之。余初不識書，因《集古》著錄，所閱既多，遂稍識之，然則人其可不勉彊於學也！

治平元年三月晦日書。《歐陽文忠公集》卷一三九。

九九　唐蔡有鄰《盧舍那珉像碑》跋　開元一六年

右《盧舍那珉像碑》，蔡有鄰書，在定州。

唐世名能八分者四家，韓擇木、史惟則世傳頗多，而李潮及有鄰特為難得。慶曆中，今昭文韓公在定州為余得此本。余所集錄，自非眾君子共成之，不能若此之多也。《歐陽文忠公集》卷一三九。

一〇〇　唐《植柏頌》跋　天寶元年

唐世八分，四家而已，韓擇木、史惟則之書見於世者頗多，蔡有鄰甚難得，而李潮僅有，亦皆後人莫及也。不惟筆法難工，亦近時學者罕復專精如前輩也。《歐陽文忠公集》卷一三九。

一〇一　唐《美原夫子廟碑》跋　天寶八年

右《美原夫子廟碑》，縣令王昱字山甫撰並書。碑不知在何縣。昱天寶時人，字畫奇怪，初無筆法，而老逸不羈，時有可愛，故不忍棄之，蓋書流之狂士也。

文字之學傳自三代以來，其體隨時變易，轉相祖習，遂以名家，亦烏有定法邪〔一〕？至魏、晉以後，漸分真、草，而羲、獻父子為一時所尚，後世言書者，非此二人皆不為法。其藝誠為精絕，然謂必為去，則初何所據？所謂天下孰知夫正法哉？昱書固自放於怪逸矣，聊存之以備傳覽。

治平元年八月十一日書。《歐陽文忠公集》卷一三九。

〔一〕定：原無，據原校引集本補。

一〇二　唐鄭預注《多心經》跋　天寶九年

右鄭預注《多心經》，不著書人名氏，疑預自書。蓋開元、天寶之間書體類此者數家，如《擣練石》《韓公井記》《洛祠誌》皆一體，而皆不見名氏。

此經字體不減三記，而注尤精勁。蓋他處未嘗有，故錄之而不忍棄。矧釋氏之書，因字而見錄者多矣，余每著其所以錄之意，覽者可以察也。

治平元年夏至日，大熱，翫此以忘暑，因書。《歐陽文忠公集》卷一三九。

一〇三　唐《開元金籙齋頌》跋　天寶乙年衛包書撰

右《開元金籙齋頌》，雖不著書人姓氏，而字為古文，實為包書也。

唐世華山碑刻爲古文者，皆包所書。包以古文見稱，當時甚盛，蓋古文世俗罕通，徒見其字畫多奇，而不知其筆法非工也。余以《集録》所見三代以來古字尤多，遂識之爾。

治平元年七月三十日〔一〕。《歐陽文忠公集》卷一四〇。

〔一〕"治平"以下九字原無，據原本卷末校記補。

一〇四　唐《龍興七祖堂頌》跋　天寶十年

右《龍興寺七祖堂頌》，陳章甫撰，胡霈然書。霈然筆法雖未至，而媚熟可喜。

今上黨佛寺畫壁有霈然所書，多爲流俗取去，匣而藏之，以爲奇翫。余數數於人家見之，其墨跡尤工，非石刻比也。《歐陽文忠公集》卷一四〇。

一〇五　唐《徐浩玄隱塔銘》跋　天寶十一年

右《玄隱塔銘》，徐浩撰並書。

嗚呼！物有幸不幸者，視其所託與其所遭如何爾。《詩》《書》遭秦，不免煨燼，而浮圖、老子以託於字畫之善，遂見珍藏。

余於《集録》屢誌此言，蓋慮後世以余爲惑於邪説者也。比見當世知名士，方少壯時力排異説，及老病畏死，則歸心釋老，反恨得之晚者，往往如此也。可勝歎哉！《歐陽文忠公集》卷一四〇。

一〇六　唐顔真卿《麻姑壇記》跋　大曆六年

右《麻姑壇記》，顔真卿撰並書。

顔公忠義之節，皎如日月，共爲人尊嚴剛勁，象其筆畫，而不免惑於神僊之説。釋老之爲斯民患也深矣！《歐陽文忠公集》卷一四〇。

一〇七　唐顔真卿小字《麻姑壇記》跋

右小字《麻姑壇記》，顔真卿撰並書。

或疑非魯公書，魯公喜書大字，余家所藏顔氏碑最多，未嘗有小字者。惟《干禄字書》注最爲小字，而其體法與此記不同。蓋《干禄》之注持重舒和而不局蹙，此記遒峻緊結，尤爲精悍。此所以或者疑之也。

余初亦頗以爲惑，及把翫久之，筆畫巨細皆有法，愈看愈佳。然後知非魯公不能書也。故聊誌之，以釋疑者。

治平元年二月六日書。《歐陽文忠公集》卷一四〇。

一〇八　《唐中興頌》跋　大曆六年

右《大唐中興頌》，元結撰，顏真卿書。

書字尤奇偉，而文辭古雅，世多模以黃絹，爲圖障。碑在永州，磨崖石而刻之，模打既多，石亦殘闕。今世人所傳字畫完好者，多是傳模補足，非其真者。此本得自故西京留臺御史李建中家，蓋四十年前崖石真本也，尤爲難得爾〔一〕。《歐陽文忠公集》卷一四〇。

〔一〕原注：此爲集本，文後另收有真跡，附於此："右《中興頌》。世傳顏氏書《中興頌》多矣，然其崖石歲久剝裂，故字多訛闕。近時人家所有，往往爲好事者嬾其剝闕，以墨增補之，多失其真。余此本得自故西臺李建中家，蓋四十年前舊本，最爲真爾。"

一〇九　唐《干祿字樣》跋　大曆九年

右《干祿字樣》，別有模本，文注完全，可備檢用。

此本刻石殘闕處多，直以魯公所書真本而錄之爾。魯公書刻石者多，而絕少小字。惟此注最小，而筆力精勁可法，尤宜愛惜。而世俗多傳模本，此以殘闕不傳，獨余家藏之。

治平丙午九月二十九日書。《歐陽文忠公集》卷一四〇。

一一〇　唐《干祿字樣》模本跋〔一〕

右《干祿字樣》模本，顏真卿書，楊漢公模。

真卿所書乃大曆九年刻石，至開成中遽已訛闕。漢公以謂一二工人用爲衣食之業，故摹多而速損者，非也。蓋公筆法爲世楷模，而字書辨正偽繆，尤爲學者所資，故當時盛傳於世，所以模多爾，豈止工人爲衣食業邪？今世人所傳，乃漢公模本，而大曆真本，以不完遂不復傳。若顏公真跡今世在者，得其零落之餘藏之，足以爲寶，豈問其完不完也？故余並錄二本並藏之，亦欲俾覽者知模本之多失真也。《歐陽文忠公集》卷一四〇。

〔一〕原注：此爲集本，文後另收有真跡，附於此："右顏魯公《干祿字書》，乃大曆九年刻石，至開成中遽已訛闕。蓋由公筆法爲世楷模，而字書辨正偽繆，尤爲學者所資，而當時盛傳於世爾。漢公謂一二工人用爲衣食之業者，惜其傳模多而早損，然豈止爲工人爲衣食業也？今世人多傳漢公模本，而大曆真本以不完遂不復傳。若顏公真跡今世在者，得其零落之餘藏之，尤足爲寶，豈問其完不完也？故余並錄二本並藏之，亦欲俾覽者知模本之多失真也。治平元年正月五日，錫慶院賜壽聖節宴，歸書。"

一一一　唐《杜濟神道碑》跋　大曆十二年

右《杜濟神道碑》，顏真卿撰並書。

藝之至者，如庖丁之刀，輪扁之斲，無不中也。顏魯公之書刻於石者多矣，而有精有粗，雖他人皆莫可及，然在其一家，自有優劣，余意傳模鐫刻之有工拙也。而此碑字畫遒勁，豈傳刻不失其真者，皆若是歟！碑已殘闕，銓次不能成文，第錄其字法爾。

嘉祐八年中元假日書。《歐陽文忠公集》卷一四〇。

一一二　唐《杜濟墓誌銘》跋　大曆十二年

右《杜濟墓誌銘》，但云顏真卿撰，而不云書，然其筆法非魯公不能爲也。蓋世頗以爲非顏氏書，更俟識者辨之。《歐陽文忠公集》卷一四〇。

一一三　唐顏真卿《射堂記》跋　大曆十二年

右《射堂記》，顏真卿書。

魯公在湖州所書，刻於石者，余家《集錄》多得之，惟《放生池碑》字畫完好。如《干祿字書》之類，今已殘闕，每爲之歎惜。若《射堂記》者，最後得之。今僕射相公筆法精妙，爲余稱顏氏書《射堂記》最佳，遂以此本遺余。以余家素所藏諸書較之，惟張敬因碑與斯記爲尤精勁，惜其皆殘闕也。

治平元年七月二十二日中書東閣書〔一〕。《歐陽文忠公集》卷一四〇。

〔一〕"治平"以下十五字原無，據卷末校記補。

一一四　唐《顏魯公書殘碑》跋（二）

余謂顏公書如忠臣烈士、道德君子，其端嚴尊重，人初見而畏之，然愈久而愈可愛也。其見寶於世者不必多，然雖多而不厭也，故雖其殘闕，不忍棄之。《歐陽文忠公集》卷一四〇。

一一五　唐《湖州石記》跋

右《湖州石記》，文字殘闕，其存者僅可識讀，考其所記，不可詳也。惟其筆畫奇偉，非顏魯公不能書也。

公忠義之節，明若日月而堅若金石，自可以光後世，傳無窮，不待其書然後不朽。然公所至必有遺跡，故今處處有之，唐人筆跡見於今者，惟公爲最多。視其鉅書深刻，或託於山崖，其用意未嘗不爲無窮計也，蓋亦有趣好所樂爾。其在湖州所書爲世所傳者，惟《干祿字》《放生池碑》尚多見於人家。而《干祿字書》乃楊漢公摹本，其眞本以訛闕遂不復傳，獨余《集錄》有之。惟好古之士，知前人厝意之深，則其埋沉磨滅之餘，尤爲可惜者也。

治平元年正月二十日書〔一〕。《歐陽文忠公集》卷一四〇。

〔一〕"治平"以下十字原無，據原本卷末校記補。

一一六　唐《顏魯公二十二字帖》跋

斯人忠義出於天性，故其字畫剛勁獨立，不襲前蹟，挺然奇偉，有似其爲人。《歐陽文忠公集》卷一四〇。

一一七　唐《元次山銘》跋

右《元次山銘》，顏眞卿撰並書。

唐自太宗致治之盛，幾乎三代之隆。而惟文章獨不能革五國之弊。既久而後韓、柳之徒出，蓋習俗難變，而文章變體又難也。次山當開元、天寶時，獨作古文，其筆力雄健，意氣超拔，不減韓之徒也〔一〕，可謂特立之士哉！《歐陽文忠公集》卷一四〇。

〔一〕"雄健"至"韓之徒也"下原校："集本作'雖少雄健，而意氣不俗，亦　。"

一一八　唐元結《窊罇銘》跋　永泰二年

右《窊罇銘》，元結撰，瞿令問書。

次山喜名之士也，其所有爲，惟恐不異於人，所以自傳於後世者，亦惟恐不奇而無以動人之耳目也。視其辭翰，可以知矣。古之君子誠恥於無聞，然不如是之汲汲也。《歐陽文忠公集》卷一四〇。

一一九　唐元結《陽華巖銘》跋　永泰二年

右《陽華巖銘》，元結撰，瞿令問書。

元結好奇之士也，其所居山水必自名之，惟恐不奇，而其文章用意亦然，而氣力不足，故少遺韻。君子之欲著於不朽者，有諸其內而見於外者，必得於自然。顏子蕭然臥於陋巷，人莫見其所爲，而名高萬世，所謂得之自然也。結之汲汲於後世之名，亦已勞矣。

嘉祐八年十二月二十六日書。《歐陽文忠公集》卷一四〇。

一二〇　唐元結《峿臺銘》跋　大曆二年

右，斯人之作，非好古者不知爲可愛也，然來者安知無同好也邪？《歐陽文忠公集》卷一四〇。

一二一　唐《張中丞傳》跋

右《張中丞傳》，李翰撰。

嗚呼！張巡、許遠之事壯矣，秉筆之士皆喜爲之稱述也。然以翰所記，考《唐書》列傳及韓退之所書，皆互有得失，而列傳最爲略。雖云史家當記大節，然其大小數百戰，屢敗賊兵，其智謀材力亦有過人可以示後者，史家皆滅而不著，甚可惜也。翰之所書，誠爲太繁，然廣記備言，所以備史官之采也。《歐陽文忠公集》卷一四〇。

一二二　唐李陽冰《城隍神記》跋　乾元二年

右《城隍神記》，唐李陽冰撰並書。

陽冰爲縉雲令，遭旱禱雨，約以七日不雨，將焚其祠。既而雨，遂徙廟於西山。陽冰所記云：城隍神，祀典無之，吳越有爾。然今非止吳越，天下皆有，而縣則少也。《歐陽文忠公集》卷一四〇。

一二三　唐李陽冰《忘歸臺銘》跋　乾元二年

右《忘歸臺銘》，唐李陽冰撰並書。

銘及《孔子廟》《城隍神記》三碑並在縉雲，其篆刻比陽冰平生所篆最細瘦。世言此三石皆活，歲久漸生，刻處幾合，故細爾。然時有數字筆畫特偉勁者，乃真跡也。《歐陽文忠公集》卷一四〇。

一二四　唐李陽冰《阮客舊居詩》跋

右李陽冰《阮客舊居詩》，云：“阮客身何在，仙雲洞口橫。人間不到處，今日此中行。”阮客者，不見其名氏，蓋縉雲之隱者也。彼以遁俗爲高，而終以無名於後世，可謂獲其志矣。然聖人有所不取也。陽冰欲稱其人而不顯其名字，何哉？豈阮客見稱於當時，而陽冰不慮於後世邪？夫士固有顯聞於一時，而泯沒於萬世者矣，顧其道何如也。

陽冰篆字世傳多矣，此磨滅而僅存，尤可惜也。

治平元年四月二十有六日書。《歐陽文忠公集》卷一四〇。

一二五　唐《玄靜先生碑》跋　大曆七年

右《玄靜先生碑》，柳識撰，張從申書，李陽冰篆額。

唐世工書之士多，故以書知名者難，自非有以過人者不能也。然而張從申以書得名於當時者，何也？從申每所書碑，李陽冰多爲之篆額，時人必稱爲"二絶"，其爲世所重如此。

余以集録古文，閲書既多，故雖不能書，而稍識字法。從申所書，棄者多矣，而時録其一二者，以名取之也。夫非衆人之所稱，任獨見以自信，君子於是慎之，故特録之，必待知者。《歐陽文忠公集》卷一四〇。

一二六　唐滑州《新驛記》跋　大曆九年

右《新驛記》，李陽冰篆。

碑在今滑州驛中，其陰有銘曰："斯去千載，冰生唐時。冰今又去，後來者誰？後千年有人，吾不知之；後千年無人，當盡於斯。嗚呼郡人，爲吾寶之。"不知作者爲誰，然賈耽嘗爲李騰序《説文字源》，盛稱陽冰此記。耽爲滑州刺史，因見斯記而稱之耳。陽冰所書，世固多有可愛者，不獨斯記也。

嘉祐八年十二月廿六日書。《歐陽文忠公集》卷一四〇。

一二七　唐《王師乾神道碑》跋　大曆十三年

右《王師乾神道碑》，張從申書。余初不甚以爲佳，但怪唐人多稱之，第録此碑，以俟識者。

前歲在亳社，因與秦玠郎中論書，玠學書於李西臺建中，而西臺之名重於當世。余因問玠："西臺學何人書？"云："學張從申也。"問玠識從申書否，云未嘗見也，因以此碑示之。玠大驚曰："西臺未能至也。"以此知世以鑑書爲難者，誠然也。

從申所書碑，今絶不行於世，惟予《集録》有之者，《吴季子碑陰記》《崔圓頌德碑》，并此纔三爾。

熙寧三年十月二十七日書。《歐陽文忠公集》卷一四〇。

一二八　《唐僧懷素法帖》跋　大曆十二年

右，懷素，唐僧，字藏真，特以草書擅名當時，而尤見珍於今世。

予嘗謂法帖者乃魏、晉時人施於家人、朋友，其逸筆餘興，初非用意而自然可喜。後人乃棄百事而以學書爲事業，至終老而窮年，疲弊精神，而不以爲苦者，是真可笑也，懷素之徒是已。

治平元年八月八日書。《歐陽文忠公集》卷一四一。

一二九　唐《馬寔墓誌銘》跋（一）　貞元十四年

右《馬寔墓誌銘》，唐歐陽詹撰並書。其文辭不工而字法不俗，故錄之。寔之事跡亦無足紀也。《歐陽文忠公集》卷一四一。

一三〇　唐《馬寔墓誌銘》跋（二）

詹之文爲韓退之所稱，遂傳於世，然其不幸早死，故其傳者不多。刻石之文，祇有此與《福州佛記》耳，尤可惜也。《歐陽文忠公集》卷一四一。

一三一　唐石洪《鍾山林下集序》跋　貞元二十年

右《鍾山林下集序》者，石洪爲浮圖總悟作也。

石洪爲處士而名重當時者，以常爲韓退之稱道也。唐世號處士者爲不少矣，洪終始無他可稱於人者，而至今其名獨在人耳目，由韓文盛行於世也。而洪之所爲與韓道不同而勢不相容也，然韓常歎籍、湜輩叛己而不絕之也。豈諸子駁雜，不能入於聖賢之域，而韓子區區誨誘，思援而出於所溺歟？此孔、孟之用心也。

治平元年八月八日書。是日上以霖雨不止，分命群臣祈禱。余祈於太社，既歸而雨遂止，某謹記。《歐陽文忠公集》卷一四一。

一三二　唐《辨正禪師塔院記》跋　貞元中

右《辨正禪師塔院記》，徐峴書。誠能行筆，而少意思也。

往時石曼卿屢稱峴書，曼卿多得顏、柳筆，其書與峴不類而遠過之，不知何故喜峴書也。余當曼卿在時，猶未見峴書，但聞其所稱。曼卿歿已久，始得此書，遂錄之爾。《歐陽文忠公集》卷一四一。

一三三　唐韓愈《盤谷詩序》跋　貞元中

右《送李願歸盤谷序》，韓愈撰。

盤谷在孟州濟源縣，貞元中，縣令刻石於其側。令姓崔，其名泯，今已磨滅。其後書云"昌黎韓愈知名士也"，當時退之官尚未顯，其道未爲當世所宗師，故但云"知名士"也。然當時送願者爲不少，而獨刻此序，蓋其文章已重於時也。

以余家集本校之，或小不同，疑刻石誤。集本世已大行，刻石乃當時物，存之以爲佳翫爾，其小失不足較也。

治平元年中元日書〔一〕。《歐陽文忠公集》卷一四一。

〔一〕"治平"以下八字原無，據原本卷末校記補。

一三四　唐《田弘正家廟碑》跋　元和八年

右《田弘正家廟碑》，昌黎先生撰。

余家所藏書萬卷，惟《昌黎集》是余爲進士時所有，最爲舊物。自天聖以來，古學漸盛，學者多讀韓文，而患集本訛舛。惟余家本屢更校正，時人共傳，號爲善本。及後集録古文，得韓文之刻石者如《羅池神》《黃陵廟碑》之類，以校集本，舛繆猶多，若《田弘正碑》則又尤甚。蓋由諸本不同，往往妄加改易。以碑校集印本，與刻石多同，當以爲正〔一〕。乃知文字之傳，久而轉失其真者多矣。則校讎之際，決於取捨，不可不慎也。

印本云"銜訓事嗣，朝夕不怠"，往時用他本改云"銜訓嗣事"。今碑文云"銜訓事嗣"，與印本同，知其妄改也。印本云"以降命書"，用他本改爲"降以命書"。今碑文云"以降命書"，與印本同，知爲妄改也。印本云"奉我天明"，用他本改云"奉我王明"。今碑文云"奉我天明"，與印本同，知爲妄改也。此類甚多，略舉三事，要知改字當慎也。

治平元年三月八日書。《歐陽文忠公集》卷一四一。

〔一〕"與刻石"至"爲正"下原校："九字集本作'初未必誤，多爲校讎者妄改之'。"

一三五　書《高閑草書》跋

高閑草書，審如此，則韓子之言爲實録矣。永豐歐陽修。《歐陽文忠公集》卷一四一。

一三六　唐侯喜《復黃陂記》跋

右《復黃陂記》，唐侯喜撰。

黃陂在汝州，汝州有三十六陂，黃陂最大，溉田千頃，始作於隋。記云："至貞元辛未刺史盧虔始復之。"辛未，貞元七年也，碑元和三年建。

喜之文辭嘗爲韓退之所稱，而世罕傳者，余之所得，此碑而已〔一〕。《歐陽文忠公集》卷一四一。

〔一〕原注：此爲集本，文後又收有真跡，附於此："昌黎先生甚稱侯喜，其文罕傳於今，余之所見止此一篇爾。"

一三七　唐柳宗元《般舟和尚碑》跋　元和三年

右《般舟和尚碑》，柳宗元撰並書。

子厚所書碑世頗多有，書既非工，而字畫多不同，疑喜子厚者竊借其名以爲重。子厚與退之皆以文章知名一時，而後世稱爲韓柳者，蓋流俗之相傳也，其爲道不同猶夷夏也。然退之於文章每極稱子厚者，豈以其名並顯於世，不欲有所貶毀，以避爭名之嫌，而其爲道不同，雖不言，顧後世當自知歟？不然，退之以力排釋老爲己任，於子厚不得無言也。

治平元年三廿月二日書。《歐陽文忠公集》卷一四一。

一三八　唐《南嶽彌陀和尚碑》跋　元和五年

右《南嶽彌陀和尚碑》，柳宗元撰並書。

自唐以來，言文章者惟韓柳，柳豈韓之徒哉？真韓門之罪人也。蓋世俗不知其所學之非，第以當時輩流言之爾。今余又多録其文，懼益後人之惑也，故書以見余意。《歐陽文忠公集》卷一四一。

一三九　唐元積《修桐柏宮碑》跋　大和四年

右，唐元積撰並書。

其題云《修桐柏宮碑》，又其文以四言爲韻語，既牽聲韻，有述事不能詳者，則自爲注以解之。爲文自注，非作者之法。且碑者石柱爾，古者刻石爲碑，謂之碑銘、碑文之類可也。後世伐石刻文，既非因柱石，不宜謂之碑文，然習俗相傳，理猶可考，今特題云《修桐柏宮碑》者，甚無謂也。

此在文章，誠爲小瑕病，前人時有忽略，然而後之學者不可不知。自漢以來，墓碑多題云某人之碑者，此乃無害，蓋目此石爲某人之墓柱，非謂自題其文目也。今積云《修桐柏宮碑》，則於理何稽也？《歐陽文忠公集》卷一四一。

一四〇　唐《虞城李令去思頌》跋　元和四年

右《虞城李令去思頌》，李白撰文，王遹篆。

唐世以書自名者多，而小篆之學不數家。自陽冰獨擅，後無繼者，其前惟有《碧落碑》而不見名氏。

遹，開元、天寶時人，在陽冰前而相去不遠，然當時不甚知名。雖字畫不爲工，而一時未有及者，所書篆字惟有此爾，世亦罕傳。余以《集錄》求之勤且博，僅得此爾。今世以小篆名家，如邵不疑、楊南仲、章友直，問之，皆云未嘗見也。

治平元年二月七日書。《歐陽文忠公集》卷一四一。

一四一　唐《陽公舊隱碣》跋　元和中

右《陽公舊隱碣》，胡證撰，黎熲書，李靈省篆額。

唐世篆法，自李陽冰後，寂然未有顯於當世而能自名家者。靈省所書《陽公碣》，筆畫甚可佳，既不顯聞於時，亦不見於他處。以余家所藏之博，而見於錄者惟此，雖未爲絕筆，亦可惜哉！

嗚呼，士有負其能而不爲人所知者，可勝道哉！《歐陽文忠公集》卷一四一。

一四二　唐《于夐神道碑》跋　元和中

右《于夐神道碑》，盧景亮撰。其文辭雖不甚雅，而書事能不沒其實。夐之爲人，如其所書，蓋篤於通道者也。

碑云"司馬遷儒之外五家，班臣儒之外八流"，其語雖拙，蓋言其學不駁雜也，然則非徒貶去釋老而已，自儒術之外，餘皆不學爾。碑又云："其弟可封好釋氏，夐每非之。"夐，于頔父也，然可封之後不大顯，而夐之後甚盛，以此見釋氏之教信嚮者未必獲福，毀貶者未必有禍也。碑言"夐篤於孝悌，守節安貧，不可動以勢"，其所履如此，足以興其後世矣。

治平元年八月十一日書。《歐陽文忠公集》卷一四一。

一四三　唐樊宗師《絳守居園池記》跋　長慶三年

右《絳守居園池記》，唐樊宗師撰，或云此石宗師自書。

嗚呼！元和之際，文章之盛極矣，其怪奇至於如此！《歐陽文忠公集》卷一四二。

一四四　唐《田布碑》跋　長慶四年

右《田布碑》，庾承宣撰。

布之事壯矣，承宣不能發於文也，蓋其力不足爾。布之風烈，非得左丘明、司馬遷筆不能書也。故士有不顧其死，以成後世之名者，有幸不幸，各視其所遭如何爾。今有道《史》《漢》時事者，其人偉然甚著，而市兒俚嫗猶能道之。自魏晉以下不爲無人，而其顯赫不及於前者，無左丘明、司馬遷之筆以起其文也。

治平甲辰秋社日書。《歐陽文忠公集》卷一四二。

一四五　唐沈傳師《遊道林嶽麓寺詩》跋　長慶中

右《嶽麓寺詩》，沈傳師撰並書。題云"酬唐侍御、姚員外"，而二人之詩不見，不知爲何人也，獨此詩以字畫傳於世，而詩亦自佳。傳師書非一體，此尤放逸可愛也。《歐陽文忠公集》卷一四二。

一四六　唐李德裕《大孤山賦》跋　會昌五年

贊皇文辭甚可愛也。其所及禍，或責其不能自免，然古今聰明賢智之士，不能免者多矣，豈獨斯人也哉！《歐陽文忠公集》卷一四二。

一四七　唐《大孤山賦》跋

右字畫頗佳，而傷於柔媚。世傳墀工小篆，此豈其筆耶？《歐陽文忠公集》卷一四二。

一四八　唐《辨石鐘山記》跋　大和元年

右《辨石鐘山記》，並《善權寺詩》《遊靈巖記》附。

覽三子之文，皆有幽人之思，跡其風尚，想見其人。至於書畫，亦皆可喜。蓋自唐以前，賢傑之士，莫不工於字書，其殘篇斷槀爲世所寶，傳於今者，何可勝數？彼其事業，超然高爽，不當留精於此小藝。豈其習俗承流，家爲常事，抑學者猶有師法，而後世偷薄，漸趨苟簡，久而遂至於廢絕歟？

今士大夫務以遠自高，忽書爲不足學，往往僅能執筆，而間有以書自名者，世亦不甚知爲貴也。至於荒林敗塚，時得埋沒之餘，皆前世碌碌無名子，然其筆畫有法，往往今人不及，茲甚可歎也。

《石鐘山記》字畫在二者間頗爲劣，而亦不爲俗態，皆忘憂之佳甄也。

治平元年二月六日書〔一〕。《歐陽文忠公集》卷一四二。

〔一〕"治平"以下九字原無，據原本卷末校記補。

一四九　唐玄度十體書跋

右唐玄度十體書，前本得於蘇氏，後本得於李丕緒少卿。丕緒長安人，名家子，喜收碑文。二家之本大體則同，而文有得失，故並存之，覽者得以自擇焉。

嘉祐癸卯七月二十五日書〔一〕。《歐陽文忠公集》卷一四二。

〔一〕"嘉祐"以下十一字原無，據原本卷末校記補。

一五〇　唐鄭澣《陰符經序》跋（一） 開成二年

右《陰符經序》，鄭澣撰，柳公權書。

唐世碑碣，顏、柳二家書最多，而筆法往往不同。雖其意趣或出於臨時，而模勒鐫刻亦有工拙。公權書《高重碑》，余特愛模者不失其真，而鋒鋩皆在。至《陰符經序》，則蔡君謨以爲柳書之最精者，云善藏筆鋒，與余之說正相反。然君謨書擅當世，其論必精，故爲誌之。

治平元年二月六日書。《歐陽文忠公集》卷一四二。

一五一　《唐山南西道驛路記》跋 開成四年

公權書往往以模刻失其真，雖然，其體骨終在也。《歐陽文忠公集》卷一四二。

一五二　唐《李石神道碑》跋 會昌三年

右《李石碑》，柳公權書。

余家集錄顏、柳書尤多，惟碑石不完者，則其字尤佳，非字之然也。譬夫金玉，埋沒於泥滓，時時發見其一二，則粲然在目，特爲可喜爾。

熙寧三年季夏既望書。《歐陽文忠公集》卷一四二。

一五三　唐《高重碑》跋 會昌四年

右《高重碑》，元裕撰，柳公權書。

唐世碑刻，顔、柳二公書尤多，而字體筆畫往往不同。雖其意趣或出於臨時，而亦繫於模勒之工拙，然其大法則常在也。此碑字畫鋒力俱完，故特爲佳，矧其墨跡，想宜如何也！

治平元年正月廿五日書。《歐陽文忠公集》卷一四二。

一五四　唐《復東林寺碑》跋　大中十一年

右唐湖州觀察使崔黯撰，柳公權書。

東林寺會昌中廢之，大中初黯爲江州刺史而復之。黯之文辭甚遒麗可愛，而世罕有之。《歐陽文忠公集》卷一四二。

一五五　唐《圭峰禪師碑》跋　大中九年

右《圭峰禪師碑》，唐相裴休撰並書。其文辭事跡無足采，而其字法世所重也，故録之云。《歐陽文忠公集》卷一四二。

一五六　唐《濠州勸民栽桑敕碑》跋（二）〔一〕

皇祐元年春，余自揚移潁，舟過濠梁，得此碑於今樞密使張公昇。唐之制敕之文，今不復見，蓋官失其職久矣。此大中時敕也，尚可見其遺制焉。《歐陽文忠公集》卷一四二卷末附。

〔一〕此跋原爲卷末校記所録之别本。

一五七　唐《閩遷新社記》跋（一）

右《閩遷新社記》，唐濮陽寧撰。

其辭云：大中十年夏六月，關西公命遷社於州坤，凡築四壇：壇社、稷，其廣倍丈有五尺，其高倍尺有五寸，主以石；壇風師，廣丈有五尺，高尺有五寸；壇雨師，廣丈而高尺云。文字古雅，甚可愛。

嗚呼！唐之禮樂盛矣，其遺文有足采焉。州縣社稷有主，見於此記，蓋大中時其禮猶在也。

按《唐書》，楊發自蘇州刺史爲福建觀察使，至大中十二年遷嶺南節度。以歲月推之，關西公者，楊發也。《歐陽文忠公集》卷一四二。

一五八　唐令狐楚《登白樓賦》跋　　咸通二年

右《登白樓賦》，令狐楚撰。白樓在河中，至楚子綯爲河中節度使，乃刻於石。

綯父子爲唐顯人，仍世宰相，而楚尤以文章見稱。世傳綯爲文喜以語簡爲工，常飯僧，僧判齋，綯於佛前跪爐諦聽，而僧倡言曰："令狐綯設齋，佛知。"蓋以此議其好簡。楚之此賦，文無他意，而至千有六百餘言，何其繁也！其父子之性相反如此，信乎堯、朱之善惡異也。

治平元年八月八日，祈晴於太社，晨歸，遂書〔一〕。《歐陽文忠公集》卷一四二。

〔一〕"治平"以下十七字原無，據原本卷末校記補。

一五九　唐于僧翰《尊勝經》跋　　咸通五年

右《尊勝經》，于僧翰書。僧翰筆畫雖遒勁，然失分隸之法遠矣。所以錄者，亦自成一家，而爲流俗所貴，故聊著之，庶知博采之不遺爾。《歐陽文忠公集》卷一四二。

一六〇　唐《張將軍新廟記》跋　　龍紀元年

右《張將軍新廟記》，李巨川撰，唐彦謙書。

張魯事，史傳詳矣，巨川文辭匪工，所錄者彦謙書爾。彦謙書頗知名於世，故略存其筆跡也。《歐陽文忠公集》卷一四二。

一六一　唐《王重榮德政碑》跋　　中和四年

右《王重榮德政碑》，歸仁澤撰，唐彦謙書。

重榮當唐之末，再逐其帥，遂據河中。雖破黃巢，平朱玫之叛，有功於一時，而阻兵召亂，爲唐患者多矣。

碑文辭非工，而事實無可采，所以錄者，俾世知求名莫如自修，善譽不能掩惡也。考重榮之碑，豈不欲垂美名於千載，而其惡終暴於後世者，毀譽善惡不可誣故也。彦謙以詩知名，而詩鄙俚，字畫不甚工，皆非余所取也。

治平元年清明前一日書。《歐陽文忠公集》卷一四二。

一六二　唐《磻溪廟記》跋　　咸通二年

右《磻溪廟記》，張翔撰，高駢書。

駢爲將，嘗立戰功，威惠著於蠻蜀，筆研固非其所事，然書雖非工，字亦不俗。蓋其明爽豪儁，終異庸人。至其惑妖人呂用之、諸葛殷等，信其左道，以冀長年，乃騎木鶴而習凌虛儵去之勢，此至愚一品皆知爲可笑，而駢爲之惟恐不至者，何哉？蓋其貪心已動於內，故邪說可誘於外，內貪外誘，則其何所不爲哉？

治平元年中秋日書〔一〕。《歐陽文忠公集》卷一四二。

〔一〕"治平"以下八字原無，據原本卷末校記補。

一六三　唐《陽武復縣記》跋　貞元十九年

唐衢文世罕傳者，余家《集錄》千卷，唐賢之文十居七八，而衢文祇獲此爾。然其氣格不俗，亦足佳也。《歐陽文忠公集》卷一四二。

一六四　《唐崔敬嗣碑》跋　景龍二年

右《唐崔敬嗣碑》，胡皓撰，郭謙光書。

崔氏爲唐名族，而敬嗣不顯，皓爲昭文館學士，然亦無聞。其事實文辭皆不足多采，而余錄之者，以謙光書也。其字畫筆法不減韓、蔡、李、史四家，而名獨不著。此余屢以爲歎也。

治平元年七月三十日。《歐陽文忠公集》卷一四二。

一六五　唐《潤州陀羅尼經幢》跋

右《陀羅尼經幢》，今在潤州寶墨亭中，唐雲陽野夫王矣之書。字畫頗爲世俗所重，故錄之以備廣采。《歐陽文忠公集》卷一四二。

一六六　唐《夔州都督府記》跋　會昌五年

余嘗謂唐世人人工書，故其名堙沒者不可勝數，每與君謨歎息於斯也。如貝靈該、繆師愈，今人尚不知其姓名，況其書乎！余以《集錄》之博，僅各得其一爾。《歐陽文忠公集》卷一四二。

一六七　唐《鄭權碑》跋　寶曆二年

右姚向書，筆力精勁，雖唐人工於書者多，而及此者亦少，惜其不傳於世，而今人莫有知者。惟余以《集錄》之博，得此而已。

熙寧辛亥孟夏，清心堂書。《歐陽文忠公集》卷一四二。

一六八　《瘞鶴銘》跋　月未詳

右《瘞鶴銘》，題云"華陽真逸撰"，刻於焦山之足，常爲江水所沒。好事者伺水落時模而傳之，往往祇得其數字，云"鶴壽不知其幾"而已，世以其難得，尤以爲奇。惟余所得六百餘字，獨爲多也。

按《潤州圖經》以爲王羲之書，字亦奇特，然不類羲之筆法，而類顏魯公，不知何人書也。華陽真逸是顧況道號，今不敢遂以爲況者，碑無年月，不知何時。疑前後有人同斯號者也〔一〕。《歐陽文忠公集》卷一四三。

〔一〕原注：此爲集本，文後另收有真跡，附於此："右在焦山之足，常爲江水所沒。好事者伺水落時模而傳之，往往祇得其數字，云'鶴壽不知其幾'而止。世以其難得，尤以爲奇。惟余所得獨若此之多也。《潤州圖經》以爲王羲之書，字亦奇放，然不類羲之筆法，而類顏魯公，不知何人書也。或云華陽真逸是顧況道號，銘其所作也。"

一六九　《黃庭經》跋（一）　永和十二年

右《黃庭經》一篇，晉永和中刻石，世傳王羲之書。書雖可喜，而筆法非羲之所爲。

《黃庭經》者，魏晉時道士養生之書也。今《道藏》別有三一六章者，名曰《內景》，而謂此一篇爲《外景》，又分爲上、中、下三部者，皆非也。蓋《內景》者乃此一篇之義疏爾。流俗又有一篇，名曰《中景》者，尤爲繁雜，鄙里之所傳也。余嘗患世人不識其真，多以《內景》三十六章爲本經，因取永和刻石一篇爲之注解。余非學異說者，哀世人之惑於膠妄爾〔一〕。《歐陽文忠公集》卷一四三。

〔一〕原注：此爲真跡，文後另收有綿本拾遺，附於此："今《道藏》別有三十六章，曰《黃庭內景》，而謂此一篇者爲《外景》，又有分爲上、中、下三部者，流俗所行又別有《中景》者，皆非也。所謂《內景》者，乃此經之義疏爾。《中景》一篇尤爲繁雜，蓋妄人之所作也。此本晉永和中刻石，文字時亦脫繆，然比今世俗所傳頗爲精也。"

一七〇　《黃庭經》跋（二）

右《黃庭》別本，續得之京師書肆。不知此石刻在何處，其字畫頗類顏魯公，甚可愛而不完，更俟求訪以足之〔一〕。

治平丁未閏月三日書。《歐陽文忠公集》卷一四三。

〔一〕"之"字原闕，據文淵閣四庫全書本補。

一七一　《黄庭經》跋（三）

右《黄庭經》二篇，皆不著書人姓名。

余初得後本，已愛其字不俗，遂録之。既而，又得前本於殿中丞裴造。造，好古君子也，自言家藏此本數世矣，與其藏於家，不若附見余之《集録》，可以傳之不朽也。余因以舊本較其優劣而並存之，使覽者得以自擇焉。世傳王羲之嘗寫《黄庭經》，此豈其遺法歟？

治平元年十月十三日，致齋東閤書〔一〕。《歐陽文忠公集》卷一四三。

〔一〕"治平"以下十四字原無，據原本卷末校記補。

一七二　《遺教經》跋

右《遺教經》，相傳云羲之書，僞也，蓋唐世寫經手所書。

唐時佛書今在者，大抵書體皆類此，第其精粗不同爾。近有得唐人所書經，題其一云薛稷，一云僧行敦書者，皆與二人他所書不類，而與此頗同，即知寫經手所書也。然其字亦可愛，故録之，蓋今士大夫筆畫能髣髴乎此者鮮矣。《歐陽文忠公集》卷一四三。

一七三　小字《道德經》跋　開元二十七年

右小字八分《道德經》，不著書人名氏，亦不知其所自來。或云在明州，其石今亡矣。問今藏書之家，皆云未嘗見也。其字畫精妙，見者多疑爲明皇書，而知非者，以其但題御注，而不云御書也。《歐陽文忠公集》卷一四三。

一七四　唐人臨帖跋

右唐人所臨諸家法帖一卷。其前數帖類真卿所書，蓋其筆畫精勁，他人未易臻此。

按《唐書》言褚無量嘗請以當時所藏奇書名畫命宰相以下跋尾，而玄宗不許。此乃有宋璟等列名於後，又頗多訛繆，豈後人妄增加之也？然要爲可翫，何必窮較其真僞！今流俗所傳鍾、王遺跡多不同，然時時各有所得，故雖小小轉寫失真，不害爲佳物。由是悉取前後所得諸家法帖，分入《集録》，蓋以資博覽云。此本得於李丕緒少卿。

治平元年夏至日書〔一〕。《歐陽文忠公集》卷一四三。

〔一〕"此本"以下十七字原無，據原本卷末校記補。

一七五　小字法帖跋（一）

　　右小字法帖者。

　　近時有尚書郎潘師旦者，以官法帖私自摹刻於家，爲別本以行於世。余因分以爲類，散入《集録》諸帙，而程邈、衛夫人、鍾繇、王廙、宋儋，皆以小字爲一類於此。余嘗辨鍾繇《賀捷表》爲非真，而此帖字畫筆法皆不同。傳模不能不失本體，以此真僞尤爲難辨也。

　　治平元年七月三十日書。《歐陽文忠公集》卷一四三。

一七六　《十八家法帖》跋

　　右世傳《十八帖》者，實二十五帖，蓋書者十八家爾。而流俗又自有羲之《十八帖》，然皆出於官法帖也。

　　太宗皇帝時，嘗遣使者天下購募前賢真跡，集以爲法帖十卷，鏤板而藏之。每有大臣進登二府者，則賜以一本，其後不賜。或傳板本在御書院，往時禁中火災，板被焚，遂不復賜。或云板今在，但不賜爾。故人間尤以官法帖爲難得，此十八家者，蓋官法帖之尤精者也。

　　余得自薛公期，云是家藏舊本，頗真。今世人所有，皆轉相傳模者也。《歐陽文忠公集》卷一四三。

一七七　雜法帖跋（一）

　　嚮於薛十三處得法帖一部，闕其第一，久而始獲。南朝諸帝筆法雖不同，大率意思不遠，眇然都不復有豪氣，但清婉若可佳耳。《歐陽文忠公集》卷一四三。

一七八　雜法帖跋（二）

　　學書不必慁精疲神於筆硯，多閱古人遺跡，求其用意，所得宜多。《歐陽文忠公集》卷一四三。

一七九　雜法帖跋（三）

　　羲、獻世以書自名，而筆法相去遠甚。父子之間不同如此，然皆有足喜也。《歐陽文忠公集》卷一四三。

一八〇　懷州《孔子廟記》跋　後魏太和中

右《宣尼廟記》，文辭事實皆不足採，其書亦非佳。獨其字畫多異，故特錄之，以備博覽。《歐陽文忠公集》卷一四三。

一八一　《裴夫人誌》跋　天寶四年

右《裴夫人誌》，辭翰瀟灑，固多清思，惜乎不見其名氏。石在長安之萬年。《矮槐文》亦佳，在亳州法相寺。二者皆後得，故續附於此。

熙寧二年六月二十有八日，青州山齋書。《歐陽文忠公集》卷一四三。

一八二　楊凝式題名跋　李西臺詩附

右楊凝式題名，并李西臺詩附。

自唐亡道喪，四海困於兵戈。及聖宋興，天下復歸於治，蓋百有五十餘年。而五代之際有楊少師，建隆以後稱李西臺，二人者筆法不同，而書名皆爲一時之絕，故並錄於此。《歐陽文忠公集》卷一四三。

一八三　徐鉉《雙溪院記》跋

右《雙溪院記》，徐鉉書。

鉉與其弟鍇皆能八分、小篆，而筆法頗少力，其在江南皆以文翰知名，號"二徐"，爲學者所宗。蓋五代干戈之亂，儒學道喪，而二君能自奮然爲當時名臣。而中國既苦於兵，四方僭僞割裂，皆褊迫，擾攘不暇，獨江南粗有文物，而二君者優遊其間。及宋興，違命侯來朝，二徐得爲王臣，中朝人士皆傾慕其風采。蓋亦有以過人者，故特錄其書爾。若小篆，則與鉉同時有王文秉者，其筆甚精勁，然其人無足稱也。

治平元年上元日書。《歐陽文忠公集》卷一四三。

一八四　王文秉小篆《千字文》跋

右小篆《千字文》者，江南人王文秉書。其後題云"大唐庚申歲"者，建隆元年也。

僞唐李煜自周師取淮南，畫江爲界以稱臣，遂削去年號，奉周正朔。然世宗特許其稱帝，故文秉猶稱唐，而不書年號，直云"庚申歲"也。

文秉在江南篆書遠過徐鉉，而鉉以文學名重當時，文秉人罕知者，學者皆云鉉筆雖未工而有字學，一點一畫皆有法也。文秉所書獨余《集錄》屢得之，此本得於太學楊南仲。《紫陽石磬銘》者，張獻撰，亦文秉書也。

治平元年四月九日書〔一〕。《歐陽文忠公集》卷一四三。

〔一〕"治平"以下九字原無，據原本卷末校記補。

一八五　王文秉《紫陽石磬銘》跋

右《紫陽石磬銘》。余獨錄於此而不附他書者，文秉之書罕見於今也。

小篆自李陽冰後未見工者，文秉江南人，其字畫之精遠過徐鉉，而中朝之士不知文秉，但稱徐常侍者，鉉以文章有重名於當時故也。

"歲在辛酉"，晉天福六年，李昇之昇元五年也。五代干戈之際，士之藝有至於斯者，太平之世，學者可不勉哉！《歐陽文忠公集》卷一四三。

一八六　郭忠恕小字《説文字源》跋

右小字《説文字源》，郭忠恕書。

忠恕者，五代漢周之際爲湘陰公從事〔一〕。及事皇朝，其事見《實錄》。頗奇怪世人但知小篆，而不知其楷法尤精。然其楷字亦不見刻石者，蓋惟有此耳，故尤可惜也。

五代干戈之際，學校廢，是謂君子道消之時，然猶有如忠恕者。國家爲國百年，天下無事，儒學盛矣，獨於字書忽廢，幾於中絕。今求知忠恕小楷不可得也，故余每與君謨歎息於此也。石在徐州。

嘉祐八年十二月廿日書。《歐陽文忠公集》卷一四三。

〔一〕"五代漢周"句原無，據原校引集本補。

一八七　郭忠恕書《陰符經》跋

右《陰符經》，郭忠恕書。

篆法自唐李陽冰後，未有臻於斯者。近時頗有學者，曾未得其髣髴也。《實錄》言忠恕死時甚怪，豈亦異人乎？其楷書尤精也。

嘉祐六年九月十五日，宴後歇泊偶閒覽，因題。《歐陽文忠公集》卷一四三。

一八八　書杜祁公帖石本後

祁公真楷有法，筆力精勁，爲世所貴。晚年行草又臻此，書此時，蓋年八十矣。

人之於學，其可不勉強哉！余得公墨跡尤多，是以藏爲家寶，此本亦得於公家。國家圖書館藏宋刊本《歐陽文忠公集》卷七三。

一八九　書《琴阮記》後

同年孫植，雅善琴阮，云於京師常賣人處買得之以遺余，蓋景祐三年也。迨今三十餘年，而植物故亦二十年矣。偶因發篋□之，悵然書其後。

熙寧二年二月九日，山齋記。

余爲夷陵令時，得琴一張於河南劉几，蓋常琴也。後做舍人，又得琴一張，乃張越琴也。後做學士，又得琴一張，則雷琴也。官愈高，琴愈貴，而意愈不樂。

在夷陵時，青山綠水，日在目前，無復俗累，琴雖不佳，則蕭然自釋。及做舍人、學士，日奔走於塵土中，聲利擾擾盈前，無復清思，琴雖佳，意則昏雜，何由有樂？乃知在人不在器，若有以自適，無弦可也。

修老年世味益薄，惟做詩學書，尚不爲倦。然精紙良筆，惜不忍用，信哉，愚難及也！士有所好，雖萬金不以爲多，蓋務濟其欲，寧復顧惜耶？老懶常患多事爲勞，偶得閒暇，則又學書，是所好爲累者，不問何事皆然也。

余嘗讀《鬼谷子》，見其馳說諸侯，無所不可，惟無所好者，不可爲也。然則無欲於物，人之至難，苟有至焉，可以禦敵。學書勞力，可以寓心，亦所謂賢與博弈者也。昔人以此垂名後世者，蓋愛其爲人，因以貴之爾。吾家率更以顔、柳，皆節行高出當世，就令書不甚佳，後世猶以爲寶也。以上國家圖書館藏宋刊本《歐陽文忠公集》卷七三。

一九〇　論蔡君謨書

蔡君謨獨步當世，此爲至論。君謨行書第一，小楷第二，草書第三。就其所長而求其所短，大字爲小疏也。天資既高，輔以篤學，其獨步當世，宜哉。津逮秘書本《東坡題跋》卷四。

《歸田錄》（選錄　六則）

國朝雅樂，即用王朴所製周樂。太祖時，和峴以爲聲高，遂下其一律。然至今言樂者猶以爲高，云："今黃鐘乃古夾鐘也。"景祐中，李照作新二字一作"所作"。樂，又下其聲。太常歌工以其一作"爲"。太濁，歌不成聲，當鑄鐘時，乃私賂鑄匠，使減其銅齊，而聲稍清，歌乃葉而成聲，而照竟不知。以此知審音作樂之難也。照每謂人曰：

"聲高則急促，下則舒緩。吾樂之作，久而可使人心感之皆舒和，而人物之生亦當豐大。"王侍讀洙。身尤短小，常戲之曰："君樂之成，能使我長—有"大"字。乎？"聞者以爲笑。而樂成竟不用。

太常所用王朴樂，編鐘皆不圓而側垂，自李照、胡瑗之徒，皆以爲非。及照作新樂，將鑄編鐘，給銅—有"於"字。鑄瀉務，得古編鐘一枚，工人不敢銷毀，遂藏於太常。鐘不知何代所作，其銘曰：—作"云"。"粵朕皇祖寶龢鐘，粵斯萬年，子子孫孫永寶用。"叩其聲，與王朴夷則清聲合，而其形不圓—有"而"字。側垂，正與朴鐘同。然後知朴博古好學，不爲無據也。其後胡瑗改鑄編鐘，遂圓其形而下垂，叩之撐鬱而不揚，其鎛鐘又長甬而震掉，其聲不和。著作佐郎劉羲叟竊謂人曰："此與周景王無射鐘無異，必有眩惑之疾。"未幾，仁宗得疾，人以羲叟之言驗矣。其樂亦尋廢。—有"不用"二字。 以上文淵閣四庫全書本《歸田錄》卷一。

近時名畫：李成、巨然山水，包鼎虎、趙昌花果。成官至尚書郎，其山水寒林往往人家有之。巨然之筆惟學士院玉堂北壁獨存，人間不復見也。包氏，宣州人，世以畫虎名家，而鼎最爲妙；今子孫猶以畫虎爲業，而曾不得其髣髴也。昌花寫生逼真，而筆法頓俗，—作"劣"。殊無古人格致，然時亦未有其比。—作"未有過此者"。

皇祐二年、嘉祐七年季秋大享，皆以大慶殿爲明堂，蓋明堂者，路寢也，方於寓祭圜丘，斯爲近禮。明堂額御篆以金填字，門牌亦御飛白，皆皇祐中所書，宸翰雄偉，勢若飛動。余詩云"寶墨飛雲動，金文耀日晶"者，謂二牌也。

蔡君謨既爲余書《集古錄目序》刻石，其字尤精勁，爲世所珍。

章郇公得象。與石資政中立。素相友善，而石喜談—作"詼"。諧，嘗戲章云："昔時名畫，有戴嵩牛、韓幹馬，而今有章得象也。"以上文淵閣四庫全書本《歸田錄》卷二。

釋契嵩藝話（一則）

釋契嵩（一〇〇七～一〇七二）字仲靈，自號潛子，俗姓李，母鍾氏，藤州鐔津（今廣西藤縣）人。七歲出家，十三歲得度削髮，十四歲受具足戒，十九歲游歷江湘、衡廬，受教於筠州洞山聰禪師。慶曆中至錢塘，居靈隱寺。著有《鐔津文集》《禪宗定祖圖》《傳法正宗記》。契嵩於書無所不讀，既通佛典，又精研儒籍，其文多論證佛與儒道相合。時歐陽修等繼韓愈之後排佛尊儒，嵩《非韓》三十篇指斥韓愈"議論拘且淺"，"譏沮佛教聖人太酷"，《四庫全書總目》卷一五二稱其"深通內典，銳然以文章自任，嘗作《原教》《孝論》十餘篇明儒釋之一貫，以與當時排佛者抗。又作《非韓》三十篇以力詆韓愈。又作《論原》四十篇以陰申其援儒入墨之旨，其說大抵偏頗不可信，而其筆力雄偉，辯論蜂起，實能自成一家之言，蓋亦彼教中之健於文者也。"

論原一·禮樂

禮，王道之始也；樂，王道之終也。非禮無以舉行，非樂無以著成，故禮樂者，王道所以倚而生成者也。禮者因人情而制中，王者因禮而爲政，政乃因禮樂而明效。

人情莫不厚生，而禮教之養；人情莫不棄死，而禮正之喪；人情莫不有男女，而禮宜之匹；人情莫不有親疏，而禮適之義；人情莫不用喜怒，而禮理之當；人情莫不懷貨利，而禮以之節。夫禮舉則情稱物也，物得理則王政行也，王政行則其人樂而其氣和也。

樂者，所以接人心而達和氣也。宮、商、角、徵、羽，五者樂之音也；金、石、絲、竹、匏、土、革、木，八者樂之器也。音與器一主於樂也，音雖合變，非得於樂，則音而已矣。是故王者待樂而紀其成政也。聖人待樂以形其盛德也。

然則何代無樂與？何代無禮與？禮愈煩而政愈隳，樂愈舉而時愈亂。蓋其所製者禮之儀也，非得其實也；所作者樂之聲也，非得其本也。夫樂之本者在乎人和也，禮之實者在乎物當也。昔有虞氏也，修五禮，故其治獨至於無爲，恩洽動植，而鳩鵲之巢可俯而觀，乃《韶》作而鳳凰來格。故孔子曰："《韶》盡美矣，又盡善也。"蓋言舜修禮得禮之實也，作樂得樂之本也。

叔孫通製禮，事禮之儀者也；杜夔修樂，舉樂之文者也。舉文則宜其治之未臻也，事儀則宜乎其政之未淳也。

　　夫禮所以振王道也，樂所以完王德也。故王者欲達其道而不極於禮，欲流其德而不至於樂，雖其至聖，無如之何也。

　　人君者，禮樂之所出者也；人民者，禮樂之所適也。所出不以誠，則所適以飾虛；所出不以躬，則所適不相勸。是故禮貴乎上行，樂貴乎下效也。

　　夫宗廟之禮，所以教孝也；朝覲之禮，所以教忠也；享燕之禮，所以教敬也；酢醻之禮，所以教讓也；鄉飲之禮，所以教序也；講教之禮，所以教養也；軍旅之禮，所以教和也；婚娉之禮，所以教順也；斬衰哭泣之禮，所以教哀也。

　　夫教者，教於禮也；禮者，會於政也。政以發樂，樂以發音，音以發義。故聖人治成而作樂也，因音以盛德也。因宮音之沉重廣大以示其聖，因商音之剛厲以示其斷，因角音之和緩以示其仁，因徵音之勁急以示其智，因羽音之柔潤以示其敬。律呂正也，以示其陰陽和也；八風四氣順也，以示其萬物遂也。猶恐人之未睹，故舞而象之，欲其見也；恐人之未悉，故詩以言之，欲其知也。感而化之，則移風易俗存乎是矣，是先王作樂之方者也。四部叢刊三編影印明弘治刻本《鐔津文集》卷五。

張方平藝話（三則）

張方平（一〇〇七~一〇九一）字安道，晚年號樂全居士。應天宋城（今河南商丘）人。少穎悟，景祐元年舉茂材異等，寶元元年又中賢良方正。西夏叛，上《平戎十策》。歷知諫院、知制誥，進翰林學士，拜御史中丞、三司使。出知杭、益等州府，十易藩鎮。英宗召拜翰林學士承旨。神宗卽位，除參知政事，卒，特贈司空，諡文定。方平深識三蘇父子，蘇軾兄弟終身敬事之。諡文定。方平博覽群書，文思敏捷，下筆數千言立就，蘇軾爲作文集序，以孔融、諸葛亮比之。工於制誥，辭語典雅精巧。奏疏議論，分析事理，辨明原委，亦切中利弊。詩歌清新流麗。著有《玉堂集》二十卷，今已不存。現存《樂全先生文集》四十卷、附錄一卷。

一 秋夕聽彈五絃琴

古風久已壞，今夕聞遺聲。恍若忘身世，怡然通性情。緬懷有虞氏，曠想三代英。此時知此意，青天秋月明。文淵閣四庫全書本《樂全集》卷三。

二 禮樂論·雅樂

臣聞人函陰陽五行之氣，有喜怒哀樂之情，心術所形，隨感而動。動而無節，則必有淫佚詐僞之心，勃亂暴慢之事。是以聖人立禮以文其外，作樂以理其中，發於詠歌律呂，播於金石管絃，調雅正之聲，導生氣之和，全其天理，起其善心，而不使邪氣僻情得接焉。

古之天子、諸侯、卿大夫，無故不徹樂，士無故不去琴瑟。絃歌雅頌之音，洋洋乎流於族黨鄉州之中，民共聞之，莫不油然有易直子諒之心，慈愛肅莊之意，是以天下和悦，禮義有序。故曰"移風易俗，莫善於樂"，謂其感人之深也。教化治世之要，必本於禮樂焉。乃自周衰，王道喪敗，禮壞樂散，諸侯各溺所好，異國殊俗，而鄭、衛、燕、趙、秦、齊、楚、越，淫過凶嫚、傲辟促數之聲作，斷棄先王之樂，用變亂正聲。秦、漢已還，承習備用。魏晉南北，兵禍煩多，雜之以巴吳，揉之以淫哇，耳目熒潰，心志驕放，古者所以興禮，後世更用致亂焉。其雅聲金奏，雖世議完補，然登歌下管，既非賓饗所用；崇牙樹羽，徒爲倚物之設。惟於郊廟，擊拊成禮而已。

間者伏聞朝廷招集諸生，考正雅樂，蓋國家深維治本，修起頹廢，上以尊宗廟，下以美風俗者也。臣誠愚鄙，不達樂意，竊思有以仰贊盛事，少裨景化者。臣聞昔在帝舜，命夔典樂，教胄子；《周官》大司樂掌成均之學政，至於師瞽瞽矇，皆用有道德、通教化者，世其官業，通其精義。故能用之祭享而鬼神格，施之朝廷而君臣正，展之律呂而陰陽和，作之庠序而萬民協。漢氏叙得人之盛，而協律在乎儒雅質直之列。又漢制，卑者之子不得舞宗廟之酎，取二千石至關內侯適子，方爲舞者。歷代而下，樂府令丞多用士人。臣伏見太常樂工，率皆市井閭閻屠販末類，猥惡污濁，雜居里巷，國有大事，輒集而教之，禮畢隨散，則其藝安得而詳，業安得而精？褻慢三靈，誣黷典禮，豈人君虔奉天地、祖宗之意乎！今夫執技以事上者，曆象則有司天之監，醫藥則有翰林之署，其琴弈書畫一藝之微者，莫不厚賦廩稍，間蒙好賜，聯翩美仕，朱紫垂章者亞肩於朝。其太樂諸工，真古者大兕、士之職也，所習者，先王所以風化天下、交接天人之具，用則天子齋戒，被法服，儀典咸具，而後設之，是其於邦國之禮誠重矣。而乃蓄養之至薄，隸習之至簡，曾不得齒乎醫卜雜藝之末，以霑一命之榮，是以人望太常之門，徑趨而過矣，又何暇一傾耳乎鐘磬之音者歟！今幸得朝廷興起古道，較定鐘石。臣謂宜特立太樂署，略依司天監爲之官次秩序，補用知鐘律之士以充其選。擇衣冠之後，或設爲官廕若漢太常弟子，爲立選者如太廟齋郎、室長之制，領屬太常，使專隸習焉，以奉郊廟之饗，以盡孝恭之誠。其天下有學校庠序之所，使得備金石之樂，春秋釋奠，行鄉射之禮，則奏焉，以風示天下，化民廣教。則庶乎神人接洽，上下恭順，正四氣之和，奮至德之光，民知鄉方，而人倫清矣。謹論。四庫珍本初集《樂全集》卷一一。

三　樂者天地之命論〔一〕

夫人受天地之中以生，生而靜者之謂性，感物而動者之謂情。物之感人無窮，而人之好惡無極，蕩而不返，天理將滅焉。

夫欲平六志之邪，復五常之正，使之動而不悖，發而中節，非樂何以和之？故《禮記》曰"樂者，天地之命，中和之紀，人情所不能免"者，其爲是與。故聽其雅頌之音，志意得廣焉；執其干戚羽旄，習其屈伸俯仰，容貌得莊焉；行其綴兆，要其節奏，進退得齊焉。

夫人內和順康易，則暴慢之心不入；外恭肅莊恪，則怠易之色不形。外肅恭而體平，內和順而志正，陽而不散，陰而不密，剛氣不怒，柔氣不懾，雖甚盛德，何以尚此！如是，則驕佚詐僞之萌，悖亂奇衺之事，無從起矣。此固非制令之所可齊，條教之所能詔，其感也得之情性，其發也合乎自然，故曰"樂者，天地之命，中和之紀"，不亦善人心之深乎！

昔聖人之防其情，可言矣。蓋樂者，心之動也；聲者，樂之象也；文采比節，聲之飾也。君子動其本，樂其象，然後治其飾。樂作乎耳目之前，感應乎心知之外。故作之朝廷宗廟，君臣上下同聽之，則莫不和肅；作之族黨鄉里，長幼同聽之，則莫不和順；作之閨門之中，父子兄弟同聽之，則莫不和親。君臣肅，長幼順，父子親，三者天下之大教也。樂作乎此，而教成於彼，非天地之命，其孰能至是乎！

　　夫命也者，不待乎諄諄而諭之而後爲命也，有自然之道焉之謂也。夫瓦絲匏革之音，清濁疾徐之序，干旄行綴之列，鐘吕周疏之節，此豈樂之不云乎？將外之飾者爾。至有宣導順氣，輔成正心，應之如四時，均之如風雨，滌暢乎血脉，浸涵乎肌膚，不使放淫邪慮得接乎心術，近之一身，遠而化諸天下，一由中和之道，此爲得乎天地之命，乃樂之本情者也。是以聖王尚之，言教之大者必曰樂云。謹論。《樂全集》卷一六。

〔一〕題下原注："此下六論，景祐元年應茂材異等科，秘閣同日試。"

韓琦藝話（八則）

韓琦（一〇〇八～一〇七五）字稚圭，相州安陽（今河南安陽）人。天聖五年擢進士甲科，名列第二。琦早負盛名，歷相三朝，立二帝，安社稷，與富弼齊名，世稱"富韓"。生平不以文辭名世，而為文"詞氣典重，敷陳剴切，有垂紳正笏之風"（《四庫全書總目》卷一五二）。文集中如論減省冗費、西夏請和、青苗諸疏，皆立論凛然，切中時弊。南宋吕祖謙編《宋文鑑》，收錄其文十篇。詩歌大多不事雕琢，直抒胸臆，表現出對民生疾苦的關切。亦能詞。著有《安陽集類》五十卷、《二府忠議》五卷、《諫垣存稿》三卷、《陝西奏議》五十卷、《河北奏議》三十卷、《雜集奏議》三十卷、《千慮集》三卷、《古今參用家祭儀》一卷、《安陽舊文》十卷，另有家集六十卷。現存《安陽集》五十卷。

一　謝宫師杜公寄惠草書

公之德業天下重，四海萬物思坏鑪。太平之策未全發，先朝請老叩帝居。天子祇欲勵薄俗，不惜一夔從二疎。公持儉節出天性，下逮萬世清風孤。歸卜睢陽旋營第，棟宇僅足容妻孥。自此間燕何所樂，非絲非竹非歌壺。經史日與聖賢遇，參以吟咏為自娛。興來弄翰尤得意，真楷之外精草書。因書乞得字數幅，伯英筋肉羲之膚。字體真渾遠到古，神馬初見八卦圖。精神熠熠欲飛動，鸞鳳皴舞龍蛇攄。天姿瘦硬斥俗軟，狂藤束纏巖松枯。中含婉媚更可愛，千苞萬蕚爭春敷。開合向背一皆好，造化欲衒天工夫。張旭雖顛懷素逸，較以年力非公徒。公今眉壽俯八十，老筆勁健自古無。固知大賢不世出，百福來萃相所扶。公之佳婿蘇子美，得公一二名已沽。矜奇恃儁頗自放，質之公法慙豪麤。乘歡捧以示僚屬，一坐聳駭歎且呼。便欲刻石傳不朽，荒邊匠拙無人模。歸來一一戒兒姪，祕重世與家諜俱。重巾密橐寘吾室，寶護直比驪含珠。神物孰敢容易探，雷雹霹靂來須防。文淵閣四庫全書本《安陽集》卷二。

二　觀胡九齡員外畫牛

丹青之筆奪造化，能者幾何登品録。蛟龍獮惡鬼神怒，更工不接時人目。有形之物至者稀，是否難欺衆所矚。絳臺胡瑗文章外，偏向畫牛其好酷。海内馳名三十年，得者珍藏過金玉。老來纔始著青衫，養親不及朝家禄。前日野服忽相過，云訪恩知走京轂。微風入指未能畫，示我蠟本數十幅。採摭諸家百餘狀，毫端古意多含蓄。鬭者取力全在角，卧者稱身全在腹。立身髣髴精神慢，背者分數頭項促。行者動作皆得羣，乳者顧視真怜犢。當流汭戲益自在，欲渡或疑猶蓄縮。從容飲齕得天真，荷鞭時有童兒牧。或横一笛坐牛角，便是無聲太平曲。江天雨雪易溟濛，風勢掀號摧古木。欹斜蓑笠趂牛歸，蕭疎暮景煙村宿。奇哉胡瑗老筆不可到，戴叟重生須死伏。吾觀諸牛之態雖盡妙，尚有所遺思未熟。牛於生民功最大，不畫牛功牛亦辱。胡君胡君聽我言，别選輕綃成巨軸。寫出區區未粗勤，貴知天下由吾方食足。《安陽集》卷二。

三　先君寫真得永叔爲之讚，而君謨書其側，崔公孺國博以詩稱美，次韻答之

遷筆褒揚逸少書，孤風拂拂起襟裾。孝心如覿英靈在，世系元承福慶餘。永向淨居同相好，真置墳，任從深谷改丘墟。君詩意主稱人善，義節軒然到古初。《安陽集》卷十。

四　次韻和崔公孺國博觀新模鄴王書

唐季諸侯孰擅雄，鄴邦高襲世勳洪。圖功自可超煙閣，接士殊優在雪宮。刀筆風流爭戰外，生靈安帖笑談中。詩豪墨妙家藏久，二美刊傳定不窮。《安陽集》卷十。

五　次韻和崔公孺國博觀新模正獻杜公草書

珍藏正獻草書詩，傳誡雲來示永貽。幾夜風濤偃松栢，半天雷雨起蛟螭。臨池學苦應同妙，舞劍功如未是奇。刊石豈徒爲世玩，更思清節可師之。《安陽集》卷十。

六　次韻答文侍中寄示韓晉公《村田歌舞圖》，顔魯公跋尾仍使題於後

韓畫顔書世絶殊，鈴齋時足奉驪虞。跋題應命誠羞澁，不是跳龍卧虎徒。《安陽集》卷十九。

七　次韻和文潞公題王右丞維《輞川圖》

輞川誠自好，人各愛吾園。欲縱家山樂，終縻吏事繁。鴻飛思避弋，羝觸困羸藩。幾日歸陶徑，方知踐此言。《安陽集》卷二十。

八　次韻和文潞公題韓晉公《村田歌舞圖》

升平胡可狀，歌舞入樵蘇。咸美人皆樂，朝和野共娛。心休無事擾，本固絕顛扶。我願明時治，長如此畫圖。《安陽集》卷二十。

范鎮藝話（三六則）

范鎮（一〇〇八～一〇八八）字景仁，其先長安（今陝西西安）人，後遷蜀華陽（今四川成都）。寶元元年進士，釋褐爲新安主簿。宋綬留守西京，召入國子監，使教諸生。召試學士院，除館閣校勘，充編修《唐書》官。除直秘閣，爲開封府推官。擢起居舍人，知諫院，兼管勾國子監。改集賢殿修撰、判刑獄，同修起居注，除知制誥。遷翰林學士，充史館修撰，爲右諫議大夫。英宗即位，遷給事中，除翰林侍讀學士。神宗即位，遷禮部侍郎，復爲翰林學士，兼群牧使，勾當三班院。《仁宗實錄》書成，遷户部侍郎，知通進銀臺司。王安石變更法令，范鎮屢上疏爭之，不報，即上疏乞致仕。熙寧三年，以户部尚書致仕。哲宗即位，遷光禄大夫，起提舉嵩山崇福宫。數月，復告老，進銀青光禄大夫致仕。元祐三年卒，年八十，諡忠文。鎮爲學本於六經，文章多切於時事，韓維《范公神道碑》稱其"爲文章溫潤簡潔，如其爲人"。少時曾與二宋兄弟同作《長嘯却胡騎賦》，賦成，二宋大加稱歎。後奉使契丹，遼國丞相也稱之爲長嘯公。喜爲詩，致仕後歸蜀，期年還京師，道中作詩二百五十餘篇。著有文集一百卷、《諫垣集》十卷、《內制集》三十卷、《外制集》十卷、《正書》三卷、《樂書》三卷、《國朝韻對》三卷、《國朝事始》一卷、《東齋記事》十卷、《刀筆》八卷。其集在北宋時即有遺佚，後汪應辰搜羅遺文，編爲《范蜀公集》六十二卷，今已佚。其著述今存《東齋紀事》六卷。《兩宋名賢小集》收有《范蜀公集》一卷。

一　與司馬溫公論樂書（一）

九月二十二日，鎮再拜復書君實足下：昨日辱書，以爲鎮不當爲議狀是房庶尺律法。始得書，懮然而懼曰：鎮違群公之議，而下與匹士合，有不適中，宜獲戾於朋友也。既讀書，乃釋然而喜曰：得君實之書，然後決知庶之法是，而鎮之議爲不謬。庶之法與鎮之議，於今之世用與不用，未可知也，然得附君實之書傳於後世，使後世之人質之，故終之以喜也。

君實之疑凡五，而條目又十數，安敢不盡言解之？君實曰：《漢書》傳於世久矣，更大儒甚眾，庶之家安得善本而有之？是必謬爲脱文，以欺於鎮也。是大不然。鎮豈可欺哉？亦以義理而求之也。《春秋》"夏五"之闕文，《禮記·玉藻》之脫簡，後人豈知其闕文與脫簡哉？亦以義理而知之也。猶鎮之知庶也，豈可逆謂其欺，而置其義理哉？又云一黍之起，於劉子駿、班孟堅之書爲冗長者。夫古者有律矣，未知其長幾何，未知其空徑幾何，未知其容受幾何，豈可直以千二百黍置其間哉？宜起一黍，積而至一千二百然後滿，故曰"一黍之起，積一千二百黍之廣"。其法與文勢皆當然也，豈得爲冗長乎？若如君實之說，以尺生律，《漢書》不當先言本起黄鐘之長，而後論用黍之法也；若爾，是子駿、孟堅之書不爲冗長，而反爲顛倒也。又云積一千二百黍之廣，是爲新尺一丈二尺者。君實之意，以積爲排積之積，廣爲一黍之廣而然邪？夫積者，謂積於管中也，廣者謂所容之廣也。《詩》云"乃積乃倉"，孟康云"空徑之廣"是也。又云"孔子曰必也正名乎"者，此孔子教子路以正衛之父子君臣之名分，豈積與廣之謂邪？又云"古人製律與尺、量、權、衡四器者，以相參校，以爲三者苟亡，得其一存，則三者從可推也"者，是也。又云"黍者，自然之物，有常而不變"者，亦是也。古人之慮後世，其意或當如是。然古以律生尺，古人之意既知黍之於後世可以爲尺，豈不知黍之於後世亦可爲律，而故於其法爲相戾乎？若如君實之說，則是古人知一而不知二也，知彼而不知此也。又云"徑三分，圍九分者，數家之大要，不及半分則棄之也"者。今三分四釐六毫，其圍十分三釐八毫，豈得謂不及半分而棄之哉？且律呂之用，天地精梗，陰陽疏密，盡能綜括，不可差其秒忽，至使鄭康成以餘分離爲數千，算其奇零，用明注解。豈有三分之內剩四釐六毫棄而不取哉？又言"律管至小，而黍粒體圓，其中豈無負戴庼空之處，欲責其絲忽不差邪"者，此足以見君實大不曉律呂聲音之甚也。設使空徑祇取三分，更無四釐六毫，其容纔一千三十黍，任使敲撼滿溢〔一〕，餘一百七十更無所容；若要所容，則長其□一寸三分強方始容受，曾不知其聲已展下三律矣〔二〕。《漢書》曰："律容一龠，得八十一寸。"謂以九分之圍乘九寸之長，九九而八十一也。今圍分之法既差，則新尺與量未必是也。如欲知庶之量與尺合，姑試驗之乃可。又云："權衡與量，據其容與其重，必千二百黍而後可。至於尺法，止於一黍爲分，無用其餘。"若以生於一千二百，是生於量也。且夫黍之施於權衡，則由黄鐘之重；施於量，則由黄鐘之龠；施於尺，則由黄鐘之長；其實皆一千二百也。此皆《漢書》正文也，豈得謂一黍而爲尺邪？豈得謂尺生於量邪？又云"庶言太常樂太高，黄鐘適當古之仲呂。不知仲呂者，果后夔之仲呂邪？開元之仲呂耶？若開元之仲呂，則安知今之太高，非昔之太下"者。此正是不知聲者之論也，無復議也。又云"方響與笛，里巷之樂，庸工所爲，不能盡得律呂之正"者。是徒知古今樂器之名爲異，而不知其律與聲之同也，亦無復議也。就使得真黍，用庶之法製爲律呂，無忽微之差，乃黄帝之仲呂也，豈直后夔、開元之云乎？《書》曰"律和聲"，方舜之時，使夔典樂，猶用律而後能和聲。今律有四釐六毫之差，以爲適然，而欲以求樂之和，以副朝廷製作之意，其可得乎？其可得乎？

太史公曰："不附青雲之士，則不能成名。"君實欲成其名，而知所附矣，惟其是而附之則可，其不是而附之，安可哉？諺曰："抱橋柱而浴者必不溺。"君實之議，無乃爲浴者類乎？君實見咨，不敢不爲此譾譾也。不宣。鎮再拜〔三〕。明刻本《司馬文正公傳家集》卷六一附録。

〔一〕敵：似當作"敵"。
〔二〕自"且律呂之用"至"展下三律矣"一段原無，據《二百家名賢文粹》卷一〇六補。
〔三〕不宣鎮再拜：原無，據《皇朝文鑑》卷一一六補。

二　與司馬溫公論樂書（二）

九月二十四日，鎮復書君實足下：鎮豈不知君實者也？君實之爲人也，其性介，其言辯。其性介，故惡不介之名；其言辯，故能窮物之義理。故鎮以不介之事加君實，以起君實之辯，而窮尺律之義理，因之以爲戲也。孔子曰："前言戲之耳。"《詩》曰："善戲謔兮，不爲虐兮。"君實何恤而憤憤不得飲默哉！

來書六百七十有八言，而二百五十言及尺律。就二百五十言，去前書重復者，其言無幾矣，君實之辯義理於此止乎？將亦有隱而未發者？何其釋不介之事多，而論尺律之事少也？君實以爲古者以律起尺，後世以尺起律。鎮以爲古者以律起尺，後世亦以律起尺，前書盡之矣，不復言也。君實云"今樂之太簇或應古樂之大呂，今樂之大呂或應古樂之黃鐘"，以爲君實所不得知也者。豈直君實哉，古之神瞽亦不得知也。豈直古之神瞽哉，古之后夔亦不得知也。何哉？無律也。古者以律而考聲也。《書》曰"律和聲"，《周禮》曰"執同律以聽軍聲"是也，前書盡之矣，不復言也。

君實言，鎮云用庶之法，則黃帝之仲呂，以爲襃庶之智，與黃帝侔者，非也。今農夫治田，禾麻菽粟，黍稷粱稻，以時而布之，或耕之，或耘之，或先種而後斂之，或後種而先斂之。有過之者，曰："此后稷之法也。"農夫之智果后稷乎？老婢鑽木取火，承以束緼，傳以薪燎，治鳥獸之肉，炮之燔之，烹之煮之。有過之者，曰："此炎帝之法也。"老婢之智果炎帝乎？醫者能知藥有陰陽配合，子母兄弟，根莖花葉，金石骨肉，有單行者，有相須者，有相使者，有相畏者，有相忌者，有相反者，有相制者；又能知人之手足口耳、眼鼻膚髮、心腹腎腸受疾之處而療之。過之者曰："此神農之法也。"醫者果神農之智乎？然則君實之譏鎮，亦未得也。

君實以爲鎮不熟察，君實之書尚有條目乎？幸一一疏示。不宣。鎮再拜。《司馬文正公傳家集》卷六一附録。

三　與司馬溫公論樂書（三）

某啓：辱書言《考工記》及劉歆所鑄斛，並《素問》《病源》，不可不復。竊謂舜巡四嶽，則同律度量衡。孔子曰："謹權量，四方之政行焉。"以是知聖人之於尺量權衡，恃以爲治者。而尺量權衡必本於律，律必有聲以考其和，此樂之所由作也。周之䵻，漢之斛，其法具存。魏晉以來，其尺至有十五種，蓋由橫黍、縱黍所爲，而不稟於律也。然卒不能作樂，止用舊聲，終唐之世，無變改者。至周，王朴始用魏晉所棄之法，遂以仲呂爲黃鐘。太祖皇帝患之，特下一律。仁宗皇帝留意數十年，終無所得，及上仙，太皇猶以李照、胡瑗所鑄銅律置神御前。然李照以縱黍絫尺，與今太府尺同〔一〕，其律又應古樂，而鐘磬才中太簇，是樂與律自相矛盾也。

　　胡瑗之樂，君實詳知之，此不復云。前歲議樂，按視太常鑄鐘〔二〕，皆有大小輕重，非三代不能爲。然最大者今爲林鐘，而仲呂乃居黃鐘子位，考之正差五律，與前後言者相符。雖經鎸鑿，尚可補治，若以大小次之，必得其正。近又用李照之樂，則不若仲呂之愈也。何則？太簇商聲，宋子京所謂君宮寄於臣管是也，是大不可，又況十二律皆有清聲。花日新撰譜，與鄭衛無異，而以薦郊廟，可乎？《考工記》，世以爲漢儒所爲，《漢志》載劉歆之説，多所牽合，某亦於二書深疑之。近因䵻斛，考其製作，不復疑矣。又知太府之尺與權衡，皆古之稟於律者，惟量出於晉魏之貪政，與律不合，須君實面言乃悉。竊以爲論此者，今世無如吾二人講求問難之多而且久也，得君實來協同其説，以破千餘年之惑，爲後世之傳，則吾徒事業固亦不細矣。難兄若朝夕來，不敢奉邀。候歸陝，歲首垂訪，春中却同入洛，幸也。劉康公論極佳，此誠非舉人之所能到。然《素問》專主於醫，非黃帝莫能爲者。

　　某至潁昌，已再讀矣，須有所得，恨覯之之晚。《病源》乃申《素問》之説，易爲觀覽。若君實不倦，亦不可忽，於身大有所益。聖人之於後世如此，但恐未可焚燒。䵻斛費銅炭則然，亦不可錯棄。悸念，不宣。某再拜。《司馬文正公傳家集》卷六二附錄。

〔一〕尺同：原脱，據《二百家名賢文粹》卷一〇六補。
〔二〕視：原無，據同上補。

四　與司馬温公論樂書（四）

　　人來，得二月十六日手書，承體候已就平復，不勝喜慰。又云"平心和氣，以治未病"，君實之心未嘗不平，其氣未嘗不和，而不能治未病，某竊恐所有之藥如所議之樂爾。

　　醫與樂皆出於黃帝，岐伯乃當時之工也。聖人立法之時，不可不如此周悉。然其書不若《虞書》之典雅〔一〕，周漢間依託以取重者，亦然也。尺量權衡亦起於當時，何則？已有律也〔二〕。至《虞書》同律尺量衡，舜慮四方此三物者不稟於律，則風俗不可以統同，故每歲巡於方岳，下考而齊一之，安得爲不恃此以爲治？

　　今之尺乃古之尺，今之權衡乃古之權衡。前者以古樂聲爲黃鐘，長九寸；三分損一爲林鐘，長六寸；律皆圍九分。黃鐘積實得八百一十分；三分損一，林鐘得五百四十分。十二律皆如此率，而其聲協。此乃增律之一寸以爲尺，豈生於量也？與今之太府尺正同。又以黃金方寸得一斤，乃知太府權衡皆古法也。惟量比律計三分二之大，此蓋出於魏晉以來貪政也。即以所製律考太常鑄鐘，未位最大者乃應黃鐘，子位中者應仲呂，前後人言高五律者不虛矣。

古者十二鐘皆有大小，猶十二律之有長短也，猶龠斛之有輕重也。以律之徑三分，至之方尺、圓其外之百三萬六千八百分，斛之方尺、圓其外、庣旁九釐五毫之百六十二萬分，皆無差也。律者樂之本也，"鐘鼓云乎哉"，蓋病後世專事鐘鼓而不知本也。刑名之書謂之律者，取此也。

五刑之屬三千，其罪之大小、情之輕重，苟不以律，則不得其當，猶無律而定樂也。胡先生律圍十分三釐八毫者八〔三〕，圍九分者一，圍八分四釐者一，圍七分九釐五毫者一。外有損益，而內無損益，何也？爲聲之不協比也，黃鐘之律短也。黃鐘之律短者，由以尺而生律也。君實若不見過，一觀龠斛，某懼後世待君實爲執一而不變人也，非所聞之君實也。《司馬文正公傳家集》卷六二附錄。

〔一〕"然"字與"之典雅"三字，原無，據《二百家名賢文粹》卷一〇六補。
〔二〕也：原無，據同上補。
〔三〕十分：原作"十三分"，據同上刪"三"。

五　與司馬溫公論樂書（五）

某復書君實足下：辱手書，言中和之難，誠是也。《禮》云："致中和，天地位焉，萬物育焉。"言帝王中和之化行，則陰陽和，動植之類蕃，非爲一身除病而禁醫書也。孟子養浩然之氣，榮辱禍福之不能動其心，非除病之謂也。

某嚮之病，誠由飲食過中，是飲食過中，非中和也。尺與權衡合於律，惟量爲三分二之大〔一〕，自魏晉至秦漢俱不載於書，不可知也。大斂之，大給之，亦不可知也。古有什一之稅，而魯什二，漢什五，秦太半，皆大斂也，不必大其量是也，亦恐便於用而致然爾。今尺合於律，權衡合於律，而龠斛之輕重合於權衡，尺之方深合於量，又與古樂聲正同。

所謂量者，一律之容爲一龠，千六百四十龠爲一斛，百三萬六千八百分之實也；二千龠爲一斛，百六十二萬分之實也。自古至今，黃金無變者，尺之法、權衡之法不可變，亦猶是也。其數與聲與尺與權衡皆稟於律，獨量爲不稟，必有自來矣，不見於書，所以疑其自魏晉也。以胡先生《樂書》考之，乃知其律短而聲高。君實不求此，而襲先儒之誤，乃云未甚解龠斛之分者，正以此也。君實深於算，請自律分推而至於權衡尺量，則渙然無疑矣。未位最正者曰林鐘，自六月至十一月則黃鐘位也，非有七律。子位中者曰仲呂，自十一月至四月則仲呂位也。前所謂各高五律，非謬矣。太常鑄鐘恐非盈孫所爲，是時尺法亡久矣，安得如《考工記》有大小輕重之法乎？故云非周以前莫能爲者。

累年議論不決〔二〕，特以《漢書》脫文及《隋書》所載先儒之誤，非君實誤也，更詳思之。不宣〔三〕。《司馬文正公傳家集》卷六二附錄。

〔一〕"三分"上原有"十"字，據《國朝二百家名賢文粹》卷一〇六刪。
〔二〕累年議論：原作"累論議"，據同上改。
〔三〕不宣：原無，據同上補。

六　與司馬溫公論樂書（六）〔一〕

君實示諭，在《書》爲皇極，在《禮》爲中庸，在天爲中和，在人爲中和。天不中不和則病人，人不中不和則病天，此所謂天人相與之道也。

孔子大聖，不能救周之衰，孟子養浩然之氣，至大至剛，不能救戰國諸侯之亂，何則？無位也。若夫閭巷之間，數十百家同一日時，無貧富貴賤賢不肖，或病或死，此所謂天病人也。天病人者，人病天也，豈一人之身所致哉？有位者之職也。

君實體孔孟之道者，家居而欲天地位焉，萬物育焉，難矣哉！《語》曰"子疾病"，《孟子》曰"昨日病，今日愈"，是病亦不能除也。

樂議終未見果決。續附三篇，皆前議圍者，幸詳覽焉。《司馬文正公傳家集》卷六二附錄。

〔一〕原題爲《答中和書》，《國朝二百家名賢文粹》卷一〇六作第六書。

七　與司馬溫公論樂書（七）〔一〕

以律生尺，黃帝之法也；以尺生律，蔡邕及魏晉以來諸儒之誤也〔二〕。邕又謂銅律爲銅龠。君實以邕及魏晉以來諸儒之誤見貺，某報以黃帝之法，豈非諒直而忠告者邪？豈非佐彼之闕而變彼之非者邪〔三〕？

至若人有生而中和者，有生而暴戾者。生而中和，得禮樂以輔導之，則爲賢爲聖，以至於神而不可知。生而暴戾，得禮樂以教訓之，則爲善良、爲賢才矣；不得禮樂，則遂爲惡人，不可悛革者也。至於天地立、萬物育，要須見在立設施之如何。某以所有、以所是奉獻，而君實略不虛以受之，遽欲置是二說。二說者未可置，必是非定乃已，然後爲公，而不競於爲彊辭也。《司馬文正公傳家集》卷六二附錄。

〔一〕原題爲《再答中和書》，《國朝二百家名賢文粹》卷一〇六作第七書。
〔二〕晉：原無，據同上補。
〔三〕"豈非"句原脫，據同上補。

八　與司馬溫公論樂書（八）

皇祐中，與君實官太常，同議大樂，阮天隱、胡先生深詆李照非是。最後房庶來，又言二人者亦非是，何則？以尺而起律也；又謂王朴之樂高五律。已而依庶之説，令製尺、律、龠三種，而律纔下三格，與李照同。是時朝廷特授庶一官，罷歸，庶亦自黜其言之不中。然君實初與胡、阮非李照者，近時又以前史不可刊。今按前史牴誤，獻十條，纔録七條奉呈，請詳觀之，於義理可刊不可刊。

大抵吾儕讀經史，經有注釋之未安者，史有記録之害義理者，或爲論、或爲辯以正之，所以見爲學之志而示於世，注《老子》是也。今夫樂，自太祖病之，太宗、真宗、仁宗講求之，主上欲救正之。列聖之所拳拳者，蓋以禮樂治國之大，而不可一日慢。況樂之太簇爲黃鐘、宮商易位哉！

君實今所主，是前與胡、阮非之者。君實前非李照，今復主之，豈未思之邪？王朴樂，某亦同房庶非之，雖高五律，君臣民事物不相干，今復欲用之，何可得也？胡瑗所作，比王朴下半律，仲更嘗言之。君實已悉李照之樂聲，雖發揚，又下三律，然君臣民事物皆失其位，不可不深念之。《司馬文正公傳家集》卷六二附録。

九　與司馬溫公論樂書（九）

義有輕重，事有取捨。悔吝舉措輕也，可捨也；樂重也，不可不奏。前年定樂，樂工有言其非者，朝廷鞭配之。樂之誤，不及匿名事，又一救得其義，與悔吝取捨，孰爲重哉？《司馬文正公傳家集》卷六二附録。

一〇　與司馬溫公論樂書（一〇）

郊壇設黃道午陛，執政大臣及從官贊引。初獻而引，亞獻、終獻可乎？誤則百官瞻望，以爲何如？天地神祇、宗廟社稷之靈，以爲何如？此禮之失，易見者也。況樂隱奧，而律吕君臣自有上下次序，失則人不能知，而天地神祇、宗廟社稷亦見之矣。以是而思，不可不慎重焉。《司馬文正公傳家集》卷六二附録。

一一　與司馬溫公論樂書（一一）〔一〕

某與君實議樂，前後幾萬言，不出於以尺起律、以律起尺二事爲異同爾，其餘則汎用傳記證佐而已。

最先者，君實以爲房庶改《漢書》一黍之起"積一千二百黍之廣"八字。某以爲《漢書》前言分寸尺丈引本起黃鐘之長，後言九十分黃鐘之長，則八字者不可謂庶自爲，且庶亦不能爲也。尺量權衡皆以千二百黍，在尺則曰黃鐘之長，在量則曰黃鐘之龠，在權衡則曰黃鐘之重，皆千二百黍也，豈獨於尺而爲不成文理乎？《隋書》諸儒之論，始以一黍爲一分之説，若爾，則黃鐘積實一千二百分，而八百一十分者非也。自蔡邕不能知，謂銅律尺爲銅龠尺。黄鐘，萬事根本，尺量權衡之所稟者。而諸儒尺至有一十五種，逮今千餘年，無人是正。吾儕羹已留意，不可爲終之乎？君實以青赤黄白黑主於温，酸苦甘辛鹹主於飽，謂爲某説不然。五色者之於衣，華於身而已，五味者之於食，適於口而已，烏取於温飽而云乎哉？見君實議樂，正如是矣。

王朴之樂，君臣民事物全不相干，以仲吕爲黄鐘而次比之，知其然也。李照之樂皆失位者，以太簇爲黄鐘而次比之，知其然也。此非面陳不可。持國約石淙相見，至時亦當一往，以究其説。君實云"必有伶倫、后夔、師曠始能知之"。某以爲三人亦不能知。何則？無律也。《書》云"律和聲"，《禮》云"吹律聽軍聲"，《傳》云"雖有師曠之聰，不以六律不能正五音"，故知三人者有亦不能知之，無律故也。君實云"示諭七條，或然或否"，不知何者爲然，何者爲否，請一疏示，當爲修改。

某謂太府尺爲黄帝時尺，考李照之律與尺而知其然。李照以太府尺縱黍而累之，亦牽於《隋書》之説也。然其樂比其律高三律，律是而樂非也。何以知今之尺是黄帝時尺？以黄帝之法，爲律以起尺，十二律内外皆有損益，其聲和而與古樂合；以爲斛斛，而其分數，其輕重又與《周官》、漢斛銘並同，無毫釐之差。以此知太府尺、太府權衡皆黄帝時物也，其法與黄帝之法同起於律也。隋謂之開皇官尺，歷唐以至於今者，謂隋唐尺則人皆信之，謂黄帝時尺則皆駭矣。自隋以來，至唐以及五代，最爲亂世，而此物不變，則自秦至三代、至五帝而上至黄帝〔二〕，又何疑哉？

千歲之日，今日是也。謹此復命。《司馬文正公傳家集》卷六二附録。

〔一〕原題爲《答積黍書》，《國朝二百家名賢文粹》卷一〇六以此書爲第八書。
〔二〕至：原脱，據同上補。

一二　與司馬温公論樂書（一二）〔一〕

樂爲小事？爲大事？王朴、李照、胡瑗三家，君實不决是非，是慢而小之也，但看今之君臣民事物可知之。

往年孫宣公、馮章靖、宋子京非李照樂，乃召阮逸、胡瑗、房庶令修之。君實當時與胡、阮同非李照者，今所用乃李照樂，君實云不改，何也？持國大地失脚，正可以君實中和樂呼之。

五方之人言語不通，信然，至於歌樂則一，豈有我是而彼非？君實之言可全廢，某之言不可不盡用，何則？蓋無不是也，古人之所不到也。十二律皆有損益而和也，豈不爲新義勝舊義、新理勝舊理乎？所恨至是，未有人是之。《司馬文正公傳家集》卷六二附録。

〔一〕原題爲《小簡》。

一三　與司馬溫公論樂書（一三）

近奉書並《樂論》，必已陳達。切以古聖人之言禮樂如此其切至者，以其奉天地社稷宗廟，有君臣上下尊卑之分，不可相逾越也。自數年來，用李照樂，以太簇爲黄鐘，則是商爲宫。商爲宫者，臣爲君也。爲人臣者聞是，而其心可安乎？一時亦不可過矣。先帝時，鎮嘗屢言，至今累年，未見施行，不知以爲如何，忍留而至於此！

或者云，今非議樂時。將來大行發引、奏嚴，鹵簿鼓吹皆用此聲，不可不慮，不同鄉時手書往來，以代戲笑。况足下方居位天地、育萬物之職，不可復云以俟來世、以俟後人。

鎮恃念，捨此無以奉神。不勝懇倒之至。宋慶元三年書隱齋刻本《國朝二百家名賢文粹》卷一○六。

一四　與司馬溫公論樂書（一四）

八月二十三日，鎮頓首：示諭天下之責四面輻湊，信然，非獨君實謂然，鎮亦謂然。自朝廷議樂，迨今累年矣，豈越人不用章甫？足下職禮樂，而自謂越人，無乃不可乎！又云"以俟後世君子"，譬諸病人求醫，醫者云"請俟後世之名醫"，則如之何？今樂之君臣民事物皆失其位，可謂病者，而職禮樂者乃云"以俟後世君子"，是太遼緩也。但以李照律爲鐘磬絲管，呼太常樂工而面質之，則皎然在前矣。又云"此非議樂時"，大行發引鹵簿、奏嚴鼓吹皆用此聲，不可不慮。鎮前言李照律是而樂非，既已效驗，今兹宜少加信察。不宣。《國朝二百家名賢文粹》卷一○六。

一五　上皇帝書論尺律

六月十一日，具位臣鎮昧死再拜上書體天法道欽文聰武聖神孝德皇帝陛下〔一〕：

臣伏以陛下製樂，以事天地宗廟，以揚祖宗之休，兹盛德之事也。然自下詔以來，及今三年，有司之論，紛然未決，蓋由不議其本，而爭其末也。臣爲禮部官時，與鄉人房庶同上尺律，講之甚詳。今庶已歸，臣又罷職，而臣猶冒侵官之罪以進其説者，不敢自誣有所隱默，以負陛下製作之意也。

臣切惟樂者和氣也，發和氣者聲音也。聲音之生，生於無形，故古人懼後人不能知也，乃以有形之物傳其法，俾後人參考之；參考而是，然後無形之聲音得，而和氣可導也。

夫形者何？秬黍也，律也，尺也，龠也，鬴也，斛也，算數也，權衡也，鐘也，磬也。是十者必相合而不相戾，然後爲得也；今皆相戾而不相合，則爲非是矣。有形之物非是，而欲求無形之聲音和〔二〕，安可得哉！臣謹條十者非是之驗列於左，惟陛下裁擇焉。

臣謹按《詩》："誕降嘉種，維秬維秠。"誕降者，天降之也。許慎云："秬，一稃二米。"又云："一秠二米。"後漢任城縣產秬黍，三斛八斗，實皆二米，史官載之，以爲嘉瑞。又古人以秬黍爲酒者，謂之秬鬯。宗廟降神，惟用一尊，諸侯有功惟賜一卣，以明天降之物，世不常有，而貴重之也。今秬黍取之民間者動至數斛〔三〕，秠皆一米，河東之人謂之黑黍。設有真黍，以爲取數至多，不敢送官，此秬黍爲非是，一也。

又按先儒皆言律空徑三分，圍九分，長九十分，容千二百黍，積實八百一十分。今律空徑三分四釐六毫，圍十分三釐八毫，是圍九分外其大一分三釐八毫，而後容千二百黍。除其圍廣，則其長止七十六分二釐矣。說者謂四釐六毫爲方分，古者以竹爲律，竹形本圓，而今以方分置算〔四〕，比律之爲非是，二也。

又按《漢書》，分、寸、尺、丈、引本起黃鐘之長，又云九十分黃鐘之長。黃鐘之長者，據千二百黍而言也。千二百黍之施於量則曰黃鐘之龠，施於權衡則曰黃鐘之重，施於尺則曰黃鐘之長。今違千二百之數，而以百黍爲尺，又不起於黃鐘，此尺之爲非是，三也。

又按《漢書》言龠，其狀似爵。爵謂爵琖，其體正圓，故龠當圓徑九分，深十分，容千二百黍，積實八百一十分，與律分正同。今龠乃方一寸，深八分一釐，容千二百黍，是亦以方分置算也，此龠之非是，四也。

又按《周禮》法，方尺，圓其外，深尺，容六斗四升。方尺者，八寸之尺也；深尺者，十寸之尺也。何以知尺有八寸、十寸之別？按《周禮》："璧羨度尺，好三寸以爲度。"璧羨之制，長十寸，廣八寸，同謂之度尺、以爲度，則八寸、十寸俱爲尺矣。又《王制》云："古者以周尺八尺爲步，今以周尺六尺四寸爲步。"八尺者，八寸之尺也；六尺四寸者，十寸之尺也；同謂之周尺者，是周用八寸、十寸尺明矣。故知以八寸尺爲之方，十寸尺爲之深，而容六斗四升，千二百八十龠也，積實一百三萬六千八百分。今方尺，積千寸，此之非是，五也。

又按《漢書》斛法，方尺，圓其外，容十斗，旁有庣焉。當隋時，漢斛尚在，故《隋書》載其銘曰："律嘉量斛，方尺，圓其外，庣旁九釐五毫，冪百六十二寸〔五〕，深尺，容一斛。"今斛方尺，深一尺六寸二分，此斛之非是，六也。

又按演算法，圓分謂之徑圍，方分謂之方斜〔六〕，所謂"徑三、圍九、方五、斜七"是也〔七〕。今圓分而以方法算之，此算數非是，七也。

又按權衡者，起千二百黍而立法也。周之鬴，其重一鈞，聲中黃鐘之宮。《漢書》之斛，其重二鈞，聲中黃鐘。鬴、斛之制，有容受，有尺寸，又取其輕重者，欲見厚薄之法，以考其聲也。今黍之輕重未真，此權衡爲非是，八也。

又按鐘有大小，有輕重，有厚薄。今無大小，無輕重，無厚薄，而一以黃鐘爲率，此鐘之非是，九也。

磬一律謂之博，二律謂之股，三律謂之鼓，凡此者十二律各別也。今之磬一以黃鐘爲率，是磬之非是，十也。

凡此者皆有形之物也，易見者也。使其一不合，則未可以爲法，況十者皆相戾乎？臣固知其無形之聲音不可得而和也。請以臣章下有司，問黍之二米與一米孰是；律之空徑三分與四分四釐六毫孰是；律之起尺與尺之起律孰是；龠之圓制與方制孰是；鬴之方尺、圓其外，深尺，與方尺孰是；斛之方尺、圓其外、庣旁九厘五毫，與方尺、深尺六寸二分孰是；算數之圓分與方分孰是；權衡之重以二米秬黍與一米孰是；鐘磬依古法有大小、輕重、長短、厚薄而中律，與不依古法而中律孰是。是不是定，然後製龠、合、升、斗、鬴、斛以校其容受；容受合，然後下詔以求其真黍；真黍至，然後可以爲量、爲鐘磬；量與鐘磬合於律，然後可以爲樂也。

今尺律本末未正，而詳定、修製二局工作之費無慮千萬計矣，此議者所以云云也。然議者不言，有司議論依違不決，而顧謂陛下作樂爲過舉，又言當今宜先政令，而禮樂非所急，此臣之所尤惑也。儻使有司合禮樂之論，是其所是，非其所非，陛下親臨決之，於政令不已大乎？昔漢儒議鹽鐵，後世傳《鹽鐵論》。今陛下定雅樂以求廢墜之法，而有司論議不著盛德之事，後世將何考焉？願陛下令有司人人條件，據經史論議，合爲一書，則孰敢不自竭盡，以副陛下之意？如以臣議爲然，伏請權罷詳定、修製二局，俟真黍至然後爲樂，則必得至當而無事於浮費也。

臣不勝區區之愚，臣鎮惶恐昧死再拜。《國朝二百家名賢文粹》卷六九。

〔一〕孝德：原作"孝道"，據《宋史·仁宗紀·二》改。
〔二〕和：原無，據同上補。
〔三〕民間：原作"民明"，據同上改。
〔四〕今：原作"合"，據同上改。
〔五〕百六：原作"六百"，據同上乙。
〔六〕方分：原作"分分"，據同上改。
〔七〕七：原脱，據同上補。

一六　《樂論》自序

臣昔爲禮官，從諸儒難問樂之差謬，凡十餘事。厥初未習，不能不小牴牾。後考《周官》《王制》、司馬遷《書》、班氏《志》，得其法，流通貫穿，悉取舊書，去其牴牾，掇其要，作爲八論。中華書局二十四史本《宋史》卷一二八《樂志》三。

一七　論鐘

夫鐘之制，《周官·鳧氏》言之甚詳，而訓解者其誤有三：若云"帶，所以介，其名也介，在於鼓、鉦、舞、甬、衡之間"。介於鼓、鉦、舞之間則然，非在甬、衡之上，其誤一也。

又云："舞，上下促，以橫爲修，從爲廣，舞廣四分。"今亦去徑之二分以爲之間，則舞間之方常居銑之四也。舞間方四，則鼓間六亦其方也。鼓六、鉦六、舞四，既言鼓間與舞俗相應，則鼓與舞皆六，所云"鉦六、舞四"，其誤二也。

又云："鼓外二，鉦外一。"彼既以鉦、鼓皆六，無厚薄之差，故從而穿鑿以遷就其說，其誤三也。

今臣所鑄編鐘十二，皆從其律之長，故鐘口十者，其長十六，以爲鐘之身。鉦者正也，居鐘之中，上下皆八，下去二以爲之鼓，上去二以爲之舞，則鉦居四，而鼓與舞皆六。是故於鼓、鉦、舞、篆、景、欒、遂、甬、衡、旋蟲，鐘之文也，著於外者也；廣、長、空徑、厚、薄、大、小，鐘之數也，起於內者也。若夫金錫之齊與鑄金之狀率按諸經，差之毫釐則聲有高下，不可不審。其鎛鐘亦以此法而四倍之。

今太常鐘無大小，無厚薄，無金齊，一以黃鐘爲率，而磨以取律之合。故黃鐘最薄而輕，自大呂以降迭加重厚，是以卑陵尊，以小加大，其可乎？且清聲者不見於經，惟《小胥》注云："鐘磬者，編次之，二八十六枚而在一虡，謂之堵。"至唐又有十二清聲，其聲愈高，尤爲非是。國朝舊有四清聲，置而弗用，至劉几用之，與鄭、衛無異。《宋史》卷一二八《樂志》三。

一八　論磬

臣所造編磬，皆以《周官·磬氏》爲法。若黃鐘股之博四寸五分，股九寸，鼓一尺三寸五分；鼓之博三寸，而其厚一寸，其弦一尺三寸五分。十二磬各以其律之長而三分損益之，如此其率也。

今之十二磬，長短厚薄皆不以律，而次求其聲，不亦遠乎？鐘有齊也，磬，石也，天成之物也。以其律爲之長短厚薄，而其聲和，此出於自然，而聖人者能知之，取以爲法，後世其可不考正乎？考正而非是，則不足爲法矣。特磬則四倍其法而爲之。國朝祀天地、宗廟及大朝會，宮架內止設鎛鐘，惟后廟乃用特磬，非也。今已升祔后廟，特磬遂爲無用之樂。臣欲乞凡宮架內於鎛鐘後各加特磬，貴乎金石之聲小大相應。《宋史》卷一二八《樂志》三。

一九　論八音

匏、土、革、木、金、石、絲、竹，是八物者生天地間，其體性不同，而至相戾之物也。聖人製爲八器，命之商則商，命之宮則宮，無一物不同者。能使天地之間至相戾之物無不同，此樂所以爲和，而八音所以爲樂也。《宋史》卷一二八《樂志》三。

二〇　論樂疏

太常鑄鐘皆有大小、輕重之法，非三代莫能爲者。禁中又出李照、胡瑗所鑄鐘律及尺付太常。

按照黃鐘律合王朴太簇律，仲吕律合王朴黃鐘律，比朴樂纔下半律，外有損益而内無損益，鐘聲鬱而不發，無足議者。照之律雖是，然與其樂校，三格自相違戾。且以太簇爲黃鐘，則是商爲宫也。方劉几奏上時，臣初無所預。臣頃造律，内外有損益，其聲和，又與古樂合。今若將臣所造尺律依大小編次太常鑄鐘，可以成一代大典。又太常無雷鼓、靈鼓、路鼓，而以散鼓代之。開元中，有以畫圖獻者，一鼓而爲八面、六面、四面，明皇用之。國朝郊廟或考或不考，宫架中惟以散鼓，不應經義。又八音無匏、土二音，笙、竽以木斗攢竹而以匏裹之，是無匏音也；塤器以木爲之，是無土音也。八音不具，以爲備樂，安可得哉！《宋史》卷一二八《樂志》三。

二一　論葉防樂說奏

自唐以來至國朝，三大祀樂譜並依《周禮》，然其說有黃鐘爲角、黃鐘之角。黃鐘爲角者，夷則爲宫；黃鐘之角者，姑洗爲角。十二律之於五聲，皆如此率。而世俗之說，乃去"之"字，謂太簇曰黃鐘商，姑洗曰黃鐘角，林鐘曰黃鐘徵，南吕曰黃鐘羽。今葉防但通世俗夷部之說，而不見《周禮》正文，所以稱本寺均差互，其說難行。《宋史》卷一二八《樂志》三。

二二　樂書論律尺

《漢志》曰："分尺寸丈引，本起黃鐘之長。"又曰："九十分，黃鐘之長。"是尺之生於律也。晉、隋以來，乃先定尺而後製律，故有橫黍縱黍之異，而容受卒不得合也。《隋書》載歷代尺十五種，失於不起黃鐘之長也。凡尺、量、權衡皆起千二百黍，而今用百黍爲尺，故於律容有不合者，亦失於《隋書》也。開皇官尺，今太府尺是也，得黃鐘所生之法。今之太府量，比古量半之。鄭康成嘉量注曰"積千寸"，已不知嘉量之容。王朴製尺以考器，而器與聲俱失。國朝李照以縱黍累尺，黍細而尺長，律之徑三分，其容乃千七百三十黍。胡瑗以橫黍累尺，黍大而尺短，律之容千二百黍，而徑乃三分四氂六毫。皆失於以尺生律也。

房庶之法，以律生尺，其徑三分，其容千二百黍，得古之制，考於周鬴漢斛，無不合之差。臣以見黍校其法爲律，與今太府尺合。今之尺，古之樂尺也，以爲樂，其聲下今之樂一律有奇，而君臣民事物各當其位。四部叢刊初編本《玉海》卷七。

二三　又論律尺

古者黃鐘爲萬事根本，故尺量權衡皆起於黃鐘。至隋用累黍爲尺，而製律容受卒不能合。及平陳，得古樂，遂用之。唐因其聲以製樂，其器無法，而其聲猶不失於古。王朴始用尺定律，而聲與器皆失也。太祖患其聲高，特減一律，皇祐又減半，然太常樂比唐聲猶高五律，比今燕樂高三律。以律生尺，黃帝之法也；以尺生律，蔡邕及魏晉以來諸儒之誤也。《玉海》卷七。

二四　樂書論尺

《周禮》："璧羨度尺，好三寸以爲度。"璧羨之制，從十寸，廣八寸，同謂之度尺，以爲度者，是周之法十寸、八寸皆爲尺也。量之法曰：深尺，方方尺，而圓其外，其實一，積百三萬六千八百分。鄭康成云"積千寸"，非也，是以方分百萬置於方尺之間而云也。不知方八寸、圓其外、深十寸之爲算數也。深尺者，十寸之尺也。方尺者，八寸之尺也，與璧羨之制同也。漢之量法，方尺而圓其外，旁有庣焉，其實一斛，積百六十二萬分。言方尺而不言深尺者，無八寸之別也，是漢用十寸爲尺也。《漢書》始有十寸爲尺之說。《王制》注步畝之法，以爲六國時始爲八寸之尺。是失於不知璧羨之法與之數也。《玉海》卷七。

二五　進樂律表

太祖患今樂太高，特諭和峴令減一律。仁宗深詔執事考求至當，李照改定新樂又下二律。臣預聞論議，研精極慮二十餘年，乃知樂法非是，聲終不合。神宗留意製作，召臣訪以樂事。蓋法已失於千載之後，聲欲求於千載之前，兹爲至難，理若有待。上考《周官》，下稽《漢志》，較景祐中李照所定又下一律有奇。求之古法，無以易此，庶幾祖考來格，神人以和。《玉海》卷一〇五。

二六　論房庶律尺法疏

李照以縱黍累尺，管空徑三分，容黍千七百三十；胡瑗以橫黍累尺，管容黍一千二百，而空徑三分四氂六毫：是皆以尺生律，不合古法。今庶所言，實千二百黍於管，以爲黃鐘之長，就取三分以爲空徑，則無容受不合之差，校前二說爲是。

蓋累黍爲尺，始失之於《隋書》，當時議者以其容受不合，棄而不用。及隋平陳，得古樂器，高祖聞而歎曰："華夏舊聲也。"遂傳用之。唐祖孝孫、張文收號稱知音，亦不能更造尺律，止沿隋之古樂，制定聲器。朝廷久以鐘律未正，屢下詔書，博訪群議，冀有所獲。今庶所言，以律生尺，誠眾論所不及。請如其法，試造尺律，更以古器參考，當得其真。中華書局校點本《續資治通鑑長編》卷一七一。

二七　論今律與金石之法非是疏

臣近奏國家自用新樂以來，風雨不節，災異眾多，乞且用祖宗時舊樂，已蒙下兩制及臺諫官參詳。及今兩月，未聞奏上。伏緣逐時祠祀，及九月恭謝，皆所施用，不可淹久不決。

竊惟眾樂之和，以律與金石爲本。故律之法曰：凡律圍九分。凡律者，言十二律也，故黃鐘徑三分，圍九分，長九十分，積實八百一十分。自九十分三分損益之，而十二律長短相形矣；自八百一十分三分損益之，而十二律積實相通矣。凡律圍九分則然。今黃鐘、大呂、太簇、夾鐘、姑洗、仲呂、蕤賓、林鐘八律皆徑三分四釐六毫，圍十分三釐八毫；夷則、南呂二律徑三分，圍九分；無射徑二分八釐，圍八分四釐；應鐘徑二分六釐五毫，圍七分九釐五毫。十二律圍徑不同，則積實損益不通。外之長短有損益，而內之積實無損益，此律之法非是也。

古之鐘有大小，則容受有輕重，故實黃鐘二鈞，容二千龠。自二千龠、二鈞三分損益之，而十二鐘大小輕重容受殊矣。今之十二鐘一以黃鐘爲率，而無容受輕重大小之別。又古之鐘皆圜制而側擊之，所以出其聲也；而今之鐘皆褊制，又平繫之，故其聲鬱而不出。古鐘亦有平繫者，然空其柄以出其聲，然亦非周之制也。

《周禮》疏云："應律之鐘，狀如今之鈴，不圜，故有兩角。"謂饒也。按鈴之狀本圜，妥其兩角以爲鐘，故云如鈴而不圜。今以褊爲不圜，以似鐸爲如鈴，所以聲鬱而不發，此鐘之法非是也。

古之磬以一律爲之博，二律爲之股，三律爲之鼓，謂十二磬各以其律之長短法也。今之十二磬皆以黃鐘爲律，博九寸，股一尺八寸，鼓二尺七寸，而無長短之別，此磬之法非是也。

律與金石之法非是，樂所以不和也。乞令算官考校十二律積實分損益之數，並臣今狀下兩制及臺諫官一處參詳，所貴易爲曉正。文淵閣四庫全書本《歷代名臣奏議》卷一二八。

二八　大樂鐘磬絲竹依譜考擊奏

昨進呈大樂鐘磬絲竹，依譜，每字隨歌管止擊一聲，已得齊整，比舊疊聲，不至煩手，甚得奏樂之理。乞御殿日及將來諸處祠祭並依此施用。中華書局一九五七年縮印精裝本《宋會要輯稿》樂三之一六。

《東齋紀事》（選錄　八則）

　　嘉祐七年十二月二十三日，召近臣天章閣下觀書、閱瑞物。上親作飛白書，令左右揞笏以觀。又令禹玉跋尾，人賜一紙。既而置酒羣玉殿，上謂羣臣曰："今天下無事，故與卿等樂飲。"中坐賜詩，羣臣皆和。又賜太宗時斑竹管筆、李廷珪墨、陳遠握墨、陳朗麝圍墨，再就坐。終宴，更大盞，斟鹿頭酒視封，遣內侍滿斟徧勸。韓魏公琦一舉而盡，又勸一盃。盧公彥平生不飲，亦釂一巨盃。又分上前香藥增諸衎中，各令持歸。至二十六日，溫州進柑子，復置，召臺諫、三館臣僚悉預，因宣諭："前日太草草，故再爲此會。"其禮數一如前，但不賦詩矣。

　　仁宗皇帝好雅樂，又嚴天地宗廟祭祠之事及崇奉神御，故中外言樂者不可勝計，置局而修製亦屢焉，其費不貲。宦侍建言修飾神御，歲月不絕，然爲之終身不衰。慶曆中，陝西用兵後，有建請出田獵以耀武功，四方以鷹犬來獻，惟恐居後。然出獵者一再而止。帝王之好豈可以不慎哉！好雅樂祭祠之事，人爭以雅樂祭祠之事奉己，未必皆得其當，然好之終身不衰不害也。方下令校獵，而人爭以田獵鷹犬來奉己，一再而遂止。仁皇帝誠知所好矣，不然者，何以廟號曰"仁"哉！以上文淵閣四庫全書本《東齋紀事》卷一。

　　燕龍圖肅判太常寺，建言：今之樂太高，始下詔天下求知音者。李照言樂比古高五律，而胡瑗、阮逸相繼出矣。李照之樂以縱黍累尺，黍細而尺長，律之容乃千七百三十黍。胡瑗以橫黍累尺，黍大而尺短，律之容千二百黍，而空徑乃三分四釐六毫。空徑三分四釐六毫，與容千七百三十黍，皆失於以尺而生律也。阮逸又欲以量而求音，皆非也。最後有成都房庶者，亦言今之樂高五律，蓋用唐樂而知之。自收方響一、笛一，皆唐樂也。其法以律生尺，而黍用一秬二米。是時，無二米黍，據見黍爲律。雖無千七百三十黍之謬與三分四釐六毫之差，然其聲纔下三律，蓋黍細爾，其法則是矣。王原叔洙、胡瑗大不喜其說。朝廷但授庶試祕書省校書郎，不究其說而止。庶，元齡之後，其爲人簡脫，嘗與鄉薦，然好音，宋子京祁、田元均況皆薦而召之。是時丁正臣亦收牙笛二，與庶笛同。予嘗於雄州王臨處得北界笛一，比太常樂下四律、教坊樂下二律，猶高於唐樂一律。又嘗於才元處得并州銅尺一，比太府尺長三分，以之定律，與唐樂聲同。太府尺定律與北界笛同，二者必有一得也。若得真黍，用房庶法爲律以考之，其爲至當不疑矣。真黍，一秬二米者。世嘗言王朴爲知樂，而不知樂之壞自朴始也。初，太常鐘磬皆無欸誌，朴用橫黍尺製律，命其鐘磬而誌刻之。太祖患樂太高，和峴用影表尺八寸尺也，故樂比唐爲高五律矣。今太常鑄鐘最大者，聲中唐之黃鐘，誌刻乃雲林鐘，餘鐘率皆如此。李照則多鑱鑿舊鐘以合其律，而鐘磬又不如朴時，雖非本聲，而其器尚完也。惜哉！司馬君實內翰光於予莫逆之交也，惟議樂爲不相合。

君實以胡瑗一黍廣爲尺，而後製律；予用房庶一黍之起，積一千二百黍之廣爲律，而後生尺。律之法曰凡律圍九分，以尺而生律者，律爲十分三釐八毫矣。以其不合，又變而爲方分，其差謬處不可一二數也。以律生尺，九十分黃鐘之長，加十分以爲尺。凡律皆徑三分，圍九分，長九十分，積實八百一十分。自九十分三分損益之，而十二律長短相形矣。自八百一十分三分損益之，而十二律積實相通矣。往在館閣時，決於同舍，同舍莫能決，遂弈棋以決之，君實不勝，乃定。其後二十年，君實爲西京留臺，予往候之，不持他書，唯持所撰《樂語》八篇示之。爭論者數夕，莫能決，又投壺以決之，予不勝。君實謹曰："大樂還魂矣！"凡半月，卒不得要領而歸。豈所見然邪，將戲謔邪，抑遂其所執不欲改之邪，俱不可得而知也。是必戲謔矣。按：《宋史》稱鎮於樂尤注意，獨主房庶以律生尺之說，與司馬光辨難，凡數萬言。神宗時，嘗詔鎮與劉幾定樂。鎮曰："定樂必先正律。"帝雖然之，而劉幾即用李照樂加四清聲，而奏樂成，詔罷局，並賜鎮。鎮曰："此劉幾樂也，臣何與焉？"至哲宗朝，乃請太府銅爲之，逾年成，比李照樂下一律有奇。帝及太后御延和殿，召執政同閱視，下之太常。樂奏三日而鎮逝。

皇祐中，再定雅樂。胡瑗鑄十二鐘，大小輕重如一，其狀類鐸，爲大環，鑄盤龍、蹲熊。辟邪其上，爲之旋蠡，而平繫之，故其聲欝而不發。又陝西鑄大錢，民以爲患。是冬，日食心宿，劉羲叟謂予曰："上將感心腹之疾，是與周景王同占也。"予初不信然之，尋使契丹，還至雄州，聞上得心腹之疾矣。歸問其故，羲叟曰："景王鑄大泉，又鑄無射，而爲大林，所謂'害金再興'者也。是時，日亦食於心，而景王得是疾，故曰與景王同占。"噫，羲叟而不言，則左丘明所載伶州鳩之語爲誣矣。是羲叟不獨爲知術數，其發揚丘明功亦爲不細。羲叟字仲更，澤州人，以修《唐書》授崇文院檢討，未及謝，瘡發背而卒。

《周禮》："靁鼓鼓神祀，靈鼓鼓社祭，路鼓鼓鬼享。"康成云："靁鼓，八面鼓也。靈鼓，六面鼓也。路鼓，四面鼓也。鼓之數不見於經，然神有尊卑，則其數有多寡隆殺，理或然也。必漢時尚然，所以康成云然。幾面鼓，猶言幾兩車、幾區宅、幾廛田也。而唐開元中，蜀人有繪圖以獻者，一鼓而爲八面、六面、四面，既不可考擊，乃於縣內別置散鼓，國朝仍之，郊社宗廟設而不作。景祐中，馮章靖公言靁鼓、靈鼓、路鼓並當考擊，而散鼓請準乾德四年詔廢不用，然不言鼓之制非是，甚可怪也。以上《東齋紀事》卷二。

蜀有孫太古知微，善畫山水、仙官、星辰、人物。其性高介，不娶，隱於大面山，時時往來導江、青城，故二邑人家至今多藏孫畫，亦藏畫於成都。今壽寧院《十一曜》絕精妙，有先君題記在焉。又有李懷袞者，成都人，亦善山水，又能爲水石翎毛。其常所居及寢處，皆置土筆，雖夜中酒醒、睡覺得意時，急起，畫於地或被上，遲明模寫之，則優於平居所爲也。又有趙昌者，漢州人，善畫花。每晨朝露下時，遶欄檻諦玩，手中調采色寫之。自號"寫生趙昌"。人謂："趙昌畫染成，不布采色，驗之者以手捫摸，不爲采色所隱，乃真趙昌畫也。"其爲生菜、折枝、果實尤妙。三人者，平生至意精思一發於畫，故其畫爲工，而能名於世。又有王有者，漢州卒也。州將每令趙昌畫，則遣有服事供應。久之，其畫遂亞於昌。其爲人亦精潔有巧思，非卒之流輩也。

黃筌、黃居寀，蜀之名畫手也，尤善爲翎毛。其家多養鷹鶻，觀其神俊以模寫之，故得其妙。其後，子孫有棄其畫業而事田獵飛放者，既多養鷹鶻，則買鼠或捕鼠以飼之。又其後世有捕鼠爲業者，其所置習不可不慎。人家置博弈之具者，子孫無不爲博弈。藏書者，子孫無不讀書。置習豈可以不慎哉！予嘗爲梅聖俞言，聖俞作詩以記其事。以上《東齋紀事》卷四。

張尚書守蜀，人心大安，及代去，留一卷實封與僧正云："俟十年觀此。"後十年，公薨於陳州。訃至，開所留文字，乃公畫像，衣兔褐，繫草縚，自爲讚曰："乖則違俗，崖不利物。乖崖之名，聊以表德。"遂畫像於府治及寺觀中。《東齋紀事》補遺。

蘇舜欽藝話（三則）

蘇舜欽（一〇〇八～一〇四八）字子美，原籍梓州銅山（今四川中江東南），生於開封（今河南開封），蘇易簡之孫。少以父蔭補太廟齋郎，調滎陽尉。景祐二年進士及第，知亳州蒙城縣。寶元初，知長垣縣。康定元年，遷大理評事、監在京樓店務。慶曆三年范仲淹舉薦，召試，授集賢校理、監進奏院。四年十一月，以賣廢紙錢爲祀神酒會，被誣爲"監主自盜"，罷官爲民。五年，南下蘇州，築滄浪亭以居。八年，復官爲湖州長史，未赴任，十一月，以疾卒，年四十一。舜欽慷慨有大志，喜好古文，不受當時西崑體浮豔詩風的束縛，與穆修等致力於古文創作。歐陽修《蘇學士文集序》稱"天聖之間，予舉進士於有司，見時學者務以言語聲偶摘裂，號爲時文，以相誇尚。而子美獨與其兄才翁及穆參軍伯長，作爲古歌詩雜文，時人頗共非笑之，而子美不顧也"，甚至説"余學古文反在其後"，對其改變文風的影響推崇有加。其文學思想的基本觀點是"原於古，致於用"（《石曼卿詩集序》），強調言必歸於道義，而文不以雕琢害正，云："言也者，必歸於道義；道與義，澤於物而後已，至是則斯爲不朽矣。故每屬文，不敢雕琢以害正。"（《上三司副使段公書》）文學創作活動大致按進奏院事件爲界，可以分爲兩個時期：前期爲積極參政時期，故其詩文具有濃厚的政治色彩，往往就當時的政治事件或社會現實直抒己見，文筆犀利，議論激烈，以雄豪奔放爲特色。其詩在當時與梅堯臣齊名，號稱"蘇梅"，但他與梅堯臣之詩風迥然有別。蘇舜欽的著作在其去世後，由歐陽修編爲《蘇學士文集》十五卷。

一　檢書

煩心思所持，屏事入小閣。蹢撲下塵梁，侈哆張敗笈。雨爛百數蕃，蟲食三四筴。軒昂醉墨鬧，纖悉新書雜。魚子或破碎，蠹兒尚狎恰。快心伯長文，跋尾清臣揭。幼辭反知進，故句時自愜。墜亡多玩愛，存聚必券帖。疏密交及戚，前後生與殂。誨束儼父師，寒暑怖兒妾。謔浪笑忽還，私匿情再接。愴事涕浡浡，憫時欷嗒嗒。一餉誠寂寞，千里遽會合。游心到句涌，開眼見苔雪。京華歷歷復，節物忽忽涉。恍爾驚異方，遁去乃幾臘。回頭厭襞積，舉體覺疲薾。東閣聊欠伸，夢斷風一颯。高山扶層巔，下與地盤結。氣貫不變移，澤枯乃朽裂。有如善人交，生死兩固節。語默無異方，黯沮在爲別。世風隨日儉，俗態逐勢熱。負子好古心，噓欷星斗滅。近得鄰幾生，胸懷貯霜雪。飢渴入詩書，趣向著羈緤。又與斯人雜，先日心破折。古也當貽言，在子可捫舌。奈何區區誠，敢以御者説。器成必刓琢，德潤資澡刷。空文謾徽墨，古訓乃佩玦。帝門急豪英，濟物無自子。文淵閣四庫全書本《蘇學士集》卷二。

二　懷月來求聽琴詩，因作六韻

正聲今遁矣，古道此焉存。商緩知君憯，風薰見帝尊。雄豪尚餘勇，澹泊忽忘言。縣極殊無間，來長若有源。已能通變化，亘可探胚渾。此理師應得，西風獨掩門。《蘇學士集》卷八。

三　丹陽子高得逸少《瘞鶴銘》於焦山之下，及梁唐諸賢四石刻，共作一亭，以"寶墨"名之。集賢伯鎮爲之作記，遠來求詩，因作長句以寄

山陰不是《換鵝經》，京口今存《瘞鶴銘》。瀟灑集仙來作記，風流太守爲開亭。兩篇玉瑩塵初滌，四體銀鉤蘚尚青。我入臨池無所得，願觀遺法快沈冥。《蘇學士集》卷八。

趙抃藝話（四則）

　　趙抃（一〇〇八～一〇八四）字閱道，自號知非子，衢州西安（今浙江衢州）人。少孤貧，刻意爲學，中景祐元年進士乙科，爲武安軍節度推官。三年，監潭州糧料院。寶元元年，以著作佐郎知建州崇安縣。慶曆元年，通判宜州。三年，丁母憂。五年，起知泰州海陵縣。皇祐元年，移知蜀州江原縣。四年，通判泗州，徙知濠州。至和元年，召爲殿中侍御史，彈劾不避權幸，時號鐵面御史。嘉祐元年，出知睦州。三年，移梓州路轉運使，改益州。五年，召爲右司諫。彈劾陳升之進不以道，連上二十餘章。六年，出知虔州。七年，召爲御史知雜事。八年，改度支副使。英宗即位，奉使遼國，進河北都轉運使。治平二年，加龍圖閣直學士、知成都。治平四年，神宗即位，召知諫院。九月，擢右諫議大夫，拜參知政事。與王安石政見不協，乞去位，熙寧三年，出知杭州。十二月，徙知青州。五年，復知成都。七年，移知越州。十年，復知杭州。元豐二年，以太子少保致仕，居於衢。七年卒，年七十七，贈太子少師，諡清獻。趙抃爲人和易溫厚，平生不畜聲伎，嘗匹馬入蜀，僅攜一琴一鶴自隨。爲政簡易，所至崇學校，禮師儒。現存文章以奏議爲多，往往關切時事，詩歌"諧婉多姿"（《四庫全書總目》卷一五二），王士禎嘗舉其《暖風》《芳草》《杜鵑》《寒食》等篇，以爲"婉麗濃嫵，絕似西崑"，不似鐵面御史所爲（《居易錄》卷一二）。著有《南臺諫垣集》二卷、《清獻盡言集》二卷。南宋景定間，陳仁玉刊《趙清獻公集》，編定爲十六卷，元明兩代屢有刊修，今有殘本存世。又有《趙清獻公文集》十卷。其著述另有《充御試官日記》一卷，收入《蘆浦筆記》卷五；《成都古今記》一卷，載於《說郛》。

一　次韻僧重喜聞琴歌

　　我昔所寶真雷琴，絃絲軫玉徽黃金。晝橫膝上夕抱寢，平生與我爲知音。一朝如扇逢秋捨，而今祇有無絃者。無情曲調無情聞，浩浩之中都奏雅。我默彈兮師寂聽，清風之前明月下。子期有耳何處聽，自笑家風太瀟灑。文淵閣四庫全書本《清獻集》卷一。

二　月夜聽曾化宜彈琴

蜀國有良工，孫枝斲古桐。逢師寫流水，爲我益清風。淡恐時心厭，幽蘄世耳聰。坐來明月滿，無語訟庭空。《清獻集》卷二。

三　書琴壇

制動必原靜，治人先正心。風乎畫壇上，退食鳴瑤琴。《清獻集》卷三。

四　謝梁準處士惠琴

高懷宜與正聲通，妙絶孫枝三尺桐。開匣爲公鳴一弄，薰風中有故人風。《清獻集》卷五。

劉几藝話（四則）

劉几（一○○八～一○八八）字伯壽，洛陽（今河南洛陽）人，燁子。進士及第，范仲淹辟通判邠州。孫沔薦其才堪將帥，換如京使、知寧州。加本路兵馬鈐轄，知邠州。儂智高犯嶺南，几爲廣東、西捉殺，以功進皇城使，知涇州。歷爲太原、涇原、鄜州總管，召判三班院，又任秦鳳總管。神宗即位，轉四方館使、知保州，治狀爲河北第一。逾六年，還爲秘書監致仕。元豐三年祀明堂，詔詣太常定雅樂。謝事二十年，築室嵩山玉華峰下，號玉華庵主，嘗遇異人得養生訣，至老不衰。元豐五年年七十五，預洛陽耆英會，賦詩詠事。元祐三年卒，年八十一。几善論邊事，長於議樂，所學頗雜鄭、衛。

一　乞依古法具四清聲奏

祀明堂樂章，字與樂曲聲數多少不同，殊失《虞書》"歌永言"之法，乞遵用御撰樂章，委本局依律吕太均之法隨樂章字數審定音律，以一聲歌一言，八音隨。又古編鐘磬其數皆十六，蓋十二律之外有黃鐘、大吕、大簇、夾鐘四清聲也。今聖朝大樂舊鐘磬皆十六，自李照議樂以來不復考擊，全失古法。況《周禮》鄭氏注，編鐘盡具十六之數，李照不曉四清聲助成四律，宣導陰陽之和，今若不用，即懵唱和之理。乞依古法具四清聲。中華書局一九五七年縮印精裝本《宋會要輯稿》樂三之二○。

二　論樂律

律主於人聲，不以尺度求合。古今異時，聲亦隨變，猶昔之衣冠使今人被之，乃所不稱。儒者泥古，詳於形名度數之間，而不知清濁輕重之用，故求於器雖合，諧於聲則不能入，徒紛紛也。中華書局校點本《續資治通鑑長編》卷三○四。

三　太常大樂鐘磬議

太常大樂鐘磬凡三等：王朴樂一也，李照樂二也，胡瑗、阮逸樂三也。王朴之樂，其聲太高，此太祖皇帝所嘗言，不俟論而後明。仁宗景祐中，命李照定樂，乃下律法以取黃鐘之聲；是時人習舊聽，疑其太重，李照之樂由是不用。至皇祐中，胡瑗、阮逸再定大樂，比王朴樂微下，而聲律相近；及鑄大鐘，或譏其聲弇鬱，因亦不用，於是郊廟依舊用王朴樂。樂工等自陳，若用王朴樂，鐘磬即清聲難依，如改制下律，鐘磬清聲乃可用。益驗王朴鐘磬太高，難盡用矣。

今以三等鐘磬參校其聲，則王朴、阮逸樂之黃鐘，正與李照樂之太簇相當。王朴、阮逸之樂，編鐘、編磬各十六，雖有四清聲，而實差黃鐘、大呂之正聲也。李照之樂，編鐘、編磬各十二，雖有黃鐘、大呂而全闕四清聲，非古制也。

聖人作樂以紀中和之聲，所以導中和之氣。清不可太高，重不可太下，使八音協諧，歌者從容而能永其言，乃中和之謂也。臣等因精擇李照編鐘、編磬十二參於律者，增以王朴無射、應鐘及黃鐘、大呂清聲，以爲黃鐘、大呂、太簇、夾鐘之四清聲，俾眾樂隨之，歌工兼清聲以詠之，其音清不太高，重不太下，中和之聲，可以考矣。欲請下王朴樂二律以定中和之聲，就太常鐘磬擇其可用者，其不可修者別制。《續資治通鑑長編》卷三〇七。

四　論新樂奏

新樂之成，足以薦郊廟，傳萬世，其明堂、景靈宮降天神之樂六奏：舊用夾鐘之均三奏，謂之夾鐘爲宮；夷則之均一奏，謂之黃鐘爲角；林鐘之均二奏，謂之太簇爲徵、姑洗爲羽。而大司樂"凡樂，圜鐘爲宮，黃鐘爲角，太簇爲徵，姑洗爲羽"。而"圜鐘者，夾鐘也"。用夾鐘均之七聲，以其宮聲爲始終，是謂圜鐘爲宮；用黃鐘均之七聲，以其角聲爲始終，是謂黃鐘爲角；用太簇均之七聲，以其徵聲爲始終，是謂太簇爲徵；用姑洗均之七聲，以其羽聲爲始終，是謂姑洗爲羽。今用夷則之均一奏，謂之黃鐘爲角，林鐘之均二奏，謂之太簇爲徵、姑洗爲羽，則祀天之樂無夷則、林鐘而用之，有太簇、姑洗而去之矣。

唐典，祀天以夾鐘宮、黃鐘角、太簇徵、姑洗羽，乃周禮也，宜用夾鐘爲宮。其黃鐘爲角，則用黃鐘均，以其角聲爲始終；太簇爲徵，則用太簇均，以其徵聲爲始終；姑洗爲羽，則用姑洗均，以其羽聲爲始終。祭地祇，享宗廟，皆視此均法以度曲。中華書局二十四史本《宋史》卷一二八《樂志》三。

李覯藝話（三則）

李覯（一〇〇九～一〇五九）字泰伯，世稱盱江先生，又稱直講先生，建昌軍南城（今江西南城）人。自幼熟讀經籍，俊辯能文，曾舉茂才異等科試不第，建盱江書院，教授生徒，學者稱"盱江先生"。皇祐初，以范仲淹等舉薦，授將仕郎、試太學助教，爲直講。嘉祐中，除通州海門主簿、太學說書。四年，權同管勾太學，因葬祖母乞假歸，是年八月，病卒於家，年五十一。李覯一生精研儒學，對當時學者不通經術而專以文辭爲務，深表不滿。其所著文章多關涉時事，《富國》《安民》《強兵》三策，《易論》《禮論》《周禮致太平論》《慶曆民言》諸篇，都從儒家經邦濟世觀念出發，評論時政得失，提出救正之術。他不以詩名，但也有一些較好的詩篇傳世，一些近體小詩也含蓄婉曲，富有韻味。李覯曾自述有《退居類稿》十二卷、《皇祐續稿》八卷、《周禮致太平論》十卷，均親自編定。又著有《常語》三卷、《後集》六卷。明正德年間孫甫編爲《直講李先生文集》（又稱《盱江集》）三十七卷、《外集》三卷，現存。

一　魯公碑

他人工字書，美好若婦女。猗嗟顏太師，赳赳丈夫武。麻姑有遺碑，歲月亦已古。硬筆可破石，钁者疑虛語。驚龍索雷鬥，口唾天下雨。怒虎突圍出，不畏千強弩。有海珠易求，有山玉易取。唯恐此碑壞，此書難再覩。安得同寶鎮，收藏在天府。自非大祭時，莫教凡眼覷。文淵閣四庫全書本《盱江集》卷三十五。

二　答緣禁師見示草書《千字文》並名公所贈詩序

佛繇西域漸中土，欲使羣心皆鼓舞。若顓梵語及梵書，昧者雖從明孰與？其徒往往多材能，暗結時賢爲外助。遠公自昔來廬山，誇逞蓮花邀社侶。吁嗟君子遭亂邦，捨此未知何處去。邇來一行善記覽，鑿破乾坤尋歷數。或攻文苑掠芬香，辭則貫休筆懷素。其餘曲藝與小詩，布在人間難悉數。賢豪大抵多憐才，引致門牆無齟齬。其人既重法亦尊，羽翼大成根本固。我緣山谷見不遠，緇褐憧憧盡愚魯。坐量此去朋黨衰，纖縞焉能拒強弩？去年有使自番陽，手藉一函來我所。發函乃是緣檗書，《千字》滿前雲縷縷。衆人飽食已用心，欲噍伯英肥美處。當時名士嘉其能，長序短篇聯繡組。因思幅員千萬里，如師之能更幾許。以儒輔釋日益多，何恤區區一韓愈。《旴江集》卷三十五。

三　聽周大師琴

已解琴中意，更加絃上聲。他人鄭衛雜，此手鬼神驚。深夜衆籟息，寒天孤月明。四鄰應得睡，濁酒且同傾。《旴江集》卷三十六。

蘇洵藝話（五則）

　　蘇洵（一〇〇九～一〇六六）字明允，號老泉，後人又將洵與子蘇軾、蘇轍合稱爲"三蘇"，稱洵爲老蘇，眉州眉山（今四川眉山）人。他少年時不喜學問，而喜遊歷名山大川，二十七歲始發憤讀書。應進士及茂材異等試，皆不中，遂焚前所爲文數百篇，絕意功名，而自託於學術。至皇祐末、至和初，著《幾策》《權書》《衡論》數十篇，系統提出涉及政治、經濟、軍事等各個領域的革新主張，被譽爲"王佐才"。嘉祐元年，送二子入京應試，知益州張方平極力舉薦之，以文章謁歐陽修。歐陽修上其書於朝，公卿士大夫爭傳之，父子三人名動京師，蘇氏文章遂擅天下。朝廷詔試策論，辭不赴命。五年，被任爲試秘書省校書郎，除霸州文安縣主簿，同修《太常因革禮》。治平三年卒，年五十八，贈光祿寺丞。蘇洵論文，與歐陽修宣導的古文革新主張相吻合，主張文章應有爲而作。他反對時文，指責那些好奇務深、虛浮不實、淺狹可笑的文，提倡平易、自然、流暢的文風，認爲作文應如風水相遇，自然成文。他品評古今文章，往往着重分析各家的藝術風格，很少有宋人論文的道學氣。蘇洵的文學創作成就主要是散文。其文章大部分都是議論文，突出特點就是"不爲空言而期於有用"（歐陽修《蘇明允墓誌銘》），往往直接針對北宋社會的現實而作。從語言藝術上看，蘇洵的散文以氣勢勝，具有荀子和戰國縱橫家的雄辯之風，觀點明確，論據有力，析理深透，語言犀利，酣暢恣肆，波瀾起伏，結構謹嚴，妙喻連篇，旁徵博引，呈現出雄奇高古的風格。蘇洵的散文在當時就頗具影響，對改變當時不良文風，起了巨大的促進作用。自宋以後，明、清各代作家均對其散文給予很高評價，把它作爲學習的範本，列爲唐宋八大家之一。蘇洵詩作不多，但諸體皆備，尤以五、七古詩見長。蘇洵的著述在宋代時即多次刊刻流傳。據張方平稱有文集二十卷、《諡法》三卷、《易傳》十卷（《文安先生墓表》）。《郡齋讀書志》卷一九著錄《嘉祐集》十五卷。南宋紹熙間又有吳炎刊《東萊標注老泉先生文集》十二卷。現存《嘉祐集》，卷帙頗有差異。今人整理本有上海古籍出版社一九九三年出版的《嘉祐集箋注》。今人曾棗莊編有《蘇洵年譜》《蘇洵詩文繫年》，關賢柱編有《蘇洵年譜》。

一　顏書四十韻

任君北方來，手出邠州碑。爲是魯公寫，遺我我不辭。魯公實豪傑，慷慨忠義姿。憶在天寶末，變起漁陽師。猛士不敢當，儒生橫義旗。感激數十郡，連衡鬬羌夷。新造勢尚弱，胡爲力未衰。用兵竟不勝，歎息真數奇。杲兄死常山，烈士淚滿頤。魯公不死敵，天下皆熙熙。奈何不愛死，再使踏鯨鰭。公固不畏死，吾實悲當時。緬邈念高誼，惜哉我生遲。近日見異說，不知作者誰。云公本不死，此事亦已奇。或云：公屍解，雖見殺而實不死。大抵天下心，人人屬公思。加以不死狀，慰此苦歎悲。我欲哭公墓，莽莽不可知。愛其平生跡，往往或孑遺。此字出公手，一見減歎咨。使公不善書，筆墨紛訛癡。思其平生事，豈忍棄路岐？況此字頗怪，堂堂偉形儀。駿極有深穩，骨老成支離。點畫迺應和，關連不相違。有如一人身，鼻口耳目眉。彼此異狀貌，各自相結維。離離天上星，分如不相持。左右自綴會，或作斗與箕。骨嚴體端重，安置無欹危。篆鼎兀大腹，高屋無弱楣。古器合尺度，法物應矩規。想其始下筆，莊重不自卑。虞柳豈不好，結束煩纍羈。筆法未離俗，庸手尚敢窺。自我見此字，得紙無所施。一車會百木，斤斧所易爲。團團彼明月，欲畫形終非。誰知忠義心，餘力尚及斯。因此數幅紙，使我重歎嘻。文淵閣四庫全書本《嘉祐集》卷一六。

二　樂論

禮之始作也，難而易行；既行也，易而難久。天下未知君之爲君，父之爲父，兄之爲兄，而聖人爲之君父兄；天下未有以異其君父兄，而聖人爲之拜起坐立；天下未肯靡然以從我拜起坐立，而聖人身先之以恥。嗚呼，其亦難矣！

天下惡夫死也久矣，聖人招之曰：來，吾生爾。既而其法果可以生天下之人，天下之人視其嚮也如此之危，而今也如此之安，則宜何從？故當其時，雖難而易行。既行也，天下之人視君父兄，如頭足之不待別白而後識，視拜起坐立如寢食之不待告語而後從事。雖然，百人從之，一人不從，則其勢不得遽至乎死。天下之人，不知其初之無禮而死，而見其今之無禮而不至乎死也，則曰聖人欺我。故當其時，雖易而難久。

嗚呼，聖人之所恃以勝天下之勞逸者，獨有死生之說耳。死生之說不信於天下，則勞逸之說將出而勝之。勞逸之說勝，則聖人之權去矣。酒有鴆，肉有堇，然後人不敢飲食。藥可以生死，然後人不以苦口爲諱。去其鴆，徹其堇，則酒肉之權固勝於藥。

聖人之始作禮也，其亦逆知其勢之將必如此也，曰：告人以誠，而後人信之，幸今之時吾之所以告人者，其理誠然，而其事亦然，故人以爲信。吾知其理，而天下之人知其事，事有不必然者，則吾之理不足以折天下之口，此告語之所不及也。告語之所不及，必有以陰驅而潛率之，於是觀之天地之間，得其至神之機，而竊之以爲樂。

雨，吾見其所以濕萬物也；日，吾見其所以燥萬物也；風，吾見其所以動萬物也。隱隱讻讻，而謂之雷者，彼何用也？陰凝而不散，物蹙而不遂，雨之所不能濕，日之所不能燥，風之所不能動，雷一震焉而凝者散，蹙者遂。曰雨者，曰日者，曰風者，以形用；曰雷者，以神用。用莫神於聲，故聖人因聲以爲樂。爲之君臣、父子、兄弟者，禮也。禮之所不及，而樂及焉。正聲入乎耳，而人皆有事君、事父、事兄之心，則禮者固吾心之所有也，而聖人之說，又何從而不信乎？明刊《蘇老泉先生全集》卷六。

三　題張仙畫像

洵嘗於天聖庚午重九日玉局觀無礙子肆中見一畫像，筆法清奇，云乃張仙也，有禱必應。因解玉環易之。洵嘗無嗣，每旦露香以告，逮數年乃得軾，又得轍，性皆嗜書。乃知真人急於接物，而無礙子之言不吾妄矣。故識其本末，使異時欲祈嗣者，於此加敬云〔一〕。《蘇老泉先生全集》卷一五。

〔一〕北京大學圖書館藏《柳風堂石墨》此句下尚有："慶曆戊子上元日拜章罷，蘇洵稽首書。維某年某月某日，具位某等昭告於真人曰：惟神好生爲德，化行四海。某等不德所召，艱於子息。堇飯遺教，瞻奉尊顏。仰觀神麻，下從愚悃。品儀不腆，神其鑑佑。尚饗。夫婦行四拜禮，詣香案，上香獻酒讀祝，再四拜。焚祝禮畢，用細米粉團成彈子，染五色，煮熟共一盤，茶三甌，酒三盞，棗湯三甌，鹿脯一方，無則以羊肉代之，時果三品，不用錢馬。用仲春仲秋上旬宜祭祀日。"

四　吳道子畫五星讚

世稱善畫，曹興、張繇。牆破紙爛，兵火所燒。至於有唐，道子姓吳。獨稱一時，蔑張與曹。歷歲數百，其有幾何？或鑱於碑，以獲不磨。

吾世貧寠，非有富豪。堂堂五行，道子所摹。歲星居前，不武不挑。求之古人，其有帝堯。盛服佩劍，其容昭昭。熒惑惟南，左弓右刀。赫烈奮怒，木石焚焦。震怛下土，莫敢有驕。崔崔土星，瘦而長腰。四方遠游，去如飛飆。倏忽萬里，遠莫可昭。太白惟將，宜其壯夫。今惟婦人，長裙飄飄，抱撫四弦，如聲嘈嘈。辰星北方，不麗不妖。執筆與紙，凝然不嚻。粧非今人，唇傅黑膏。唯是五星，筆勢莫高。

昔始得之，爛其生綃。及今百年，墨昏而消。愈後愈遠，知其若何？吾苟不言，是亦不遭。《蘇老泉先生全集》卷一五。

五　淨因大覺璉師以閻立本畫水官見遺報以詩

水官騎蒼龍，龍行欲上天。手攀時且住，浩若乘風船。不知幾何長，足尾猶在淵。下有二從臣，左右乘魚黿。矍鑠相顧視，風舉衣袂翻。女子侍君側，白頰垂雙鬟。手執雉尾扇,容如未開蓮。從者八九人,非鬼非戎蠻。出水未成列,先登揚旗旛。長刀擁旁牌,白羽注強拳。雖服甲與裳,狀貌猶鯨鱣。水獸不得從,仰面以手攀。空虛走雷霆,雨雹晦九川。風師黑虎囊,面目昏塵煙。翼從三神人,萬里朝天關。我從大覺師,得此詭怪篇。畫者古閻子,於今三百年。見者誰不愛,予者誠以難。在我猶在子,此理寧非禪。報之以好詞,何必畫在前?《聲畫集》。　文淵閣四庫全書本《宋詩紀事》卷二十。

祖無擇藝話（二則）

祖無擇（一〇〇六～一〇八五）字擇之，蔡州（今河南上蔡）人。寶元元年進士及第，授承奉郎、通判齊州。召試，充直史館，歷知南康軍、海州，遷廣東提刑，徙荊湖北路。改廣東轉運使。五年，知袁州。奉使契丹，還，出知陝府，遷湖北轉運使。召爲中書舍人，判太府寺。嘉祐八年，假右諫議大夫，充出使契丹國信使。治平元年獻《皇極箴》，賜詔獎之。二年，糾察在京刑獄，進龍圖閣學士、知開封府。出知鄭、杭二州。神宗召知通進銀臺司。熙寧三年，謫爲忠正軍節度副使，提舉西京御史臺。與文彥博、富弼、司馬光等爲真率會，洛人謂之"九老"。元豐六年，移知信陽軍。祖無擇少從孫復學經術，後又從穆修學爲古文，爲文峭厲勁折，詩亦平順暢達，無艱澀之弊。著述甚豐，經靖康兵亂散佚，僅存十之二三，其曾孫祖行編集爲十卷，名曰《煥斗集》，並附其叔任及同時人唱酬之作六卷，合爲十六卷。後改名爲《洛陽九老祖龍學文集》十六卷。

一 宋嘉言雅善飛白，一日書八字貺予，因成長句謝之

輕如游霧重如雲，學到精微妙入神。奇跡昔年傳璽帚，高名他日壓烏巾。誇呈明友防求副，留教兒孫恐失真。天子清閒好揮翰，似君須合侍嚴宸。_{文淵閣四庫全書本《龍學文集》卷二。}

二 歌者李蘇蘇 _{齊州}

歌妙纍纍若貫珠，歷城惟秖數蘇蘇。何當更唱《陽春曲》，爲爾今宵倒玉壺。_{《龍學文集》卷四。}

龔鼎臣藝話（四則）

龔鼎臣（一〇一〇~一〇八六）字輔之，鄆州須城（今山東東平）人。景祐元年進士及第，為平陰縣主簿。調孟州司法參軍、泰寧軍節度掌書記，知萊蕪、濮陽、安丘縣，擢知渠州。召還，編校史館書籍，擢起居舍人，同知諫院。兼管勾國子監，判登聞檢院。拜戶部員外郎，兼侍御史知雜事。英宗即位，改集賢殿修撰、知應天府，徙江寧。召還，判太常寺兼禮儀事。神宗即位，判吏部流內銓。與王安石政見不合，出知兗州，留守南京。拜諫議大夫、京東東路安撫使、知青州。哲宗元祐元年，以正議大夫致仕。是年十一月卒，年七十七。著述甚富，有《東原集》五十卷、《諫草》三卷、《周易補注》六卷、《中說注》十卷、《編年》一卷、《官制圖》一卷。現存《東原錄》一卷。

《東原錄》（選錄　四則）

和魯公比擬草書，以崑崙人物旅弓黑肖玄鶴孤猿之類，是形與色兼言也。

江南徐熙畫魚甚佳，關中許道寧畫山水頗類青州李成。成乃李宥諫議之祖，太宗時人也。

館中有蜀人黃筌畫白兔甚佳，蓋孟昶卯生，每誕辰，即畫獻也。

青州龍興寺天宮院石柱有韓熙載墨跡，王子融宰益都日，將遣工刻。其兄沂公止之曰："似墨跡，難得也。"元豐中，予假守是州，推官汪衍恐其難久，遂刊焉。既而予與汪同聞張擇賓郎中道沂公止之之因，頗恨不模於他石。以上文淵閣四庫全書本《東原錄》。

邵雍藝話（八則）

邵雍（一〇一一～一〇七七）字堯夫，范陽（今河北涿縣）人，隨父徙共城（今河南輝縣）。讀書蘇門山百源上，學者稱百源先生。少爲學堅苦刻厲。周遊南北，從李之才受《河圖》《洛書》及象數之學，探賾索隱，多所自得。皇祐初，定居洛陽，西京留守王拱辰爲買天津橋西舊地，建屋三十間。雍自耕以供衣食，名其居曰安樂窩，自號安樂先生。仁宗嘉祐中，詔求天下遺逸，授將作監主簿。復舉逸士，補潁州團練推官，稱疾不赴，隱居洛陽幾三十年。時富弼、司馬光、吕公著退居洛中，與之交遊。熙寧十年卒，年六十七。元祐中，賜諡康節。邵雍爲宋代理學象數體系開創者，也是理學詩派創始人。其詩作在南宋被稱爲"邵康節體"，成爲理學詩的代表。他主張作詩不必苦吟，隨口成章，故在治學之餘積有大量詩篇。以通俗明暢爲特色，語言務求淺近，有的詩甚至如同白話。著有《皇極經世》《觀物內外篇》《漁樵對問》及詩集《伊川擊壤集》等。

一　謝人惠筆

愛重寄文房，慇懃謝遠將。兔毫剛且健，筠管直而長。靜録新詩稿，閒抄舊藥方。自餘無所用，足以養鋒鋩。文淵閣四庫全書本《擊壤集》卷四。

二　聽琴

琴宜入夜聽，別起一般清。纔覺哀猿絶，還聞離鳳鳴。青山無限好，白髮不須驚。會取坐忘意，方知太古情。《擊壤集》卷四。

三　大字吟

詩成半醉正陶陶，更用如椽大筆抄。儘得意時仍放手，到凝情處畧濡毫。魯陽却日功猶淺，宗慤乘風志未高。寫出太平難狀意，任它天下頌功勞。《擊壤集》卷十一。

四　古琴吟

長隨書與棊，貧亦久藏之。碧玉琢爲軫，黃金拍作徽。典多因待客，彈少爲求知。近日僮奴惡，須防煮鶴時。《擊壤集》卷十一。

五　大筆吟

詩成大字書，意快有誰如。巨浪銀山立，風檣百尺餘。
酒喜小盃飲，詩快大字書。不知人世上，此樂更誰如。《擊壤集》卷十一。

六　觀物吟

畫工狀物，經月經年。軒鑑照物，立寫於前。鑑之爲明，猶或未精。工出人手，平與不平。天下之平，莫若於水。止能照表，不能照裏。表裏洞照，其唯聖人。察言觀行，罔或不真。盡物之性，去己之情。有德之人，而必有言。能言之人，未必能行。《擊壤集》卷十七。

七　詩畫吟

畫筆善狀物，長於運丹青。丹青入巧思，萬物無遁形。詩畫善狀物，長於運丹誠。丹誠入秀句，萬物無遁情。詩者人之志，言者心之聲。志因言以發，聲因律而成。多識於鳥獸，豈止毛與翎。多識於草木，豈止枝與莖。不有風雅頌，何由知功名。不有賦比興，何由知廢興。觀朝廷盛事，壯社稷威靈。有湯武締構，無幽厲欹傾。知得之艱難，肯失之驕矜。去巨蠹奸邪，進不世賢能。擇陰陽粹美，索天地精英。藉江山清潤，揭日月光榮。收之爲民極，著之爲國經。播之於金石，奏之於大庭。感之以人心，告之以神明。人神之胥悅，此所謂和羹。既有虞舜歌，豈無皋陶賡。既有仲尼刪，豈無季札聽。必欲樂天下，捨詩安足憑。得吾之緒餘，自可致昇平。《擊壤集》卷十八。

八　史畫吟

史筆善記事，畫筆善狀物。狀物與記事，二者各得一。詩史善記意，詩畫善狀情。狀情與記意，二者皆能精。狀情不狀物，記意不記事。形容出造化，想像成天地。體用自此分，鬼神無敢異。詩者豈於此，史畫而已矣。《擊壤集》卷十八。

魏漢津藝話（四則）

魏漢津（？～一一〇六），本蜀黥卒，皇祐中以善樂薦。崇寧初年九十餘，獻樂議，請鑄九鼎。四年鼎成，賜號冲顯處士。八月，《大晟樂》成，加虛和冲顯寶應先生，秩比中散大夫。五年十二月卒，贈太中大夫，諡嘉晟侯，配食寶成殿昭應堂。著有《大晟樂書》。

一　樂律疏

臣聞通二十四氣，行七十二候、和天地、役鬼神，莫善於樂。伏犧以一寸之器名爲含微，其樂曰《扶桑》。女媧以二寸之器名爲葦籥，其樂曰《光樂》。黃帝以三寸之器名爲咸池，其樂曰《大卷》。三三而九，乃爲黃鐘之律。後世因之，至唐虞未嘗易。

洪水之變，樂器漂蕩。禹效黃帝之法，以聲爲律，以身爲度。用左手中指三節三寸謂之君指，裁爲宮聲之管。又用第四指三節三寸謂之臣指，裁爲商聲之管。又用第五指三節三寸謂之物指，裁爲羽聲之管。第二指爲民，爲角；大指爲事，爲徵。民與事，君臣治之，以物養之，故不用爲裁管之法。得三指，合之爲九寸，即黃鐘之律定矣。黃鐘定，餘律從而生焉。又中指之徑圍乃容盛也，則度量權衡皆自是出而合矣。

商周以來，皆用此法。因秦火，樂之法度盡廢。漢諸儒張蒼、班固之徒惟用累黍、容盛之法，遂至差誤。晉永嘉之亂，累黍之法廢。隋時牛洪用萬寶常水尺。至唐室田畸及後周王朴，並有水尺之法。本朝爲王朴樂聲太高，令寶儼等裁損，方得聲律諧和。聲雖諧和，即非古法。

有大聲，有少聲。大者，清聲，陽也，天道也。少者，濁聲，陰也，地道也。中聲，人道也。今欲請聖人三指爲法，謂中指、第四指、第五指各三節。先鑄九鼎，次鑄帝座大鐘，次鑄四韻清聲鐘〔一〕，次鑄二十四氣鐘，然後均絃裁管，爲一代之樂。中華書局一九五七年縮印精裝本《宋會要輯稿》樂二之三一。

〔一〕鑄：原作"鐘"，據《宋會要輯稿》樂五之一八改。

二　琴樂議

古者，聖人作五等之琴，琴主陽，一、三、五、七、九，生成之數也。師延拊一弦之琴，昔人作三弦琴，蓋陽之數成於三。伏羲作琴有五弦，神農氏爲琴七弦，琴書以九弦象九星。

五等之琴，額長二寸四分，以象二十四氣；嶽闊三分，以象三才；嶽内取聲三尺六寸，以象期三百六十日；龍齗及折勢四分，以象四時：共長三尺九寸一分，成於三，極於九。九者，究也，復變而爲一之義也。

《大晟》之瑟長七尺二寸，陰爻之數二十有四，極三才之陰數而七十有二，以象一歲之候。既罷箏、築、阮，絲聲稍下，乃增瑟之數爲六十有四，則八八之數法乎陰，琴之數則九十有九而法乎陽。中華書局二十四㐮本《宋史》卷一二九《樂志》四。

三　大晟樂議

宮架總攝四方之氣，故《大晟》之制，羽在上而以四方之禽，虡在下而以四方之獸，以象鳳儀、獸舞之狀。龍簨崇牙，製作華焕。《宋史》卷一二九《樂志》四。

四　樂律議

黄帝、夏禹之法，簡捷徑直，得於自然，故善作樂者以聲爲本。若得其聲，則形數、制度當自我出。今以帝指爲律，正聲之律十二，中聲之律十二，清聲凡四，共二十有八。《宋史》卷一二九《樂志》四。

蔡襄藝話（一九則）

蔡襄（一〇一二～一〇六七）字君謨，興化軍仙游（今福建仙游）人。天聖八年，舉進士甲科，爲漳州軍事判官、西京留守推官。改著作佐郎、館閣校勘。慶曆三年，知諫院，兼修起居注。范仲淹以言事罷職，尹洙、余靖、歐陽修論救之，相繼被貶斥，蔡襄爲作《四賢一不肖》詩，盛傳於朝野。四年，以右正言直史館，出知福州，改福建路轉運使。判三司鹽鐵勾院，復修起居注。皇祐四年，遷起居舍人、知制誥，兼判吏部流內銓。至和元年，遷龍圖閣直學士、知開封府。三年，出知泉州，徙福州，復知泉州。嘉祐五年，召拜翰林學士，權三司使。英宗即位，拜三司使。居二歲，以母老求外任，拜端明殿學士、知杭州。治平四年卒，年五十六。孝宗乾道中，賜諡忠惠。蔡襄擅長詩文，其詩初學西崑體，後改而與歐陽修、梅堯臣風格相近。又工書畫，書法爲宋代名家。著有《蔡君謨集》十七卷，南宋乾道時泉州有重刻本，增至三十六卷，王十朋爲作序。《宋史·藝文志七》則著錄有《蔡襄集》六十卷、《奏議》十卷。現存蔡襄文集有多種版本。

一　御筆賜字詩　並序（節錄）

臣襄伏蒙皇帝陛下特降中使，賜臣御書一軸，其文曰御筆賜字君謨者。臣孤賤遠人，無大材蓺，陛下親灑宸翰，推著經義，俾臣佩誦，以盡謨謀之道。事高前古，恩出非常。臣感懼以還，謹撰成古詩一首，以敘遭遇，干冒聖慈，臣無任荷戴兢營之至。

皇華使者臨清晨，手開寶軸香煤新。沿名與字發深旨，宸毫灑落奎鉤文。精神高遠照日月，勢力雄健生風雲。混然氣質不可寫，乃知學到非天真。緘藏自語價希代，誰顧四壁嗟空貧。文淵閣四庫全書本《端明集》卷一。

二　和楊龍圖蘆鴈屏

何事高堂秋思生，野蘆寒鴈畫工精。風前挺立孤根老，雲外相從去意輕。不似丹青能借色，若逢霜月定聞聲。研桑心術都無取，回望江鄉計未成。《端明集》卷八。

三　和楊龍圖獐猿屏

畫莫難於工寫生，獐猿移得上幽屏。相逢平野初驚顧，共向薰風適性靈。引子晝遊新草綠，嘯羣時望故山青。可憐官省汩迷處，每到中軒頓覺醒。《端明集》卷八。

四　答歐陽永叔書

襄啟：蒙書以《集古錄序》見託書之於石。《集古》之勤，且十八載，而得千卷，並包夷夏數千里，行歷周、秦、漢、魏以來數千百年。賢聖功業，賊亂事跡，往往史傳之外，證明偽謬。其於所得之多，雖勞有益，豈特比於犀珠金玉世人之所欲者。以永叔之文章與所趣尚，舉而行之，極於不泯，豈假書字之工而後傳哉？

然古之碑銘桓表〔一〕，亦有以書而傳者，觀其人莫不勤苦畢世，乃成其藝，襄之所能特淺淺者爾。鄉者得侍陛下清光，時有天旨，令寫御撰碑文、宮寺題榜。世之人豈遽知書，特以上之使令，至有勳德之家請朝廷出敕令書。襄謂近世書寫碑誌，例有資利，若朝廷之命，則有司存焉，待詔其職也。今與待詔爭利，其可乎？力辭乃已。襄非以書自名而取高，誠以不相知者以利見臨也。蓋辭其可辭，其不可辭者不辭也。如公之文與所尚，誠得附名篇末，以永其傳，茲其幸也，其敢辭焉？不宣。再拜。清雍正十二年福建蔡氏遜敏齋刻本《宋端明殿學士蔡忠惠公文集》卷二四。

〔一〕桓：原作"植"，據宋刻本《莆陽居士蔡公文集》改。

五　《御書碑》序

皇祐五年秋，陛下以真宗皇帝《奉神述》再刻之碑，親膽篆額，敕臣模寫，終篇既成，奏御，蒙賜臣御書一軸。臣輒形頌章，上述旨義，又辱獎詔。明年春，刊本上之，特賜臣母仁壽郡太君盧氏冠帔。

臣歷考故事，未有列官侍從而宸毫賜字，不緣名品而象服及親，獨臣恩榮，前無比例。伏惟陛下性資孝誠，覆養萬物，精通經誼，遊適藝文，矜優高年，原本慈惠。每觀先帝睿文，若臨宗廟，志容必盡。親勒題顏，恭記一十九字，念思勤勤。以臣得與翰墨之間，探《春秋》褒勸之法，稽《虞書》謨謀之義，神筆飛動，妙入無跡。敦尚老老，推及臣親，日月之光，下燭幽昧。蓋繇陛下根於仁厚而形於政事，豈愚者之慮所能誦道哉！

竊念臣出入省闈，嚮餘十年。其間或言諍，觸貴權，所以護而器使之〔一〕，悉賴天聰。今茲忝冒重疊，莫知所爲。謹摹御書及錄獎詔，鐫著於石，臣所獻詩並亦附見。傳之四外，垂之萬世，非特微臣之榮遇，抑亦興朝之盛舉也。

至和元年六月二十四日，朝奉郎、起居舍人、知制誥、權同判吏部流内銓、上騎都尉、賜紫金魚袋臣蔡襄謹序。《宋端明殿學士蔡忠惠公文集》卷二六。

〔一〕護：原作"獲全"，據宋刻本《莆陽居士蔡公文集》改。

六　雜説（一）

開元中，《霓裳羽衣》盛行於時。唐末兵戈，浸以微滅。今河中有舊譜，而其字形與世之譜字，觱栗、笙皆不合，無從而得；唯法曲散序無拍，謂《霓裳》之遺音，未必然也。守程精通音律，悼其亡闕，仿像法曲造之，寄林鐘商。華日新亦造《望瀛》《懷仙》二曲，世人罕得其本也。《宋端明殿學士蔡忠惠公文集》卷三一。

七　雜説（二）

樂自王朴之後無述作。仁宗時，李照重造樂器〔一〕，廢朴鐘磬。其後復用阮逸、胡瑗更作新樂，蜀人房庶又爲異議，迄今無定論。林氏巽之學通《易》卦，太陽太陰，以定律管，先儒所未言。《宋端明殿學士蔡忠惠公文集》卷三一。

〔一〕李照：原作"李詔"，據《宋史》卷一二六《樂志》一改。

八　評書

鍾、王、索靖法相近，張芝又離爲一法。今書有規矩者王、索，其雄逸不常者皆本張也，旭、素盡出此流。蓋其天資近者，學之易得門户。學書之要，唯取神氣爲佳。若模象體勢，雖形似而無精神，乃不知書者所爲耳。

嘗觀石鼓文，愛其古質，物象形勢有遺思焉。及得原叔鼎器銘，又知古之篆文或多或省，或移之左右上下，唯其意之所欲，然亦有工拙。秦漢以來，裁得一體，故古文所見止此，惜哉〔一〕！

唐初，二王筆跡猶多，當時學者莫不依做。今所存者無幾。然觀歐、虞、褚、陸號爲名書，其結約字法皆出王家父子。學大令者多放縱，而羲之投筆處皆有神妙。余嘗謂篆隸正書與草行通是一法。吴道子善畫，而張長史師其筆法，豈有異哉？然其精粗繫性之利鈍、學之淺深，古人有筆塚墨池之説，當非虚也。

近世篆書好爲奇特，都無古意。唐李監通於斯，氣力渾厚，可謂篆中之雄者。學者宜如此説，然後可與論篆矣。

張長史正書甚謹嚴，至於草聖，出入有無，風雲飛動，勢非筆力可到，可謂雄俊不常者耶！

長史筆勢，其妙入神，豈俗物可近哉！懷素處其側，直有僕奴之態，況他人所可擬議？

智永草書《千文》蓋七百本，唐初尚有存者。太宗取其最精者模寫勒石，云"律吕調陽"是也。

顔魯公天資忠孝人也，人多愛其書，書豈公意耶？

閩中無佳石，以堅木刊字，往往有予筆跡，模刻多或失真。自今年來眼昏，求書者一切謝絶。嚮時子弟輩多蓄予字，皆爲人持去。余有澄心紙百幅、李庭珪墨數丸，皆人間罕見者，當作諸家體以傳子孫，其餘輩故人不能作手書。子弟輩得余書者，當自收之。

每落筆爲飛草書，但覺煙雲龍蛇，隨手運轉，奔騰上下，殊可駭也。靜而觀之，神情歡欣可喜耳。

《蘭亭》模本，秘閣一本，蘇翁家一本，粗有法度精神，其餘不足觀也。石本唯此書至佳，淡墨稍肥，字尤美健可愛。或云出於河北李學究家，今王公和所藏也〔二〕。

《瘞鶴文》非逸少字。東漢末多善書，唯隸書最盛。今八分。晉魏之分，南北差異，鍾王楷書，爲世所尚。元魏間盡誓隸法。自隋平陳，中國多以楷隸相參。今存者李德林碑、褚書《三龕碑》是也。《瘞鶴》文字有楷隸筆，當隋代書，世云逸少，殊無彷彿也。《宋端明殿學士蔡忠惠公文集》卷三一。

〔一〕此條又見《歐陽文忠公集》卷一三四，末署"治平甲辰正月，莆陽蔡襄"。
〔二〕此條又見《蘭亭考》卷六，末署"蔡襄"。

九　論書題跋

古之善書者必先楷法，漸而至於行草，亦不離乎楷正。張芝與旭，變怪不常，出乎筆墨蹊徑之外，神逸有餘，而與羲、獻異矣。襄近年粗知其意，而力已不及，烏足道哉！宋慶元二年周必大編刻一百五十三卷本《歐陽文忠公集》卷七三引。

一〇　題後漢《秦君碑》首

漢碑今存者少，此篆亦與今文小異，勢力勁健可愛。《歐陽文忠公文集》卷一三六引。

一一　跋范文度摹本《蘭亭序》

右軍《蘭亭》最著，今世尚有搨本：秘閣一本，蘇才翁一本，周越一本，猶有氣象存焉。今觀摹仿，蓋得之矣。嘉祐壬寅五月廿六日，莆陽蔡襄。《歐陽文忠公文集》卷一三七引。

一二　跋隋丁道護啓法寺碑

此書兼後魏遺法，與楊家本微異。隋唐之交，善書者眾，皆出一法，道護所得最多。楊本開皇六年，去此十七年，書當益老，亦稍縱也。甲辰治平初月十日，莆陽蔡襄記。《歐陽文忠公文集》卷一三八引。

一三　跋唐搨賜本《蘭亭》帖

蠟本雙鈎之法，世皆不傳，惟唐翰林院所摹帖中用之。此《蘭亭》蓋當時搨賜侍臣者。卷首尾三印，曰"賜書"、"翰林院文字"、"延資庫之印"。又有一時官吏署銜名，其詳審如此，決不失真矣。嘉祐元年正月望，莆田蔡襄題。文淵閣四庫全書本《蘭亭考》卷五。

一四　題唐臨《蘭亭》

禊事文，所收石本、摹本至七軸，未始有同者，然求其意，可見其真。嘗於王仲儀家見一本，亦云出於周氏，然點畫微細瘦，不若此書有精神也。襄題。《蘭亭考》卷五。

一五　題王獻之書《洛神賦》

子敬能作方丈字。觀其細書巧妙，方丈不足爲。大令、右軍法雖同，其放肆豪邁，大令差異。古人用功精深，所以絕跡也。治平三年三月廿八日，襄。上海書畫出版社一九八三年版《蔡襄書法史料集》之《古香齋寶藏蔡帖》卷一。

一六　題徐崇嗣《沒骨圖》

前世所畫，皆以筆墨爲上，至崇嗣始用布彩逼眞，故趙昌輩效之也。叢書集成初編本《圖畫見聞誌》卷六。

一七　跋蕭子雲《出師頌》

章草法今世少傳，此書尤精勁而完篇，殊可愛。借臨一本，然眼力已昏，多亦失眞，他日或移石本，可分遺也。治平二年六月十三日，端明殿學士、知杭州軍州事蔡襄題。上海古籍書店一九七九年影印宋拓本《蘭亭續帖》第一册。

一八　題宋拓顏魯公書《華嚴經》

襄蒙示魯公眞筆，歎服不足，輒書短句。莆田蔡襄。文淵閣四庫全書本《珊瑚網》卷二〇。

一九　題范文正公書《伯夷頌》

此書皆謗毀，艱難者讀之益以自信，故退之、希文尤殷勤耳。治平二年五月六日，襄題。文淵閣四庫全書本《鐵網珊瑚》卷二。

王琪藝話（二則）

王琪（生卒年不詳）字君玉，華陽（今四川成都）人，王珪從兄。少聰慧，幼時已能爲歌詩。晏殊守南都，署爲府簽判，賓主相得甚歡。進士及第，調江都主簿，上時務十二事，仁宗嘉賞。天聖三年，召試，授大理評事、館閣校勘。仁宗宴於太清樓，命館閣之臣作《山水石歌》，王琪詩獨受褒賞。通判舒州，知復州。歷開封府推官、直集賢院、兩浙淮南轉運使、修起居注、鹽鐵判官，判户部勾院，知制誥。奉使遼國，以疾辭不行，責信州團練副使。起知潤州，復知制誥。加樞密直學士、知潤州，徙鄧、揚州。入判太常寺。治平元年，知杭州。二年，徙知揚州。以禮部侍郎致仕，卒年七十二。王琪喜爲詩，與楊億、歐陽修多有唱和，王安石評其詩"雖時有奇句，然雕鎪不自在"（《苕溪漁隱叢話》前集卷二六引《鍾山語錄》）。王琪也長於作詞，其《望江南》十首，清新靈動，風格接近晏、歐。著有《王琪詩》二十卷，已佚。四庫本《兩宋名賢小集》收有王琪《漫園小稿》一卷。所作樂府名《謫仙長短句》，今亦不傳。近人周泳先有輯本，輯錄其詞十一首。

一 清輝殿觀唐明皇山水石字歌

皇家四葉恢聖功，天臨日燭清華戎。漢條静治洽柔教，老心稽古開神聰。有唐英主稱好文，仙毫灑落驅風雲。壯哉山水有奇字，焕乎八法存翠珉。自從棄置咸陽道，蘚駁煙滋委宮草。天開神贊會休辰，甄收再作皇居寶。如何淪棄三百春，迎逢睿鑒來紫宸。奎鉤粲粲光華動，羣玉森森氣象新。丹礐春妍瑞靄深，文梁藻棟結芳林。鴻翔鳳翥徑方丈，杯流泉湧蒙親臨。鯫臣榮幸從金輿，鉤婉魂驚拭目初。多慙攬筆非清藻，唯慶千齡際帝圖。文淵閣四庫全書本《兩宋名賢小集》卷五十七《漫園小稿》。

二 無絃琴

寂寞之淳音，其爲樂至深。應嫌鼓腹者，獨自撫絃琴。《漫園小稿》。

《國老談苑》舊題夷門君玉 藝話（一則）

文淵閣四庫全書《國老談苑》提要云："舊本題夷門隱叟王君玉撰。考陳振孫《書錄解題》《宋史·藝文志》作《國老閒談》，卷數與此相合，而注稱夷門君玉撰，不著其姓。然則此名後人所改，王字亦後人所增也。是編所紀乃宋太祖、太宗、真宗三朝雜事，於當時士大夫頗有所毀譽，尤推重田錫而貶斥陶穀，其餘如馮拯諸人，俱不免於微詞。雖間或抑揚過情，而大致猶據實可信。如范質不受賂遺，竇儀議令皇帝開封尹署敕，趙普請從征上黨，曹彬平蜀囊中惟圖書諸條，《宋史》皆採入本傳中。他亦多叙述詳贍，足與史文相參考。"此夷門君玉是否爲王琪，俟考。

《國老談苑》（選錄）

崔遵度爲太子諭，德性方正清素，尤精於琴，嘗著《琴箋》。以天地自然有十二聲徽，非因數也。范仲淹嘗問琴理於遵度，對曰："清麗而靜，和潤而遠，琴書是也。"文淵閣四庫全書《國老談苑》卷一。

楊蟠藝話（一則）

楊蟠（生卒年不詳）字公濟，台州臨海（今浙江臨海）人，一説錢塘（今浙江杭州）人。自號浩然居士。慶曆六年進士，歷密州、和州推官。歐陽修稱其詩。熙寧中，官光禄寺丞，提舉陝西常平。元豐中，爲太常博士。元祐中，蘇軾知杭州，楊蟠爲通判，頗多唱和。紹聖中，爲温州守，後知壽州卒。喜賦詠，詩多佳句，爲人稱誦。平生爲詩數千篇，著有《章安集》，原集已佚，今《台州叢書》有輯本《章安集》一卷。

墨池懷古

書畫嘗聞晉右軍，當時深遁樂天真。空山寂寞人何在，一水泓澄墨尚新。靈運也思輕印綬，季鷹還解憶鱸蓴。高風复古應相照，共是知幾此避身。文淵閣四庫全書本《會稽掇英總集》卷十三。

錢明逸藝話（一則）

　　錢明逸（一〇一五～一〇七一）字子飛，錢塘（今浙江杭州）人，錢易子。以父蔭爲殿中丞，策制科及第，轉太常博士，擢右正言。進同修起居注、知制誥，擢知諫院，爲翰林學士。加史館修撰，知開封府。因事罷，出知蔡州，歷知揚、青、鄆、曹四州、應天府。還，判吏部流內銓，知通進銀臺司。復出知成德軍、渭州、秦州。治平初，再爲翰林學士。神宗即位，御史論其傾險，文辭淺薄，罷學士職，出知永興軍。熙寧四年卒，年五十七，贈禮部尚書，諡修懿。《宋史》傳論其家三代皆制科及第，父子輪流執掌詔命，時人以爲榮。

《五老圖》序

　　夫蹈榮名而保終吉，都貴勢而躋遐耆，白首一節，人生所難。

　　今致仕官師相國杜公，雅度敏識，圭璋巖廟，清德令望，龜準當世，功成自引，得謝君門。視所難得者，則安享之；謂所難行者，則恬居之。燕申睢陽，與太原王公、故衛尉河東畢卿、兵部沛國朱公、駕部治平馮公，咸以耆年掛冠，優遊鄉梓，暇日宴集，爲王老會。賦詩酬唱，怡然相得。宋人形於繪事，以紀其盛。

　　昔唐白樂天居洛陽，爲九老會，於今圖識，傳以爲勝事。距茲數百年，無能紹者。以今況昔，則休烈鉅美過之。

　　明逸遊公之門久矣，以鄉間世契，倍厚常品。今假守留鑰，日登翹館，因得圖像，占述序引，以代鄉校詠謠之萬一。至和丙申中秋日，錢明逸。文淵閣四庫全書本《式古堂書畫彙考》卷四五。

戴蒙藝話（一則）

戴蒙（生卒年不詳）初名莊，後改名蒙，字正仲，號無知子，吳興（今浙江湖州）人。慶曆六年進士。元豐元年以尚書都官郎中知綿州。八年，管勾成都玉局觀。

題范文正公手書《道服讚》

竊觀文正公《道服讚》，文醇筆勁，既美且箴，以盡明契之義，有以見高陽公之德矣。傳曰："不知其人，視其友。"諒哉！

熙寧壬子年十一月甲子，吳興戴蒙正仲題。清乾隆内府拓本《御刻三希堂石渠寶笈法帖》釋文四。

韓維藝話（八則）

韓維（一〇一七～一〇九八）字持國，開封雍丘（今河南杞縣）人，億第五子，絳弟。以進士奏名禮部，不肯試大廷，後以蔭補官。召試學士院，不就。富弼辟爲河東幕府，歐陽修薦爲史館檢討、知太常禮院。以秘閣校理通判涇州。神宗時爲淮陽郡王、潁王，維爲王府記室參軍。擢同修起居注，進知制誥、知通進銀臺司。神宗即位，除龍圖閣直學士，出知汝州。數月後，召兼侍講、判太常寺。熙寧二年，遷翰林學士、知開封府，兼侍讀學士，充群牧使。出知襄州，改許州。七年，召爲翰林學士承旨。出知河陽，復知許州，提舉嵩山崇福宮。哲宗立，召拜門下侍郎。出知汝州。以太子少傅致仕。紹聖二年，入元祐黨籍，貶左朝散大夫，均州安置。元符元年卒，年八十二。維自少喜爲詩文，與歐陽修、梅堯臣多有唱和。鮮于綽《韓維行狀》稱其文章"典麗溫雅，應用敏妙"，詩歌"句法謹嚴，平淡清遠，有陶淵明、韋蘇州氣格"。亦能詞，其《胡搗練令》詞過拍有"燕子漸歸春悄，簾幕垂清曉"，清況周頤《蕙風詞話》卷二謂用語妙在一"漸"字，寫景而情亦在其中。韓維詩文在北宋時尚未編集，南宋時其裔孫韓元吉編爲《南陽集》三十卷、附錄一卷；又著有《潁邸記室集》一卷、《奏議》一卷。現存者僅《南陽集》。

一　聽琴

達士寡世慕，至音遺俗彈。一聞正始奏，坐使太古還。殘雪照樽酒，晴陽挂簷端。曲罷了無得，清松空自寒。文淵閣四庫全書本《南陽集》卷三。

二　奉同原甫度支廳壁許道寧畫松　依韻

長松盤青冥，鬱與窗戶對。許翁寫生意，獨得毫墨外。年侵日昏剝，拂拭自君輩。得非神物守，以待真賞會。翛然簿書暇，恍若巖壑內。舉手捫紫烟，側耳聽清籟。蒼林與老石，野性舊所愛。一從官都邑，茲遊頗乖背。慰此痛瘵懷，典刑亦足賴。幸當掃塵壁，促駕我其邁。《南陽集》卷四。

三　又和原甫省壁畫蟹　依韻錢諫議筆

天工不爲神，衆物自我具。錢侯掃墨筆，敖跪生指顧。如依石穴出，尚想秋江度。真僞本相奪，安知彼非誤。《南陽集》卷四。

四　和勝之彈琴

寥寥太虛內，漠然函至音。淳源一以泄，其流播爲琴。衆人玩其器，賢者識其心。勝之明達士，於此趣已深。發爲新詩謠，如聽松風吟。鍾牙久不作，誰辨雅與淫。昭氏貴弗鼓，兹言良所欽。《南陽集》卷四。

五　遺吳冲卿大饗碑文

蒼碑剝龍螭，突兀古殿側。世變文字異，歲久苔蘚蝕。諒非好事者，塵土未嘗拭。我來仰首看，百過不自息。曩者魏方盛，帝丕託威德。馳驅百萬衆，南指斗牛域。誓將珍氛祲，飲馬長江邑。翠華鬱回翔，高會誇故國。肅肅環珮響，煌煌羽旄飾。鼓鐘何鏗鎝，淮漢爲震仄。罷饗示得意，摘文永鑱勒。從臣梁孟皇，隸法當世特。奉詔無與讓，淋漓奮其墨。爾來幾千歲，卓卓見筋力。端莊九鼎重，勁挺羣珪植。威儀商山老，氣象漢庭直。惟昔銘枸戈，先儒固難跡。況我鄙陋極，視此空嘆惜。常恐日磨滅，不辨點與畫。呼工模於紙，一掃見白黑。緘包比瓊瑤，把玩廢寢食。於時大經九，有詔講謬忒。刊之太學中，爲後代法式。冲卿邦家彥，學問古今積。辭端海鯨運，筆力霜鶚擊。況兹服儒官，洒翰固其職。楷模所流傳，歷世動千百。自非體法正，徒使觀者惑。厥初篆草隸，根本君已極。聊持釘張靦，庶以參得失。《南陽集》卷五。

六　答原甫試墨見貽

金壺道人丸法墨，持買都城人莫識。君先得之寫大句，光與日彩相吞蝕。句精墨妙氣怒豪，意欲斬鯨連巨鼇。鯨鼇天地兩微物，何足辱吾鈎與刀。丈夫捲舒固有道，願君少安無草草。都城不獨墨好酒亦好，安得不飲自枯槁。《南陽集》卷五。

七　覽景仁君實議樂，以詩戲呈景仁

少年議樂至顛華，作得文章載滿車。律合鳳鳴猶是末，尺非天降豈無差。勞心未免爲詩刺，聚訟須防似禮家。一曲銀簧一盃酒，且於閒處避風沙。《南陽集》卷九。

八　省壁畫山水 _{許道寧筆。富公爲判官時令畫。}

　　淡水疎峰舉目間，獨憐平遠思多閒。煩尋莫使埃塵污，絶筆如今不易攀。《南陽集》卷十三。

周敦頤藝話（四則）

周敦頤（一〇一七～一〇七三）原名敦實，避英宗舊諱改，字茂叔，號濂溪，道州營道（今湖南道縣）人。少孤，養於外家。仁宗景祐中，以舅父鄭向蔭補試將作監主簿，授洪州分寧主簿。調南安軍司理參軍，移郴州郴縣、桂陽二縣令。知洪州南昌縣，簽署合州判官事，通判虔州、永州，攝邵州事。熙寧中擢廣南東路轉運判官、提點刑獄。移知南康軍，自請分司南京而歸。六年六月卒，年五十七。嘉定中賜諡曰"元"。喜談名理，精於《易》學，程顥、程頤從之學，為宋代理學開山之祖。著有《太極圖說》《通書》等。

一　禮樂第十三

禮，理也；樂，和也。陰陽理而後和。君君臣臣，父父子子，兄兄弟弟，夫夫婦婦，萬物各得其理而後和。故禮先樂後。宋刻本《元公周先生濂溪集》卷四《通書》。

二　樂上第十七

古者，聖王製禮法，修教化，三綱正，九疇叙，百姓大和，萬物咸若，乃作樂，以宣八風之氣，以平天下之情。故樂聲淡而不傷，和而不淫，入其耳，感其心，莫不淡且和焉。淡則欲心平，和則躁心釋。優柔平中，德之盛也；天下化中，治之至也。是謂道配天地，古之極也。後世禮法不修，政刑苛紊，縱欲敗度，下民困苦。謂古樂不足聽也，代變新聲，妖淫愁怨，導欲增悲，不能自止。故有賊君棄父，輕生敗倫，不可禁者矣。嗚呼！樂者，古以平心，今以助欲；古以宣化，今以長怨。不復古禮，不變今樂，而欲至治者，遠哉！《元公周先生濂溪集》卷四《通書》。

三　樂中第十八

樂者，本乎政也。政善民安，則天下之心和，故聖人作樂以宣暢其和心，達於天地，天地之氣感而大和焉。天地和，則萬物順，故神祇格，鳥獸馴。《元公周先生濂溪集》卷四《通書》。

四　樂下第十九

樂聲淡則聽心平，樂辭善則歌者慕，故風移而俗易矣。妖聲豔辭之化也，亦然。《元公周先生濂溪集》卷四《通書》。

陳襄藝話（三則）

陳襄（一〇一七～一〇八〇）字述古，又稱古靈先生，福州侯官（今福建福州）人。少孤力學，遊於鄉校，與陳烈、周希孟、鄭穆爲友。是時學者沉溺於雕琢之文，四人相與倡導知天盡性之説，時人稱爲"四先生"。慶曆二年進士，調建州浦城主簿，攝縣令。移台州仙居縣令。皇祐三年，知孟州河陽縣，徙知彭州蒙陽縣。嘉祐二年，以富弼舉薦，召試，充秘閣校理。三年，判尚書祠部，編定昭文館書籍。六年，出知常州，浚湖興學。治平元年，爲開封府推官。三年，入爲三司鹽鐵判官。神宗即位，奉使契丹，使還知明州。熙寧初，召修起居注，尋知諫院、管勾國子監，兼侍御史知雜事，判吏部流内銓。四年，除知制誥兼直學士院。數上疏論新法不便，乞補外，知陳、杭二州。八年，召還，知通進銀臺司兼門下封駁事，提舉進奏院。除右司郎中、樞密直學士、判太常寺兼禮儀事。九年，兼侍讀、知審官東院。元豐二年，兼判尚書省。三年卒，年六十四。李綱《古靈陳述古文集序》稱其文"温厚深純，根於義理"，"詩篇平淡如韋應物，其文詞高古如韓退之，其論事明白激切如陸贄，其性理之學庶幾子思、孟軻"。著有《郊廟奉祀禮文》三十卷（已佚）、《古靈先生文集》二十五卷。

一　古琴賦

客有孫枝之琴，號曰太古之器。樸兮不文，淡焉無味。痕交錯而蠹生，色爛斑而塵蔽。疏絃危而不紊，瑤軫虺而幾廢。吁至道之難行，悵知音之未至。凄凄然，泠泠然，故獨以因時而遣意。洎乎夕照西沈，蒼梧半陰，對明月之千里，上高臺之百尋。爾乃豁妙慮，開冲襟，撫玉柱，揚清音。不獨解吾人之愠，將以平君子之心。

太丘子乃展轉不寐，振衣而起，悄焉凝懷，寂焉傾耳。意躑躅於幽蘭，心彷徨於流水。由是納中和，鐲侈靡。審樸略之遺韻，達真純之妙理。忽然不覺至道之入神，而大化之陶己。別有宛洛佳客，金張貴侯，塗歌兮邑詠，朝歡兮夕遊。設瓊漿兮綺席，張翠幰兮青樓。莫不弄秦聲，歌郢曲，吹女媧之笙簧，播子文之絲竹。然後酩酊乎醉鄉，駢闐乎歸軸。又安能審雅操之微妙，聽丹絃之斷續而已哉？

嗟乎，大道既傾，澆風益行，雖歌吹之沸天，徒管絃之亂人。方今朝廷淑清，天下化成，願以古人之風，變今人之情；以今人之樂，復古人之聲。則斯琴也，可以易俗而移民；而斯世也，可以背偽而歸真。國家圖書館藏宋刻本《古靈先生文集》卷二。

二　黄鐘養九德賦

惟黄鐘之起一，本太極以函三。導微陽而敷暢，養九德以稽參。五聲正而八音和，清宮旁達；六府修而三事治，元化中含。始其天地發乎大生，氣序轉乎三統。黄者中之色，配土位以居正。鐘者聚於下，首天陽而施種。故此致德產之盛大，阜民財而錯綜。氣鍾於子，斯爲萬事之本原；物遂其生，宜合九功之歌頌。

且以宣和禮樂，入應虛危，四方統理而以序，萬寶滋生而不遺。得非致九序以咸若，居中央而主之？内播宮聲，暢百穀共戈之利；上推天統，協三行時序之宜。又若統一氣之元，冠三微之首。應律本以吹萬，配乾元之初九。使施生者曲盡於亭毒，正德者盡躋於仁壽。權衡度量從而出，使利用之得宜；陰陽氣序統以和，致常生之滋厚。豈不以十二之律兮，推候管以相旋；八十之絲兮，調正聲而内宣？

況其稱道唱始，權輿率先。群生重畜，我總其化；九德萬事，我總其權。亦由太簇贊陽，達庶物於厚地；璿璣觀運，齊七政於高天。得不觀律府以宣揚，謹伶人而職掌？命之宮而商必應，祀於天而神必享。雖幽滯以咸出，無忽微而或爽。不然，何以成之數而該之積，邑百穀以萌滋；功惟叙而叙惟歌，同六氣之宣養？

夫此統氣成類，含元處中。和於樂也，以中和而育物；養其化也，以造化而爲工。稽合天元，首鐘師而調律；陶成化本，贊夏禹之謨功。聖人由是作樂以暢乎清明，製器以規其小大。維兹六律之首，摠乎萬化之會。故伶倫深戒於景王，極天人之交泰。《古靈先生文集》卷二。

三　論樂札子〔一〕

臣謹看詳：古者，先王用樂，皆有上下之節焉。《虞書》曰：“夏繫鳴球，搏拊琴瑟以詠。”注：“舜廟堂之樂也。”曰：“下管鞀鼓，合止柷敔。”注：“堂下樂也。”曰：“笙鏞以間。”注：“間，迭也。”謂二者迭奏也。曰：“《簫韶》九成。”注：“簫見細器之備”，“備樂九奏，而致鳳凰”。言其樂之盛也。

周之樂，其節亦有四焉：曰升歌，曰下管，曰間歌，曰合樂。《儀禮·燕禮》《鄉射禮》有工歌《鹿鳴》，笙入，奏《南陔》，間歌《魚麗》，笙《由庚》，合鄉樂《關雎》《鵲巢》，皆三終是也。《大射禮》則有升歌、下管，而無間歌、合樂，《鄉射禮》則有合樂，而無升歌、下管、間歌。用於射，而其樂故略也。《燕禮》《鄉飲禮》四節備者，主於君臣之會，賓客之交，故其樂備。《鄉飲酒禮》曰合樂，於《周禮》曰大合樂者，天子諸侯，禮固有間矣。曰大者，又加備爾。王者以樂致鬼神示，宜其以六律、五聲、八音、六舞合而奏之，無所遺也。故《樂》之《序》：“歌者在上，琴瑟和之，貴人聲也。吹者在下，金石次之，貴人氣也。工歌作而後匏竹興，匏竹興而後播鼓鞀、擊鐘磬以應之，故曰禮交動乎上，樂交應乎下，和之至也。"

今者，升歌堂上，乃設編鐘、編磬二於堂上，以亂人聲。匏竹列於堂下，而歌者乃坐於鐘磬之間，失上下之序矣。皇帝升降、祼鬯、受嘏，則止用登歌，而宮架不作；迎神、送神、沃盥、復位、酌獻，有司薦俎，則祇用宮架，而工不升歌，又皆戾於古矣。

《周禮·樂師》："教樂儀，行以《肆夏》。"注謂："人君行步，以《肆夏》爲節。"又《鐘師》："凡樂事，以鐘鼓奏九夏。"釋者云："鐘中得奏九夏，謂堂上升歌，堂下以鐘鼓應之也。"《周禮·內宰》注："薦徹之禮，當與樂相應。"孔穎達云："天子薦時歌《清廟》，及徹歌雍。"明薦、徹皆用升歌而已，餘樂不作也。若迎神之樂，則《周禮·大司樂》以黃鐘爲宮，大呂爲角，太蔟爲徵，應鐘爲羽。路鼓路鞀，陰竹之管，龍門之琴瑟，九德之歌，九磬之舞，其奏九變。及分樂而序之，以享先祖，則奏無射，歌夾鐘，舞大武，文之以五聲，播之以八音是也。

伏請宗廟之樂，皇帝升降、沃盥、祼鬯、酌醴、受嘏、復位，凡行步之節，並升歌堂上，而下以鐘鼓應之，如奏《肆夏》之儀。有司薦徹，則惟用升歌而已。其迎神之樂九變，宮用鐘，歌興安之歌，舞文德之舞，猶《大司樂》九德之歌，九磬之舞。和之以琴瑟，播之以鼓鞀。送神亦如之。送神樂雖不經見，義可倣此。如今制，一成可也。若三獻之禮，則奏無射，歌夾鐘，舞文舞，其樂皆一成。猶周舞大武。惟薦腥之後，則備上下之奏，陳功德之舞，如太祖、太宗文武之舞並作，諸帝止奏文舞。其樂六成，庶合乎舜之《簫韶》，周之大合樂也。取進止。《古靈先生文集》卷一七。

〔一〕此文底本闕略太多，此據文淵閣四庫全書本補全，不再一一注明。

李丕緒藝話(一則)

　　李丕緒(生卒年不詳),秦州成紀(今甘肅天水)人,仕衡子。蔭補將作監主簿。仁宗時官尚書虞部員外郎,解官就養,居十餘年。仕衡死,服除,久之不出。大臣為言,起僉書永興軍節度判官事。歷通判永興軍,同州,知解州、興元府、華州,累遷司農卿致仕。居官廉靜,不爲矯激。家多圖書,集歷代石刻數百卷藏之。

題僧彥修草書

　　乾化中僧彥修善草書,筆力遒勁,得張旭法。惜哉,名不振於時!遂命模刻以貽同好。嘉祐戊戌歲冬十月九日,司農少卿知解梁郡李丕緒題。國家圖書館藏拓片·各地二一一五。

文同藝話（一三則）

　　文同（一〇一八～一〇七九）字與可，自號笑笑先生，梓州永泰（今四川鹽亭東北）人。漢文翁之後，世稱石室先生。未冠能文。皇祐元年進士，爲邛州軍事判官，更攝蒲江、大邑二令。至和二年，調靜難軍節度判官。嘉祐四年，召試館職，編校史館書籍，出通判邛州。治平二年，通判漢州，遷太常博士，知普州。熙寧三年，知太常禮院，兼編修大宗正司條貫。出知陵州，徙興元府。於任上修治學校，使民遣子弟就學。歷度支、司封員外郎，徙知洋州。代還，判登聞鼓院。元豐元年，除知湖州。赴任道上卒於陳州，年六十二。文同博學多才藝，擅長書法、繪畫。尤以善畫竹著稱，畫竹時講求體驗，主張胸有成竹，創製出一種以濃墨爲竹面、淡墨爲背的畫竹葉法，開創了傳統中國畫之湖州竹派。工詩文，司馬光《與文同小簡》稱其詩"高遠瀟灑，如晴雲秋月，塵埃所不能到"。著有《丹淵集》四十卷，南宋時家誠之重新編次爲四十卷，並附遺文二卷、年譜一卷，後遂成定本。

一　孫知微畫

　　太古奇偉士，精思獨於畫。馳心入茫昧，萬物赴揮灑。當時一名重，顧陸非爾亞。卓哉青城筆，妙絶冠天下。寥寥九天仗，一一若神寫。吾恐千載後，是終無繼者。四部叢刊影印明毛氏汲古閣刊本《陳眉公先生訂正丹淵集》卷三。

二　謝友人寄畫

　　客從長安來，厚紙封小軸。題云此奇畫，寄贈公可蓄。開之掛高壁，爛絹止一幅。中有兩駱駝，氣韻頗不俗。大駝載半髀，正面頸愈曲。小駝方就乳，蹲身脚微跼。一馬立其後，纔露頭與足。三犬乃子母，共卧啣臠肉。老胡抱朱旗，狀貌何狼愎。端然立高岸，勢若不可觸。定是虜中酋，華旃盖鮮服。不知何所來，隨從無一僕。初誰作此畫，精妙亦可録。應餘右方在，次第不止獨。更願君訪來，我肯萬錢贖。《陳眉公先生訂正丹淵集》卷四。

三　孫懷悦紙本亂石

孫老抱奇筆，臨紙恣揮灑。從頭掃亂石，磔砢隨墨下。焦頑與圓潤，無一不精者。誰信萬鈞重，捲之不盈把。《陳眉公先生訂正丹淵集》卷四。

四　李生畫鶴

昂昂青田姿，杳杳在輕素。一身萬里意，雙目九霄顧。鈐鈐羽翩利，竦竦骨節露。君初本誰學，我恐必神悟。得於想像外，看在絕筆處。稷筌如復生，相與較獨步。《陳眉公先生訂正丹淵集》卷七。

五　雋老水墨

之人勃海後，所尚亦瀟灑。不承《春秋》學，乃好水墨畫。鷟溪吾鄉里，有絹滑如研。君凡幾多筆，為我禿數把。《陳眉公先生訂正丹淵集》卷十七。

六　晉銘

長安鬻碑者，遺我古鼎銘。不知其所叉，有眼實未經。凡百十九字，詭怪摹物形。縱橫下點畫，不類子與丁。試考諸傳說，其源已冥冥。宣王石皷文，氣韻殊飄零。始皇嶧山碑，骨骼何竛竮。我恐鬼哭時，正為此物靈。安得不死神，提去詢大庭。為我譯其辭，讀之駭羣聽。《陳眉公先生訂正丹淵集》卷十八。

七　畫厨雜詠

宋復古度支晚川晴雪

霽色變雲林，寒光混煙水。遙山定何處，渺渀纔可指。

早秋山水硯屛

晚靄隔遠岫，秋容入平林。方素僅盈尺，嵒谷能許深。

寇君玉郎中大蟹

蟹性最難圖，生意在螯跪。伊人得之妙，郭索不能已。

小蟹

骨甲與支節，解絡尤精研。手足雖爾多，能使如一錢。

黄筌鵲雛

短羽已攤褷，弱脛方屴岌。母也向何處，開口猶仰食。

滕昌祐芙蓉

雙幹發寒葩，一柎立紋羽。欲品精妙人，君當二三數。

毛老鬥牛

牛牛爾何爭，於此輒鬥怒。長鞭閙兒童，大炬走翁嫗。蒼獀八九子，駭立各四顧。何時解角歸，茅舍江村暮。

鄧隱老木寒牛

蒼崖稜層草芊綿，巨木半死生枯煙。羸牛日晚已噍草，稚子天寒猶打錢。

許道寧寒林

許生雖學李營丘，墨路縱橫多自出。交柯揮霍裴旻劍，亂蔓淋漓張曉筆。

易元吉抱櫟狖

老櫟抱擁腫，金狖立髯髶。當年隴山道，似此見危層。

引子獐

蒼獐引黃麑，雙耳誰驚立。高原想新霽，町疃見行跡。

崔白敗荷折葦寒鷺

疎葦雨中老，亂荷霜外凋。多情惟白鳥，常此伴蕭條。

孫太古辟支迦佛

調御出火起正念，薩埵捧香生信心。二士之意在筆外，彼太古者何情深。

許中正捕龍雷

彼龍胡爲被天謫，不肯爲天行雨澤。天敕雷公恣搜索，龍藏何所忽爾獲。提之滿空若曳帛，雹風電火相卷射。雷張兩翅但拍拍，首尾挽之足雙磔。龍力與雷固不敵，雷轉威怒龍褫魄，須臾定見肝胃拆。萬力千氣凡幾畫，斯人斯品入神格。

范寬雪中孤峯

大雪灑天表，孤峯入雲端。何人向漁艇，擁褐對巀屼。

晚秋煙波

直於一尺素，寫盡千里景。雲山杳杳已成秋，煙水漻漻方入暝。君應無心得此畫，我豈有言能爾詠。

春山

岡原草木秀，溪谷雲霞媚。君筆誰所傳，獨解吐和氣。

秋山

孤峰露蒼骨，疎木聳堅幹。高堂挂虛壁，爽氣來不斷。

梁信羯鼓小圖

高梧間垂楊，玉宇極清邃。三郎當殿坐，左右擁佳麗。羯鼓近香案，蹲獸吐碧穗。寶几承畫桱，繽紛交綵袂。花奴卷雙袖，俛立前奏技。君王顧之笑，軒廡動和氣。誰謂一尺素，寫遍天上意。聽者定何如，觀之猶解穢。明皇嘗言，花奴羯鼓可解琴穢。

蒲生鍾馗

寒風酸號月慘苦，梟飛狐鳴滿墟墓。叢棘亂礧翳野霧。古社禿剝倒枯樹，下有三鬼相嘯聚，初行誰家作疰忤。痛熱腫痒快嘔吐，塞喧咽喉脹臍肚，呼巫召覡使咒詛。翁驚嫗忙設賽具，茅盤草缸置五路，飯盂炙串狼藉布。相共收斂各執去，方此危坐歇且哺，忽爾相視生畏怖。有神傑然駕巨牡，前訶後擁役二豎，此神噉鬼充旦暮。其腹尚餒色躁怒，鬼遙見之悉失措，竄匿不暇相告諭。酒傾肉落雜穢汙，魂魄飛蕩身偃仆。一入木底只四據，一尚把盞愕以顧，一自隱蔽捱眦覰。神用氣攬縛束固，前死入吻無十步。計之嚼嚙或味飫。蒲生胡爲適爾遘，畫之滿卷無一誤，筆墨醜怪實可懼。持以贈余子何故，搖手不取一錢略。他日乞詩者尤屢，試爲言之寫其故。

折楊柳

垂楊百尺臨池水，風定煙濃盤不起。欲折長條寄遠行，想到君邊已憔悴。以上《陳眉公先生訂正丹淵集》卷十九。

八　張景儒《先公手澤》題後

提刑司勳景儒，嘗以其先正尚書公手書十九帖示某〔一〕，乃公之守成都時通洛中之家問也。厚紙細字，匀圓滿幅；行楷相密，浄無改竄。讀之，其間雖與其家人語言，然未嘗不以己之治蜀、求宜於遠人；及戒告其子，使居官當務以清慎端潔，與人恭順爲意者。世之人徒知公生平立朝，以風節修謹爲名臣，且未知公於其閨門，不以私忘國，不以下廢禮，亦如是之至也。賢人君子修身、治心、正家，以至於任天下之事，豈有内外大小之異耶？其誠固以一矣，某今見之於公也。

景儒，公之第三子，自幼以孝友聞於人。凡公之寸簡尺札，盡能收拾裒聚，躬自綴緝，褾爲大軸。此其尤完者也。景儒謂某曰："是不獨自愛，以爲歲時霜露之思，蓋將傳諸後世子孫，使之知前人所爲，一切不簡妄，知信蹈之，是無忘乃祖之懿範矣。"因捧之，愴恨良久。某遂借去，展翫累日，乃曰：昔袁彖懷其父集，未始一日離於身；孔休源每見其親所寫書，輒哀慟流涕。景儒高行，斯人之徒歟！其有開畫扇而追悼，持遺劍而祭奠者，固未若景儒之所藏真蹟，燦然終身，常在乎其目矣！

於其將還，謹題於後。《陳眉公先生訂正丹淵集》卷二一。

〔一〕某：原作"其"，據文淵閣四庫全書本改。

九　《魯肅簡公尺牘》題後

余過城，因問魯肅簡公向時爲縣之遺跡。有言演覺寺愛山亭之榜，公親筆也，因往觀焉。徘徊其下，凛然若在其左右，歎息良久，顧慕不忍去。寺僧可吟復出公書，凡六紙，煙昏雨浥，幾至腐爛。乃公去縣後，與甘泉經邑真、琛二上人之手書。

天禧初，仁宗爲皇太子，公自秘書丞以右正言召，改户部員外郎，爲諭德。仁宗既即位，公遂參預大政。公生平以剛重潔直聞天下，故被選爲調護之職。當時士論，無不相慶，以謂用人，蓋無誰可踰於公者。今觀其字畫，與其所以爲書，究其留意於舊故，周旋委折，諄諄訪問，無一事不至者。噫，誠忠厚惇實之正人端士也！世何有哉！

今夫人少相與從遊，平居勢相若，則嘗欲合兩心以爲一，交内於腹中；一日趨所利，僅爭頃步之差，則闊視遠走，亟往先就之；既得，乃反面不復相誰何，狠驁恣肆，軒然自以我正當如此，甚者交相訾毁，或盡力排迮，置死地。嘗試以視公，彼何等人耶？

雖然，彼二上人者，能以道行取重於公，信亦非衮衮浮屠氏之徒耳。因囑可吟，令完綴緘鐍之，勿妄以示人。會進士李宏隨計入京，可吟委之裝背褾軸，俾稱其事。宏歸，携以過余，且求余跋其後，庶傳之永久也無疑。

熙寧九年丙辰七月癸酉，洋州守居灙泉亭記。《陳眉公先生訂正丹淵集》卷二一。

一〇　彭州張氏畫記

蜀自唐二帝西幸，當時隨駕以畫待詔者，皆奇工。故成都諸郡，寺宇所存諸佛、菩薩、羅漢等像之處，雖天下能號爲古跡多者，盡無如此地所有矣。後歷二僞，至國初，其淵源未甚遠，故稱繪事之精者，猶班班可見。近世所習，淺陋寂然，不聞其人。此亡他，蓋苟於所利，而不自取重其所爲之技爾。

獨天彭張氏，能嗣守道人之學。用筆設色，氣韻標置，未嘗輒自奔放，惟一謹於良法。不爲世俗之心所怵，誠可尚也。

予寓彭累月，居甚閒暇，日與承天僧敏行遊。凡出於張氏之手者，觀賞殆徧，信乎他人之不能相與較其後先矣。敏行乃其伈裔也，俊慧通博，亦善於此。聞予嘉歎其父祖之所爲，磨石請予道所以然。熙寧六年中秋日記。《陳眉公先生訂正丹淵集》卷二二。

一一　《捕魚圖》記

王摩詰有捕魚圖，其本在今劉寧州家。寧州善自畫，又世爲顯官，故多蓄古之名跡。嘗爲余言："此圖立意取景，他人不能到，於所藏中，此最爲絕出。"余每念其品題之高，但未得一見以厭所聞。

長安崔白憲得其摹本，因借而熟視之。大抵以橫素作巨軸，盡其中皆水，下密雪爲深冬氣象。水中之物有曰島者二，曰岸者一，曰洲者又一。洲之外餘皆有樹，樹之端挺蹇矯，或群或特者十有五。船之大小者有六，其四比聯之，架轆轤者四，而網者二。船之上，曰蓬、棧、篙、楫、缾、盂、籠、杓者十有七。人凡二十，而少二，婦女一，男子之三〔一〕，轉軸者八，持竿者三，附火者一，背而炊者一，側而汲者一，倚而若窺者一，執而若餉者一，釣而僂者一，拖而搖者一。然而用筆使墨，窮精極巧，無一事可指以爲不當於是處，亦奇工也。噫，此傳爲者尚若此，不知藏於寧州者，其譎詭佳妙，又何如爾？

幽有郭煥者，善搨寫，余亦令爲之。郭之平畫有尺寸，其可愛〔二〕。與余爲此，尤盡其所學。其樹、石，則出於余之手也。劉名繼勳，爲左藏庫使，知寧州。

嘉祐丁酉二月十日，新平官舍記。《陳眉公先生訂正丹淵集》卷二二。

〔一〕"人凡"以下：似有誤。
〔二〕其：似當作"甚"。

一二　《御賜飛白書》序

仁宗皇帝飛白書，乃聖人不可窮之大藝，而無所儗之絕學者也。法傳之於天，義授之於神。淵情睿思，下寓毫墨；揮灑變動，函負藏畜。齊陰陽之功，合造化之巧，宜乎世人莫得窺其至精極妙之端涯者已。若夫皇居奧琰，貴室珍刻，有容摹肖，時亦飄墮。其能於此以幸而獲之者，自將別爲秘衷，盡略他玩，流畀後嗣，傳於無極。而況密繇嚴從，躬被寵錫，將宜何如以奉其休榮者哉？

嘉祐七年冬十二月戊申，帝召侍臣二十有八人，觀書於龍圖、天章閣，又幸寶文閣。是日，上親御寶趾，縱寫華楮。貂璫遞薦，簪笏環視。雲飛霧散之狀，龍蟠鳳矯之勢，震聳驚眩，流動眾目。既而，遂命以書分賜左右。

太子賓客掌公禹錫，時預此集，乃蒙帝子之殊渥焉。懷歸有光，展對猶濕。觀其點分壐角，下壓秦寶；畫立圭植，高掩周瑞。仰惟祥符之書，氏陽之詔，始可相與配其瓊麗，而并其崇嚴者歟！

熙寧五年十月，其孫文紀爲陵州貴平縣令，襲衍復檟，載以臨治。願將刊鏤，佈示於遠，謀奉堅琰，留實佛廟。見求短引，以著其下。

懿哉！侈君之賜，揚祖之美，乃文紀爲人臣子之道，於是乎至矣。故爲題此。初八日，謹序。《陳眉公先生訂正丹淵集》卷二五。

一三　題邵餗篆《歸去來辭》

篆籀之法，難於華褊，而又難於小字。邵公此作，遠過岳陽題署，豈其妙齡精力至到者耶？治平甲辰，子玉見贈閿鄉驛，同書。武英殿聚珍版書本《寶真齋法書贊》卷一〇。

黄庶藝話（四則）

　　黄庶（一〇一九～一〇五八）字亞父，分寧（今江西修水）人，黄庭堅父。慶曆二年進士及第，初入長安幕。慶曆末，徙鳳翔幕，後隨宋祁爲許州幕，又隨晏殊爲長安幕。受知於文彥博。皇祐五年，文彥博知青州，辟庶爲通判。至和中，攝知康州。嘉祐三年，卒於任所，年四十。黄庶平生刻意爲詩文，時當西崑體盛行，故有意於矯其流弊，楊億鄙薄杜甫詩歌，黄庶爲當時爲數不多的學杜者之一；西崑體文風靡麗，黄庶散文則古直簡勁，頗具韓愈規格。古體詩雖不及黄庭堅雄闊，使事用典亦不如黄庭堅工巧，而生新矯拔，不蹈襲陳跡，與黄庭堅取徑略同，對後之江西詩派詩風有較大影響。皇祐年間，嘗自編詩文爲《伐檀集》二卷，上卷爲詩，下卷爲文。

一　和陪丞相聽蜀僧琴

　　百年生計一張琴，敝軫枯絃抵萬金。世上幾人曾入耳，罇前此日是知音。清風明月虛無境，白雪陽春寂寞心。莫訝南薰沉聽久，致君墓業用功深。_{文淵閣四庫全書本《伐檀集》卷上。}

二　賦得退之畫像

　　功名已寫後世耳，身入人間圖畫看。歎息浮圖滿天下，猶疑怒髮尚衝冠。《伐檀集》卷上。

三　擬歐陽舍人古篆

　　隸書滿紙籀文廢，字法破碎失本根。中間陽冰入篆室，下筆日與丞相親。點畫各爲萬物體，科蚪筋骨千載新。泉銘學語童子知，大曆幾字名忽振。足知古人自負恃，碑峴巨石垂千春。篆字堆積天下宇，晚得紙本如希珍。鋪舒牆壁動人眼，直木曲鐵若可捫。人爲黄土久寂寞，略不訛闕纔鱗皴。我疑山鬼恐漫滅，往往鐫鑿施斧斤。公來醉吟江山國，得之愛歎何慇懃。刻詞猶恨紀不足，句句與古風雅隣。一旦紙貴文字市，粥詩賈篆聲云云。蘇梅鸞鳳相上下，鄙語燕雀何能羣。蘇子瞻、梅聖俞同有此詩。《伐檀集》卷上。

四　求郭侍禁水墨樹石

塵埃典却林泉閒，家夢夜夜歸雲端。知君弄筆欺造化，乞我幾株松石看。《伐檀集》卷上。

宋敏求藝話（五則）

宋敏求（一〇一九～一〇七九）字次道，趙州平棘（今河北趙縣）人，綬子。天聖三年，以父蔭爲秘書省正字。寶元二年，召試學士院，賜進士及第。慶曆三年，充館閣校勘。坐預蘇舜欽祀神酒會，出簽書集慶軍節度判官事。預修《唐書》，爲編修官，復爲校勘。遷集賢校理，通判西京，知太平州。入爲群牧判官、開封府推官。出知亳州。召還，爲仁宗實錄院檢討官。治平元年，同修起居注。明年，知制誥，同修《仁宗實錄》。神宗即位，坐議宗室守喪嫁娶事前後不一，出知絳州。召還，《實錄》成書，拜右諫議大夫，加集賢院學士。熙寧八年，拜龍圖閣直學士。元豐二年卒，年六十一。敏求性好學，家有藏書數萬卷，與兄弟輩相切磋，故聞見博洽，爲文章有法度。其著述甚富，文集有《書閫集》十二卷、《後集》六卷、《西垣集制》十卷、《東觀絕筆集》二十卷；地志有《東京記》三卷、《長安志》二十卷、《河南志》二十卷；筆記有《三川下官錄》《入蕃錄》《春明退朝錄》各二卷，《韻類宗室名》五卷，《安南錄》三卷，《元會故事》一卷；另編有唐人詩集多種及《百家詩選》二十卷。現僅存《春明退朝錄》三卷、《長安志》二十卷，其餘著述均已佚。

一 題范本《蘭亭帖》

范君隱德不耀，以藝文稱於西州舊矣。楹中得《蘭亭》摹本，雖歲久而筆畫如新，體法秀整，誠世學之家，子孫寶之不墜也。熙寧初元正月四日觀，臨洺宋敏求、清源呂夏卿、襄國陳薦、河南陳繹。文淵閣四庫全書本《蘭亭考》卷五。

二 《春明退朝錄》（選錄 四則）

丁晉公天禧中鎮金陵，臨秦淮建亭，名曰"賞心"，中設屏及唐人所畫《袁安臥雪圖》，時稱名筆。後人以《蘆雁圖》易之。

祕府書畫，予盡得觀之。二王真跡內三兩卷，有陶穀尚書跋尾者，尤奇。其畫梁令瓚《二十八宿真形圖》，李思訓著色山水，韓滉《水牛》，東丹王《千角鹿》，其江南徐熙、唐希雅、蜀黃筌父子畫筆甚多。

王祁公家有晉諸賢墨跡，唐相王廣津所寶有永存珍祕圖刻，閻立本畫《老子西昇經》，唐人畫《鎖諫圖》。王冀公家褚遂良書唐太宗《帝京篇》《太宗見禄東贊步輦圖》。錢文僖家書畫最多，有大令《黃庭經》、李邕《雜跡》。錢宣靖家王維《草堂圖》。周安惠家獻之《洛神賦》。蘇侍郎家《魏鄭公諫太宗圖》。楚樞密有江都王《馬》。王尚書仲儀有《回文織錦圖》。以上皆錄見者。

近人有收《漢祖過沛圖》者，畫跡頗佳，而有僧爲觀者所指，翌日，並加僧以幅巾。以上文淵閣四庫全書本《春明退朝錄》卷下。

王珪藝話（三則）

王珪（一〇一九～一〇八五）字禹玉，成都華陽（今四川成都）人。慶曆二年，進士甲科及第，通判揚州。召直集賢院，爲鹽鐵判官、修起居注。累官知制誥、知審官院，爲翰林學士、知開封府。神宗即位，遷翰林學士承旨。熙寧三年，拜參知政事。九年，擢同中書門下平章事、集賢殿大學士。元豐官制行，由禮部侍郎超授銀青光禄大夫。五年，拜尚書左僕射，兼門下侍郎。哲宗即位，封岐國公，是年五月卒於位，年六十七，贈太師，謚文恭。紹聖中，追貶萬安軍司户參軍。徽宗朝屢奪封諡，政和中，始定之。王珪以文學致位通顯，在翰苑幾二十年，其文辭閎侈瑰麗，自成一家。現存文章主要爲制誥、章表、墓銘、青詞、疏文，大多爲應制而作，辭藻華美，駢儷工巧，却多有臺閣氣。詩歌喜用金玉錦繡字，好爲富貴人語，時人有"至寶丹"之譏。著有《華陽集》一百卷，原集在明代時已佚亡，清乾隆間修《四庫全書》，自《永樂大典》中輯出詩文，編爲六十卷、附録十卷。又有《王岐公宫詞》一卷，爲王珪宫詞之單行本。

一　依韻和景彝觀刑部廳燕侍郎畫山水二首

昔人曾此憐幽壁，醇墨今留隱約間。猶帶驚波下滄海，常迎爽氣入朝山。苔文半染風霜古，鳥影時過歲月閒。誰更瀟湘移雨竹，滿軒疎灑翠成斑。

秋曹壁上奇山水，官冷尤將野趣宜。翠竹忽逢行盡處，白雲相伴看多時。於今絶筆誰還識，當日清吟亦欠詩。猶喜一來重拂拭，慙無佳句續君辭。余昔領刑部，亦無燕公山水詩。　文淵閣四庫全書本《華陽集》卷二。

二　和三司蔡君謨內翰麋猿蘆雁屏二首

麋猿未省京華見，畫筆新傳思入神。緑野春深將戲子，空山月午掛吟身。只應有夢須懷土，却爲無機不避人。我愛林泉舊時景，常來此處暫相親。

江蘆初老渡新鴻，誰把高情託畫工。索索西風尉寒羽，蕭蕭殘日伴疎叢。漁舟欲下灘聲急，談麈重揮暑氣空。身在計庭歸未得，每將秋思入圖中。《華陽集》卷二。

三　題李右丞王維畫雪景絕句

　　微生江海一閒身，偶上青雲四十春。何日扁舟載風雪，却將簑笠伴漁人。《華陽集》卷四。

司馬光藝話（六則）

司馬光（一〇一九～一〇八六）字君實，號迂夫，晚年號迂叟，陝州夏縣（今山西夏縣）涑水鄉人，世稱涑水先生。景祐三年進士，爲蘇州簽判，簽書武成軍判官事，改大理評事，補國子監直講。慶曆六年，爲館閣校勘，同知禮院。龐籍闢爲并州通判。召還，直秘閣，爲開封府推官，修起居注，判禮部，同知諫院。進知制誥，改天章閣待制兼侍講，知諫院。治平三年，進龍圖閣直學士。神宗即位，擢翰林侍讀學士。熙寧三年，因與王安石政見不合，辭樞密副使職不拜，求外任，出知永興軍。改判西京留司御史臺，居洛陽，編修《資治通鑑》。哲宗即位，皇太后臨朝，起光執掌國政，盡廢新法。元祐元年，拜尚書左僕射，兼門下侍郎。是年九月，卒於位，年六十八，贈太師、溫國公，諡文正。司馬光爲宋代著名政治家、史學家。自言不喜科舉時文而傾慕古文，尤好史學。現存文章以奏議、議論文爲多。其史學巨著《資治通鑑》一書體例謹嚴，結構完備，文字質樸簡潔，敘事清晢，文筆流暢，不僅具有史學價值，而且富於文學色彩。其餘散文亦多深切著明，情真意切。詩名不甚著，詞作不多。司馬光還著有筆記《涑水紀聞》，記載所聞見宋朝史事，簡要真實，元脫脫撰修《宋史》多有採用；《溫公續詩話》（爲續歐陽修《六一詩話》而作）對詩歌理論提出了自己的見解。司馬光著述甚豐，文集、史學著作、注釋多達二十餘種，有《溫國文正司馬公文集》八十卷，《資治通鑑》三百二十四卷，《考異》三十卷，《通歷》八十卷，《稽古錄》二十卷，《涑水紀聞》十卷等，並注釋《易》《孝經》《老子》《法言》《太玄》等。明人馬巒、司馬露，清人顧棟高分別編有司馬光年譜。

一　謝興宗惠草蟲扇

吳僧畫團扇，點綴成微蟲。秋毫宛者具，獨竊天地功。細者及蛛蠓，大者纔阜螽。枯枝擁寒蜩，黃蘂粘飛蜂。翾然得生意，上下相追從。徒覩飛動姿，莫睹筆墨蹤。兒曹取眞物，細校無不同。恐其遂躍去，亟取藏箱中。乃知藝無小，意精神可通。不與誤圖蠅、能惑紫髯翁。子猷狀蟬雀，藏寶傳江東。不知古何如，此畫今爲雄。人墓木已拱，其徒頗能工。舊法存百一，要足超凡庸。友人幸爲賜，物薄意何隆。翫之不替手，愛重心無窮。常如對君子，穆穆來清風。文淵閣四庫全書本《傳家集》卷二。

二　吹簫

古人吹簫者，以和虞韶聲。後世不復貴，給喪仍賣餳。《傳家集》卷三。

三　懷素書

上人工書世所稀，於今散落無復遺。君從何處獲數幅，敗絹蒼蒼不成軸。雲流電走何縱橫，昏醉視之雙目明。烈火燒林虎豹慄，疾雷裂地龍蛇驚。須臾掛壁未收卷，陰風颯颯來吹面。秖疑神物在闇中，寶秘不令闤俗眼。嗟余平生不識書，但愛意氣豪有餘。欲求數字置座側，安得滿斗千金珠？《傳家集》卷三。

四　縛虎圖

孫生非畫師，趣尚頗奇偉。爲人少諧合，不肯畜妻子。時時入深山，信足動百里。蕭然坐盤石，盡日曾不起。精心忽有得，縱筆何恢詭。萬象皆自然，神工相表裏。流傳落人間，萬金易寸紙。君家《縛虎圖》，用意尤精緻。雖云鎖紐牢，觀者猶披靡。昔聞劉綱妻，制虎如犬豕。繫之牀脚間，垂頭受鞭箠。孫生儻未見，畫此亦何理？明知非世人，羽化實不死。願君佗日歸，置之成都市。必有乘槎人，庶幾能辨此。《傳家集》卷三。

五　觀江上人壁許道寧畫寒林

昔曾驅瘦馬，衝雪過滎陽。不悟當時景，蕭然在此堂。《傳家集》卷六。

六　觀僧室畫山水

畫精禪室冷，方暑久徘徊。不盡林端雪，長青石上苔。心閒對巖岫，目淨失塵埃。坐久清風至，疑從翠澗來。《傳家集》卷六。

曾鞏藝話（一〇則）

曾鞏（一〇一九～一〇八三）字子固，致堯孫，建昌軍南豐縣（今江西南豐）人。世稱南豐先生。幼年能文，十二歲爲文章，語已驚人。始冠遊太學，歐陽修見其文而器之。在京師期間結識王安石，二人遂成爲文學密友。慶曆中，歐陽修爲滁州太守，曾鞏至滁州從之學習古文。嘉祐二年進士及第，爲太平州司法參軍。歲餘，召爲館閣校勘，集賢校理，兼判官告院，爲英宗實録院檢討官。在此期間，校理《説苑》《戰國策》《李太白詩集》等多種典籍，撰寫敘録。熙寧二年，出通判越州，徙知齊、襄、洪三州。進直龍圖閣，知福州，兼福建路兵馬鈐轄。改知明州，徙亳州。元豐三年，徙知滄州，過闕召見，留勾當三班院。四年，爲史館修撰、管勾編修院、判太常寺。五年四月，擢中書舍人，九月，遭母喪，罷職。六年四月，辛於江寧府，年六十五。宋理宗追謚"文定"。曾鞏是北宋古文運動的積極追隨者和支持者，幾乎全部接受了歐陽修在文學創作上的主張。他也主張"文以載道"的傳統，提出要"明聖人之心於百世之上，明聖人之心於百世之下"（《上歐陽學士第一書》）。曾鞏在自己的文學實踐中履行了這一思想，其文章自然純樸，而不甚講究文采，故朱熹評論"南豐文却近質"，與同是散文名家的蘇軾相比，"則較質而近理，東坡則華豔處多"（《朱子語類》卷一三九）。曾鞏爲唐宋古文八大家之一，現存散文上千篇。其散文以議論見長，立論警策，説理曲折盡意，文辭和緩紆徐，自有一種從容不迫的氣勢，與歐陽修風格相似。曾鞏的文章在中國古代文學史上享有很高的聲譽，自宋至清都尊崇有加，尤其是清代桐城派作家更將其作爲文章典範。曾鞏也長於詩，其詩風與文風相近，古樸典雅，清新自然，而較多使用賦的表現手法，比興的手法略少，顯示出宋詩擅長議論的特點。曾鞏文集有《元豐類稿》五十卷、《續元豐類稿》四十卷、《外集》十卷。宋南渡後，原集已有佚亡，開禧時，趙汝礪、陳東重刊本僅有《元豐類稿》五十卷、《續稿》四十卷。

一　顏碑

碑文老勢信可愛，碑意少闕誰能鑴。已推心膽破姦宄，安用筆墨傳神仙。清康熙五十六年顧崧齡刻本《元豐類稿》卷三。

二　贈彈琴者

至音淡薄誰曾賞，古意飄零自可憐。不似秦箏能合意，滿堂傾耳十三弦。《元豐類稿》卷六。

三　相國寺維摩院聽琴序

古者學士之於六藝，射能弧矢之事矣，又當善其揖讓之節；御能車馬之事矣，又當善其驅馳之節；書非能肆筆而已，又當辨其體而皆通其意；數非能布策而已，又當知其用而各盡其法。而五禮之威儀，至於三千，六樂之節文，可謂微且多矣。噫！何其煩且勞如是！然古之學者必能此，亦可謂難矣。

然習其射御於禮，習其干戈於樂，則少於學，長於朝，其於武備固修矣。其於家有塾，於黨有庠，於鄉有序，於國有學，於教有師，於視聽言動有其容，於衣冠飲食有其度，几杖有銘，盤杅有戒。在輿有和鸞之聲，行步有佩玉之音，燕處有《雅》《頌》之樂。而非其故，琴瑟未嘗去於前也。蓋其出入進退，俯仰左右，接於耳目，動於四體，達於其心者，所以養之至如此其詳且密也。

雖然，此尚為有待於外者耳。若夫三才萬物之理，性命之際，力學以求之，深思以索之，使知其要，識其微，而齋戒以守之，以盡其才，成其德，至合於天地而後已者，又當得之於心，夫豈非難哉？

噫！古之學者，其役之於內外以持其心、養其性者，至於如此，此君子所以愛日而自強不息，以求至乎極也。然其習之有素，閒之有具如此，則求其放心，伐其邪氣，而成文武之材，就道德之實者，可謂易矣。

孔子曰："興於《詩》，立於《禮》，成於《樂》。"蓋樂者，所以感人之心，而使之化，故曰"成於《樂》"。昔舜命夔典樂，教冑子，曰："直而溫，寬而栗，剛而無虐，簡而無傲。"則樂者非獨去邪，又所以救其性之偏而納之中也。故和鸞、佩玉、《雅》《頌》琴瑟之音，非其故不去於前，豈虛也哉？

今學士大夫之於持其身、養其性，凡有待於外者，皆不能具，得之於內者，又皆略其事，可謂簡且易矣。然所以求其放心，伐其邪氣，而成文武之材，就道德之實者，豈不難哉？此予所以懼不至於君子而入於小人也。夫有待於外者，余既力不足，而於琴竊有志焉久矣，然患其莫余授也。

治平三年夏，得洪君於京師，始合同舍之士，聽其琴於相國寺之維摩院。洪君之於琴，非特能其音，又能其意者也。予將就學焉，故道予之所慕於古者，庶乎其有以自發也。

同舍之士，丁寶臣元珍、鄭穆閎中、孫覺莘老、林希子中，而予曾鞏子固也。洪君名規，字方叔，以文學吏事稱於世云。《元豐類稿》卷一三。

四　《尚書省郎官石記序》跋

《尚書省郎官石記序》，陳九言撰，張顛書。記自開元二十九年郎官石名氏爲此序。張顛草書見於世者，其縱放可怪，近世未有。而此序獨楷字，精勁嚴重，出於自然，如動容周旋中禮，非強爲者。書一藝耳，至於極者乃能如此。其楷字蓋罕見於世，則此序尤爲可貴也。《元豐類稿》卷五〇。

五　《常樂寺浮圖碑》跋

《常樂寺浮圖碑》，周保定四年立，州人治記室曹胡逯撰。其辭云："襄州刺史王秉字孝直，建常樂寺塼塔七層。"其碑文今仆，在襄州開元寺塔院。其文字書畫無過人者，特以後周時碑文少見於世者，故存之。《元豐類稿》卷五〇。

六　《九成宮醴泉銘》跋

《九成宮醴泉銘》，秘書監〔一〕、檢校侍中、鉅鹿郡公魏徵撰，兼太子率更令歐陽詢書。九成宮乃隋之仁壽宮也，魏爲此銘，亦欲太宗以隋爲戒，可以見魏之志也。《元豐類稿》卷五〇。

〔一〕監：原作"省"，據明嘉靖王抒刻本改。

七　《魏侍中王粲石井欄記》跋

《魏侍中王粲石井欄記》，貞元十七年山南東道節度使于頔撰，掌書記胡証書。記一，參謀太子舍人甄濟撰，判官彭朝議書，云"上元二年，山南東道節度使來瑱移井欄，置於襄州刺史官舍，故爲記"。甄濟者，韓愈所謂陽瘖避職，卒不污禄山父子事者也。其文得之爲可喜，而朝議書尤善，皆可愛者也。《元豐類稿》卷五〇。

八　《襄州徧學寺禪院碑》跋

《襄州徧學寺禪院碑》，黃門侍郎、修國史韋承慶撰，太子少詹事鍾紹京書，開元二年立。其文云"襄州人將仕郎阮弘靜與其屬人建徧學寺禪院，故立此碑"。

承慶有辭學，張易之敗時，承慶以附託方待罪，眾推令草赦書，承慶援筆而成，眾壯之。紹京，景龍中以苑總監從討韋氏有功。性嗜書〔一〕，家藏王羲之、獻之、褚遂良書至數十百卷。以善書直鳳閣。武后時，榜諸宮殿明堂及銘九鼎，皆紹京書也。

其字畫妍媚,遒勁有法,誠少與爲比。然今所見,特此碑尚完,尤爲可愛也。

徧學寺於宇文周爲常樂寺,於今爲開元寺。《元豐類稿》卷五〇。

〔一〕性:原作"惟",據清順治十五年重修本改。

九　《漢武都太守漢陽阿陽李翕西狹頌》跋（節錄）

近世士大夫喜藏畫,自晉以來,名能畫者,其筆跡有存於尺帛幅紙,蓋莫知其真僞,往往皆傳而貴之,而漢畫則未有能得之者。及得此圖,所畫龍、鹿、承露人、嘉禾、連理之木,然後漢畫始見於今,又皆出於石刻,可知其非僞也。《元豐類稿》卷五〇。

一〇　聽琴序

凡有貴於物者,豈特物不能勝之歟?抑亦無所待於物故也?世之有學者名占一藝,苟不期於徇物,則亦足貴矣。然以自售,然後人得而賤之。故工於藝者,常恐人之羞薄,則往往拂人之好,而自要其簡重。雖求之者愈勤,而拒之者愈堅,然不知人亦愈羞薄之也。

琴之爲藝,雖聖人所不廢也。其製作之意,蓋有所寓。而至其所聞者,不出乎几席之間,而所感者常在乎滄浪之濱,崔嵬之巔,亦已至矣。雖然,聲自外入也,使聞於彼而應於此者猶且如此,況不自外入者乎?故樂之實不在於器,而至於鼓之以盡神,則樂由中也明矣。故聞其樂可以知其德,而德之有見於樂者,豈繫於器哉?惟其未離於器也,故習之有曲,以至於有數,推之則將以得其志,又中於得其人,則器之所不及矣。故樂作而喜,曲終而悲,豈能易吾於須臾哉?若夫吾之心在於雁門,吾之目在於鴻鵠,則雖九奏於吾之前,猶不聞也。故琴之作,有厭乎人之耳者,豈非自外入,無有久而不倦者乎?

雖然,吾嘗學琴於師矣。反宮於脾,而聖亦不廢也;反商於肺,而義亦不廢也;反角於肝,而仁亦不廢也;反徵於心,而禮亦不廢也;反羽於腎,而智亦不廢也。方其時也,非春也,求之於律則不中夾鐘,物安得而生哉?非夏也,求之於律則不中蕤賓,物安得而長哉?非秋也,求之於律則不中南呂,物安得而斂哉?非冬也,求之於律則不中應鐘,物安得而藏哉?故無出無內,無緩無急,無修無短,巧曆不能盡其數,豈止於十九八六而已耶?故聞者無聞也。其神之遊,東不極於碣石,南不極於北戶,西不極於流沙沈羽,北不極於令正之谷,則鳥何從而舞?魚何從而躍?六馬何從而仰秣?景風何從而翔?慶雲何從而浮?甘露何從而降?醴泉何從而出?吾之琴如是,則有耳者無所用其聽,尚何厭之有哉?則凡貴者,且不足貴。故在鄭則不淫也,在宋則不溺也,在衛則不煩也,在齊則不驕也。用之於祭祀,則鬼神亦蒞乎其所矣,尚何煩於知音哉?若乃當春而叩商,及秋而叩角,當夏而叩羽,當冬而叩徵,雖知四時之行，在我未免乎有手動絃也。

　　某人嘗與鞏適撫之金谿，因以琴稱，而不知吾之琴也。某人苟知所存不在絃，所志不在聲，然後吾之琴可得矣。雖然，他日絫酒之堂，樽俎之宴，追三代之遺風，想舞雩之詠歎，使聞者若有所得，則庶幾不愧於古人矣，尚何恨於羞薄哉！《元豐類稿》卷五二。

劉敞藝話（一三則）

劉敞（一〇一九～一〇六八）字原父，號公是，臨江軍新喻（今江西新餘）人。慶曆六年進士，以大理評事通判蔡州，召試學士院，遷太子中允、直集賢院，判登聞鼓院、吏部南曹。權判三司開拆司，同修起居注。至和元年，召試，遷右正言、知制誥。三年，出知揚州，遷起居舍人，徙知鄆州，兼京東西路安撫使。召還，糾察在京刑獄。知嘉祐四年貢舉。乞外任，拜翰林侍讀學士，充永興軍路安撫使兼知永興軍。八年召還，判三班院、太常寺。出知汝州。治平三年召還，以疾不能朝，改集賢院學士、判南京御史臺。熙寧元年卒，年五十。劉敞學問淵博，通六經百氏、古今傳記、天文地理、卜醫數術、浮圖老莊之說，尤長於《春秋》學。爲文敏捷，文辭典雅，各得其體。其文議論宏博而氣平文緩；作賦不少，嘗"取嘗所爲律賦編之"爲《雜律賦》；詩歌也不乏佳作；解經不泥古，多獨特之見，吳曾《能改齋漫錄》卷二引國史云："慶曆以前學者尚文辭，多守章句注疏之學。至劉原父爲《七經小傳》始異諸儒之說，王荊公修經義，蓋本於原父。"著有《春秋傳》十五卷、《春秋權衡》十七卷、《春秋說例》二卷、《春秋文權》二卷、《春秋意林》五卷、《弟子記》五卷、《七經小傳》五卷（劉敞《劉公行狀》）。另有《公是先生集》七十五卷，已佚，四庫館臣自《永樂大典》輯出詩文，重編爲《公是集》五十四卷。

一 題度支廳事許道寧畫松石，呈彥猷、鄰幾、直孺

長松森無依，蒼石儼相對。自然山林氣，若出天壤外。許生筆妙絕，今世殊少輩。發揮得意表，瀟灑與神會。炎熱五月交，塵土九衢內。微風度牎來，左右含天籟。下有漁樵翁，生事尤可愛。茅茨乍隱見，畎畝更向背。吾廬若辦此，軒冕本不賴。願從二三子，相與駕言邁。<small>文淵閣四庫全書本《公是集》卷五。</small>

二 韓文公畫像分題

微言昔廢絕，大道隨荒榛。上下千歲間，天將復斯文。若人實命世，述作參鬼神。

橫制萬里波，不爲流俗珍。大音破昏聾，有若雷霆震。惜乎世莫用，竟以奇怪聞。哀哉揭陽貶，勢屈道則伸。孔子亦有言，求仁而得仁。我昔讀其書，固常見其人。邇來觀遺像，忽若平生親。輪扁不言巧，丹青豈復真。尚存高山意，俯仰冀日新。《公是集》卷十三。

三　涼榭許道寧畫山

許生擅邱壑，融結隨毫端。醉掃堂上壁，參差皆可觀。飛雪暗連峯，對之中夏寒。吾能捐萬事，於此聊盤桓。《公是集》卷十三。

四　和永叔夜坐鼓琴二首

衆人於五音，醜正不醜隨。所以匣中琴，寂寂少人知。淳和太平風，簡淡邈古時。得意亦忘言，居然見無爲。非公蘊真樂，此道誰復期。

知音古亦少，況乃今人乎。至和動殊類，此則今世無。舜韶舞百獸，事可觀於書。但非耳目接，便自疑其虛。誰謂今之人，反不如獸歟。大音蓋希聲，聲俗或萬殊。中孚有不化，嗟嗟乎豚魚。《公是集》卷十五。

五　贈文顯

古來畫工著名者，吳氏鬼神韓氏馬。鬼神既僞不足稱，狗馬空難亦多假。顯師幼年獨寫人，至今精絕疑有神。灑毫便覺面如面，後素倏訝身觀身。高冠長劍天子側，他時金聲復玉色。師皆對之槃礴贏，衆謂一常八九得。諸公固爲廊廟賢，麒麟未畫宜私傳。一邱一壑吾亦可，煩仗丹青無間然。《公是集》卷十七。

六　胡九齡畫牛歌

書契已來有繪事，畫牛著牛今始二。胡生戴氏雖異時，形似之間實兄弟。鬼神易寫狗馬難，古人舊語乃信然。不爾寥寥二萬年，筆墨曠絕無比肩。胡生曾畫百一牛，變態曲盡稱爲尤。翰林主人題辭古，四海文士歌賦優。俗情護前喜排後，此事戴嵩未曾有。會知誦玩無已時，畫與胡生俱不朽。《公是集》卷十七。

七　同鄰幾觀中道家書畫

宋公好古天下聞，法書奇畫多求真。獨將文雅遺後世，官雖貴達家尤貧。近自唐室遠及秦，上下畧數千餘春。丹青翰墨著名者，一二收拾忘辛勤。象賢濟美聲不墜，手澤鉅細皆如新。朝廷交游累千百，未嘗肯示尋常人。蔡侯江翁與梅伯，於今磊落稱絕倫。退朝相從得盡見，更覺清門無雜賓。鑒微賞異極毫髮，四座若獲千金珍。往往發狂或大叫，詠詩落筆爭紛綸。我隨衆人久碌碌，學殖欲落衣生塵。願登羣玉探禹穴，不憚山海馳舟輪。此君家近未宜後，率然欲往懷逡巡。淹留祇覺歲月老，復恐異物潛通神。但傳妙唱想絕蹟，誦歎慷慨書搢紳。《公是集》卷十七。

八　寒林石屏風

屏風畫山皆任假，寒林石屏自然者。蒼紋紺脈亂交加，短樹高枝自瀟灑。觀者寧分畫與非，但怪奇妙非人爲。又疑古苔著石瘦，何得本末無纖遺。桑田變海松柏死，寒暑不及榮枯期。佳哉大鈞育羣類，埏鎔精巧無巨細。天真通貌皆生成，俗師筆墨那形似。居人幽獨最相宜，樸厚遠謝雕鏤姿。城中雲母屏更好，慎勿浪示豪家兒。《公是集》卷十八。

九　同鄰幾、伯鎮觀祕閣壁上蘇子美草書

蘇子佯狂不自疑，漢庭籍甚莫言非。放歌金馬居常醉，窮老滄洲不更歸。蘇在吳中，自爲作詩曰："我今窮無歸，滄洲送餘生。"浮世功名均夢寐，平生翰墨獨光輝。壁間數字龍蛇動，神物通神亦恐飛。《公是集》卷二十五。

一〇　張樂洞庭

聞昔軒轅帝，時巡臨洞庭。咸池備廣樂，南極燀威靈。至樂均夷夏，希聲入窈冥。江湖亂魚鳥，宇宙激雷霆。會有馮夷舞，還令楚客醒。遺音不可學，逝近向東溟。《公是集》卷二十六。

一一　召赴崇政殿觀新樂

聖人千歲合，禮樂百年興。律以聲身效，功兼述作稱。道將諧一變，天欲佑丕承。舊典周官在，遺音制氏增。獻書嘉魏叟，博物待延陵。金石完新制，工師變舊能。英華融治世，淳古邈逾繩。縱觀傾朝野，賡歌望股肱。和風動寥廓，協氣散凌兢。帝所真疑夢，天階自絕升。三雍漢未盛，九辯夏徒矜。珥筆欣攡頌，名山益望登。《公是集》卷二十六。

一二　雷琴

三百年中天下工，密移山水入號鐘。世間會有孫枝在，自是知音不可逢。予所寶琴，

大曆年中雷震斷，到今三百年矣。　《公是集》卷二十八。

一三　題戚化源畫清濟貫濁河圖

　　濁河清濟坐中分，沙浪澄波兩逼真。自畫壁來多少日，能知清濁幾何人。《公是集》卷二十八。

張載藝話（二則）

張載（一〇二〇～一〇七七）字子厚，先世大梁（今河南開封）人，徙鳳翔郿縣（今陝西眉縣）橫渠鎮，故世人又稱爲橫渠先生。嘉祐二年進士。宋寧宗嘉定中，賜諡明公。淳祐元年封郿伯，從祀孔子廟。張載爲關學學派宗師，其學以《易》爲宗，以《中庸》爲體，以孔、孟爲法，極力闡發儒學傳統，後來朱熹將其列爲理學創始人之一。其文章重義理，不重文辭；其詩道學氣較重，但也有一些小詩，清新活潑，富有生活氣息。其文集已佚，明萬曆中沈自彰始輯其遺文編爲《張子全書》十五卷。

一 正蒙五·樂器篇第十五（節錄）

樂器有相，周召之治與！其有雅，太公之志乎！雅者正也，直己而行正也，故訊疾蹈厲者，太公之事耶！《詩》亦有《雅》，亦正言而直歌之〔一〕，無隱諷譎諫之巧也。

象舞〔二〕，武王初有天下，象文王武功之舞，歌《維清》以奏之。成童舞之〔三〕。《大武》，武王沒，嗣王象武王之功之舞，歌《武》以奏之。冠者舞之。《酌》，周公沒，嗣王以武功之成由周公，告其成於宗廟之歌也。十三舞焉。

興己之善，觀人之志，群而思無邪，怨而止禮義。入可事親，出可事君，但言君父，舉其重者也。

志至詩至，有象必可名，有名斯有體，故禮亦至焉。

幽贊天地之道，非聖人而能哉？詩人謂"后稷之穡，有相之道"，贊化育之一端也。

禮，矯實求稱，或文或質，居物後而不可常也。他人才未美，故絢飾之以文；莊姜才甚美，乃更絢之用質素。下文"繪事後素"，素謂其材，字雖同而義施各異。故設色之工，材黃白者必繪以青赤，材赤黑必絢以粉素。

"陟降庭止"，上下無常，非爲邪也，進德修業，欲及時也。"在帝左右"，所謂欲及時者與！

《甘棠》初能使民不忍去，中能使民不忍傷，卒能使民知心敬而不瀆之以拜，非善教蚴明，能取是於民哉？

"振振"，勸使勉也；"歸哉歸哉"，序其情也。

《卷耳》，念臣下小勞則思小飲之，大勞則思大飲之，甚則知其怨苦嗟嘅。婦人能此，則險詖私謁害政之心知其無也。

"綢直如髮"，貧者紒縱無餘，順其髮而直韜之爾。

《蓼蕭》《裳華》"有譽處兮"，皆謂君接己溫厚，則下情得伸，讒毀不入，而美名可存也。

《商頌》"顧予烝嘗，湯孫之將"，言祖考來顧，以助湯孫也。

"鄂不韡韡"，兄弟之見不致文於初，本諸誠也。

《采苓》之詩，舍旃則無然，爲言則求所得，所譽必有所試，厚之至也。

簡，略也，無所難也，甚則不恭焉。賢者仕錄，非迫於饑寒，不恭莫甚焉。"簡兮簡兮"，雖刺時君不用，然爲士者不能無太簡之譏，故詩人陳其容色之盛，善御之強，與夫君子由房由敖、不語其材武者異矣。

"破我斧"，"缺我斨"，言四國首亂，烏能有爲，徒破缺我斧斨而已，周公征而安之，愛人之至也。

《伐柯》，言正當加禮於周公，取人以身也，其終見《書》"予小子其新逆"。

《九罭》，言王見周公當大其禮命，則六人可致也。

《狼跋》，美周公不失其聖，卒能感人心於和平也。

《甫田》"歲取十千"，一成之田九萬畝，公取十千畝，九一之法也。

唐棣枝類棘枝，隨節屈曲，則其華一偏一反，左右相矯，因得全體均正。偏喻管蔡失道，反喻周公誅殛，言我豈不思兄弟之愛以權宜合，義主在這者爾。《唐棣》本文王之詩，此一章周公製作，序己情而加之，仲尼以不必常存而云之。

日出而陰昇自西，日迎而會之，雨之候也，喻婚姻之得禮者也；日西矣而陰生於東，喻婚姻之失道者也。

鶴鳴而子和，言出之善者與！鶴鳴焦潛，畏聲聞之不藏者與！

"鴥彼晨風，鬱彼北林"，晨風雖摯擊之鳥，猶時得退而依深林而止也。

《漸漸之石》言"有豕白蹢，烝涉波矣"，豕之貞塗曳泥，其常性也；今豕足皆白，眾與涉波而去，水患之多爲可知也。

"君子所貴乎道者三"，猶"王天下有三重焉"：言也，動也，行也。

五言，樂語歌詠五德之言也。萬曆四十八年鳳翔府官刻本清初翻刻本《張子全書》卷三。

〔一〕"詩亦"二句：《二百家名賢文粹》卷二〇引作"詩亦有雅，雅亦正也，正言而直歌之"。
〔二〕舞：原作"武"，據同上改。
〔三〕舞：原作"學"，據同上改。

二　禮樂（節錄）

禮，反其所自生；樂，樂其所自成。禮別異不忘本，而後能推本爲之節文；樂統同樂吾分而已。禮天生自有分別，人須推原其自然，故言反其所自生。樂則得其所樂，即是樂也，更何所待？是樂其所自成。

周樂有《象》，有《大武》，有《酌》。《象》是武王爲文王廟所作下武繼文也。武功本於文王，武王繼之，故武王歸功於文王，以作此樂，象文王也。《大武》必是武王既崩，國家所作之樂，奏之於武王之廟。《酌》必是周公七年之後製禮作樂時於《大武》有增添也。故《酌》言告成大武也。其後必是《酌》以祀周公。

入門而縣興金奏，此言兩君相見，凡樂皆作，必肆夏也。至升堂之後，其樂必不皆作，奏必有品，次大合樂，猶今之合曲也。必無金石，止用匏竹之類也。八音克諧，堂上堂下盡作也，明矣。

古樂不可見，蓋爲今人求古樂太深，始以古樂爲不可知。只此，《虞書》"詩言志，歌永言，聲依永，律和聲"，求之得樂之意，蓋盡於是。詩只是言志，歌只是永其言而已。

只要轉其聲，令日可聽。今人歌者，亦以轉聲而不變字爲善歌。長言後却要入於律，律則知音者知之，知此聲入得何律。古樂所以養人德性，中和之氣。後之言樂者，止以求哀，故晉平公曰："音無哀於此乎。"哀則止以感人不善之心。歌亦不可以太高，亦不可以太下。太高則入於嘄殺，太下則入於嘽緩，蓋窮本知變樂之情也。

《周禮》言樂六變而致物各異，此恐非周公之製作本意，事亦不能如是確然。若謂天神降，地祇出，人鬼可得而禮，則庸有此理。

商、角、徵、羽皆有主，出於唇齒喉舌，獨宮聲全出於口，以兼五聲也。徵恐只是徵平，或避諱爲徵仄，如是，則清濁平仄不同矣，齒舌之音異矣。

律吕有可求之理，德性深厚者必能知之。

聲音之道與天地同，和與政通。蠶吐絲而商絃絕，正與天地相應。方蠶吐絲，木之氣極盛之時，商金之氣衰，如言律中大簇、律中林鐘於此盛則彼必衰。方春木當盛，却金氣不衰，便是不和，不與天地之氣相應。

先王之樂，必須律以考其聲。今律既不可求，人耳又不可全信，正惟此爲難。求中聲須得律，律不得則中聲無由見。律者，自然之至。此等物雖出於自然，亦須人爲之，但古人爲之得其自然，至如爲規矩則極盡天下之方圓矣。

鄭衛之音，自古以爲邪滛之樂，何也？蓋鄭衛之地濱大河，沙地土不厚，其間人自然氣輕浮。其地土苦不費耕耨，物亦能生，故其人偷脫怠墮，弛慢頹靡。其人情如此，其聲音同之，故聞其樂使人如此懈慢。其地平下，其間人自然意氣柔弱怠墮，其土足以生古所謂息土之民，不才者此也。若四夷則皆踞高山谿谷，故其氣剛勁，此四夷常勝中國者此也。

移人者莫甚於鄭衛，未成性者皆能移之，所以夫子戒顏回也。今之琴亦不遠鄭衛，古音必不如是。古音只是長言聲，依於永，於聲之轉處過得聲和婉决，無預前定下腔子。《張子全書》卷五。

劉道醇藝話

劉道醇（生卒年不詳），生平事跡不詳，北宋大梁（今河南開封）人，活動於一〇五七年前後。著有《五代名畫補遺》《宋朝名畫評》。在《宋朝名畫評》中，劉道醇提出了繪畫"六要"與"六長"之說，對人物的品評分科亦細。

《宋朝名畫評》

《宋朝名畫評》原序

夫識畫之訣，在乎明六要而審六長也。所謂六要者，氣韻兼力，一也；格制俱老，二也；變異合理，三也；彩繪有澤，四也；去來自然，五也；師長捨短，六也。既明彼六要，又審此六長，雖卷帙盈箱，壁板周廉，自然至於別識矣。

大凡觀畫，抑有所忌，且天氣晦暝，風勢飄逸，屋宇向陰，暮夜執燭，皆不可觀，何哉？謂其悉不能極其要妙而難約，以六要六長也。必在乎清燕，虛室面南，依正壁而後張之，要當澄神靜慮，縱目以觀之。且觀之法，先觀其氣象，後定其去就，次根其意，終求其理，此乃定畫之鈐鍵也。是故見短勿詆，反求其長；見工勿譽，反求其拙。夫善觀畫者，必在於短長工拙之間，執此六要，憑此六長。而又揣摩研味，要歸三品。三品者，神、妙、能也。品第既得，是非、長短、毀譽、工拙自然見矣。

大抵觀釋氏者尚莊嚴慈覺，觀羅漢者尚四像皈依，觀道流者尚孤高清古，觀人物者尚精神體態，觀畜獸者尚馴擾獷厲，覿花卉者尚飄麗深遠。今之或捨六要、棄六長而能致此者，何異緣木求魚、汲水得火，未之有也。

人物第一

神品六人

王瓘

王瓘，字國器，河南洛陽人。美風表，有才辯。少志於畫，家甚窮匱，無以資遊學。北邙山老子廟壁，吳生所畫，世稱絕筆。瓘往觀之，雖窮冬積雪，亦無倦意，有為塵滓塗漬，必拂拭刮磨，以尋其跡。由是得其遺法。又能變通不滯，取長捨短，聲譽籍甚，動於四遠，王公大人有得瓘畫者，以爲珍玩。末年，石中令以禮召瓘畫昭報寺廊壁，厚酬金幣，故於乾德、開寶之間無與敵者。方死之日，畫流相帥哭之。虞部武員外宗元，亦河南人，每嘆曰："吾觀國器之筆，則不知有吳生矣！吳生畫天女頸領粗促，行步跛側，又樹木淺近，不能相稱。國器則捨而不取，故於事物盡工，復能設色清潤，古今無倫，恨不同時，親受其法。"翰林待詔高克明亦謂人曰："今者得國器畫，何必吳生？所謂買王得吳矣。"識者以爲知言。子端亦有名於時。

評曰：本朝以丹青名者不可勝紀，惟瓘爲第一。何哉？觀其意思，縱橫往來不滯，廢古人之短，成後世之長。不拘一守，奮筆皆妙，所謂前無吳生矣。故居神品上。

王靄

王靄，京師人。幼有志節，頗尚靜默，留心圖畫，尤長於寫真，追學吳生之筆，於佛像人物能盡其妙。朱梁時，爲翰林待詔，至石晉末，耶律德光犯闕時，靄與焦著、王仁壽爲德光掠歸。至宋有天下，放靄還國，復爲待詔。藝祖以區區江左未歸疆土，有意弔伐，命靄微服往鍾陵，因潛寫宋齊丘、韓熙載、林仁肇等形狀，如上意，受賞加等。奉詔於定力院寫宣祖及太后御容，梁祖真像亦在焉。本院堂西壁畫見存，但經及後人裝飾，失真。又畫大殿西壁水月觀音，及於景德寺九曜院後西壁畫彌勒下生像。末年與東平孫夢卿畫開寶寺大殿後文殊閣下東西兩壁，夢卿以東壁讓之，尊靄聲迹，識者以爲當然。所畫南北毗樓勒叉天王高丈餘，及金鎗道菩薩相，皆筆力精邁，思慮殫竭，來世之譽，在此而已。

評曰：靄之於畫也，可謂至矣。意思宛約，筆法豪邁，皆不下王瓘，但氣燄稍劣耳。夫寫人形狀者，在全其氣宇，靄能停於取像，側背分衣，周旋變通，不失其妙，可列神品中。

孫夢卿

孫夢卿，鄆州須昌人。少有精鑒而氣拘執，家世豪右，不事產業，志於圖繪。嘗語人曰："吾所好者，吳生耳，餘無所取。"故畫得其法，里中目爲孫脫壁，又曰孫吳生。言能畫脫吳生之壁，無少異處也。凡欲命素揮毫，必爲豪貴所知，日湊於門，爭先取售，識者以爲後身數百年能至其藝，止夢卿焉。與王靄對畫開寶寺文殊閣下西壁，爲西方毗樓勒叉天王像及金鎗道菩薩相，今並存焉。夢卿之畫，世少藏者，王公大人第往往有之。

評曰：唐張懷抃以吳生火僧繇後身，予謂夢卿亦吳生之後身。而列於抃、靄之下，何哉？吳生畫天女及樹石有未到處，語在王抃事跡。抃、靄能變法取工，夢卿則拘於模範，雖得其法，往往襲其所短，不能自發新意，謂之脫壁者，豈誣也哉！可列神品中。

趙光輔

趙光輔，耀州華原人，太宗朝爲圖畫院學士。性喜幽曠，無仕進意，潛自遁去，鄉人猶稱趙評事。長於畫人物蕃馬等。愚客於許昌開元寺，見光輔攝摹騰、竺法蘭以傳教，皆長丈餘，其慈覺悲閔之相盡備。又畫五百高僧，資質風度，互有意思，坐立瞻聽，皆得其妙，貌若悲覺，以動觀者。

評曰：光輔之畫也，放而逸，約而正，形氣清楚，骨格厚重，可列神品下。

高益

高益，本契丹涿郡人。太祖時遁來中國，初於都市貨藥，有來購藥者，輒畫鬼神犬馬藉藥與之，得者驚異。有孫四皓者，廣延藝術之士，益往客之，為禮甚厚。益亦畫《鬼神搜山圖》一本以酬其意。歲初，復畫鍾馗一軸以獻，孫遽張於賓館。或曰：鬼神用力，此傷和重。益聞之，乃瞑目奮筆，畫一異狀者，舉石狻猊以擊癘鬼，復張於舊所，筆力勁健，觀者握手滴汗。嘗於四皓樓上畫捲雲芭蕉，京師之人摩肩爭玩，至今天下樓閣亭廡，自益始也。今四皓樓芭蕉見存。孫乃太宗近戚，進益前所畫《搜山圖》，上嘆賞移刻，遂待詔於圖畫院，勅畫相國寺廊壁。會上臨幸，見益寫阿育王戰像。詔問曰："卿曉兵法否？"對曰："臣非知兵者，命意至此耳。"上善之。後畫崇夏寺大殿東西二壁善神，雖長於大像，但稱其筆。凡畫坐神，則厝意益善。

評曰：觀益之畫，色輕而墨重，變通應手，不拘一態。其丹青之工者歟！可列神品下。

武宗元

武宗元，字總之，河南白波人。世業儒，為鄉里所重。父道與丞相文惠公王隨為布衣交，將宗元詣之，時方成童，大被稱賞。文惠公妻以外孫女，用其蔭補太廟齋郎。年十七，文惠請畫北邙老子廟壁，頗為精神。景德末，章聖皇帝營玉清昭應宮，募天下畫流逾三千數，中其選者纔百人，分為二部，宗元為左部之長。朱崖為宮使，語僚佐曰："適見靡旗亂轍者，悉為宗元所逐矣。"上亦優勞之。中岳天封觀置百金以求名手，宗元乘興揮寫，無毫髮遺憾。洛中南宮三聖宮東壁畫十太乙，皆丈餘。又於河陽廣福院寫迴廊廟壁，今並存焉。宗元亦不嘗奮筆，雖貴人名臣，日走於門，求之甚勤，未嘗肯諾。京師富商高生有畫癖，嘗修刲拜於庭下，迨十餘年，欲得水月觀音一軸，宗元許之，又三年方成，携詣高生，高生已殂矣，焚畫垂涕而云。丞相文懿公張士遜生辰，宗元畫消災菩薩一軸，公張於千歲堂，秘重焉。歷官至虞部員外郎。

評曰：武員外學吳生之筆，得其閒覃之態，可謂覿其奧矣。而品第不至於高益，得無意乎？若夫千乘萬騎，出彼入此，氣貌風韻不甚相類，則益得之矣。武雖可以齊肩接跡，無甚愧之色，必求定論，故有優劣。然氣不羣，優入畫域，亦列神品下。

妙品十五人

王齊翰

王齊翰，建康人，為右族。齊翰自為童時，已能畫地成人，有挺立之勢，日見加益。仕偽唐李煜，為待詔，王師指伐所得府藏，悉充軍中之賞。有步卒李貴者，入佛寺得王所畫十六羅漢，俄鬻於市，有商劉元嗣以白金四百兩請售。元嗣後入都下，復質於相國普滿塔院僧清教,及元嗣往贖,遂爲所匿,訟於京府。時太宗方爲尹,按澄其事,清教詞屈,乃出其原畫觀之,乃神筆也。太宗嘉嘆,各賜白金釋之。越十六日即位,名曰應運國寶羅漢,藏於秘府。

王士元

王士元,汝南宛丘人也。父仁壽,亦能丹青,事見《五朝名畫錄》。至士元尤精其藝,好讀書,爲儒者,言有局量,鄉里器之。與國子博士郭忠恕爲畫友。士元嘗爲孫四皓客,甚見推待。唐有《名畫斷》,第其一百三十人姓名。太宗天縱多能,留神庶藝,訪其後來,復得一百二十人,編次有倫,亦曰《名畫斷》。孫氏謂士元曰:"上爲《畫斷》,以續唐本子,其謂何?"士元乃沉默思慮,採唐來諸家之長,爲武王誓師獨夫崇飲圖,京師之人詣孫觀者,日不可計,中有歎者曰:"王君之意與六經合,觀其事跡,千古之遠,非精慮入神,何以致此?"孫氏不敢私,又進於天子,下圖畫院品第之。時院中高文進與士元有隙,定爲下品,識者忿之,止以三千縑爲賜。士元不顧而去,文懿張公惜其精筆,奏攝南陽從事。

侯翼

侯翼,字子冲,安定人。性簡潔,重信義,學吳生釋道畫。予至和中於閭巷,見挈一舊圖,貯於大器,將濯去顏色,因呼止之,乃翼所畫《七夕圖》也。其人曰:"我於京城中丐舊朽壞物,賣以給朝夕,此圖雖得於大族,及其市也,以敝裂無肯售者,欲將洗滌以補穿結之衣。"因倍價以售歸,則熟視,宛有王公第宅妓女瞻視之態也。

評曰:齊翰不曹不吳,自成一家,其形勢超逸,近世無有。士元通於微妙,物物稱絕,抑於高文進勢使然也。侯翼墨路深細,筆力剛健,富於氣餞,與齊翰、士元並列妙品上。

蒲思訓

蒲思訓,蜀中人。曉音律,善談論。幼師房從真學圖,纔十年,從真自以爲不及。仕孟蜀爲待詔,長於車服冠冕旌旗器械神鬼等圖。子延昌,亦能畫,名亞其父。

黃筌

黃筌,字要叔,亦蜀中人。少開悟,卓然不肯與羣小兒語。年十三,師郡人刁光處士,學畫龍及花卉翎毛,凡所操筆,皆近於真,大爲當時所傳。十七,從其師同仕王衍。十九,賜朱衣銀魚,監都曲院。洎孟知祥立,賜筌三品服。子昶承襲,遷待詔。檢校少府監,寫僞后袁氏真像,張於別殿,媚御屬目,更深攀慕。累加京副使檢校,至户部尚書,兼御史大夫。藝祖開朝,昶銜璧入覲,筌與子居寀皆從赴都下,上真命爲太子右贊善大夫,仍厚賜之。筌以亡國之餘,動成哀戚,至遘疾而卒,時乾德乙丑歲九月二日也。子五人,居寶亦能丹青,死於蜀。居寀自有傳。有門生夏侯延祐,知名。

黃居寀

黃居寀,字伯鸞,亦事孟昶爲待詔。隨筌赴朝,亦受真命。陶尚書穀在翰苑,因曝圖畫，乃展《秋山圖》，令品第之，居寀歛容再拜曰："某父所畫也。孟昶時以答楊渥國信，彌縫中有某父子姓名，當在。"裂之，如居寀言，詢諸庫吏，乃朱梁開平中楚將張浩殺楊渥籍沒此圖。穀命居寀追寫父真，所爲當時愛重。居寀父子事蜀主三世，凡圖障屏壁，多出其手。予嘗於唐紫微第見居寀畫《西伯出獵渭圖》及畫父筌真像，皆得其妙。

孫知微

孫知微，字太古，彭山人。知書，通《論語》、黃老學，善雜畫。初師沙門令宗，凡牧伯所至，必與之相歎，高談劇辨，皆出人意表。蜀中寺觀多有親筆。但畫釋老事跡，則往山墅，不茹葷，經時方成。晚歲寓居青城白侯壩之趙村，愛其水竹深茂，以助其興也。

孟顯

孟顯，字坦之，華池人。骨氣清楚，語論通博。畫佛像人物車馬等出於己意，自成一家，筆無少滯，轉動飄逸，觀者不能窮其來去之跡。嘗於本郡孟氏舍揮數壁，皆有精思。

周文矩

周文矩，建康句容人。美風度，學丹青，頗有精思。仕李煜爲待詔，能畫冕服車器人物子女。僞昇元中，命圖南莊，最爲精備。開寶中，煜貢之，藏於秘府，爲上寶重。

評曰：蒲思訓筆法雖細，其勢極壯。黃筌凡欲揮灑，必澄思慮，故其彩繪精緻，形物偉廓。居寀有父之風，可謂善繼矣。孟顯能作猛風之勢，瘦形圓面，識者猶以爲疵。周文矩用意深遠，於繁富則尤工。並列妙品之中。

張翃

張翃，字升卿，汝南人。性剛潔，不喜附人。學吳生，僅得其法。大中祥符中，玉清昭應宮成，召翃畫三清殿天女奏音樂像。翃不假朽畫，奮筆立成，皆高丈餘，流輩驚顧，終譖於主者，以翃不能慎重，用意多速，出於矜衒，恐有效尤者，尋遭詰問，翃不加綵繪而去，論者惜之。於本郡開元寺畫護法善神，最爲精緻。

王端

王端，字子正，瓘之子也。性謹厚，幼知書，尤好讀十七代史、《文選》，通《易》象黃老之學，皆涉獵焉。善丹青，長於傳寫及山水花卉等。真宗晏駕，時召端與畫臣寫其遺像。端舉筆立就，無有及者。燕恭肅王見其肖似，更益號慟，勅令端入畫院，讓而不受，止乞國子監書數部，上嘉之，特授奉職轉右班殿直。召寫真廟及章獻明肅皇后聖容於石壁，未絕筆，而端卒，令李元輔畢之，優賜其家。

勾龍爽

勾龍爽，蜀中人。性厚重，少語言，好丹青。神宗時，爲圖畫院祇候。善作中古人物，其質狀甚野，觀之者有返朴之意焉。

陳用志

陳用志，許州郾城人。朴直少可，不嗜利祿，爲諸交友所高。天聖中，爲圖畫院祗候。洎景祐初，今上營慈孝寺，勅用志及待詔等筆東殿御座側，其間王華希宮中別賜，屏上爲龍水，飾以花卉。用志不樂，因私遁去。人間多求用志畫，至有日走於門者，用志但以半幅紙絹，信筆自適，故其跡妙而甚少。

厲昭慶

厲昭慶，建康人。仕僞唐爲待詔，國破，與其男從至京師，籍爲編戶。昭慶父子俱有丹青之名，工佛像，尤長於觀音，凡畫古今人物，至於衣紋生熟，不能分別，前輩殆不及。每欲揮毫，必求虛靜之室無塵埃處，覆其四面，止留尺餘，始肯命意，其專謹如此。有問之者，以陸探微去梯之事答之，故其筆精色澤，久而如新，此可佳也。

王兼濟

王兼濟，西京洛陽人。簡傲嗜酒，不修人事。學吳生畫，得其餘趣。白波人武宗元長於大像，當世稱絕，兼濟嘗與對手，深見推譽，同於本京南三聖殿畫太乙，兼濟乃西壁焉。東乃武宗元畫。中嶽天封觀西壁聖像入隊，亦兼濟之筆。東壁出隊，武宗元畫。雖不及宗元，自有佳處。

評曰：張翶用意敏速，變態皆善。王端寫人形表，尤見所長。勾龍爽筆力飄逸，多從質野。陳用志所爲雖至小僻，曲盡其妙。厲昭慶居必幽靜，故其澄慮設色，久而愈新。王兼濟嘗從武宗元分畫大像，雖不能及，亦可以接其步武矣。

能品十九人

楊斐

楊斐，京師人。性不拘，有器概。多遊江浙間，後居山陽。工畫佛像，宗吳生之筆。於泗州普光寺畫二神，各二丈餘，其容色威勢有足觀者，但手足傷小耳。

高文進

高文進，蜀中人。太宗時入圖畫院，爲祗候。上萬幾之暇，留神繪事，文進與黃居寀常列左右，賜予優腆。相國寺高益畫壁，經時圮剥，上惜其精筆，將營治之，詔文進曰："丹青誰如益者？"對曰："臣雖不及，請以蠟紙模其筆法。"復移於壁，毫髮較益無差矣。遂與李用及李象坤翻傳舊本於壁，得益之骨氣。文進自畫後門裏東西二壁五臺峨眉文殊普賢變相及後門西壁神、大殿後北方天王等，以其能遷待詔，仍賜所居在相國寺東。年老臥病，上遣醫往療之，仍戒曰："文進之命，實繫卿手，不可緩也。"上爲注意如此。後果愈。勅同畫東太乙宮貴神列位。大中祥符初，督羣工計度玉清昭應宮壁。今景德寺後九曜院羅漢及東壁藥師琉璃光王佛，皆文進所畫也。

趙元長

趙元長，字慮善，蜀中人。通天文。歷仕僞蜀昶，爲靈臺官。亦善丹青，凡星宿緯象皆命畫之。國破，元長從昶至闕下，太祖引僞署官屬，凡學天文之類，皆不赦。元長當死，遽呼曰："臣向事昶，謂臣能畫，所寫者周天像耳。符識之學，非臣所知。"配文思院爲匠人，嘗備禁中之役，因畫馴雉於牆壁。會五坊人按鷹有離韝欲舉者，上命縱之，徑往搏畫雉。上驚賞久之，召元長入圖畫院爲藝學，詔畫東太乙宮貴神之像，元長實督。及命摹寫王齊翰應運國寶羅漢，深得其妙。

高元亨

高元亨，字彥德，京師人。一名懷寶。端愿拘禮法，嘗褒衣大帶，引奚奴行，人以儒者視之。真廟時，爲圖畫院祇候，嘗畫從駕兩軍角觝戲場，圖寫其觀者，四合如堵，坐立翹企、攀扶仰俯及富貴貧賤、老幼長少、緇黃伎術、外夷之人，莫不備具，至有爭怒解挽，千變萬狀，求真盡得，古未之有也。元亨嘗押河西防邊將校冬衣，至渭川，見畫人南簡，雖有推奬之意，終不能援引。

評曰：楊斐深有才思，用亦弘博，於大像求其全功，則非吾所知也。高文進筆力快健，施色鮮潤，皆其所長。趙元長妙於形似。高元亨盡事物之情。並列能品上。

孫懷說

孫懷說，安定靈臺人也。任俠，不事產業，喜丹青，亦學吳生，畧得其奧。乘興命筆，往往稱絕，多爲好事者取去，故人間少見其本。

南簡

南簡，平凉人。性簡傲，不肯從親舊遊，閉門獨居，以畫自樂。太宗朝待詔高元亨奉使過渭川，目睹簡畫，得其名氏，遽訪之。會簡袖刺來謁，喜其同好，盡禮相遇，因求簡筆。簡披紙運思，揮染如掃，窮百番無相犯者，元亨益重之。故相國劉公有簡畫少微星一軸，甚有氣韻。

王道真

王道真，字俁叔，新繁人。幼穎悟，有節操。善丹青。太宗朝待詔高文進甚有聲望，一日，上問民間誰如卿者，文進對曰："新繁人王道真者，猶出臣上。"遂召入圖畫院祇候，與文進等傳移相國寺高益畫壁。及於大殿西偏門南面東壁畫寶誌化十二面觀音相，又與文進對畫寺庭北門東面大神。遷待詔。及同文進畫玉清昭應宮壁，當時稱之。

牟谷

牟谷，字子冲，不知何處人。美風表，深相術，故於丹青尤長寫貌。太宗龍潛時，谷往事之。暨登位，得圖畫院祇候，詔隨專使往交趾，密寫安南王黎桓并臣佐真像。以瘴海飄泊，十餘年始還京師。值太宗已弃萬國，章聖即位，亦優勞之。谷居閭閻中，上幸建隆觀，以所畫先帝御容張於門外。上見之，回目悚然，曰："大行皇帝也。"勅中使收之，執谷詣行在，問其故，谷對曰："臣侍先帝，待罪於圖畫院，使於異域，淹留歲月。及至還朝，先帝晏駕。伏惟陛下孝思訓俗，臣所以追寫者，廣陛下罔極之心。先帝聖容，臣乞傳摹。雖聞已勅沙門元靄爲之，元靄之伎能側面，而臣竊以南面恭已，聖人所以尊也。臣工寫正面者。"上許之，寫畢皆賜。

沙門元靄

沙門元靄，蜀中人。幼來京師相國寺，落髮，授大具足戒。通古人相法，遂能寫真。太宗聞之，召元靄傳寫。時上幸後園苑賞春方還，烏巾插花，天姿和暢，靄一揮而成，晷無凝滯，上優賜之，由是有聲名。巨貴人爭求其筆。亦嘗畫本寺西經藏院後大悲菩薩。章聖即位，詔翯寫先帝側座御容，恩賜甚厚。錢希白《洞微志》云：僧元翯，蜀中人。皇朝來多，禁中供奉。一日，在御書院中寫粉本，中官皆來觀看。翯公每成，染顏色畢，懷中別出一小石，研磨取色，蓋覆肉色之上，後遂如真。衆工所不及者，正爲此特高。其日用石訖，忽見一小黃門懷之而去，翯公喧呼索之，方置舊處，又以非語凌辱，奔走而去。因徧詢中官同列，無肯言其姓名。乃畫其顏貌，求謁李都知神福，哀訴以中貴竊石毀辱之事，忿色可掬。李因詰之曰：小底至多，不知姓名，誰當其責？翯公於懷中探出頭子，言此可以驗之。李一見大笑曰：此楊懷吉也，何倉卒圖寫如是精妙！因延坐嗟賞，召楊責讓，伏罪致謝而退。自此傳神聲價，蔚爲獨步云。

尹質

尹質，字化元，成都人。性長厚，與人交有始終。工寫貌，善畫像，尤精於真人藥王。凡伎藝倡優人所識者，質皆能畫之，無分毫異處。燕恭肅王召質寫真，特優禮之。至公卿戚里間競求傳寫。景祐中，宋宣獻公薨，請質追寫。質嗜酒，無羈束，但草成儀像，踰時不往。宋氏別召沙門懷志，以質草樣示之，俾爲標準。質聞之曰："模寫尚可，設色非吾敢許。"果如其言。後徧求名輩，傳貌甚多，無如質者，故獨步康定、慶曆之間。

評曰：孫懷說氣格清峭，理致深遠。南簡意不在近，格亦至僻。王道真淳重寧妥，可謂能矣，言院體者，無出其右。牟谷、元翯、尹質長於寫貌，筆能奪真，其優劣如次第云。並列能品中。

石恪

石恪，字子專，成都郫人。性輕率，尤好凌轢人物。嘗爲嘲謔之句，暑協聲韻，與俳優不甚異。有褻言，爲世所行。初事張南本學畫，纔數年，已出其右。多爲古僻人物，詭形異狀，以蔑辱豪右，西州人患之。嘗圖畫《五丁開山圖》《巨靈擘泰華圖》，其氣韻剛峭，當時稱之。今蜀會秦川至於闕下，尚多恪筆。

陳士元

陳士元，京師人。初名允。喜丹青之學，尤好王士元筆。竊相如慕藺之意，遂改其名。至於屋宇亭榭、欄楯車騎、子女皂隸及人家景物及太湖石、芭蕉花之類，皆如士元之跡。

王拙

王拙，字守拙，河東人。大中祥符初，營玉清昭應宮，募天下畫流，事見武宗元傳。拙爲右部第一人，與宗元爲對，時人多許之。及畫本宮五百靈官衆天女朝元等壁，天聖中火之矣。子，居正。

王居正

王居正，拙之子也，俗以其小字多呼憨哥。學丹青，有父風。師周昉士女，暑得其妙。嘗於苑囿寺觀衆游女之處，必據高隙以觀士女格態，凡欲命筆，則澄秘思慮，故於形似爲得。

葉進戎

葉進成，江南人。性通敏，善畫今體人物。士元楊直講家有進戎醉道士圖，觀其趨向清野，陶然相樂，尤有佳處。其僮僕鞍乘、樹木服器，畧可觀焉。

燕文貴

燕文貴，吳興人，隸軍中。善畫山水及人物，初師河南郝惠。太宗朝駕舟來京師，多畫山水人物，貨於天門之道。待詔高益見而驚之，遂售數番，輒聞於上，且曰："臣奉詔寫相國寺壁，其圖非文貴不能成也。"上亦賞其精筆，遂召入圖畫院。端拱中，勅畫臣面進畫扇，上覽文貴者甚悅。嘗畫《七夕夜市圖》，自安業界北頭向東至潘樓竹木市盡存。狀其浩穰之所，至爲精備。富商高氏家有文貴畫《舶船渡海圖》一本，大不盈尺，舟如葉，人如粟，而檣帆篙櫓，指呼奮踴，盡得情態，至於風波浩蕩，島嶼相望，蛟蜃雜出，咫尺千里，何其妙也！

葉仁遇

葉仁遇、江南人。好畫世俗人物。唐紫微家有仁遇畫《維揚春市圖》，狀其土俗繁浩，貨殖相委，往來疾緩之態，深可嘉賞。至於春色駘蕩，花光互照，不過數幅，深得淮楚之勝。

郝澄

郝澄，字長源，江寧句容人也。世爲右族，至澄以丹青自樂，不事貨產，終至耗蕩。人多求澄畫者，賴以資給。於佛道人物鬼神尤善。

毛文昌

毛文昌，字則之，蜀中人。好畫郊野村堡人物，能與真逼。又爲《村僮入學圖》，其行步拜立、動止誦寫，備其風槩。

評曰：石恪筆法頗勁，長於詭怪。陳士元師王士元，不爲不近，求其器岸體骨則難矣。王拙善佛道，於大像尤具，雖放縱矜逸，往往失於卑懦。王居正士女盡其閒冶之態，蓋慮精意密，動切形似。葉進成江左敏手，設色清潤。燕文貴於人物自有佳處。葉仁遇好寫流俗，能剽真意。毛文昌得其村野之趣，甚有可觀。皆列能品下。以上文淵閣四庫全書本《宋朝名畫評》卷一。

山水林木門

神品二人

李成

李成，營丘人。世業儒，爲郡右族。成自幼屬文，能畫山水樹石，當時稱爲第一。開寶中，孫四皓者延四方之士，知成妙手，不可遽得，以書招之，成曰："吾本儒者，初識去就，性愛山水，弄筆自適耳，豈能奔走豪勢之門，與工伎同處哉？"遂不應。孫遂銜之，遣人往營丘，以厚利啗當途者，卒獲數圖。後成舉進士，來集於春官，孫卑辭堅召，成不得已而往，見其數圖，驚忿而去。章聖每見其筆，必嗟賞之，故聲價益甚。直史館劉鰲者時推精鑒，於曹武惠王第見成山水圖，愛之不已，有詩云："六幅冰綃掛翠庭，危峰疊嶂鬭峥嶸。却因一夜芭蕉雨，疑是巖前瀑布聲。"識者以爲實錄。成之於畫，精通造化，筆盡意在，掃千里於咫尺，寫萬趣於指下。峯巒重疊，間露祠墅，此爲最佳。至於林木稠薄，泉流深淺，如就真景，思清格老，古無其人。景祐中，成孫宥爲開封府尹，相國寺僧慧明購成之畫，倍出金幣，歸者如市，故成之跡於今少有。

評曰：李成命筆，唯意所到，宗師造化，自創景物，皆合其妙。耽於山水者，觀成所畫，然後知咫尺之間奪千里之趣，非神而何！故列神品。

范寬

范寬，名中正，字中立，華原人。性溫厚，有大度，故時目爲范寬。居山水間，嘗危坐終日，縱目四顧，以求其趣。雖雪月之際，必徘徊凝覽，以發思慮。學李成筆，雖得精妙，尚出其下。遂對景造意，不取華飾。寫山真骨，自爲一家。故其剛古之勢，不犯前輩。由是與成並行。宋有天下爲山水者，唯中正與成稱絕，至今無及之者，時人議曰：李成筆跡，近視如千里之遠；范寬之筆，遠望不離坐外。皆所謂造乎神者也。然中正好畫，冒雪出雲之勢，尤有骨氣也。

評曰：范寬山水知名，爲天下所重，真石老樹，挺生於筆下，求其氣韻，出於物表。而又不資華飾，在古無法，創意自我，功期造化，而樹根浮淺，平遠多峻，此皆小疵，不害精緻，亦列神品。

妙品六人

高克明

高克明，絳州人。端愿自立，復事謙退，尤喜幽默。多行郊野間，覽山水之趣，對坐終日，樂可知也。歸則求靜室以居，沈屏思慮，神遊物外，景造筆下，漸爲遠近所稱。景德中，遊京師。祥符中，入圖畫院，其藝並進。與太原王端、上谷燕文貴、潁川陳用志相狎，稱爲畫友，而聲望籍甚。今上嘗詔入便殿，命圖畫壁，上所貴，遷至待詔，守少府監主簿，賜紫衣。景祐初，命畫臣鮑國資畫四時景於章聖閣，國資以乍見玉色，戰懼不已，不能下筆。詔克明代之，克明辭曰："臣伎不過山水而已，國資以疎淺，驟見陛下，無不驚畏，徐當盡其所學，恐臣淺近，故所不能及。"上善其對。淮海富商陳永以百千求《春龍啓蟄圖》，克明以非素習者，堅讓不從，一時流輩多稱之。克明亦善佛道人馬花卉翎毛禽魚畜獸鬼神屋宇，皆造於妙。人有以勢利求者，則以不能爲辭。或朋好間以所欲見丐，必欣然與之。畫流中好義忘利、姓名謙慎者，惟克明焉。

王士元

王士元，善畫樹石雲水，俱師關仝，但加景趣，多作樓閣臺榭、屋宇橋徑，如家中景。此亦病也，而士元不顧。求其景趣則高於關仝，筆力則老於商訓。

王端

王端，尤善畫山石林木，亦師關仝之筆。好爲罅石濺水、古樹老根，有出人意思。

今相國寺净土院北支條院東壁，有端所畫，真煙巒雲峰之勢，皆得其趣。

商訓

商訓，不知何許人。善鼓琵琶。學關仝山水，頗爲切近。觀其筆勢，勾斫山石小皴，殆不及仝。

燕文貴

燕文貴，尤精山水。凡所命意，不師古人，自成一家。而景物萬變，如真臨焉。畫流至今稱曰燕家景致，無能及之者。

許道寧

許道寧，長安人。學李成畫山水林木。初市藥於東門，人有贖者，必畫樹石兼與之，無不稱其精妙，由此有聲。遂遊公卿之門，多見禮待。相國張文懿公，令道寧畫其居壁及屏風等，文懿深加賞愛，作歌贈之。道寧之格，所長者三：一林木，二平遠，三野水，俱造其妙。而又命筆狂逸，自成一家，頗有氣燄，所得於李成者也。事見《翟院深傳》。

評曰：山有體，水有流，意自近至遠，景有增有減，求其妙手，豈易也哉！高克明鋪成景物，自成一家，當代少有。士元之寫景，王端之老格，同出關氏，各有所得，商訓又其次也。燕文貴尤善其景，隨景可愛。許道寧既有師法，又有變通，皆列妙品。

能品十人

陳用志

陳用志，亦工山水。畫祥源觀東壁，磊落峭拔，布千里之景。於慶曆中爲火所焚，無有之矣。文潞公宅有用志出雲山水壁，高丈餘，宛有不崇朝而雨天下之意。

黃懷玉

黃懷玉，華原人。有足疾，時人目爲瘸子。學范中正畫山水，頗得其格。今都下貴人家有懷玉《秋山圖》八幅，意思孤特，得其巖嶠之骨，樹木皴剥，人物清洒，有范生之風，至有誤蓄者，蓋相去不遠也。

黃筌

黃筌畫山水亦爲時所稱，松石學孫位，山水學李昇，皆過之。僞蜀孟昶時嘗寫《秋山圖》，至今猶傳。

翟院深

翟院深，營丘人。名隸樂工，善擊鼓。師鄉人李昇畫山水，善爲峰巒之景。一日，郡中宴客作樂，會有雲氣聳起，數峰相疊，院深引望翹企不覺，遂失鼓之節奏。太守詰之，具以實對。乃命院深爲畫，果有蕭灑之勢，甚異之。時人議得李成之畫者三人，許道寧得成之氣，李宗成得成之形，院深得成之風。後李成之孫宥爲開封尹日，購其祖畫，多悞售院深之筆，以其風韻相近，不能辨也。

劉永

劉永，不知何許人。師關仝爲山水，其意思筆墨，頗得其法。至樹石濺撲，甚不相遠，但勾斫皴淡，未爲佳耳。

沙門巨然

巨然，江寧人。受業於本郡開元寺，工畫山水。僞唐李煜歸命，巨然隨至京師，居於開寶寺，投謁在位，遂有聲譽。畫煙嵐曉景於學士院壁，當時稱絕。度支蔡員外挺家有巨然畫《故事山水圖》二軸，古峰峭拔，宛有風骨，又於林麓間多爲卵石，至於松柏草木交相掩映，旁分小徑，遠至幽墅，於逸野之景甚備。

趙幹

趙幹，江寧人。善畫山水林木，長於布景。李煜時畫院學士。今度支蔡員外家有幹《江行圖》一幅，深得浩渺之意。

李隱

李隱，三原人。善畫山水，亦長於布景。大中祥符初，營會靈觀，命隱圖五嶽於壁。又於五殿畫扆帷上，皆寫山水。慶曆中爲火所燬，今則無矣。隱所畫山，其勢超峻，截空而止，復有平遠之趣。至於飛泉曲水，周流左右，皆不逾尺，止以焦墨皴淡，全無勾斫，其工妙如此。

厖從穆

厖從穆，字季和，右北平人。大中祥符初，營玉清昭應宮，召入，畫山水列壁，而林巒草竹、溪谷磴道莫不精備。又於空穴間作游雲直上之狀，爲風所駕，卷舒聚散，其勢不拘。詔入圖畫院，從穆不就而去。

曹仁希

曹仁希，字企之，毘陵人。善畫水，無與敵者。爲驚濤怒浪，方流曲折，以至輕波細溜，於一筆中自分淺深之勢，此爲佳耳。

評曰：山水天下之勝，於繪事中尤可尚也。陳用志筆雖放曠，得自然之意。黃懷玉老於所學，勢多剛峭。黃筌失於麤暴，猶爲蜀中之最。翟院深猶得風韻，蓋有師法。劉永學關氏，遠有所到。巨然好寫景趣，殊爲精絕。趙幹窮江行之思，觀者如涉。李隱狀千里之山，不出所顧，才富意遠，從穆有焉。如仁希之畫水，淺深怒帖，一筆而已，信所謂敏而不失其真者也。並列能品。

蕃馬走獸門

神品一人

趙光輔

趙光輔，尤善畫蕃馬。凡欲爲之，必潛心密慮，視聽皆斷，方肯草本。然後點竄增減，求其完備，始上縑素。故光輔無一毛之失，得者如有至寶。古人能爲蕃馬者，亦可數也。胡瓌得其肉，贊華得其骨，東丹王，契丹之人也。光輔兼有之，爲世推重。至於戲風拽繩、吃草飲水、奔走立臥、嘶囓跑蹶、瘦壯老嫩、駑良疲逸、羈縶疾病之狀，莫不精緻，全奪形，畧無失處，未有能繼之者。

評曰：善觀畫馬者，必求其精神筋力，精神完則意出，筋力勁則勢生，必口眼鼻耳蹄腕爲本，神也。光輔之爲也，駿尾一毛不可得而議，故列神品。

妙品六人

趙邈卓

趙邈卓，亡其名，以其性不靈慧，人故以邈卓目之。輕財好施，尤嗜酒歌，與人交，有終卒。善畫虎，多氣韻，具形似。夫氣韻全而失形似，雖活而非；形似備而無氣韻，雖似而死。二者俱得，惟邈卓焉。文潞公與王郎家，各有邈卓所畫虎，文公伏崖高視，侍郎當風抵掌。視者驚其威猛。其經摹皆非親筆，真本爲華州王法椽所收，雖朋友親狎未嘗見。今以包鼎虎爲上游者，何其陋也！

裴文顯

裴文顯，京師人。能畫水牛，爲當時第一。隋唐而下，畫牛者止有三人：戴嵩、厲歸真並文顯也。其餘凡陋可鄙。今人多不嫻此藝，以故文顯寡合。後士人觀其真跡，乃當時之名流也。

楊暉　袁羲

楊暉，江南吳人。袁羲，河南登封人，隸侍衛親軍。俱善畫魚末節，但寫其噞喁形勢，尤多涵泳之態。至如他人以鱗甲數目爲拘者，暉、羲則遺之矣，但取其大體。亦工水草蘋蘩之畫，真若秋景，甚可愛也。

龍章

龍章，字公絢，京兆人。性敦静好古，居嘗冠帶。善畫虎兔，亦工佛道及冕服等，尤長於裝染。祥符中，玉清昭應宮成，召令彩畫列壁，外有玉皇尊像，猶未裝飾。時畫院僚屬爭先創意，至於團科斜枝，莫不詳盡。主者中貴人劉永珪曰："天帝法服，豈如是耶！"命檢盡《道藏》及《真境錄》，無有曉其像者，上不懌。宮使丁朱崖置賞募工，章應之曰："今京兆長洛鄉北雒村古太華觀，有玉皇像，乃唐人楊惠塑，被九色螭羅帔，此可爲法。"丁朱崖聞於上，遣使驗之，果如章言，由是俱裝其像。工畢，乞還田里，復本戶租賦，久之不報，詔入畫圖院，非其好也。常求食於京師，樂遊坊市。藥人楊氏裏瓦下貨虎骨，南闤楊家是也。鎖活虎於肆，章熟視之，命筆一揮而成，識者驚賞之。平生所畫，止有六虎而已，今少有及者。

何尊師

何尊師，江南人，亡其名。善畫猫兒，罕見其比。所畫有寢者、覺者、展膊者、聚戲者，皆造於妙。觀其毛色純鬖，體態馴擾，尤可賞愛。

評曰：邈卓之虎，非世俗嘗見，往往有不知名者，猶爲天下珍玩，豈易辨哉！裴文顯之水牛，渾奪生意。楊、袁二生之魚，不拘末節，自得其體。章亦善虎兔，是豈常人之可及。何尊師所得，不爲不多。可列妙品。

能品十二人

陳用志

陳用志，亦善蕃馬，學胡瓌，畧得其奧而多出己意。自至奇怪，識分數，曉向背，甚有所得。

馮清

馮清，閿鄉人。真宗時入圖畫院，所居城南，相近逆旅多橐駝，清嘗遇之，雖身務所迫，必引視不已，求其情狀，然後命筆，遂至聲譽。亦能畫火。今景靈宮後壁有硤石道士趙惠宗坐炎火誦經者是也。

王士元

王士元，善畫天廄馬，雖駑駘瘦劣，亦能為之。骨氣高卑，皮毛上下，隨筆所定，較無差處。至銜勒之飾，飼秣之所，皆有可觀，而又筆法高壯，形狀頗肖，人所未及。

高益

高益，善畫蕃馬，於分數盡得身段肥瘦，蹄踠疎實，皆取形似，尤富氣歛。相國寺東壁有阿育王所乘及戰士鹿馬等，皆益之筆，雖經摹寫，格制猶在。

荀信

荀信，江南人。真宗時為翰林待詔，工畫龍水。天禧中，會靈觀凝祥池御座扆上寫吐霧龍，觀其蟠伏蹲踞，波濤湧洶，使人驚賞。後移入禁中。

吳懷

吳懷，江南人。善畫龍水。其最佳處，據孤島，憑老木，伏平磻，拏怒浪，呼雲自蔽，有天矯欲飛之勢。

董羽

董羽，字仲翔，毗陵人。口吃，語不能出，故有啞子之名。善畫龍魚，尤長於海水。仕李煜為待詔，寫香花閣帷牀屏並積水圖，大有聲譽。建康有隋大司空陳仁杲廟，堂後畫水一壁，至今猶存。清凉寺畫海水，及有李煜八分題名、李肅遠草書，時人目為三絕。隨李煜入京，於學士院畫戲水龍，於開寶寺東經藏院壁畫弄珠龍，皆為精妙絕筆也。

王道真

王道真，亦善畫魚，得楊暉之奧。祥符中，寫金魚一軸，獻丁朱崖，甚見稱賞。朱崖敗籍，入內庫。

李用及

李用及，京師人。父隸武軍。用及能畫天廄馬，深得韓幹筆法，人多稱之。為病馬尤工，自古未之有也。

張鈐

張鈐，幽國人，一名翼。善畫蕃馬及人物，皆師趙光輔。運筆落墨，有刀頭燕尾之狀，深得其法。但為蕃族，面目多類漢人，於體為失。

辛成

辛成，不知何許人也。籍隸軍中。工畫虎，有精神氣骨，故當時許其得威厲之體勢，都下時復有之。

馮進成

馮進成，工畫犬兔，江南人。思慮精到，故於寫物，能全其精神。尤善染澤，今致政田宮傅第有馮進成畫二軸，其跡可愛。

評曰：馬之氣骨，非精到不能周遍。陳用志、王士元、高益、李用及、張鈴之徒，各從師法，更生己妙，各稱一時之妙，果求其真鑒，故有次第。馮駝、辛虎，皆與真逼。如荀信、吳懷、董羽，可謂能於其事矣。馮進成乃爲犬兔，深造其妙，猶以氣韻孤薄，或有譏之者。皆列能品。以上《宋朝名畫評》卷二。

花卉翎毛門

神品四人

徐熙

徐熙，鍾陵人，世仕偽唐，爲江南盛族。熙善畫花竹林木、蟬蝶草蟲之類，多遊園圃，以求情狀，雖蔬菜莖苗，亦入圖寫，意出古人之外，自造乎妙。尤能設色，絕有生意。李煜集英殿盛有熙畫。後卒於家。及煜歸，命盡入府庫。太宗因閱圖畫，見熙畫石榴一本，帶百餘實，嗟異久之。上曰："花果之妙，吾知獨有徐熙矣，其餘不足觀也。"徧示羣臣，俾爲標準，爲上稱嘆如此。有二孫，崇嗣、崇勳，得其傳矣。

評曰：士大夫議爲花果者，往往崇尚黃筌、趙昌之輩，蓋其寫生設色，迥出人意。以熙視之，俱有慙德。筌神而不妙，昌妙而不神，神妙俱完，捨熙鮮矣。夫精於畫者，不過薄其綵繪，以取形似，於氣骨能全之乎？熙獨不然，必先以墨定其枝葉蕚蕋等，而後傅之以色，故其氣格前就，態度彌茂，與造化不甚遠，宜乎爲天下冠也。故列神品。

唐希雅

唐希雅，嘉興人。曾祖而上，家河北，因五代遷移於江左。希雅善丹青。偽唐李煜好金錯書，希雅嘗學之，乘興縱奇，因具戰掣之勢以寫竹樹，蓋取幸於一時也。其於荊櫃柘棘翎毛草蟲之類，多得郊野真趣。

評曰：江南絕筆，徐、唐二人而已。極乎神而盡乎微，資於假而逼於真，像生意端，形造筆下。希雅終不逮熙者，吾以翎毛較之耳。求其竹樹，殆難優劣。故列神品。

黃筌

黃筌，尤能寫花竹翎毛，於孟昶殿畫六鶴，因目其殿，當時稱嘆，爲之語曰："黃筌畫鶴，薛稷減價。"廣政中，昶命筌與子居寀於八卦殿畫四時山水及諸禽鳥花卉等，至於精備。其年冬，昶將出獵，因按鷹，其間一大鷹離鞲，舉臂者不能制，遂縱之，直飛入搏所畫翎毛。昶甚歡賞，召學士。歐陽炯作《八卦殿畫壁記》，仍付史館，以表能事。太宗朝，參政蘇公易簡得筌所畫《墨竹圖》，李公宗諤見之，賞其神異，作《黃筌竹贊》，其叙曰："工丹青狀花木者，雖一蕊一葉，必五色具焉而後畫之爲用也。蜀人黃筌則不然，以墨染竹，獨得意於寂寞間，顧彩繪皆長物，鄙而不施。其清姿瘦節，秋色野興，具於紈素，洒然爲真，故不知墨之爲靈乎！惜乎筌去世遠矣，後人無繼者。蜀亡二十年，蘇公易簡得筌之遺跡兩幅，寶之如神，懼恐化去矣。惟安樂村民得一觀焉，噫，清瀟碧湘，會稽雲夢，有竹萬頃，去我千里，鮮碧蔽野，寧得人窺。曷若此圖，幽虛淡静，滿目煙翠，行立坐臥，秋光拂人，又何必雨中移來，窗外種得，霜庭月檻，蕭騷有聲，然後稱子猷之高興乎？余歎筌圖之入神，美翰林之好事，抽毫抒思，敢爲之讚：猗歟黃生，畫竹有名。能狀竹意，是得竹情。以毫搵墨，匪丹匪青。秋思野態，混然而成。背石枕水，蒼蒼數莖。森然欲活，颯若有聲。湘江坐看，嶰谷隨行。大壁高展，清陰滿庭。又詩云：惜哉黃公不可親，空留高價傳千古。向非精賞值蘇公，時人委棄如黃土。"

評曰：黃筌老於丹青之學，命筆皆妙，誠西川之能士矣。可列神品。

黃居寀

黃居寀，亦善畫花竹翎毛，與筌共爲之，其氣骨意思有父風。孟昶時畫四時花雀圖數本，當時稱絶。今士人家往往有居寀筆，誇爲珍玩。

評曰：居寀畫鶴，多得筌骨。其有佳者，亦不能決其高下。至於花竹禽雀，皆不失筌法。父子俱入神品，惟居寀一家云。

趙昌

趙昌，劍南人。性簡傲，雖遇強勢，亦不下之。多遊巴蜀間，善畫花果。初師滕昌祐，後過其藝。時州伯郡牧爭求其筆跡，昌不肯輕與，故有得者以爲珍玩。祥符中，丁朱崖聞之，以白金五百兩爲昌壽，昌驚曰："貴人以賂及我，必有求。"親往謝之。朱崖延於東閣，命畫生菜數窠及爛瓜生果等，遂命筆遽成，俱得形似。及還蜀中，尤有聲譽。晚年俱出金購其舊畫，其自秘也如此。有門人王友，亦知名。

陶裔

陶裔，京兆鄠人。幼穎悟，多巧思。隸後苑造作所爲匠者，組織爲副珈步搖花盦瓔珞之飾，其功甚微妙。及結花鈿爲羽仙儀狀，太宗甚賞之，且曰："以此意移於丹青，安知無後世名！"裔感上有言，潛志營學，遂祗候於圖畫院，精於寫生，日有增至。召入畫御座屏扆，極有精神，兩歲方畢。又畫大殿十二幅屏，多作祝壽之意。遷待詔。裔之筆法，與黃筌相近，故時人語曰：西蜀黃筌，東京陶裔。

徐崇嗣　徐崇勳

徐崇嗣、徐崇勳，皆熙之孫也，善畫草蟲時果花木蠶繭之類，尤善爲連樹及墮地棗，備得形似，無有及者。士大夫謂二徐有祖之風。

梅行思

梅行思，江南人。工畫鬭雞，至於爪起項引、回還相擊，宛有角勝之勢。

解處中

解處中，江南人，俗呼解將軍，不知何謂也。善畫雪竹，有冒寒之意。其間多作禽鳥，或羣聚，或孤立，寒思凛冽，足有可觀。

王曉

王曉，泗水人。善畫翎毛，酷好郭乾暉鷂子，卒至於妙，而精神筋骨尤近於郭。

母咸之

母咸之，江南人。善畫雞，其毛色明潤，瞻視清爽，大有生意。今江寧尹馮待制家有咸之紫朝雞一軸，頗爲佳物。

傅文用

傅文用，京師人，俗以三翁目之。每見禽鳥飛立，必凝神詳覘，都忘他好，遂精於畫。其爲鶉鷂，能四時毛羽，頗有黃筌虱槩，至有悞收者。今畫院僚屬嘗議傅三翁翎毛，渾得生意，較其真者，如鑑中見之。爲流輩所稱如此。

評曰：陶裔之寫生，趙昌之設色，二徐所爲，於形似無愧矣。行思專乎鬭之勢，處中長若寒之景，王曉、咸之、文用皆有翎毛之譁，傳諸來世，逾見真賞耳。並列妙品。

唐宿　唐忠祚

唐宿、唐忠祚，皆希雅之孫也。善畫翎毛花竹，時多推之。其爲翎毛也，奮迅超逸。其爲花木也，美艷閒冶，俱有能格。京師貴人家亦多有之。

夏侯延祐

夏侯延祐，字景休，蜀人。師黃筌畫翎毛花竹，署有聲譽。仕孟昶爲待詔，後隨昶至京師，得圖畫院藝學，流輩推重。

劉文惠

劉文惠，不知何處人。善畫翎毛花竹，京師人貴之。至有攜金玉換而不得者，故四方少見。

王友

王友，字仲益，部落人。師趙昌畫花，不用筆墨，專尚設色，得其芳艷之態。今有豪貴家得友之筆者，往往目爲趙昌，以其親切，所以難辨。

牛戬

道士牛戬，字受禧，河內人。居本郡三生觀，貌古性野，不修人事。輕賄財，重信義，嗜酒自樂。尤好畫，其所長者，翎毛之中善寒鴉野鴨，餘無佳處。每於酒肆間至斗酒索紙一幅，畫以爲質，醒後必購而毀去之。

閻士安

閻士安，宛丘人也。疎蕩嗜酒，尤好作俳優之語，故爲豪貴所匿。習醫術，工墨竹，及草樹荊棘土石蜘蟹燕子等，皆不用綵繪，爲時輩所推。故王冀公德用，好畜花竹之畫，士安盡其思慮，獻竹一圖，甚見稱賞，由是奏爲試四門助教。士安之竹，千怪萬狀，有帶風煙雨雪之勢者，尤盡其情景。

王端

王端，亦畫墨竹，取唐希雅生竹情狀而爲之，故於向背不失。然端好爲山水樹石，寫竹甚少，故人間罕得之也。

劉夢松

劉夢松，江南人。善畫水墨翎毛及草木花竹等。今普安院有夢松《花竹圖》，花得洛陽之勝，竹有江上之異，皆可愛也。

評曰：二唐花竹，皆得情狀，可謂善繼其祖也。夏侯之於黃筌，王友之於趙昌，皆親切於師，自致能譽。文惠善於寫生，牛戩妙於翎毛，亦一時之佳筆也。寫墨竹者，於古無傳，自沙門元靄及唐希雅、董羽輩始爲之倡，閻士安下毫清勁，造形完備，最爲長也，王端僅爲之敵。識者謂士安得其竿，王端得其葉，而夢松又次焉。皆列能品。

鬼神門

神品一人

李雄

李雄，北海人。略有文義，不喜從俗，尤好丹青之學。太宗時，祇候於圖畫院。上一日徧詔籍在院中者，出紈扇，令各進所畫，雄曰："臣之伎不精於此，所學者不過鬼神，雖三五十尺，亦能爲之。"上怒，索劍欲誅之，雄亦無屈意，俄得釋去。後遁還鄉曲，畫本郡龍興寺壁，爲三鬼，其一鬼執巨蟒呼喊，有忿怒之勢，觀者往往驚畏，甚爲精粹。

評曰：畫鬼神者，多以形狀怪異爲能，於吾何取？必求諸筋力，以考其精神，究其威怒。三者俱備，惟雄而已。筆勢高邁，生於自然，故列神品。

妙品一人

高益

高益，尤精於鬼神，其意思無窮，如晝夜然。相國寺壁備盡鬼神情狀，至今稱絶。

評曰：高益意思深遠，千形萬狀，卒不相類，其功可較，故列妙品。

能品二人

李用及

李用及亦能畫鬼神，其體格雄贍，筋骨魁壯，無所羈束，又不專詭怪。凡爲鬼神者，多以面擬金剛，身擬善神。用及則不然，獨習吳生之筆，曾同畫相國寺壁，至今稱之。

石恪

石恪，亦工畫鬼神，出意爲詭怪之狀，不犯今古，頗有筆力。嘗爲《五丁開山圖》及《巨靈擘泰華圖》，爲人推賞。

評曰：鬼神之狀雖不可窮，大約不遠於人，故用及宗吳道子之畫，密有所至。石恪多用己意，善作詭怪而自擅逸筆，於筋力能備，不可易得。並列能品。

屋木門
神品二人
郭忠恕

郭忠恕，字恕先，無棣清河人。有藝文，善篆籀隸書。周時爲國子博士兼宗正左丞。太祖有天下，忠恕忤旨，流嶺南，道死藁葬，其後許還鄉國，發壙，惟衣櫛而已，時人以爲尸解，上亦遣使祠之。忠恕尤能丹青，爲屋木樓觀，一時之絶也。上折下算，一斜百隨，咸取磚木諸匠本法，罍不相背。其氣勢高爽，戶牖深秘，盡合唐格，尤有可觀。凡唐畫屋宇，柱頭坐斗，飛簷直插。今之畫者先取折勢，翻簷疎壯，更加琥珀板，及於柱頭添鋪矣。凡欲畫，多與士元對手，而忠恕於人物不深留意，往往自爲屋木，假王士元寫人物於中，以成全美。

評曰：畫之於屋木，猶書之於篆籀，蓋一定之體，必在端詳脩整，然後爲最。忠恕俱爲當時第一，豈二者之法相近而然耶？可列神品。

王士元

王士元，尤工畫屋木臺殿，而顯敞宏壯，信爲神妙。嘗畫古時宮殿及綠珠墜樓圖二軸，其通博該備，時人稱絶。又能赤白及作松紋錦柱，愈見壯麗之勢。凡命意造景如忠恕，但士元多關仝樹石，此所爲異也。

評曰：宮殿臺閣、亭榭軒砌，雖無轉逐之勢，而求其疵病，比諸畫爲多。士元命筆造微，事物皆備，雖片瓦莖木，亦取於此像，所以過人無限。故列神品。

妙品二人
燕文貴

燕文貴，又能畫舟船盤車。富商高家有文貴《舶船渡海圖》，大爲珍玩。

蔡潤

蔡潤，建康人。善畫舟船及江河水勢。隨李煜入朝，籍爲八作司赤白匠。太宗嘗覽潤《舟車圖》，因問畫者名氏，左右進曰："實八作匠人蔡潤筆也。"上亦悟曰："是江南歸命者耶？"遽召入圖畫院爲待詔，勑畫《楚襄王游江圖》，尤爲精備，上嗟異久之。

評曰：燕文貴、蔡潤二人，皆江海徵賤，一旦以爲天子畫知名，其藝能遠過流輩，故列妙品。

能品三人
呂拙

呂拙，京師人。善丹青，亦爲樓舊之畫。至道中，召入圖畫院祗候。太宗方營玉清，拙畫欝羅蕭臺樣上進，上覽圖嘉嘆，下匠氏營臺於宮，遷拙待詔，拙不受，願爲本宫道士，上賜紫衣。今樂遊坊蘇守素家有拙畫，其精巧審細，觀者無倦，能廓落地勢，映帶池塘，但於人物傷繁耳。

劉文通

劉文通，京師人。善畫樓臺屋木。真宗朝入圖畫院爲藝學。大中祥符初，上將營玉清昭應等宫，敕文通先作一小圖樣，然後成葺。丁朱崖命移寫道士呂拙鬱羅蕭臺樣，仍加飛閣於上，以待風雨。畫畢，下匠氏爲準，謂之七賢閣者是也，天下目爲壯觀。

王道真

王道真，亦善畫盤車，嘗爲《惠子五車書圖》及《挽糧濟水圖》，皆爲精備。

評曰：呂拙、劉文通於宫殿屋木最爲留意，雖匠氏，亦從其法度焉，可謂至矣。祥符中，營昭應宫，詔天下名手至京師者三千餘人，其中選者，如武宗元而下亦不減百人，當時舉天下不知幾何多人物，而見於此書無十數輩，如王道真之水入能品，人物畜獸屋木，其藝固不後人矣。以上《宋朝名畫評》卷三。

《五代名畫補遺》

人物門第一

神品四人

韓求　李祝　張圖　朱瑶

韓求、一云虬。李祝、一云祝。不知何處人。皆倜儻不拘，有經略才能。屬唐祚陵季，遂退藏不仕，以丹青自污，而好遊晉唐間。時大唐昭宗乾寧乙卯歲，乃封并州節度使李克用爲晉王，城太原。及天祐甲子歲秋八月，梁王朱全忠不軌，乃立帝子輝王祝，是爲哀帝。四年夏四月，帝禪位於朱全忠。時克用陰懷異圖，窺伺神器，加以左右勸進，克用亦懼求、祝知之，乃命往陜郊畫龍興寺迴廊列壁二百餘堵，求、祝乃對手畫攝摩騰竺法蘭以經來大各八尺，洎三門上神數十，身皆高二丈。又畫九子母及羅乂變像，宛有步武之態。由是天下畫流雲集於是，莫不鼠伏。乃爲畫人妒其才識，後伺間隙，乃從容言於克用曰："韓求、李祝有文武經術大略，今在陝郊畫日久矣，辭多不順，言大王有異圖。"時克用方與子存勗畫定大謀，忽聞求、祝之言，慮事泄見害，乃矯稱按察境內，徑往陝郊，臨觀求、祝畫壁。克用嗟異久之，特加慰勞，仍命酒張樂，以宴求、祝。克用曰："吾方有檜楫松舟之興，與子同泛，可乎？"求、祝曰："諾！"逮濟中流，求、祝俱醉，克用皆溺之。人問其故，克用對曰："求、祝，畫之宗師也，天下號爲第一。其神筆精，慮散入別境故也。"時君子太息而語曰："懷異志，殺善人，死無日矣。"克用尋薨於太原，時梁開平二年也。可列神品。

張圖，字仲謀，河南洛陽人。朱梁太祖在藩鎮日，圖掌行軍資糧簿籍，故時人呼爲張將軍圖。少穎悟而好丹青，及善潑墨山水，皆不由師授，自致神妙，亦不法今古，自成一體。尤長大像。梁龍德中，洛陽廣愛寺沙門義暄剩置金幣，邀四方奇筆畫三門两壁。時處士跋異號爲絶筆，乃來應募。異方草定畫樣，云用朽木描畫。圖忽立其後，長揖而語曰："知跋君敏手，固來贊貳。"異方自負，乃笑而答曰："吾嘗謂畫之聖在吾手筆，自餘畫者不得其門而入，又安得至於聖乎？爾不知跋異之名，且顧、陸吾曹之友也，吾豈須贊貳然後爲功哉！"圖亦忻然復曰："願繪右壁，或不克意，則請朽墁之。"異愈怒，乃授朽木大筆於圖。圖捧之，遂投朽木於地，就西壁，不暇朽約，搦筆揮寫，倏忽成折腰報事師者，從以三鬼。異乃瞪目踧踖，驚拱而言曰："子豈非張將軍乎？"圖捉管厲聲曰："然。"異乃雍容而謝曰："抑嘗聞將軍之名，誠未拜將軍之面，適觀神筆刮利，信所謂事辭稱其經者也。此二壁非異所能也。"遂引退，圖亦不偽讓，遂專其功。洛陽爲之謠言，且譏異也。語在異評。匲乃於東壁畫水神一座，直視西壁報事師者，其意思高遠，視之如生。今並存焉。予又嘗於武宗元第觀圖所畫《十王地藏》一軸，綽有善護慈悲相，於今寶藏之。可列神品。

朱瑶，字溫琪，不知何處人。幼學吳道子筆跡，由是知名。瑶嘗客遊雍洛間，時河南府金真觀請瑶畫經相及周廡中門列壁，世稱神筆。後以歷年浸遠，頗陁傾圮，索然殆盡。今所存者，唯三清殿東一壁及長壽院內輪子金剛菩薩等，各高六七尺。俗傳昔會節園中鑿移至此，深爲謬矣。

妙品四人

跋異　曹仲元　陶守立　王仁壽

跋異，沂陽人。眉目疏秀，舉止詳雅，而性沈厚。然善畫佛道鬼神及大像。異恃能，頗自負，抑嘗於廣愛寺爲張圖排斥。洛陽謠言曰："赫赫洛下，唯説異畫；張氏出頭，跋異無價。"亦有慚色。後福先寺請異畫大殿護法善神，異方朽約，忽一人自稱曰："吾姓李，滑臺人，有名，善畫羅漢，故鄉里呼吾爲李羅漢。當與汝對畫，角其拙巧，以沽名譽。"異亦嘿思，恐如張圖者，遂固讓西壁與之。異乃竭精竚思，意與筆會，屹成一神，侍從嚴毅又設色鮮麗。此蓋平生之所未能者，盡功於是。時京洛士人争來品藻，李氏乃縱觀異畫，見其精妙入神，非己所及，遂手足失措，時人謠曰："李生來，跋君怕，不意今日却增價，不畫羅漢畫馳馬。"由是異大有得色，遂誇咤曰："昔見敗於張將軍，今取捷於李羅漢。"李氏深有怍色，倏起如廁，久而不出。人競怪，乃往視之，李已縊於步簷下矣。異遂藳葬於城北之僧園。可列妙品。

曹仲元，建康豐城人。少學吳生，攻畫佛及鬼神。仕僞南唐主李璟，爲待詔。仲元凡命意搦管，能奪吳生意思，時人器之。仲元後乃頓棄矣法，自立一格，而落墨緻細，傅彩明澤，南州士人咸器重之。後璟嘗命仲元畫寶志公石壁，冠絶當時，故江介遠近佛廟神祠尤多筆跡。

陶守立，池陽人。世業儒，性明悟，有大志。少通經史，能屬文。南唐李璟保大九年春，守立程文不利，退處齊山，禁門却掃，屏絶交友，偃息蓬蓽、琴棋詩酒外，以丹青自娱，然長於神像鬼神、庭院殿閣、子女奴隸、車馬山水，靡不精妙。亦嘗適興於所居草堂，畫《山路早行》，及建康清涼寺浴室門側畫水，南州識者莫不欽歎。守立嘗畫羅漢一堂，爲鄉人所得，尋獻於僞後主煜，遂籍帑府。會煜生辰，則張於後苑金山水閣，以資供養。其畫爲時所賞如此。

　　王仁壽，汝南宛人。業儒，性通敏，頗涉文史，亦潛心繪畫。初學吳生，長於佛像鬼神及馬等。仁壽嘗於京師大相國寺浄土院大殿前畫八菩薩，今見存焉。《耆舊傳》云："是吳道子筆。"其精緻如此。晉出帝開運二年春正月，契丹僞天皇王耶律德光以兵犯闕，時仁壽及焦著、王靄並爲德光掠歸。至我太祖至明大孝皇帝受禪享御，首遣驛使索仁壽等。時狄人方聽命本朝，會仁壽及著考終，命獨放王靄歸國。仁壽有子士元，最知名。可列妙品。

能品二人
竹夢松　陸晃

　　竹夢松，建康溧陽人。亦潛心圖畫，長於人物子女洎宮殿景致。仕僞南唐主李璟，爲東川別駕。予嘗於判太原府侍郎王公第，見夢松畫《春景士女》一軸，上有璟僞合同印及集賢院印記並存焉。其布景命意，綽約體態，宛得周昉之格。

　　陸晃，嘉禾人。性疏逸，不脩人事，好交尚氣，每沈湎於酒。亦善丹臒，多畫村野人物。凡酒興情逸，遇筆揮灑，出於臨時，略不預構，故妍醜互出，或在絶格，或入末品。時僞南唐李璟常聞晃名，欲召之。會侍者譖之，以謂晃好把酒歌舞，無臣子之體，璟由是疏遠之。

山水門第二
神品二人
荊浩　關同

　　荊浩，字浩然，河南沁水人。業儒，博通經史，善屬文偶。五季多故，遂退藏不仕，迺隱於太行之洪谷，自號洪谷子，嘗畫山水樹石以自適。時鄴都青蓮寺沙門大愚嘗乞畫於浩，寄詩以達其意曰："六幅故牢健，知君恣筆蹤。不求千澗水，止要兩株松。樹下留盤石，天邊縱遠峯。近嵐幽濕處，惟藉墨煙濃。"後浩亦畫山水圖以貽大愚，仍以詩答之曰："恣意縱橫掃，峯巒次第成。筆尖寒樹瘦，墨淡野雲輕。嵒石噴泉窄，山根到水平。禪房時一展，兼稱苦空情。"浩著《山水訣》一卷，爲友人投進之，至今藏之書府。亦嘗於京師雙林院畫寶陁落伽山觀自在菩薩一壁。予嘗於供奉李公第觀浩山水一軸，雖前輩未易過也。門生關同，最知名。

　　關同，不知何許人。初師荊浩學山水，同刻意力學，寢食都廢，意欲逾浩。後俗諺曰"關家山水"。時四方輻湊，爭求筆跡。其山中人物，惟求安定，胡氏添畫耳。或曰胡翼。且同之畫也，上突巍峯，下瞰窮谷，卓爾峭拔者，同能一筆而成，其竦擢之狀，突如涌出，而又峯巖蒼翠，林麓土石，加以地理平遠，磴道邈絶，橋彴村堡，杳漠皆備，故當時推尚之。

走獸門第三
神品二人
胡瓌　東丹王

　　胡瓌，山後契丹人。或云瓌本慎州烏索固部落人。善畫蕃馬，骨格體狀富於精神。其於穹廬部族，帳幙旗旆，弧矢鞍韉，或隨水草放牧，或在馳逐弋獵，而又胡天慘冽，沙磧平遠，能曲盡塞外不毛之景趣，信當時之神巧，絕代之精技歟！故人至於今稱之。予觀瓌之畫，凡握筆落墨，細入毫芒，而器度精神，富有筋骨。然纖微精緻，未有如瓌之比者也。

　　東丹王贊華，契丹大姓，乃耶律德光之外戚，善畫馬之權奇者。梁唐及晉初，凡北邊防戍及權易商人，嘗得贊華之畫，工甚精緻，至京師，人多以金帛質之。予於贊善大夫趙公第見贊華畫馬，骨法勁快，不良不駑，自得窮荒步驟之態。其所短者，設色蘢略，人物短小，此其失也。

花竹翎毛門第四
神品二人
鍾隱　郭權輝

　　鍾隱，字晦叔，天台人。少清悟，不嬰俗事，好肥遁自處。嘗卜居閒曠，結茅室以養恬和之氣。亦好畫花竹禽鳥以自娛，凡舉筆寫像，必致精絕，時無倫擬者。尤喜畫鷓子、白頭翁、鷯鳥、班鳩，皆有生態。尤長草棘樹木。其畫在江南者，悉為南唐李煜所有，煜親筆題署及以偽璽印之。升元中，齊安張校尉得隱畫鷯鳥二軸，張之賓次，時金昌宗題詩曰："為厭翻翔下葦叢，戢翰側腦思何窮。侍童莫便褰簾過，只恐驚飛入碧空。"其為人珍賞之，多此類。門生郭權輝，亦有能名。

　　郭權輝，北海營丘人，俗呼郭將軍。世為山東右姓。初師天台鍾隱，攻畫飛走像。權輝亦常於別墅特構一第，止畜禽鳥等。權輝每澄思滌慮，縱玩於其間，故凡舉意肆筆，率得其真。予嘗於武宗元及富商啇氏第，見權輝畫架上鷓子二軸，精妙入神。故今之人呼為郭將軍鷓子。及善布野景草木，為今昔所貴。

妙品一人
施璘

　　施璘，字仲寶，京兆藍田人。善畫生竹，為當時絕技。予嘗觀璘畫十幅竹圖，凡老根薄石，笋枝附籜，扶疏交映，青翠滿庭，宛得三湘高秋之野色。故後周起居郎韋重遇留題曰："枯籜危根緻石頭，千竿交映近清流。堪珍仲寶窮幽筆，留得荊湘一片秋。"

能品一人
丁謙

丁謙，晉陵義興人。始師蕭說雜畫，後專寫生竹，時號第一。予嘗覽謙畫倒崖及病竹，筆法快利，根瘦節縮，誠得危掛雕瘁之狀，可列能品。

屋木門第五
神品一人
衛賢

衛賢，京兆人。仕南唐，爲內供奉。初師尹繼昭，後刻苦不倦，執學吳生，長於樓觀殿宇、盤車水磨，於時見稱。予嘗於富商高氏家觀賢畫《盤車水磨圖》，及故大丞相文懿張公第有《春江釣叟圖》，上有南唐李煜金索書《漁父詞》二首，其一曰："閬苑有情千里雪，桃李無言一隊春。一壺酒，一竿身，快活如儂有幾人。"其二曰："一棹春風一葉舟，一輪繭縷一輕鈎。花滿渚，酒盈甌，萬頃波中得自由。"

能品一人
何遇

何遇，河南長水人。善畫宮室池閣。竊慕衛賢筆法，故聲華大振。尤善山水樹石，爲當時所稱。其間人物，則假手於人，可列能品。

塑作門第六
神品三人 內裝鸞一人附
楊惠之　劉九郎　王溫

楊惠之，不知何處人。唐開元中，與吳道子同師張僧繇筆跡，號爲畫友，巧藝並著，而道子聲光獨顯。惠之遂都焚筆硯，毅然發忿，專肆塑作，能奪僧繇畫相，乃與道子爭衡。時人語曰："道子畫，惠之塑，奪得僧繇神筆路。"其爲人稱歎也如此。惠之嘗於京兆府長樂鄉北太華觀塑玉皇尊像，及汴州安業寺淨土院大殿內佛像，睿宗延和元年七月二十七日，改爲大相國寺。及枝條千佛東經藏院殿後三門二神、當殿維摩居士像。又於河南府廣愛寺三門上五百羅漢，及山亭院楞伽山，皆惠之塑也。先是，惠之將塑楞伽山也，迺爲大義淨三藏呪其土，故至於今，跂行喙息，蠛飛蠕動物及飛禽悉不敢至山所，其精絶殊聖，古無倫比。逮唐末廣政中，宛句人黃巢賊亂京洛，焚燎寺宇幾盡矣，惟惠之手跡惜其神妙，率不殘毀，故楞伽山亭凡留題詩板近逾百首，竟爲判西京留守刑部侍郎晁直諒悉剗去之，今存者止三首爾。其一成紀李琪題曰："善高天外遠，方丈海中遙。自有山神護，應無刼火燒。壞文侵古壁，飛劒出寒霄。何以蒼蒼色，嚴粧十七朝。"其二，洛陽首座沙門淨顯曰："靈異不能栖鳥雀，幽奇終不着猨猱。爲經巢賊應無損，縱使秦驅也謾勞。珍重昔賢留像跡，陵遷谷變自堅牢。"本失二句。且惠之之塑抑合相術，故爲今古絶技。惠之嘗於京兆府塑倡優人留盃亭，像成之日，惠之亦手裝染之，遂於市會中面牆而置之，京兆人視其背，皆曰："此留盃亭也。"其神巧多此類。後著《塑訣》一卷，行於世。

　　劉九郎，失其名，不知何許人也。嘗於河南府南宮大殿塑三清大帝尊像，及門外青龍白虎泊守殿等神，稱爲神巧。時廣愛寺東法華院主惠月聞九郎名，迺請塑九子母。後工畢，聲動天下。惠月迺以五百緡酬之，九郎得之，不委謝而去。又於長壽寺大殿中塑臥孩兒一，京邑士人無不欽歎。或人稱曰："廣愛寺九子母，乃劉君技之絶者也。"九郎乃哂爾言曰："吾之所塑九子母者三，今幽者第一，陝郊者第二，廣愛者第三。焉得謂之絶？"時人歎其精緻。

　　王溫，不知何處人。善裝鑾彩畫，其精功妙技，爲古今絶手。先是，有唐中宗大和昭孝皇帝神龍二年丙午歲，有汴州安業寺沙門惠雲，唐之汴州宣武軍節度，即今京師也。安業寺，即今大相國寺也。往濮陽成寺，得彌勒瑞像樣，高一丈八尺，後歸寺鑄成，欲於安業寺安置，失鑄人姓名也。乃爲本寺僧衆嫉而拒之。惠雲乃於安業寺東偏別營建國寺而安之。睿宗興孝皇帝延和初，建國寺被毀，其像將遷入安業，有瑞光，會官吏敷奏，尋勅改建國寺爲大相國寺，後賜御書額，乃省安業寺屬焉，則今之京師左街大相國寺是也。惠雲鑄成金像時，爲本寺僧衆嫉其能而不許安置，惠雲遂以囊篋所有，乃貿歙州司馬鄭景之第安置，泊掘地得碑，乃北齊文宣皇帝天保二年辛未歲置建國寺也。時爲採訪使韋關立知之，仍復命爲建國寺，俾惠雲主之，實嗣立命也。建國寺，今藥師院是也。延和元年壬子歲，三志愔爲汴州採訪使，奉詔毀拆治内無額祠廟，建國寺尋被毀拆。其金像爲安業寺所遷，時具萬夫衆力，不能少動。而事面現白毫金相瑞光，上燭於天。時王志愔、郎中賀蘭務溫、錄事焦立功　具實聞奏，尋准前制，改建國寺爲大相國寺，仍併安業寺而屬焉。至明宗至道皇帝先天元年即位，乃尊睿宗爲太上皇。是年十月二十五日，太上皇乃手書大相國寺額賜焉，今大相國寺是也。今寺額，乃本朝太宗皇帝御書也。寺之大殿彌勒瑞像，則惠雲所鑄者也。其金像彩畫，則溫所裝者也。泊觀其金像彩畫聖容，能具種種大慈大悲端嚴相好，誠得當來下生善現救護之意。又觀頭上肉髻髮，紺琉璃色，於身圓光中有千萬億堅束迦寶，以奉莊嚴，則溫之功不可謂不至矣。識者曰："夫裝鑾，塑像之羽翼。"是即是矣。故得預十絶之一，而勒於寺之碑者，正謂是也。今大相國寺有十絶碑，其略曰：一大殿金裝聖容金粉，面肉色，並三門下善神一對，匠人王溫是一絶也。

雕木門第七
神品一人
伎巧夫人嚴氏

　　伎巧夫人嚴氏，乃沙門蘊能妹也。形質枯瘁，鼻多長毛，而性開達明悟，恭肅柔和。尤好佛陁大教及善鼓琴，亦能彫木。後隨兄蘊能居餘杭，嘗得檀香木，大不盈尺，夫人乃刻作瑞蓮山龕門，彫成細真珠八花毬露重網，然後透刀刻成五百羅漢衆像，其形相侍從，一一互出，皆慈覺法相。時郡將給事中馬公聞之，乃令健步索而觀之。馬公一見，驚其神巧，遂露章貢於章聖皇帝。上目之，嘉歎移刻，乃賜金帛有差，仍命嚴氏爲伎巧夫人，其爲上旌寵也如此。以上文淵閣四庫全書本《五代名畫補遺》。

陳洵直藝話（一則）

陳洵直，嘉祐中潁川（今河南許昌）人。餘不詳。

《五代名畫補遺》序

蒙嘗聞成紀李嗣真之《畫品》、吳郡朱景元之《畫斷》，皆採摘古今畫家名氏，叢而錄之，以廣其傳。故五代名流抑多遺闕，則有若國初監察御史胡嶠遂採擷遺子，紀於編帙，始自尹繼昭，終於劉永，總四十三人，名之曰《廣梁朝名畫目》。夫紀述雖備，闕墜尚多，譬拔毫捨翰，刈薪棄楚。

嗚呼，自唐祚陵季，五代脆促，自朱梁至於柴周凡一十四主，計五十四年，而又日尋干戈，轉戰不暇，雖義夫哲婦、忠臣孝子，猶多漏略，況於畫人哉！

我大宋撫重熙之運，博全盛之化，祖功宗德，四葉於茲，誠萬世綿綿之盛在於今日矣。故哲夫賢士，坐談王道，徒歌帝力。而予抑嘗語及五朝名畫，盡可屈指。吁，生遭汹汹之運，歿垂丹青之譽，而云云藉藉，見談於盛明之世，獲在於齒牙之論，良用惜哉！

今因集本朝名畫評，又捃拾其見遺者叙而編之，名曰《五代名畫補遺》。其門品上下一如《聖朝名畫評》之例類，仍附之於後者，亦明我聖朝文事之載郁云。

時嘉祐四年十二月初九日，潁川陳洵直序。文淵閣四庫全書本《五代名畫補遺》。

蘇頌藝話（二五則）

蘇頌（一○二○～一一○一）字子容，泉州同安（今屬福建廈門）人，徙居丹陽（今江蘇丹陽），蘇紳子。慶曆二年進士，授宿州觀察推官，徙知江寧縣，調南京留守推官。皇祐五年召試，除館閣校勘，歷集賢校理、同知太常禮院，編定集賢院書籍。出知潁州，遷度支判官，爲淮南轉運使。召修起居注，擢知制誥、知通進銀臺司、知審刑院。出知婺州，徙亳州。召歸，勾當三班院，出知應天府。復知銀臺司，再出知杭州。元豐初，權知開封府，降知濠州，坐事罷。起知滄州，召判尚書吏部。元祐初。授刑部尚書，遷吏部，兼侍讀，改翰林學士承旨。五年三月，拜尚書左丞。七年，拜右僕射兼中書侍郎。八年三月，罷爲觀文殿大學士、集禧觀使，出知揚州。紹聖四年，以太子少師致仕。建中靖國元年五月卒，年八十二。贈司空、魏國公。蘇頌博學洽聞，於書無所不讀，自圖緯陰陽、五行星曆、訓詁文字，下至百家方技之書，無不探其源。自然科學方面的成就尤爲顯著，幾可與同時的沈括媲美。嘗奉詔校訂多種醫典，撰成《嘉祐補注神農本草》《本草圖經》，具有極高的醫學價值。研製成水運儀象臺，可用以觀測天象、推演天體運行規律，並撰有《新儀象法要》一書。在文學上也很有成就。文學主張與歐陽修等人相同，反對唐末五代靡弱文風，對王禹偁詩文極爲推崇；詩平易而淳深有古風。蘇頌的文章大多爲制誥、奏議之類的應用文字，該貫故實，雅馴得體。詩多唱酬應制之作，記錄了他的仕宦生涯，風格清新自然。著述甚豐，除已提及者外，還曾校《風俗通義》，編《華戎魯衛信錄》二百五十卷，著《蘇魏公文集》七十二卷。

一　謝賜御書詩五言十二韻

聖學天攸縱，宸文日又新。因摛鏝牙管，分賜挈囊臣。玉几繙經暇，瑤宮錫宴辰。清躬忘旰食，睿藻出絲綸。才賞唐詞客，人稱賀季真。開編叕風什，灑翰落霜筠。楷法前無古，書評妙入神。良慙孤陋甚，獲對寵光頻。得異登牀誚，藏過韞匵珍。護持同始卒，荷戴等穹旻。職幸聯簪筆，憂常念負薪。惟勤黃卷業。仰答大君仁。文淵閣四庫全書本《蘇魏公文集》卷一。

二　詠丘秘校山水枕屏

遠山近山各奇狀，流水止水皆清曠。煙雲到處固難忘，筆墨傳之尤可尚。古人銘枕戒思邪，高士看屏助幽況。左有琴書右酒尊，怠偃勤興時一望。《蘇魏公文集》卷二。

三　題畫草蟲扇子

螟飛蠕動誠微物，尺素輕盈誰畫出。一朝君手將動搖，猶似吟風欲跳逸。竹梢草際弄輕翰，水墨淺深見纖質。昔人徒愛明月詩，何似今看老師筆。《蘇魏公文集》卷三。

四　和諸君觀畫鬼拔河

關中古有拔河戲，傳聞始盛隋唐世。長絚百尺人兩朋，遞以勇力相牽制。芳華樂府務誇大，黎園公卿謾輕肆。拔山扛鼎烏足矜，引繩排根非勝事。當時好尚人競習，鬼物何爲亦能是。展吳畫格入神品，陸法尤長寫靈異。蒲津古寺筆跡奇，世疑二子之絓置。旗門雙立衆鬼環，大石當中坐渠帥。蓬頭圜目牙奮踣，植鼓揚枹各凌厲。東西挽引力若停，賦彩自分傾奪勢。畫來已歷數百年，墻壁巋然今不廢。觀風使者集賢翁，每遊其下幾忘味。因令搨手裂齊紈，橫卷傳看得形似。精神氣韻信瓌詭，毫髮輕濃皆髣髴。持來都下示朋僚，一見飄然動詩思。諸公詩豪固難敵，形容物象尤精緻。氣完語健儔衆口，二子聲名轉增貴。予觀昔之善畫者，心手規橅無不至。窮奇極怪千萬端，特出一時之用意。鬼神冥漠不可詰，豈有便能人勇智。仙官佛像亦如斯，變態隨時轉奇麗。遂令來者信有說，塔廟從而增侈費。後賢雖欲究端倪，竟亦無由革頹弊。因知怪誕一崇長，漸靡成風滋巧僞。茲圖他日遂流傳，更使人心惑魑魅。《蘇魏公文集》卷三。

五　次韻蘇子瞻題李公麟畫馬圖

霜紈橫卷書紹垂，軸以璵珥囊青絲。披圖二妙駭人目，筆畫勁利如刀錐。龍媒迥出丹青手，勢若飛動將奔馳。䮘衘如在赤墀立，僕御猶縱紅纓轡。子虔六轡銜沃若，長康駿骨稱天奇。雖傳畫譜入神品，未有墨客評黃雌。六詩形似到作者，三馬意象能言之。奇蹤莫辨霸或幹，高韻壓倒陸與皮。從來神物不常有，未遇真賞何人知。君不見開元廐馬四十萬，作頌要須張帝師。《蘇魏公文集》卷五。

六　府尹歐陽公以臨書智信篇爲貺，謹以長句酬謝

八法能工世罕精，帥鈐多暇錄遺經。言稱智信文毋害，體具真行筆不停。勢似公

權題殿壁，心希逸少寫黃庭。下僚何幸蒙垂贈，循覽留爲座右銘。《蘇魏公文集》卷六。

七　次韻簽判太博謝府公新詩墨跡

幕府雍容但省文，筆精詩格兩難倫。臨池得法毫端健，擊鉢成篇藻思新。征虜雅歌追樂事，蘭亭賡唱掩芳塵。梁王賓友鄒枚在，末至慚非賦雪人。《蘇魏公文集》卷六。

八　寄題吳興墨妙亭

漢唐遺刻在江干，右史殷勤輯墜殘。剔去蘚文人乍識，傳來墨本字猶完。六書體法從茲辨，二費聲光遂不刊。何必臨池苦縈思，燕閒時得坐隅觀。《蘇魏公文集》卷八。

九　和宋次道戊午歲館中曝書畫

鴻都清集秘圖開，徧閱真仙暨草萊。是日諸公觀畫，尤愛梁令瓚題吳生畫五星二十八宿真形，又謂淳化豐稔村田娶婦圖曲盡田舍佚樂之意態。氣韻最奇知鹿馬，丹青一定見樓臺。韓幹馬，東丹王千歲鹿，荊浩山水屋木，皆爲精絕。宴觴更盛華林會，坐客咸推大廈才。久事簿書拋翰墨，文林何幸許參陪。《蘇魏公文集》卷十。

一〇　次韻楊立之觀韻海

六學先聲病，羣書欲備詳。摘文資引據，結字辨偏旁。篆楷顏毫妙，編聯蜀紙光。殘篇雖脫落，猶可挹遺芳。《蘇魏公文集》卷十一。

一一　和題李公麟《陽關圖》二首

渭城悽咽不堪聽，曾送征人萬里行。今日玉關長不閉，誰將舊曲變新聲。

三尺冰紈一絕詩，翩翩車馬送行時。尊前懷古閒開卷，見盡關山遠別離。《蘇魏公文集》卷十一。

一二　題《枯樹賦》

《枯樹賦》，故龍圖閣壽春魏公《家傳》云褚河南書。其卷末題識，止云"貞觀四年，爲燕國公書"，而無書人姓氏。

予按徐浩《書品》云："中宗時，中書令宗楚客恩倖用事，嘗賜二王真跡二十軸，因製爲十二屏，以褚遂良《枯樹賦》爲趾，大會群賢，張以示之。薛稷、崔湜輩見之，皆廢食歎息。"驗此賦河南書明矣。然既用作屏，而今本乃橫卷，豈非後之好事者重裝背以便緘藏耶？抑河南書此賦自有別本耶？不可復知也。觀其筆力遒媚，頗逼二王，非河南不能爲也。而學者多云燕公于志寧也。按志寧曾祖謹仕周，開國封燕。志寧，貞觀末始襲祖封。而此賦乃在未封前，豈當時公卿自有封燕者，而史失其傳耶？或志寧嗣封當在前，而書傳記之誤耶？又不可得而詳也。予愛玩其書，因究其本末而誌於後。《蘇魏公文集》卷七二。

一三　題《維摩像》

張彥遠《古今名畫記》所載《顧長康傳》云："興寧中，瓦棺寺初置僧衆，設刹會請朝賢嗚刹注其疏，時士大夫莫有過十萬者。長康素貧，打刹獨注百萬，衆以爲大言。後請勾疏，長康曰：'宜備一壁。'遂閉户。往來一月餘，日畫維摩詰一軀。工畢將點眸子，乃謂僧曰：'第一日觀者請施十萬，第二日可五萬，第三日任例責施。'及開户，光照一寺，施者填咽。俄而得錢百萬。"

又《論畫體工用》云："顧生首創維摩詰像，有清羸示病之容，隱几忘言之狀。陸探微、張僧繇效之，終不及。"至唐寺廢，杜紫微牧之爲池州刺史，過金陵歎其將圮，募工搨寫十餘本，以遺好事者。其一乃汝陰太守某人也，不敢携去，至今置於州廨。丞相晏臨淄公鎮潁日，嘗語從事鑱石以紀其始末。

嘉祐壬寅，予領郡事，暇日數取以觀之。案長康晉人，故所畫服飾器用皆當時所尚，其意態位置，固非常畫之比也。或云杜本已爲後人竊取，今所存者，蓋再經謄搨矣。然而氣象超遠，彷彿如見當時之人物，已可愛也。況牧之所傳乎！況長康之真跡乎！想慕不足，因命工人即其本移寫，藏之家楮，又題於像旁。丹陽蘇子容記。《蘇魏公文集》卷七二。

一四　題右軍帖

予向見二王書帖多矣，疑非真跡，應是響搨。然筆勢圓勁，無毫釐之差，都莫能辨其是非。所以辨者，一紙數帖及用硬黃耳。

昔唐文皇好二王書，天下訪求遺跡殆盡。彼時已患歲久，恐遂磨滅，因命搨書手趙模輩傳搨數百本，藏之禁中。或分賜王公，得之者已爲秘寶矣。故當時語云："趙模一紙，尚直數萬錢。"

今觀説之所收一軸，由四紙一十帖，實奇跡也。卷末題蕭祐者，元和人，起處士，仕至桂筦觀察使，書畫皆妙。嘗叙鍾、王遺法，蕭、張筆勢，編集真僞爲二十卷上之，又題"凝式"、"正臣"，則楊少師也。每紙皆有"正臣"字，應是其家舊物也。丹陽蘇某題。《蘇魏公文集》卷七二。

一五　題《御前歷子》

左光祿大夫、守尚書左丞蘇某，恭覽太宗皇帝淳化中賜知州《御前歷子》，親書三十一字。迨今八十餘年，筆勢飛動，翰墨如新，對之歉然，孰不悚厲者。

漢光武以手跡賜郡國，一札十行，細書戒行。故自臨邦宰邑者，競能其官。唐明皇除令長亦以敕書訓厲，謂之《令長新戒》，當時郡縣號爲得人。其猶載於金石之刻，或見於詩人之詠歌，以爲太平之源，由此其致，猶未若神功恤民之勤，爲之精擇守長、親書翰墨以遺之。得其賜者，超越前代，規橅閎遠，垂於無窮。守臣奉之以爲大訓，不其偉歟！《蘇魏公文集》卷七二。

一六　題《青溪圖》

予慶曆四年領邑江寧，六月馳漕牒之貴池，適遇天章滕公過郡，磐桓新居。都官曾公退居州第，相期爲弄水之游者數四。臨青溪，望諸山，以琴棋消暑，笑言甚適。迨今五十年矣，而未嘗再到。

公詡畫圖，曲盡幽致。言念歲月推遷，二賢墓木已拱，而老朽巋然。覩物思人，不覺感懷，因識卷末。《蘇魏公文集》卷七二。

一七　題《送瞽光序》

瞽光論書法，猶釋氏心印，發於心源，成於了悟，非口手可傳。此誠知書者。然當時名稱如此，而不獨聞於後世，筆跡絕少傳者。豈唐人能書者多如光輩，湮沒無聞，不知幾何人耶？觀諸公稱譽之言，蓋非尋常僧流也。《蘇魏公文集》卷七二。

一八　題《灘院記》

唐人多善書者，題楷行草，往往各盡其妙。涉五代而字體衰矣。獨楊公凝式，號得筆法。洛中碑誌石刻，官寺僧舍多其題識，至今尚存。校之一時墨跡，固不類矣。

伯鎮所臨《中灘浴室記》，是其書撰。文格雖不甚高，而詞氣宏贍，猶有唐人之風範，亦可嘉也。《蘇魏公文集》卷七二。

一九　題應之詩

應之江表名僧，能文章，善楷隸。南唐昇元、保大間，爲內供奉，中主、後主書體與之相類。當時碑刻多其寫者，至今盡存。惟江寧府保寧寺《四注金剛經》，兼備眾體，尤爲精筆。此詩乃其真跡也。蘇某題。《蘇魏公文集》卷七二。

二〇　題張籍墨跡

張籍書，世罕傳者。予頃游歷陽，見僧寺有收得其墨跡與詩刻。今覽此帖，疑昔所見者。唐人大率能書，籍雖非以書名，然其用筆皆有法，尤可佳也。丹陽蘇某子容題。《蘇魏公文集》卷七二。

二一　題《名茶記》

齊己詩人，不以書稱，在唐季二道既衰，然此詩脱灑不俗，筆札亦善。信乎名稱於人，必有可尚者。子容題。《蘇魏公文集》卷七二。

二二　題巨然山水

巨然山水擅名江表，歸朝尤爲當時貴重。然而亦靳其筆，故今傳者甚少。惟學士院北壁，特爲傑作，前賢詩、記中多稱之。煙嵐曉景，是其措意者。嚮見好事家一二小圖，皆題此名。説之所收特佳也。子容題。《蘇魏公文集》卷七二。

二三　題君謨草書（一）

唐明皇有飛白、散隸，賜《上巳曲水宴》。大字今尚存，已爲奇跡矣。而君謨又作飛草，盡風雲龍蛇之變態，非《曲江》可比也。少自有得其真跡者，説之此卷遂爲奇寶矣。丹陽蘇某題。《蘇魏公文集》卷七二。

二四　題右軍二謝帖

右軍真跡，近世漸少。觀二謝帖，紙札尚完，殊可愛也。按《貞觀目録》洎淳化法帖，皆□收此，豈當時爲好事者秘藏不出邪？熙寧丙辰冬至日，丹陽蘇頌子容餘杭郡西閣題。黑龍江人民出版社一九八四年影印本《三希堂法帖》第二六四二頁。

二五　題歐陽修書簡後（一）

余皇祐庚寅歲爲南都從事，會樂安公來守留司，以余乃昔所舉送進士，待遇特厚，府中之務皆以見屬。嘗謂余曰："愛君至誠。喜得共事，故事事奉諉，必不憚煩也。"又嘗親書余考牒曰："才可適時，識能慮遠。珪璋粹美，是爲邦國之珍；文學純深，當備朝廷之用。"又其所遺書簡，往往指事詰難，盡其底處，余亦荷其知照，於論議間纖悉無隱。前後諸帖，諸秘藏之，或爲親識携去者多矣。

今聞公薨謝，感舊愴懷，不能已已。因索巾褚，尚得數十紙，命工裝背，庶幾藏於久遠爾。熙寧五年十月廿五日，東陽郡思堂，丹陽蘇頌子容題。宋慶元二年周必大編刻一百五十三卷本《歐陽文忠公集》卷一四五。

王鴻藝話（一則）

王鴻（生卒年不詳）字翼道，雩都（今江西於都）人，王羲之二十四世孫。博學，工篆隸草書。皇祐中以鄉舉遊太學，再薦省試第一，廷試因失韻被黜，遂歸隱鄉里，名其山曰峿山。嘗注《太玄經》，從遊者甚眾。

跋晉王右軍書夏侯太初《樂毅論》石碑

右《樂毅論》一篇，乃晉中書令獻之字。

子敬居幼學之歲，其父右軍謂其書性過人，足以傳嗣家法，手書此篇並《筆勢圖論》以授之，顧曰："此，書之祖宗，玩習有成，他皆可能也。"至其學力及父子之間能明相繼，輕後軒前，無有倫擬。粵自初刻，垂範於茲，雖更歷朝，此名不朽，非有神物拱護，則好古之士惡能寶而有之、見而識之者哉！

近世歐陽先生指其石傳於學士高公紳之家，紳死，子孫以質錢於富人，富人失火，墨本幸留人間，友人曾君輝中得以致予。反覆遺蹤，痌然載懷，遂用移石，藏於遜閣，世世子孫，得用循學，不以僅記姓名為自足也。

夫書雖曲藝，非精心致志，莫能造妙，如勞力廢暑，無補於物。通其道者，不猶愈於圍棋擊踘，而自謂勝選，鬥雞載猨，而外訽歟快也哉！

故書其後，倘來者觀之而自勉也。道光十年刻本《雩都縣志》卷三一。

房庶藝話（三則）

房庶（生卒年不詳），益州華陽（今四川成都）人。仁宗朝舉進士。通曉音律，皇祐中爲宋祁、田況所薦，召詣闕。其論律尺之法，甚爲范鎮所重而力主之，請依法作爲尺律。後補試秘書省校書郎。著有《補亡樂書》三卷。

一　論律尺書

嘗得古本《漢志》云："度起於黃鐘之長，以子穀秬黍中者一黍之起，積一千二百黍之廣，度之九十分，黃鍾之長，一爲一分。"今文脫"之起積一千二百黍"八字，故自前世以來，累黍爲尺以製律，是律生於尺，尺非起於黃鐘也。且《漢志》"一爲一分"者，蓋九十分之一，後儒誤以一黍爲一分，其法非是。當以秬黍中者一千二百實管中，黍盡，得九十分，爲黃鐘之長。九寸加一以爲尺，則律定矣。中華書局校點本《續資治通鑑長編》卷一七一。

二　論樂

古有五音，而今無正徵音。國家以火德王，徵屬火，不宜闕。今以旋相五行相生法，得徵音。

《尚書》"同律、度、量、衡"，所以齊一風俗。今太常教坊、鈞容及天下州縣，各自爲律，非《書》同律之義。且古者帝王巡狩方嶽，以考禮樂同異，以行誅賞。謂宜頒格律，自京師及州縣，無容輒異，与擅高下者論之。《續資治通鑑長編》卷一七一。

三　論古樂與今樂本末不遠

上古世質，器與聲樸，後世稍變焉。金石，鐘磬也，後世易之爲方響；絲竹，琴簫也，後世變之爲箏笛；匏，笙也，攢之以斗；塤，土也，變而爲甌；革，麻料也，繫而爲鼓；木，柷敔也，貫之爲板。此八音者，於世甚便，而不達者指廟樂鎛鐘、鎛磬、宮軒爲正聲，而概謂夷部、鹵部爲淫聲。殊不知大輅起於椎輪，龍艘生於落葉，

313

其變則然也。古者食以俎豆，後世易以杯盂；簟席以爲安，後世更以榻桉。使聖人復生，不能捨杯盂、榻桉，而復俎豆、簟席之質也。八音之器，豈異此哉！

孔子曰"鄭聲淫"者，豈以其器不若古哉，亦疾其聲之變爾。試使知樂者，由今之器，寄古之聲，去惉懘靡曼而歸之中和雅正，則感人心、導和氣，不曰治世之音乎！然則世所謂雅樂者，未必如古，而教坊所奏，豈盡爲淫聲哉！中華書局一九五七年縮印精裝本《宋會要輯稿》樂五之三五。

王臨藝話（一則）

　　王臨（？～一〇八七）字大觀，大名成安（今河北成安）人，廣淵弟。第進士，簽書雄州判官。治平中，自屯田員外郎換崇儀使、知順安軍。熙寧元年爲河北沿邊安撫都監，上備禦數十策。進安撫副使，知涇、鄜州、廣信安肅軍。元豐初，還文階，自皇城使擢爲兵部郎中、直昭文館。歷知齊州、滄州、荆南，入爲户部副使，出知廣州、河中。元祐元年提舉崇福宫，次年七月卒。

題郭忠恕書"神在"二字後

　　興德城南泰山廟東廊壁上"神在"二字，世傳郭恕先之筆，命意既異，固非凡俗所能爲者。因模刻石，以存不朽。元豐三年四月望日，尚書兵部郎中、直昭文館、知軍州事、上柱國王臨題。清同治刻本《金石萃編》卷一三八。

王安石藝話（一三則）

王安石（一〇二一～一〇八六）字介甫，號半山，撫州臨川（今屬江西撫州）人。慶曆二年進士及第，授簽書淮南判官。七年，知鄞縣，通判舒州。嘉祐初，召爲群牧判官，提點府界諸縣鎮公事。出知常州、提點江南東路刑獄。三年，入爲三司度支判官，奏獻《萬言書》，極陳當世急務，除直集賢院。五年四月，除同修起居注，固辭不拜，遂除知制誥，糾察在京刑獄。移判三班院，同知嘉祐八年貢舉。丁母憂，服除，英宗朝累召不起。熙寧二年拜參知政事，主持變法，陸續頒行農田水利、青苗、均輸、保甲、免役、市易、保馬、方田等新法。次年拜同中書門下平章事。新法遭保守勢力強烈反對。七年，罷相，以觀文殿大學士出知江寧府。八年，復相。九年，再罷相，出判江寧府，退居江寧半山園。次年封舒國公，元豐三年改封荊國公。元祐元年四月卒，年六十六。紹聖中諡文公。崇寧三年，追封舒王。王安石不僅是中國歷史上著名的政治改革家，而且在文學上也有巨大的成就。他是北宋詩文革新運動的積極參與者，對文學的見解偏重於重道崇經，特別強調文章的社會功能。散文成就最爲突出，以議論說理見長，見解獨特，結構謹嚴，析理精微，是文學史上的唐宋古文八大家之一。其詩亦自成一家，前期多爲政治詩，揭露社會時弊，表現出他渴望濟世匡俗的抱負；退居江寧以後，多流連山水，詠詩誦禪，創作了大量的寫景詠物詩、禪理詩，且多爲近體。亦能詞，其《桂枝香》詞，吟詠金陵形勝以及歷史興衰，清雋飄逸，極富情韻，在同類詞中堪稱絕唱。著述甚豐，學術著述有《新經周禮義》二十卷、《王氏日錄》八十卷、《字說》二十卷、《老子注》二卷、《洪範傳》一卷、《論語解》十卷，與子雱合著《詩經新義》三十卷；編有《唐百家詩選》二十卷。多已亡佚，後人輯有《周官新義》《詩義鉤沉》《字說》等。另有《臨川集》一百卷。

一　純甫出釋惠崇畫，要予作詩

畫史紛紛何足數，惠崇晚出吾最許。旱雲六月漲林莽，移我翛然墮洲渚。黃蘆低摧雪蘙土，鳧鴈靜立將儔侶。往時所歷今在眼，沙平水澹西江浦。暮氣沈舟暗魚罟，欹眠嘔軋如聞櫓。頗疑道人三昧力，異域山川能斷取。方諸承水調幻藥，灑落生綃變寒暑。金坡巨然山數堵，粉墨空多真漫與。大梁崔白亦善畫，曾見桃花浄初吐。酒酣弄筆起春風，便恐漂零作紅雨。流鶯探枝婉欲語，蜜蜂掇蘂隨翅投。一時二子皆絶藝，裘馬穿羸久覊旅。華堂豈惜萬黃金，苦道今人不如古。文淵閣四庫全書本《臨川文集》卷一。

二　徐熙花

徐熙丹青蓋江左，杏枝偃蹇花婀娜。一見真謂值芳時，安知有人槃礴臝。同朝衆史共排媢，亦欲學之無自可。錦囊深貯幾春風，借問此木何時果？《臨川文集》卷一。

三　燕侍郎山水

往時濯足瀟湘浦，獨上九疑尋二女。蒼梧之野煙漠漠，斷壠連岡散平楚。暮年傷心波浪阻，不意畫中能更覩。燕公侍書燕王府，王求一筆終不與。奏論讞死誤當赦，全活至今何可數。仁人義士埋黃土，衹有粉墨歸囊褚。《臨川文集》卷一。

四　陶縝菜

江南種菜漫阡陌，紫芥緑菘何所直。陶生畫此共言好，一幅往往黃金百。北山老圃不外慕，但守荒畦勵荊棘。陶生養目渠養腹，各以所能爲物役。《臨川文集》卷一。

五　跋黃魯直畫

江南黃鵲飛滿野。徐熙畫此何爲者。百年幅紙無所直，公每玩之常在把。《臨川文集》卷一。

六　虎圖

壯哉非羆亦非貙，目光夾鏡當坐隅。橫行妥尾不畏逐，顧眄欲去仍躊躇。卒然我見心爲動，熟視稍稍摩其鬚。固知畫者巧爲此，此物安肯來庭除。想當槃礴欲畫時，睥睨衆史如庸奴。神閒意定始一掃，功與造化論錙銖。悲風颼颼吹黃蘆，上有寒雀驚相呼。槎牙死樹鳴老烏，向之俛啄如哺雛。山牆野壁黃昏後，馮婦遥看亦下車。《臨川文集》卷五。

七　和吳冲卿鴉鳴樹石屏

寒林昏鴉相與還，下有跂石蒼屛顔。曾於古圖見髣髴，已怪刀筆非人間。君家石屏誰爲寫，古圖所傳無似者。鴉飛歷亂止且鳴，林葉慘慘風煙生。高齋日午坐中見，意似落日空上行。君詩雄盛付君手，云此非人乃天巧。嗟哉渾沌死，乾坤至，造作萬物醜妍巨細各有理。問此誰主何其精，恢奇譎詭多可喜。人於其間乃復雕鐫刻畫出智力，欲與造化追相傾。拙者婆娑尚欲奮，工者固已窮夸矜。吾觀鬼神獨與人意異，雖有至巧無所爭。所以虢山間，埋沒此寶千萬歲，不爲見者驚。吾又以此知妙偉之作不在百世後，造始乃與元氣並。畫工粉墨非不好，歲久剝爛空留名。能從太古到今日，獨此不朽由天成。世人尚奇輕貨力，山珍海怪採掇今欲索。此屏後出爲君得，胡賈欲價著不識。吾知金帛不足論，當與君詩兩相直。《臨川文集》卷七。

八　吳長文新得顏公壞碑

魯公之書既絕倫，歲久更爲時所珍。荒壇壞冢朽崖屋，剝落風雨埋煨塵。斷碑數尺誰所得，點畫入紙完如新。延陵公子好事者，拓取持寄情相親。六書篆籀數變改，訓詁後世多失真。誰初妄鑿妍與醜，坐使學士勞骸筋。堂堂魯公勇且仁，出遇世難親經綸。揮毫卓犖又驚俗，豈亦以此誇常民。但疑技巧有天得，不必勉強方通神。詩歌甘棠美召伯，愛惜蔽芾由思人。時危忠誼常恨少，寶此勿復令埋堙。《臨川文集》卷九。

九　次韻和吳仲庶池州齊山畫圖　知制誥時作

省中何忽有崔嵬，六幅生綃坐上開。指點便知巖石處，登臨新作使君來。雅懷重向丹青得，勝勢兼隨翰墨回。更想杜郎詩在眼，一江春雪下離堆。《臨川文集》卷十九。

一〇　題畫扇

玉斧修成寶月團，月邊仍有女乘鸞。青冥風露非人世，鬢亂釵斜特地寒。《臨川文集》卷二十七。

一一　學士院燕侍郎畫圖

六幅生綃四五峯，暮雲樓閣有無中。去年今日長千里，遥望鍾山與此同。《臨川文集》卷三十。

一二　禮樂論

氣之所禀命者，心也。視之能必見，聽之能必聞，行之能必至，思之能必得，是誠之所至也。不聽而聰，不視而明，不思而得，不行而至，是性之所固有，而神之所自生也，盡心盡誠者之所至也。故誠之所以能不測者，性也。賢者，盡誠以立性者也；聖人，盡性以至誠者也。神生於性，性生於誠，誠生於心，心生於氣，氣生於形。形者，有生之本。故養生在於保形，充形在於育氣，養氣在於寧心，寧心在於致誠，養誠在於盡性，不盡性不足以養生。能盡性者，至誠者也；能至誠者，寧心者也；能寧心者，養氣者也；能養氣者，保形者也；能保形者，養生者也；不養生不足以盡性也。生與性之相因循，志之與氣相爲表裏也。生渾則蔽性，性渾則蔽生，猶志一則動氣，氣一則動志也。

先王知其然，是故體天下之性而爲之禮，和天下之性而爲之樂。禮者，天下之中經；樂者，天下之中和。禮樂者，先王所以養人之神，正人氣而歸正性也。是故大禮之極，簡而無文；大樂之極，易而希聲。簡易者，先王建禮樂之本意也。世之所重，聖人之所輕；世之所樂，聖人之所悲。非聖人之情與世人相反，聖人內求，世人外求，內求者樂得其性，外求者樂得其欲，欲易發而性難知，此情性之所以正反也。

衣食所以養人之形氣，禮樂所以養人之性也。禮反其所自始，樂反其所自生，吾於禮樂見聖人所貴其生者至矣。世俗之言曰："養生非君子之事。"是未知先王建禮樂之意也。養生以爲仁，保氣以爲義，去情欲以盡天下之性，修神致明以趨聖人之域。

聖人之言，莫大顏淵之問，非禮勿視，非禮勿聽，非禮勿言，非禮勿動，則仁之道亦不遠也。耳非取人而後聽，目非取人而後視，口非取諸人而後言也，身非取諸人而後動也，其守至約，其取至近，有心有形者皆有之也。然而顏子且猶病之，何也？蓋人之道莫大於此。非禮勿聽，非謂掩耳而避之，天下之物不足以干吾之聰也；非禮勿視，非謂掩目而避之，天下之物不足以亂吾之明也；非禮勿言，非謂止口而無言也，天下之物不足以易吾之辭也；非禮勿動，非謂止其躬而不動，天下之物不足以干吾之氣也。

天下之物豈特形骸自爲哉？其所由來蓋微矣。不聽之時，有先聰焉；不視之時，有先明焉；不言之時，有先言焉；不動之時，有先動焉。聖人之門，惟顏子可以當斯語矣。是故非耳以爲聰，而不知所以聰者，不足以盡天下之聽；非目以爲明，而不知所以明者，不足以盡天下之視。聰明者，耳目之所能爲；而所以聰明者，非耳目之所能爲也。是故待鐘鼓而後樂者，非深於樂者也；待玉帛而後恭者，非深於禮者也。蕢桴土鼓，而樂之道備矣；燔黍捭豚，汙尊抔飲，禮既備矣。

然大裘無文，大輅無飾，聖人獨以其事之所貴者何也？所以明禮樂之本也。故曰禮之近人情，非其至者也。曾子謂孟敬子："君子之所貴乎道者三：動容貌，斯遠暴慢矣；正顏色，斯近信矣；出辭氣，斯遠鄙倍矣。籩豆之事，則有司存。"觀此言也，曾子而不知道也則可，使曾子而爲知道，則道不違乎言貌辭氣之間，何待於外哉？是故古之人目擊而道已存，不言而意已傳，不賞而人自勸，不罰而人自畏，莫不由此也。

是故先王之道可以傳諸言、效諸行者，皆其法度刑政，而非神明之用也。《易》曰："神而明之，存乎其人；默而成之，不言而信，存乎德行。"去情却欲而神明生矣，修神致明而物自成矣，是故君子之道鮮矣。齊明其心，清明其德，則天地之間所有之物皆自至矣。

君子之守至約，而其至也廣；其取至近，而其應也遠。《易》曰："擬之而後言，議之而後動，擬議以成其變化。"變化之應，天人之極致也。是以《書》言天人之道，莫大於《洪範》，《洪範》之言天人之道，莫大於貌、言、視、聽、思。大哉，聖人獨見之理，傳心之言乎，儲精晦息而通神明！

君子之所不至者三：不失色於人，不失口於人，不失足於人。不失色者，容貌精也；不失口者，語默精也；不失足者，行止精也。君子之道也，語其大則天地不足容也，語其小則不見秋毫之末，語其強則天下莫能敵也，語其約則不能致傳記。

聖人之遺言曰："大禮與天地同節，大樂與天地同和。"蓋言性也。大禮性之中，大樂性之和，中和之情通乎神明。故聖人儲精九重而儀鳳凰〔一〕，修五事而關陰陽，是天地位而三光明，四時行而萬物和。《詩》曰："鶴鳴於九皋，聲聞於天。"故孟子曰："我善養吾浩然之氣，充塞乎天地之間。"揚子曰："貌、言、視、聽、思，性所有，潛天而天，潛地而地也。"嗚呼，禮樂之意不傳久矣！

天下之言養生修性者，歸於浮屠、老子而已。浮屠、老子之説行，而天下爲禮樂者獨以順流俗而已。夫使天下之人驅禮樂之文以順流俗爲事，欲成治其國家者，此梁晉之所以取敗之禍也。然而世非知之也者，何耶？特禮樂之意大而難知，老子之言近而易曉〔二〕。聖人之道得諸己，從容人事之間而不離其類焉；浮屠直空虛窮苦，絕山林之間，然後足以善其身而已。由是觀之，聖人之與釋老，其遠近難易可知也。是故賞與古人同而勸不同，罰與古人同而威不同，仁與古人同而愛不同，智與古人同而識不同，言與古人同而信不同。同者道也，不同者心也。《易》曰："苟非其人，道不虛行。"昔宓子賤爲單父宰，而單父之人化焉。今王公大人有堯、舜、伊尹之勢而無子賤一邑之功者，得非學術素淺而道未明歟？

夫天下之人非不勇爲聖人之道，爲聖人之道者，時務速售諸人以爲進取之階。今夫進取之道，譬諸鈎索物耳，幸而多得其數，則行爲王公大人；若不幸而少得其數，則裂逢掖之衣爲商賈矣。由是觀之，王公大人同商賈之得志者也，此之謂學術淺而道不明。由此觀之，得志而居人之上，復治聖人之道而不捨焉，幾人矣？內而好愛之容蠱其欲，外有便嬖之諛驕其志，嚮之所能者日已忘矣，今之所好者日已至矣。

孔子曰："有顏回者，好學，不遷怒，不貳過。"又曰："吾見其進，未見其止也。"夫顏子之所學者，非世人之所學。不遷怒者，求諸己；不貳過者，見不善之端而止之也。世之人所謂退，顏子之所謂進也；人之所謂益，顏子之所謂損也。《易》曰："損，先難而後獲。"顏子之謂也。耳損於聲，目損於色，口損於言，身損於動，非先難歟？及其至也，耳無不聞，目無不見，言無不信，動無不服，非後得歟？

是故君子之學，始如愚人焉，如童蒙焉。及其至也，天地不足大，人物不足多，鬼神不足爲隱，諸子之支離不足惑也。是故天至高也〔三〕，日月星辰陰陽之氣可端策而數也;地至大也,山川丘陵萬物之形、人之常產可指籍而定也。是故星曆之數、天地之法、人物之所,皆前世致精好學聖人者之所建也,後世之人守其成法,而安能知其始焉?傳曰:"百工之事,皆聖人作。"此之謂也。

故古之人言道者,莫先於天地;言天地者,莫先乎身;言身者,莫先乎性;言性者,莫先乎精。精者,天之所以高,地之所以厚,聖人所以配之。故御,人莫不盡能,而造父獨得之,非車馬不同,造父精之也。射,人莫不盡能,而羿獨得之,非弓矢之不同,羿精之也。今之人與古之人一也,然而用之則二也。造父用之以爲御,羿用之以爲射,盜蹠用之以爲賊。四部叢刊初編影印明嘉靖撫州刻本《臨川先生文集》卷六六。

〔一〕而:原無,據南宋龍舒刻《王文公文集》補。
〔二〕曉:原作"輕",據同上改。
〔三〕至:原作"之",據同上改。

一三 題張忠定書

忠定公沒久矣,士大夫至今稱之,豈不以剛毅正直有勞於世如公者少歟?

先公年十七,以文見公,實見稱賞。遂易字舜良,時在昇州也。竊觀遺跡,不勝感惻之至。《臨川先生文集》卷七一。

劉叔贛藝話

劉叔贛（生卒年不詳），神宗朝中書舍人，餘不詳。

《題畫集》

華山隱者圖

六王昔崩蕩，秦帝按劍興。虎爭四十年，方隅爲之平。豪氣竟未已，用民如不勝。因河既爲池，起洮復堅城。嘉哉諸老翁，攜手西山行。避世往不返，逍遥塵外情。明星備洒掃，巨靈爲友朋。饑食玉井蓮，手攜三秀英。世事一朝變，龍蛇復縱橫。烈火咸陽熾，蟻聚成皋爭。置身青雲上，顧視不爲驚。萬昔乃須臾，安知谷爲陵。爾來見圖畫，真氣猶冥冥。世人但蓬蒿，安知鴻鵠征。桃源迷去路，蓬萊浪知名。異時三峯游，會當慰平生

過栢林院贈吉長老，有古殿吳道子畫維摩居士，又有斷碑等古物

靈光歲久獨巋然，峴首遺碑亦未遷。會向三生記前佛，暫從方丈謝諸天。篆香徐剩黃金印，梵宇時開貝葉篇。門外風霜正搖落，庭前翠栢自安禪。

陝西圖三首

干戈今日事，關塞此圖看。白日長安近，蒼山隴坂寒。由來名百二，自古有艱難。指以安西道，凝情竟據鞍。

萬里靈州地，他年漢朔方。山河從割棄，關輔急隄防。轉憶□狼窟，堪嗟禮義鄉。靖邊須壯士，看盡意蒼茫。

河源來碣石，天馬涉流沙。耳目成千古，丹青在一涯。荒涼都護府，斷絕使臣槎。安得山西將，收功似漢家。

山水屏

吾家古屏來江南，白晝水墨漬烟嵐。我行北方未嘗見，衆道巫峽兼湘潭。山頭老

樹長參天，水上猿公撐釣船。青蓑擁身稚子眠，得魚不賣心悠然。久嫌時勢趨向狹，頗思種藥依林泉。桃源仙家不可到，但願屏上山水眞眼前。

蘇子瞻家畫松圖歌

君家圖書皆所見，近得此松尤可羨。樛蟠平石蹙蛟螭，幹出青冥超雷電。樛枝橫斜復幾尺，綠華茸茸鋪繡綫。空堂深沉白日寒，肅肅似有風吹面。此圖剪裂人不知，塵土分張數流轉。能令神物還相從，非君苦心誰與辨。更惜良工名不傳，可憐世俗多夸衒。爲君作歌君志之，後千百年無復賤。

和李公擇顯相國寺壞壁山水歌

蒼山本是千萬丈，怪爾斷落盈尺中。怙松挂嵁正矯矯，白雲占谷方溶溶。昨憶高秋十日雨，百川湧溢騰蛟龍。丹青壞劫不可駐，金碧拂地都成空。人間流落萬餘一，掇拾補綴幾無從。當時畫手合衆妙，得此誠是第一工。松陰行人何草草，秃幘小盖馬色驄。長途未竟不得息，嘯歌正爾來悲風。巨靈擘華疏黃河，仙娥移山開漢東。海波芥子互出沒，大雄游戲神與通。我今與君元嘗覺，指視壁畫將無同。新詩飄飄脫俗格，得閒會復來從容。

題古畫山水幛子　時年六歲

應是塵外境，不隨陵谷遷。江山猶舊日，松柏又千年。

畫雪扇子

洒落瑤花溥，蒼茫殺氣深。因風驚拂面，濯熱幸開襟。夜色非關月，朝雲不待陰。秋風未應起，好在郢中吟。

畫鶴

夙抱烟霞性，三年故不飛。軒居寧假寵，野客會忘機。燕雀那相笑，鳧鷺直自肥。蓬萊千萬里，正想玉爲衣。

於秘校示郊園棠木連理圖，偶題長句

偶對名圖欲賦詩，野棠並幹上交枝。始疑和氣偏回復，可是常情悅附離。愛樹去思吾豈敢，高門陰德子應知。濟南固有終軍辨，傳布仍煩老畫師。

壁畫古槎歌

南山大樹楓與樗，百年不到生理枯。老枝錯落麋奮角，病根螾結龍垂鬚。風霜不知春不改，古苔懸蔓相縈帶。豈知高堂素壁上，畫圖能令觀者愛。野夫晨興坐樹邊，

偶説此樹來上天。暫乘西風犯牛斗，却看東海成桑田。

次韵酹盛秘丞黑桃二首

度索真殊域，崑崙豈素封。幾人曾白眼，吾子幸先容。晦跡煤炱暗，含滋沉瀣濃。上林求異木，詔使會尋踪。

春華各自媚，秋實頓能殊。悴貌從黧黑，丹心固實膚。榴花隨使者，荔子賜匈奴。寄語元都客，相疑失味腴。

同原甫咏秘閣藏古器圖

黄占金寶氣，天瑞告成功。續事今時絶，書文自古同。問年記巫錦，按刻異桓公。塵世無由覿，崑山策府中。

畫龍

南人謁雨爭圖龍，畫師放筆爲老雄。烟雲滿壁奪畫色，雷電應手生狂風。觀者皆驚爪牙動，攫拏意似翻長空。吾疑奮迅出户牖，何事經時留此中。共言葉公初好畫，當時亦有神龍下。天意爲霖非爾能，世俗慕真聊事假。

次韻蘇子瞻韓幹馬贈李伯時

韓幹畫馬名獨垂，冰紈素幅對客披。諸公賦詩邀我和，我如鈍錐逢利錐。區中纔容三萬里，正可驟裹一日馳。朝燕暮吳亦其亞，幸得夷路無繫羈。此間三馬皆國馬，瑰姿逸態成崛奇。有如秋空見霜鶻，下睨衆禽皆伏雌。良工苦心爲遠到，天機杳渺潜得之。區區駑駘浪自負，直教畫骨不畫皮。李侯洒筆定超詣，尚有天驥君未知。迄今四海皆屬國，汗血不敢勞貳師。

和江鄰幾、梅聖俞同蔡學士觀宋家書

中郎石經天下傳，江翁説詩當世賢。南昌子真亦禄仕，讀書養性希神仙。雄豪相遇古莫及，所至衣冠爭願焉。貴公子孫誰是勝，廣平家書盈萬千。當時交友皆父行，賈生論議欺老先。開門迎客車結轍，而此三士相周旋。牙籤插架塵土絶，寶軸出囊瑤玉聯。前秦篆籀頗磨滅，中世粉墨仍新鮮。咨嗟古人不可見，但覺能者心意專。知音自昔貴一過，千歲相望猶比肩。況有清詩紀實事，豪壯入耳如哀弦。鄙夫觀書識難字，目迷五色心茫然。要當乘興過君所，刮膜一洗頭風痊。

楊寺丞書畫

楊侯古書數十軸，草隸闕殘猶可讀。古書流傳動千歲，書可做摹古容僞。愛君苦心能辨之，捐棄千金不爲費。世嘗售名不售真，物可見形難見神。重令志士一惆悵，

念有遺寶隨埃塵。東墻西墻畫滿屋，琵琶小兒理新曲。鄙夫長安交遊少，騎馬能來與君熟。萬事好惡我自知，不肯浮沉易耳目。

和原父同江鄰幾過净土院觀古殿吴道子畫、楊惠之塑像

真賞非俗嗜，雅游知勝緣。百身化前佛，方丈納諸天。工以智自表，名由高益傳。吴生擅粉跡，楊氏妙鈞埏。能事古未盡，希聲今亦然。伻圖觀省象，啟户置鳴絃。理會均聞見，神交遺後先。衣冠若對面，山水欲忘年。釋氏臺中秘，仙翁柱下賢。新詩俱絶唱，塵土更餘妍。以上文淵閣四庫全書本《兩宋名賢小集》卷八十四《題畫集》。

龐元英藝話（三則）

龐元英（生卒年不詳）字懋賢，單州成武（今山東成武）人。龐籍次子。至和二年賜進士出身，爲光祿寺丞。元豐初，爲群牧判官、都官郎中。五年，任朝請大夫、主客郎中。後爲中散大夫、鴻臚少卿。元祐三年知晉州。初行元豐官制時，朝章典制聞見頗多，乃著《文昌雜錄》，爲研究宋代典章制度的重要資料。著有文集三十卷，已佚。現存《文昌雜錄》六卷、《補遺》一卷、《談藪》（一説作者爲瘦竹翁）一卷。

《文昌雜録》（選録 二則）

工部范郎中出古畫一軸，云是韓滉筆。其畫作村夫子教學生，夫子帶烏紗折上巾。按：幞頭起於周武帝，蓋取便於軍容。至唐始有巾子，兩帶以繫巾，兩帶垂以爲飾。至僖宗時，因伶人以銀綫撚二帶。帝曰："亦與朕作一頂來。"自此方應折上。後又以木刻頭圍，裁烏紗爲之，所謂"與我斫一軍容頭"之類是也。方韓滉時，未有此制，恐非韓畫。諸君皆以爲然。四庫全書本《文昌雜録》卷二。

舊三司使廳屏風，崔白畫蘆雁，用意極工。昨爲僕丞都堂，此屏在後閣。及遷都省，左僕射命移於尚書令廳後，亦近世之奇筆也。《文昌雜録》卷四。

《談藪》（選録 一則）

謝希孟在臨安，狎娼陸氏。象山責之曰："士君子乃朝夕與賤娼女居，獨不愧於名教乎？"希孟敬謝，請後不敢。他日，復爲娼造鴛鴦樓。象山聞之，又以爲言，謝曰："非特建樓，且有記。"象山喜其文，不覺曰："樓記云何？"即口占首句云："自遜、抗、機、雲之死，而天地英靈之氣不鍾於世之男子，而鍾於婦人。"象山默然。希孟一日在娼所，忽起歸興，遂不告而行。娼追送江滸，泣涕戀戀，希孟毅然取領巾，書一詞與之云："雙槳浪花平，夾岸青山鎖，你自歸家我自歸，説著如何過。我斷不思量，你莫思量我，將你從前於我心，付與旁人可。"希孟與鄉人陳伯益好相調戲，伯益面黑而狹，多髯，希孟入其書室，見寫真掛壁上，題云："伯益之面，大無兩指，髭髯不仁，侵擾乎其旁而不已，於是乎伯益之面所餘無幾。"此語喧傳，伯益病之而莫能報。希孟後避寧宗諱，改名直，字古民。伯益於是以兩句詠其名："炊餅擔頭挑取去，白衣鋪上喝將來。"聞者笑倒。伯益又嘗寫真，衣皁道服，躡僧鞵，希孟讚之曰："禪鞵俗人鬢鬢，道服儒巾面皮。秋水長天一色，落霞孤鶩齊飛。"文淵閣四庫全書本《古今說海》卷一百《談藪》。

强至艺话（八则）

强至（一〇二二~一〇七六）字几圣，钱塘（今浙江杭州）人。庆历六年进士及第，除泗州司理参军。历浦江、东阳、元城县令。治平四年，韩琦判永兴军，辟为主管机宜文字，在幕府六年。熙宁五年，召判户部勾院，迁群牧判官。九年，改祠部郎中、三司户部判官。是年卒，年五十五。强至少年力学，根柢深厚，各体文章皆工整，曾巩《强几圣文集序》称其奏章"声比字属，曲当绳墨，然气质浑浑，不见刻画"，记叙文章则"简古典则，不少贬以就俗"。其诗沉郁顿挫，气格颇高，在北宋诸家之中，可自树一帜。强至诗文由其子强浚明编为《祠部集》四十卷，曾巩为作序。又著有《韩忠献公遗事》。文集在明代已佚，四库馆臣自《永乐大典》中辑出诗文，编为《祠部集》三十六卷。

一 《韩忠献公遗事》

刘御药好收古画，多求诸公跋尾。数策上有金书字，悉上笔，余三策，公卿多题于后。刘到北门宣公，出画策，谓独未得公数字为恨。公题云："观画之术无他，惟逼真而已。得真之全者，绝也；得真之多者，上也。不得其多，非中即下矣。持吾说以观刘氏之画，其可逃乎哉！安阳蠢叟病中题。"时公坚请相，上使刘宣问。人谓此术不独可观画，亦可观人物也。诸公题皆论一时，公独兼之。_{清光绪嘉惠堂刊本《韩忠献公遗事》。}

二 墨蟹

琐琐江湖中，忽在幽人壁。短螯利双铖，长跪生六戟。骨眼惊自然，熟视审精墨。初疑蟫穴束，犹浮泥带黑。横行竟何从，躁心固已息。终朝墙壁间，颇有肥霜色。我来空持杯，左手莫汝食。谁夺造化功，生成归笔力。_{文渊阁四库全书本《祠部集》卷二。}

三 泉上人画牡丹

芳树不合生深堂，座上似已闻生香。乃知丹青逼造化，独有真假争毫芒。枝外霏微包雨露，筆跡淋漓濕縑素。游蜂蛺蝶頻注來，今日經營知汝誤。蜀川趙昌妙花樹，前後無人昌獨步。師今合昌成一人，畫手紛紛那敢措。上人筆下如有神，一掃欲空西洛春。姚黃魏紫色憔悴，自覺筆假勝天真。天工栽花苦榮謝，畫工運巧無冬夏。天工巧極誰論價，輸帛傾金祇酬畫。將令世俗尊造化，呼僮捲障不復掛。《祠部集》卷三。

四　和樓志國、范君武讀胡尉臨安所獲顏魯公書斷碑

書名唐世凡幾人，魯公運筆獨有神。當年一字百金直，異代黨獲宜爾珍。公嘗道直不容內，江湖出走刺史輪。東南揮翰落幾郡，在處巨跡刊堅珉。石堅字巨未應泐，旋復五代遭荒屯。州鎮尋兵寺觀火，缺碑毀碣埋泥塵。乾坤豈亦愛字寶，不使久屈卒不伸。胥合陰假好事手，得此斷石溪山垠。苔封土蝕初莫省，一洗爛若開三辰。不由名氏驗體法，氣質渾厚知顏筋。點端屹如泰山立，畫勁森似長戟陳。寧同棗木浪傳刻，少陵尤惡肥失真。蒼茫疑聞地靈泣，為失比石后土貧。好事得之不自有，能廣墨本遺其倫。始從君武慊傳玩，大句感發驚儒紳。寫公勳德無一欠，何必讀史勞吾唇。青衫志國繼高唱，首論書法詞逾新。末言公忠死賊刃，不覺憤淚霑予巾。昔人謂書乃心畫，浮沉直撓皆相循。公心遠可此書鑒，體不姿媚一以淳。嚴嚴古氣自盤薄，宜汝希烈不得臣。雖云筆力奪元化，濟以忠誼重萬鈞。後來忠誼弗公學，磨鈆臨帖虛終身。李斯篆隸豈不好，彰彰姦迹流自秦。乃知一藝不獨善，所貴名節堅松筠。魯公之書以名貴，歷代共寶無沉堙。《祠部集》卷三。

五　題可久上人房素屏

雕軒畫室吳僧居，花草禽魚屏面集。豈如蕭爽大士堂，雪山數尺平頭立。滿齋虛白已自生，隔坐紛華不容入。霜毫一掃都無痕，獨有淋漓粉光濕。好丹世上空紜紜，趣與師同百無十。常時吟客惟我來，共愛此屏微靜翕。日晴難駐手試捫，指下瑠璃無寸澁。願乘醉筆留幾行，為寫高僧白雲什。《祠部集》卷三。

六　謝三門提舉輦運宋叔達郎中寄古碑雜言

長安古名都，漢唐以來帝王宅。當時高冠大帶接跡公卿間，聲名大半文章伯。能書萬變軼出意象外，那跼體法就常格。傑詞精翰在處勒琬琰，從此關西富碑石。咸陽原頭螭蟠龜負不知數，風雨皴剝塵土蝕。荒郊壞宇大者臥榛莽，小者老祠佛廟往往龕屋壁。憶初來長安，於此心頗溺。朝披夕購自忘倦，一紙不吝百金易。豈惟讀辭玩點畫，漢唐往事皆歷歷。始者累一以至百，今既累百至千未免廣搜覓。古人載書兼兩懼猜謗，今我車載不足更囊積。中郎知我有碑癖，封寄數本跨數驛。中郎中郎雖欲遂愚

癖，愚也字學不進文格不長，翻愧嗜此苦無益。雖然古人亦或有所嗜。又恐一朝捨此愚意無以適。碑乎誓將蓄汝永吾好，不已聖猶賢博弈。《祠部集》卷三。

七　題光和年西嶽碑

瘦硬光和字，崔巍太華碑。鐫模森骨立，點畫宛鱗差。內有通神筆，前無絕妙辭。茅齋千載後，玩古獨心知。《祠部集》卷五。

八　依韻和居方觀崔生畫

古今畫手得名人，一物纔工自出倫。字與丹青俱是絕，勢關飛動不無神。浪傳誤筆成蠅點，那待青田寫鶴真。侯鴈枯荷含遠意，江湖歸興劃然新。《祠部集》卷八。

鄭獬藝話（二則）

鄭獬（一〇二二～一〇七二）字毅夫，安州安陸（今湖北安陸北）人。皇祐五年，應進士試，考官劉敞謂其文頗似唐皇甫湜，擢為第一，通判陳州。入直集賢院，為度支判官，修起居注，知制誥。治平中，出知荊南，還判三班院。熙寧元年，拜翰林學士，權知開封府。二年，出知杭州，徙青州。引病乞閒，提舉鴻慶宮。五年卒，年五十一。獬氣節豪邁，宗尚韓、柳古文，所著文章有豪氣，峭整無長語，議論精確，濟於世用。詩亦多含諷喻之旨。著有《鄖溪集》五十卷，佚，清乾隆間四庫館臣自《永樂大典》《宋文鑑》《兩宋名賢小集》中輯出其詩文，編為《鄖溪集》三十卷。

一　記畫

淮陽王監兵，有畫十餘軸，而吳生之天王最為詭卓。絹已塵舊，其鬼神羽衛如隱見於濃烟黑霧間，不見其筆墨跡。自予之閱畫來，未嘗見也。次王維白衣老跨黃犢之一軸亦奇也。立大石一軸，李成畫也。四幅海棠臨水旁，飛花零落，水上有二魚逐花者，尤有意思。又有水鴨、紫莧三數軸，皆徐熙畫也，純淡墨。畫竹樹黃雀者，雖墨為之，如具五彩云。僧貫休畫皆能筆也，鈐轄夏宮苑愛翫之。以吳生之筆不可少髣髴，乃取王維之跨牛老，徐熙之水鴨、紫莧，命畫工模之，後出以示予，雖神氣風力有不足者，然其骨格猶王維、徐熙之畫也，俾畫工自為之則不能。

予觀之而歎，以謂古之為政者，可幾於為畫乎？古亦有作之者，有因之者。若堯舜禹湯文武周公，作之者也。其國體、治具、典章、文物，精醇爛白，後世無加焉。孔子曰："行夏之時，乘殷之輅，服周之冕。"使孔子用於世，必改周公之制而自作之也。繇周公而下，莫如漢唐，猶不能自作之，乃模畫前世堯舜禹湯文武周公之餘跡而行，則其所施設者，尚得為善治也哉！是猶今畫工之模寫前人之善本而猶足為能，使其自作之，則亦不為拙工矣。

始予讀韓退之《畫記》，愛其文尤工，謂如《禹貢》《周官》，然其言趙御史得國本而模之，則退之之意，無乃亦類於此乎？又足以起予，因題之為記。張氏重刻文津閣四庫全書本《鄖溪集》卷一八。

二　省中畫屏蘆雁

　　高堂傾動長江流，黃蘆羣雁滿滄洲。掃開長安塵土窟，寫出江南煙水秋。兩雁斜飛入空濶，四雁顧慕橫沙頭。高風拉折蒼玉榦，蘆花雪盡無人收。赤日飛光不敢近，但覺爽氣屏間浮。嘗聞畫龍入神變，坐馳雲雨天地游。只恐此雁亦飛去，瀟瀟萬里誰能留。《鄖溪集》卷二六。

劉攽藝話（九則）

　　劉攽（一〇二三～一〇八九）字貢父，號公非，臨江新喻（今江西新餘）人。與兄劉敞同登仁宗嘉祐六年進士第，仕州縣二十年，始爲國子監直講。熙寧中判尚書考功，同知太常禮院。考試開封舉人，與同院考官王介爭詈，出爲泰州通判，知曹州。爲開封府判官，復出爲京東轉運使，徙知兖、亳二州。吳居厚代京東轉運使，推行王安石新法，追究劉攽職事廢弛之責，黜監衡州鹽倉。哲宗初，起知襄州，入爲秘書少監，以疾求去，加直龍圖閣，知蔡州。召拜中書舍人。元祐四年卒，年六十七。劉攽性諧謔，博聞強記，通六經典籍，尤長於史學，司馬光聘其同修《資治通鑑》，專任秦、漢史的修撰。文章詞藝典雅，擅用故實。其詩大多氣勢恢宏，詠史詩借古喻今，頗有佳篇。著述甚豐，著有《五代春秋》《內傳國語》《經史新義》《東漢刊誤》《詩語錄》《芍藥譜》《漢官儀》，凡百卷。又有《彭城集》六十卷，明代佚亡，四庫館臣自《永樂大典》中輯出詩文，編爲四十卷。另有《中山詩話》一卷，是北宋成書較早的詩話，因此在形式和內容上都有粗疏之處。在內容上，除詩歌評論外，還有不少篇幅是記載和詩歌評論沒有多少關係的朝野軼聞。

一　澄心寺後閣彈琴

　　高風動長松，蕭瑟清我心。亦有琴上絃，盡得天外音。試復向城市，餘響終難尋。
文淵閣四庫全書本《彭城集》卷五。

二　楊之美彈棋局歌

　　漢皇初厭蹵鞠勞，侍臣始作彈棋戲。東方諸公盛得名，魏文以來稱絕技。後宮粧奩乃可爲，客著葛巾尤更奇。誰令朱墨異貴賤，百世紛紛無已時。君從何處得此局，石理溫華瑩寒玉。山形四隤澗谷深，別將望秦森在目。少年博戲日益新，古事不復傳今人。君能興此亦先覺，辟雍老儒悲絕學。《彭城集》卷七。

三　和蘇子瞻韻爲石蒼舒題

長安材豪雄五都，五陵意氣誰能除。作人不入游俠窟，寓興聊從草隸書。崩崖壞山出衆寶，石刻鼎鑄周秦餘。江東諸家擅逸氣，宜官鍾蔡幾不如。騰龍翥鳳動光彩，淥池淢漾華芙蕖。石生臨書得微妙，神凝意會下筆初。濃纖巧緻若出一，老庖利刃投空虛。人間流傳不得辨，錦囊玉軸爭貯儲。以兹得名號醉墨，聊取勝事題精廬。豈與西山少年輩，射獵狐兔夸里閭。杜陵詩仙有祖風，筆灑雲霧揮瓊琚。我今才薄厭數語，勉力和歌憖起予。《彭城集》卷七。

四　和王平甫韓幹畫馬行

韓幹畫馬出曹霸，得名不在陳枂下。詔令師枂辭不可，苑中萬馬師在我。王侯讀書愛此言，由來能事須天然。看圖作詩寄慷慨，錦文織字珠聯聯。乘黃駃騠久埋沒，安西大宛路超忽。丹青能令千萬年，不比燕人空市骨。霜蹄踏鐵精權奇，耳截筒竹稍垂絲。超然抉後三十尺，一日千里御者誰。舐筆和鈆人所同，爾今獨成第一工。神凝意會不可料，天駟降精來此中。少陵作詩譏畫肉，惋惜驊騮氣凋縮。未知良工嘗苦心，空使時人爭賤目。九皋相馬觀天機，神雋不辨黃與驪。君知畫手貴自我，何若相法非有師。拙工俗子紛紛是，畏避權豪如畏死。生棟濕塗多覆屋，巧書掣肘真難使。吾知公詩正如此，丈夫特立嗟已矣。《彭城集》卷七。

五　劉五草蟲扇子

吾宗白團扇，畫作草蟲樣。天時變炎凉，棄置幾惆悵。網蟲蒼蒼顏色晦，畫工筆法依然在。剪裁帖綴復生光，白月團團仍可愛。蒼蠅輕巧蝴蝶狂，怒螳斲斧誰能當。老蠶作繭意自了，露蟬孤嘒殊清凉。其餘百品隨變化，天機所動俱閒暇。座人咨嗟用筆精，不知猶是今人畫。畫工侯生今白頭，有時看畫還淚流。壯年名聲却自惜，老去心神無處求。始知能事須當年，盛時一過殊可憐。即今拙工各自喜，豈知此家先日前，落筆輒得千萬錢。《彭城集》卷八。

六　次韻蘇子瞻觀范景仁新樂

大儒高論本升堂，物外光陰更不忙。樂預請觀同季子，書雖未見屬黃香。正聲仍許三人和，古尺應無一黍長。鶴舞鳳儀時莫識，勾陳武帳省中央。《彭城集》卷十五。

七　觀范公樂有感

蜀公精思古人爲，論樂成書八十時。那有伯牙爲聽者，空令一足尚傳疑。羊山鉅黍知無用，牛鐸遺音自不欺。便欲祠君從樂社，出門陳跡奈深悲。《彭城集》卷十五。

八　蘇子瞻畫石讚

子瞻畫石，突兀旁礴〔一〕，廉稜深重，可以掌摸。公爲予言："我非有師，意與神會，自然得之。"或十日不成，或一揮則就。既曰得之，何暇宿留？公誓不畫，與鬼爲約。發興自餘，軒窒擺落。與公神交，軼出區外。鬼如公何，念公無悔。宋慶元三年書隱齋刻本《國朝二百家名賢文粹》卷一八八。

〔一〕兀：原作"元"，據文意徑改。

九　李植山水畫讚

昆侖有名，瑤池非實。在夢憖覯，觀幻旋失。惟是墨妙，半壁蕭瑟。崎嶬坎壈，雲舒川疾。是心中象，非筆端物。大士觀化，四海一室。中華書局一九八一年點校本《默記》卷中。

吴處厚藝話（三則）

吴處厚（生卒年不詳）字伯固，邵武（今福建邵武）人。皇祐五年進士及第，授汀州司理參軍。嘉祐中，爲諸暨主簿。熙寧中，任定武管勾機宣文字。元豐四年，擢將作監丞。王珪薦爲大理寺丞。元祐四年，知漢陽軍，箋疏蔡確《車蓋亭》詩奏上，蔡確貶，擢知衛州。未幾卒。紹聖間，追貶歙州別駕。處厚喜讀書，能詩文，詩頗有唐人韻致。著有《青箱雜記》十卷、《賦評》一卷。今僅存《青箱雜記》。

《青箱雜記》（選録 三則）

（陳）亞性寬和，累典名藩，皆有遺愛。然頗真率，無威儀，吏不甚懼。行坐常弄瓢子，不離懷袖，尤喜唱清和樂。知越州時，每擁騎自衙庭出，或由鑑湖緩轡而歸，必敲鐙代拍，潛唱徹三十六遍然後已，亦其性也。中華書局一九八五年校點本《青箱雜記》卷一。

世傳潘閬《安鴻漸八才子圖》，皆策蹇重戴，又禹偁《贈崔遵慶及第》詩云："且留重戴士風多。"則國初舉子猶重戴矣。《青箱雜記》卷二。

昔王維愛孟浩然吟哦風度，則繪爲圖以翫之。李洞慕賈島詩名，則鑄爲像以師之。近世有好事者，以潘閬遨游浙江，詠潮著名，則亦以輕綃寫其形容，謂之《潘閬詠潮圖》。閬酷嗜吟，自號逍遥子，嘗自詠《苦吟詩》曰："髮任莖莖白，詩須字字清。"又《貧居詩》曰："長喜詩無病，不憂家更貧。"又《峽中聞猿》云："何須三叫絶，已恨一聲多。"《哭高舍人》云："生前是客曾投卷，死後何人與撰碑？"《寄張詠》云："莫嗟黑髮從頭白，終見黃河到底清。"皆佳句也。故宋尚書白贈詩曰："宋朝歸聖主，潘閬是詩人。"王禹偁亦贈詩云："江城買藥常將鶴，古寺看碑不下驢。"其爲明公賞激如此。又魏野，陝府人，亦有詩名。寇萊公每加前席，野《獻萊公生日詩》云："何時生上相，明日是中元。"以萊公七月十四日生故也。又有《贈萊公詩》云："有官居鼎鼐，無地起樓臺。"而其詩傳播漠北，故真宗末年，嘗有北使詣闕，詢於譯者，曰："那箇是'無地起樓臺'的宰相？"時萊公方居散地，真宗即召還，授以北門管鑰。《青箱雜記》卷六。

岑宗旦藝話（二則）

岑宗旦（生卒年不詳）字子文，開封（今河南開封）人。慶曆初以父遺表恩通籍壁門。年十七，棄官遍遊東南山水。至和中仁宗録功臣之後，復官之，凡歷七任。元豐中又以尋醫自請，遂不復仕，終九品宇。宗旦工書，尤善行書，爲世所重。

一　書評

張芝如班輸構堂，不可增減。鍾繇如盛德君子，容貌若愚。語其衆妙，足以争造化者，羲之也。較其父風，但恨乏天機者，獻之也。世南潛心羲之，蓋若顔子之亞聖。徐浩比肩儒雅，有類仲由之勇態。歐陽詢得其正，故如廟堂衣冠，不失動靜。柳公權得其勁，故如轅門列兵，森然環衛。懷素之閒逸，故如翩翩真仙。真卿之淳謹，故厚重如周勃。至如李邕，則舉動不離規矩，可有虧適變之道焉。文淵閣四庫全書本《宣和書譜》卷一二。

二　聽琴詩

琴中太古意，方外無爲心。彈之道頗散，不彈理彌深。所以陶元亮，何須弦上音。
文淵閣四庫全書本《宋詩紀事》卷八八。

吴雍艺话（一则）

吴雍（？～一〇八七）字子中，番禺（今廣東廣州）人。治平初官平涼令。元豐初，爲太常博士、權司農寺都丞，充檢正中書戶房公事。五年，守左司郎中。六年，除直龍圖閣、河北路轉運使，爲秦鳳路經略使。七年，知秦州。加寶文閣待制，遷戶部侍郎。元祐元年，以天章閣待制知襄州。二年七月卒於任。著有《都提舉市易司敕令》並《釐正看詳》二十一卷、《公式》二卷。

樂議　元豐三年七月

太常大樂鐘聲凡三等：王朴樂一也，李照樂二也，胡瑗、阮逸樂三也。

王朴之樂其聲太高，此太祖皇帝所嘗言，不俟論而後明。仁宗皇帝景祐中，命李照定樂，乃下律法，以取黃鐘之聲。是時人習舊聽，疑其太重，李照之樂由是不用。至皇祐中，胡瑗、阮逸再定大樂，比王朴樂微下而聲律相近。及鑄大鐘成，或譏其聲弇鬱，因亦不用。於是郊廟依舊用王朴樂。樂工等自陳，若用王朴樂，鐘磬即清聲難依。如改製下律，鐘磬清聲乃不用，益驗王朴鐘磬太高，難盡用矣。今以三等鐘磬參校其聲，則王朴、阮逸之樂，黃鐘正與李照樂之太簇相當。王朴、阮逸之樂，編鐘、編磬各十六，雖有四清聲，而實差黃鐘、大呂之正聲也。李照之樂，編鐘、編磬各十二，雖有黃鐘、大呂，而全闕四清聲，非古制也。聖人作樂以紀中和之聲，所以導中和之氣，清不可太重，高不可太下，使八音協諧，歌者從容而能永其言，乃中和之謂也。

臣等因請擇李照編鐘、編磬十二參於律者，增以王朴無射、應鐘及黃鐘、大呂清聲，以爲黃鐘、大呂、太簇、夾鐘之四清聲，俾眾樂隨之，歌工兼清聲以詠之。其音清不太高，重不太下，中和之聲可以考矣。欲請下王朴樂二律，以定中和之聲，就太常鐘磬擇其可用者用之，其不可修者則別製。中華書局一九五七年縮印精裝本《宋會要輯稿》樂三之二一。

章衡藝話（一則）

　　章衡（一〇二五～一〇九九）字子平，浦城（今福建浦城）人。嘉祐二年進士第一，通判湖州。進集賢院，改鹽鐵判官，同修起居注。出知汝州、潁州。熙寧初，還判太常寺。出知鄭州。復判太常寺，知審官西院，判吏部流內銓。未幾，知通進銀臺司，直舍人院。出知澶州，徙成德軍。元豐四年，坐事免官。元祐中，歷知秀、襄、河陽、曹、蘇、揚、廬、宣、潁諸州府。元符二年卒，年七十五。章衡有史才，嘗患學者不知古今，編撰歷代帝系曰《編年通載》，奏獻之，神宗乙覽而稱善，以爲可冠冕諸史云。

與郭祥正太博帖

　　介來，辱書，並惠《雜言》及新詩一首。啟緘伸讀，感與抃會，怳然若掀雷掣電，霹靂群動，使人魂驚魄悸，何氣質之壯至於此耶！泠然若冰壺雪竇，漱滌萬物，使人骨寒而神，何詞句之清至於此耶！而又揮毫落紙，灑然如龍蛇之蟠蟄，煙雲之捲舒，使人心開而目明，何筆力之精妙至於此耶！下之士，其才性如功甫者，孰爲勍敵哉！

　　鄭毅夫、吾叔表民，及梅聖俞，皆謂功甫爲李謫仙之後身，吾不知謫仙之年如夫子之少時，其標格淵敏已能如此老成否？惜乎賢士大夫未有以功甫之名爲天子道者。予既力弱而言輕，難取信於當世，又不能與之陟虛閣，臨清流，飛大白，笑傲萬物，聽玉聲之琅琅，慊然於中，烏得而已耶！

　　春深氣暄，強飯自愛。不宣。文淵閣四庫全書本《五百家播芳大全文粹》卷六七。

陳舜俞藝話（一則）

陳舜俞（一〇二六～一〇七六）字令舉，湖州烏程（今浙江湖州）人，自號白牛居士。慶曆六年進士，授簽書壽州判官公事。嘉祐四年，復舉制科第一，授著作佐郎，簽書忠正軍節度判官公事。熙寧三年，知山陰縣。以不奉行青苗法，責監南康軍鹽酒稅。八年卒。陳舜俞爲文宗尚古文，指明利弊，陳言無所顧忌，於時務深切著明。現存詩多爲貶謫後所作，氣格疏散。陳舜俞的詩文著述在其歿後由女婿周開祖編爲《都官集》三十卷，南宋慶元間由曾孫陳杞刻於明州郡齋。又有《治説》十卷、《應制策論》一卷，其中《應制策論》已收入現存《都官集》。文集在明代即已佚亡，清四庫館臣自《永樂大典》中輯出詩文，編爲《都官集》十四卷。

説樂

説曰：乾覆坤載，陰陽亭毒，雨膏雷動，草坼木茂，蟄蟲昭蘇，禽魚跳舞，而樂行於天地之間矣。人之爲貴於草木禽獸，而立於天地之中，則又有心知血氣，嬉歌聲吟，感物而動，樂之道形矣。夫物之感人不同，而人之應於物，有喜怒哀樂之變。故其聲喜者發以散，其聲怒者奮以厲，其聲哀者悲以殺，其聲樂者諧以緩，其聲愛者柔以易，其聲惡者憤以起，其聲欲者蕩以亂。此七者非中庸也。

先王知物之感人無窮，而人之聲不能無變，故函之以仁，教之以義，節之以禮，一之以信，使富不期侈，貧不至約，強不併弱，眾不暴寡，天下無不足、疾痛、淫泆之過〔一〕，故其聲發於中和，而無有一物暴戾邪僻干於其間者矣。

夫樂者，五常之正性，而中聲之所止。先王因其聲，故作爲金石、絲竹、匏土、革木以發之，干戚、羽旄、綴兆、疾徐以文之。故曰："功成作樂，治定製禮。"斯禮樂之極致也。

黃帝之《咸池》，少昊之《大淵》，顓頊之《六莖》，帝嚳之《英》，堯之《大章》，舜之《韶》，禹之《夏》，商之《濩》，周之《武》，其名則帝王之殊，其聲則天下中和之聲一也。桀紂爲君，日奏《夏》《濩》，禹湯之道卒不可見，政非禹湯之政，民非禹湯之民。故周衰而《韶》之音猶存，而舜不可見。故仲尼曰："不圖爲樂而至於斯!"桑間濮上之音作,而鄭衛之民亡;鄭衛之民亡,非桑間濮上之音能亡鄭衛也。孟軻曰:"今之樂猶古之樂,王者如好樂,與百姓同之,於王何有?"故君子曰,孟軻可謂知樂。

樂有三:一曰實,二曰文,三曰器。所謂天下樂誼,民皆中聲,樂之實也。所謂干戚羽旄、綴兆疾徐,樂之文也。所謂金石、絲竹、匏土、革木,樂之器也。天下居其實,王者雖未作樂,乃用先王之樂宜於世者。實不存,雖有臣如夔、曠,有舞如《韶》《濩》,君子謂聲存而樂亡矣。

臣伏謂國家德澤滲漉百年矣,民思五代之塗炭,而被朝廷之膏澤,此《韶》《濩》之實也。然今天下承平寖久,十税不弛而民貧,四禁日苛而刑不措,和樂之實闕矣。以一宗二祖之文武,合爲干戚之舞,是謂文不足。雖亦詔儒臣,訪遺逸,較律吕之長短,辨鐘磬之清濁,而且雜是非之異端,參禍福之拘忌,臣不知其爲樂也。然則如之何?曰:先之以實,中之以文,終之以器,則樂之道幸矣。

臣愚不佞,故爲《樂説》。民國三年南城李氏宜秋館刻本《都官集》卷六。

〔一〕泆:原作"失",據文淵閣四庫全書本改。

范純仁藝話（二則）

范純仁（一〇二七～一一〇一）字堯夫，蘇州（今江蘇蘇州）人，仲淹次子。皇祐元年進士及第。父死乃出仕，知汝州襄城縣，簽書許州觀察判官事，知襄邑縣。治平元年爲江東轉運判官，擢殿中侍御史，出通判安州，改蘄州，歷京西提點刑獄，京西、陝西轉運副使。召拜兵部員外郎、兼起居舍人、同知諫院，加直集賢院、同修起居注，改判國子監。因反對王安石變法，出知河中府，徙成都路轉運使，左遷知利州、慶州，黜知信陽軍，移齊州。乞罷，提舉西京留司御史臺，再知河中。哲宗立，復知慶州，召除給事中，進吏部尚書、同知樞密院事。元祐三年，拜尚書右僕射兼中書侍郎。出知潁昌府、太原府，徙河南。八年，復拜右僕射。再出知潁昌府。忤章惇意，累貶永州安置。徽宗立，歸許養疾。建中靖國元年卒，年七十五，謚忠宣。純仁幼從父誨，與孫復、石介、胡旦、李覯等名士遊，爲人平易忠恕。詩多名句，語意清新，富於韻味。爲文無長語。所上奏疏，論事切直，婉轉暢達，無過激之辭。著有文集二十卷、《臺諫論事》五卷、《邊防奏議》二十卷。文集於南宋嘉定間由沈圻刊印，遂爲定本，歷代遞有刊修，現存《范忠宣公集》二十卷。

一　和韓子文題王摩詰畫寒林

摩詰傳遺跡，家藏久自奇。高人不復見，絕藝更誰師？水石生寒早，煙雲結雨遲。筆端窮造化，聊可敵君詩。文淵閣四庫全書本《范忠宣集》卷二。

二　題潞公翰墨卷後

四朝勳業載旂常，九十精神正壽康。燕翼自當傳百世，豈徒書法付諸郎。《范忠宣集》卷五。

王欽臣藝話（一三則）

王欽臣（生卒年不詳）字仲至，應天宋城（今河南商丘）人。王洙子。以父蔭入官，文彥博薦試學士院，賜進士及第。歷陝西轉運副使，元祐初，爲工部員外郎，進太僕少卿，遷秘書少監。改集賢殿修撰、出知和州，徙饒州，提舉太平觀。徽宗立，復待制，知成德軍。卒，年六十七。欽臣家藏書數萬卷，手自校正。博學善爲文，尤工詩。著有詩十卷。《直齋書錄解題》卷二〇又著錄其有《廣諷咏集》五卷，今不存。另有《王氏談錄》一卷，但是否爲其所作存疑，姑置於此。

次韻蘇子由詠李伯時所藏韓幹馬

天閑不遇頭亦垂，真性本不求青絲。由來奇骨類奇士，立爻俱似囊中錐。鳳頭初踏葱嶺至，繡膊東由青海馳。春風宛轉玉鐙，晚日照耀黃金羈。李侯對此意匠發，造物真比豪端奇。方歎之相豈可擬，顛倒未免雄稱雌。翰林相繼寫高韻，何止羊何共和之。玉花照夜古稱美，顏色乃是論其叉。固知神俊不易寫，心與道合方能知。文章書畫固一理，不見摩詰前身應畫師。文淵閣四庫全書本《聲畫集》卷七。

《王氏談錄》（選錄 一二則）

隸書

公素不習隸書，初但微作八分。皇祐中，受詔書獻穆公主碑，李氏求以古隸寫，於是始作隸書，既出，人競愛。宋丞相曰：“近世人家栢楹之刻所未及也。”君謨亦云：“君之隸字乃得漢世舊法，僕之所作，但唐謂一本作體。隸耳。”

筆法

公言：用筆須圓勁，結體須作方正，然後以奇古爲工。皇祐中受詔，與君謨分寫邇英閣二圖，公書《無逸篇》，君謨真字書《孝經》。既成，上作飛白二軸答之。後又受詔，分寫集禧觀諸殿榜，公書奉福、虛福殿二榜，君謨書神藻殿二榜。

筆法

江南李主及二徐傳二王撥鐙筆法，中朝士人吳遵義、待詔尹希古悉得之。吳尤以爲秘，所傳二人與范宗傑而已。其法五字："擫、厭、抵、勾、揭。"吳又云："更有二字曰：蹲送。蹲送者，蹲鋒迎送之謂耳。"若作一字，必從腕勢中出之。吳笑曰："然。"

繪事後素

公言：繪事後素，即《考工記》所謂後素工也。

李廷珪墨

公性尤愛墨，持玩不厭，几案牀枕間往往置之。常以柔軟物磨拭，發其光色，至用衣袖，畧無所惜。慶曆中，人有持廷珪墨十九求售，從子參預，託公草文字，恐溷其思，遽令麾去。公後聞之，極爲歎惜。後此墨尤難得，而屢以萬錢市一丸，其品乃有數等，其邽字作下邽之邽者爲上，作圭潔之圭者次之，作珪璧之珪者又次之。其云奚庭圭者，最下。蓋廷珪本燕人，奚初姓，後徙江南，其初未奇，久而益佳，故李主寵其能，賜之姓也。雖名號有高下，其間又自有粗精，亦時有僞作者，人亦多惑。公言：若辨之，當視其背，印云"歙州李廷珪墨"。歙旁州字之左足，與李字之中書，可與子字之足貫，又與廷字之豎書，墨字之右角貫，視之上下相通者爲真。公又自能造墨，在濠梁彭門，常走人取兗州善煤，手自和揉，妙爲形體，蓋光色與廷珪相上下。既成，分遺好事，悉伏其精。嘗以廷珪墨遺君謨，隴西王之子恂謂公曰："聞以墨遺君謨，橐中必闕，請以一丸補之。"

小篆奇古

公亦習古文小篆，嘗謂古文至少，至許慎所不載，及不出孔氏書者，悉後人所造，學之少所根據，小篆源流可究，便於施用。公用筆奇古，慶曆中，士大夫家墓銘蓋多公筆也。今上景祐徽號玉冊，宣獻宋公受詔寫，宋公不習篆，公與代書也。又章郇公受詔書相國寶奎殿，太宗、真宗詩額，亦公代之。

碑額

按：公所書石，隸字則《獻穆公大長公主碑》《曹襄悼碑》《范文正碑》《晏元獻碑》《伊先生隔山庵記》；正字則《張少監墓誌》《濠州四望亭詩》《莊生臺詩》《宋宣獻詩》；書額濠州四望亭、南京御史臺讀易堂、襄州峴山亭、臨芳亭、華嚴寺、羊太傅廟、西京教忠積慶寺、東都李氏閒燕堂、來鶴堂、連亭、篠簝亭、劉氏芸華堂。

《古今樂律通譜》

公洞曉音律，自能辨聲度曲。嘗究今樂之與古樂所由變，而總諸器之同歸，以籍於譜。至如言黃鐘某聲，則屬絃之某抑，按金石之某聲，考筦之某穴，皆衡貫爲表而別之，至於北部諸器亦然，雖不知者，可一視而究，號曰《古今樂律通譜》。又云："今北部樂，乃古之清商遺音。"其論甚詳。

書儀

公言：唐裴、鄭二家書儀，皆云凶書須好紙繕寫，言語哀雅。稽之似非寧戚之義，不若以生紙書之，語言字體質樸爲稱。

論逸少書

公言：每閱王右軍書，覺每帖氣勢各異，此所謂羲之萬紙不同也。

二蘇草隸

二蘇皆工草隸，而舜欽先得名。人或咨公云："二人優劣？"公曰："才翁筆勢勁媚，疑較長也。"

評書

公雅好永禪師書，嘗得古本《千字文》，手自裱背，暇則玩閱，至老不倦。嘗云："今人筆美未能爲書，須結體巧，常侸左方高，氣勢自得遒媚，乃爲佳也。"與蔡君謨在西閣，朝夕評書，君謨每有繕寫，求公指其失，後語公曰："與原叔論書數年，自覺倍精昔時。"人或與公論禪理，公曰："仲尼絶四，毋意、毋必、毋固、毋我，蓋不出是也。"以上文淵閣四庫全書本《王氏談錄》。

王安國藝話（二則）

　　王安國（一〇二八～一〇七四）字平甫，臨川（今江西撫州）人，安石弟。屢舉進士不第。神宗熙寧初，以韓絳舉薦，召試，賜進士及第，除武昌軍節度推官、西京國子監教授。秩滿，授崇文院校書，改秘閣校理。因與呂惠卿有隙，惠卿以鄭俠事證陷之，奪官歸田里。熙寧七年八月卒，年四十七。安國器識磊落，文思敏捷。詩歌格律穩健，風韻秀雅，足以名家；亦能詞。安國逝世後，家人彙集其詩文編爲文集一百卷，《宋史·藝文志》七著錄《王安國集》六十卷、《序言》八卷，似有刪併。詩文大多已佚，今僅存《王校理集》一卷，收入《兩宋名賢小集》。

一　題吳長文得蘭亭康相墓顏魯公斷碑

　　魯公之忠曠世無，吾愛斯人何必書。九原寥寥不可詰，筆法髣髴精神餘。況公於藝自天縱，一字宜用千金摹。想當揮灑笑談際，不復靳惜唯所須。山砠水險勇鑱刻，照耀楚越連秦吳。百年兵火變陵谷，萬里玉石埋榛蕪。時平好事搜遺跡，窮極南北緣崎嶇。耳聞目見畧已盡，疑有斷裂留樵漁。那知數尺翳塵土，洗滌近出都城居。松煤到紙覺飛動，氣象磊落超鍾虞。吳卿獲此喜驚坐，朝昏把翫過明珠。攜來贈客客爲賦，爽邁遠並前賢驅。自云感激得妙理，學入勝處舔勤劬。余聞書史蠃蟠磚，意匠不爲形骸拘。能將聲利瓦礫棄，點畫應手成璠璵。公遭亂世生死俱，見危授命真丈夫。俯仰兵刃猶簪裾，毫端妍醜肯睢盱。試懷局縮較精粗，體勢豈暇煙雲舒。區區技巧尚乃爾，欲鳴道德宜何如。嗟哉荒煙幾日月，豪俊忽徙臨庭除。由來始棄終見取，鑒裁誰敢欺錙銖。物微顯晦亦有待，人生通塞無巧愚。寄謝紛紛馳騖徒，真偽柱以好惡誣。文淵閣四庫全書本《會稽掇英總集》卷三。

二　畫馬跋

　　明皇召幹上南薰殿，問曰："汝奚不師陳閎？"是時閎擅名天下。幹奏曰："臣不願也。"明皇曰："然則汝以何爲師？"幹曰："飛龍殿數萬匹，皆臣師也。"余於是知幹真善畫者。蓋以筆墨之跡，口耳之傳，而臻神妙之品者，古今未之有也。又以爲彼一畫史耳，且能不怵於形勢，而信其所知如此，學士大夫其可愧於幹哉！

所見畫病馬甚膌，疑少陵所謂畫肉不畫骨者，殆於此有遺恨焉。然少陵爲幹讚，則又愛其駿健清新，疑其論曹、韓二人之詞，不能無抑揚耳。善論文者，當知昔人所謂言豈一端而已，因此可以求著書之意。

幹自言不願師陳翃，而少陵以幹爲曹霸弟子，無乃一時傳者失其指歟？惟"丹青不知老將至，富貴於我如浮雲"，則爲知言。蓋中心無蔽於外物，然後有見於理，此不易之論，而莊生所謂槃礡臝者是已。歷代詩話續編本《艇齋詩話》。

吕陶藝話（二則）

吕陶（一〇二八～一一〇四）字元均，號净德，成都（今四川成都）人。皇祐四年進士及第，調銅梁縣令。英宗治平中，知太原壽陽縣，知太原府唐介辟爲簽書判官。熙寧三年，應制科試，於御試策中歷數新法之過，雖入等，僅得通判蜀州。熙寧末，知彭州，屢上書言禁榷蜀茶之弊，責監懷安商稅。元豐末，起知廣安軍，召爲司門郎中。元祐元年，擢殿中侍御史，力主廢熙、豐之法，貶黜當時之臣，遷左諫議大夫，歷梓州、淮西、成都府路轉運副使。元祐七年召還，任起居舍人，遷中書舍人。奉使契丹回，進給事中。哲宗親政，以集賢院學士出知陳、河陽、潞州。紹聖三年，坐元祐黨籍被貶，提舉潭州南嶽廟。元符三年，提舉成都玉局觀，差知邛州，改梓州。崇寧元年，致仕，次年卒，年七十七。吕陶文章以奏議見長，大多暢達剴切，洞悉事機，識慮深遠，有賈誼之風。其詩亦多典雅可觀。著有《吕陶集》，原集已佚，四庫館臣自《永樂大典》輯出詩文，編爲《净德集》三十八卷。

一　焦夫子畫

予不見夫子之身，不知夫子何如人。但見藴之爲之贊，與可筆其神。二公規鑒少許與，獨於夫子何勤勤。意是抱道者，有志不得伸。潔操蜀江泉，棲心岷嶺雲。野飯有藜糝，濁杯無醽醇。平居不荷蓧，來者莫問津。笑歌千古已白日，睥睨六合皆紅塵。氣貌特怪陋，意味尤酸辛。破褐聊被體，如敝履之安貧。爬癢頗適興，如捫虱之自珍。五六十載一邑間，安寧冠亂昏復晨。世累不我及，浩然保天眞。上問西南維，是古多隱淪。令伯純好任公賢，風範皆足師吾民。仲元高明君平晦，聲跡長共日月新。當時傳公議，後世仰嘉問。夫子雖不達，見於繪像詩與文。清標可想味，素節難等倫。從此千萬年，焜燿寂寞濱。文淵閣四庫全書本《净德集》卷三十一。

二　文與可畫墨竹枯木記

君子之智思能過於人，則事無鉅細，皆足以取高，此衆人所以尊仰欽愛之不已也。

畫者，中有擬象，而發於筆墨之間，苟臻其極，則近見羣物之情狀，遠參造化之功力，自古賢俊，往往能之，蓋取其如此歟！

與可之於墨竹枯木，世之好事者皆知而貴，子瞻嘗謂盡得其理，固不妄也。頃年來成都，畫此兩物於嘉祐長老紀師之方丈，紀師寶之，以誇識者，乃西州僧舍勝事之一也。與可在文館二十年，其材可巨用，將老矣，尚恂恂小州，陶中之蘊，曾不少露，通塞榮悴，無一毫冒諸心。名教至樂之餘，時作墨竹枯木一二，以寓其幽懷遠趣，真所謂粹靜君子也，豈特筆墨之間有以過人哉！知則語其大，不知則語其小，知不知於與可何損益耶！此可與高爽明達者言，不可與鄙闇道也。熙寧八年六月十日記。文津閣四庫全書本《淨德集》卷一四。

徐積藝話（三則）

徐積（一〇二八～一一〇三）字仲車，楚州山陽（今江蘇淮安）人。早年嘗從胡瑗學。治平二年，登進士第。中年患疾，耳聵不能出仕，屏處鄉里，而四方事無不知曉。元祐初，以近臣舉薦，授揚州司戶參軍、楚州教授。轉和州防禦推官，改宣德郎。崇寧二年，監西京嵩山中嶽廟。卒，年七十六。政和六年，賜諡節孝處士。徐積詩文則怪而放，如玉川子，後人對其詩文評價頗有差異。著有《節孝集》二十卷，現存《節孝先生文集》三十卷，附《語錄》一卷、《事實》一卷。

一　酬李道源彈琴之句二首（選一）

漫翁來索詩千首，須與古人沽美酒。近來聲調大尋常，不知得似陽春否。漫翁教我歌云何，水遠山長春思多。安得桓伊吹短笛，共君慷慨一時歌。文淵閣四庫全書本《節孝集》卷四。

二　李陽冰篆

書之有古篆，文之有六經。秦漢而下浸以徙，隸學蓁路生重扃。其間述者亦世出，牛蹄之水纔一泓。先生之志在復古，胸中直氣何森森。獨乘騏驥追大朴，執縛浮銳攮檃栝。手中一筆千萬變，天風號令驅雷霆。地蟠蠖屈體既具，鶚立虎視勢乃成。剛柔伸屈有常勢，天地之道陽與陰。傑然出者其勢聳，嶽仞五千磨太清。盤然屈者非一屈，黃河九折來滄溟。麗然一畫勢自若，老將堅卧中軍營。至於一點亦有象，地丘人目天之星。先生大體貴淳古，輕輕重重齊權衡。周家太師負黼扆，高冠大斾朝王庭。唐虞二帝正揖讓，皋夔稷契環兩楹。聖人作樂有大本，剔抉滛哇完古音。大匠作室以規矩，悉去觚斛除斜撐。專車骨節世不朽，今乃一縱而一橫。巨靈以手遏大難，印入山骨磨不平。雄恢嚴毅不可犯，手中常握十萬兵。信乎創字自有說，宜必象形而象聲。天地之大有萬象，萬象不能遁其情。嗚呼篆法乃如此，大哉剛健純粹精。走獸之類爲麒麟，飛鳥之類爲鶄鵬。蹊徑之類爲大路，垣牆之類爲堅城。以德論之爲聖人，以法論之爲朝廷。傍睨衆字乃可笑，太山之重鴻毛輕。亡國之主好逸豫，兒女子輩多驕淫。聖人之後惟孟子，古篆之後唯陽冰。金渾玉璞天下寶，嗟乎世俗多聾盲。欲行古道世輒笑，欲言古道世輒驚。志之所之在一賦，斗筲之器徒易盈。雕蟲篆刻滿天下，不矜實行矜虛名。六經塵土塞高閣，聖人之道成坎坑。況乎古篆固可棄，胡爲獨好於先生。《節孝集》卷十四。

三　舞馬詩並序（節錄）

唐明皇時，嘗令教舞馬四百蹄，爲左右部，因謂之某家驕。其曲謂之《傾杯樂》者凡數十曲，奮首鼓尾，縱橫應節。樂工數十人，衣淡黃衫，文玉帶，立於馬左右前後。或施榻一層，或令壯士舉一榻，而馬舞於其上。又飾其鬃鬣，衣以文繡，絡以金鈴，雜以珠玉之類，其窮懽極侈如此。余讀《唐書》，感天寶之亂，於是作《舞馬詩》云。《節孝集》卷二十二。

沈遘藝話（一則）

沈遘（一〇二八～一〇六七）字文通，杭州錢塘（今浙江杭州）人。皇祐元年進士及第，除大理評事，通判江寧府。歸奏《本治論》十篇，仁宗稱賞，遷秘書省著作佐郎，召爲集賢校理，判登聞鼓院，擢三司度支判官。遷同修起居注，召試知制誥。出知越州，徙杭州。英宗即位，召還，勾當三班院，兼提舉兵部司封官告院，兼判集賢院。以龍圖閣直學士權知開封府。拜翰林學士、知制誥，兼判吏部流內銓。丁母憂，廬墓下，服未竟而卒，年四十。沈遘家藏書數萬卷，博覽强記，文辭敏贍，長於議論。著有《西溪集》十卷，南宋人將他與沈括、沈遼三人詩文合刊爲一集，稱《沈氏三先生文集》。

是日觀畫以畫爲題得胡瓌馬

古來畫馬爲世貴，前有韓幹後胡瓌。幹之所圖獨御早，鑄金有式易爲好。瓌閱衆馬兼漢胡，遂窮能事絕代無。陰山七騎實瓌造，傳之至今爲畫寶。筆端神妙難盡譽，去聲。會見真馬騰在圖。真馬今人亦何識，但愛幹馬肥且澤。後世復有伯樂生，丹青雖渝尚典刑。文淵閣四庫全書本《西溪集》卷一。

蒲宗孟藝話（一則）

蒲宗孟（一〇二二～一〇八八）字傳正，閬州新井（今四川南部縣西南）人。皇祐五年第進士，調夔州觀察推官。熙寧元年，改著作佐郎，召試學士院，授館閣校勘、檢正中書戶房兼修條例，進集賢校理。七年，奉命察訪荊湖兩路，奏罷辰、沅役錢及湖南丁賦，助呂惠卿制定手實法。九年，同修起居注、直舍人院、知制誥。神宗稱其史才，命同修仁、英兩朝國史，爲翰林學士兼侍讀。元豐五年，拜尚書左丞。次年罷知汝州。加資政殿學士，歷知亳、杭、鄆三州、河中府。元祐四年，御史劾其爲政慘酷，奪職黜知虢州。後復職知河中、永興、大名。元祐八年卒，年六十六，諡恭敏。元袁桷《書蒲左丞帖》謂其"文學政事，熙寧、元豐時號爲名流"。著有文集五十卷、奏議二十卷，又嘗集六朝以來賦詠錢塘詩三千餘首，編爲三十卷，均已佚。

兩朝國史論樂

世號太常爲雅樂，而未嘗施於燕享，豈以正聲爲不美聽哉？夫樂者，樂也，其道雖微妙難知，至於奏之而使人悅豫和平，此不待知音而後能也。

嘗竊觀於太常，其樂縣鐘磬塤篪搏拊之器，與夫舞綴羽籥干戚之制，蓋皆倣諸古矣。逮振作之，則聽者不知爲樂，而觀者厭焉。豈所謂古樂，其聲直若此哉？

孔子惡鄭，恐其亂雅樂之聲者似是而非也。孟子亦曰："今樂猶古樂。"然今太常獨與教坊樂音殊絕，何哉？昔者李照、胡瑗、阮逸改鑄鐘磬，處士徐復笑之曰："聖人寓器以聲，不先求其聲，而更其器，其可用乎？"照、瑗、逸製作久之，卒無成。蜀人房庶亦深訂其非是，因著書論古樂與今樂亦未不遠。其大略以謂：上古世質，器與聲樸，後世稍變焉。金、石，鐘、磬也，後世易之爲方響；絲、竹，簫、琴也，後世變之爲箏、笛；匏，笙也，攢之以斗；塤，土也，變而爲甌；革，麻料也，擊而爲鼓；木，柷、敔也，貫之爲板。此八音者於世甚便，而不達者指廟樂鑄鐘、鑄磬、宮軒爲正聲，而概謂胡部、鹵部爲淫聲，殊不知大輅起於椎輪，龍艘生於落葉，其變則然也。古者以俎豆食，後世易之以梧盂；古者簞席以爲安，後世更之以榻案。雖使聖人復生，不能捨梧盂榻案，而復俎豆簞席之質也，然則八音之器豈異於此哉！

孔子曰："放鄭聲。"鄭聲淫者，豈以其器不若古哉？亦疾其聲之變爾。試使知樂者由今之器，寄古之聲，去其㴱懘靡曼，而歸之中和雅正，則感人心，導和氣，不曰治世之音乎？然則世所謂雅樂者，未必如古，而教坊所奏，豈盡爲淫聲哉？數子紛紛改製鐘律，而復、庶之論，指意獨如此，故綴其語存之，以俟知音者焉。中華書局校點本《續資治通鑑長編》卷一七五原注引。

吴觌藝話（一則）

吴觌（生卒年不詳），江陵（今湖北江陵）人。仁宗嘉祐年間通判泉州。

韓左軍馬圖卷

韓公畫馬稱神筆，矯首昂藏山鬼泣。眼明見此飲馬圖，乃知馭度不可軼。定嫌昔日徐庾體，渴驥奔泉超法律。騏驥騄駬志千里，屹立天閑甘伏櫪。氣勢相宜適操縱，肉骨兼勻稱肥瘠。世人但以驪黄求，翠駁三花煩剪剔。若論右軍愛鵞趣，支公愛馬應成癖。山陰道士不換經，已悟《黄庭》養生術。持將此卷參馬祖，待須一口西江吸。文淵閣四庫全書本《式古堂書畫彙考》卷三十九。

張唐英藝話（二則）

張唐英（一〇二九～一〇七一）字次功，一作次公，自號黃松子，蜀州新津（今四川新津）人，張商英兄。慶曆三年進士，調渝州掾。上《興王正議》五十篇，翰林學士孫夢得奇其文，舉薦應賢良方正科試。再調歸州獄掾，襄州穀城縣令，作《諭民》十篇，以警風俗。改著作佐郎。英宗即位，轉秘書丞。明年，轉太常博士。神宗即位，轉屯田員外郎。熙寧二年，除殿中侍御史裏行。四年六月卒，年四十三。張唐英有史才，張商英評其文"感慨以吐其憤，浩蕩以快其思，曠達以疏其情，清苦以斂其氣"（《寧魂辭》）。其現存散文多史論，《朋黨論》《近侍論》有借古諷今之意。著有《宋名臣傳》五卷、《唐史發潛》六卷、《君臣政要》四十三卷、《蜀檮杌》十卷。今僅存《蜀檮杌》二卷。

《蜀檮杌》（選錄 二則）

（乾德）五年三月上巳，宴怡神亭，婦女雜坐，夜分而罷。（王）衍自執板，唱《霓裳羽衣》及《後庭花》《思越人》曲。四月，遊浣花溪，龍舟綵舫，十里綿亘。自百花潭至萬里橋，遊人士女，珠翠夾岸。日正午，暴風起，須臾雷電冥晦。有白魚自江心躍起，變爲蛟形，騰空而去。是日，溺者數千人。衍懼，即時還宮。重陽，宴群臣於宣華苑，夜分未罷。衍自唱韓琮《柳枝詞》曰："梁苑隋堤事已空，萬條猶舞舊東風。何須思想千年事，誰見楊花入漢宮。"內侍宋光溥詠胡曾詩曰："吳王恃霸棄雄才，貪向姑蘇醉綠醅。不覺錢塘江上月，一宵西送越兵來。"衍聞之不樂，於是罷宴。文淵閣四庫全書本《蜀檮杌》卷上。

（廣政）十四年春，周高祖即位，改元廣順。三月，宴後苑，放士庶入觀。時徘優有唱《康老子》者，（孟）昶問李昊等其曲所出，昊不能對。徐光溥曰："康老而無子，故製此曲。"唐英按：老子即長安富家子。開元中，落拓不事生業，好與梨園樂工遊，一旦家資蕩盡，窮悴而卒。樂工歎之，因爲此曲。又一名曰《得至寶》。光溥不知而妄對也。《蜀檮杌》卷下。

祖無頗藝話（一則）

祖無頗（一〇二九~一〇九三）字夷言，上蔡（今河南上蔡西南）人，無擇弟。初以父蔭補官，授河南永安尉，遷江陵府法曹，歷知渠江、寧德縣。後舉進士，歷任大理寺丞、太子中舍、國子博士、通判登州。熙寧初，以虞部員外郎通判婺州，攝治吳興郡。元豐間，以朝散郎爲九江守，權罰封府推官。知潁、鄆二州。後提點利州、福建二路刑獄。元祐八年卒，年六十五。

跋韓熙載《夜宴圖》

南唐中書侍郎韓公熙載，後主時知國阼將廢，放懷盃酒間以自汙。後主欲用爲相，而聞縱逸不檢，每伺其家宴，令畫工顧宏中丹青以進。其卷首即與公門生朱銑紫微、印粲狀元及教坊副使李嘉明，並其妹按胡琴，又公自擊鼓，妓王屋山舞六么。

王屋山俊慧非常，公最憐愛。每醉，須樂聒之乃醒。幼令二婢出家，號"凝酥"、"素質"。後主復信小人之譖，遂黜公，以左庶子分司南京。受命日，盡逐羣婢，單車即路。後主憐之，留爲尚書。不數日，群婢復集，飲逸愈甚。後主歎曰："孤不得熙載爲相矣。"既而薨於私第，後主泣之慟，贈平章事，諡曰"文"。

元豐己未孟夏二十日，洛陽祖無頗題。宜秋館刊本《龍學文集》卷一六。

俞紫芝藝話（一則）

俞紫芝（生卒年不詳）字秀老，金華（今浙江金華）人。流寓江淮間，不事科舉，不娶妻子，與王安石、黃庭堅、秦觀爲文字友。卒於元祐初。詩歌清逸秀雅，王安石居鍾山，尤愛重之。

山中琴興

野客調琴玉一枝，薰風滋味自家知。夜深斷送鶴先睡，彈到山空月落時。文淵閣四庫全書本《竹莊詩話》卷十八。

劉摯藝話（二則）

劉摯（一〇三〇～一〇九八）字莘老，永靜東光（今河北東光）人，十歲而孤，就學於東平，遂居焉。嘉祐四年，擢進士甲科，試冀州南宮令。與信都令李冲、清河令黃莘皆以治行聞，人稱"河朔三令"。佚江陵觀察推官。治平中，韓琦薦爲館閣校勘。王安石亦器之，擢爲檢正中書禮房、監察御史裏行。上疏極論新法不便，謫監衡州鹽倉。簽書南京判官，召爲同知太常禮院。元豐初，改集賢校理、大宗正丞，爲開封府推官。除禮部郎中，遷右司郎中，知渭州。哲宗即位，召爲吏部郎中，擢侍御史，以正色彈劾，多所罷黜，時人比之包拯、吕誨。元祐元年，爲御史中丞，拜尚書右丞，連進左丞、中書侍郎，門下侍郎。六年，拜尚書右僕射。時朝廷黨爭激烈，劉摯被視爲朔黨，爲言者羅織，罷政出知鄆州。七年，徙大名，再徙青州。紹聖初，奪職，貶知黃州，再貶分司南京、蘄州居住。四年，貶鼎州團練副使，新州安置。卒於貶所，年六十八。劉摯素性峭直，有氣節，通達明鋭，觸機輒發，無所避忌。又喜讀書，自幼及老，未嘗釋卷，少好三《禮》，研習精湛，晚年好《春秋》，辨諸儒異同，得經旨意爲多。劉安世稱其"文章雅健清勁，如其爲人，辭達而止，不爲長語，表章書疏，未嘗假手"（《劉忠肅公文集序》）。亦能詩，具有唐人韻味。其子劉跂集所著奏議、論説、記序、銘誌、詩賦共千餘篇，編爲《忠肅集》四十卷。原本已佚，四庫館臣自《永樂大典》輯爲《忠肅集》二十卷。

一　自福嚴至後洞記柳書彌陀碑（節錄）

亭亭故碑立青玉，覆以老屋疎且攲。常嗟古人不可見，尚喜書法存於斯。世言書字出心畫，體制類彼人所爲。子厚少年頗疎儁，字合飄逸狂不羈。胡爲氣質反端厚，至今觀者多有疑。或云彼以竄逐久，氣志軟熟非前時。又云高才尚薄世，故獨立法無所師。吾嗟世俗日無理，好惡不正論苦畀。臆決萬事豈獨此，此書何愧人不知。碑陰三百四十字，疎瘦勁麗何精奇。九十三人姓名具，陳纘寶歷元年題。云此柳書一碑者，元和三年刊厥辭。至是二月始建立，郡其事者楊與倪。文淵閣四庫全書本《忠肅集》卷十六。

二　易元吉畫猿

　　槲林秋葉青玉繁，枝間倒挂秋山猿。古面睢盱露瘦月，氀毛勻膩舒玄雲。老猿顧子稍留滯，小猿引臂勞攀援。坐疑跳躑避人去，彷彿悲嘯生壁間。巴山楚峽幾千里，寒巖數丈移秋軒。渺然獨起林壑志，平生願得與彼羣。吾知畫者古有説，神鬼爲易犬馬難。物之有象衆所識，難以僞筆淆其真。傳聞易生近已死，此筆遂絕無幾存。安得千金買遺紙，真僞常與識者論。案：此詩據《聲畫集》補入。　《忠肅集》卷十六。

沈括藝話（三七則）

沈括（一〇三一～一〇九五）字存中。杭州錢塘（今浙江杭州）人。嘉祐八年進士。英宗治平三年，爲館閣校勘。熙寧中參與王安石變法。歷檢正中書刑房公事、提舉司天監，遷集賢校理、同修起居注，擢知制誥兼知通進銀臺司。熙寧七年爲河北西路察訪使。次年出使遼國，力斥其奪地之謀。遷翰林學士、權三司使。熙寧末，因事降知宣州。元豐三年，除鄜延路經略使、知延州。五年，坐首議築永樂城，責授均州團練副使，隨州安置。元祐初徙秀州，晚年居潤州夢溪園。紹聖二年卒，年六十五。沈括博學多才，於天文、地理、律曆、音樂、醫藥、術數，以至朝廷典章、錢糧貿易，無所不通，其所著《夢溪筆談》被英國著名學者李約瑟譽爲"中國科技史上的坐標"。擅長爲文，《四庫全書總目》卷一五四謂其"學有根柢，所作亦宏贍淹雅，具有典則。其四六表啓，尤凝重不佻，有古作者之遺範"。著有文集《長興集》四十一卷，南宋時收入《沈氏三先生集》，今已有闕佚，現存十九卷。

一　上歐陽參政書

參政侍郎閣下：自周公之沒至於今千有餘歲，其間可以有爲於天下殆不過二三人。二三人者不可得而待，而又皆無可行之位與其時。使得其人而又幸有其時與位，天下知之，如周公之於成王，則將如何而堃之？其所以舉天下之政，亦必自其大者，而後至於無所不舉也。

凡世之有益於用之物，一有不備者，人皆知其闕。禮樂在天下爲用最大，寂然千有餘歲，而天下之人未嘗謂之闕者，人之所望於聖人者意已絕，不復萌於心，則若初未嘗有禮樂者。既絕於心，又未嘗講於視聽，則其謂之無異而棄之必然。禮樂之教，幾何其不終廢也！

伏惟閣下獨立一世，爲天下之師三十餘年矣。其養育賢才，風動天下，未有不如其意。所未能必者，天下之時與朝廷之位，則今既又得之矣。以其不可得而待於古者而遇於今，而又有其時與位，天下之所望於閣下，閣下所以自處，某愚淺，不敢縣定於心，抑將舉天下之政必自其大者，則禮樂宜已在閣下之所先久矣。

然觀古者至治之時，法度文章大備極盛，後世無不取法。至於技巧器械，大小尺寸，黑黃蒼赤，豈能盡出於聖人？百工、群有司、市井、田野之人莫不預焉，其卒使天下之材不遺，而至於大備極盛，後世無不取法，在所用之何如耳。

某嘗得古之樂說，習而通之。其聲音之所出，法度之所施，與夫先聖人作樂之意粗皆領略，成書一通，亦百工、群有司之一技，不敢嘿而不獻。非敢以爲是也，蓋以謂必欲盡天下之議，則荒唐悠謬之論亦將有來獻者也。光緒二十二年浙江書局刻《沈氏三先生文集》本《長興集》卷一九。

二　與蔡內翰論樂書

史館內翰閣下：昔周之盛也，《清廟》《大明》之音作於上，《武》《象》《南》《籥》之樂興於庭，《魚麗》《鹿鳴》《關雎》《貍首》之聲塞於天地之間。嘉祥美物備至，而天下風教習俗皆寬舒廣裕，蔚然號爲至平極治之時。

及其亡也，樂師、瞽矇抱其樂器適楚適齊，或散入於河海。聖人喟然以謂禮樂云者，其關天下盛衰如此。方其時，朝廷士大夫、天下諸侯、群有司之人莫不皆賢才知能之士，而無敢與周公並者，豈不在禮樂其尤乎爲聖人之業也？後世雖有欲治之主，操積安大定之勢，有臣如漢之董仲舒、賈誼，唐之房、杜、魏徵，而卒常以禮樂自愧，士益薄，不及古人，尤以此見也。

本朝百年康治，已有其效，而百姓未覩先王仁聲德澤洋洋之高致。故先皇帝夙夜留意雅樂，而有司相沿故事，未有一定可守之論。獨閣下奮衣超然，遠覽高見，納天下之議，身任先王之大典，斷之於心而不疑。某以謂於此之時，天下之賢者宜各盡其所聞，不肖者相率而聽職乎執簧秉籥下士之列，以發宣讚揚天子之宏業盛事。苟力之所能者，不宜有所辭。又況門下諸生，其望盛德之爲光最親，則身率而聽職者固當先群士以進也。

不幸有職於諸侯，不得攝衣爲諸生之先。謹集其所聞，爲《樂論》一篇，以備有司一端之論。《長興集》卷二〇。

三　與張舍人論樂書（節錄）

某前年始獲進於門下，閣下不以其愚，進而問之以聲音之所出，律呂之所本，度量權衡之所生。浩乎其聽而不知其涯也，茫乎其思而不知其對也。大賢盛德之遇，今雖得之而失之，不在乎不能謀於人，而在乎不能有以合乎上也。雖然，自堅其說，不敢迎謂之不然以疑乎上之人。謂之誠者，必出於此。於是退而集其所聞，爲《樂論》一篇，附使者以獻。有問焉而不敢不盡，蓋小人之忠也。《長興集》卷二〇。

四　與孫侍講論樂書（節錄）

某嘗得古之樂說，思其聲音之所出，法度之所施，與夫先聖人作樂之意，蓋嘗習焉，而未有遇於其間也。竊不疑古人之説，願將受教於門下。《長興集》卷二〇。

五　圖畫歌

畫中最妙言山水，摩詰峯巒兩面起。李戎筆奪造化工，荆浩開圖論千里。范寬石瀾烟林深，枯木關仝極難比。江南董源僧巨然，淡墨輕嵐爲一體。宋廸長於遠與平，王端善作寒江行。克明已往道寧逝，郭熙遂得新來名。花竹翎毛不同等，獨出徐熙入神境。趙昌設色古無如，王友劉常亦堪並。黃筌居寀及譚宏，鷗鷺春葩蜀中景。艾宣孔雀世絶倫，羊仲甫鷄皆妙品。惟有長安易元吉，豈止獐猿人不及。鷴鷹飛動美張涇，番馬胡瓌炎然立。濠梁崔白及崔慤，羣虎屏風供御幄。海河徐易魚水科，鱗鬣如生頗難學。金陵佛像王齊翰，顧德謙名皆雅玩。老曹菩薩各精神，道士李劉俱偉觀。星辰獨尚孫知微，盧氏楞伽亦爲伴。勾龍爽筆夢飄飄，錦里三人共輝煥。西川女子分十眉，宮粧撚銀周昉肥。堯氏擊壤鼓腹笑，滕王蛺蝶相交飛。居寧草蟲名浙右，孤松韋偃稱世稀。韓幹能爲大宛馬，包鼎虎有驚人威。將軍曹霸善圖寫，玉花驄並今傳之。馭人相扶似偶語，老杜詠入丹青詩。少保薛稷扁攻鶴，雜品皆奇怪石恪。戴嵩韓滉能畫牛，小景惠崇烟漠漠。唐僧傳古精畫龍，毫端思與精神通。拏珠奮身奔海窟，鬣如飛火騰虛空。忠恕樓臺真有功，山頭突出華清宮。用及象坤能畫鬼，角嘴鐵面頭蓬鬆。侯翼曾爲五侯圖，海山聚出風雲烏。爾朱先生着儒服，吕翁碧眼長髭鬚。愷之維摩失舊跡，但見累世令人模。探微真跡存一本，甘露板壁狻猊枯。操蛇惡鬼銜火獸，鑿名道子傳注吴。僧繇殿龍點雙目，即時便有雷霆驅。仙翁葛老度溪嶺，瀟灑數幅名仙居。輞川弄水并捕魚，長河亂葦寒疎疎。予家所有將盈車，高下百品難俱書。相點好古雅君子，覘詩觀畫言無虛。文淵閣四庫全書本《畫史會要》卷五。

《夢溪筆談》（選録　二五則）

舊翰林學士地勢清切，皆不兼他務。文館職任，自校理以上，皆有職錢，唯內外制不給。楊大年久爲學士，家貧，請外，表詞千餘言，其間兩聯曰："虛忝甘泉之從臣，終作莫敖之餒鬼。""從者之病莫興，方朔之饑欲死。"京師百官上日，唯翰林學士敕設用樂，他雖宰相，亦無此禮。優伶並開封府點集。陳和叔除學士時，和叔知開封府，遂不用女優。學士院敕設不用女優，自和叔始。文淵閣四庫全書本《夢溪筆談》卷一。

余家有閻博陵畫唐秦府十八學士，各有真讚，亦唐人書，多與舊史不同：姚柬字思廉，舊史姚思廉字簡之。蘇臺、陸元朗、薛莊，《唐書》皆以字爲名。李玄道、蓋文達、于志寧、許敬宗、劉教孫、蔡允恭，《唐書》皆不書字。房玄齡字喬年，《唐書》乃房喬字玄齡。孔穎達字穎達，《唐書》字仲達。蘇典籖名旭，《唐書》乃勖。許敬宗、薛莊官皆直記室，《唐書》乃攝記室。蓋《唐書》成於後人之手，所傳容有訛謬，此乃當時所記也。以舊史考之，魏鄭公對太宗云："目如懸鈴者佳。"則玄齡果名，非字也。然蘇世長，太宗召對玄武門，問云："卿何名長意短？"後乃爲學士，似爲學士時，方更名耳。《夢溪筆談》卷三。

世人畫韓退之，小面而美髯，著紗帽，此乃江南韓熙載耳，尚有當時所畫，題誌甚明。熙載諡文靖，江南人謂之韓文公，因此遂謬以爲退之。退之馳而寡髯。元豐中，以退之從享文宣王廟，郡縣所畫，皆是熙載。後世不復可辨，退之遂爲熙載矣。《夢溪筆談》卷四。

五音宫、商、角爲從聲，徵、羽爲變聲。從謂律從律，呂從呂；變謂以律從呂，以呂從律。故從聲以配君臣民，尊卑有定，不可相踰；變聲以爲事物，則或遇於君，聲無嫌。六律爲君聲，則商、角皆以律應，徵、羽以呂應。六呂爲君聲，則商、角皆以呂應，徵、羽以律應。加變徵，則從變之聲已瀆矣。隋柱國鄭譯始條具之，均轉展相生，爲八十四調，清濁混淆，紛亂無統，競爲新聲。自後又有犯聲、側聲、正殺、寄殺、偏字、傍字、雙字、半字之法，從變之聲無復條理矣。外國之聲，前世自別，爲四夷樂。自唐天寶十三載，始詔法曲與胡部合奏，自此樂奏全失古法，以先王之樂爲雅樂，前世新聲爲清樂，合胡部者爲宴樂，古詩皆詠之，然後以聲依詠以成曲，謂之協律。其志安和則以安和之聲詠之，其志怨思則以怨思之聲詠之。故治世之音安以樂，則詩與志，聲與曲莫不安且樂。亂世之音怨以怒，則詩與志，聲與曲莫不怨以怒。此所以審音而知政也。詩之外又有和聲，則所謂曲也。古樂府皆有聲有詞，連屬書之如曰"賀賀賀何何何"之類，皆和聲也。今管絃之中纏聲亦其遺法也。唐人乃以詞填入曲中，不復用和聲。此格雖云自王涯始，然正元、元和之間爲之者已多，亦有在涯之前者。又小曲有"咸陽沽酒寶釵空"之句，云是李白所製，然《李白集》中有《清平樂》詞四首，獨欠是詩。而《花間集》所載"咸陽沽酒寶釵空"乃云是張泌所爲，莫知孰是也。今聲詞相從，唯里巷間歌謠及《陽關》《擣練》之類稍類舊俗，然唐人填曲多詠其曲名，所以哀樂與聲尚相諧會。今人則不復知其聲矣，哀聲而歌樂詞，樂聲而歌怨詞，故語雖切而不能感動人情，由聲與意不相諧故也。

《盧氏雜記》："韓皋謂嵇康琴曲有《廣陵散》者，以王凌、毌丘儉輩皆自廣陵敗散，言魏散亡自廣陵始，故名其曲曰《廣陵散》。"以予考之，"散"自是曲名，如操、弄、摻、淡、序、引之類。故潘岳《笙賦》："輟張女之哀彈，流廣陵之名散。"又應璩《與劉孔才書》云："聽廣陵之清散。"知"散"爲曲名明矣。或者康借此名以諫諷時事，"散"取曲名，"廣陵"乃其所命，相附爲義耳。以上《夢溪筆談》卷五。

慶曆中，予在金陵，有饗人以一方石鎮肉，視之，若有鐫刻。試取石洗濯，乃宋海陵王墓銘，謝朓撰並書，其字如鍾繇，極可愛。予攜之十餘年，文思副使夏元昭借去，遂託以墜水，今不知落何處。此銘朓集中不載，今録於此："中樞誕聖，膺歷受命，於穆二祖，天臨海鏡。顯允世宗，溫文著性。三善有聲，四國無競。嗣德方衰，時唯介弟。景祚云及，多難攸啟。載騾載獵，高闢代邸。庶辟欣欣，威儀濟濟。亦既負扆，言觀帝則。正位恭己，臨朝淵嘿。虔思寶締，負荷非克。敬順天人，高遜明德。西光已謝，烑旭又良。龍蠁夕儼，葆挽晨鑣。風摇草色，日照松光。春秋非我，晚夜何長。"《夢溪筆談》卷十五。

藏書畫者，多取空名。偶傳爲鍾、王、顧、陸之筆，見者爭售，此所謂耳鑒。又有觀畫而以手摸之，相傳以謂色不隱指者爲佳畫，此又在耳鑒之下，謂之"揣骨聽聲"。歐陽公嘗得一古畫牡丹叢，其下有一貓，未知其精粗。丞相正肅吴公與歐公姻家，一見曰："此正午牡丹也。何以明之？其花披哆而色燥，此日中時花也；貓眼黑睛如線，此正午貓眼也。有帶露花，則房斂而色澤。貓眼早暮則睛圓，日漸中狹長，正午則如一線耳。"此亦善求古人心意也。

相國寺舊畫壁，乃高益之筆。有畫衆工奏樂一堵，最有意。人多病擁琵琶者誤撥下絃，衆管皆發"四"字。琵琶"四"字在上絃，此撥乃掩下絃，誤也。予以謂非誤也，蓋管以發指爲聲，琵琶以撥過爲聲，此撥掩下絃，則聲在上絃也。益之布置尚能如此，其心匠可知。

書畫之妙，當以神會難，可以形器求也。世觀畫者，多能指摘其間形象位置、彩色瑕疵而已，至於奥理冥造者，罕見其人。如彥遠《畫評》言王維畫物多不問四時，如畫花往往以桃、杏、芙蓉、蓮花同畫一景。予家所藏摩詰畫《袁安臥雪圖》，有雪中芭蕉，此乃得心應手，意到便成，故其理入神，迥得天意。此難可與俗人論也。謝赫云："衛恊之畫，雖不該備形妙，而有氣韻，陵跨羣雄，曠代絶筆。"又歐文忠《盤車圖詩》云："古畫畫意不畫形，吾詩詠物無隱情。忘形得意知者寡，不若見詩如見畫。"此真爲識也。

王仲至閲吾家畫，最愛王維畫《黃梅出山圖》，蓋其所圖黃梅、曹溪二人，氣韻神檢，皆如其爲人。讀二人事跡，還觀所畫，可以想見其人。

《國史補》言："客有以《按樂圖》示王維，維曰：'此《霓裳》第三疊第一拍也。'客未然，引工按曲，乃信。"此好奇者爲之。凡畫奏樂，止能畫一聲，不過金石管絃同用一字耳，何曲無此聲，豈獨《霓裳》第三疊第一拍也？或疑舞節及他舉動拍法中，别有奇聲可驗，此亦未然。《霓裳》曲凡十三疊，前六疊無拍，至第七疊方謂之疊遍，自此始有拍而舞作。故白樂天詩云："中序擘騞初入拍。"中序即第七疊也，第三疊安得有拍？但言"第三疊第一拍"，即其妄也。或説嘗有人觀畫《彈棋圖》，曰：

"此彈《廣陵散》。"此或可信。《廣陵散》中有數聲，他曲皆無，如撥攦聲之類是也。

　　畫牛、虎皆畫毛，惟馬不畫毛。予嘗以問畫工，工言："馬毛細，不可畫。"予難之曰："鼠毛更細，何故却畫？"不能對。大凡畫馬，其大不過盈尺，此乃以大爲小，所以毛細而不可畫。鼠乃如其大，自當畫毛。然牛、虎亦是，以大爲小，理亦不應見毛。但牛、虎深毛，馬淺毛，理須有別，故名輩爲小牛、小虎雖畫毛，但畧拂拭而已。若務詳密，翻成冗長；約畧拂拭，自有神觀。迥然生動難，可與俗人論也。若畫馬如牛、虎之大者，理當畫毛。蓋見小馬無毛，遂亦不畫，此庸人襲跡，非可與論理也。又李成畫山上亭舘及樓塔之類，皆仰畫飛簷。其說以謂自下望上，如人平地望塔簷間，見其榱桷。此論非也。大都山水之法，蓋以大觀小，如人觀假山耳。若同真山之法，以下望上，只合見一重山，豈可重重悉見，兼不應見其谿谷間事。又如屋舍，亦不應見中庭及後巷中事。若人在東立，則山西便合是遠境；人在西立，則山東却合是遠境。似此，如何成畫？李君蓋不知以大觀小之法，其間折高折遠，自有妙理，豈在掀屋角也！

　　畫工畫佛身光，有匾圓如扇者，身側則光亦側，此大謬也。渠但見雕木佛耳，不知此常圓也。又有畫行佛光尾向後，謂之順風光，此亦謬也。佛光乃定果之光，雖刧風不可動，豈常風能搖哉！

　　度支員外郎宋迪工畫，尤善爲平遠山水。其得意者，有《平沙鴈落》《遠浦帆歸》《山市晴嵐》《江天暮雪》《洞庭秋月》《瀟湘夜雨》《煙寺晚鐘》《漁村落照》，謂之八景，好事者多傳之。往歲，小窑村陳用之善畫，迪見其畫山水，謂用之曰："汝畫信工，但少天趣。"用之深伏其言，曰："常患其不及古人者，正在於此。"迪曰："此不難耳。汝先當求一敗牆，張絹素訖，倚之敗牆之上，朝夕觀之。觀之既久，隔素見敗墻之上，高平曲折皆成山水之象。心存目想，高者爲山，下者爲水，坎者爲谷，缺者爲澗，顯者爲近，晦者爲遠。神領意造，恍然見其有人禽草木飛動往來之象，了然在目。則隨意命筆，默以神會，自然境皆天就，不類人爲，是謂活筆。"用之自此畫格得進。

　　古文自變隸，其法已錯亂。後轉爲楷字，愈益訛舛，殆不可考。如言有口爲吳，無口爲天。按字書，"吳"字本從口、從矢，音按。非天字也。此固近世謬從楷法言之。至如兩漢篆文尚未廢，亦有可疑者。如漢武帝以隱語召東方朔云："先生來來。"解云："來來，棗也。"按：棗字從來，音刺。不從來，此或是後人所傳，非當時語。如卯金刀爲劉，貨泉爲白冰真人，此則出於緯書，乃漢人之語。按劉字從丣，音酉。從金，如桺、聊、畱從丣，非卯字也。貨從貝，真乃從具，亦非一法。不知何緣如此字？書與本史所記，必有一誤也。

唐韓偓爲詩極清麗，有手寫詩百餘篇，在其四世孫奕處。偓天復中避地泉州之南安縣，子孫遂家焉。慶歷中，予過南安，見奕出其手集，字極淳勁可愛。後數年，奕詣闕獻之。以忠臣之後得司士參軍，終於殿中丞。又予在京師，見偓《送僧光上人詩》，亦墨跡也，與此無異。

江南徐鉉善小篆，映日視之，畫之中心有一縷濃墨正當其中，至於屈折處，亦當中，無有偏側處，乃筆鋒直下不倒側，故鋒常在畫中。此用筆之法也。鉉嘗自謂："吾晚年始得匾之法。凡小篆喜瘦而長，匾之法非老筆不能也。"

《名畫錄》："吳道子嘗畫佛，留其圓光，當大會中，對萬衆舉手一揮，圓中運規，觀者莫不驚呼。"畫家爲之自有法，但以肩倚壁，盡臂揮之，自然中規。其筆畫之麤細，則以一指拒壁以爲準，自然均勻，此無足奇。道子妙處不在於此，徒驚俗眼耳。

晉、宋人墨跡，多是吊喪問疾書簡。唐貞觀中，購求前世墨跡甚嚴，非弔喪問疾書跡皆入內府。士大夫家所存，皆當日朝廷所不取者，所以流傳至今。

國初，江南布衣徐熙、僞蜀翰林待詔黃筌，皆以善畫著名，尤長於畫花竹。蜀平，黃筌並弟居寶、居實，弟惟亮，皆隸翰林圖畫院，擅名一時。其後江南平，徐熙至京師，送圖畫院品其畫格。諸黃畫花，妙在賦色，用筆極新細，殆不見墨跡，但以輕色染成，謂之寫生。徐熙以墨筆畫之，殊草草，略施丹粉而已，神氣迥出，別有生動之意。筌惡其軋己，言其畫麤惡不入格，罷之。熙之子乃效諸黃之格，更不用墨筆，直以粉色圖之，謂之"沒骨圖"，工與諸黃不相下，筌等不復能瑕疵，遂得齒院品，然筌氣韻皆不及熙遠甚也。

予從子遼喜學書，嘗論曰："書之神韻，雖得之於心，然法度必資講學。常患世之作字，分制無法。凡字有兩字、三四字合爲一字者，須字字可拆。若筆畫多寡相近者，須令大小均停。所謂筆畫相近，如'殺'字，乃四字合爲一，當使'乂'、'木'、'几'、'又'四者大小皆均。如'朱'字，乃二字合，當使'上'與'小'二者大小長短皆均。若筆畫多寡相遠，即不可強牽使停。寡在左，則取上齊；寡在右，則取下齊。如從口從金，此多寡不同也。唫即取上齊，釿則取下齊。如從朱、從又及從口、從胃三字合者多，寡則叔當取下齊，喟當取上齊。如此之類，不可不知。"又曰："運筆之時，常使意在筆前，此古人良法。"

王羲之書，舊傳唯《樂毅論》乃羲之親書於石，其他皆紙素所傳。唐太宗哀聚二王墨跡，唯《樂毅論》石本，其後隨太宗入昭陵。朱梁時，耀州節度使溫韜發昭陵得之，復傳人間。或曰："公主以僞本易之，元不曾入壙。"本朝入高紳學士家。皇祐中，紳之子高安世爲錢塘主簿，《樂毅論》在其家，予嘗見之。時石已破闕，末後獨有一"海"字者是也。其家後十餘年，安世在蘇州，石已破爲數片，以鐵束之。後安世死，石不知所在。或云：蘇州一富家得之。亦不復見。今傳《樂毅論》皆摹本也，筆畫無復昔之清勁。羲之小楷字，於此殆絕。《遺教經》之類，皆非其比也。

王銶據陝州，集天下良工畫壽聖寺壁，爲一時妙絕。畫工凡十八人，皆殺之，同爲一坎，瘞於寺西廂，使天下不復有此筆。其不道如此。至今尚有十堵餘，其間西廂"迎佛舍利"、東院"佛母壁"最奇妙，神彩皆欲飛動。又有"鬼母"、"瘦佛"二壁差次，其餘亦不甚過人。

江南中主時，有北苑使董源善畫，尤工秋嵐遠景，多寫江南真山，不爲奇峭之筆。其後建業僧巨然祖述源法，皆臻妙理。大體源及巨然畫筆皆宜遠觀，其用筆甚草草，近視之，幾不類物象。遠觀則景物粲然，幽情遠思，如覩異境。如源畫《落照圖》，近視無功，遠觀村落杳然深遠，悉是晚景；遠峰之頂，宛有反照之色。此妙處也。以上《夢溪筆談》卷十七。

古人以散筆作隸書，謂之散隸。近歲蔡君謨又以散筆作草書，謂之散草，或曰飛艸。其法皆生於飛白，亦自成一家。《夢溪筆談》卷十八。

《補筆談》（選錄　七則）

興國中，琴待詔朱文濟鼓琴爲天下第一。京師僧慧日大師夷中盡得其法，以授越僧義海。海盡夷中之藝，乃入越州法華山習之，謝絕過從，積十年不下山，晝夜手不釋弦，遂窮其妙，天下從海學琴者輻輳，無有臻其奧。海今老矣，指法於此遂絕。海讀書，能爲文，士大夫多與之游，然獨以能琴知名。海之藝不在於聲，其意韻蕭然，得於聲外。此衆人所不及也。文淵閣四庫全書本《補筆談》卷上。

李學士衡世，多藏書。有一晉人墨跡，在其子緒處。長安石從事嘗從李君借去，竊摹一本，以獻文潞公，以爲真跡。一日，潞公會客，出書畫，而李在坐，一見此帖，驚曰："此帖乃吾家物，何忽至此？"急令人歸取驗之，乃知潞公所收乃摹本。李方知爲石君所傳，具以白潞公。而坐客後進皆言潞公所收乃真跡，而以李所收爲摹本。李乃嘆曰："彼衆我寡，豈可復伸？今日方知身孤寒。"

章樞密子厚善書，嘗有語："書字極須用意，不用意而用意，皆不能佳。此有妙理，非得之於心者，不曉吾語也。"嘗自謂"墨禪"。

世之論書者，多自謂書不必用法，各自成一家。此語得其一偏，譬如西施、毛嬙，容貌雖不同，而皆爲麗人。然手須是手，足須是足，此不可移者。作字亦然。雖形氣不同，掠須是掠，磔須是磔，千變萬化，此不可移也。若掠不成掠，磔不成磔，縱具精神筋骨，猶西施、毛嬙而手足乖戾，終不爲完人。楊朱、墨翟賢辨過人，而卒不入聖域。盡得師法律度，備全猶是奴書，然須自此入。過此一路，乃涉妙境，能無跡可窺，然後入神。

今世俗謂之隸書者，祇是古人之八分書，謂初從篆文變隸，尚有二分篆法，故謂之八分書。後乃全變爲隸書，即今之正書、章草、行書、草書皆是也。後之人乃誤爲古八分書爲隸書，以今時書爲正書，殊不知所謂正書者，隸書之正者耳。其餘行書、草書，皆隸書也。杜甫《李潮八分小篆歌》云："陳倉石鼓文已譌，太古大篆生八分。苦縣光和尚骨立，書貴瘦硬方通神。"苦縣，老子朱龜碑。光《書評》云："漢、魏牌榜碑文和《華山碑》，皆今所謂隸書也。"杜甫詩亦祇謂之八分。又《書評》云："漢、魏牌榜碑文，非篆即八分，未嘗用隸書。"知漢、魏碑文皆八分，非篆書也。

江南府庫中書畫至多，其印記有"建業文房之印"、"内合同印"、"集賢殿書院印"，以墨印之，謂之金圖書，言惟此印以黃金爲之。諸書畫中，時有李後主題跋，然未嘗題書畫人姓名。唯鍾隱畫，皆後主親筆題"鍾隱筆"三字。後主善畫，尤工翎毛。或云："凡言'鍾隱筆'者，皆後主自畫。後主嘗自號鍾山隱士，故晦其名，謂之鍾隱。非姓鍾人也。今世傳鍾隱畫，但無後主親題者，皆非也。"

宋景文子京判太常日，歐陽文忠公、刁景純同知禮院。景純喜交遊，多所過從，到局或不下馬而去。一日退朝，道與子京相遇，子京謂之曰："久不辱至寺，但聞走馬過門。"李邯鄲獻臣立談間，改杜子美《贈鄭廣文詩》嘲之曰："景純過官舍，走馬不曾下。忽地退朝逢，便遭官長罵。多羅四十年，偶未識磨氈。賴有王宣慶，時時乞與錢。"葉道卿、王原叔各爲一體，書寫於一幅紙上，子京於其後題六字曰："効子美詶景純。"獻臣復注其下曰："道卿御著，原叔古篆，子京題篇，獻臣小書。"歐陽文忠公又以子美詩書於一綾扇上，高文莊在坐，曰："今日我無獨功。"乃敢取四公所書紙爲一小帖，懸於景純直舍而去。時西羌首領唃廝羅新歸附，磨氈乃其子也。王宣慶大閹求景純爲墓誌，送錢三百千，故有"磨氈王宣慶"之誚。今詩帖在景純之孫槩處，扇詩在楊次公家，皆一時名流雅謔，予皆嘗借觀，筆跡可愛。以上文淵閣四庫全書本《補筆談》卷下。

蔣之奇藝話（二則）

蔣之奇（一〇三一～一一〇四）字穎叔，常州宜興（今江蘇宜興）人，蔣堂侄。仁宗嘉祐二年進士，官太常博士。治平間，應賢良方正科試，擢監察御史。神宗立，轉殿中侍御史。以劾歐陽修不實，貶監道州酒稅，改監宣州稅。王安石新法行，爲福建轉運判官，遷淮東轉運副使，歷江西、河北、陝西、淮南轉運副使。擢江淮荊浙發運副使。元豐六年，昇發運使。元祐初，知潭州，改知廣州。徙河北都轉運使、知瀛州。入爲戶部侍郎，復出知熙州。紹聖中，召爲中書舍人，改知開封府，拜翰林學士兼侍讀。元符末，責守汝州，徙慶州。徽宗即位，復翰林學士，拜同知樞密院事，繼知院事。崇寧元年，出知杭州。三年卒，年七十四。之奇歷典州郡，有政聲，在廣州建十賢堂，自爲《十賢讚》。能詩，風格清麗，寫景詠物，均清朗可誦。又與僧人爲方外友，究心於禪宗，撰有《華嚴經解》三十篇。著有《荊溪前集》《後集》八十九卷，《別集》九卷，《北扉集》九卷，《西樞集》四卷，《卮言集》五卷，《巵言》五十篇，均已佚。《兩宋名賢小集》輯其詩爲《三徑集》一卷。明天啓間蔣堂二十世孫蔣鑛輯堂遺文爲《春卿遺稿》，附收之奇詩一篇、文二篇。光緒間盛宣懷補輯爲《蔣之翰之奇遺稿》，仍附於常州先哲遺書《春卿遺稿》後，然僅含文七篇。民國初繆荃孫又輯有鈔本《蔣穎叔集》二卷。

一　跋沈文通帖

文通與余往還之帖多矣，獨存其一，覽之可以發笑。惜乎文通之飄逸俊爽，而不幸早卒也，今不復見其人矣。穎叔。文淵閣四庫全書本《石渠寶笈》卷一〇。

二　墨妙亭

蘭亭搨本得遺法，字體變化人莫窺。梭飛壁間勢屈矯，劍出獄底光陸離。可憐闕齧侵點畫，鐵網買斷珊瑚枝。文淵閣四庫全書本《蘭亭考》卷十。

馮山藝話（二則）

馮山（一○三一～一○九四）初名獻能，字允南，號鴻碩先生，普州安岳（今四川安岳）人。馮澥父。嘉祐二年進士。熙寧九年，爲秘書丞、通判梓州，御史中丞鄧綰舉充御史臺官，不就。退居二十餘年，元祐間，范祖禹薦於朝。官終祠部郎中。紹聖初逝世，後追贈太師。馮山現存作品均爲詩歌，長於古風，平正條達，無雕琢鏤刻之態。著有《安岳集》三十卷，詩、文各十五卷。南宋嘉定時瀘州周說將馮山及其子澥詩文合爲一集刊之，名《二馮先生文集》，集中馮山詩文佚亡大半，現僅存詩十二卷。

一　求劉忱明復龍圖爲畫山水

晉唐諸公重小筆，高價直與才名俱。然多華丹少泉石，清格往往人間無。至今百存無一二，存者真僞難分區。營丘李成稱絕跡，峰嵓秀拔非常模。穆之瀟落亦其亞，玉堂屏上瀟湘圖。董屈許范凡數輩，隱隱俗氣藏肌膚。乃知山水係絕品，筆墨造化非功夫。要之文章之緒餘，世上真巧歸吾儒。益昌臺府少文字，見性文室談毗盧。龍門雪景生坐隅，山潛水奥爭奔趨。倚空直幹鬬孤篘，緣險古道盤縈紆。擁衲禪僧對寂寞，攜琴朝士來崎嶇。主人肆筆聊自娛，新言默與天機符。公家清白傳數世，經濟滿腹冰霜壺。一言不用輒掉臂，五年蜀使甘馳驅。時將素毫寫胸臆，寧復意外分精粗。復古雖清尚許格，復古有詩道寧格，疑其學許也。與可亦壯非燕徒。文與可學燕穆之，然未至也。豈如公思去。脫羈束，破碎嵩華傾江湖。窮冬從公熟窺看，愛重不覺聲嗟吁。靈峰北茇助蕭爽，雪不到地風號枯。平生好畫已成僻，寧借不喜臨與摹。出公門下欠公筆，有類客海遺明珠。願公乘興一揮灑，束絹數幅光芬敷。異時解組還故廬，皎潔將伴林泉軀。文淵閣四庫全書本《安岳集》卷七。

二　和劉漕明復觀吳生畫

古觀蕭條昔未名，却因吳筆助神靈。能將萬化豪端意，寫出羣仙物外形。俊逸狀如裴劍舞，周環時見蜀山青。陰兵聳動驚魑魅，真仗飄搖擁户庭。按部每來除枳棘，題詩留與禦風霆。因嗟畫癖無由見，魂逐車塵爲一經。《安岳集》卷十一。

沈遼藝話（六則）

沈遼（一〇三二～一〇八五）字叡達，錢塘（今浙江杭州）人，沈括侄、沈遘弟。初試不中第，以兄任爲將作監主簿，監壽州酒稅，歷監内藏庫、金耀門書庫。熙寧初，爲審官西院主簿。出監明州市舶司，遷太常寺奉禮郎，改監杭州軍資庫。攝秀州華亭令。曾爲人書裙帶詩，輾轉爲神宗所見，坐此奪官，徙永州，更徙池州。築室秋浦齊山，號雲巢，優遊於山水間。元豐八年卒，年五十四。沈遼工書法，以文學知名於時。其現存詩歌風格大多與江西詩派相近，章法齊整，筆力疏健，雖無警策，然亦自有風味。著有《雲巢編》二十卷。南宋時，高布將沈括、沈遘、沈遼三人詩文合刊爲《沈氏三先生集》，收有沈遼《雲巢編》十卷，後世遂爲定本。

一　龜兹舞

龜兹舞，龜兹舞，始自漢時入樂府。世上雖傳此樂名，不知此樂猶傳否。黃扉朱邸晝無事，美人親尋教坊譜。衣冠盡得畫圖看，樂器多因西域取。紅緑結袔坐後部，長笛短簫形制古。雞婁揩鼓舊所識，饒貝流蘇分白羽。玉顔二女高髻花，孔雀羅衫金畫縷。紅靴玉帶踏筵出，初驚翔鸞下玄圃。中有一人奏羯鼓，頭如山兮手如雨。其間曲調雜晉楚，歌詞至今傳晉語。須臾曲罷立前廡，歎息平生未嘗覩。清都閬苑昔有夢，寂寞如今在何所。我家家住江海涯，上國樂事殊未知。玉顔邀我索題詩，它時有夢與誰期。文淵閣四庫全書本《雲巢編》卷一。

二　贈清道

少年好書老彌篤，牙籤錦囊數百軸。江左墨妙世不矚，有唐諸公粗可録。諸公草法無可稱，中葉始有張顛名。張顛下筆有神會，其妙不似點畫成。後來沙門有藏真，措意瀟灑尤更精。當時二子最名盛，至今學者皆伏膺。本朝蘇公名弟兄，汝南蒲陽亦有聲。比來諸公已老死，其餘卑俗類可憎。我昔乘興遊都城，列子示我新素屏，始知無擇得此道，長沙道人今復生。歸來窮巷掩柴荆，惠然相訪得忘形。贈我數行豈無意，勢如九河注滄溟。中間龍蜃降復升，歕伏不眠獨可驚。自欲何能謝言情，欲贈金玉還愧輕。慇懃之揖喜不勝，使我驅霧老後明。《雲巢編》卷二。

三　戲贈伯泓供備

公子好樂惟好琴，初傳一曲費千金。其聲微妙出世外，若聽無胃古與今。烏孫琵琶止四絃，濮上箜篌人不傳。西湖圓月籠修竹，一盃綠酒爲陶然。《雲巢編》卷二。

四　德相所示論書聊復戲酬（節錄）

往往論書法，軒軒兩目睫。中郎石經在，元常表軍捷。漢魏多博人，至宋有遺帖。唐室初最盛，漸衰自中葉。歐虞緬誰嗣，顏柳何足躡。篆籀昔難工，草聖誰敢輒。巨山作散隸，雄古掀龍鬣。貞觀喜飛白，淩厲騰春蝶。豈特豁神觀，直可袪鬼魘。《雲巢編》卷四。

五　王右軍觀鵝圖贊

右軍清豪，不降不污。後世何知，獨覿其書。《雲巢編》卷六。

六　題畫像

余棲於零陵將二年，臥鶴山人王棲道蜀客來圖余像。其不可圖者，余爲申之以辭。然皆眩也，所以爲遊戲也。

有不知者強爲余，蓋有知者亦其捕。爲纁黃、爲丹白邪，嬗死灰與朽株。探山林以獨往兮，即猿鳥之幽娛。豈萍苴之如兮？亦泛泛於江湖。昔敦媚放藝文兮，既華髮而蒼鬚。終非混混之可諉兮，方將俟老於無無。苟不暴夷以爲絜，何必襲惠以爲污？把古人之全德兮，將歲月以云徂。羌余心之所得，會羣有於無餘。彼蘧蘧爲周，而栩栩爲蝶，亦甚惑矣。余與是其相忘於影響乎？浙江書局本《雲巢編》卷一〇。

蘇唐卿藝話（一則）

　　蘇唐卿（生卒年不詳），官寺丞，宰費縣。善小篆。嘉祐中嘗書歐陽文忠公《醉翁亭記》，刻石於費之縣齋，記後有唱和詩。

唐卿既篆歐公侍郎滁州琅琊山《醉翁亭記》上石訖，思莫能致之滁上，因斧官之隙地衆材堪梁棟者，枝其榱桷，構堂於廨舍西偏，高三仞，植記於中楹，若屏然圖悠久也。因成長句五十六字，兼寄獻歐公侍郎

　　《醉翁亭記》醉翁堂，遠取琅琊即費鄉。高世雄文刊翠琰，老山孤幹負虹梁。左鄰鼇海三神島，西倚儒宮數仞牆。雖媿篆工非墨寶，英辭終與借輝光。文淵閣四庫全書本《宋詩紀事》卷二十二。

侯溥藝話（二則）

侯溥（一〇三二~？）字元叔，河南人。熙寧中居蜀，與蘇軾善。元祐六年中賢良制科。

一　雅樂論

臣聞天下之事固有古以爲急而後世以爲迂者，雅樂之謂也。

古之治天下者，禮、樂二事而已，故曰安上治民，莫善於禮；移風易俗，莫善於樂。古人爲治，蓋未嘗去禮、樂於斯須也。自秦至於五代，歷年數千，豈特斯須而已哉，然未聞用樂以興治，而漢唐之盛，亦稱太平，此其故何邪？

臣嘗追跡其事，以爲漢唐撥亂之後，如後元、中元、貞觀、開元之際，其民皆有禮樂，第當時不能一新製作而形容之爾。夫民平居乎其私，苟有可喜之事，其容貌必悦，其笑言必和。雖使順風大呼，其呼愈疾，其聲愈濕潤而無陵暴之氣，則是無故，彼其心有可喜之事然也。今秦、隋之君皆踞民而寘之於爐火之上，天生聖人，爲天下請贖民命，去其爐火而納之清熙之域，無橫徭以奪其農，無橫賦以傷其生，衣食滋盛，子孫蕃息，是皆可喜之事也。於斯之時，中國之民皆有恭順喜悦之心，則其聲之和樂不待言而著矣。夫惟其心之恭順，是製禮之本也，夫惟其聲之和樂，是作樂之本也。苟因其本而成一代之製作，顧不美哉？惜乎！賈誼有製作之心，而文帝不能用；太宗有製作之心，而房、魏不能贊。羊祜所謂天下不如意，常十居七八，豈謂是邪。由此觀之，漢唐之盛，皆有禮、樂之本，第不能形容之爾，此其所以治也。

臣伏覩自漢以來，歷世皆有歌舞，以昭功德，大率增損其舊聲而易其辭意綴兆爾。雖漢之《四時》，唐之《九功》《七德》，皆未有大過人者也。惟梁武憤鍾石之舛，慨然詔訪百寮，而皆不知所以製作之法。帝自立四器，名之爲通，以求十二律之聲，而皆得之無差違。至於郭周，而王樸以秬黍定尺作律準，十三絃因其律之數而十之，以爲設柱之度。此者皆卓偉之功也。臣嘗嘉焉而又惜之，蓋梁周之際，政衰壤狹，雖有作樂之人，而無作樂之時，宜其惜也。梁通周準，其法皆可爲用，第不知其累黍之有是非爾。梁之通固亡矣，不可得而見也，樸之準今也猶存於太常。設其聲有高下，則其弊在尺不在準，因其法而更黍尺以製之可也。

或曰，隋之鄭譯，唐之祖孝孫，皆能旋宮之法，此非卓偉之功乎？臣曰，譯、孝孫固知樂矣，然其法無傳於後。梁之通也，周之準也，其法皆可傳焉，此所以爲卓偉之功也。

伏惟本朝自太祖受命，急於製作，嘗歎雅樂聲高近於哀，恩詔廷臣討論其理。而和峴取太史銅具，創造新尺，以黃鐘之管放王朴之器，其聲果下一律。迨至道之初，太宗以神明之性，增絃於琴阮，此誠祖宗留心於移風易俗之深也。臣伏見仁宗景祐初，因李昭言樂，遂詔侍臣訪雅樂制度，而又博求朝野知樂之士，凡冶金磨石，改製八音，至景祐中而後成。雖暫□設而卒不施用，是豈築室於道謀之致乎。

昔杜夔令柴玉鑄鐘，其聲均清濁多不如法，數毀改作。玉謂夔清濁任意，更相訴白。魏武取所鑄鐘雜錯更試，然後知夔之精而玉之妄，乃罪玉焉。夫天下之難知者，樂也，而易見者，亦樂也。知之存乎性，故爲難；見之存乎器，故爲易。儻各從其說而使之制十二鐘以考視焉，既不甚費，而其人之精妄可坐見矣。

方今治安久矣，雖漢唐未有若今之盛也。百年製作，適當其會。惟陛下益思所以寬徭薄賦於天下，使天下之民聲和氣和，乃命賢臣製禮作樂，以述成祖宗之美志。苟前日之樂是邪，因而成之；苟非邪，宜不憚勞費而一新乎製作也。夫人之情貴因循而尚苟且，蓋因循則無過，苟且則無謗。故雖通才遠識之人，亦不敢毅然有意於製作之間。以是言之，梁武非人君，則四通不立，十二雅不成。王朴非樞要之任，則律準亦不能以必立也。可不鑑哉！宋慶元三年書隱齋刻本《國朝二百家名賢文粹》卷二五。

二　樂禁論

臣聞《周官·大司樂》："凡建國，禁其淫聲、過聲、凶聲、慢聲。"趨數放濫之謂淫，哀樂失節之謂過，邪厲怨傷之謂凶，惰廢不恭之謂慢。臣愚以謂自漢而來，凡樂聲無有不涉乎四者也。今夫衢塗之間，一人鼓琴焉，一人鼓箏焉，上而觀者必脅肩側足乎鼓箏之地，非惡乎琴之人也，以琴音之淡而箏音之繁會也。今之琴非古聲也，其嘈然者蓋已流而入於鄭矣。而天下之人猶以爲淡，況太古之樂乎。

夫淡然以粹者，人之性也。情感於物而汩其所以淡，是故衣而惡夫帛之淡也，則金玉錦繡，然後適其體；食而惡夫粱肉之淡也，則鹽梅菹醢，然後適其口；居而惡夫宮室之淡也，則峻宇彫牆，然後適其心；聽而惡《雅》《頌》之淡也，則鄭音衛曲，然後適其耳。是皆情感於物而至於是也。

夫樂，生於人聲者也。人生而有聲，聲生而有淫正之殊。雖羲、軒、堯、舜之世，其聲不能無淫正也。聖人觀之曰，正聲將以養天下之和也，淫聲將以喪天下之和也。淫聲雖若可樂，而荒心溺志，卒之喪天下之和，是天下之鴆毒，不可用也。正聲雖淡，而肅雍雅正，足以養天下之和，是天下之良藥也，當用之以治天下非避禍亂之病。故伏羲作《立基》，神農作《下謀》，黃帝作《雲門》，少皞作《九淵》，顓《莖》、嚳《英》、堯《章》、舜《韶》、禹《夏》、湯《濩》、周之《武勺》，皆取天下之正聲而爲之也，皆所以養天下之和而歸之仁義也。

聖人能於教民，雖有淫聲，民將指爲鴆毒而不敢近也。昔紂爲朝歌北鄙靡靡之音，於斯之時，民已化而入於淫聲矣。武王、周公能於教民，故商受旦誅而淫聲夕止，天下之人皆知其爲鴆毒而不願乎復聞也。周襄、宋、衛、齊、鄭溺音並作，倡優侏儒，猱雜子女。孔子傷之曰："放鄭聲，鄭聲淫。"疾之之甚也哉。夾谷之會，戮齊優以熒惑諸侯之罪。奈何無文武之時〔一〕、周公之位，而不得大施其所欲行，自此，鄭、衛之聲橫流於天下而不可遏矣。

前世之君亦有放黜鄭、衛者，或不能製爲雅樂以導民，或徒禁於民而用於君，是以雖欲放黜，而不能救其弊。如漢哀帝性不好音，詔罷樂府官，是獨能放之而無所以放之之具也。唐中宗令凡教樂如《周官》禁淫聲、過聲、凶聲、慢聲，而宮禁之間實用鄭、衛，是獨禁於民而已，宜其皆天下之所不從也。夫天下有道，禮樂征伐自天子出。凡欲禁天下之鄭、衛，非天子不能也。然必先製雅樂，以行於天下，而後令之曰：凡舊樂皆罷，不得復作，作者有誅。苟冠、昏、祭祀、宴會、酺飲一用新樂如此，則淫聲可放而雅樂可興矣。儻銳意於放鄭而不先爲之製雅，猶民冬衣絺綌，惻其不足以爲溫，而使之勿衣，其言是也，然吾無縕袍之賜以及之，則民將復取絺綌而衣矣。

方今雅樂雖未立於天下，而淫聲新不可使盛縱於四方，以流僻生民之性。近時新聲屢創而伶人日盛，中民下户，苟能談笑劇談，往往棄四民之業而入於伶人，語輒見賞，動輒得利。此仁政之蟊賊也。夫伶人用之於朝宴，是匹夫而熒惑人主也。用之於將相，是匹夫而熒惑大臣也。用之於州郡，是匹夫而熒惑諸侯也。用之於民私，是匹夫而熒惑生靈也。四者皆孔子之所必誅也。而學者不以爲非，中人不以爲惑，皆習之然爾。

臣聞柱正則室正，肘直則掌直。欲新聲不作於民間，莫如止教坊之製曲；欲伶人轉緣於南畝，莫如減都城之雜戲。乃徐諭天下，爲之禁命，以示製樂之漸。既不爲苦節，而天下將闇然日趨於仁義，茲教化之深益也。《國朝二百家名賢文粹》卷二五。

〔一〕奈何：原作"李何"，據文意徑改。

郭祥正藝話（一九則）

郭祥正（生卒年不詳）字功甫，自號醉吟先生、謝公山人、漳南浪士。當塗（今安徽當塗）人。皇祐間進士及第，爲德化尉。熙寧中，知武岡縣，簽書保信軍節度判官。上疏論天下政事專聽王安石區劃，有異議者盡當屏黜。王安石恥爲小臣所薦，極口陳其無行，祥正即辭官歸姑熟青山。後復出仕，元豐中，通判汀州。五年，攝守漳州。元祐三年，知端州。復致仕，隱於青山，卒。祥正才思敏捷，長於詩歌，在同時代作家中聲名甚著。著有《青山集》三十卷。

一　賀姜伯耀見贈醉吟畫詩

蒼崖一萬丈，中瀉白玉泉。飛鳥度不得，而我長攀緣。洗盡心地垢，吟成元化篇。更復有何物，一尊當我前。忽逢姜伯輝，爽量涵冰淵。開談了無跡，所得全於天。便欲脫青衫，泛我江東船。結交要終始，相忘復頹然。徑呼妙手畫，秋江霜景全。冰輪正卓午，照影無陂偏。誰能騎寒驢，世路空流連。咄哉可以往，揮手從飛仙。_{文淵閣四庫全書本《青山集》卷六。}

二　魏中舍家藏王摩詰《海風圖》

只聞王公畫山水，未識王公《滄海圖》。魏侯矜誇我家有，取出十幅堂中鋪。誰知東海羣龍力，神妙能以一筆驅。洪濤翻天雪成隴，黑分雲霧藏空虛。高低數寸折萬丈，勢以意會無差銖。却嗟流傳數百載，絹素何以當涵濡。王公之心壯莫比，其工欲出造化初。惜哉已死不復得，悵望盡日將何如。魏侯魏侯重藏秘，直恐變化成江湖，我歌不足徒嗚呼。_{《青山集》卷十一。}

三　王元當家藏鍾隱畫《三害圖》

老鍾筆法何奇古，三害精靈一圖聚。周生自握蒼精龍，白額長蛟甘喪沮。危橋跨水壓波濤，巨木翻風瞑烟霧。挺然獨往知忘軀，敢謂誅邪天地助。三日生還動閭里，千載遺蹤存絹素。薄蝕已更人仰之，自古賢豪遺細故。何獨今人無此人，已覺丹青有深趣。江南印璽尚如新，國破蒼忙畫誰付。一圖分裂藏三家，離合悠悠歲時度。只今皆屬丞相孫，掛向高堂邀客顧。倏然風雲駕霆靂，雨來平地銀潢注。珍緹收藏卷不徹，直恐變化復入江湖去。《青山集》卷十一。

四　燕待制秋山晚景　<small>王荊公有詩跋其後</small>

我朝紗畫能山水，燕公筆法精無比。燕公山水工平遠，一幅霜綃折千里。瀟湘洞庭日將晚，雲物蕭蕭初滿眼。虞帝之魂招不返，霜樹冥冥紅葉卷。一妃血淚知幾多，竹上遺痕深復淺。漁舟片帆風已滿，漁父橫眠思猶懶。時時白鷺聚圓沙，亦有行人下前坂。江回岸斷數峯青，髣髴靈妃曲可聽。却逢深崦見茅屋，只欠桃花如武陵。世間何物人爭詫，請説奇書並妙畫。一時鑒賞安足論，流轉千年愈增價。珍緹一襲藏至珍，卷尾長篇更入神。嗚呼粉墨終成塵，唯有文章道德能日新。《青山集》卷十一。

五　夏公酉家藏老高村田樂教學圖

高生妙畫世所知，君藏兩幅尤瑰奇。春回老柳未全綠，和氣盎盎微風吹。負暄當案誰氏子，坐以訓詁傳童兒。麻鞋破穿十者露，紵衫短袖烏巾欹。眼吻開張手捉筆，叱怒底事揚其威。兩童分爭迭相挽，彼二稚子傍觀窺。一童獨臥守書卷，性習已見分醇醨。皤然老叟醉兀兀，二孫側立猶扶持。餘皆伶官雜村妓，插笛放鼓陳威儀。三尺奔來吠欲嚙，二人驚顧方攢眉。伶家有子少亦黠，兩手據鞍驢載之。尊卑向背極精妙，精妙得以意思惟。田翁豐年固取樂，又能教子勤《書》《詩》。德澤涵濡賦斂絕，致我鼓腹咸熙熙。畫工亦畫太平事，誰欲擾之生亂離。高生高生，不獨愛爾之妙筆，對此頗思三代時。《青山集》卷十一。

六　寂照大師匣藏相國寺壞壁秋景

京城車馬多塵埃，一見妙畫心眼開。深山老木秋思靜，苦霧鬱鬱諸峯埋。客騎蹇驢打不動，懊惱似憂寒雨來。崖平路轉斗然絕，筆力未斷空徘徊。胡為皴剝僅盈尺，鐍以大篋過瓊瑰。師云昔是殿堂壁，治平大水餘皆摧。恰如盧仝玉碑子，中路撲折令人哀。玉碑一折乃無用，此畫雖闕猶堪哉。君不見，山前路，路長不獨憂風雨。前有毒蛇後猛虎，磨牙矯尾藏深塢。聖人皇皇嗟逆旅，畫工意思非無補。非無補，誰信之，紛紛門外誇輕肥。《青山集》卷十一。

七　泗水雍秀才畫草蟲

蜻蜓點水蝶撲花，螳螂捕蟬蜂趁衙。營營青蠅爭腐糝，趯趯阜螽沿草芽。餘生骨朽不復得，雍子筆老誰能加。卷開却掩恐飛去，綈襲愛護行隨車。況君才力日清敏，胡不放手爲龍蛇。龍蛇逼真看騰躍，出入天地藏煙霞。《青山集》卷十一。

八　謝冲雅上人惠草書

上人胸腹包琅玕，醉目睥睨臨冰紈。墨池頃刻波瀾翻，虬龍尾尾垂雲間。搖曳天矯若可攀，霹靂轟斧電火騫。卒章雨雹霏漫漫，頮洞恐懼坤軸掀。白沙縱橫仆黿鼉，屋漏壁折安足言。鳥驚出林避彈丸，斗高復下騰脩翰。朽木欲折枯藤攢，逸興不顧長毫乾。客如堵牆爭縱觀，詎知垩盡吾鼻端。黃金論斗珠走盤，數字不售尤爲難。爾甞愛我説玄理，爲我落筆動盈紙。張顛懷素嗟已矣，上人之書無與比。《青山集》卷十一。

九　謝鍾離中散惠草書

丈人行草天下無，體兼衆善精神俱。少年弄翰今懸車，一幅不博千明珠。墨池翻瀾化鯨魚，老木半折傾藤枯。霜天一陣來雁鶩，荒陂數點眠鷗鳧。換鵞瘞鶴雖已矣，折釵劒舞成須臾。心通造化乃神速，伯英懷素真其徒。跡來作我醉吟贊，寶藏二妙歸江湖。要將垂法數百載，摩挲青玉親傳模。丈人善吟仍善弈，名譽豈止專能書。名譽豈止專能書，皎如浩雪盈冰壺。《青山集》卷十一。

一〇　謝蔣穎叔惠澄心紙

李氏三世皆名書，古今筆法誰能如。澄心堂中畜妙紙，敲冰搗楮惟恐麤。當時文物稱第一，教勅往往親涵濡。赫然真龍躍中國，僭迹甘就雷霆誅。論功行賞盡金玉，唯有此物多贏餘。流傳既久乃珍絶，一軸不換千明珠。樂安御史輒寄我，二十五幅無纖汙。却疑織女秋夜醉，素段割裂天所須。又如美玉纔出璞，瑩采射目爭陽烏。文章未到二王法，寶紙謾對明窓鋪。廷珪煤麝銅雀瓦，氣象崒兀尤相於。坐思厚貺欲爲報，累句安得論錙銖。況君才力似韓愈，盡當返贈誅奸諛。《青山集》卷十一。

一一　謝餘干陸宰惠李廷珪墨

集仙昔與文忠遊，文采聲鳴喧九州。鯤鵬未化忽塌翼，地老天荒雲海幽。篋中甞秘上賜墨，仁宗所賜李廷珪墨。紫金泥印雙脊蚪。名題廷珪姓氏李，此物未省何年留。紋如堅犀刮不動，鏗鏗觸硯蒼烟浮。蜀牋灑落黑勝漆，欲論所直真難酬。麟兒字法肖家學，珍綈寶匣深藏收。並刀截斷輒分我，始信明珠今暗投。嗟予吟筆名已闊，辨舌倒捲剛腸柔。書陳北闕上印綬，志樂南畝親耰耰。得君賜墨竟安用，捧翫反覆增予羞。況君綠髮眸子瑩，才業自副朝廷求。研磨煤麝染諫草，扶摶世病蒼生瘳。名成功遂取上笏，世閥光熠垂千秋。莫如老鈍默將死，再拜謝貺長江頭。《青山集》卷十一。

一二　明皇十眉圖

明皇逸事傳十眉，正是唐家零落時。《霓裳》曲調雖依舊，阿蠻終不似楊妃。畫工貌得非無意，欲使流傳警來世。翠翹紅粉尚爭春，隱約香風起仙袂。六龍真馭竟何之，泰陵荒草長孤狸。空將妙筆勸樽酒，醉覺人間萬事非。《青山集》卷十四。

一三　聞舊居教樂

昔作幽人宅，今爲舞女場。燕驚絃管雜，草避綺羅香。諠靜雖殊致，興衰自有常。遙憐巖桂下，誰拂讀書牀。《青山集》卷十八。

一四　寺壁史侍禁畫竹

不假研磨丹與青，只將墨妙奪天成。始知春力無虛實，老竹橫穿棟柱生。《青山集》卷二十七。

一五　林和中家觀畫卷五首

蘆黃水落秋將暮，鼓翼各尋雲外路。爲問歸飛歸底處，我今亦向江南去。
　　　　　　　　　　右，寒蘆飛雁，仍和子中修撰舊韻。

曹將軍畫少陵詩，林氏家藏相國題。不動精神瞻御座，風雲萬里入霜蹄。
　　　　　　　　　　右，曹霸畫馬，王荊公手寫杜甫《丹青引》跋其尾。

魚躍魚沈都不知，垂竿只要得焦歸。天寒浪急魚難得，愁入蘆花日又西。
　　　　　　　　　　右，王摩詰《捕魚圖》。

飄飄秀色奪仙春，只恐丹青畫不真。能爲君王罷征戍，甘心玉骨葬邊塵。
　　　　　　　　　　右，王昭君《上馬圖》。

唐時回紇入長安，下馬橫鞭倚馬鞍。今日昇平無此物，樽前聊寫畫圖看。

右，《蕃馬圖》。《青山集》卷二十八。

一六　觀德亭畫壁

畫手非工本亦佳，四時景物寓天涯。最憐荷折秋容晚，雙雁徘徊下軟沙。《青山集》卷二十九。

一七　和公擇觀李煜書法喜禪師碑

五代迭凋喪，江南最偷安。三世弄翰墨，煜札尤可觀。禪林榜法喜，妙勢如飛鸞。塵埃一藏晦，皴斬脫羽翰。適逢集仙守，好古將摸刊。振襟自披拂，塗飾粉與丹。呼僧辨遺像，髣髴存纖紃。作書究本末，風雨生毫端。精神還故物，霹靂驚蟄蟠。幽光亦煥發，令我復長歎。念彼士君子，窮年抱饑寒。不及奇古踪，泯然知遇難。文淵閣四庫全書本《青山續集》卷一。

一八　和姜伯輝見贈醉吟畫詩

蒼崖一萬丈，中寫白玉泉。飛鳥度不得，而我長攀緣。洗盡心地垢，吟成《元化篇》。更復有何物，一樽當我前。忽逢姜伯輝，爽量涵水淵。開談了無跡，所得全於天。便欲脫青衫，泛我江東船。結交要終始，相忘復頹然。徑呼妙手畫，秋江霜景全。冰輪正卓午，照影無頗偏。誰能騎蹇驢，世路空留連。咄哉可以往，揮手從飛仙。《青山續集》卷二。

一九　觀舞

宴館簇金絲，繡茵呈舞旋。雲鬟應節低，蓮步隨歌轉。勢多體不犯，妙絶乃習慣。含笑有餘情，小揖更微盼。《青山續集》卷三。

王令藝話（三則）

王令（一〇三二～一〇五九）初字鍾美，改字逢原。原籍魏郡元城（今河北大名），後隨叔祖王乙徙廣陵（今江蘇揚州），遂爲廣陵人。幼孤力學，年稍長，倜儻不羈，絕意仕進，以教授生徒爲業，往來於瓜州、天長、高郵、潤州等地。至和元年，王安石奉詔入京，途經高郵，王令以《南山之田》詩投贄，深受安石賞識，以其妻妹嫁之。後主高郵州學，未幾辭去，遷居潤州。地卑下潮濕致疾，卒於嘉祐四年，年二十八。王令雖然早卒，然當時却負盛名。他的史論文章借古喻今，文筆恣肆。詩歌主要受韓愈影響，兼有李賀、盧仝詩之雄奇豪放。著有《廣陵集》二十卷。

一　賦黃任道韓幹馬

天寶天子盛天廐，吐蕃入馬上天壽。紫衣馭吏偏坐前，騎入都門不容驟。西極苜蓿得氣肥，六閑飛黃卧嗟瘦。千秋一本作承明。殿下誰把筆，當時人無出幹右。傳聞三馬同日死，死魄到紙氣方就。鐵勒夾口亘兩街，墨絲丱尾合雙紐。天門未上人就觀，老驥驚嗟失開口。生搜朔野空毛羣，死斷世工無後手。當時天子惜不傳，送入御府置官守。邊塵勃欝燕薊來，宮闕蕭騷既焚後。誰棄千金出手收，足踏萬里避奔走。幾經蹂躪道邊塵，今日寧無紙上垢。罇前病客不識畫，但驚馬氣世夫有。冀北駿骨無時無，生不逢幹死空朽。世工無手不肯休，任使氣骨陋如狗。文淵閣四庫全書本《廣陵集》卷八。

二　琴

古風寥落欲何尋，常記南風素意深。聞說五弦弦不斷，欲於何處借人琴。
不獨區區操縵間，要期追逐古風還。吾民有慍何當解，學得南風不敢彈。《廣陵集》卷十七。

三　策問十八首·禮樂

問：禮、樂壞於世久矣，今其書尚存而可考，然皆廢而不復舉。當世屢痛之，豈惟今哉！求於前世，自三代而後皆然也。往者，卿大夫或請於朝，士亦奮行於家，見者頗怪之，甚者以爲笑，而皆不能明也，況於行之者乎！以予考之於古，蓋三代異禮而樂亦不同也。夫欲新一世之民而民不聽，乃欲家至而人觀之，使必置而用此耶？近者，嘗作樂矣。陳其器，皆世所未識也；按其聲，則宜審而莫辨。夫興禮之士，皆特行以抗一世，世亦不相爲用，反顧而笑之。自縉紳之士且然，而欲望下俗末流，被服其風聲，不亦難乎？予固疑其不然，則禮、樂何緣而變也？諸君子當有以言之。嘉業堂叢書本《廣陵先生文集》補遺。

韋驤藝話（一〇則）

韋驤（一〇三三～一一〇五）原名韋讓，字子駿，錢塘（今浙江杭州）人。年十七，以所著文謁王安石，安石見其《借箸賦》稱奇。皇祐五年進士及第，調壽昌縣尉，以母憂未赴。後爲興國軍司理參軍，知武義縣，歷知萍鄉、海門縣，通判滁、楚二州。遷尚書屯田員外郎，改朝奉郎，爲少府監三簿。哲宗元祐初，以大臣舉薦，爲利州路轉運判官，改福建路。召爲尚書主客郎中，出提點夔州路刑獄，知明州，提舉杭州洞霄宮。崇寧四年卒，年七十三。韋驤少時即以詩歌辭賦知名，文辭藻麗，文集中表啟多達一半以上。其著述於生前即編爲《錢塘韋先生集》二十卷、《賦》二十卷。賦集久已佚，文集於南宋時佚亡二卷，以十八卷流傳於世。

一　觀江都王畫拳毛騧

憶昔曾觀《名畫記》，畫馬獨貴江都王。當時所畫拳毛騧，聲名氣格凌有唐。太宗愛之自題識，縑素翕赩生輝光。何年流落傳人間，至今不泯猶珍藏。高堂邂逅一注目，髣髴神駿如騰驤。拳毛騧非凡馬匹，天駟之精爲時出。虬鬚英主數跨鞍，出入戈鋋勢飄逸。穀州洺水血戰酣，電轉風馳萬人屈。欃槍掃盡社稷牢，歸來始覺金創密。江都能事妙入神，落筆奪得造化真。星瞳月頰壯竹耳，一毫不謬誠絶倫。時移物化丹青在，後世乃識真騏驎。寂寥莫繼數百年，其間唯有曹將軍。將軍畫馬超儔侶，於此區區奚足數。爲圖謾雜師子花，忍使龍姝失其處。予知此畫名實兼，虛美安能動今古？歎嗟不足聊一歌，却愧辭華非杜甫。文淵閣四庫全書本《錢塘集》卷一。

二　求陳和叔草書《千文》

伯英臨池池水黑，世稱草聖真無敵。逸少奇蹤昔所珍，曾爲換鵞書《道德》。晚有張顛尤恛偉，意自公孫劍中得。由來傳搢千百年，筆法至今爲準的。近時此學雖凋零，妙絶何嘗虛賞識。唯公氣格出天然，揮埽能兼古人跡。縱如烟海魚龍游，俊若秋天鷹隼擊。斡旋舒慘在術内，心通手應難窺測。曩傳法帖久已實，安得千文飽矜式。越溪明楮白於霜，晝永願公飛電墨。《錢塘集》卷一。

三　風琴

穴竹張弦聳碧空，不勞抑按任天風。莫誇有智藏聲足，須信無心觸處通。明月夜深飄更遠，閒窗人靜聽何窮。知音弗辨山兼水，都在洪鈞一噫中。《錢塘集》卷五。

四　鶻狐圖

戢翼下雲中，驚狐計遂窮。筆端傳擊搏，座上感英雄。猛勢看如活，妖魂覺已空。推姦當若此，不獨畫爲工。《錢塘集》卷五。

五　謝鍾離中散公序惠草書

留心不減漢張芝，體意俱完世學稀。下筆欲爲來者法，臨池時見古人非。篇篇駭目神如電，字字凌虛勢若飛。多謝公餘憐所好，璨然累幅遺珠璣。《錢塘集》卷六。

六　聞胡琴一首

園林雨過秋蕭索，幅巾談笑情方樂。欻然一抹四朱絃，續續清聲透簾幕。輕攏慢撚手應心，如出自然非以學。露蟬淒咽春鶯囀，變化逡巡動寥廊。審音度曲肅衆聽，歌舞滿堂生寂寞。自嗟投老飲量衰，一舉爲空金鑿落。《錢塘集》卷六。

七　咏八仙（選三）

鼓琴

萬事不關心，悠悠在一琴。非山亦非水，何必問知音？

吹簫

內樂本無聲，吹簫且任情。於茲代長嘯，自是一般清。

橫笛

不是樂繁音，吹揚興自深。數盃醇酎罷，更學《水龍吟》。《錢塘集》卷七。

八　山水屏序

古語曰："畫工惡圖犬馬而好圖鬼神。"蓋鬼神人不得見，當運筆之際，巧隨意施，變怪萬狀，不憚檢約。及其成，人且不能疵之，此其所以爲好也。犬馬異是，日在人目前，其首尾、毛鬣、蹄齧、踞步，皆熟於人。人見畫者，小有不稱，易以指摘，而又質之以生，畫者烏能爲之辭？此其所以爲惡也。山水亦人所熟者，豈畫者惡之同犬馬邪？

治獄之廳有山水屏，歲久糜壞不完，在畫工劉姓者新之。其揮灑鉅細，濡染濃淡，皆劉之精緻也。至於分布上下，予得以指蹤焉。

予固非能畫者，殆有意於其間耳。既來者不能以所熟攻其短，雖善畫理，察其幽深遠近，嚮背隱見，無不是之。然來者善畫不善畫，皆知其山水之似且嘉，而不知予指蹤之意，故爲序。

山之峰十，其一屹然而高大者，衆山之所仰也，其美德廣譽表於人者歟！水之勢三，其中瑩然而澄淡者，止水之正性也。其嗜欲平，不撓外物，而天元復者歟。兩崖之斷，湍激下險，一人騎而行於梁，其危心以求濟者歟！一夫薪於蹊，一夫漁於濱，其食力而不自愧者歟！山予資以養心，騎予以恤幽繫之情，薪與漁予以規祿食之勤。其他村居野木，蒼煙白雲，亦潤色之長物耳。予於是有意於四者，指蹤之諭如此云。光緒二十二年丁氏刊《武林往哲遺著》本《錢塘韋先生文集》卷一七。

九　觀書序

自古精書學而傳於後者多矣，其所以傳者蓋不一，若張芝之草，師宜官之隸，以書傳而不以人廢者也。顏魯公之楷，其傳雖以書，而其重繫乎人者也。芝與宜官之爲人，不勝於草隸，後世見其書，不過曰筆力精、字法奇而已，其於芝與宜官無道也，是其書無毀譽於彼兩生也。斯之惡不在其篆，然而後世見其書，不止多其能篆，必言其惡而憤疾之，是篆之於斯，助爲毀者也。魯公之德不在其楷，然而後世見其書，亦不止多其能楷，必言其德而稱慕之，是楷之於魯公助爲譽者也。

由此觀之，書獨不能毀譽於人，必待其人然後爲之毀譽耳。當顏、李用心於書，固不計於其身，其所以爲毀譽之助也，皆不得而自知矣。

九華夏太初於楷法甚工，臨紙敏捷，方勁盈尺，士人多傳尚之。其爲人廉明君子也，領邑帥民，以利愛爲己任，施於久，所至未易度也。則君書之傳，異日助君之譽也，君其可自知邪。

某得觀其書，且日獲友善於此，乃有言。《錢塘韋先生文集》卷一七。

一〇　策問十四首（節録）

問：周存六代之樂，而《雲門》《大卷》，始於黃帝。前此而皇也，《扶來》《扶持》何略而不取？後此而帝也，《大淵》《莖英》何闕而不用？秦爲壽人，所踵者何制？漢作文始，所緣者何法？何朝以牛鐸定音？何世以《易》卦名舞？力學考據，條析以對。《錢塘韋先生文集》卷一七。

楊傑藝話（一○則）

楊傑（生卒年不詳）字次公，又號無爲子，無爲軍（今安徽無爲）人。少有名於時。嘉祐四年進士及第。熙寧五年，爲禮院檢詳文字。元豐中，官太常者六七任，一時禮樂之事皆預討論，多用其議。元祐初，爲禮部員外郎，出知潤州，三年，提點兩浙路刑獄。六年，爲徐王府侍講。卒，年七十。楊傑曾與歐陽修、王安石、蘇軾等遊，學有根柢，又喜談佛理、老莊之學，達於權變，旁通妙解。《四庫全書總目》卷一五三稱"其詩雖興象未深，而亦頗有規格"。又稱其率易者近白居易，奇崛者近盧仝，而"大致則仍元祐體也"。著有《無爲集》十五卷、《別集》十卷。《別集》專爲禪、老之文，又有《樂記》五卷，均佚。今存《無爲集》十五卷。

一　謝公約惠墨竹圖

幽人漬墨寫成竹，變化琅玕作玄玉。公約贈我兩大軸，不比丹青凡草木。六月都城苦炎燠，車馬紛紛正馳逐。曲臺官冷晝掩關，淨掃虛堂展霜幅。簾間忽有微風來，不動纖枝清滿屋。憶得扁舟載雪時，曾寄會稽江上宿。文淵閣四庫全書本《無爲集》卷四。

二　趙左丞畫像

洪學祠堂寫六賢，左丞功業最居先。儀形已在凌煙閣，豈獨丹青一郡傳。文淵閣四庫全書本《無爲集》卷六。

三　琴材賦　桐之良者，可以作琴

世有嘉木，天鍾至音。抱良材而麗地，俟哲匠以爲琴。中藏山水之聲，能參大樂；未偶斧斤之手，獨秀喬林。嶧陽高峰，龍門淵壑。純氣所萃，奇材以託。宣情之具可以製，閑邪之操因而作。奈何時未我與，工未我度？固全天質，自爲物以混成；安得梓人，爲發音於寂寞？百尺之木，特生之桐。落落聳幹，亭亭倚空。無繁枝以示外，畜太和而在中。時或裁成，宜取義、黃之法；人能抑按，當移鄭、衛之風。正聲未揚，識之蓋寡；庸目雖衆，視之或捨。猶藏器之哲士，俟掄材之賢者。雖云陶令，非取意於絃間；又恐吳民，欲爲薪於爨下。俄有智者，過而器之。且曰堪輿之秀，巖谷之奇。激風霰於冬序，感雷霆於夏時。足以道舜民之樂，足以伸楚客之悲。如玉在山，秘珪璋之重器；猶金藏鑛，屈劍戟之雄姿。毓質若然，成功在我。非鍾山之玉兮，其徽曷稱？非園客之絲兮，其絃安可？將致於用，必陳於左。然後欲天下之治者，調其音而爲表儀；有君子之聽焉，平其心而無懈惰。是材之所禀，用難自彰；巧之所述，器無不良。儻工匠見遺，不之剪而不之斲；枝柯雖茂，胡爲宮而胡爲商？別有藝藪俊髦，儒林綱紀，明堂之柱此其選，巨川之舟此其擬。材乎材乎，豈獨琴而已哉，冀匠師之明所以！宜秋館《宋人集》本《無爲集》卷一。

四 《平律書》序

世之所謂治者，以人之和也。導其所和，莫深於樂。樂之所準，在乎律呂。是知律呂者，大樂之權鑑，而世治之本原。

然而上聖立法，後世難知。爲之之物惟三，謂玉、銅、竹。正之之法惟五，謂數、聲、度、量、權。相生以八，如黃鐘至林鐘、林鐘至太簇之類。損益以三。謂下生者三分損一，上生者三分益一。禘祭則不用商聲，謂三大禘，律呂不用商。變聲則止於宮、徵。謂七音有變宮、變徵。六管上下，班志有所差；謂蕤賓、夷則、無射損而下生，大呂、夾鐘、中呂益而上生。三統餘分，遷史有所失。謂黃鐘長八寸七分〔一〕，太簇長七寸二分二，林鐘長五寸七分四。若此之類，義深者多。

臣故著《平律書》三卷，《律呂圖》三卷以明之，所以副尊號皇帝景祐修樂之意也。

謹序。宜秋館《宋人集》本《無爲集》卷八。

〔一〕寸：原作"十"，據國家圖書館藏宋刊本改。

五 《大樂十二均圖》序

大樂十二律，律各有均，均有七聲，更相爲用。聲協本均則其樂調，聲非本均則其樂悖。非獨雅樂若此，至於燕樂亦莫不然。惟工師之明於聲者則能知之。工師知其聲而不能知其本，因聲以求本，窮本以知變，儒者之事也。

今黃鐘爲宮，則太簇、姑洗、林鐘、南呂、應鐘、蕤賓七聲相應，謂之黃鐘之均。餘律爲宮者倣此。《禮》曰五聲、六律、十二管還相爲宮。《漢志》曰宓羲作《易》，紀陽氣之初，以爲律法。建日冬至之聲，以黃鐘爲宮，太簇爲商，姑洗爲角，林鐘爲徵，南呂爲羽，應鐘爲變宮，蕤賓爲變徵。此聲氣之元，五音之正也。

夫五音相生，而獨宮、徵有變聲者何也？曰宮爲君，商爲臣，角爲民，徵爲事，羽爲物。君者，法度號令之所出也，宮故生徵；法度號令所以授臣，臣所以奉承者也，徵故生商；君臣一德，以康庶務，則萬物得所。萬物得所，則民遂其生矣，故商生羽，羽生角也。然臣有常職，民有常業，物有常形。常不可以遷，遷則失其常矣。商、角、羽三聲，此其所以無變也。君總萬化，不可執以一方；事通萬務，不可滯於一隅。故宮、徵二聲，必有變也。

今著《大樂十二均圖》一卷，既催載律呂宮調，又各取一章附於篇。按圖考聲，下可以辨工師之能否；窮本知變，上足以讚聖明之述作云爾。謹序。_{宜秋館《宋人集》本《無爲集》卷八。}

六　題范文正書《伯夷讚》

伯夷避位孤竹，責仁於周，義不食粟，死於首陽，可謂聖人之清已，其於時也，不亦難哉！

文正公書《伯夷頌》時，今中書丞相侍行青社，三十年間繼登宰輔，澤被四海，有若伊尹格於皇天，有若伊陟格於上帝，蓋千載一時也。

元祐四年四月四日，權發遣兩浙路提點刑獄公事楊傑謹題。_{宜秋館《宋人集》本《無爲集》卷九。}

七　題慧應大師《運氣經絡圖》（節錄）

五音之變，六律之序，治樂者不可不知。不知是而考擊成聲者，豈非偶諧歟？四瀆之源，百川之會，治水者不可不知。不知是而疏導有功者，豈非幸中歟？_{宜秋館《宋人集》本《無爲集》卷九。}

八　題《浮渡山峰巖圖》

潛叟樂山水至浮渡，樂而甚，故爲山之《峰巖圖》。一曰安，爲其可以居也；二曰怪，爲其有所象也；三曰險，爲其往之難也；四曰幽，爲其邃而異也。居廣泉甘，安之上也；有一不及，安之中也；有一不足，安之下也。象而近之，怪之上也；象而或差，怪之中也；象而或疏，怪之下也。人不能往，險之上也；往而惕然，險之中也；往而或惕，險之下也。既邃且異，幽之上也；有一不及，幽之中也；有一不足，幽之下也。

已而示於達翁，笑之曰："子所謂安，安之常也；子所謂怪，怪之常也；子所謂險，險之常也；子所謂幽，幽之常也。吾聞之大安不居，大怪不象，大險不難，大幽不邃。安乎？怪乎？險乎？幽乎？在於是圖。忘其圖，不盡山之勝乎？此巖圖其來固久，歷世狀者不知其幾人矣。其如形勢尚未之辨，則其安、怪、幽、險又焉所及乎！"

金陵僧慧淵善於水墨丹青，非獨能辨其形勢，至於安、怪、幽、險，悉精妙乎筆端，實與造物者爭其先後也。或平昔樂於山川者縱未達是境，若披是圖，亦可以盡得於心目矣。宜秋館《宋人集》本《無爲集》卷九。

九　上言大樂七事

一曰歌不永言，聲不依詠，律不和聲。謹按《虞書》曰："詩言志，歌永言。聲依永，律和聲。八音克諧，無相奪倫，神人以和。"蓋歌以永詩之言，五聲以依歌之詠，陽律陰呂以和其聲，金石絲竹匏土革木八音克諧，無相奪倫，然後神人以和也。若夫歌不永言，聲不依詠，律不和聲，八音不諧，而更相奪，則神人安得和哉！且金聲舂容，失之則重；石聲溫潤，失之則輕；土聲函胡，失之則下；竹聲清越，失之則高；絲聲纖微，失之則細；革聲隆大，失之則洪；匏聲叢聚，失之則長；木聲無餘，失之則短。惟人稟中和之氣，而有中和之聲，足以權量八音，使無重輕高下洪細長短之失。故古者升歌，貴人聲。八音律呂，皆以人聲歌爲度，以一聲歌一言。言雖永，不可以逾其聲。如《大善曲》"肅肅藝祖"一句，以仲南黃仲四聲歌之，聲律最爲和協。今夫歌者或詠一言〔一〕，而濫及數律；如《正安曲》"至誠感神"一字兼夷黃四聲。或章句已闋，而樂聲未終，如《正安曲》已終，尚有黃無夷夾大五聲之類。茲所謂歌不永言也。伏請節裁煩聲，以一聲歌一言，遵用永言之法。且詩言人志，詠以爲歌，五聲隨歌，故曰依詠，律呂協奏，故曰和聲。先儒云〔二〕：依人音而製樂，託樂器以寫音，樂本效人，非人效樂，此之謂也。今祭祀樂章並隨月律，聲不依詠，以詠依聲，律不和聲，以聲和律，非古制也，伏請詳定。大樂以歌爲本，律必和聲也。

二曰八音不諧，鐘、磬、簫闕四清聲事。謹按《虞書》曰："簫韶九成，鳳凰來儀。"蓋虞樂之成，以簫爲主也。商頌曰："既和且平，依我磬聲。"蓋商樂和平，以磬爲依也。《周官》鐘師"掌金奏，凡樂事，以鐘鼓奏九夏"，蓋周樂合奏以金爲首也。是鐘、磬、簫者眾樂之所宗，爲聖帝明王之所貴。數十有六，其所由來尚矣。漢得古磬十六於犍爲郡，鄭氏注《周禮》編鐘、編磬，及《大周正樂》《三禮圖》編鐘、編磬、簫並以十六爲數，示天子之樂用八鐘，磬、簫倍之，以爲十六矣。且十二者，律之本聲也，四者，律之應聲也。本聲重濁，應聲輕清。本聲爲君父，應聲爲臣子。故其四聲或曰清聲，又曰子聲也。自景祐中李照議樂以來〔三〕，鐘、磬、簫始不用四聲，是有本而無應，有唱而無和者四十餘年矣，八音何從而諧耶？今巢笙，其管皆十有九，以十二管發律呂之本聲，以七管爲律呂之應聲，用之已久，而聲至和協。伏請參考古制，依巢笙例，用編鐘、編磬、簫之四子聲以諧八音。

三曰金石奪倫事。謹按《大司樂》："文之以五聲，播之以八音。"八音雖異，其所以應律則一也。故樂奏一聲，諸器皆以其聲應也，故不可以不及，又不可以有餘。八音克諧，無相奪倫，此之謂也。今大樂之作，琴、瑟、塤、篪、笛、簫、笙、阮、箏、築奏一聲，則鎛鐘、特磬、編鐘、編磬連擊三，戾於眾樂中聲最煩數，而掩壓眾器。求其所謂"無相奪倫",不亦難哉!伏請議定大樂,其鎛鐘、特磬、編鐘、編磬並依眾器節奏,不可連擊三聲,所貴八音"無相奪倫"。

四曰舞不象成。謹按《樂記》曰:"夫樂,象成者也。總干而山立,武王之事也;發揚蹈厲,太公之志也;武亂皆坐,周、召之治也。"又曰:"武始而北出,再成而滅商。三成而南,四成而南國是疆。五成而分周公左,召公右。六成復綴以崇天子。"是大武之舞六成,象周德之成矣。國朝以謙德受禪,郊廟之樂先奏文舞,次奏武舞。其於武舞也,容節六變:一變象六師初舉,所向宜北矣;二變象上黨克平,所向宜北矣;三變象維揚底定,所向宜東南矣;四變象荊湖來歸,所向宜南矣;五變象卭蜀納欸,所向宜西矣;六變象兵還振旅,所向宜北而南矣。今夫舞者非止發揚蹈厲,進退俯仰,不稱成功盛德,差失其所向;而又文舞容節,殊無法度,故曰舞不象成也。伏乞《樂記》象成之文,議定二舞容節及改正所向,以稱成功盛德。

五曰樂失節奏。謹按孔子曰:"魯太師樂其可知也,始作翕如也,從之純如也,皦如也,繹如也。"以成始作翕如也,始作翕然如眾羽之合;縱之純純如也;節奏明白,皦如也;繹如,其緒之不窮也,然後成。今大樂之作,聲不齊一,節奏混淆,往來無敘,曷聞所謂"翕如、純如、皦如、繹如"者乎?伏請稽考孔子之言,議定大樂節奏。

六曰祭、祀、享無分樂之序。謹按《大司樂》:"乃分樂而序之,以祭以享以祀。乃奏黃鐘,歌大呂,舞雲門,以祀天神;乃奏太簇,歌應鐘,舞咸池,以祭地祇;乃奏姑洗,歌南呂,舞大磬,以祀四望;乃奏蕤賓,歌林鐘,舞大夏,以祭山川;乃奏夷則,歌小呂,舞大濩,以享先妣;乃奏無射,歌夾鐘,舞大武,以享先祖。"夫金石眾作之謂奏,詠以人聲之謂歌,陽律必奏,陰呂必歌,陰陽之合也。順陰陽之合,所以交神明,致精意也。今冬至祀天不歌大呂,夏至祭地不奏太簇,春享祖廟不奏無射,秋享后廟不歌小呂。既不能奏律歌呂順陰陽之合,以格上神;而又無專祀四望山川用樂之制,則何以贊導宣發陰陽之氣而生成萬物哉?故曰祭、祀、享無分樂之序也。伏請依《周禮》分樂之序,以奉祠事。

七曰鄭聲亂雅。謹按孔子曰:"惡紫之奪朱,惡鄭聲之亂雅樂。"然朱紫有色而易別,雅鄭無象而難知。聖人懼其難知也,故定律呂中正之音,以示萬世。揚雄曰:"中正則雅,多哇則鄭。"又曰:"黃鐘以生之,中正以平之,確乎鄭、衛不能入也。"今雅樂古器非不存也,太常律呂非不備也,而學士大夫置而不講,考擊奏作,委之賤工,如之何不使雅鄭之雜耶?伏請審調太常鐘琯,依典禮用十二律,還宮均法,令上下曉知十二律音,則鄭聲無由亂於雅也。今著《大樂十二均圖》一卷,備載律呂宮調,又各取本宮樂章一首,附於篇,以圖考聲,則雅鄭昭然別矣。宜秋館《宋人集》本《無為集》卷一五。

〔一〕今:原作"令",據國家圖書館藏宋刊本改。
〔二〕儒:原作"孺",據同上改。
〔三〕照:原作"熙",據同上改。

一〇 元祐樂議

元豐中嘗詔范鎮、劉几與臣詳議郊廟大樂，既成而奏，稱其和協。近見鎮有《元祐新定樂法》，頗與樂局所議不同。竊緣其樂，先經仁宗製，後經神考睿斷，奏之郊廟朝廷蓋已久矣，不可用鎮一家之說而遽改之，遂撰成《元祐樂議》七篇：

議樂章

國朝太樂所立曲名，各有成憲，不相淆雜，所以重正名也。故廟堂之樂，皆以"大"名之，如大喜、大仁、大英之類是也。今以文明、文曲進獻祖廟，以成安之曲進呈皇帝，以萬歲之曲進呈太皇太后，其名未正，恐難以施於宗廟朝廷。《宋會要輯稿》樂二之三〇。

議秬秠

按《爾雅》曰："秬，黑黍。"又曰："秠，一稃二米。"法律有用秬黍之文，即無用秠之說。詩云"維秬維秠"者，蓋秬是黑黍，秠乃一稃二米之黍，其種相異。鎮以為必得秠，然後製律，臣未之前聞也。《宋會要輯稿》樂二之三〇。

議量

臣元豐議樂時，常見鎮所造銅量，斛在上，斗在下，左耳為升，右耳為合，下為龠，上三下二，與漢制符矣。漢制曰量升中黃鐘，始於黃鐘而反覆焉。孟康曰反斛聲中黃鐘，覆斛亦中黃鐘之宮。是時嘗叩鐘，所造銅量，其聲不與黃鐘相合。鎮言後來所製量斛上用舊法，臣審知其不與漢制符也。若更其制，則臣不知也。但以鎮所造黃鐘之鐘參考量聲，則可知其聲之中否。《宋會要輯稿》樂二之三〇。

議鐘

鎮言"今太常鐘無大小，無厚薄，無金齊，一以黃鐘為率，而摩以取律之合。故黃鐘最薄而輕，自大呂以降，迭加重厚"。是以卑陵尊，以小加大，其可得乎？《宋會要輯稿》樂二之三〇。

議聲器

鎮論聲器之失，以為國朝李照以縱黍累尺，胡瑗以橫黍累尺，皆失之於以尺而生律也。房庶之法，以律而生尺，得古之制。鎮用太府尺以為樂尺，下今樂一律有奇，以為得其理。謹按，皇帝命伶倫斷竹節兩閒〔一〕，聽鳳之鳴，以為律呂，此造律之本也。初無用黍之法。至漢《律曆志》則曰："度本起黃鐘之長，以子穀秬黍中者，一黍之廣，度之九十分，黃鐘之長一為一分。"又曰"量起於黃鍾之龠，用度數審其容，以子穀秬黍中者千有二百,實其龠",乃有用黍之制矣。鎮以謂世無真黍,乃用太府尺以爲樂尺,蓋出於鎮一家之言,而又下一律有奇,其實下舊樂三律矣。然則管笛之類,比舊差長,竅比舊差大而短,未知久長而可厎之乎?《宋會要輯稿》樂二之三〇、三一。

〔一〕皇:當是"黃"之誤。

宮架加磬議

鎮言"國朝祀天地宗廟及大朝會,宮架內止設鎛鐘,惟后廟乃用特磬,非也。今已升后廟,特磬遂爲無用之樂,欲乞凡宮架內於鎛鐘後,各加特磬,貴乎金石之聲,大小相應"。謹按《唐六典》曰:"天子宮架之樂,鎛鐘十二,編鐘十二,編磬十二,凡三十有六虡,宗廟與殿庭同。凡中宮之樂,則以大磬代鐘,餘如宮架之制。"即無鎛鐘。特磬並設之,則爲四十八架,於古無法,恐非所宜。是以皇帝將出,宮架撞黃鐘之鐘,右五鐘皆應;皇帝興,宮架撞蕤賓之鐘,左五鐘皆應。未聞皇帝出入以特磬爲節。《禮》曰"金聲鏗鏘以立號",此之謂也。《宋會要輯稿》樂五之一六。

議十六鐘磬

鎮以謂清聲者,不見於經,惟《小胥》注云:"鐘磬者,編次之二八十六枚,而在一虡,謂之堵。"至唐又有十二清聲,其聲愈高,尤爲非是。國朝舊有四聲,置而不用,至劉几用之,與鄭無異。謹按,編鐘、編磬十六,其來遠矣。豈獨見於《周禮·小胥》之注哉!漢成帝時,犍爲郡於水濱得古磬十六枚,帝因是陳禮樂雅頌之聲,以風化天下。其事載於《禮·樂志》,不爲不詳,豈因劉几然後用哉!且漢承秦,秦未嘗製作禮樂,其稱古磬十六者,乃二帝三王之遺法也。其王朴內編鐘編磬以其聲律太高,歌者難逐,故四清聲置而不用。及神宗朝用仁宗皇帝時下二律鐘,則四清聲皆用而諧協矣。《周禮》曰:"凫氏爲鐘,薄厚之所震動,清濁之所由出。"則清聲豈不見於經哉!今鎮以簫、笛、塤、篪、巢、笙和獻於朝廷,簫必十六管,是四清聲在其間矣。自古無十二管之簫,豈簫韶九成之樂,已有鄭衛之聲乎?《宋會要輯稿》樂五之一六、一七。

吳則禮藝話（二二則）

吳則禮（？～一一二一）字子副，號北湖居士，興國永興（今湖北陽新）人，中復子。以門蔭入仕，曾爲軍器監主簿。元祐初，入河東經略使幕府。元符元年，爲衛尉寺主簿。崇寧中，累官至直秘閣。三年，編管荊南，遇赦歸潤州。宣和初，起知虢州。三年，卒於任。工詩文，韓駒《北湖居士集序》謂其文章法度嚴密，具有淵源。又與唐庚、陳師道、韓駒、曾紆等一時名士相唱和。詩風峭拔，力求出新。其著述由其子吳坰編爲《北湖居士集》三十卷，原集已佚，清四庫館臣自《永樂大典》輯出詩文，重編爲《北湖集》五卷。

一　田不伐遺《披雲圖》

田郎具眼人，會遣披雲嘯。翱也未絕參，儼公初不笑。聊須論翰墨，寧數金粟妙。全體已見前，大是頂門竅。文淵閣四庫全書本《北湖集》卷一。

二　二疏遺榮圖

飽聞疇昔設供帳，祖道都門車百兩。脱冠著屨良有人，五鼎一毛真邁往。彭澤縣令亦勝流，徑捐五斗因督郵。著書頗復恨枯槁，臭味絕知殊二老。龍眠一世論丹青，不數輞川王右丞。丹青之引誠落寞，世上只今無少陵。二疏妙致不可孤，昔人亦作《二疏圖》。龍眠捉筆守圭竇，兒輩亦復知廣受。昔人獨能圖二疏，圖以韻語至今無。丹青之引有句眼，昨者少陵今隱居。龍眠平生有妙思，筆如周商鐘鼎字。二疏之跡定不磨，照人真若前日事。文淵閣四庫全書本《北湖集》卷二。

三　聽梁聖民家琵琶

宮樣纈羅舞袖長，纖眉巧學時世粧。薰爐夜燒司衣香，酒杯到手天雨霜。檀槽徐作春雷轉，龍紋撥打黃金面。梨園妙處世不知，爲君彈徹《霓裳》遍。淮南日日花信風，新聲投老愛輕攏，試與小桃催小紅。文淵閣四庫全書本《北湖集》卷二。

四　伯時《三馬圖》

從來畫馬稱神妙，至今只說江都王。將軍曹霸實仲季，沙苑丞輩猶諸郎。龍眠老人亦畫馬，獨與三子遙相望。兩馬駢立真騏驪，一馬脫去仍騰驤。龍眠老人今則亡，嗚呼三馬誰平章。北湖居士兩鬢蒼，初無長吉古錦囊。飯豆不足將遊梁，手持三馬三太息，檣烏已復催船檣。文淵閣四庫全書本《北湖集》卷二。

五　題賈表之所藏《九馬圖》

龍顱豹股貌者誰，將軍曹霸韓幹師。權奇倜儻得殊相，筆墨真似沙中錐。監牧攻駒張太僕，曾令大奴守天育。豈如九馬百戰餘，高氣碑兀初不除。太宗結髮定天下，蹴踏九州惟九馬。太宗廣顙復高鼻，去駸九馬隨羣帝。將軍畫肉兼畫骨，踣蹄長楸欲馳突。爲儂喚取拳毛來，要遣老儒雙眼開。追飛細綺與輕紈，可但殷紅馬腦盤。將軍拜舞矜絕藝，兒輩於今說能事。緬懷疇昔玉花驄，畫工如山貌不同。將軍侍立邊承詔，江都那得稱神妙。每嗟將軍嘗引見，何人更上南薰殿。褒公鄂公安在哉，淮泗羈臣想生面。羈臣馬癖無與隣，苦心阿遁真前身。生憎駑駘喜汗血，歷塊寧須論一蹶。賈侯射虎嗤猨臂，錦囊九馬仍瑰異。終甘飽死聽奚官，八鸞六轡君姑置。文淵閣四庫全書本《北湖集》卷二。

六　從貫道求雙幅圖

江郎平生筆五色，戲遣秀句爲奇石。好絹自作凌亂光，蔦里須論纔咫尺。大兒小兒何足誇，右丞北苑有等差。孤舟自橫天拍水，江南江北多雲沙。文淵閣四庫全書《北湖集》卷二。

七　貫道惠其所作屛料理爲大軸，題之以詩

李成既死作者誰，元豐以來惟郭熙。江郎遽出繼二老，自有三昧非毛錐。江郎挽弓要射虎，心醉霸陵石飲羽。論交一世越與秦，白眼終甘守環堵。君不見昔者崑崙方壺圖，筆墨妙好絕代無。十日五日歲月徂，豈如江郎咄嗟雲出岫，石上松老楓樹枯。文淵閣四庫全書本《北湖集》卷二。

八　題鍾隱簡寂觀圖

飽知阿隱有妙處，未負從來丘壑謀。徑呼管城辦能事，長江貼貼仍晚秋。白頭故

作西河夢，獨遣老眼酬南州。邊笳牧馬豈不好，平安火過消人憂。文淵閣四庫全書本《北湖集》卷二。

九　贈江貫道

即今海內丹青妙，只有南徐江貫道。孤峯疊巘真自奇，老樹滄波亦復好。扶杖時來問麴生，戲捉毛錐吾絕倒。龍眠居士喚不譍，世上從交韋偃少。一生管城良有味，彈琴寧論老會至。時調白羽臂烏號，楊葉曾穿有能事。獨憐老子跋跋歸，故遣七絃聲作雷。老子從來知賀若，爲我剩彈烏夜啼。文淵閣四庫全書本《北湖集》卷二。

一〇　贈元暉

南宮先生晚爲郎，學語小兒說元章。屋下架屋安足數，突過鍾王妙如許。平生韻語何處有，瀾翻舊識論詩口。不落鈐鎚或自憎，舉似癡兒真敝帚。誰當料理晉馬曹，詎復酬答視愈高。憑君快寫拄板相，政應頰上加三毛。阿暉詎獨愛奇字，徑割全牛烹大胾。筆墨須論顧陸間，豈止遠過楊契丹。痿癢我作老摩詰，惟子堪任來問疾。是事且置默然坐，舌端種種一時墮。文淵閣四庫全書本《北湖集》卷二。

一一　仁老畫梅二首

疎影只橫斜，羈臣真耄耋。觀渠小開落，得此大夢覺。
玄牝要飽知，六出端不死。妙高一瓣香，付與毛錐子。文淵閣四庫全書本《北湖集》卷四。

一二　書江貫道所畫扇

胸中豈止丘壑，更有洞庭瀟湘。傳語東坡居士，後來惟教江郎。文淵閣四庫全書本《北湖集》卷四。

一三　題惠崇小景扇二首

惠崇桃塢鵝鴨，春老不畫風煙。看取團團璧月，中吞萬里江天。
綠鴨白鵝並戲，桃花不隔蒼煙。烏去自譻孤影，斷魂春水連天。文淵閣四庫全書本《北湖集》卷四。

一四　過寶晉齋贈元暉　並叙

米元暉寶晉齋，昔南宮之所遊息也，高梧叢竹，林樾禽哢，發人幽意，而異書古圖左右棲列。予每造元暉，必清言移晷。元暉讀書業文，戲弄翰墨，至其妙處，不減王右軍云。

窺徑紫苔斌麗，入門黃卷縱橫。欲知箇裏妙處，時遣鶻鵃一鳴。文淵閣四庫全書本《北湖集》卷四。

一五　題米元暉臨北苑山水

平生胸中丘壑，天公乞與羈臣。要遣毛錐舉似，此事兒輩不嗔。文淵閣四庫全書本《北湖集》卷四。

一六　題鳳林園圖寄曾公卷

老分符竹髮疎疎，手把南徐一紙書。端恨相望隔函谷，故應時展鳳林圖。文淵閣四庫全書本《北湖集》卷四。

一七　戲嘲壁上畫軸

寒林淡墨人争看，對面奇峯孰會心。已是世人唯識假，只緣清景少人尋。文淵閣四庫全書本《北湖集》卷四。

一八　賦魏相之所收花光老小景

湖北湖南天水寬，道人付此一毫端。魏郎得之不自供，要遣百山老眼看。文淵閣四庫全書本《北湖集》卷四。

一九　石恪畫醉僧

倒街卧路誰復嗔，粥魚齋皷强喚人。莫疑只今五斗醉，要會從來三昧身。文淵閣四庫全書本《北湖集》卷四。

二〇　題吳道人庵壁間米元暉畫

阿暉戲拈禿筆，便與北苑争雄。幻出幼輿丘壑，仍現一漚影中。文淵閣四庫全書本《北湖集》卷四。

二一 米老《山水銘》跋

訓也，浩也，同也，成也，雖能事畢矣，而未離乎軌度，惟米元章脫棄筆墨，獨參妙處。_{清鮑廷博抄校本《北湖集》卷五。}

二二 《北湖草蟲圖》跋

舊傳盱眙盛氏藏郭元芳畫草蟲，王公拱辰爲之序，周越書，世以爲奇妙。政和丙申，予舟過泗上，始獲見之。王公序固詳盡，而越書不著姓名，其作字與予平日所見越楷法小異。元芳畫渲染固盡善，然設色太細，甚者失真，而生意不足，筆墨不到古人。鄭姓端修，盱眙人，作草蟲捉筆不群，自其少時已見奇於名公鉅人，而遺墨滿篋，往往爲好事者取去。予因使之改其舊轍，用江南法作草蟲圖，合七十種。發奩生動，落墨著色，簡遠高古，駸駸與徐氏父子抗衡，殆神品矣。端修年寖高，鬚髮盡白。一日病死，若此畫可復得哉？噫，今人貴遠而忽近，實其膏肓。予因名之爲《北湖草蟲圖》云。

九月晦日，北湖居士書。_{清鮑廷博抄校本《北湖集》卷五。}

釋文瑩藝話（一四則）

釋文瑩（生卒年不詳）字道溫，熙寧間錢塘（今浙江杭州）人。嘗居西湖菩提寺，後退居於荊州金鑾寺。熙寧間，住長沙。多與文士交遊，丁謂、歐陽修、蘇舜欽、劉摯、鄭獬等均與之爲方外友。長於詩歌，蘇舜欽稱其詩"篇篇清雄，有古作者氣態"（劉摯《詩集序》引）；鄭獬《文瑩師詩集序》稱其詩"語雄氣逸，而致思深處，往往似杜紫微，絕不類浮屠師之所爲者"。著有《渚宮集》三卷，今已佚。又嘗集宋初至熙寧間文章故實，撰《湘山野錄》四卷、《玉壺清話》（又名《玉壺野史》）十卷。

《湘山野錄》（選錄　四則）

金陵賞心亭，丁晉公出鎮日重建也。秦淮絕致，清在軒檻，取家篋所寶《袁安卧雪圖》張於亭之屏，乃唐周昉絕筆。凡經十四守，雖極愛而不敢輒覬，偶一帥遂竊去，以市畫蘆鴈掩之。後君玉王公琪復守是郡，登亭留詩曰："千里秦淮在玉壺，江山清麗壯吴都。昔人已化遼天鶴，舊畫難尋《卧雪圖》。冉冉流年去京國，蕭蕭華髮老江湖。殘蟬不會登臨意，又噪西風入座隅。"此詩與江山相表裏，爲貿畫者之蕭斧也。文淵閣四庫全書本《湘山野錄》卷上。

余頃與凌叔華郎中景陽登襄陽東津寺閣，凌博雅君子也，蔡君謨、吳春卿皆昔師之，素稱翰墨之妙。時寺閣有舊題二十九字在壁者，字可三寸餘，其體類顔而逸，勢格清美，無一點俗氣。其語數句又簡而有法，云："楊孜，襄陽人，少以詞學名於時，惜哉不歸！今死矣，遺其親於尺土之下，悲夫！"止吾二人者徘徊玩之，不忍去。恨不知寫者爲誰，又不知所題之事。後詰之於襄人，迺楊庶幾學士，死數載，棄雙親之殯在香巖界佛舍中已廿年。《湘山野錄》卷中。

韓熙載字叔言，事江南三主，時謂之神仙中人。風彩照物，每縱轡春城秋苑，人皆隨觀。談笑則聽者忘倦，審音能舞，善八分及畫筆皆冠絕，簡介不屈，舉朝未嘗拜一人。每獻替，多嘉納，吉凶儀制不如式者，隨事稽正，制誥典雅，有元和之風。屢欲相之，爲宋齊邱深忌，終不進用。陳覺以福州之敗，齊邱庇之，特赦不誅。熙載上疏廷爭，必請寘法。齊邱益怒，誣以縱酒少檢，貶和州司馬。其實平生不飲，璟覺其譖，非久召還，年六十九，拜中書侍郎，卒。煜嘗恨不得熙載爲相，贈平章事，諡"文靖"。嚴僕射續以位高寡學，爲時所鄙。又江文蔚嘗作《蟹賦》譏續，略曰"外視多足，中無寸腸"，又有"口裹雌黃，每失途於相沫；胸中戈甲，嘗聚衆以橫行"之句。續深銜之，強自激昂。以熙載有才名，固請撰其父神道碑，欲苟稱譽取信於人。以珍貨幾萬緡，仍輟未勝衣一歌鬟質冠洞房者，爲濡毫之贈，意其獲盼，必可深諷。熙載納贈愛姬，遂納其請，文既成，但叙譜裔品秩及薨葬褒贈之典而已，無點墨道及續之事業者，續嫌之，封還，尚冀其改竄。熙載亟以向所贈及歌姬悉還之，臨登車，止寫一闋於泥金雙帶，曰："風柳搖搖無定枝，陽臺雲雨夢中歸。他年蓬島音塵斷，留取樽前舊舞衣。"

歐公撰《石曼卿墓表》，蘇子美書，邵餗篆額。山東詩僧祕演力幹，屢督歐俾速撰，文方成，演以闕二兩置食於相藍南食殿。殫訖，白歐公寫名之日爲具，召館閣諸公觀子美書。書畢，演大喜曰："吾死足矣！"飲散，歐、蘇囑演曰："鐫訖，且未得打。"竟以詞翰之妙，演不能却。歐公忽定力院見之，問寺僧曰："何得？"僧曰："半千買得。"歐怒，回詬演曰："吾之文反與庸人半千鬻之，何無識之甚！"演滑稽特精，徐語公曰："學士已多他三百八十三矣。"歐愈怒曰："是何？"演："公豈不記作省元時，庸人競摹新賦，叫於通衢，復更名呼云'兩文來買歐陽省元賦'，今一碑五百，價已多矣。"歐因解頤。徐又語歐曰："吾友曼卿不幸蚤世，固欲得君之文張其名，與日星相磨；而又窮民售之，頗濟其乏，豈非利乎！"公但笑而無説。以上《湘山野録》卷下。

《續湘山野録》（選録 二則）

太宗作九絃琴、七絃阮。嘗聞其琴，蓋以宮絃加廿絲號爲大武，宮絃減廿絲號爲小武；其大絃下宮徽之一徽定其聲，小絃上宮徽之一徽定其聲。太宗嘗酷愛宮詞中十小調子，乃隋賀若弼所撰，其聲與意及用指取聲之法，古今無能加者。十調者：一曰《不博金》，二曰《不換玉》，三曰《夾泛》，四曰《越溪吟》，五曰《越江吟》，六曰《孤猿吟》，七曰《清夜吟》，八曰《葉下聞蟬》，九曰《三清》，外一調最優古，忘其名，琴家祇命曰《賀若》闕。太宗嘗謂《不博金》《不換玉》二調之名頗俗，御改《不博金》爲《楚澤涵秋》，《不換玉》爲《塞門積雪》。命近臣十人各探一調撰一辭，蘇翰林易簡探得《越江吟》，曰："神仙神仙瑤池宴，片片碧桃，零落春風晚。翠雲開處，隱隱金轝挽，玉麟背冷清風遠。"文瑩京師遍尋琴、阮待詔。皆云七絃阮、九絃琴藏祕府。不得見。

鄭仲賢善詩，可參二杜之間，予收之最多。《歸田録》所採者非警絕，蓋歐公未全見也。在江南，師徐騎省鉉小篆，嘗篆《千文》以示鉉，其字學不出一中指之甲。騎省嘗曰："篆難於小而易於大。鄭子小篆，李陽冰不及，若大篆可兼爾。"又學琴於崔諭德遵度，崔謂楊大年曰："鄭仲賢彈琴，恐古有之，若今則無。吾篋中畜琴樸一琴號'水泉'者，乃江南故國清風閣所寶，本欲齎葬泉下，託君贈之，爲我於龍池題數字記於腹，此琴之聲可蓋餘琴六七面。"仲賢沒，其子於陵進於祕府。文集二十卷、《談苑》十卷、《江表志》二十卷。壽六十一。以上文淵閣四庫全書本《續湘山野錄》。

《玉壺野史》（選錄 八則）

興國中，太宗建祕閣，選三館書以實焉，命參政李至專掌。一日，李昉、宋琪、徐鉉三學士扣新閣求書以觀，至性畏慎，拒曰："扃鑰誠某所掌，籤函巾幕嚴祕難啓，奈諸君非所職，竊窺不便。"三人者笑謂至曰："請無慮，主上文明，吾輩苟以觀書得罪，不猶愈他咎乎？"因強拉祕鑰啓窺。至密遣閣吏聞奏。上知之，亟走就閣賜飲，仍令盡出圖籍古畫，賜昉等縱觀。昉上言："請升祕閣於三館之次。"從之。仍以飛白閣額賜之，及賜草書《千字文》。至請勒石，上曰："《千字文》本無稽，梁武帝得鍾繇破碑，愛其書，命周興嗣次韻而成之，文理無足取。夫孝爲百行之本，卿累欲勒石，朕不惜爲卿寫《孝經》本刻於閣壺，以敦化也。"

李集賢建中，冲退喜道，處縉紳有逍遙之風。善翰劄，行筆尤工，至於草隸分篆，俱絕其妙，人得之則寶焉。爲詩清淡閒暇，如其人也。有《杭州望湖樓》詩："小艇閒撐處，湖天景物微。春波無限綠，白鳥自由飛。落日孤汀遠，輕煙古寺稀。時携一壺酒，戀到晚凉歸。"《西湖》詩有"漲煙春氣重，貯月夜痕深"之句，皆類於此。晚喜洛中景物，求留司，園池亭榭，瀟灑自如，每喜誦《楞嚴》中四句云："將聞持佛佛，何不自聞聞，聞復翳根除，塵消覺圓净。"凡起居皆詠之。後被詔與張君房集賢校勘《道藏》，時號稱職。以上《玉壺野史》卷一。

馮瀛王道，德度凝厚，事累朝，體猶山立。其子吉，特浮俊無檢，爲少卿。善琵琶，妙出樂府，世無及者。父酷戒之，略無少悛。一日家宴，固欲辱之，處賤伶之衆，執器立於庭，奏數曲罷，列於纏頭縑鐋隨衆伶給之。吉置縑鐋於左肩，抱琵琶按膝長跪，厲聲呼謝而退。家人大笑於箔，回首謂父曰："能爲吉進此技於天子否？"凡賓飲聚，長爲不速，酒酣即彈，彈罷起舞，舞罷作詩，昂然而去，自謂曰"馮三絕"。及撰《昭憲太后謚議》，舉朝嘆服。乾德四年郊，禮容樂節，刊正漸備，有司奏其闕典，但少宗廟殿庭宮懸三十六架，加鼓吹熊羆十二。按《樂禮》，朝會登歌用《五瑞》，郊廟奠獻用《四瑞》，回至樓前奏《采茨之曲》，御樓奏《隆安之曲》，各用樂章。又《八佾之舞》，以象文德武功，請用《玄德升聞》《天下大定之舞》。卒從其請。

竇禹鈞生五子，儀、儼、侃、偁、僖等，相繼登科，馮瀛王贈禹鈞詩，有"靈椿一樹老，丹桂五枝芳"，時號"竇氏五龍"。昆仲材業，儀、儼尤著。儀爲禮部侍郎，太祖欲相之。趙韓王自寡學，忌儀明博，亟引薛居正參大政以塞之。弟儼素蘊文學，爲周世宗所重，判太常寺，校管籥鐘磬，辨清濁上下之數，分律吕還相之法，去京房清宫一管，調之二年，方合大律。又善樂章，凡三弦之通，七弦之琴，十二弦之筝，二十五弦之瑟，三漏之篪，七漏之笛，八漏之篪，十七管之笙，二十三管之簫，皆立譜調，按通而合之。器雖異而均和不差，編於歷代樂章之後，目曰《大周正樂譜》。樂寺掌之，依文教習。尤善推步星曆，與盧多遜、楊徽之同在諫垣，預謂二公曰："丁卯歲，五星當連珠於奎，奎主文，又在魯分野，自此天下始太平。二拾遺必見之，老夫不與也。"果在乾德丁卯歲，五星連珠於奎，太宗鎮充、海。其明博如此。

郭忠恕畫殿閣重複之狀，梓人較之，毫釐無差。太祖聞其名，詔授監丞。將建開寶寺塔，浙匠喻皓料一十三層，郭以所造小樣未底一級折而計之，至上層餘一尺五寸，殺_{去聲}收不得，謂皓曰："宜審之。"皓因數夕不寐，以尺較之，果如其言。黎明叩其門，長跪以謝。尤工篆籀詩章，惟縱酒無檢，多突忤於善人。聶崇義建隆初拜學官，河、洛之師儒也，趙韓王嘗拜之。郭使酒詠其姓玩之曰："近貴全爲聵，攀龍即是聾，雖然三箇耳，其奈不成聰。"崇義應聲，反以"忠恕"二字解其嘲曰："勿笑有三耳，全勝畜二心。"忠恕大慚，終亦以此敗檢，坐謗時政，擅貨官物，流登州。中途卒，槁葬於官道之旁。他日親友與斂葬，發土視之，輕若蟬蛻，非區中之物也。李留臺建中以書學名家，手寫忠恕《汗簡集》以進，皆科斗文字。太宗深悼惜之，詔付祕閣。_{以上《玉壺野史》卷二。}

戴恩爲御龍弓箭直都虞候。一日，西蜀進青龍城道觀《長壽仙人圖》，其本吳道元之跡。太宗閱之，酷肖戴恩，又恐所見有殊，亟召數班軍校近侍內臣徧示之，曰："汝輩且道此圖似何人？"羣口合奏曰："似戴恩。"上笑而異之，因是進用。後遷寧遠軍節度，舉朝止呼戴長壽。《玉壺野史》卷四。

國初，王朴、竇儼講求大樂，考正律吕，無不協。朴、儼沒，患無繼者。後和峴，故相凝之子也，禮樂二學，特勝前儒。太祖天性悟音律，末年郊饗，覺雅樂聲高，謂學臣曰："必圭黍尺度之差。"詔峴平之。峴精意調整，而終不和，歸家，私謂弟嶸曰："鐘管之中，賓聲終高，主聲不甚暢亮，主上其將不豫乎？"踰年，果崩。樂府中有古玉管，素號"又_{一作人}。手笛"，無稽也，上意欲增入雅樂。峴調品使合大律，別立號爲"拱辰管"，入雅樂。弟嶸，凝之幼子，知制誥，南郊，贊導乘輿，俯仰如畫，神彩照物。太宗愛之，謂宰臣曰："朕深欲詔嶸入翰林，但恐其眸子眊然，視物不正，不可爲近侍。"《玉壺野史》卷五。

韓熙載才名遠聞，四方載金帛，求爲文章碑表如李邕焉，俸入賞賫，倍於他等。畜聲樂四十餘人，闈檢無制，往往特出外齋，與賓客生旦雜處。後主屢欲相之，但患其疏簡。《玉壺野史》卷十。

郭若虛藝話

郭若虛（生卒年不詳），太原（今山西太原）人。熙寧七年爲左藏庫副使，通判涇州。八年爲文思副使。元豐中，撰《圖畫見聞誌》六卷（存），裒錄唐永昌至宋熙寧年間之畫品畫家事跡，爲中國畫史上的重要著作。

《圖畫見聞誌》
《圖畫見聞誌》原序

余大父司徒公雖貴仕而喜廉退恬養，自公之暇，惟以詩書琴畫爲適。時與丁晉公、馬正惠蓄畫均，故畫府稱富焉。先君少列躬蹈懿節，鑑裁精明，珍藏罔墜，欲養不逮，臨言感噎。後因諸族人間取分玩，緘縢罕觸，日居月諸，漸成淪棄。賤子雖甚不肖，然於二世之好，敢不欽藏？

嗟乎，遡自弱年，流散無幾，近歲方購尋遺失，或於親戚間，以他玩交酬，凡得十餘卷，皆傳世之寶。每宴坐虛庭，高懸素壁，終日幽對，愉愉然不知夫天地之大，萬物之繁，況乎驚寵辱於勢利之場，料得喪於賓士之域者哉！復遇朋游覯止，互出名蹤，評論得以資深，銓較由之廣博，雖不與戴、謝並生，愚竊慕焉。又好與當世名手甄明體法，講練精微，凡所見聞，當從實錄。

昔唐張彥遠字愛賓，嘗著《歷代名畫記》，其間自黃帝時史皇而下，總括畫人姓名，絕筆於永昌元年。厥後撰集者，率多相亂，事既重疊，文亦繁衍。

今考諸傳記，參較得失，續自永昌元年，後歷五季，通至本朝熙寧七年，名人藝士編而次之。其有畫跡尚晦於時，聲聞未喧於眾者，更竢將來。亦嘗覽諸家畫記，多陳品第，今之作者，互有所長，或少也嫩，而老也壯；或始也勤，而終也怠。今則不復定品，惟筆其可紀之能，可談之事，暨諸家畫說略而未至者，繼以傳記中述畫故事並本朝事跡，採摭編次，釐爲六卷，目之曰《圖畫見聞誌》。後之博雅君子或加點竄，將可取於萬一。郭若虛序。文淵閣四庫全書本《圖畫見聞誌》卷首。

《圖畫見聞誌》卷一
敘諸家文字

自古及近代紀評畫筆，文字非一，難悉具載，聊以其所見聞，篇目次之。凡三十家。

《名畫集》（南齊高帝撰）

《古畫品錄》（謝赫撰）

《裝馬譜》（毛惠遠撰）

《昭公錄》（梁武帝撰）

《僧繇錄》（亡名氏）

《畫說文》（亡名氏）

《述畫記》（後魏孫暢之撰）

《續畫品錄》（陳姚最撰）

《後畫品錄》（唐沙門彥撰）

《畫斷》（張懷撰）

《名畫獵精錄》（亡名氏）

《後畫品錄》（李嗣真撰）

《雜色駿騎錄》（韓幹撰）

《繪境》（張璪撰）

《畫評》（顧況撰）

《續畫評》（劉整撰）

《公私畫錄》（裴孝源撰）

《畫拾遺錄》（竇蒙撰）

《畫山水錄》（吳恬撰。一名玠）

《唐朝名畫錄》（朱景玄撰）

《歷代名畫記》（張彥遠撰）

《畫山水訣》（荊浩撰。一名洪穀子）

《梁朝畫目》（亡名氏）

《廣畫新集》（蜀沙門仁顯撰）

《益州畫錄》（辛顯撰）

《江南畫錄》（亡名氏）

《江南畫錄拾遺》（徐鉉撰）

《廣梁朝畫目》（皇朝胡嶠撰）

《總畫集》（黃休復撰）

《本朝畫評》（劉道醇纂，符嘉應撰）

敘國朝求訪

畫之源流，諸家備載。爰自唐季兵難，五朝亂離，圖畫之好，乍存乍失。逮我宋上符天命，下順人心。肇建皇基，肅清六合。沃野謳歌之際，復覩堯風；坐客閒宴之餘，兼窮繪事。太宗皇帝，欽明濬哲，富藝多才。時方諸偽歸真，四荒重譯，萬機豐暇，屢購珍奇。太平興國間，詔天下郡縣搜訪前哲墨跡圖畫。先是，荊湖轉運使得漢張芝草書、唐韓幹馬二本以獻之，韶州得張九齡畫像並文集九卷袠進；後之繼者，難可勝紀。又敕待詔高文進、黃居寀，搜訪民間圖畫。端拱元年，以崇文院之中堂置秘閣，命吏部侍郎李至兼秘書監，點檢供御圖書。選三館正本書萬卷，實之秘監以進御。退余藏於閣內，又從中降圖畫並前賢墨跡數千軸以藏之。淳化中閣成，上飛白書額，親幸，召近臣縱觀圖籍，賜宴。又以供奉僧元靄所寫《御容》二軸，藏於閣。又有天章、龍圖、寶文三閣。後苑有圖書庫，皆藏貯圖書之府。秘閣每歲因暑伏曝蕷，近侍暨館閣諸公張筵縱觀。圖典之盛，無替天祿石渠妙楷寶跡矣。

敘自古規鑒

《易》稱"聖人有以見天下之賾，而擬諸其形容，象其物宜，是故謂之象"。又曰"象也者，像此者也"。嘗考前賢畫論，首稱像人，不獨神氣骨法衣紋嚮背為難。蓋古人必以聖賢形象、往昔事實，含毫命素。製為圖畫者，要在指鑒賢愚，發明治亂。故魯殿紀興廢之事，麟閣會勳業之臣，跡曠代之幽潛，託無窮之炳煥。昔漢孝武帝欲以鉤弋趙婕妤少子為嗣，命大臣輔之。惟霍光任重大，可屬社稷。乃使黃門畫者畫《周公負成王朝諸侯》以賜光。孝成帝遊於後庭，欲以班婕妤同輦載。婕妤辭曰："觀古圖畫，聖賢之君，皆有名臣在側。三代末主，乃有嬖幸。今欲同輦，得無近似之乎？"上善其言而止。太后聞之喜曰："古有樊姬，今有班婕妤。"又嘗設宴飲之會，趙、李諸侍中皆引滿舉白，談笑大噱。時乘輿幄坐，張畫屏風，畫紂醉踞妲己作長夜之樂。上因顧指畫問班伯曰："紂為無道至於是乎？"伯曰："《書》云，乃用婦人之言，何有踞肆於朝？所謂眾惡歸之，不如是之甚者也。"上曰："苟不若此，此圖何戒？"伯曰："沉湎於酒，微子所以告去也；式號式謼，大雅所以流連也。謂《書》淫亂之戒，其原在於酒。"上喟然歎曰："久不見班生，今日復聞讜言。"後漢光武明德馬皇后，美於色，厚於德，帝用嘉之，嘗從觀畫虞舜，見娥皇女英。帝指之戲后曰："恨不得如此為妃。"又前見陶唐之像，后指堯曰："嗟乎，群臣百僚恨不得為君如是！"帝顧而笑。唐德宗詔曰："貞元己巳歲秋九月，我行西宮，瞻閟閣崇構，見老臣遺像，顒然肅然，和敬在色。想雲龍之葉應，感致業之艱難，睹往思今，取類非遠。"文宗大和二年，自撰集《尚書》中君臣事跡，命畫工圖於太液亭，朝夕觀覽焉。漢文翁學堂，在益州大城內，昔經頹廢，後漢蜀郡太守高朕復繕立，乃圖畫古人聖賢之像及禮器瑞物於壁。唐韋機為壇州刺史，以邊人僻陋，不知文儒之貴，修學館，畫孔子七十二弟子、漢晉名儒像，自為讚，敦勸生徒，繇茲大化。夫如是，豈非文未盡經緯，而書不能形容，然後繼之於畫也。所謂與六籍同功，四時並運。亦宜哉！

敘圖畫名意

古之秘畫珍圖，名隨意立。典範則有《春秋》《毛詩》《論語》《孝經》《爾雅》等圖（上古之畫多遺其姓），其次後漢蔡邕有《講學圖》，梁張僧繇有《孔子問禮圖》，隋鄭法士有《明堂朝會圖》，唐閻立德有《封禪圖》，尹繼昭有《雪宮圖》；觀德則有《帝舜娥皇女英圖》（亡名氏），隋展子虔有《禹治水圖》，晉戴逵有《列女仁智圖》，宋陸探微有《勳賢圖》；忠鯁則隋楊契丹有《辛毗引裾圖》，唐閻立本有《陳元達鎖諫圖》，吳道子有《朱雲折檻圖》；高節則晉顧愷之有《祖二疏圖》，王廙有《木雁圖》，宋史藝有《屈原漁父圖》，南齊蘧僧珍有《巢由洗耳圖》；壯氣則魏曹髦有《卞莊刺虎圖》，宋宗炳有《獅子擊象圖》，梁張僧繇有《漢武射蛟圖》；寫景則晉明帝有《輕舟迅邁圖》，衛協有《穆天子宴瑤池圖》，史道碩有《金穀園圖》，顧愷之有《雪霽望五老峰圖》；靡麗則晉戴逵有《南朝貴戚圖》，宋袁倩有《丁貴人彈曲項琵琶圖》，唐周昉有《楊妃架雪衣女亂雙陸局圖》；風俗則南齊毛惠遠有《剡中溪谷村墟圖》，陶景真有《永嘉屋邑圖》，隋楊契丹有《長安車馬人物圖》，唐韓幹有《堯民鼓腹圖》。以上圖畫，雖不能盡見其跡，前人載之甚詳。但愛其佳名，聊取一二，類而錄之。

論製作楷模

大率圖畫，風力氣韻，固在當人。其如種種之要，不可不察也。畫人物者必分貴賤氣貌、朝代衣冠，釋門則有善功方便之顏，道像必具修真度世之範，帝王當崇上聖天日之表，外夷應得慕華欽順之情，儒賢即見忠信禮義之風，武士固多勇悍英烈之貌，隱逸俄識肥遁高世之節，貴戚蓋尚紛華侈靡之容，帝釋須明威福嚴重之儀，鬼神乃作醜觚（尺者切）馳趡（於鬼切）之狀，士女宜富秀色婑（烏果切）媠（奴坐切）之態，田家自有醇甿樸野之真。恭鷙愉慘，又在其間矣。畫衣紋林石，用筆全類於書。畫衣紋有重大而調暢者，有縝細而勁健者，勾綽縱掣，理無妄下，以狀高側、深斜、捲折、飄舉之勢。畫林木有謬枝、挺幹、屈節、皴皮、紐裂多端，分敷萬狀。作怒龍驚虺之勢，聳凌雲翳日之姿，宜須崖岸豐隆，方稱蟠根老壯也。畫山石者多作礬頭，亦為凌面。落筆便見堅重之性，皴淡即生窊凸之形，每留素以成雲，或借地以為雪，其破墨之功，尤為難也。畫畜獸者，全要停分嚮背，筋力精神，肉分肥圓，毛骨隱起，仍分諸物所稟動止之性（四足唯兔掌底有毛，謂之建毛）。畫龍者折出三停（自首至膊，膊至腰，腰至尾也），分成九似（角似鹿，頭似駝，眼似鬼，項似蛇，腹似蜃，鱗似魚，爪似鷹，掌似虎，耳似牛也），窮游泳蜿蜒之妙，得回蟠升降之宜，仍要駿鬣肘毛，筆劃壯快，直自肉中生出為佳也（凡畫龍開口者易為巧，合口者難為功。畫家稱"開口貓兒合口龍"，言其兩難也）。畫水者有一擺之波，三折之浪，布之字之勢，分虎爪之形，湯湯若動，使觀者浩然有江湖之思為妙也。畫屋木者，折算無虧，筆劃勻壯，深遠透空，一去百斜。如隋唐五代已前，洎國初郭忠恕、王士元之流，畫樓閣多見四角，其斗栱逐鋪作為之，嚮背分明，不失繩墨。今之畫者，多用直尺，一就界畫，分成斗栱，筆跡繁雜，無壯麗閒雅之意。畫花果草木，自有四時景候，陰陽嚮背，筍條老嫩，苞萼後先，逮諸園蔬野草，咸有出土體性。畫翎毛者，必須知識諸禽形體名件，自嘴喙口臉眼緣（去聲），叢林腦毛、披簑毛，翅有梢（去聲）翅、有蛤翅，翅邦（上聲）上有大節小節、大小窩翎、次及六梢，又有料（平聲）風、掠草（彌縫翅翮之間）、散尾、壓磹尾、肚毛、腿褲、尾錐，腳有探爪（三節）、食爪（二節）、撩爪（四節）、托爪（一節）、宣黃、八甲，鷙鳥眼上謂之看棚（一名看簷），背毛之間謂之合溜。山鵲雞類，各有歲時蒼嫩、皮毛眼爪之異。家鵝鴨即有子肚，野飛水禽自然輕梢（去聲）。如此之類，或鳴集而羽翮緊戢，或寒棲而毛葉鬆泡（去聲）。已上具有名體處所，必須融會，闕一不可。設或未識漢殿、吳殿、樑柱、斗栱、叉手、替木、熟柱、駝峰、方莖、額道、抱間、昂頭、羅花羅幔、暗製綽幕、猢孫頭、琥珀枋、龜頭、虎座、飛簷、撲水、膊風、化廢、垂魚、惹草、當鉤、曲脊之類，憑何以畫屋木也。畫者尚罕能精究，況觀者乎？

論衣冠異制

自古衣冠之制，薦有變更。指事繪形，必分時代；袞冕法服，三禮備存。物狀實繁，難可得而載也。漢魏已前，始戴幅巾。晉宋之世，方用冪䍦。後周以三尺皂絹，向後幞髮，名折上巾，通謂之襆頭。武帝時裁成四腳。隋朝唯貴臣服黃綾紋袍、烏紗帽、九環帶、六合靴（起於後魏），次用桐木黑漆爲巾子，裹於襆頭之內，前繫二腳，後垂二腳，貴賤服之，而烏紗帽漸廢。唐太宗嘗服翼善冠，貴臣服進德冠，至則天朝，以絲葛爲襆頭巾子，以賜百官。開元間始易以羅，又別賜供奉官及內臣圓頭宮樣巾子，至唐末方用漆紗裹之，乃今襆頭也。三代之際皆衣襴衫。秦始皇時以紫緋綠袍爲三等品服，庶人以白。《國語》曰："袍者，朝也。古公卿上服也。"至周武帝時下加襴。唐高宗朝，給五品以上隨身魚。又敕品官紫服、金玉帶。深淺緋服、並金帶；深淺綠服、並銀帶；深淺青服、並鍮石帶。庶人服黃銅鐵帶。一品以下文官帶手巾、算袋、刀子、礪石；武官亦聽。睿宗朝制，武官五品已上帶七事跕蹀（佩刀、刀子、磨石、契苾、噦厥、計筒、火石袋也），開元初復罷之。晉處士馮翼，衣布大袖，周緣以皂，下加襴，前繫二長帶。隨唐朝野服之，謂之馮翼之衣，今呼爲直裰（《禮記·儒行篇》："魯哀公問於孔子曰：'夫子之服，其儒服與？'孔子對曰：'丘少居魯，衣逢掖之衣；長居宋，冠章甫之冠。'"注云："逢，大也。大掖大袂，禪衣也。逢掖與馮翼音相近。"）。又《梁志》有褲褶以從戎事。三代已前，人皆跣足；三代以後，始服木屐。伊尹以草爲之，名曰履；秦世參用絲革。靴本胡服，趙靈王好之，制有司衣袍者宜穿皂靴。唐代宗朝，令宮人侍左右者穿紅錦靿靴。凡在經營，所宜詳辨。至如閻立本圖《昭君妃（音配）虜》，戴帷帽以據鞍；王知慎畫《梁武南郊》，有衣冠而跨馬。殊不知帷帽創從隋代，軒車廢自唐朝，雖弗害爲名蹤，亦丹青之病耳（帷帽如今之席帽，周回垂網也）。

論氣韻非師

謝赫云："一曰氣韻生動，二曰骨法用筆，三曰應物象形，四曰隨類賦彩，五曰經營位置，六曰傳摸移寫。六法精論，萬古不移。然而骨法用筆以下，五者可學。如其氣韻，必在生知，固不可以巧密得，復不可以歲月到。默契神會，不知然而然也。"嘗試論之，竊觀自古奇跡，多是軒冕才賢，巖穴上士。依仁遊藝，探賾鉤深，高雅之情，一寄於畫。人品既已高矣，氣韻不得不高；氣韻既已高矣，生動不得不至。所謂神之又神，而能精焉。凡畫必周氣韻，方號世珍。不爾雖竭巧思，止同眾工之事。雖曰畫，而非畫。故楊氏不能授其師，輪扁不能傳其子。繫乎得自天機，出於靈府也。且如世之相押字之術，謂之心印，本自心源，想成形跡，跡與心合，是之謂印。矧乎書畫發之於情思，契之於綃楮，則非印而何？押字且存諸貴賤禍福，書畫豈逃乎氣韻高卑？夫畫猶書也。楊子曰："言，心聲也。書，心畫也。聲畫形，君子小人見矣。"

論用筆得失

凡畫，氣韻本乎遊心，神彩生於用筆。用筆之難，斷可識矣。故愛賓稱唯王獻之能為一筆書，陸探微能為一筆畫。無適一篇之文、一物之像，而能一筆可就也。乃是自始及終，筆有朝揖，連綿相屬，氣脈不斷。所以意存筆先，筆周意內，畫盡意在，像應神全。夫內自足，然後神閑意定；神閑意定，則思不竭而筆不困也。昔宋元君將畫圖，眾史皆至，受揖而立，紙筆和墨在外者半。有一史後至者，僵僵然不趨，受揖不立。因之舍，公使人視之，則解衣盤礴。嬴君曰："可矣，是真畫者也。"又畫有三病，皆繫用筆。所謂三者，一曰版，二曰刻，三曰結。版者，腕弱筆癡，全虧取與，物狀平褊，不能圓混也；刻者，運筆中疑，心手相戾，勾畫之際，妄生圭角也；結者，欲行不行，當散不散，似物凝礙，不能流暢也。未窮三病，徒舉一隅，畫者鮮克留心，觀者當煩拭眥（大抵氣韻高，筆劃壯，則愈玩愈妍；其或格凡毫懦，初觀縱似可採，久之還復意怠矣）。

論曹吳體法

曹、吳二體，學者所宗。按唐張彥遠《歷代名畫記》稱："北齊曹仲達者，本曹國人，最推工畫梵像，是為曹。謂唐吳道子曰吳。吳之筆，其勢圓轉，而衣服飄舉；曹之筆，其體稠疊，而衣服緊窄。故後輩稱之曰：'吳帶當風，曹衣出水。'"又按蜀僧仁顯《廣畫新集》言曹曰："昔竺乾有康僧會者，初入吳，設像行道，時曹不興，見西國佛畫儀範寫之。故天下盛傳曹也。"又言吳者，起於宋之吳暕之作，故號吳也。且南齊謝赫云："不興之跡，代不復見，唯秘閣一龍頭而已。觀其風骨，擅名不虛。吳暕之說，聲微跡曖，世不復傳。"（謝赫云："擅美當年，有聲京洛，在第三品江僧寶下也。"）至如仲達見北齊之朝，距唐不遠；道子顯開元之後，繪像仍存。證近代之師承，合當時之體範，況唐室已上，未立曹、吳。豈顯釋寡要之談，亂愛賓不刊之論。推時驗跡，無愧斯言也（雕塑鑄像，亦本曹、吳）。

論吳生設色

吳道子畫，今古一人而已。愛賓稱前不見顧、陸，後無來者。不其然哉？嘗觀所畫牆壁、卷軸，落筆雄勁，而傅彩簡淡。或有牆壁間設色重處，多是後人裝飾。至今畫家有輕拂丹青者，謂之吳裝（雕塑之像，亦有吳裝）。

論婦人形相

歷觀古名士畫金童玉女及神仙星官中，有婦人形相者，貌雖端嚴，神必清古，自有威重儼然之色，使人見則肅恭，有婦仰之心。今之畫者，但貴其姱麗之容，是取悅於眾目，不達畫之理趣也。觀者察之。

論收藏聖像

論者或曰，不宜收藏佛道聖像。恐其褻慢羣穢，難可時時展玩。愚謂不然。凡士君子相與觀閱書畫為適，則必處閒靜。但鑒賞精能，瞻崇遺像，惡有褻慢之心哉！且古人所製佛道功德，則必專心勵志，曲盡其妙；或以希福田利益，是其尤為著意者。況自吳曹不興、晉顧愷之、戴逵、宋陸探微、梁張僧繇、北齊曹仲達、隋鄭法士、楊契丹、唐閻立德、立本、吳道子、周昉、盧楞伽之流，及近代侯翼、朱繇、張圖、武宗元、王瓘、高益、高文進、王靄、孫夢卿、王道真、李用及、李象坤、蜀高道興、孫位、孫知微、范瓊、勾龍爽、石恪、金水石城張玄、蒲師訓、江南曹仲元、陶守立、王齊翰、顧德謙之倫，無不以佛道為功。豈非釋梵莊嚴，真仙顯化，有以見雄才之浩博，盡學志之精深者乎？是知云不宜收藏者，未為要說也。

論三家山水

畫山水唯營丘李成、長安關同、華原范寬，智妙入神，才高出類。三家鼎峙，百代標程。前古雖有傳世可見者，如王維、李思訓、荊浩之倫，豈能方駕近代？雖有專意力學者，如翟院深、劉永、紀真之輩，難繼後塵（翟學李，劉學關，紀學范）。夫氣象蕭疏，煙林清曠，毫鋒穎脫，墨法精微者，營丘之製也；石體堅凝，雜木豐茂，臺閣古雅，人物幽閒者，關氏之風也；峰巒渾厚，勢狀雄強，搶（上聲）筆俱均，人屋皆質者，范氏之作也（煙林平遠之妙，始自營丘。畫松葉謂之攢針，筆不染淡，自有榮茂之色。關畫木葉，間用墨搵，時出枯梢，筆蹤勁利，學者難到。范畫林木，或側或欹，形如偃蓋。別是一種風規，但未見畫松柏耳。畫屋既質，以墨籠染，後輩目為鐵屋）。復有王士元、王端、燕貴、許道寧、高克明、郭熙、李宗成、丘訥之流，或有一體，或具體而微，或預造堂室，或各開戶牖，皆可稱尚。然藏畫者方之三家，猶諸子之於正經矣（關同雖師荊浩，蓋青出於藍也）。

論黃徐體異

諺云："黃家富貴，徐熙野逸。"不唯各言其志，蓋亦耳目所習，得之於心而應之於手也。何以明其然？黃筌與其子居寀，始並事蜀為待詔。筌後累遷如京副使，既歸朝，筌領真命為宮贊（或曰，筌到闕未久物故。今之遺跡，多是在蜀中日作，故往往有廣政年號。宮贊之命，亦恐傳之誤也），居寀復以待詔錄之，皆給事禁中。多寫禁籞所有珍禽瑞鳥、奇花怪石。今傳世《桃花鷹鶻》《純白雉兔》《金盆鵓鴿》《孔雀龜鶴》之類是也。又翎毛骨氣尚豐滿，而天水分色。徐熙江南處士，志節高邁，放達不羈，

411

多狀江湖所有，汀花野竹，水鳥淵魚。今傳世《鳧雁鷺鷥》《蒲藻鰕魚》《叢豔折枝》《園蔬藥苗》之類是也。又翎毛形骨貴輕秀，而天水通色（言多狀者，緣人之稱。聊分兩家作用，亦在臨時命意。大抵江南之藝，骨氣多不及蜀人，而蕭灑過之也）。二者猶春蘭秋菊，各擅重名，下筆成珍，揮毫可範。復有居寀兄居寶，徐熙之孫曰崇嗣、崇矩，蜀有刁處士（名光胤）、劉贊、滕昌、夏侯延、李懷袞，江南有唐希雅，希雅之孫曰中祚、曰宿，及解處中輩，都下有李符、李吉之儔。及後來名手間出，望徐生與二黃，猶山水之有正經也（黃筌之師刁處士，猶關同之師荊浩）。

論畫龍體法

畫龍，唯五代四明僧傳古大師，其名最著。觀其體則筆墨遒爽，善爲蜿蜒之狀（皇建院法堂屏風是其真跡）。至任從一待詔之作，稍加怪怒（建隆觀翊教院玉皇殿後，是其真跡也）。今崔白所圖，又得其要（建隆觀翊教院玉皇殿中羅睺邊，有一龍頭；北都大安寺羅漢壁有龍一條）。恨不見不興秘閣之頭，軌範同否；又不知葉公當日所遇，厥狀何如。自昔豢龍氏歿，龍不復擾。所謂上飛於天，晦隔層雲；下歸於泉，深入無底：人不可得而見也。今之圖寫，固難推以形似，但觀其揮毫落筆，筋力精神。理契吳畫鬼神也（前論三停九似，亦以人多不識真龍。先匠所遺傳授之法）。

論古今優劣

或問近代至藝，與古人何如。答曰："近代方古多不及，而過亦有之。若論佛道、人物、士女、牛馬，則近不及古；若論山水、林石、花竹、禽魚，則古不及近。何以明之？且顧、陸、張、吳，中及二閻，皆純重雅正，性出天然（晉顧愷之，宋陸探微，梁張僧繇，唐閻立德、閻立本，暨吳道子也）。吳生之作，爲萬世法，號曰畫聖，不亦宜哉（已上皆極佛道人物）。張、周、韓、戴，氣韻骨法，皆出意表（唐張萱、周昉皆工士女，韓幹工馬，戴嵩工牛。或問曰："何以但舉韓幹而不及曹霸，止引戴嵩而弗稱韓滉？"答曰："韓師曹將軍，戴法韓晉公。但舉其弟子，可知其師也。至如韋鑒暨猶子鶠，皆善畫馬。但取其尤著者明之，難即遍舉也。"），後之學者，終莫能到。故曰：近不及古。至如李與關、范之跡，徐暨二黃之蹤，前不謝師資，後無復繼踵，借使二李、三王之輩復起，邊鸞、陳庶之倫再生，亦將何以措手於其間哉？故曰：古不及近（二李則李思訓將軍，並其子昭道中舍；三王則王維右丞，暨王熊、王宰，悉工山水。邊鸞、陳庶工花鳥。並唐人也）。是以推今考古，事絕理窮。觀者必辨金鍮，無焚玉石。"

《圖畫見聞誌》卷二

紀藝上（唐永昌元年後盡五代，凡一百一十八人）

唐末二十七人：

左全，蜀郡人，跡本儒家。世傳圖畫，妙工佛道人物。寶曆中，聲馳宇內。成都長安畫壁甚廣，多效吳生之跡，頗得其要。有佛道功德、五帝、三官等像傳於世。

趙公祐，成都人，工畫佛道鬼神，世稱高絕。太和間已著畫名。李德裕鎮蜀，以賓禮遇之。改蒞浙西，辟從蓮幕。成都大慈、聖興兩寺，皆有畫壁。

趙溫其，公祐之子，綽有父風。成都寺觀，多見其跡。

趙德齊，溫其之子，襲二世之精藝，奇蹤逸筆，時輩咸推伏之。光化中，詔許王建於成都置生祠，命德齊畫西平王儀仗車輅、旌纛法物，及朝真殿上畫后妃、嬪御，皆極精緻。昭宗喜之，遷翰林待詔（辛顯評溫其與德齊，皆次公祐之品）。

范瓊、陳皓、彭堅三人，同時同藝，名振三川。大中初，復興佛宇後，三人分畫成都大慈、聖壽、聖興、淨眾、中興等五寺牆壁二百餘間，各盡所蘊。淳化後兩遭兵火，頗有毀廢矣。（辛顯云："范爲神品，陳、彭爲妙品。"仁顯云："范、陳爲妙品上，彭爲妙品。"嘗見文潞公家墳寺積慶院，有移置壁畫婆叟仙一軀，乃范瓊所作。辛顯評爲神品，當矣。）

常粲，戎都人，工畫佛道人物，善爲上古衣冠。咸通中，路巖鎮蜀，頗加禮遇。有《孔子問禮》《山陽七賢》等圖，並立釋迦、女媧、伏羲、神農、燧人等像傳於世。

常重胤，粲之子，妙工寫貌。僖宗朝爲翰林供奉。嘗寫僖宗御容及名臣真像，得其神彩。亦嘗於寶曆寺畫請塔天王，至妙。

呂嶢、竹虔，並長安人。工畫佛道人物。僖宗朝爲翰林待詔，廣明中扈從入蜀。長安、成都皆有畫壁。

孫遇，自稱會稽山人，志行孤潔，情韻疏放。廣明中，避地入蜀，遂居成都。善畫人物、龍水、松石、墨竹，兼長天王鬼神。筆力狂怪，不以傅彩爲功。長安、蜀川，皆有畫壁，實奇跡也。初名位，後改名遇。亦有圖軸傳於世（仁顯評逸品）。

張詢，南海人，避地居蜀。善畫吳山楚岫，枯松怪石。中和間，嘗於昭覺寺大悲堂後畫三壁山川，一壁早景，一壁午景，一壁晚景，謂之三時山。人所稱異也。亦有山水卷軸傳於世。

張南本，不知何許人，工畫佛道鬼神，兼精畫火。嘗於成都金華寺大殿畫八明王。時有一僧，遊禮至寺，整衣升殿，驟睹炎炎之勢，驚怛幾僕。時孫遇畫水，南本畫火，水火之形本無定質，惟於二子，冠絕古今。又嘗畫寶曆寺水陸功德，曲盡其妙。後來爲人模寫，竊換真跡，鬻與荊湖商賈。今所存者多是僞本。別有《勘書》《詩會》《高麗王行香》等圖傳於世。

麻居禮，蜀人，師張南本。光化、天復間，聲跡甚高。資、簡、邛、蜀，甚有其筆。

道士張素卿，簡州人，少孤貧落魄，長依本郡三清觀項挂。善畫道門尊像、天帝星官，形制奇古，實天授之性也。嘗於青城山丈人觀畫五嶽、四瀆、十二溪女等，兼有《老子過流沙》並《朝真圖》、八仙、九曜、十二真人等像，傳於世。

道士陳若愚，左蜀人，師張素卿，得其筆法。成都精思觀有青龍、白虎、朱雀、玄武四君像。

胡瓌，範陽人。工畫蕃馬，雖繁富細巧，而用筆清勁。至於穹廬、什器、射獵、生死物，靡不精奇。凡畫駝馬駿尾、人衣毛毳，以狼毫縛筆疏渲之，取其纖健也。有《陰山》《七騎》《下程》《盜馬》《射雕》等圖傳於世。子虔，有父風。

荆浩，河內人，博雅好古。善畫山水，自撰《山水訣》一卷。爲友人表進，秘在省閣。常自稱洪穀子。語人曰："吳道子畫山水，有筆而無墨；項容有墨而無筆。吾當採二子之所長，成一家之體。"故關同北面事之。有《四時山水》《三峰》《桃源》《天臺》等圖傳於世。

刁光胤，長安人，天復中避地入蜀。工畫龍水、竹石、花鳥、貓兔。黃筌、孔嵩，皆門弟子。嘗於大慈寺承天院內窗邊小壁四堵上畫四時花鳥，體制精絕。後黃居寀重裝飾之，亦有圖軸傳於世。

尹繼昭，不知何許人。工畫人物、臺閣，世推絕格。有《移新豐》《阿房宮》《吳宮》等圖傳於世。

李洪度，成都人，工畫佛道人物，名振當時。成都大慈寺三學院等處有畫壁。

辛澄，不知何許人。成都大慈寺泗州堂有僧伽像及普賢閣下有五如來像。

張騰，不知何許人。工畫佛道雜畫，描作布色，頗窮其妙。成都興聖寺有畫壁。

張贊，河陽人，工畫佛道人物。洛中有寺壁。

王浹，不知何許人。工畫人物。錢忠懿家有《導引圖》。

五代九十一人：

梁相國於兢，善畫牡丹。幼年從學，因睹學舍前檻中牡丹盛開，乃命筆仿之。不浹旬，奪真矣。後遂酷思無倦，動必增奇。貴達之後，非尊親旨命，不復含毫。有人贈詩曰："看時人步澀，展處蜨爭來。"有寫生全本《折枝》傳於世。

梁駙馬都尉趙嵓，善畫人馬。挺然高格，非眾人所及。有《漢書·西域傳》《骨貴馬》《小兒戲舞》《鍾馗》《彈棋》《診脈》等圖傳於世。

梁左千牛衛將軍劉彥齊，善畫竹，頗臻清致。有《風折竹》《孟宗泣竹》《湘妃》等圖傳於世（人物多假胡翼之手）。

後唐侍衛親軍袁羲，河南登封人。善畫魚，謹密形以外，得唊喁游泳之態。有軸卷傳於世。

羅塞翁，錢尚父時爲吳從事，錢塘令隱之子。善畫羊，世罕有其跡。唯餘姚陸家曾收一卷，精妙卓絕，後歸孫元規家矣。

東丹王，契丹天皇王之弟，號人皇王，名突欲。後唐長興二年投歸中國，明宗賜姓李，名贊華。善畫本國人物鞍馬，多寫貴人酋長、胡服鞍勒，率皆珍華，而馬尚豐肥，筆乏壯氣。

胡擢，不知何許人。善狀花鳥，氣韻甚高。博學能詩，飄然有物外之志。常謂其弟曰："吾思苦於三峽聞猿（擢有《三峽聞猿賦》，人多膾炙）。"又常吟曰："甕中每醺逍遙樂，筆下閑偸造化功。"其高情逸興如此。有《鸂鶒圖》《全株石榴》《四時翎毛》《折枝》等傳於世。

胡翼，字鵬雲。工畫佛道人物，至於車馬樓臺，無施而不妙。趙嵒都尉頗禮遇之，常延致門館。有《秦樓》《吳宮》《盤車》《洗馬》《回紋》《豐稔》等圖傳於世（時多求借自古名筆，手自傳模，裝成卷軸，後題云"安定鵬雲記"）。

王殷，工畫佛道士女，尤精外國人物。與胡翼並爲趙嵒都尉所禮，他人無及也。有《職貢》《遊春士女》等圖並粉本佛像傳於世。

李群，工畫人物，爲時所稱。有《玄中法師像》《孟說擧鼎》《赤松子》《八戒》《醉客》等圖傳於世。

燕筠，工畫天王。獨躋周昉之妙，有卷軸傳於世。

杜霄，工畫士女，富於姿態，妙得周昉之旨。有《轆轤》《撲蝶》《吳王避暑》等圖傳於世。

李玄應泊弟審，並工畫蕃馬。專學胡瓌。有《放馬》白本、《胡樂》《飲會》《弗林》等圖傳於世。

道士厲歸眞，異人也，莫知其鄉里。善畫牛、虎，兼工鷙禽雀竹，綽有奇思。惟著一布裘，入酒肆如家，每有人問其所以，輒大張口茹其拳而不言。梁祖召問云："君有何道理？"歸眞對曰："衣單愛酒，以酒禦寒，用畫償酒，此外無能。"梁祖然之。嘗遊南昌信果觀，有三官殿夾紵塑像，乃唐明皇時所作，體制妙絕。常患雀鴿糞穢其上，歸眞乃畫一鷂於壁間，自是雀鴿無復棲止。有《渡水牧牛》《牛》《虎》《鷂子》《柘竹》《野禽》等圖傳於世。

李靄之，華陰人。工畫山水寒林，有江鄉之思。鄴帥羅中令厚禮之，爲建一亭爲援毫之所，名金波亭。時號金波李處士也。有《賣藥》《修琴》《歸山圖》《野人荷酒》《寒林》並山水卷軸傳於世。

韋道豐，江夏人。善畫寒林。逸思奇僻，不拘小節。當代珍之，請揖不暇。然經歲月，方成一圖，成則驚人。故世罕有眞跡。

朱簡章，工畫人物、屋木。有《禹治水》《神仙傳》《胡笳十八拍》《鳳樓十八怨》《煙波漁父》等圖傳於世。

王喬士，工畫佛道人物，尤愛畫《地藏菩薩》《十王像》。凡有百餘本傳於世。

鄭唐卿，工畫人物，兼長寫貌。有《梁祖名臣像》並故事人物傳於世。

關同（一名穜，又王文康家圖上題雲童），長安人，工畫山水。學從荊浩，有出藍之美。馳名當代，無敢分庭（《敘論卷》中具述）。有《趙陽山居》《溪山晚霽》《四時山水》《桃源早行》等圖傳於世。

支仲元，鳳翔人，工畫人物。有《老子誡徐甲》《蕭翼賺蘭亭》《商山四皓》等圖傳於世。

梅行思（或云再思），江夏人，工畫鬥雞，名聞天下。最著者是陳康肅家《籠雞》

一軸，號爲神絕。兼工人物，有《十才子》《河嶽精靈集》《舉人過關》《謝女詠梅》《寇豹騎牛》等圖傳於世。

郭乾暉將軍，北海人。工畫鷙鳥雜禽、疏篁槁木，格律老勁，巧變鋒出，曠古未見其比。有《秋郊鷹雉》並《逐禽鷂子》《架上鷂子》等圖傳於世。

鍾隱，天台上人，工畫鷙禽竹木。師郭乾暉，深得其旨。乾暉始秘其筆法，隱變姓名趨汾陽之門，服勤累月，乾暉不知其隱也。隱一日，緣興於壁上畫鷂子一隻，人有報乾暉者，乾暉亟就視之，且驚曰："子得非鍾隱乎？"隱再拜，具道所以。乾暉喜曰："孺子可教也！"乃遇之文席，以講畫道，隱遂馳名海內焉。兼工畫山水人物，有《鷹隼雜禽》《周處斬蛟》《山水》等圖傳於世。

郭權，江南人，師鍾隱。亦有圖軸傳於世。

史瓊，善畫雉兔竹石。有《雪景雉兔》《竹下引雛》《野雉》等圖傳於世。

程凝，善畫鶴竹，兼長遠水。有《六鶴圖》並《折竹孤鶴》《湖灘遠水》等圖傳於世。

王道古，善畫雀竹。有《四時雀竹》並《引雛》《鬥雀》等圖傳於世。

李坡，南昌人，唯善畫竹。氣韻飄舉，不事小巧。有《折竹》《風竹》《冒雪疏篁》等圖傳於世。

唐垓，善畫野禽、生菜、水族諸物，世稱精妙。有《柘棘野禽十種》《生菜》《魚》《鰕》《海物》等圖傳於世。

王道求，工畫佛道鬼神、人物畜獸。始依周昉遺範，後類盧楞伽之跡，多畫鬼神及外國人物。龍蛇畏獸，當時名手推伏。大相國寺有畫壁，今多不存矣。有《十六羅漢》《挾鬼鍾馗》《佛林弟子》等圖傳於世。

宋卓，工畫佛道。志學吳筆，不事傅彩。有白畫《菩薩》、粉本《坐神》等像傳於世。

富玫，工畫佛道。有《彌勒內院圖》《白衣觀音》《文殊》《地藏》《慈恩法師》等像傳於世。

左禮、張南，並工畫佛道。二人筆意不相遠。有《二十四化圖》《十六羅漢》《三官》《十真人》等像傳於世。

王偉，工畫佛道。相國寺大殿等處舊有畫壁甚多，今存者無幾。

黃延浩，工畫人物。有《明皇吹玉笛》《五王同幰》《春園宴會》《乞巧》等圖傳於世。

張質，工畫田家風物。有《村田鼓笛》《村社醉散》《踏歌》等圖傳於世。

韓求、李祝，並工佛道，學吳生。陝郊龍興寺有畫壁。

張圖，河內雒陽人，嘗事梁祖，掌行軍糧籍，故人呼為張將軍。善潑墨山水，兼長大像。雒中廣愛寺有畫壁。又嘗見寇忠潛家有《釋迦像》一鋪，鋒鋩豪縱，勢類草書，實奇怪也。

朱繇，長安人，工畫佛道，酷類吳生。雒中廣愛寺有《文殊普賢像》，長壽寺並河中府金真觀皆有畫壁。

李昇，成都人，工畫蜀川山水。始得唐張璪山水一軸，凝玩數日，云未盡善也。後遂心師造化，意出前賢。成都聖壽寺有畫壁，多寫名山勝境。仁顯云："嘗於少監黃筌第，見昇《山水圖》，乃知名實相稱也。"有《武陵溪》《青城》《峨嵋》《二十四化》等圖傳於世（蜀中多呼昇爲小李將軍。小李將軍乃是思訓之子，思訓乃林甫之伯，官至左武衛大將軍，子昭道爲太子中舍。父子俱善畫，因父故，人呼昭道爲小李將軍也）。

杜楷，成都人，亦工畫山水。多作老木懸崖，回阿遠岫，殊多雅思。有《秋日并州路詩意圖》並山水卷軸傳於世。亦工佛像。

杜子瓌，華陽人，工畫佛道，尤精傳彩，調鉛殺粉，別得其方。嘗於成都龍華東禪院畫《毗盧像》，坐赤圓光中、碧蓮華上，其圓光如初出日輪，破淡無跡，人所不到也。

杜弘義，蜀郡晉平人，工畫佛道高僧。成都寶曆寺有《文殊》《普賢》並《水陸功德》。

房從真，成都人，工畫人物蕃馬。事王蜀先主爲翰林待詔。嘗於蜀宮板障上畫《諸葛武侯引兵渡瀘水》，人馬執戴，生動如神。蜀主每行至彼，駐而不進，怡然歎曰："壯哉甲馬！"兼善撥筆鬼神，亦多寺壁。有《寧王射獵》《陳登斫鱠》《常建冒雪入京》等圖傳於世。

宋藝，蜀郡人，工寫貌。事王蜀爲翰林待詔。嘗寫唐朝列聖及道士葉法善、一行禪師、沙門海會、內臣高力士等真於大慈寺。

高道興，成都人，事王蜀爲內圖畫庫吏。工佛道雜畫，用筆神速，觸類皆精。蜀之寺觀，尤多牆壁。時人諺云："高君墜筆亦成畫。"

阮知晦，蜀郡人，工畫貴戚子女，兼長寫貌。事王蜀爲翰林待詔，寫王先主真爲首出。

杜齯龜，其先本秦人，避地居蜀，博學強識。工畫羅漢，兼長寫貌。始師常粲，後自成一體。事王蜀爲翰林待詔。成都大慈寺有畫壁。

黃筌，字要叔，成都人。十七歲事王蜀後主爲待詔，至孟蜀加檢校少府監，賜金紫，後累遷如京副使。善畫花竹翎毛，兼工佛道人物、山川、龍水，全該六法，遠過三師（花鳥師刁處士，山水師李昇，人物龍水師孫遇也）。孟蜀後主廣政甲辰歲，淮南馳聘，副以六鶴，蜀主遂命筌寫六鶴於便坐之殿，因名六鶴殿（蜀人自此方識真鶴。《六鶴集》在《故事拾遺》卷中）。由是蜀之豪貴請於圖軸者麇跡。時人諺云："黃筌畫鶴，薛稷減價。"又畫四時花鳥於八卦殿，鷹見畫雉，連連掣臂。遂命翰林學士歐陽炯作記。又寫白兔於縑素，蜀主常懸坐側。有《四時山水》《花竹》《雜禽》《鷙鳥》《狐兔》《人物》《龍水》《佛道》《天王》《山居詩意》《瀟湘八景》等圖傳於世。

高從遇，道興之子，襲成父藝，事孟蜀爲翰林待詔。曾於蜀宮大安樓下畫《天王》，隊仗甚奇。後遭兵火，廢絕矣。

阮惟德，知晦之子，紹精父業，事孟蜀爲翰林待詔。尤善狀宮闈、禁苑、皇妃、帝戚、富貴之事。有《宮中賞春》《公子夜宴》《按舞》《熨帛》等圖傳於世。

杜敬安，齯龜之子，繼父之美，事孟蜀爲翰林待詔。尤能傅彩。成都大慈寺與其父同畫列壁。

黃居寶，字辭玉，筌之次男也。少聰警多能，與其父同事蜀爲待詔。後累遷水部員外郎，亦工畫花鳥、松石，兼善八分。年未四十而卒。

趙元德，長安人，天復中入蜀。雜工佛道鬼神、山水屋木。偶唐季喪亂之際，得隋唐名手畫樣百餘本，故所學精博。有《漢高祖過豐沛》《盤車》《講學》《豐稔圖》傳於世。

趙忠義，元德之子，事孟蜀爲翰林待詔。雖從父訓，宛若生知。蜀後主嘗令畫《關將軍起玉泉寺圖》，作地架一座，垂昂疊栱，嚮背無失。蜀主命匠氏較之，無一差者，其精妙如此。嘗與高道興、黃筌輩同畫成都寺壁甚多。

蒲師訓，蜀人，事孟蜀爲翰林待詔。師房從真。嘗攜畫詣從真，從真高蹈拊膺曰："子之所得，非吾所授也。"畫蜀中祠廟、鬼神兵仗、冠冕幢葆，皆盡其美。

蒲延昌，師訓之子，與其父同時爲孟蜀待詔。工畫佛道鬼神外，尤精獅子。行筆勁利，用色不繁。

張玫，成都人，事孟蜀爲翰林祇候。工畫人物士女，兼長寫貌。有《長門醉客》《按樂》《擣衣》等圖及《漢唐名臣像》傳於世。

徐德昌，成都人，事孟蜀爲翰林祇候。工畫人物士女。墨彩輕媚，爲時所稱。

周行通，成都人，工畫鬼神、人馬、鷹犬、嬰孩，得其精要。有《李陵送蘇武》《支遁》《三雋奪馬》等圖傳於世。

張玄，簡州金水石城山人，善圖僧相。畫羅漢名播天下，稱金水張家羅漢也。

孔嵩，蜀人，善畫龍，兼工蟬雀。與黃筌並師刁處士。成都廣福院壁有所畫《龍》，及有《蟬雀》等圖傳於世。

丘文播暨弟文曉，廣漢人，並工佛道人物，兼善山水。其品降高、趙輩。成都並其鄉里頗有畫跡。文播後改名潛。

趙才，蜀人，工畫鬼神人物，亦長甲騎。蜀川多有遺跡。

滕昌祐，其先吳人，避地居蜀。工畫花鳥、蟬蝶、折枝、生菜。筆跡輕利，傅彩鮮澤，尤於畫鵝得名。有《四時花鳥》《魚》《龜》《猴》《兔》及《梅花鵝》《茴香下睡鵝》，又有《群鵝泛蓮沼》等圖傳於世（兼善書大字，蜀中寺觀牌額多昌祐書）。

姜道隱，漢州什邡人，亂歲好畫。有時終日不歸，父母尋之，多在佛廟神祠中畫壁下。及長，不事產業，惟畫是好。布衣芒屩，隨身筆墨而已。嘗於淨眾寺方丈畫山水松石，宋王庭隱贈之束縑，道隱置於僧堂，拂衣而去。

楊元真，不知何許人。工畫佛道，善爲曹筆，尤精布色。始居蜀，後召入鄴中，不回。蜀川頗有畫跡。

董從晦，成都人，世儒家，心遊繪事。佛道人物，舉意皆精。成都福感寺有畫壁。

張景思，蜀人，工畫佛道。蜀中有畫壁。

跋異，汧陽人，工畫佛道、鬼神。洛中福先寺有畫壁，其品次張圖也。

王仁壽，汝南宛人，工畫佛道鬼神，兼長鞍馬。始師王殷，後學精吳法。晉末爲契丹所掠，太祖受禪放還。相國寺文殊院有《淨土彌勒下生》二壁，淨土院有《八菩薩像》，及有《征遼》《獵渭》等圖傳於世。

衛賢，京兆人，事江南李後主爲內供奉。工畫人物、臺閣。初師尹繼昭，後伏膺吳體。張文懿家有《春江釣叟圖》，上有李後主書《漁父詞》二首。其一曰："閬苑有意千重雪，桃李無言一隊春。一壺酒，一竿鱗，快活如儂有幾人？"其二曰："一棹春風一葉舟，一輪繭縷一輕鉤。花滿渚，酒盈甌，萬頃波中得自由。"有《望賢宮》《滕王閣》《盤車》《水磨》等圖傳於世。

朱悰，不知何許人，與衛賢並師尹繼昭，而衛爲高足。

曹仲玄，建康豐城人，事江南李後主爲翰林待詔。工畫佛道鬼神。始學吳，不得意，遂改跡細密，自成一格。尤於傅彩，妙越等夷。江左梵宇靈祠，多有其跡。

陶守立，池陽人。江南李後主保大間應舉下第，退居齊山，以詩筆丹青自娛。工畫佛道鬼神、山川人物，至於車馬、臺閣，筆無偏善。嘗於九華草堂壁畫《山程早行圖》，及建康清涼寺有《海水》，李後主金山水閣有《十六羅漢像》，皆振妙於時也。

竹夢松，建康溧陽人，事江南李後主爲東川別駕。工畫人物、子女、宮殿、臺閣，巧絕冠代。

丁謙，晉陵義興人，工畫竹，兼善寫蔬果。寇忠湣家有寫生《葱》一軸，上有李後主題"丁謙"二字，非凡格也（此畫今歸王晉卿都尉家）。

何遇，江南人，善畫林石、屋木。學慕衛賢，深得其趣。

陸晃，嘉禾人，善畫田家人物。意忘疏野，落筆成像，不預構思。故所傳卷軸或爲絕品，或爲末品也。

施璘，京兆藍田人，工畫竹，有生意。

禪月大師貫休，婺州蘭溪人，道行文章外，尤工小筆。嘗睹所畫水墨羅漢，云是休公入定觀羅漢真容後寫之，故悉是梵相，形骨古怪。其真本在預章西山雲堂院供養。於今郡將迎請祈雨，無不應驗（休公有詩集行於世，兼善書，謂之姜體，以其俗姓姜也）。

僧楚安，蜀人，善畫山水，點綴甚細。每畫一扇，《上安姑蘇台》或《滕王閣》，千山萬水，盡在目前。今蜀中扇面印版，是其遺範。（仁顯云："筆蹤細碎，全虧六法，非大手高格也。"）

僧傳古大師，四明人，善畫龍水，得名於世（《敘論卷》中已述）。皇建院有所畫屏風見存。弟子岳闍黎，受學於師，其品次之。

僧智蘊，河南人，工畫佛像、人物。學深曹體。雒中天宮寺講堂有《毗盧像》，廣愛寺有《定光佛》，福先寺有《三災變相》數壁。周祖時進《舞鍾馗圖》，賜紫衣。

僧德符，善畫松柏，氣韻蕭灑。曾於相國寺灌頂院廳壁畫一松一柏，觀者如市，賢士大夫留題凡百餘篇。其為時推重如此。已上各有圖軸傳於世。

《圖畫見聞誌》卷三

紀藝中（聖朝建隆九年後，至熙寧七年，總一百五十八人）

仁宗皇帝天資穎悟，聖藝神奇，遇興援毫，超逾庶品。伏聞齊國獻穆大長公主喪明之始，上親畫龍樹菩薩，命待詔傳模，鏤版印施。聖心仁孝，又非愚臣所能稱頌。若虛舊有家藏御畫御馬一疋，其毛赭白。玉銜勒上有宸翰題云：慶曆四年七月十四日御畫。兼有押字印寶。後因伯父，內藏借觀，不日赴杭鈐之任。既久，假而不歸。居無何，伯父終於任所，此寶遂歸伯母表兄張湍少列，今不復可見，為終身之痛（兼曾見張文懿家有小猿一軸，仍聞禁中有天王菩薩像）。

太上遊心，難可與臣下並列，故尊之卷首。

燕恭肅王，位尊磐石，名重戚藩。天縱多能，精於像物。嘗觀所畫《鶴竹》《雪毛丹頂》，傳警露之姿；《翠葉霜筠》，盡含煙之態。亦嘗自朽《十六羅漢》，令蜀人尹質描染，稜稜風骨，類非常格所能及（聞朱邸甚有遺跡，世罕得見）。

皇弟嘉王，維城茂美，副茅土之疆宗；醴席餘休，命毫煤而取適。嘗觀所畫《墨竹圖》，位置巧變，理應天真，作用縱橫，功齊造化。復愛狀魚、蒲藻、筍籜、蘆花。雖居紫禁之嚴，頗得滄州之趣。筆意超絕，殆非學而知之者矣（王尤精篆籀。有盡六幅縑止書一字者，筆力神俊，可謂驚絕也）。

江南後主李煜，才識清贍，書畫兼精（書名金錯刀）。嘗觀所畫林石、飛鳥，遠過常流，高出意外。金陵王相家有《雜禽花木》，李忠武家有《竹枝圖》，皆稀世之珍玩。

燕肅，字穆之。其先燕薊人，後徙家曹南。位龍圖閣直學士，以尚書禮部侍郎致仕。文學治行外，尤善畫山水寒林。澄懷味象，慶會感神，蹈摩詰之遐蹤，追咸熙之懿範。太常寺有所畫屏風。玉堂、刑部、景寧坊居第，暨許、洛佛寺中，皆有畫壁。公以壽終於康定元年，贈太尉。公畫與所藏古筆僅百卷，皆取入禁中，故人間所傳圖軸幾希矣（公凡蒞州郡，作刻漏法最精，又嘗被旨造指南車，皆出奇思）。

武宗元，字總之，河南白波人，官至虞曹外郎。善畫佛道人物，筆術精高，曹、吳具備。嘗於雒都上清宮畫《三十六天帝》。其間赤明陽和天帝，潛寫太宗御容，以趙氏火德王天下故也。真宗祀汾陰，還經雒都，幸上清，歷覽繪壁，忽睹聖容，驚曰："此真先帝也！"遽命設几案焚香再拜，且歎其畫筆之神，佇立久之。上清宮，即唐玄元皇帝廟，舊有吳道子畫《五聖圖》，杜甫詩稱"五聖聯龍袞，千官列雁行"是也。後因廣增庭廡，畫壁遂廢。宗元復運神蹤，高紹前哲。張文懿有詩云"曾此焚香動至尊"。宋元又嘗於廣愛寺見吳生畫文殊、普賢大像，因杜絕人事旬餘，刻意臨仿，蘑成二小幀，其骨法停分、神觀氣格，與夫天衣瓔珞、乘跨部從，較之大像，不差毫釐。自非靈心妙悟、感而遂通者，孰能與於此哉？許昌龍興寺北廊有《帝釋梵王》，及經藏院有《旃檀瑞像》，嵩嶽廟有出隊壁。皆所奇絕也。初名宗道，後改名宗元，以壽終於皇祐二年。有《佛像》《天王》並《九子母》等傳於世。

深州防禦使劉永年，字君錫，章獻明肅皇后之侄也。才敏有神力，兼於畫筆，錯綜萬類，非常格可擬。

郭忠恕，字恕先，洛陽人。少能屬文，七歲舉童子。初，周祖召爲博士，後因爭忿於朝堂，貶崖州司戶。秩滿去官，不復仕，縱放岐、雍、陝、洛之間。善畫屋木、林石，格非師授。有設紈素求爲圖畫者，必怒而去，乘興即自爲之。郭從義鎮岐下，每延止山亭。張素設粉墨於傍，經數月，忽乘醉就圖之，一角作遠山數峰而已。郭氏亦珍惜之。岐有富人主官酒酤，其子喜畫，日給醇酎。設几案絹素，及好紙數軸，屢以情言。忠恕俄取紙一軸，凡數十番，首圖一丱角小童，持線車，紙窮處作風鳶，中引一線，長數丈。富家子不以爲奇，遂謝絕焉。太宗素知其名，召赴闕下，授以國子監主簿。忠恕益縱酒，肆言時政得失，頗有怨讟。上惡之，配流登州，死於齊之臨邑道中，屍解焉。有《屋木》卷軸傳於世（忠恕尤精字學，宋元獻嘗手校其《佩觿》二篇，以寶玩之）。

推官王士元，仁壽之子也，靈襟蕭爽。畫法精高，人物師周昉，山水學關同，屋木類郭忠恕。皆造其微。嘗見張文懿家有《雜木寒林》，高丈餘，風韻遒舉，格致稀奇。兼有《伊尹負鼎》《鳳樓十八怨》《四時山水》等傳於世。

宋道，字公達；宋迪，字復古。洛陽人。二難皆以進士擢第，今並處名曹。悉善畫，山水寒林，情致閒雅，體像雍容，今時以爲秘重矣（然則友愛之談，所宜推揖）。

文同，字與可，梓潼永泰人。今爲司封員外郎、秘閣校理。善畫墨竹，富瀟灑之姿，逼檀欒之秀，疑風可動，不筍而成者也。復愛於素屏高壁狀枯槎老柿，風格簡重，識者珍愛。自賦《一字至十字詩》云："竹，森寒，潔緣。湘江邊，渭水曲，帷幔翠錦，戈矛蒼玉。虛心異眾草，勁節逾凡木。化龍杖入僵陂，呼鳳律鳴神谷。月娥巾帔淨冉冉，風女笙竽清肅肅。林間飲酒碎影搖金，石上圍棋清陰覆局。屈大夫逐去徒悅椒蘭，陶先生歸來但尋松菊。若檀欒之操則無敵於君，圖瀟灑之姿亦莫賢於僕。"

郭元方，字子正，京師人，官至內殿承制。善畫草蟲，備究蜚螺，潛分造化，宜矜妙藝，謳播佳名。然而著意者不及疏略，蓋或點綴過當，翻爲失真也。頗有圖軸傳於世。

董源，字叔達，鍾陵人，事南唐爲後苑副使。善畫山水，水墨類王維，著色如李思訓。兼工畫牛、虎，肉肌豐混，毛毳輕浮，具足精神，脫略凡格。有《滄湖山水》、著色《山水》《春澤牧牛》《牛》《虎》等圖傳於世。

高尚其事，以畫自娛者二人：

李成，字咸熙。其先唐宗室，避地營丘，因家焉。祖父皆以儒學吏事聞於時。至成，志尚沖寂，高謝榮進。博涉經史外，尤善畫山水寒林，神化精靈，絕人遠甚（《敘論卷》中已述）。開寶中，都下王公貴戚，屢馳書延請，成多不答。學不爲人，自娛而已。後遊淮陽，以疾終於乾德五年。子覺，尤以經術知名，職踐館閣。請恩幽閟，贈光祿丞（事見宋白所撰《墓碣》）。有《煙嵐曉景》《風雨四時山水》《松柏寒林》等圖傳於世。

宋澥，字則未聞，長安人。故樞密湜之弟，司封道之從祖也。姿度高潔，不樂從仕。圖畫之外，無所嬰心。善畫山水、林石，凝神遐想，與物冥通。遇興登樓，有時操筆，故人間不多見其跡。有《煙嵐曉景》《奔灘怪石》等圖傳於世。

業於繪事，馳名當代者一百四十六人（人物、山水、花鳥、雜畫，分爲四門）：

人物門（五十三人，僧道並獨工傳寫者附）：

王靄，京師人，工畫佛道人物，長於寫貌。五代間以畫聞。晉末與王仁壽皆爲契丹所掠，太祖受禪放還，授圖畫院祇候。遂使江表，潛寫宋齊丘、韓熙載、林仁肇真，稱旨，改翰林待詔。今定力院《太祖御容》《梁祖真像》，皆靄筆也（太祖御容潛龍日寫，後改裝中央服矣）。又畫開寶寺文殊閣下《天王》、及景德寺九曜院《彌勒下生像》，最爲奇出。

高益，涿郡人，工畫佛道鬼神、蕃漢人馬。太祖朝，潛歸京師。始貨藥以自給，每售藥必畫鬼神或犬馬於紙上，藉藥與之，由是稍稍知名。時太宗在潛邸，外戚孫氏喜畫（孫氏有酒樓。一日，遇四老人飲酒有異，疑其神仙，因謂之四皓樓，亦謂孫氏爲孫四皓也），因厚遇益，請爲圖畫。未幾，太宗龍飛。孫氏以益所畫《搜山圖》進上，遂授翰林待詔。後被旨畫大相國寺行廊《阿育王》等變相暨《熾盛光》《九曜》等，有位置小本，藏於內府。後寺廊兩經廢置，皆飭後輩名手依樣臨仿。又畫崇夏寺大殿善神，筆力絕人。有《南國鬭象》《衛士騎射》《蕃漢出獵》等圖傳於世。

王瓘，河南雒陽人，工畫佛道人物，深得吳法，世謂之小吳生。石中令嘗令畫雒中昭報寺壁，及有佛道功德、故事、人物等圖傳於世。

孫夢卿，東平人，工畫佛道人物，亦專吳學。尤長寺壁，謂之孫脫壁。嘗與王靄對畫開寶寺文殊閣下西北方毗樓《博義天王像》，並大相國寺甚有其跡。今多不存矣。

趙光輔，華原人，工畫佛道，兼精蕃馬。筆鋒勁利，名刀頭燕尾。太祖朝爲圖畫院學生，故鄉里呼爲趙評事。許昌開元、龍興兩寺皆有畫壁。浴室院《地獄變》尤佳。有《功德》《蕃馬》等傳於世。

隱士趙雲子，善畫道像。於青城丈人觀畫諸仙，奇絕。孫太古嘗陰使人問己畫。趙云："孫畫雖善，而傷豐滿，乏清秀。"孫由是感悟。

孫知微，字太古，眉陽人。精黃老學，善佛道畫。於成都壽寧院畫《熾盛光》《九曜》及諸牆壁，時輩稱伏。知微凡畫聖像，必先齋戒疏瀹，方始援毫。有《功德》並故事人物傳於世。（知微始畫《壽寧九曜》也，令童仁益輩設色。其《水聖侍從》，有持水晶瓶者，因增蓮花於瓶中。知微既見，愀然曰："瓶所以鎮天下之水，吾得之於《道經》。今則奚以花為？嗟乎！畫蛇著足，失之遠矣。"）

勾龍爽，蜀人，國初為翰林待詔。工畫佛道人物，善為古體衣冠，精裁密緻，亦一代之奇筆也。有《功德》並故事人物傳於世。

李文才，華陽人，工畫松石，兼長寫貌。事孟蜀為翰林待詔。廣政中，荊南高王令人入蜀，請文才寫《義興門街雙筍石》並其故事，又嘗寫蜀主並名臣真像於大慈寺，亦有圖軸傳於世。

石恪，蜀人，性滑稽，有口辯。工畫佛道人物。始師張南本，後筆墨縱逸，不專規矩。蜀平，至闕下，嘗被旨畫相國寺壁。授以畫院之職，不就。堅請還蜀，詔許之。恪不樂都下風物，頗有譏誚雜言，或播人口。有《唐賢像》《五丁開山》《巨靈擘太華》《新羅人角力》等圖傳於世。

袁仁厚，蜀人，早師李文才。乾德中至闕下，未久，還蜀。因求得前賢畫樣十餘本持歸。平居以畫自適，終老鄉間，蜀川亦有遺跡。

趙長元，蜀人，工畫佛道人物，兼工翎毛。初隨蜀主至闕下，隸尚方彩畫匠人。因於禁中牆壁畫雉一隻，上見之嘉賞，尋補圖畫院祗候。今《東太一宮貴神像》《華嚴十六羅漢》，並長元筆。

王齊翰，建康人，事江南李後主為翰林待詔。工畫佛道人物。開寶末，金陵城陷，有步卒李貴入佛寺中，得齊翰所畫《羅漢》十六軸，尋為商賈劉元嗣以白金二百星購得之，齎入京師，於一僧處質錢。後元嗣詣僧請贖，其僧以過期拒之，因成爭訟。時太宗尹京，督出其畫，覽之嘉歎。遂留畫，厚賜而釋之。經十六日，太宗登極，後名應運羅漢。

周文矩，建康句容人，事江南李後主為翰林待詔。工畫人物、車馬、屋木、山川。尤精仕女，大約體近周昉，而更增纖麗。有《貴戚遊春》《擣衣》《熨帛》《繡女》等圖傳於世。

顧德謙，建康人，工畫人物。風神清勁，舉無與比。李後主愛重之，嘗謂曰："古有凱之，今有德謙。二顧相望，繼為畫絕矣！"識者以為知言。呂文靖家有《蕭翼說蘭亭故事》橫卷，青錦褾餙，碾玉軸頭，實江南之舊物。窺其風格，可知非謬也。

郝處，江南人，工畫佛道鬼神，兼長寫貌。本一商賈，酷好圖畫，因而家產蕩盡。唯學畫耳。

厲昭慶，建康豐城人，工畫人物。事江南為翰林待詔。後隨李後主至闕下，授圖畫院祗候。

顧洪祝，不知何許人，工畫人物。傳其名而未見其跡。

李雄，北海人，工畫佛道，偏長鬼神，罕有倫比。太宗朝為圖畫院祗候，因忤旨遁去。北海龍興寺有畫壁。

侯翼，安定人，工畫佛道人物。夙振吳風，窮乎奧旨。長安、洛汭寺壁尤多。兼有《三教聖像》、故事人物等圖傳於世。

高文進，從遇之子。工畫佛道，曹吳兼備。乾德乙丑歲，蜀平，至闕下。時太宗在潛邸，多訪求名藝，文進遂往依焉。後以攀附授翰林待詔。未幾，重修大相國寺，命文進效高益舊本畫行廊變相及太一宮、壽寧院、啟聖院暨開寶塔下諸功德牆壁，率皆稱旨。又敕令訪求民間圖畫，繼蒙恩獎。相國寺大殿後《擎塔天王》，如出牆壁，及殿西《降魔變相》，其跡並存。今畫院學者咸宗之，然曾未得其彷彿耳。

王道真，蜀郡新繁人，工畫佛道人物，兼長屋木。太宗朝因高文進薦引，授圖畫院祗候。嘗被旨畫相國寺，並玉清昭應宮壁。今相國寺殿東畫《給孤獨長者買祇陀太子園因緣》並殿西畫《誌公變》《十二面觀音像》，其跡並存。

李用及、李象坤，並工畫佛道人物，尤精鬼神。嘗與高文進、王道真同畫相國寺壁，並為良手。殿東畫《牢度叉鬥聖變相》，其跡見存。

高懷節，文進長子，太宗朝為翰林待詔，頗有父風。嘗與其父同畫相國寺壁。兼長屋木，為人稱愛也。

張昉，臨汝人，工畫佛道人物，筆專吳體。嘗畫玉清昭應宮《奏樂天女》，高丈餘，掇筆而成。本郡開元寺有畫壁，亦佳手也。

高元亨，京師人。工畫佛道人物，兼長屋木，多狀京城市肆車馬。有《瓊林苑》《角抵》《夜市》等圖傳於世。

楊朏，京師人，後家泗上。工畫佛道人物，尤於觀音得名天下。然而手足間時或小失停分，蓋於骨法用筆跨邁倫輩。是其小疵，不足以累大醇也。亦愛畫西南夷人，妙得其旨（世盛傳楊朏《波斯》）。子圭，有父風。

王兼濟，河南洛陽人，工畫佛道鬼神。洛中南宮有《十太乙像》，嵩嶽廟有與武虞曹對畫牆壁。武畫出隊，兼濟畫入隊。眾所播傳也。

孫懷悅，安定靈臺人，工畫佛道人物，學吳生為得法。雒中有寺壁。

陳用智，穎川鄢城人，天聖中為圖畫院祗候。未久，罷歸鄉里。工畫佛道、人馬、山川、林木，精詳巧贍，難跨伊人。但意務周勤，格乏清致。有《功德》《蕃馬》、故事人物等圖傳於世（用智居小窯鎮，多謂之小窯陳）。

孟顯，安化華池人，工畫佛道鬼神、人馬、屋木。大率作用氣格，略與陳用智相似（多謂之小孟，亦云紅樓孟家）。

陳士元，京師人，善畫人物屋木。有《嘉慶圖》、故事人物傳於世。

王拙，河東郡人，工畫佛道人物。初畫玉清昭應宮壁，選中右第一。

王居正，拙之子，善畫仕女。酷學周昉，精密有餘，而氣韻不足。

葉進成，江南人，工畫人物。嘗見楊褒虞曹家有《醉道圖》，頗得閻令之體。

葉仁遇，進成族弟，工畫人物，多狀江表市肆風俗、田家人物。

郝澄，金陵句容人，工畫佛道鬼神。學通相術，精於傳寫。
已上各有圖軸傳於世。

童仁益，蜀郡人，工畫人物尊像。出自天資，不由師訓，乃孫知微之亞也。嘗畫《青城山丈人觀諸仙》。淳化末，仁益以成都天慶觀仙遊閣下，舊有石恪畫《左右龍虎君》，遂抒思援毫，於天慶觀前亦畫《龍虎君》兩壁。及畫大慈寺中佛殿《漢明帝》《摩騰》《竺法三藏》，保福院畫《首楞嚴二十五觀》，筆力勁健。頗有圖軸傳於輦下。好事者往往誤評爲孫知微之筆也。

毛文昌，蜀郡人，工畫田家風物。有《江村晚釣》《村童入學》《郊居豐稔》等圖傳於世。

南簡，平涼人，工畫佛道人物。世傳其名，未見其跡。

龍章，京兆櫟陽人，工畫佛道人物，兼工傳寫。尤善畫虎。曾有貨藥人楊生檻中養一虎，章因就視寫之，故畫虎最臻形似。子淵，有父風。

武洞清，工佛道人物，特爲精妙。有《雜切德》《十一曜》《二十八宿》《十二真人》等像傳於世。

鍾文秀，京師人，今爲翰林待詔。工畫佛道人物。兼學關同山水，亦得其法。

田景，慶陽人，工畫人物，有奇思。嘗得景一扇面，畫三教，作二童弈棋於僧前，一則乘勝而矜誇，一則敗北而悔沮，僧臨視而笑，瞻顧如生。惜其孤貧，聲聞不顯。後之陳留，不知所終。

李元濟，太原人，工畫佛道人物，精於吳筆。熙寧中召畫相國寺壁，命官較定眾手。時元濟藝與崔白爲勁敵，議者以元濟學遵師法，不妄落筆，遂推之爲第一。其間佛鋪，多是元濟之筆也。

王易，鄜州人，亦工佛道人物，學李元濟。時同畫相國寺壁，畫畢，名歸鄉里。都人稱伏之。

陳坦，晉陽人，工畫佛道人物。都下奉先、普安二佛刹尤多功德牆壁。相國寺北廊《高僧》，乃坦所畫。其於田家村落風景，固爲獨步。有《村醫》《村學》《田家娶婦》《村落祀神》《移居》《豐社》等圖傳於世。

僧令宗，廣漢人，工畫佛道人物。成都大慈寺三學院並揭帝堂，有畫壁。

道士李八師（亡其名），邛州依政人，於本縣崇聖觀披掛。工畫道門尊像。青城山丈人觀亦有畫壁。

劉道士（亡其名），建康人，工畫佛道鬼神，落筆遒怪。江南寺觀，時見其跡。尤愛畫甘露佛，多傳於世。

獨工傳寫者七人：
牟谷，不知何許人。工相術，善傳寫，太宗朝爲圖畫院祗候。端拱初，詔令隨使者往交趾國寫安南王黎桓及諸陪臣真像，留止數年。既還，屬宮車晏駕，未蒙恩旨。閒居閶闔門外，久之。真宗幸建隆觀，谷乃以所寫《太宗御容》張於戶內，上見之，敕中使收赴行在。詰其所由，谷具以實對，上命釋之。時《太宗御容》已令元靄寫畢，乃更令谷寫正面御容，尋授翰林待詔。能寫正面，唯谷一人而已。

　　高太沖，江南人，工傳寫。事李中主爲翰林待詔。嘗寫李中主真，得其神思。

　　尹質，蜀人，工傳寫。嘗寫燕王真，頗蒙顧遇。有《藥王像》《孫思邈像》並畫猴傳於世。

　　歐陽贊，京師人，工傳寫。宗侯貴戚，多所延請。其藝與僧維真相抗，餘無出其右者。

　　僧元靄，蜀人，自幼入京，依定力院輪公落髮。妙工傳寫，爲太宗朝供奉。一日，在禁中傳寫，爲一小黃門毀辱，徧問同列無肯言其姓名者。乃草一頭子懷之，見都知李神福，訴以毀辱之事。神福曰："小底至多，不得其名，誰受其責？"靄乃探懷中所草頭子示之，李一見嗟訝，曰："此鄧某也（亡其名）。何其倉卒之間，傳寫如此之妙！"因召鄧責誚，伏過而去。

　　僧維真，嘉禾人，工傳寫。嘗被旨寫仁宗、英宗御容，賞賚殊厚。元靄之繼矣。名公貴人，多召致傳寫。尤以善寫貴人得名。

　　何充，姑蘇人，工傳寫。擅藝東南，無出其右者。

《圖畫見聞誌》卷四

紀藝下（山水門，凡二十四人，僧附）

　　范寬，字中立，華原人，工畫山水。理通神會，奇能絕世。體與關、李特異，而格律相抗（《敘論卷》中已述）。寬儀狀峭古，進止疏野，性嗜酒、好道。嘗往來雍、雒間，天聖中猶在，耆舊多識之。有《冒雪高峰》《四時山水》並故事人物傳於世（或云名中立，以其性寬，故人呼爲范寬也）。

　　劉永，京師人，工畫山水。始師僧德符畫松石，後徧求諸家山水，採其所長而效之。及見荊浩之跡，乃知諸家有所未盡。一日，復睹關同畫，俄歎曰："是乃得名至藝者乎！向所謂登東山而小魯。"遂捐棄餘學，專法關氏。果遂昇堂，馳名當代矣。有《瀑泉》屏風、《四時山水》《山居詩意》等圖傳於世。

　　王端，字子正，瓘之子，工畫山水。專學關同，得其要者惟劉永與端耳。相國寺淨土院舊有畫壁，惜乎主僧不鑒，遂至圬墁。端雖以山水著名，然於佛道、人馬，自爲絕格。兼善傳寫。嘗寫真廟御容，稱旨，授三班奉職。有《佛道功德》、故事人物、《四時山水》傳於世。

　　翟院深，北海人，工畫山水，學李光丞。院深少爲本郡伶官，一日府會，院深擊鼓忘其節奏，部長按舉其罪。太守面詰之，院深乃曰："院深雖賤品，天與之性，好畫山水。向擊鼓次，偶見雲聳奇峰，堪爲畫範，難明兩視，忽亂五聲。"太守嘉而釋之。

院深學李光丞爲酷似，但自創意者，覺其格下。專臨模者，往往亂真。

燕貴，本隸冊籍，工畫山水。不專師法，自立一家規範。大中祥符初，建玉清昭應宮，貴預役焉。偶暇日，畫山水一幅，人有告董役劉都知者，因奏補圖畫院祗候。實精品也。呂文靖宅廳後屏風，乃貴所畫，亦有圖軸傳於世。

許道寧，長安人，工畫山水，學李光丞。始尚矜謹，老年唯以筆劃簡快爲己任。故峰巒峭拔，林木勁硬，別成一家體。故張文懿贈詩曰："李成謝世范寬死，唯有長安許道寧。"非過言也。長安涼樹中寫終南、太華二壁，今存。有《山水寒林》《臨深履薄》《早行詩意》《潘閬倒騎驢》等圖傳於世。

紀真、黃懷玉，並工畫山水，學范寬逼真。

商訓，工畫山水，亦學寬。但皴淡山石，圖寫林木，皆不及紀與黃也。

丘訥，河南雒陽人。工畫山水，體近許道寧，筆氣不逮，而用墨過之。

龐崇穆，右北平人，工畫山水。始建玉清昭應宮，召崇穆畫山水數壁，能爲群峰列岫、雲煙聚散之象。功畢，上欲旌以畫院之職，乃遁去不仕。

李隱，五原人，工畫山水。大中祥符末，營會靈觀，命隱寫五嶽山形於壁。及畫山水於五殿屏扆，觀其危峰疊嶂，遠水疏林，可謂盡美矣。然而鉤描筆困，槍（上聲）淡墨焦，斯爲未至爾。

高克明，京師人，仁宗朝爲翰林待詔。工畫山水。採擷諸家之美，參成一藝之精。團扇臥屏，尤長小景。但矜其巧密，殊乏飄逸之妙。

屈鼎，京師人，仁宗朝爲圖畫院祗候。工畫山水，得燕貴之彷彿。龐相第屏風乃鼎所畫。

郝銳，不知何許人，工畫山水。人或稱之，而未見其跡。

梁忠信，京師人，仁宗朝爲圖畫院祗候。工畫山水。體近高克明，而筆墨差嫩。又寺宇過盛，棧道兼繁。人或譏之也（恐其亂高，故顯出之）。

以上各有圖軸傳於世。

李宗成，工畫山水寒林，學李成。破墨潤媚，取象幽奇。林麓江皋，尤爲盡善。樞府東廳有《大瀰撲》屏風，乃宗成所畫（石上有崔慤畫鷺鷥一隻）。有《風雨江山》《拜月圖》《四時山水》《松柏寒林》等傳於世。

郭熙，河陽溫人，今爲御書院藝學。工畫山水寒林。施爲巧贍，位置淵深。雖復學慕營丘，亦能自放胸臆。巨障高壁，多多益壯，今之世爲獨絕矣（熙寧初，敕畫小殿屏風。熙畫中扇，李宗成符道隱畫兩側扇，各盡所蘊。然符生鼎立於郭、李之間，爲幸矣）。

黃贇，潁川長社人，工畫山水寒林。學志精勤，毫鋒老硬。但器類近俗，格致非高。

侯封，邠人，今爲圖畫院學生。工畫山水寒林。始學許道寧，不能踐其老格。然而筆墨調潤，自成一體，亦郭熙之亞。

符道隱，長安人，工畫山水寒林。學無師法，多從己見。當其合作，亦有可觀。

永嘉僧擇仁，善畫松。初採諸家所長而學之，後夢吞數百條龍，遂臻神妙。性嗜酒，每醉，揮墨於綃紈粉堵之上，醒乃添補。千形萬狀，極於奇怪。曾飲酒永嘉市，醉甚，顧新泥壁，取拭盤巾濡墨灑其上，明日少增修，為狂枝枯柎。畫者皆伏其神筆。

鍾陵僧巨然，工畫山水，筆墨秀潤。善為煙嵐氣象、山川高曠之景。但林木非其所長。隨李主至闕下，學士院有畫壁。兼有圖軸傳於世。

吳僧繼肇，工畫山水。與巨然同時，體雖相類，而峰巒稍薄怯也。相國寺資聖閣院有所畫屏風。

花鳥門（凡三十九人，僧道附）：

黃居寀，字伯鸞，筌之季子也。工畫花竹、翎毛。默契天真，冥周物理（《敘論卷》中已述）。始事孟蜀為翰林待詔，與父筌俱蒙恩遇。圖畫殿庭牆壁、宮闈屏障，不可勝紀。學士徐光溥嘗獻《秋山圖歌》以美之。曾於彭州棲真觀壁畫水石一堵，自未至酉而畢，觀者莫不歎其神速且妙也。乾德乙丑歲，隨蜀主至闕下。太祖舊知其名，尋真命。太宗皇帝尤加眷遇，供進圖畫，恩寵優異，仍委之搜訪名蹤，銓定品目。居寀狀太湖石尤過乃父。有《四時山景》《花竹翎毛》《鷹鷂犬兔》《湖灘水石》《春田放牧》等圖傳於世。

劉贊，蜀人，工畫花竹翎毛，兼長龍水。跡意兼美，名播蜀川。

夏侯延祐，蜀郡人，工畫花竹、翎毛。師黃筌，粗得其要。始事孟蜀為翰林待詔。既歸朝，拜真命，為圖畫院藝學。各有圖軸傳於世。

丘慶餘，潛之子，工畫花竹、翎毛，兼長草蟲。墨彩俱媚，風韻尤高。有《四時花鳥》《蜂蟬》《竹枝》等傳於世。

高懷寶，懷節之弟，工畫花竹、翎毛、草蟲、蔬果，頗臻精妙。與兄懷節同時入仕，為圖畫院祗候。高氏自道興至二子，凡四世，皆以畫進。雖曰藝成，然而不墜家聲，賞延於世。可佳矣。

徐熙，鍾陵人，世為江南仕族。熙識度閑放，以高雅自任。善畫花木、禽魚、蟬蝶、蔬果，學窮造化，意出古今（《敘論卷》中已述）。徐鉉云："落墨為格，雜彩副之，跡與色不相隱映也。"又熙自撰《翠微堂記》云："落筆之際，未嘗以傳色暈淡細碎為功。"此真無愧於前賢之作，當時已為難得。李後主愛重其跡。開寶末，歸朝，悉貢上宸廷，藏之秘府。亦有《寒蘆》《野鴨》《花竹》《雜禽》《魚蟹》《草蟲》《蔬苗》《蓏果》並《四時折枝》等圖傳於世。

徐崇矩、徐崇嗣，並熙之孫，善繼先志，克著佳聲。

唐希雅，嘉興人，妙於畫竹，兼工翎毛。始學李後主金錯刀書，遂緣興入於畫。故為竹木，多顫掣之筆。蕭疎氣韻，無謝東海矣。徐鉉云："翎毛粗成而已，精神過之。"

唐宿、唐忠祚，並希雅之孫，夙擅家聲，皆躋妙格。

解處中，江南人，事李後主爲翰林司藝。特於畫竹盡嬋娟之妙，但間泊翎毛，頗虧形似耳。

祁序，江南人，工畫花竹、翎毛，兼長水牛，鬱有高致也。

陶裔，京兆鄠人，工畫花竹翎毛。形制設色，亞於黃筌。真宗朝爲圖畫院祇候。祥符中，畫御座屏扆稱旨，尋改翰林待詔。

母咸之，江南人，工畫朝雞，妙冠一時。

傅文用，京師人，工畫花竹翎毛，有黃氏之風。特精野雉鷓鴣，能辨四時毛彩。

劉夢松，江南人，善畫水墨花鳥，隨宜取象，如施眾形。

劉文惠，不知何許人，善畫花竹翎毛，傅彩雖勤，而氣格傷懦。

李符，襄陽人，工畫花竹翎毛。彷彿黃體，而丹青雅淡，別是一種風格。然於翎毛骨氣間有得失耳。

李懷袞，蜀郡人，工畫花竹翎毛。學黃氏，與夏侯延祐不相上下。今陳康肅第屏風，乃懷袞所畫。

王曉，魯郡泗水人，善畫鷹鷂、柘棘。師郭乾暉，而遊其藩。

趙昌，字昌之，廣漢人，工畫花果，其名最著。然則生意未許全株，折枝多從定本。惟於傅彩，曠代無雙，古所謂失於妙而後精者也。昌兼畫草蟲，皆云盡善。苟圖禽石，咸謂非精。昌家富，晚年復自購己畫，故近世尤爲難得。

王友，漢州人，少隸本郡克寧軍籍。工畫花果，師趙昌爲高足。雖窮傅彩之功，終乏潤澤之妙。

鐔宏，成都人，工畫花果。復師王友。初云齒教，後即肩隨矣。

以上各有圖軸傳於世。

易元吉，字慶之，長沙人。靈機湥敏，畫製優長。花鳥蜂蟬，動臻精奧。始以花果專門，及見趙昌之跡，乃嘆服焉。後志欲以古人所未到者馳其名，遂寫獐猿。嘗遊荊湖間，入萬守山百餘里，以覘猿狖獐鹿之屬，逮諸林石景物，一一心傳足記，得天性野逸之姿。寓宿山家，動經累月，其欣受勤篤如此。又嘗於長沙所居舍後疏鑿池沼，間以亂石。叢花、疏篁、折葦，其間多蓄諸水禽，每穴窗伺其動靜遊息之態，以資畫筆之妙。治平甲辰歲，景靈宮建孝嚴殿，乃召元吉畫迎釐齊殿御扆。其中扇畫太湖石，仍寫都下有名鵓鴿及雛中名花；其兩側扆畫孔雀。又於神遊殿之小屏畫牙獐，皆極其思。元吉始蒙其召也，欣然聞命，謂所親曰："吾平生至藝，於是有所顯發矣。"未幾，果敕令就開先殿之西廡張素畫《百猿圖》。命近要中貴人領其事，仍先給粉墨之資二百千。畫猿纔十餘枚，感時疾而卒。元吉平日作畫，格實不群，意有疏密，雖不全拘師法，而能伏義古人。是乃超忽時流，周旋善譽也。向使元吉卒就《百猿》，當有遇於人主，然而遽喪，其命矣夫。有《獐猿》《孔雀》《四時花鳥》《寫生蔬果》等傳於世（建隆觀翊教院殿東獐猿林石絕佳。又嘗於餘杭後市都監廳屏風上畫鷂子一隻，舊有燕二巢，自此不復來止）。

崔白，字子西，濠梁人。工畫花竹翎毛。體製清贍，作用疏通。雖以敗荷鳧雁得名，然於佛道鬼神、山林人獸無不精絕。凡臨素多不用朽，復能不假直尺界筆爲長弦挺刃。熙寧初，命白與艾宣、丁貺、葛守昌畫垂拱殿御扆鶴竹各一扇，而白爲首出。後恩補圖畫院藝學。白自以性疏闊，度不能執事，固辭之。於時上命特免雷同差遣，非御前有旨毋召（凡直授聖旨，不經有司者，謂之御前祇應），出於異恩也。然白之才格，有邁前修。但過恃主知，不能無纇。相國寺廊之東壁，有《熾盛光》《十一曜》《坐神》等。廊之西壁有佛一鋪，圓光透徹，筆勢欲動。北都大安寺、許昌湖亭，皆有畫壁。及嘗見《敗荷雪雁》《四時花鳥》《謝安登山》《子猷訪戴》等圖，多遇合作。

崔慤，字子中，白之弟也，今爲左廷直。工畫花竹、翎毛，狀物布景，與白相類。嘗觀《敗荷雪雁》及《四時花竹》，風範清懿，動多新巧。有時作《隔蘆睡雁》，尤多意思。

艾宣，鍾陵人，工畫花竹、翎毛。孤標高致，別是風規。敗草荒榛，尤長野趣。鶉鷃一種，特見精絕。

李吉，京師人，嘗爲圖畫院藝學。工畫花竹、翎毛。學黃氏爲有功。後來院體，未有繼者。

侯文慶，京師人，今爲翰林待詔。工畫草蟲及寫蔬菜，體尚精謹，殊乏生氣。

董祥，京師人，今爲翰林待詔。工畫花木。有《琉璃瓶中雜花折枝》，人多愛之。

葛守昌，京師人，今爲圖畫院祇候。工畫花竹翎毛，兼長草蟲蔬菜。

李祐，河內人；丁貺，濠梁人。皆工畫花竹翎毛，各有所長。求之才格，難乎其人也。

閻士安，陳州宛丘人，以醫術爲助教。工畫墨竹，筆力老勁，名著當時。每於大卷高壁爲不盡景，或爲風勢，甚有意趣。復愛作墨蟹蒲藻，等閒而成，爲人所重也。

僧居寧，毗陵人，妙工草蟲，其名藉甚。嘗見水墨草蟲有長四五寸者，題云"居寧醉筆"，雖傷大而失真，然則筆力勁俊，可謂稀奇。梅聖俞贈詩云："草根有纖意，醉墨得已熟。"好事者每得一扇，自爲珍物。

建陽僧慧崇，工畫鵝、雁、鷺鷥，尤工小景。善爲寒汀遠渚，蕭灑虛曠之象，人所難到也。

何尊師（亡其名），閬中人。善畫貓兒，今爲難得。

道士牛戩，河內人，工畫翎毛。多寫班鳩野鵲，但柘棘不甚精高。

以上各有圖軸傳於世。

雜畫門（凡三十五人，僧道附）：

卑顯，不知何許人，真宗朝爲翰林待詔。工畫馬。有韓幹之風，而筆力勁健。有《按御馬圖》《伯樂相馬》《秣馬》《噴馬》等圖傳於世。

張翼，一名鈐，幽國人。工畫蕃馬。師趙光輔，得其筆法。但狀彼胡人，不能酷似耳。

張戡，瓦橋人，工畫蕃馬。居近燕山，得胡人形骨之妙，盡戎衣鞍勒之精。然則人稱高名，馬顝先匠。今時爲獨步矣。

丘士元，不知何許人，工畫水牛。精神形似外，特有意趣。

裴文睍，京師人，仁宗朝爲翰林待詔。工畫水牛，骨氣老重，刻畫謹密，亦一代之佳手也。

胡九齡，絳人，工畫水牛，筆弱於裴，而意特蕭灑。愛作臨水倒影牛，人多稱之。

馮清，陝郡閿鄉人，善畫橐駝，兼工平畫。景靈宮北廊牆壁《道經變相》，乃清之筆。

包貴，宣城人，善畫虎，名聞四遠。世號老包也。

包鼎，貴之子。雖從父訓，抑又次焉。子孫襲而學者甚衆，雖非類犬，然終不能踐貴、鼎之閾矣。

以上各有圖軸傳於世。

趙邈齪（亡其名），性惟質魯，不善修飾。故人號爲邈齪。沙工畫虎，有《伏崖》《嘯風》《舐掌》等虎傳於世。

辛成，不知何許人，亦以畫虎聞於時。

馮進成，江南人。善畫犬、兔，筆跡縝細。

吳進、吳懷，並江南人，善畫龍水。

董羽，毗陵人。有鄧艾之疾，語不能出，俗號董啞子。善畫龍水、海魚。始事江南爲翰林待詔。既歸朝，領真命，爲圖畫院藝學。鍾陵清涼寺，有李中主八分題名、李簫遠草書、羽畫海水，爲三絕。又畫李後主香花閣圖屛。及歸明後，太宗嘗令畫端拱樓下《龍水》四壁，極其精思，及畫玉堂屋壁《海水》，見存。羽始被命畫端拱樓《龍水》，凡半載功畢，自謂即拜恩命。一日，上與嬪御登樓，時皇子尚幼，見畫壁驚畏啼呼，亟令圬鏝。羽卒不受賞，亦其命乎。

任從一，京師人，仁宗朝爲翰林待詔。工畫龍水、海魚，爲時推賞。舊有金明池水心殿御座屛扆，畫《出水金龍》，勢力直怪。今建隆觀翊教院殿後，有所畫《龍水》二壁。

趙幹，江南人，工畫水。事江南爲畫院學生。

曹仁熙，毗陵人。工畫水，善爲驚濤怒浪，馳名江介。

荀信，江南人，工畫龍水。真宗朝爲翰林待詔。天禧中嘗被旨畫會靈觀御座屛扆看《水龍》，妙絕一時。後移入禁中。

431

戚文秀，工畫水，筆力調暢。嘗觀所畫《清濟灌河圖》，旁題云："中有一筆長五丈。"既尋之，果有所謂一筆者。自邊際起，通貫於波浪之間，與眾毫不失次序。超騰迴折，實逾五丈矣。

路衙推（亡其名），不知何許人。善畫魚，體致純古。

以上各有圖軸傳於世。

朱澄，事江南爲翰林待詔。工畫屋木。李中主保大五年，嘗令與高太沖等合畫《雪景宴圖》，時稱絕手。

楊揮，江南人，善畫魚，人稱之，而未見其跡。

徐易暨弟白，海州人，並工畫魚。精密形似，綽有可觀。易兼工雜畫，尤能篆隸。今爲御書院藝學。

劉文通，京師人。善畫屋木，當代稱之。真宗朝爲圖畫院藝學。嘗被旨寫玉清昭應宮七賢閣，兼預畫壁，爲優等。

蔡潤，鍾陵人，工畫船水。始隨李主至闕下，隸入作司彩畫匠人。後因畫《舟車圖》進上，上方知其名，遂補畫院之職。後令畫《楚王渡江圖》，藏於內府。

以上各有圖軸傳於世。

蒲永昇，成都人，性嗜酒放浪。善畫水。人或以勢力使之，則嘻笑捨去。遇其欲畫，不擇貴賤。蘇子瞻內翰嘗得永昇畫二十四幅，每觀之，則陰風襲人，毛髮爲立。子瞻在黃州臨皋亭，乘興書數百言寄成都僧惟簡，具述其妙，謂董、戚之流爲死水耳（惟簡住大慈寺勝相院，其書刻石在焉）。

何霸，不知何許人，工畫船水，其名尤著。有《瀟湘逢故人》《舶客》等圖傳於世。

張經，姑蘇人，善雜畫，尤精傳模。

支選，不知何許人，仁宗朝爲圖畫院祇候。工畫太平車及江州車。又畫酒肆邊絞縛樓子，有分疏界畫之功。兼工雜畫。

浙陽僧蘊能，工雜畫，錯總萬匯，無不兼通，然絕佳者未易多得。

道士呂拙，京師人，工畫屋木。至道中爲圖畫院祇候。時方建上清宮，拙因畫《鬱羅霄臺樣》進上，恩改翰林待詔，不就。願於本宮爲道士，尋得披掛，仍賜紫衣。拙畫屋木絕妙，然多以人物繁雜爲累。

以上各有圖軸傳於世。

趙裔，不知何許人，工雜畫，兼長佛道人物。學朱繇，用筆少亞，而傅彩爲精。有《十現老君像》《蘇達挐太子變相》《士女看花》等圖並四時花鳥傳於世。

鄧隱，梓州人，工雜畫兼佛像、鬼神。本州州宅有畫天王壁並牛頭寺畫羅漢，皆妙，及有山水、花鳥傳於世。

《圖畫見聞誌》卷五
故事拾遺（唐朝、朱梁、王蜀，總二十七事）
《八駿圖》

舊稱周穆王八駿，日馳三萬里。晉武帝時所得古本，乃穆王時畫黃素上爲之。腐敗昏潰，而骨氣宛在。逸狀奇形，實亦龍之類也。遂令史道碩模寫之，宋、齊、梁、陳以爲國寶。隋文帝滅陳，圖書散逸，此畫爲賀若弼所得。齊王暕知而求得之，答以駿馬四十蹄，美錦五十段。後復進獻煬帝。至唐貞觀中，敕借魏王泰，因而傳模於世。其一曰渠黃（身青，駿尾赤，項下至肚紅而蹄黑），其二曰山子（身紫，駿尾黑，項下至肚紅而蹄黑），其三曰盜驪（身黃而黑斑，駿尾黑，項下至肚紅而蹄黑，駿鬣絕少也），其四曰綠耳（身青，駿尾黑而虯，項下至肚紅而蹄黑），其五曰赤驥（身赤，駿尾赤而黃，項下至肚紅而蹄黑），其六曰䯀騮（身淺紫，駿尾深紫而虯，項下至肚紅而蹄黑。䯀音華），其七曰踰輪（身紫而帶黑，駿尾黑而虯，項下至肚紅而蹄黑，額上若精駿向前尖而上卷），其八曰白㹺（身青驄，駿尾紅，項下至肚紅而蹄黑，㹺音義）。

謝元深

唐貞觀三年，東蠻謝元深入朝，冠烏熊皮冠，以金絡額，毛帔，以韋爲行縢，著履。中書侍郎顏師古奏言："昔周武王治致太平，遠國歸款，周史乃集其事爲《王會篇》；今聖德所及，萬國來朝，卉服鳥章，俱集蠻邸，實可圖寫貽於後，以彰懷遠之德。"上從之，乃命閻立德等圖畫之。

滕王

唐滕王元嬰，高祖第二十二子也，善畫蟬雀、花卉，而史傳不載。惟張彥遠《歷代名畫記》中書之。及睹王建《宮詞》云"內中數日無宣喚，傳得滕王《蛺蝶圖》"，乃知其善畫也。

閻立本

唐閻立本，至荊州觀張僧繇舊跡，曰："定虛得名耳。"明日，又往，曰："猶是近代佳手。"明日，往，曰："名下無虛士。"坐臥觀之，留宿其下十餘日不能去。又僧繇曾作《醉僧圖》傳於世。長沙僧懷素有詩云："人人送酒不曾沽，終日松間繫一壺，草聖欲成狂便發，真堪畫入《醉僧圖》。"然道士每以此嘲僧，群僧於是聚鏹數十萬，求立本作《醉道圖》，並傳於代。

鶴畫

黃筌寫《六鶴》。其一曰唳天（舉首張喙而鳴），其二曰警露（回首引頸上望），其三曰啄苔（垂首下啄於地），其四曰舞風（乘風振翼而舞），其五曰疏翎（轉項氄其翎羽），其六曰顧步（行而回首下顧）。後輩丹青，則而象之。杜甫詩稱"薛公十一鶴，皆寫青田真"。恨不見十一之勢復何如也。

吳道子

開元中，將軍裴旻居喪，詣吳道子，請於東都天宮寺畫神鬼數壁，以資冥助。道子答曰："吾畫筆久廢，若將軍有意，爲吾纏結，舞劍一曲，庶因猛勵，以通幽冥。"於是脫去縗服，若常時裝束，走馬如飛，左旋右轉，擲劍入雲，高數十丈，若電光下射，引手執鞘承之，劍透室而入，觀者數千人，無不驚慄。道子於是援毫圖壁，颯然風起，爲天下之壯觀。道子平生繪事，得意無出於此。

《金橋圖》

《金橋圖》者，唐明皇封泰山，回車駕，次上黨。潞之父老，負擔壺漿，遠近迎謁。帝皆親加存問，受其獻饋，錫賚有差。其間有先與帝相識者，悉賜以酒食，與之話舊故。所過村部，必令詢訪孤老喪疾之家，加弔恤之，父老欣欣然莫不瞻戴，叩乞駐留焉。及車駕過金橋（橋在上黨），御路縈轉，上見數十里間，旗纛鮮華，羽衛齊肅，顧左右曰："張說言我勒兵三十萬，旌旗徑千里，挾右上黨，至於太原（見《后土碑》），真才子也。"帝遂召吳道子、韋無忝、陳閎，令同製《金橋圖》。御容及帝所乘照夜白馬，陳閎主之；橋樑、山水、車輿、人物、草木、鷙鳥、器仗、帷幕，吳道子主之；狗、馬、驢、騾、牛、羊、橐、猴、兔、豬、貀之屬，韋無忝主之。圖成，時謂三絕焉。

先天菩薩

有先天菩薩幀本，起成都妙積寺。唐開元初，有尼魏八師者，常念大悲咒。有雙流縣民劉乙，小字意兒，年十一歲，自言欲事魏尼，尼始不納，遣亦不去，常於奧室坐禪。嘗白魏云"先天菩薩見身此地"，遂篩灰於庭，一夕有巨跡，長數尺，倫理成就。意兒因謁畫工，隨意設色，悉不如意。有僧法成者，自云能畫，意兒常合仰祝，然後指授之，僅十稔，功方就。後塑先天菩薩像，二百四十二首，首如塔勢，分臂如蔓。所畫樣凡十五卷。有柳七師者，崔寧之甥，分三卷往上都流行。時魏奉古爲長史，得其樣進之。後因四月八日，復賜高力士。今成都者，是其次本。

資聖寺

資聖寺中窗間，吳道子畫高僧，韋述讚，李嚴書。中三門外兩面上層，不知何人畫，人物頗類閻筆。寺西廊北隅，楊坦畫《近塔天女》，明睇將瞬。團塔院北堂，有鐵觀音，高三丈餘。觀音院兩廊《四十二賢聖》，韓幹畫，元載讚。東廊北壁散馬，不意見者如將嘶蹀。聖僧中龍樹商那，和修絕妙。團塔上菩薩，李嗣真畫；四面花鳥，邊鸞畫；當中藥王菩薩，頂上茸葵尤佳。塔中藏千部《法華經》，詞人作諸畫聯句。

淨城寺

淨城寺者，本唐太穆皇后宅，後捨爲寺。寺僧云，三階院門外是神堯皇帝射孔雀處。西禪院門外有《遊目記碑》云："王昭隱畫門西裏面和修吉龍王有靈。"及門內西壁，有畫光目藥叉部落絕奇，鬼首上蟠蛇可懼。東廊有張璪畫林石，險怪；西廊萬菩薩院門裏南壁，有皇甫軫畫鬼神及雕，雕若脫壁。軫與吳道子同時，吳以其藝逼己，募人刺殺之。

西明寺

唐西明、慈恩寺率多名賢書畫。慈恩塔前壁上有畫《濕耳師子趺心花》，爲時所重。聖善、敬愛兩寺皆有古畫，聖善寺木塔有鄭廣文書畫，敬愛寺山亭院壁上有畫《雉》，若真，砂子上有時賢題名及詩什甚多。

枏藍一絕

《大相國寺碑》，稱寺有十絕。其一，大殿內彌勒聖容，唐中宗朝僧惠雲於安業寺鑄成，光照天地，爲一絕；其二，睿宗皇帝親感夢，於延和元年七月二十七日改故建國寺爲大相國寺，睿宗御書牌額，爲一絕；其三，匠人王溫重裝聖容，金粉肉色，並三門下善神一對，爲一絕；其四，佛殿內有吳道子畫文殊、維摩像，爲一絕；其五，供奉李秀刻佛殿障日九間，爲一絕；其六，明皇天寶四載乙酉歲，令匠人邊思順修建排雲寶閣，爲一絕；其七，閣內西頭有陳留郡長史乙速令孤爲功德主時，令石抱玉畫《護國除災患變相》，爲一絕；其八，西庫有明皇先敕車道政往于闐國傳北方毗沙門天王樣來，至開元十三年封東嶽時，令道政於此依樣畫天王像爲一絕；其九，門下有瑰師畫《梵王帝釋》及東廊障日內有《法華經二十八品功德變相》，爲一絕；其十，西庫北壁有僧智儼畫《三乘因果入道位次圖》，爲一絕也（宋次道《東京記》亦載相國寺十絕，乃是後來所見事跡，此不具錄）。

王維

唐王維右丞，字摩詰，少以詞學知名，有高致，信佛理，藍田南置別業，以水木琴書自娛。善畫山水、人物，筆蹤雅壯，體涉古今。嘗於清源寺壁畫《輞川圖》，岩岫盤郁，雲水飛動。自製詩曰："當世謬詞客，前身應畫師。不能捨餘習，偶被時人知。"又嘗至招國坊庾敬休宅，見屋壁有畫《按樂圖》，維熟視而笑，或問其故，維答曰："此所奏曲適到《霓裳羽衣》第三疊第一拍也。"好事者集樂工驗之，無一差者。

三花馬

唐開元天寶之間，承平日久，世尚輕肥，三花飾馬。舊有家藏韓幹畫《貴戚閱馬圖》，中有三花馬，兼曾見蘇大參家有韓幹畫《三花御馬》，晏元獻家張萱畫《虢國出行圖》中亦有三花馬。三花者，剪鬃爲三瓣。白樂天詩云："鳳箋書五色，馬鬣剪三花。"

崔圓

唐安祿山之陷兩京也，王維、鄭虔、張通皆處賊庭。洎克復之後，朝廷未決其罪，俱囚於楊國忠之舊第。崔圓相國素好畫，因召於私第，令畫數壁。當時皆以圓勳貴莫二，望其救解，故運思精深，頗極能事，後皆從寬典。至於貶竄，必獲善地。

周昉

唐周昉善屬文，窮丹青之妙，多遊卿相間，貴公子也。兄皓，善騎射，隨哥舒翰征吐蕃，收石堡城，以功爲執金吾。德宗建章明寺，召皓云："昆卿弟善畫，欲使之畫章明寺壁，卿特爲言之。"又經數月，再召之，乃就事。落土之際（土錐，朽畫者也），都人士庶，觀者以萬數。其間鑒別之士，有稱其善者，或指其瑕者，隨日改定。月餘，是非語絕，無不歎其神妙。郭汾陽婿趙縱侍郎，嘗令韓幹寫真，眾稱其善。後復請寫之，二者皆有能名。汾陽嘗以二畫張於坐側，未能定其優劣。一日，趙夫人歸寧，汾陽問曰："此畫誰也？"云："趙郎也。"復曰："何者最似？"云："二畫皆似，後畫者爲佳。蓋前畫者空得趙郎狀貌；後畫者兼得趙郎情性笑言之姿爾。"後畫者，乃昉也。汾陽喜曰："今日乃決二子之勝負。"於是令送錦彩數百匹以酬之。昉平生畫牆壁卷軸甚多，貞元間，新羅人以善價收置數十卷，持歸本國。

張璪

唐張璪員外，畫山水松石，名重於世。尤於畫松，特出意象。能手握雙管，一時齊下，一爲生枝，一爲枯幹，勢凌風雨，氣傲煙霞，分鬱茂之榮柯，對輪囷之老樁，經營兩足，氣韻雙高。此其所以爲異也。璪嘗撰《繪境》一篇，言畫之要訣。初，畢宏庶子擅名於代，一見璪畫，驚歎之。璪又有用禿筆或以手模絹素而成畫者，因問璪所授，璪曰："外師造化，中得心源。"畢君於是閣筆。建中末，曾於長安平康里張氏第畫八幅山水障，破墨未了，值朱泚之亂，京城搔動，璪亦登時逃去，其家人見在楨，蒼忙掣落，此障最見璪用思處。又有一士人家曾請璪畫林石一障，士人云亡。有兵部李約員外好畫成癖，知而購之，其家弱妻已練爲衣裏矣，惟得兩幅雙柏一石在焉。李嗟惋久之，作《練檜記》述張畫意，詞多不載（自具李約文集）。

《石橋圖》

保壽寺，本高力士宅。天寶九載，捨爲寺。初鑄鐘成，力士設齋慶之，舉期畢至，一擊百千，有規其意，連擊二十杵者。其經藏閣規模危巧，兩塔上火珠受十餘斛。文宗朝，有河陽從事李涿者，性好奇古，與寺僧善，嘗與之同觀寺庫中舊物，忽於破甕內得物如被，幅裂汙垈，觸而塵起。涿徐視之，乃畫也。因以州縣圖三及絹三十匹換之，令家人裝治，幅長丈餘。因持訪於常侍柳公權，乃知張萱所畫《石橋圖》。明皇賜力士，因留寺中也。後爲鬻畫人宗牧言於左軍。忽一日，有中使至涿第，宣敕取之，即時進入禁中。帝好古，見之大悅，命張於雲韶院。

柳公權

唐柳公權，名節文行，著在簡策，志耽書學，不能治生。爲勳戚家碑版，問遺歲時巨萬，多爲主藏者海鷗、龍安所竊。別貯酒器杯盂一笥，緘縢如故，其器皆亡。訊海鷗，乃曰："不測其亡。"公權哂曰："銀盃羽化耳。"不復更言。所寶惟筆硯圖書，自扃鐍之。

會昌廢壁

唐李德裕鎮浙西日，於潤州建功德佛宇，曰甘露寺。當會昌廢毀之際，奏請獨存，因盡取管內廢寺中名賢畫壁，置之甘露，乃晉顧愷之、戴安道、宋謝靈運、陸探微、梁張僧繇、隋展子虔、唐韓幹、吳道子畫。又成都靜德精舍，有薛稷畫雜人物鳥獸二壁，有胡氏（亡其名），嗜古好奇，惜少保之跡將廢，乃募壯夫，操斤力於頹垈之際，得像三十七首、馬八蹄。又於福聖寺得展子虔天樂部二十五身,悉陷於屋壁,號寶墨亭,司門外郎郭圓作記。自是長者之車,益滿其門矣。

《西園圖》

《清夜遊西園圖》者,晉顧長康所畫,有梁朝諸王跋尾處,云:"圖上若干人,並食天廚。"唐貞觀中,褚河南裝背,題處具在。其圖本張維素物,傳至相國張弘靖家,弘靖元和中忽奉詔取之,是時並鍾元常書《道德經》一部,同進入內。後中貴人崔譚峻自禁中將出,復流落人間。有張維素子周封,涇州從事,帙滿居京,一日,有人將此圖求售,周封驚異之,遽以絹數匹易得。經年忽聞款門甚急,問之,見數人同稱仇中尉願以三百素易公《清夜遊西園圖》,周封憚其迫脅,遽以圖授之,翊日果齎絹至。後方知其偽,乃是一豪士求江淮大鹽院,時王涯判鹽鐵,酷好書畫,謂此人曰:"為余訪得《清夜遊西園圖》,當遂公所請,因為計取之耳。"及十家事起後,流落一粉鋪家,未幾,為郭承嘏侍郎閽者以錢三百市之,以獻郭公。郭公卒,又流傳至令狐相家。一日,宣宗問相國有何名畫,相國具以圖對,既而復進入內。

《雪詩圖》(李益附)

唐鄭谷有《雪》詩云:"亂飄僧舍茶煙濕,密灑歌樓酒力微。江上晚來堪畫處,漁人披得一蓑歸。"時人多傳誦之。段贊善善畫(《歷代名畫記》中有段去惑,豈非宮贊)因採其詩意景物圖寫之,曲盡蕭灑之思,持以贈谷,谷珍領之,復為詩寄謝云:"贊善賢相後,家藏名畫多。留心於繪素,得事在煙波。屬興同吟詠,功成更琢磨。愛余風雪句,幽絕寫漁蓑。"

李益者,肅宗朝宰相揆之族子,登進士第,有才思,長於歌詩。有《征人歌》《早行篇》,好事者盡圖寫為屏障。如"回樂峰前沙似雪,受降城外月如霜"之句是也。

鄭贊

唐外郎滎陽鄭贊,宰萬年日,有以賊名而荷校者,贊命取所盜以視,則煙晦古絲三四幅,齊闕裁褾班䶂皮軸之,曰:"是畫也,太尉李公所寶惜。"有《贊皇圖篆》存焉。當時人以七萬購獻於李公者,遂得渠橫樑倅職。後因出妓,復落民間,今幸其妓人不鑒,以卑價市之。後妓人自他所得知其本直,因歸訴,請以所虧價書罪,贊不得決。時延壽里有水墨李處士,以精別畫品遊公卿門,召使辨之。李瞪目三歎曰:"韓、展之上品也。"雖黃沙之情已具,而丹筆之斷尚疑。會有齊籍自禁軍來認者,贊以且異奸盜,非願荷留,因並畫桎送之,後永亡其耗。

盧氏宅

唐德州刺史王倚家,有筆一管,稍粗於常用筆管,兩頭各出半寸已來,中間刻《從軍行》一鋪,人馬毛髮、亭臺遠水,無不精絕。每一事刻《從軍行》詩兩句,若"庭前琪樹已堪攀,塞外征人殊未還"是也,似非人功。其畫跡若粉描,嚮明方可辨之,云用鼠牙雕刻。故崔鋌郎中《文集》有《王氏筆管記》,體類韓退之記畫。倚之子紹孫,博雅好古,善琴阮,其所居乃盧氏舊宅,在洛中歸德坊南街。廳屋是杏木樑,西壁有韋旻郎中畫散馬七匹，東壁有張長史草書數行，長史世號"張顛"。宅之東果園，《兩京新記》所載，是馬周舊宅。

趙岩

梁駙馬都尉趙岩，酷好繪事，兼閑小筆。偶唐末亂世，獨推至鑒。人有鬻畫者，則必以善價售之，不較其多少，繇是四遠嚮風抱畫者，歲無虛日。復以親貴擅權，凡所依附，率多以法書名畫爲贄，故畫府秘藏圖軸，僅五千餘卷，時稱盛焉。假日亦多自仿前賢名跡，動成卷軸。每延致藝士，輻湊門館，各取其所長而厚遇之，然多不迨已也，亦未始面加雌黃，荒淺甚者，自慚而退。食客常至百餘人，其間亦多琴棋道術高雅之流，時衣冠士族，尚有唐之遺風也。以畫見留者，惟胡翼、王殷二人而已。嘗令胡翼品第畫府之優劣，中品已下，或有未至者，即指示令醫去其病，或用水刷，或以粉塗，有經數次方合其意者，時人謂之趙家畫選場。其精別如此（愚謂天水用適一時之意則已，果然數以粉塗水洗，則成何畫也）。

劉彥齊

梁千牛衛將軍劉彥齊，善畫竹，爲時所稱。世族豪右，秘藏書畫雖不及天水之盛，然好重鑒別，可與之爭衡矣。本借貴人家圖畫，臧賂掌畫人私出之，手自傳模，其間用舊褾軸裝治，還僞而留真者有之矣。其所藏名跡，不啻千卷，每暑伏曬曝，一一親自卷舒，終日不倦。能自品藻，無非精當，故當時識者皆謂"唐朝吳道子手，梁朝劉彥齊眼"也。

常生

王先主既下蜀城，謁僖宗御容。於時繪壁，百僚咸在，惟不見田令孜、陳太師，因問何不寫貌彼二人，左右對以近方塗滅。先主曰："不然，吾與陳、田本無仇恨，圖霸之道，披此血刃，豈與丹青爲參商乎？"遽命工重寫之。待詔常生（名重胤）曰："不必援毫。"乃皁莢水洗壁，而風姿宛然。先主嘉賞之，賜以金帛也。常生傳神，素號絕手，自云："我畫壁除摧圮拓爛外，雨淋水洗，斷無剝落。"先是詩僧貫休能畫，謂常生曰："貧道觀畫多矣，如吾子所畫，前無來人，後無繼者。"其見賞如此。

《圖畫見聞誌》卷六

近事（皇朝、孟蜀、江南、大遼、高麗，總三十二事）

玉堂故事

太祖平江表，所得圖畫賜學士院。初有五十餘軸，及景德咸平中，只有《雨村牧牛圖》三軸，無名氏；《寒蘆野雁》三軸，徐熙筆；《五王飲酪圖》二軸，周文矩筆。悉令重裝背焉。玉堂後北壁兩堵，董羽畫水；正北一壁，吳僧巨然畫山水：皆有遠思，一時絕筆也。有二小壁畫松，不知誰筆，亦妙，今並在焉。

樞密楚公

江表用師之際，故樞密使楚公適典維揚，於時調發軍餉，供濟甚廣。上錄其功，將議進拜，公自陳願寢爵賞，聞李煜內庫所藏書畫甚富，輒祈恩賜。上嘉其志，遂以名筆僅百卷賜之，往往有李主圖篆暨唐賢跋尾（公薨後尋多散失。其孫泰，今爲太常少卿，刻意購求，頗有所獲。少卿乃余之祖舅，如江都《王馬》、韓晉《公牛》、王摩詰《輞川》樣等，常得觀焉）。

蘇氏圖畫

蘇大參雅好書畫，風鑒明達。太平興國初，江表平，上以金陵六朝舊都。復聞李氏精博好古，藝士雲集，首以公倅是邦，因喻旨搜訪名賢書畫，後果得千餘卷上進。既稱旨，乃以百卷賜之。公後入拜翰林承旨，啟沃之餘，且復語及圖畫，於時敕借數十品於私第，未幾就賜焉。至今蘇氏法書名畫最爲盛矣（公嘗奏對於便殿，屢目畫屏，其畫乃鍾隱畫《鷹猴圖》，上知其意，即時取以賜之。余嘗於其孫之純處見之）。

王氏圖畫

王文獻家書畫繁富，其子貽正，繼爲好事。嘗往來京雒間訪求名跡，充牣巾衍。太宗朝嘗表進所藏書畫十五卷，尋降御札云："卿所進墨跡並古畫，復徧看覽，俱是妙筆。除留墨跡五卷、古畫三卷領得外，其餘卻還卿家，付王貽正。"其餘者，乃是王羲之墨跡、晉朝名臣墨跡、王徽之書、唐閻立本畫《老子西昇經圖》、薛稷畫鶴，凡七卷。猶子渙，遂得模詔札，刊於翠琰。

《秋山圖》

太平興國中，秘閣曝畫。時陶穀爲翰長，因展《秋山圖》一面，令黃居寀品第之。居寀一見動容曰："此圖實居寀與父筌奉孟主命同畫，以答江南信幣，絹縫中有居寀父子姓名。"視之果驗。曾有人於向文簡家覩十二幅圖，花、竹、禽鳥、泉石、地形皆極精妙，上題云："如京副使臣黃筌等十三人合畫。"圖之角卻有江南印記，乃是孟氏贈李主之物也。文簡薨，其圖不知所在。

恩賜种放

真宗祀汾陰還，駐蹕華陰，因登亭望蓮花峰，忽憶种放居是山，亟令中貴人裴愈召之。時放稱疾不應召，上笑而止，因問愈曰："放在家何爲耶？"愈對曰："臣到放所居時，會放在草廳中看畫《水牛》二軸。"上顧謂侍臣，曰："此高尚之士怡性之物也。"遂按行在所見扈從圖軸，得四十餘卷，盡令愈往賜之，皆名蹤古跡也（放隱終南山豹林谷，或居華山，往來不常，時方在華山也）。

《臥雪圖》

丁晉公典金陵，陛辭之日，真宗出六幅《袁安臥雪圖》一面，其所畫人物、車馬、林石、廬舍，靡不臻極。作從者苦寒之態，意思如生。旁題云："臣黃居寀等定到神品上，但不書畫人姓名，亦莫識其誰筆也。"上宣諭晉公曰："卿到金陵日，可選一絕景處張此圖。"晉公至金陵，乃於城之西北隅構亭，曰賞心，危聳清曠，勢出塵表。遂施圖於巨屏，到者莫不以此爲佳觀。歲月既久，縑素不無敗裂，由是往往爲人刲竊。後王君玉密學出典是邦，素聞此圖甚奇，下車之後，首欲縱觀，乃見竊以殆盡，嗟惋久之，乃詩於壁，其警句云："昔人已化嘹天鶴，往事難尋《臥雪圖》。"

覺稱畫

大中祥符初，有西域僧覺稱來，館於興國寺之傳法院。其僧通四十餘本經論，年始四十餘歲。丁晉公延見之，嘉其敏惠。後作《聖德頌》以上，文理甚富。上問其所欲，但云："求金襴袈裟，歸置金剛坐下。"尋詔尚方造以給之。覺稱自言酤蘭左國人，剎帝利性，善畫。嘗於譯堂北壁畫釋迦面，與此方所畫絕異（昔有梵僧帶過白氎上本，亦與尋常畫像不同。蓋西國所稱，彷彿其真，今之儀相，始自晉戴逵。刻製梵像，欲人生敬，時頗有損益也）。

《慈氏像》

景祐中，有畫僧曾於市中見舊功德一幅，看之，乃是《慈氏菩薩像》。左邊一人執手爐，裹襆頭，衣中央服；右邊一婦人捧花盤，頂翠鳳寶冠，衣珠絡泥金廣袖。畫僧默識其立意非俗，而畫法精高，遂以半千售之，乃重加裝背，持獻入內閣都知。閣一見且驚曰："執香爐者，實章聖御像也；捧花盤者，章憲明肅皇太后真容也。此功德乃高文進所畫，舊是章憲閣中別置小佛堂供養，每日凌晨焚香恭拜。章憲歸天，不意流落一至於此。"言訖於悒，乃以束縑償之，復增華其標軸。即日進於澄神殿，仁廟對之，瞻慕愴容。移刻方罷，命藏之御府，以白金二百星賜答之。

《千角鹿圖》

皇朝與大遼國馳禮，於今僅七十載，繼好息民之美，曠古未有。慶曆中，其主（號興宗）以五幅縑畫《千角鹿圖》為獻，旁題"年、月、日御畫"。上命張圖於太清樓下，召近臣縱觀，次日又敕中闈宣命婦觀之，畢藏於天章閣。

《訓鑒圖》

皇祐初元，上敕待詔高克明等圖畫三朝盛德之事，人物纔及寸餘，宮殿、山川、鑾輿、儀衛咸備焉。命學士李淑等編次序讚之，凡一百事，為十卷，名《三朝訓鑒圖》。圖成，復令傳模鏤版印染，頒賜大臣及近上宗室。

《五客圖》

李文正嘗於私第之後園育五禽以寓目，皆以客名之，後命畫人寫以為圖，鶴曰仙客，孔雀曰南客，鸚鵡曰隴客，白鷴曰閑客，鷺鷥曰雪客，各有詩篇題於圖上，好事者傳寫之。

退思巖

魯肅簡以孤直遇主，公家之事，知無不為。每中書罷，歸私宅，別居一小齋，圖繪山水，題曰"退思巖"，獨游其間，雖家人罕接焉。

張氏圖畫

張侍郎（去華）典成都時，尚存孟氏有國日屏扆圖障，皆黃筌輩畫。一日，清河患其暗舊損破，悉令換易，遂命畫工別為新製，以其換下屏面。迨公帑所有舊圖，呼牙儈高評其直以自售，一日之內，獲黃筌等圖十餘面。後貳卿謝世，頗有奉葬者。其子師錫，善畫好奇，以其所存寶藏之。師錫死，復有葬者。師錫子景伯，亦工畫，有高鑒，尚存餘蓄，以自寶玩。景伯死，悉以葬焉。

丁晉公

丁晉公家藏書畫甚盛，南遷之日，籍其財產，有李成山水寒林共九十餘軸，佗皆稱是，後悉分掌內府矣。

鬭牛畫

馬正惠嘗得《鬭水牛》一軸，云厲歸真畫，甚愛之。一日，展曝於書室雙扉之外，有輸租莊賓適立於砌下，凝玩久之，既而竊哂。公於青瑣間見之，呼問曰："吾藏畫，農夫安得觀而笑之？有說則可，無說則罪之。"莊賓曰："某非知畫者，但識真牛。其鬭也，尾夾於髀間，雖壯夫旅力，不可少開。此畫牛尾舉起，所以笑其失真。"（愚謂雖畫者能之妙，不及農夫見之專也。擅藝者所宜博究。）

玉畫義

張文懿性喜書畫，今古圖軸，襞積繁夥，銓量必當，愛護尤勤。每張畫，必先施帟幕，畫義以白玉為之，其畫可知也。

董羽水

玉堂北壁舊有董羽畫水二堵，筆力遒勁，勢若搖動，其下一二尺頗有兩壞處。蘇易簡為學士，尤愛重之，蘇適受詔知舉，將入南宮，囑於同院韓丕，使召名筆完葺之。蘇既去，韓乃呼工之赤白者，圬墁其半，而用朱畫欄檻以承之。蘇出見之，悵恨累日，雖命水洗滌，而痕跡至今尚存。時人以蘇之鑒尚，韓之純樸兩重焉。

沒骨圖

李少保（端愿）有圖一面，畫芍藥五本，云是聖善齊國獻穆大長公主房臥中物，或云太宗賜文和。其畫皆無筆墨，惟用五彩布成，旁題云："翰林待詔臣黃居寀等定到上品徐崇嗣畫沒骨圖，以其無筆墨骨氣而名之，但取其濃麗生態以定品。"後因出示兩禁賓客，蔡君謨乃命筆題云："前世所畫，皆以筆墨為上，至崇嗣始用布彩逼真，故趙昌輩效之也。"（愚謂崇嗣遇興偶有此作，後來所畫，未必皆廢筆墨。且考之六法，用筆為次，至如趙昌，亦非全無筆墨，但多用定本臨模，筆氣羸懦，惟尚傅彩之功也。）

孝嚴殿

治平甲辰歲，於景靈宮建孝嚴殿，奉安仁宗神御。乃鳩集畫手，畫諸屏扆、牆壁。先是，三聖神御殿兩廊，圖畫創業戡定之功及朝廷所行大禮，次畫講肄文武之事、遊豫宴饗之儀，至是又兼畫應仁宗朝輔臣呂文靖已下至節鉞凡七十二人。時張龍圖（燾）主其事，乃奏請於逐人家取影貌傳寫之，駕行序列，歷歷可識其面，於是觀者莫不歎其盛美。

相國寺

治平乙巳歲雨患，大相國寺以汴河勢高，溝渠失治，寺庭四廊，悉遭淹浸，圮塌殆盡。其牆壁皆高文進等畫，惟大殿東西走馬廊相對門廡，不能為害。東門之南，王道真畫《給孤獨長者買祇陀太子園因緣》；東門之北，李用及與李象坤合畫《牢度義鬥聖變相》；西門之南，王道真畫《誌公變》《十二面觀音像》；西門之北，高文進畫《大降魔變相》。今並存之，皆奇跡也。其餘四面廊壁皆重修復後，集今時名手李元濟等，用內府所藏副本小樣，重臨仿者，然其間作用，各有新意焉。

王舍城寺

魏之臨清縣東北隅，有王舍城佛刹，內東邊一殿極古，四壁皆吳生畫禪宗故事，其畫不知誰人，類褚河南。循例接勞北使及使遼者過，則縣大夫自請遊觀，仍粉榜志使者姓名。

應天三絕

唐僖宗幸蜀之秋，有會稽山處士孫位，扈從止成都，位有道術，兼工書畫。曾於成都應天寺門左壁畫坐天王暨部從鬼神，筆鋒狂縱，形制詭異，世莫之與比，歷三十餘載，未聞繼其高躅。至孟蜀時，忽有匡山處士景煥，善畫，煥與翰林學士歐陽爲忘形之友，一日，聯騎同遊應天，適睹位所畫門之左壁天王，激發高興，遂畫右壁天王以對之，二藝爭鋒，一時壯冠。渤海歎重其能，遂爲長歌以美之。繼有草書僧夢歸後至，因請書於廊壁，書畫歌行，一日而就，傾城士庶，看之闐噎寺中。成都人號爲"應天三絕"也（辛顯云，景煥所畫不及孫位遠甚）。煥尤好畫龍，有《野人閒話》五卷行於世，其間一篇，惟敘畫龍之事。

《八仙真》

道士張素卿，神仙人也。曾於青城山丈人觀，畫五嶽四瀆真形，並十二溪女數壁，筆跡遒健，神彩欲活，見之者心悚神悸，足不能進，實畫之極致者也。孟蜀後主數遣秘書少監黃筌，令依樣摹之，及下山，終不相類。後因蜀主誕日，忽有人持素卿畫《八仙真形》以獻蜀主，蜀主觀之，且歎曰："非神仙之能，無以寫神仙之質。"遂厚賜以遣。一日，命翰林學士歐陽炯次第讚之，復遣水部員外郎黃居寶八分題之。每觀其畫，歎其筆跡之縱逸；覽其讚，賞其文詞之高古；玩其書，愛其點畫之雄壯。顧謂八仙，不讓三絕（八仙者，李阿、容成、董仲舒、張道陵、嚴君平、李八百、長壽仙、葛永瑰）。

鍾馗樣

昔吳道子畫鍾馗，衣藍衫，鞹一足，眇一目，腰笏巾首而蓬髮，以左手捉鬼，以右手抉其鬼目，筆跡遒勁，實繪事之絕格也。有得之以獻蜀主者，蜀主甚愛重之，常掛臥內。一日，召黃筌，令觀之，筌一見稱其絕手。蜀主因謂筌曰："此鍾馗若用拇指掐其目，則愈見有力，試爲我改之。"筌遂請歸私室，數日，看之不足，乃別張絹素畫一鍾馗，以拇指掐其鬼目。翊日，並吳本一時獻上，蜀主問曰："向止令卿改，胡爲別畫？"筌曰："吳道子所畫鍾馗，一身之力、氣色、眼貌俱在第二指，不在拇指，以故不敢輒改也。臣今所畫，雖不逮古人，然一身之力並在拇指，是敢別畫耳。"蜀主嗟賞之，仍以錦帛鎏器，旌其別識。

《賞雪圖》

李中主保大五年元日，大雪，命太弟已下登樓展宴，咸命賦詩，令中人就私第賜李建勳繼和。是時建勳方會中書舍人徐鉉、勤政學士張義方於溪亭，即時和進。乃召建勳、鉉、義方同入，夜艾方散。侍臣皆有興詠，徐鉉爲前後序。仍集名手圖畫，曲盡一時之妙。真容，高沖古主之；侍臣、法部、絲竹，周文矩主之；樓閣宮殿，朱澄主之；雪竹寒林，董源主之；池沼禽魚，徐崇嗣主之。圖成，無非絕筆。

《南莊圖》

李後主有國日，嘗令周文矩畫《南莊圖》，盡寫其山川氣象、亭臺景物，精思詳備，殆爲絕格。開寶癸亥歲歸朝，首貢於闕下，籍之秘府。

李主印篆

李後主才高識博，雅尚圖書，蓄聚既豐，尤精賞鑒。今內府所有圖軸暨人家所得書畫，多有印篆，曰"內殿圖書"、"內合同印"、"建業文房之寶"、"內司文印"、"集賢殿書院印"、"集賢院御書印"（此印多用墨）；或親題畫人姓名，或有押字，或爲歌詩雜言。又有織成大回鸞、小回鸞、雲鶴、練鵲、墨錦褾飾（今綾錦院效此織作），提頭多用織成條帶，簽貼多用黃經紙，背後多書監裝背人姓名及所較品第。又有澄心堂紙，以供名人書畫。

鋪殿花

江南徐熙輩，有於雙縑幅素上畫叢豔疊石，傍出藥苗，雜以禽鳥、蜂蟬之妙，乃是供李主宮中掛設之具，謂之鋪殿花，次曰裝堂花，意在位置端莊，駢羅整肅，多不取生意自然之態，故觀者往往不甚採鑒。

常思言

余熙寧辛亥冬，被命接勞北使爲輔行，日與其副燕人馬、邢希古結駟並馳。希古恭順詳敏，有儒者之風，從容語及圖畫，曰燕京有一布衣，常其姓，思言其名，善畫山水林木，求之者甚眾，然必在渠樂與即爲之，既不可以利誘，復不可以勢動，此其所以難得也。復見問曰："南朝諸君子頗有好畫者否？"余答曰："南朝士大夫自公之暇，固有琴樽書畫之樂。"希古慨然嗟慕，形乎神色。（愚以謂常生者，擅藝，居幽朔之間，不被中國之聲教。果能不可以勢動，復不可以利誘，則斯人也，豈易得哉。）

高麗國

皇朝之盛，遐荒九譯來庭者，相屬於路。惟高麗國敦尚文雅，漸染華風，至於伎巧之精，他國罕比，固有丹青之妙。錢忠懿家有著色山水四卷，長安臨潼李虞曹家有《本國八老圖》二卷，及曾於楊褒虞曹家見細布上畫《行道天王》，皆有風格。熙寧甲寅歲，遣使金良鑒入貢，訪求中國圖畫，銳意購求，稍精者十無一二，然猶費三百餘緡。丙辰冬，復遣使崔思訓入貢，因將帶畫工數人，奏請模寫相國寺壁畫歸國，詔許之，於是盡模之持歸。其模畫人頗有精於工法者，彼使人每至中國，或用摺疊扇爲私覿物，其扇用鴉青紙爲之，上畫本國豪貴，雜以婦人鞍馬，或臨水爲金砂灘，暨蓮荷、花木、水禽之類，點綴精巧；又以銀泥爲雲氣月色之狀，極可愛，謂之倭扇，本出於倭國也，近歲尤秘惜，典客者蓋稀得之（倭國乃日本國也，本名倭，既恥其名，又自以在極東，因號日來也，今則臣屬高麗也）。

術畫

夫士必以忠醇徑亮，盡瘁於公，然後可稱於任、可爵於朝，惡夫邪佞以苟進者，則不免君子之誅。藝必以妙悟精能取重於世，然後可著於文，可寶於笥，惡夫眩惑以沽名者，則不免鑒士之棄。昔者孟蜀有一術士，稱善畫，蜀主遂令於庭之東隅畫野鵲一隻，俄有眾禽集而噪之。次令黃筌於庭之西隅畫野鵲一隻，則無有集禽之噪。蜀主以故問筌，對曰：「臣所畫者藝畫也，彼所畫者術畫也，是乃有噪禽之異。」蜀主然之。國初有道士陸希真者，每畫花一枝，張於壁間，則遊蜂立至。嚮使邊、黃、徐、趙輩措筆，定無來蜂之驗。此抑非眩惑取功、沽名亂藝者乎？至於野人騰壁，美女下牆，禁五彩於水中，起雙龍於霧外，皆出方術怪誕，推之畫法闕如也。故不錄。

黃希旦藝話（一則）

黃希旦（一〇三三～一〇七四）字姬中，自號支離子，邵武（今福建邵武）人，爲九龍觀道士。熙寧五年，詔住京師五福宮，又典太乙宮事。後二年逝世，年四十二。能詩，其詩多平易流暢，儘管格調不甚高，却無道家氣。著有《支離子詩集》一卷（《宋詩紀事》作《竹堂集》），今已佚。

觀申公山水

申公山水老更狂，䀢䀢巨耳雙瞳方。生涯禿筆數千管，欲與造化争毫芒。長煙三素挂四壁，經營指點何安詳。凝神浄慮儻得意，一灑混沌開玄黄。須臾三才及萬類，迤邐筆下分低昂。水寒石瘦老木恠，蒹葭岸古天蒼蒼。伊余本是山間叟，對此直欲乘風翔。咫尺杳然數萬里，直疑跳入壺中藏。文淵閣四庫全書本《石倉歷代詩選》卷二百二十五。

張舜民藝話（二三則）

張舜民（生卒年不詳）字芸叟，自號浮休居士，又號矴齋，邠州（今陝西彬縣）人。治平二年進士，爲襄樂令。元豐中，環慶帥高遵裕辟掌機宜文字。從高遵裕西征，途中作詩，御史劾其詩含諷刺，謫監邕州鹽米倉，改郴州酒稅。時蘇軾謫居黃州，張赴貶所途中與蘇軾同遊武昌。元祐初，司馬光薦爲監察御史，累擢吏部侍郎。崇寧初，坐元祐黨，謫楚州團練副使，商州安置。後復集賢殿修撰。坐事出通判虢州，提點秦鳳路刑獄。召拜金部員外郎，進秘書少監，出使遼。爲陝西轉運使，歷知陝、潭、青三州。徽宗即位，擢右諫議大夫，到職僅七天，上章疏言事六十章，言多剴切。以龍圖閣待制知定州，改同州。入元祐黨籍，貶楚州團練副使，商州安置。後復集賢殿修撰，卒。舜民慷慨喜論事，善爲文，南宋初晁公武《郡齋讀書志》卷一九謂其"文豪重有理致，而最刻意於詩"，晚年不滿白居易所作新樂府，而自作《孤憤吟》五十篇以壓之。其詩風格比較接近蘇軾，筆力豪健，有一些詩作甚至混入蘇軾詩集中而不能辨。也擅長作詞，《賣花聲》詞爲其貶官過岳陽樓所作，哀婉而不憂傷。著有《畫墁集》一百卷、《奏議》十卷。文集在明代即已散佚。清四庫館臣從《永樂大典》中輯出佚詩文，編爲《畫墁集》八卷。又有筆記《畫墁錄》一卷，《畫墁詞》一卷。

一 跋百之詩畫

詩是無形畫，畫是有形詩。丹青不知老將至，李陵蘇武真吾師。太平本學治禮樂，猶有暇日能臨池。區中孰最奇？龎眉皓首苟住著，安得一區我安之。文淵閣四庫全書本《畫墁集》卷一。

二 京兆安汾叟赴辟臨洮幕府，南舒李君自畫《陽關圖》並詩以送行，浮休居士爲繼其後

古人送行贈以言，李君送人兼以畫。自寫陽關萬里情，奉送西安從辟者。澄心古紙白如銀，筆墨輕清意瀟灑。短亭離筵列歌舞，亭亭誼誼簇車馬。溪邊一叟靜垂綸，橋畔俄逢兩負薪。掣臂蒼鷹隨獵犬，聳耳駏驢扶隻輪。長安陌上多豪俠，正值春風二

三月。分明朝雨浥輕塵，客舍青青柳色新。三人舉杯苦勸客，道是西征無故人。殷勤一曲歌者闋，歌者背淚霑羅巾。酒闌童僕各辭親，結束韜縢意氣振。穉子牽衣老人哭，道上行客皆酸辛。唯有溪邊釣魚叟，寂寂投竿如不聞。李君此畫何容易，畫出漁樵有深意。爲道世間離別人，若箇不因名與利。紅蓮幕府盡奇才，家近南山紫翠堆。烜赫朱門當巷陌，潺潺流水遶亭臺。當軒怪石人稀見，夾道長松手自栽。靜鎖園林鶯對語，密穿堂戶燕驚迴。試問主翁在何所，近向安西幕府開。歌舞教成頭已白，功名未立老相催。西山東國不我與，造父王良安在哉？已卜買田箕嶺下，更看築室潁河隈。憑君傳語王摩詰，畫箇陶潛歸去來。文淵閣四庫全書本《畫墁集》卷一。

三　跋范寬小景　魏泰所藏

對鏡傳神了不殊，峴山黃落數峯孤。既能咫尺成千里，何必吾家十幅圖。文淵閣四庫全書本《畫墁集》卷四。

四　題趙大年小景

生長深宮不識山，騷人一見便開顏。分明記得經行處，青草湖邊第幾灣。文淵閣四庫全書本《畫墁集》卷四。

五　題趙大年奉議小景

渭曲山陰到者稀，浮休一見便開眉。客來不必多嗟賞，自古詞人是畫師。文淵閣四庫全書本《畫墁集》卷四。

六　題薛判官秋溪煙竹

深墨畫竹竹明白，淡墨畫竹竹帶煙。高堂忽爾開數幅，半隱半見如自然。文淵閣四庫全書本《畫墁集》卷四。

七　題懷素《歸田賦》跋

張平子《歸田賦》，懷素草書，雍熙間，內出此書，俾再裝褫。工人以絹本進入，自取其紙本，以售於人。久之，流傳士人家，既歸於我。然筆墨自如，無間淄澠。

嘗思古之爲書，自二王已還，歷數百年，寂無知名者。至唐，以太宗好書，故歐陽、虞、褚同時而幾過之。迨唐之末世，以書名家者多矣，然皆不能過貞觀。以歐、虞爲師祖，獨二張草書，見於開元、天寶間。較其歲月，前自張伯英以至今日，千五百年，莫能繼者，亦可謂之豪傑矣。中間以文章知名，含華咀英馳騁今古者，不可勝數，何獨至於書而其吝若此哉！

歐陽、虞、褚若二張，皆吳楚人。天之宰物，又不可得致詰也。知不足齋叢書八卷本《畫墁集》卷五。

八　題仲芮家藏四畫

右，宗室仲芮，以名畫數種示予，且俾予爲書。予何足以知之，姑發而觀焉。其一，大李將軍《桃源圖》；其二，南唐李主《雪鵲雪雀》；其三，鍾隱《鷓隼》；其四，徐熙《牡丹桃花》。富哉！一時之奇工美跡也。

二李見於總章、咸亨之間，始爲山水畫，乃羣工之祖也。纖繁蘊密，間以仙靈。雲闕羽衣，煙霞縹緲。龍虎花竹，無物不具，有長春不夜之景。後世俗工，非獨不能爲，亦不知其學也。張彥遠《畫記》云："每作一畫，必先起草，按文揮灑。"今之畫工，固無是事也。李主天資多藝，書本鍾索，畫法韋畢。筆力遒勁，若聚鍼鐵，故議者謂殆不類其爲人。惜乎！拙於大而工於細，觀之使人歎息。鍾、徐之跡，度越前人，得其一技，足以爲貴。上好下甚，風之使然。

夫是數物者，其工可謂精矣。二李之跡，固不可及。如鍾、徐輩，纔百餘年，亂色雖多，不復有一人相似者，亦可怪也。何絕絃投斧之遽邪？技固如是，況爲道者乎！斲輪之歎，方信於古人；學步之尤，尚希於來者。知不足齋叢書八卷本《畫墁集》卷五。

九　題姚氏家藏畫

今日姚熙州出眾畫，唯《老子》一幀，最爲奇古，晉人筆也。老子牀坐，從者三四，皆土形木質。神王如金精玉彩，固神仙人也。

其次徐熙《花》。今之畫花者多矣，苟取一花並張之，形色皆奪，所謂婢對夫人也。又有孫知微《五星》，近世之奇筆也。爲仙佛者，略使之無酒肉氣，已足尚矣；今人畫仙佛，唯要紅紅白白，乃是世間富貴之士，非神仙之質也。

欲人執筆，必爲俗狀，以賈俗人。授售之間，彼此各不知。或有淄澠，則人舉非之。吁！百年之後，當有鑑者。知不足齋叢書八卷本《畫墁集》卷五。

一〇　題江南李後主書

右，江南李後主書《雜說》數千言，及德慶堂題榜。大字如截竹木，小字如聚鍼丁，似非筆跡所爲者。

歐陽永叔謂：顏魯公書，正直方重，如其爲人。若以書觀李主，可不謂之倔強丈夫哉！然一何柔弱骪骳之甚也？孔子謂："以貌取人，失之子羽。"聖人親見其面，猶不能知其心，況以字書而揆人者哉！宋慶元三年書隱齋刻本《國朝二百家名賢文粹》卷一九一。

一一　題《蘭亭帖》後

貞觀末，太宗一日附語高宗："吾欲就爾求一物，可乎？"高宗跼足俯伏從之，對曰："身體髮膚，受之父母。國家天下，陛下所賜。此外，更欲問臣求何物？"太宗曰："吾千秋萬歲後，欲將《蘭亭》如何？"高宗再拜，哽咽而已。至昈陵作，治以玉匣，內之玄堂。其後昭陵累經開發，《蘭亭》復出人間。

元豐末，有人自兩浙與織女支機石同齎入京師，至太康縣。宜裕陵奉諱，不獲上之，質錢於民間而去，今不復聞存沒。王欽臣云："支機石子，嘗見其圍可方二寸。不圜微宛，政碧天漢，左界北斗經其上。"

太宗在唐，不世主也。一書之微，生以計取，死以愛求。生猶可玩適，死將何爲哉？至此，與夫富民多藏厚葬者，無以異也。《國朝二百家名賢文粹》卷一九一。

一二　題溫公《布衾銘》後

執布衾而求溫公之德，亦何異持筌坐水濱而待魚者。《布衾銘》《紳銘》《義方要旨》三軸，皆溫公所書，有趙大觀公休跋尾。

竊思自元祐丙寅至於庚午，不五年間，三人相繼而逝。墨色如新，而云亡屢歎。《國朝二百家名賢文粹》卷一九一。

一三　題趙令穰小草

大抵字難於小，雖王氏止有《樂毅論》，在篆草尤難，便大不便小。

此小字如聚蠅蚊，如撮鍼鐵，筆道而法足觀之，使人目力茫然，深逼藏真，亦可怪也。至貴侯伯能爾，吾黨執筆，可媿哉。知不足齋本《皇宋書錄》卷中。

一四　跋王君求家章草月儀

崇寧初，經略天都，開地得瓦器，實以木簡札，上廣下狹，長尺許，書爲章草，或參以朱字，表物數曰：縑幾匹，綿幾屯，錢米若干，皆章和年號。松爲之，如新成者，字遒古若飛動，非今所畜書帖中比也。其出於書吏之手尚如此，正古謂之札書。見《漢武紀》《郊祀志》，乃簡書之小者耳。中華書局一九八三年點校本《邵氏聞見後錄》卷二七。

《畫墁錄》（選錄　五則）

吳岳碑自首至座七段，明皇八分書，爲黃巢所焚，摧剝僅可辨當時日書三字"發三驛"，刻工亦然。徐常侍謫三山，過廟下徘徊旬日，察碑之興，功不可得。一田父進曰："當時積土而立。""唯"而去。

古晁鳳翔府麟游縣，每令長上事，必作招祓舞，其節奏與諸處不同。乃曰"此唐九成宮本"。山縣無妓子，但止以手分書耳。

嘉祐末，得石經二段於洛陽城，乃蔡邕隸書《論語》文，無甚異，唯求之歟，抑與之歟！

本朝草聖少得人，知名者蘇舜元。舜元之書，不迨舜欽，筆簡而意足。其子澥，元豐中爲江東提舉上殿。神宗問："頗收卿父書否？"對曰："臣私家有之。"上曰："可進來。"澥元退，迫走親知，哀得數帖。上一閱，命內侍輩取之，乃舜元書也。上鑑之，精妙類如此。

長安今府宇，即唐尚書省也，府院即吏部也。府錄廳前石幢，即郎官題名石也。張長史書序，筆畫整楷，如張君作字，詭恠顛倒，不可名狀。至爲楷法，整若軍陣，乃爲能事之極，無所不可。以上文淵閣四庫全書本《畫墁錄》。

《郴行錄》（選錄　四則）

辛卯，次洪澤口，過龜山寺，辛奉議繼至，同遊久之。寺臨淮水，負小山，規制壯麗，自京師以南寺觀皆不及也。乃真廟所建，佛殿三牓，石曼卿書，筆力勁健。老僧清悠可語，出畫佛一幀，自云王維筆，製作古妙，雖非摩詰，亦奇手所爲也。寺後山腳有石穴，以塼塞其戶，俗云無支祈所宅也。少南有長源公祠，祠下臨水，石色紺碧，出沒春漲可愛。《龜山寺詩》："白塔搖搖波浪間，幾多舟楫望禪關。天邊幡影因心動，堂上潮音到海還。我拔一毛猶自苦，師除雙臂信如閒。祥符中，斷臂道者所居。中流莫怪頻回首，直到江南始見山。"

甲子，同陳舅遊甘露寺。寺俯大江，踞崇崗，金山、焦山皆在指掌，東眺海門，北見揚州，天下絕致也。李衛公在浙西，再加繕葺，有文饒畫像，手植柏佛殿兩旁門。菩薩六軀，世傳張僧繇筆；菩薩二，神一，師子一，世傳陸探微筆，與予家所藏天王笔小异。庭间有大铁镬，僧堂下有小铁镬二，梁天监中所作。砌下有石如蹲羊，即狼石也。世传孙权、刘备据此石以谋曹操，前朝题记，历历皆在。主僧道敷，颇淳固有理学，题狼石诗："江北江南一道兵，匆匆据石各论情。功成与尔游沧海，此语当初是至诚。"

己卯，发芜湖，循东岸而行数里，抛西岸，中有群石拱起，林樾苍然，曰"螺矶"。其上有若塔屋，俗云有道人居其上。过板子矶，矶上红黄丝花，俯照江面，花繁而石怪，间以翠筱，正如徐熙所画者，乃知艺之工者有本也。诗云："石上红花低照水，山头翠筱细含烟。天生一本徐熙画，祇欠鹧鸪相对眠。"

癸未，出大江，逆风循东岸挽行可四十里，入峡口，又三四里，入池州谿口，宛转行陂泽中，可十余里，次池州弄水亭，杜牧之所创，俯溪流，望齐山，景致清绝，人皆采为图画。亭上石刻尽载小杜诗篇，诗云："清溪望处思悠悠，不独今人古亦愁。借尔碧波明似镜，照予白发莹如鸥。江山自美骚人宅，铙鼓常催过客舟。惟有角声吹不断，斜阳横起九峯楼。"以上文渊阁四库全书本《画墁集》卷七。

曹輔藝話（一則）

曹輔（生卒年不詳）字子方，泰州海陵（今江蘇泰州）人。嘉祐八年進士。治平間，爲杭州司法參軍。元豐八年，爲鄜延路經略司勾當公事。元祐初，遷職方員外郎。嘗知虢州。三年，自太僕丞爲福建轉運判官。曾提點廣西刑獄。紹聖二年，移守衢州。官至朝奉郎。曹輔嘗與祖無擇、蘇軾、張耒、晁補之有詩歌唱和，鄧忠臣編《同文館唱和詩》收其詩多篇。

題右軍二謝帖

貞觀尤愛右軍書，訪求殆盡，其後並葬昭陵。今所存法帖，人謂皆哀疚之問，故不復進上，得傳於後，豈其然乎？

此書亦然，又法帖之所遺也。當用墨錦玉軸重裝，以遺子孫寶之。海陵曹輔子方信安郡齋書。黑龍江人民出版社一九八四年影印本《三希堂法帖》。

花日新藝話（一則）

花日新（生卒年不詳），神宗時人，熙寧九年爲教坊副使。餘不詳。

樂聲請下一律奏

樂聲高，歌者難繼；方響部器不中度，絲竹從之。宜去噍殺之急，歸嘽緩之易。請下一律，改造方響，以爲樂準，絲竹悉從其聲，則音律諧協，以尊中和之氣。中華書局一九五七年縮印精裝本《宋會要輯稿》樂五之三六。

王得臣藝話（一〇則）

王得臣（一〇三六～一一一六）字彥輔，自號鳳臺子。安州安陸（今湖北安陸）人。從學於鄭獬、胡瑗，與程頤爲友。嘉祐四年進士。得臣學問賅博，長於考證，《四庫全書總目》卷一二〇對其《麈史》評價甚高，謂"凡朝廷掌故、耆舊遺聞，耳目所及，咸登編錄，其間參稽經典，辨別異同，次資參考"。平生著述甚豐，有《江夏辨疑》一卷、《麈史》三卷、《鳳臺子和杜詩》三卷、《江夏古今紀詠集》五卷。今僅存《麈史》三卷。

《麈史》（選録　一〇則）

瓠巴鼓瑟，而遊魚出聽；伯牙鼓琴，而六馬仰秣。古人精於音者，其感物如此，況以舜之樂乎？然則百獸率舞，鳳凰來儀，不足怪矣。故施於人，則庶尹允諧；於神，則祖考來格。嗚呼，非舜曷以至此！

周相王朴既定樂，本朝因用之。神文嘗詔和峴等修焉，又有和氏樂，神文復命李照別制，然所用者惟王樂耳。永豐間，永裕遣知音者講繹是正，遂廢王樂而用李樂。范蜀公以謂宫商之不相比，乃自製上之。元祐初，太常審議，卒用李樂。協律郎陳沂聖與謂予曰：王樂高二律，是以太簇爲黄鐘也。范樂下二律，以無射濁倍爲黄鐘也。其得中聲之合，惟李照樂云。

蜀公素留心大樂。既居許，募工範銅爲周釜、漢斛各一枚。嘗示余曰："此律度之祖也。知此則可以知樂矣。"又以爲今之樂之聲，宫不足而商有餘，故常大臣休休，偃伏於私，而是日天子或御便坐，以按軍旅，樂之應也。遂改製音律上之。元祐初，下太常議其樂，以爲聲下而不用。

予嘗問聖與曰："樂之高下不合中聲，何以察之？是以積黍定筭，生律而知耶？"聖與曰："不然。凡識樂者，惟在耳聰明而已。今高樂，其歌者必至於焦咽而徹。下樂,其歌者必至於唵塞而不揚。以此自可以察之。"又云:"今教坊樂聲太高。"神宗因見絃者屢絕而易,歌者音塞而氣單,遂問其然。對曰:"以太高故也。"上曰:"爲下兩格,可乎?"樂工拜而謝焉。遂下兩格,乃兩律矣。今教坊與京師悉以新樂從事,他處或未用之。以上文淵閣四庫全書本《麈史》卷一。

令狐子先,安陸鄉先生也。筮仕齊安理掾,歲滿還里,卜築於鄖溪之南,耕釣之外,著書彈琴而已。時入城,至集賢張君房之地借書。布衣林逸善繪事,乃擬摩詰寫浩然故事,以爲《令狐秋掾雪中渡鄖溪圖》。其序略曰:"張侯畜書萬卷,掾常就閱,或假輟以歸。每出入跨贏馬,頂戴華陽紗巾,著黑裓布褹,繫絛。小童携書籠負琴以隨。冬中復來假書,時值微雪飄灑,景物肅索。掾渡溪以歸,常服外加以皂繒暖帽,委轡長吟曰:'借書離近郭,冒雪渡寒溪。'聞者毛骨寒聳。是知至人操履倬越,風韻體裁,乃與天地四時之氣相參焉。"先生諱摶云。

令狐先生既卒,門人史驥思遠謁太子中允勾諶通道銘其壙,又求屯曹外郎阮逸天隱爲文以表之。天隱與令狐同年。福唐林逸書,襄陽孟逸篆額,史號爲三逸碑。

王右軍書多不講偏旁,此退之所謂"羲之俗書趁姿媚"者也。

武功蘇秘進之,子美子也。任湖北運判,按行至鄂。予時守郡。蘇出其曾王父國老所收杜牧之《村舍門扉》之墨跡,隱然突起,良可怪也。其所書曰:"暮春,因游明月峽,故留題。前雪紈史杜牧。從前聞說真仙景,今日追游始有因。滿眼山川流水在,古來靈跡必通神。"國老云:杜罷牧吳興,游吳興之明月峽,留字於村居門扉,至今二百年。予二子歲宰烏程,聞此詩,託陳驥往彼得之。字體遒媚,隱出木間,真希世之墨寶也。予按《唐史》,牧之未嘗爲湖州督郵,藩鎮拔授之官。予奉使閩部,建安北郊一吉祥寺前有軒,東楹之柱,慶曆間蔡君謨題之,其字隱然而起。因思段成式說文身事,有得髑髏涅文墨入骨者,豈松煤所漬能然乎。

郭忠恕僑寓安陸,郡守求其畫莫得。陰以縑屬所館之寺僧,時俟其飲酣,請之。乃令濃爲墨汁,悉以潑漬其上,函携就澗水滌之,徐以筆隨其濃淡爲山水之形勢。此與《封氏聞見》所說江南吳生畫同,但彼尤怪耳。以上《麈史》卷二。

舜治天下,彈五絃琴,而歌《南風》之詩,蓋長養之音也。《詩》亦曰:"凱風自南,吹彼棘心。"今解梁盛夏以池水入畦,謂之種鹽。不得南風則鹽不成,俗謂之鹽風。荊湖間夏有大風,朝起夕止,連日如此,土人曰颶風。音諒。有則旱,故陂澤立涸,稻田多裂。又名杓風,如杓勺水也。《麈史》卷三。

王鞏藝話（二則）

　　王鞏（生卒年不詳）字定國，莘縣（今山東莘縣）人，王素子，自號清虛先生。熙寧間，爲大理評事，徙秘書省正字。元豐二年，復太常博士。與蘇軾相友善，蘇軾得罪，王鞏亦貶監賓州鹽酒務。撰《論語注》十卷，自信不惑。元祐初，爲宗正寺丞，通判揚州，歷知海、密二州，管勾太平觀。六年，除知宿州，言者論劾之，別除管勾鴻慶宮。元符元年，坐累上書議論朝政，特追毀出身以來告敕文字，除名勒停，送全州編管。徽宗即位，復朝散郎。崇寧元年，再入黨籍。王鞏善書法，工詩文，黃庭堅謂其"作詩及它文章，不守近世師儒繩尺，規摹遠大，必有爲而後作，欲以長雄一世"（《王定國文集序》）。文集今不存。又撰有筆記《聞見近錄》一卷、《甲申雜記》一卷、《隨手雜錄》一卷，主要記載朝廷大事、典故沿革，可補史傳所未詳，亦間涉神怪之事，近於小說。

《聞見近錄》（選錄　一則）

　　仁宗皇帝朝，有獻新樂者，其音近鄭、衛，眾謂非古，遂寢。熙寧中，劉几等頗采用之，教坊樂工某乙詣几上書，以爲不可。几以書聞付大理問狀，工曰："國朝所用王朴樂，爲近古。今几所奏，純清而不濁，鄭、衛音也。又兩宮聲，大宮微而此宮高，是有兩君之象，天無二日、國無二王，樂之所諱。"時以爲狂，編管畿縣。未幾，哲宗出閣，遂即帝位。文淵閣四庫全書本《聞見近錄》。

《隨手雜錄》（選錄　一則）

　　仁宗嘗語張文定、宋景文曰："孟子可謂知樂矣，今樂猶古樂。"又曰："自《排徧》以前，音聲不相侵亂，樂之正也。自破之後，始侵亂矣，至此鄭、衛也。"文淵閣四庫全書本《隨手雜錄》。

蔡確藝話（二則）

蔡確（一〇三七~一〇九三）字持正，泉州晉江（今福建晉江）人，後徙居陳州。嘉祐四年進士，調邠州司理參軍。韓絳宣撫陝西，見其所製樂語，以爲有才，薦於開封尹韓維，辟管幹右廂公事，以不肯庭參送解職。熙寧中，王安石薦爲三班主簿，又爲監察御史裏行，遷御史知雜事。擢知制誥、知諫院兼判司農事。元豐初，爲御史中丞。二年，爲參知政事。五年，拜尚書右僕射兼中書侍郎。蔡確奪人之位遞升次相，獨攬大權，又累興羅織之獄，故爲時議所非。元祐元年，罷政，出知陳州，徙安、鄧二州。在安州遊車蓋亭，嘗賦詩十首，吳處厚疏解奏爲謗訕朝廷，謫英州別駕，新州安置。八年，卒於貶所，年五十七。蔡確爲人有智數，善詩文。

一 題王維江行初雪畫

吳兒龜手網寒川，急雪鳴蓑浪拍船。青弋渡頭曾臥看，令人却憶十年前。文淵閣四庫全書本《聲畫集》卷三。

二 觀燕公山水畫，後有王荆公題詩

相君開卷憶江東，髣髴鍾山與此同。今日還爲一居士，翛然身在畫圖中。《聲畫集》卷四。

王闢之藝話（二四則）

王闢之（生卒年不詳）字聖塗，青州營丘（今山東臨淄）人，治平間進士。元豐中調博州高唐令，監察御史黄夷仲賦詩餞別。哲宗朝歷知河東縣、忠州。後退居澠水，與士大夫遊，撰《澠水燕談錄》十卷。

《澠水燕談錄》（選錄 二四則）

子瞻文章議論，獨出當世，風格高邁，真謫仙人也。至於書畫，亦皆精絶。故小落手即爲人藏去，有得真跡者，重於珠玉。子瞻雖才行高世，而遇人温厚，有片善可取者，輒與之傾盡城府，論辯唱酬，間以談謔，以是尤爲士大夫所愛。間遭僉人媒孽，謫居黄州，有陳處士者，攜紙筆求書於子瞻，會客方鼓琴，遂書曰："或對一貴人彈琴者，天陰聲不發，貴人恠之，曰：'豈弦慢邪？'對曰：'弦也不慢。'"子瞻之清談善謔，皆此類也。中華書局一九八一年版《澠水燕談錄》卷五。

慶曆中，滕子京謫守巴陵，治最爲天下第一。政成，增城岳陽樓，屬范文正公爲記，蘇子美書石，邵餗篆額，亦皆一時精筆，世謂之"四絶"云。《澠水燕談錄》卷六。

慶曆中，歐陽文忠公謫守滁州，有琅邪幽谷，山川奇麗，鳴泉飛瀑，聲若環佩，公臨聽忘歸。僧智仙作亭其上，公刻石爲記，以遺州人。既去十年，太常博士沈遵，好奇之士，聞而往游，愛其山水秀絶，以琴寫其聲，爲《醉翁吟》，蓋宮聲三疊。後會公河朔，遵援琴作之，公歌以遺遵，並爲《醉翁引》以叙其事。然調不主聲，爲知琴者所惜。後年公薨，遵亦没。其後，廬山道人崔閑，遵客也，妙於奏理，常恨此曲無詞，乃譜其聲請於東坡居士子瞻，以補其闕。然後聲詞皆備，遂爲琴中絶妙，好事者争傳。其詞曰："琅然清圓誰彈？響空山，無言，惟有醉翁知其天。月明風露娟娟，人未眠，荷蕢過山前，曰有心哉，此弦。第二疊汎聲同此。醉翁嘯咏，聲和流泉；醉翁去後，空有朝吟夜怨。山有時而同巔，水有時而迴淵，思翁無歲年，翁今爲飛仙，此意在人間，試聽徽外三兩弦。"方其補詞，閑爲弦其聲，居士倚爲詞，頃刻而就，無所點竄。遵之子爲比丘，號本覺真禪師，居士書以與之，云："二水同器，有不相入；二琴同

458

手，有不相應。沈君信手彈而與泉合，居士縱筆作詞而與琴會，此必有真同者矣。"

唐劉忠州晏《重修禹廟碑》，崔巨文，長季展書。劉，當世顯人，所記撰及書碑者，宜皆知名士，矧巨之文、季展之書有過人者，而其名不著於世，何也？景祐中，周膳部越爲三門發運判官，始以墨本傳京師。越書爲當時所重，以是季展書亦爲人所愛。其後，屯田左員外瑾慮其刓闕，搆宇以覆其碑，而模刻於他石，以廣其傳焉。季展書，刻石者少，有《洛祠記》《多心經》不著姓氏，驗其筆畫，亦季展書也。

太宗朝，王著學右軍書，深得其法，侍書翰林。帝聽政之餘，留心筆札，數遣內侍持書示著，著對如初。或詢其書意，著曰："書固佳矣，若遽稱善，恐帝不復用意。"其後，帝筆法精絶，世以爲由著之規益也。

李成畫平遠寒林，前人所未嘗爲，氣韻瀟灑，煙林清曠，筆勢穎脱，墨法精絶，高妙入神，古今一人，真畫家百世師也。雖昔王維、李思訓之徒，亦不可同日而語。其後，燕貴、翟院深、許道寧輩，或僅得一體，語全則遠矣。考白所作成誌，則成未嘗仕，而歐陽文忠公以爲成仕至尚書郎。按白與成同時人，與成子覺並列史館，其所紀宜不妄，不知文忠公何以據也。正當以誌爲定。

翟院深，營丘伶人，師李成山水，頗得其體。一日，府宴張樂，院深將擊鼓爲節，忽停撾仰望，鼓聲不續。左右驚愕，太守亟問之，對曰："適樂作次，有孤鴻飛，淡佇可愛。意欲圖寫，凝思久之，不知鼓聲之失節也。"太守笑而釋之。

歐陽文忠公，文章道義，天下宗師，凡世俗所嗜，一無留意，獨好古石刻。自岐陽石鼓、岱山、鄒嶧之篆，下及漢、魏以來碑刻，山崖川谷，荒林破塚，莫不皆取，以爲《集古錄》。因其石本，軸而藏之。撮其大要，列爲目録，並載可以正史學之闕謬者，以傳後學。跋尾多公自題，復爲之序，請蔡君謨書之，真一代之絶筆也。

玉堂北壁有毘陵董羽畫水，波濤若動，見者駭目。歲久，其下稍壞。學士蘇易簡受命知舉，將入宮，語學士韓丕擇名筆完補之。丕呼圬者墁其下，以朱欄護之。蘇出院，以是悵惜不已。

陳文惠公善八分書，變古之法，自成一家，雖點畫肥重而筆力勁健。能爲方丈字，謂之堆墨，目爲八分。凡天下名山勝處碑刻題牓，多公親跡。

祥符中，丁晉公出典金陵，真宗以《袁安卧雪圖》賜之，真古妙手，或言周昉筆，亦莫可辨。至金陵，擇城之西南隅曠絶之地，建賞心亭，中設巨屏，置圖其上，遂爲金陵奇觀。歲久頗失覆護，縑素敗裂，稍爲好事者竊去。嘉祐中，王君玉出守郡，首詣觀之，惜其剽取已盡，作詩題其旁云："昔人已化遼天鶴，佳事難尋《卧雪圖》。"

皇祐中，仁宗命待詔高克明輩畫三朝聖跡一百事，人物纔寸餘，宫殿、山川、車馬、儀衛咸具。詔學士李淑等譔次序讚，爲十卷，曰《三朝訓鑑圖》，鏤板印貽大臣宗室。以上《澠水燕談錄》卷七。

開寶中，平嶺表，擇廣州内臣聰慧者數十人於教坊習樂，名簫韶部，改曰雲韶，賜宴則用之。太平興國中，擇軍中善樂者，名曰引龍直，遊幸，騎而導駕。後曰鈞容直，取鈞天之義也。

南唐後主留意筆札，所用澄心堂紙、李廷珪墨、龍尾石硯三物爲天下之冠。自李氏之亡，龍尾石不復出。嘉祐中，校理錢仙芝知歙州，訪得其所，乃大溪也。李氏嘗患溪不可入，斷其流，使由他道。李氏亡，居民苦其溪之迴遠，導之如昔，石乃絶。仙芝移溪還故道，石乃復出，遽與諸溪並行。

慶曆中，洪州江岸崩，得謝朓譔並書《宋海陵王墓銘》石。朓文固奇，而書亦有法，類鍾繇書。石入沈括家十餘年，後爲夏元昭匿之，不知所在。

華陽楊褒，好古博物，家雖貧，尤好書畫奇玩充實囊中。家姬數人，布裙糲食而歌舞絶妙，故歐陽公贈之詩云："三脚木床坐調曲。"蓋言褒之貧也。

司馬温公既居洛，每對客賦詩談文，或投壺以娱賓。公以舊格不合禮意，更定新格。以爲傾邪險詖，不足爲善，而舊圖反爲奇箭，多與之算，如倚竿帶劍之類，今皆廢其算以罰之；顛倒反覆，惡之大者，奈何以爲上，如倒中之類。今當盡廢壺中算，以明逆順。大抵以精審者爲上，偶中者爲下，使夫用機徼幸者無所措手。此足以見公之志，雖嬉戲之間，亦不忘於正也。

唐彦猷，清簡寡慾，不以世務爲意。公退，居一室，蕭然終日默坐，惟吟詩、臨書、烹茶、試墨，以此度日。嘉祐中守青社，得絲石於黑山，琢爲硯。其理紅黄相参，文如林木，或如月暈，或如山峰，或如雲霧花卉。石自有膏潤，泛墨色，覆之以匣，數日不乾。彦猷作《硯録》，品爲第一，以爲自得此石，端溪、龍尾皆置不復視矣。

秦武公作羽陽宫，在鳳翔寶鷄縣界，歲久，不可究知其處。元祐六年正月，直縣門之東百步，居民權氏濬池，得古銅瓦五，皆破，一獨完。瓦面徑四寸四分，面上隱起四字曰"羽陽千歲",篆字隨勢爲之,不取方正,始知即羽陽舊趾也。

秀州祥符院僧知和蓄一古琴,琴微碧,石細紋軫,製作精巧,音韵清越。中刊李陽冰篆三十九字,其略云:"南海夷島產木名伽陀羅,文橫銀屑,其堊如石,遂用作此臨嶽。"沈括《筆談》、朱長文《琴譜》著此琴,即唐相汧公李勉所製響泉也。響泉之名見《李勉傳》。元祐末,和死,州將以其琴匣送尚書禮部,符太常長管,好事者時時鼓之。

錢塘沈振蓄一琴,名冰清,腹有晉陵子銘云:"卓哉斯器,樂惟至正。音清韵古,月澄風勁。三餘神爽,泛絕機靜。雪夜敲冰,霜天擊磬。陰陽潛感,否臧前鏡。人其審之,豈獨知政。大曆三年三月三日上底,蜀郡雷氏斲。"鳳沼內書"貞元十一年七月八日再修。士雄記"。聲極清實。山荏陳聖與名知琴,少在錢塘,從振借琴彈,酷愛之。後三十年,聖與官太常,會振姪述鬻冰清,索百千不售。未幾,述卒,其妻得二十千,鬻於僧清道,轉落於太一道士楊英。久之,聖與以五十千購得,極珍祕之。或以晉陵子,杜牧之道號。篆法類李義山筆,亦莫可辨,又不知士雄何人也。

元祐中上元,駕幸迎祥池宴從臣,教坊伶人以先聖爲戲,刑部侍郎孔宗翰奏:"唐文宗時嘗有爲此戲者,詔斥去之。今聖君宴犒群臣,豈宜容此?"詔付檢官置於理。或曰:"此細事,何足言?"孔曰:"非爾所知。天子春秋鼎盛,方且尊德樂道,而賤伎乃爾褻慢,不治,豈不累聖德乎?"聞者歎服。以上《澠水燕談錄》卷八。

仁宗天縱多能,尤精書學。凡宮殿門觀,多帝飛白題榜,勳賢神道,率賜篆螭首。王曾之碑曰"旌賢",寇準曰"旌忠",李迪曰"遺直",晏殊曰"舊學",丁度曰"崇儒",王旦曰"全德元老",文彥博父均曰"教忠積慶",李用和曰"親賢",范仲淹曰"褒賢",曹利用曰"旌功",呂夷簡曰"褒忠",張士遜曰"舊德",狄青曰"旌忠元勳"。其餘不可悉記。或云:"初,王子融守河中,模唐明皇題裴耀卿碑額獻之,仁宗乃賜文正碑曰旌賢,大臣碑額賜篆,蓋始於此。其後英廟、神考亦屢有賜者。"

陳亞少卿,蓄書數千卷,名畫數十軸,平生之所寶者。晚年退居,有華亭雙鶴,怪石一株尤奇峭,與異花數十本,列植於所居,爲詩以戒子孫:"滿室圖書雜典墳,華亭仙客岱雲根。他年若不和花賣,便是吾家好子孫。"亞死未幾,皆散落民間矣。以上《澠水燕談錄》卷九。

蘇軾藝話（三一五則）

　　蘇軾（一○三七～一一○一）字子瞻，號東坡居士，眉州眉山（今四川眉山）人。蘇洵次子。嘉祐二年登進士乙科，受歐陽修賞識。任鳳翔府判官，入直史館。熙寧間王安石變法，軾因政見分歧，通判杭州，徙知密州、徐州、湖州。元豐二年烏臺詩案後，謫爲黃州團練副使。元祐初返京，累遷中書舍人、翰林學士、知制誥。旋拜龍圖閣學士，出知杭州、潁州、揚州、定州，其間曾被召還朝任禮部尚書等職。爲元祐黨爭所累，紹聖初謫於惠州，再徙儋州。徽宗立，遇赦北還。建中靖國元年卒於常州。高宗即位，追諡文忠。蘇軾的思想頗複雜，雖深受佛老思想影響，但其主流，仍然是儒家思想，畢生具有儒家輔君治國、經世致用的政治理想。蘇軾的許多詩文、筆記、書信、序跋中，包含着豐富深刻的文藝思想，構成了完整的文藝思想體系。蘇軾現存詩二千七百餘首，其"詩本似李、杜，晚喜陶淵明，追和之者幾徧"（蘇轍《亡兄端明子瞻墓誌銘》），喜以文爲詩，以議論爲詩，筆力雄健，縱橫馳騁，議論英發，見解獨到，耐人尋味。蘇軾擅長詞，是宋代豪放詞的開派人物，又發展了婉約詞，擴大了婉約詞的題材，提高了婉約詞的格調。劉熙載謂"東坡詞頗似老杜詩，以其無意不可入，無事不可言"（《藝概·詞曲概》）。蘇軾的散文今存四千餘篇，往往信筆書意，自然圓暢，揮灑自如，有意而言，意盡言止，毫無斧鑿之痕；思路開闊，文如泉湧，千變萬化，姿態橫生，沒有固定的格式；氣勢磅礴，雄健奔放，縱橫恣肆，一瀉千里；狀景摹物，無不畢肖，觀察縝密，文筆細膩。蘇軾是書法名家，爲宋代四大書法家"蘇、黃、米、蔡"之一。繪畫與文同齊名，是湖州畫派代表。他的學術著作有《蘇氏易傳》《書傳》《論語說》等，以人情說與當時正在形成的興天理、滅人欲的理學相對立，在北宋理學之外另樹一幟。蘇軾的文學成就在宋代以及後世都產生了巨大影響，其詩、詞、文皆成爲歷代學習的典範。他的散文，與歐陽修一起並稱"歐蘇"；他的詩歌，與黃庭堅一起並稱"蘇黃"；他的詞，與辛棄疾一起並稱"蘇辛"。蘇軾著述甚夥，其主要著作存世者有《易傳》《書傳》及《東坡集》四十卷、《後集》二十卷、《奏議》十五卷、《內制》十卷、《外制》三卷、《和陶詩》四卷及《東坡樂府》。

一　和子由論書

吾雖不善書，曉書莫如我。苟能通其意，常謂不學可。貌妍容有矉，璧美何妨橢。端莊雜流麗，剛健含婀娜。好之每自譏，不譓子亦頗。書成輒棄去，繆被旁人裹。體勢本闊略，結束入細麼。子詩亦見推，語重不敢荷。邇來又學射，力薄愁官笴。官箭十二把，吾能十一把箭耳。多好竟無成，不精安用夥。何當盡屏去，萬事付懶惰。吾聞古書法，守駿莫如跛。世俗筆苦驕，衆中强嵬騀。鍾、張忽已遠，此語與時左。文淵閣四庫全書本《東坡全集》卷一。

二　記所見開元寺吳道子畫佛滅度以答子由

西方真人誰所見，衣被七寶從雙狻。當時脩道頗辛苦，柏生兩肘烏巢肩。初如濛濛隱山玉，漸如濯濯出水蓮。道成一旦就空滅，奔會四海悲人天。翔禽哀響動林谷，獸鬼躑躅涙迸泉。龎眉深目彼誰子，遶牀彈指性自圓。隱如寒月墮清晝，空有孤光留故廛。春遊古寺拂塵壁，遺像久此霾香煙。畫師不復寫名姓，皆云道子口所傳。從橫固已蔑孫鄧，有如巨鱷吞小鮮。來詩所誇孰與此，安得攜掛其旁觀。《東坡全集》卷一。

三　鳳翔八觀·石鼓

冬十二月歲辛丑，我初從政見魯叟。舊聞石鼓今見之，文字鬱律蛟蛇走。細觀初以指畫肚，欲讀嗟如箝在口。韓公好古生已遲，我今況又百年後。强尋偏旁推點畫，時得一二遺八九。我車既攻馬亦同，其魚維鱮貫之柳。其詞云："我車既攻，我馬既同。"又云："其魚維何，維鱮維鯉。何以貫之，惟楊與柳。"惟此六句可讀，餘多不可通。古器縱橫猶識鼎，衆星錯落僅名斗。模糊半已似瘢胝，詰曲猶能辨跟肘。娟娟缺月隱雲霧，濯濯嘉禾秀莨莠。漂流百戰偶然存，獨立千載誰與友？上追軒頡相唯諾，下揖冰斯同鷇鷇。憶昔周宣歌鴻鴈，當時籀史變蝌蚪。厭亂人方思聖賢，中興天爲生耆耇。東征徐虜闞虓虎，北伏犬戎隨指嗾。象胥雜沓貢狼鹿，方召聯翩賜圭卣。遂因鼓鼙思將帥，豈爲考擊煩矇瞍。何人作頌比崧高，萬古斯文齊岣嶁。勳勞至大不矜伐。文武未遠猶忠厚。欲尋年歲無甲乙，豈有名字記誰某？自從周衰更七國，竟使秦人有九有。掃除詩書誦法律，投棄俎豆陳鞭杻。當年何人佐祖龍，上蔡公子牽黄狗。登山刻石頌功烈，後者無繼前無偶。皆云皇帝巡四國，烹滅强暴救黔首。六經既已委灰塵，此鼓亦當遭擊剖。傳聞九鼎淪泗上，欲使萬夫沉水取。暴君縱欲窮人力，神物義不汙秦垢。是時石鼓何處避，無乃天公令鬼守。興亡百變物自閒，富貴一朝名不朽。細思物理坐歎息，人生安得如汝壽！《東坡全集》卷一。

四　鳳翔八觀・王維吳道子畫

何處訪吳畫？普門與開元。開元有東塔，摩詰留手痕。吾觀畫品中，莫如二子尊。道子實雄放，浩如海波翻。當其下手風雨快，筆所未到氣已吞。亭亭雙林間，彩暈扶桑暾。中有至人談寂滅，悟者悲涕迷者手自捫。蠻君鬼伯千萬萬，相排競進頭如黿。摩詰本詩老，佩芷襲芳蓀。今觀此壁畫，亦若其詩清且敦。祇園弟子盡鶴骨，心如死灰不復溫。門前兩叢竹，雪節貫霜根。交柯亂葉動無數，一一皆可尋其源。吳生雖妙絶，猶以畫工論。摩詰得之於象外，有如仙翮謝籠樊。吾觀二子皆神俊，又於維也歛衽無間言。《東坡全集》卷一。

五　石蒼舒醉墨堂

人生識字憂患始，姓名粗記可以休。何用草書誇神速，開卷儻怳令人愁。我嘗好之每自笑，君有此病何年瘳？自言其中有至樂，適意無異逍遙遊。近者作堂名醉墨，如飲美酒銷百憂。乃知柳子語不妄，病嗜土炭如珍羞。君於此藝亦云至，堆墻敗筆如山丘。興來一揮百紙盡，駿馬倏忽踏九州。我書意造本無法，點畫信手煩推求。胡爲議論獨見假，隻字片紙皆藏收。不減鍾張君自足，下方羅趙我亦優。不須臨池更苦學，完取絹素充衾裯。《東坡全集》卷二。

六　歐陽少師令賦所蓄石屏

何人遺公石屏風，上有水墨希微蹤。不畫長林與巨植，獨畫峩眉山西雪嶺上萬歲不長之孤松。崖崩澗絶可望不可到，孤烟落日相溟濛。含風偃蹇得真態，刻畫始信天有工。我恐畢宏韋偃死葬虢山下，骨可朽爛心難窮。神機巧思無所發，化爲烟霏淪石中。古來畫師非俗士，摹寫物象略與詩人同。願公作詩慰不遇，無使二子含憤泣幽宮。《東坡全集》卷二。

七　孫莘老求墨妙亭詩

蘭亭繭紙入昭陵，世間遺跡猶龍騰。顏公變法出新意，細筋入骨如秋鷹。徐家父子亦秀絶，字外出力中藏稜。嶧山傳刻典刑在，千載筆法留陽冰。杜陵評書貴瘦硬，此論未公吾不憑。短長肥瘠各有態，玉環飛燕誰敢憎。吳興太守真好古，購買斷闕揮縑繒。龜跌入坐螭隱壁，空齋晝静聞登登。奇蹤散出走吳越，勝事傳説誇友朋。書來乞詩要自寫，爲把栗尾書䴉藤。後來視今猶視昔，過眼百世如風燈。他年劉郎憶賀監，還道同時須服膺。《東坡全集》卷三。

八　宋叔達家聽琵琶

數絃已品龍香撥，半面猶遮鳳尾槽。新曲翻從玉連鎖，舊聲終愛鬱輪袍。夢回只記歸舟字，賦罷雙垂紫錦絛。何異烏孫送公主，碧天無際鴈行高。《東坡全集》卷四。

九　李頎秀才善畫山，以兩軸見寄，仍有詩，次韻荅之

平生自是箇中人，欲向漁舟便寫真。詩句對君難出手，雲泉勸我早抽身。年來白髮驚秋速，長恐青山與世新。從此北歸休悵望，囊中收得武林春。《東坡全集》卷五。

一〇　聽僧昭素琴

至和無攫醳，至平無按抑。不知微妙聲，究竟何從出？散我不平氣，洗我不和心。此心知有在，尚復此微吟。《東坡全集》卷六。

一一　聽賢師琴

大絃春溫和且平，小絃廉折亮以清。平生未識宮與角，但聞牛鳴盎中雉登木。門前剝啄誰扣門，山僧未聞君勿嗔。歸家且覓千斛水，凈洗從前箏笛耳。《東坡全集》卷六。

一二　贈寫真何充秀才

君不見潞州別駕眼如電，左手挂弓橫撚箭。又不見雪中騎驢孟浩然，皺眉吟詩肩聳山。饑寒富貴兩安在，空有遺像留人間。此身常擬同外物，浮雲變化無蹤跡。問君何苦寫我真，君言好之聊自適。黃冠野服山家容，意欲置我山巖中。勳名將相今何限，往寫褒公與鄂公。《東坡全集》卷六。

一三　甘露寺彈箏

多景樓上彈神曲，欲斷哀絃再三促。江妃出聽霧雨愁，白浪飜空動浮玉。金山名。喚取吾家雙鳳槽，遣作三峽孤猿號。與君合奏芳春調，啄木飛來霜樹杪。《東坡全集》卷六。

一四　書韓幹《牧馬圖》

南山之下，汧渭之間，想見開元天寶年。八坊分屯隘秦川，四十萬匹如雲烟。騅駓駰駱驪騮騵，白魚赤兔騂皇鶾。龍顱鳳頸獰且妍，奇姿逸德隱駑頑。碧眼胡兒手足鮮，歲時翦刷供帝閑。柘袍臨池侍三千，紅粧照日光流淵。樓下玉螭吐清寒，往來蹙踏生飛湍。衆工舐筆和朱鉛，先生曹霸弟子韓。廄馬多肉尻脽圓，肉中畫骨誇尤難。金羈玉勒繡羅鞍，鞭箠刻烙傷天全。不如此圖近自然，平沙細草荒芊綿。驚鴻脫兔爭後先，王良挾策飛上天，何必俯首服短轅！《東坡全集》卷八。

一五　韓幹馬十四匹

二馬並驅攢八蹄，二馬宛頸鬃尾齊。一馬任前雙舉後，一馬却避長鳴嘶。老髯奚官騎且顧，前身作馬通馬語。後有八匹飲且行，微流赴吻若有聲。前者既濟出林鶴，後者欲涉鶴俛啄。最後一匹馬中龍，不嘶不動尾搖風。韓生畫馬真是馬，蘇子作詩如見畫。世無伯樂亦無韓，此詩此畫誰當看。《東坡全集》卷八。

一六　續麗人行

李仲謀家有周昉畫，背面欠伸內人極精，戲作此詩。

深宮無人春日長，沉香亭北百花香。美人睡起薄梳洗，燕舞鶯啼空斷腸。畫工欲畫無窮意，背立東風初破睡。若教回首却嫣然，陽城下蔡俱風靡。杜陵饑客眼長寒，蹇驢破帽隨金鞍。隔花臨水時一見，只許腰支背後看。心醉歸來茅屋底，方信人間有西子。君不見孟光舉案與齊眉，何曾背面傷春啼？《東坡全集》卷九。

一七　僕曩於長安陳漢卿家，見吳道子畫佛，碎爛可惜。其後十餘年，復見之於鮮于子駿家，則已裝背完好。子駿以見遺，作詩謝之

貴人金多身復閒，爭買書畫不計錢。已將鐵石充逸少，殷鐵石，梁武帝時人。今法帖大王書中有鐵石字。更補朱繇爲道玄。世所收吳畫多朱繇筆也。煙熏屋漏裝玉軸，鹿皮蒼璧知誰賢。吳生畫佛本神授，夢中化作飛空仙。覺來落筆不經意，神妙獨到秋毫顛。我昔長安見此畫，嘆惜至寶空潸然。素絲斷續不忍看，已作胡蝶飛聯翩。君能收拾爲補綴，體質散落嗟神全。誌公鬅鬙見刀尺，修羅天女猶雄妍。如觀老杜飛鳥句，脫字欲補知無緣。問君乞得良有意，欲將俗眼爲洗湔。貴人一見定羞怍，錦囊千紙何足捐。不須更用博麻縷，付與一炬隨飛煙。《東坡全集》卷九。

一八 次韻舒教授寄李公擇

草書妙絶吾所兄，真書小低猶抗行。論文作詩俱不敵，看君談笑收降旌。去年逾月方出畫，予去年留齊月餘。爲君劇飲幾濡首。今年過我雖少留，寂寞陶潛方止酒。此行公擇病酒，夕不飲。別時流涕攬君鬚，懸知此歡墮空虛。松下縱橫餘屐齒，門前輾轆想君車。怪君一身都是德，近之清潤淪肌骨。細思還有可恨時，不許藍橋見傾國。公擇有婢名雲英，屢欲出不果。《東坡全集》卷九。

一九 次韻答舒教授觀余所藏墨

異時長笑王會稽，野鶩羶腥汙刀几。莫年却得庾安西，自厭家雞題六紙。二子風流冠當代，顧與兒童爭愠喜。秦王十八已龍飛，嗜好晚將蚘蚓比。我生百事不挂眼，時人繆説云工此。世間有癖念誰無，傾身障籠尤堪鄙。一生當著幾兩屐，定心肯爲微物起。此墨足支三十年，但恐風霜侵髮齒。非人磨墨墨磨人，瓶應未罄罍先恥。逝將振衣歸故國，數畝荒園自鋤理。作書寄君君莫笑，但覓來禽與青李。一螺點漆便有餘，萬竈燒松何處使。君不見永寧第中擣龍麝，列屋閒居清且美。倒暈連眉秀嶺浮，雙鴉畫鬢香雲委。時聞五斛賜蛾綠，不惜千金求獺髓。聞君此詩當大笑，寒窗冷硯冰生水。《東坡全集》卷九。

二〇 李思訓畫《長江絶島圖》

山蒼蒼，江茫茫，大孤小孤江中央。崖崩路絶猿鳥去，惟有喬木攙天長。客舟何處來，櫂歌中流聲抑揚。沙平風軟望不到，孤山久與船低昂。峨峨兩煙鬟，曉鏡開新粧。舟中賈客莫漫狂，小孤前年嫁彭郎。《東坡全集》卷十。

二一 陳季常所畜朱陳村嫁娶圖

何年顧陸丹青手，畫作朱陳嫁娶圖。聞道一村惟兩姓，不將門户賣崔盧。
我是朱陳舊使君，勸耕曾入杏花村。而今風物那堪畫，縣吏催錢夜打門。朱陳村在徐州蕭縣。《東坡全集》卷十一。

二二 郭祥正家醉畫竹石壁上，郭作詩爲謝，且遺古銅劍二

空腸得酒芒角出，肝肺槎牙生竹石。森然欲作不可回，吐向君家雪色壁。平生好詩仍好畫，書牆涴壁長遭罵。不嗔不罵喜有餘，世間誰復如君者。一雙銅劍秋水光，

兩首新詩爭劍鋩。劍在床頭詩在手，不知誰作蛟龍吼。《東坡全集》卷十四。

二三　龍尾硯歌　並引

余舊作《鳳咮石硯銘》，其略云：蘇子一見名鳳咮，坐令龍尾羞牛後。已而求硯於歙。歙人云：子自有鳳咮，何以此爲？蓋不能平也。奉議郎方君彥德，有龍尾大硯，奇甚。謂余若能作詩，少解前語者，當奉餉。乃作此詩。

黃琮白琥天不惜，顧恐貪夫死懷璧。君看龍尾豈石材，玉德金聲寓於石。與天作石來幾時，與人作硯初不辭。詩成鮑、謝石何與，筆落鍾、王硯不知。錦茵玉匣俱塵垢，擣練支牀亦何有。況瞋蘇子《鳳咮銘》，戲語相嘲作牛後。碧天照水風吹雲，明牕大几清無塵。我生天地一閒物，蘇子亦是支離人。麄言細語都不擇，春蚓秋蛇隨意畫。願從蘇子老東坡，仁者不用生分別。《東坡全集》卷十四。

二四　高郵陳直躬處士畫鴈二首

野鴈見人時，未起意先改。君從何處看，得此無人態？無乃槁木形，人禽兩自在。北風振枯葦，微雪落雎雎。慘淡雲水昏，晶熒沙礫碎。弋人悵何慕，一舉渺江海。

衆禽事紛争，野鴈獨閒潔。徐行意自得，俯仰苦有節。我衰寄江湖，老伴雜鵝鴨。作書問陳子，曉景畫苕雪。依依聚圓沙，稍稍動斜月。先鳴獨鼓翅，吹亂蘆花雪。《東坡全集》卷十四。

二五　王伯敭所藏趙昌畫四首

梅花

南行渡關山，沙水清練練。行人已愁絕，日暮集微霰。殷勤小梅花，髣髴吳姬面。暗香隨我去，回首驚千片。至今開畫圖，老眼淒欲泫。幽懷不可寫，歸夢君家倩。

黃葵

弱質困夏永，奇姿蘇曉涼。低昂黃金杯，照耀初日光。檀心自成暈，翠葉森有芒。古來寫生人，妙絕誰似昌。晨粧與午醉，真態含陰陽。君看此花枝，中有風露香。

芙蓉

清飈已拂林，積水漸收潦。谿邊野芙蓉，花水相媚好。坐看池蓮盡，獨伴霜菊槁。幽姿強一笑，暮景迫摧倒。淒涼似貧女，嫁晚驚衰早。誰寫少年容，樵人劍南老。

山茶

蕭蕭南山松，黃葉隕勁風。誰憐兒女花，散火冰雪中。能傳歲寒姿，古來惟丘翁。趙叟得其妙，一洗膠粉空。掌中調丹砂，染此鶴頂紅。何須誇落墨，獨賞江南工。《東坡全集》卷十五。

二六　題王逸少帖

顛張醉素兩禿翁，追逐世好稱書工。何曾夢見王與鍾，妄自粉飾欺盲聾。有如市倡抹青紅，妖歌嫚舞眩兒童。謝家夫人淡丰容，蕭然自有林下風。天門蕩蕩驚跳龍，出林飛鳥一掃空。爲君草書續其終，待我他日不匆匆。《東坡全集》卷十五。

二七　墨花　並叙

世多以墨畫山水竹石人物者，未有以畫花者也。汴人尹白能之，爲賦一首。

造物本無物，忽然非所難。花心起墨暈，春色散毫端。縹緲形纔具，扶疎態自完。蓮風盡傾倒，杏雨半披殘。獨有狂居士，求爲黑牡丹。兼書平子賦，歸向雪堂看。《東坡全集》卷十五。

二八　惠崇春江曉景二首

竹外桃花三兩枝，春江水暖鴨先知。蔞蒿滿地蘆芽短，正是河豚欲上時。
兩兩歸鴻欲破羣，依依還似北歸人。遙知朔漠多風雪，更待江南半月春。《東坡全集》卷十五。

二九　書文與可墨竹　並叙

亡友文與可有四絶：詩一，楚詞二，草書三，畫四。與可嘗云："世無知我者，惟子瞻一見識吾妙處。"既沒七年，覩其遺跡而作是詩：

筆與子皆逝，詩今誰爲新。空遺運斤質，却弔斷絃人。《東坡全集》卷十六。

三〇　虢國夫人夜遊圖

佳人自鞚玉花驄，翩如驚燕踏飛龍。金鞭爭道寶釵落，何人先入明光宮？宮中羯鼓催花柳，玉奴絃索花奴手。坐中八姨真貴人，走馬來看不動塵。明眸皓齒誰復見，只有丹青餘淚痕。人間俯仰成今古，吳公臺下雷塘路。當時亦笑張麗華，不知門外韓擒虎。《東坡全集》卷十六。

三一　題文與可墨竹　並叙

故人文與可爲道師王執中作墨竹，且謂執中勿使他人書字，待蘇子瞻來，令作詩其側。與可既没八年，而軾始還朝，見之，乃賦一首：

斯人定何人，遊戲得自在。詩鳴草聖餘，兼入竹三昧。時時出木石，荒怪軼象外。舉世知珍之，賞會獨余最。知音古難合，奄忽不少待。誰云死生隔，相見如龔隗。《東坡全集》卷十六。

三二　趙令晏崔白大圖幅徑三丈

扶桑大蠒如甕盎，天女織綃雲漢上。往來不遣鳳銜梭，誰能鼓臂投三丈？人間刀尺不敢裁，丹青付與濠梁崔。風蒲半折寒鴈起，竹間的皪横江梅。畫堂粉壁翻雲幕，十里江天無處著。好卧元龍百尺樓，笑看江水拍天流。《東坡全集》卷十六。

三三　次韻子由書李伯時所藏韓幹馬

潭潭古屋雲幕垂，省中文書如亂絲。忽見伯時畫天馬，朔風胡沙生落錐。天馬西來從西極，勢與落日爭分馳。龍膺豹股頭八尺，奮迅不受人間羈。元狩虎脊聊可友，開元玉花何足奇。伯時有道真吏隱，飲啄不羨山梁雌。丹青弄筆聊爾耳，意在萬里誰知之？幹惟畫肉不畫骨，而況失實空餘皮。煩君巧說腹中事，妙語欲遣黃泉知。君不見韓生自言無所學，廄馬萬匹皆吾師。《東坡全集》卷十六。

三四　郭熙畫秋山平遠　潞公爲跋尾

玉堂晝掩春日閒，中有郭熙畫春山。鳴鳩乳燕初睡起，白波青嶂非人間。離離短幅開平遠，漠漠疎林寄秋晚。恰似江南送客時，中流回頭望雲巘。伊川佚老鬢如霜，卧看秋山思洛陽。爲君紙尾作行草，炯如嵩洛浮秋光。我從公遊如一日，不覺青山暎黃髮。爲畫龍門八節灘，待向伊川買泉石。《東坡全集》卷十六。

三五　書晁補之所藏與可畫竹三首

與可畫竹時，見竹不見人。豈獨不見人，嗒然遺其身。其身與竹化，無窮出清新。莊周世無有，誰知此凝神？

若人今已無，此竹寧復有？那將春蚓筆，畫作風中柳。君看斷崖上，瘦節蛟蛇走。何時此霜竿，復入江湖手？

晁子拙生事，舉家聞食粥。朝來又絕倒，諛墓得霜竹。可憐先生槃，朝日照苜蓿。吾詩固云爾，可使食無肉。_{吾舊詩云："可使食無肉，不可居無竹。"} 《東坡全集》卷十六。

三六　書皇親畫扇

十年江海寄浮沉，夢遠江南黃葦林。誰謂風流貴公子，筆端還有五湖心？《東坡全集》卷十六。

三七　書李世南所畫秋景

野水參差落漲痕，疎林欹倒出霜根。扁舟一棹歸何處，家在江南黃葉村。

人間斤斧日創夷，誰見龍蛇百尺姿。不是溪山曾獨往，何人解作掛猿枝？《東坡全集》卷十六。

三八　書鄢陵王主簿所畫折枝二首

論畫以形似，見與兒童鄰。賦詩必此詩，定非知詩人。詩畫本一律，天工與清新。邊鸞雀寫生，趙昌花傳神。何如此兩幅，疏澹含精勻。誰言一點紅，解寄無邊春。

瘦竹如幽人，幽花如處女。低昂枝上雀，搖蕩花間雨。雙翎決將起，衆葉紛自舉。可憐採花蜂，清蜜寄兩股。若人富天巧，春色入毫楮。懸知君能詩，寄聲求妙語。《東坡全集》卷十六。

三九　贈李道士　並敘

駕部員外郎李君宗固，景祐中良吏也。守漢州，有道士尹可元精練善畫，以遺火得罪當死，君緩其獄，會赦獲免，時可元年八十一，自誓且死，必爲李氏子以報。可元既死二十餘年，而君子世昌之婦夢可元入其室，生子曰得柔，小名蜀孫，幼而善畫。既長，讀莊老，喜之，遂爲道士，賜號妙應，事母以孝謹聞。其寫真蓋妙絕一時云。

世人只數曹將軍，誰知虎頭非癡人。腰間大羽何足道，頰上三毛自有神。平生狎侮諸公子，戲著幼輿巖石裏。故教世世作黃冠，布襪青鞋弄雲水。千年鼻祖守關門，一念還爲李耳孫。香火舊緣何日盡，丹青餘習至今存。五十之年初過二，衰顏記我今如此。他時要指集賢人，知是香山老居士。_{樂天爲翰林學士，奉詔寫真集賢院。}　《東坡全集》卷十七。

四〇　次韻米黻二王書跋尾二首

　　三館曝書防蠹毀，得見來禽與青李。秋蚍春蚓久相雜，野鶩家雞定誰美。玉函金籥天上來，紫衣敕使親臨啟。紛綸過眼未易識，磊落挂壁空雲委。歸來妙意獨追求，坐想蓬山二十秋。怪君何處得此本，上有桓玄寒具油。巧偷豪奪古來有，一笑誰似癡虎頭。君不見長安永寧里，王家破垣誰復修？

　　元章作書日千紙，平生自苦誰與美。畫地爲餅未必似，要令癡兒出饞水。錦囊玉軸來無趾，粲然奪真疑聖智。忍饑看書淚如洗，至今魯公餘乞米。《東坡全集》卷十七。

四一　郭熙秋山平遠二首

　　目盡孤鴻落照邊，遥知風雨不同川。此間有句無人見，送與襄陽孟浩然。

　　木落騷人已怨秋，不堪平遠發詩愁。要看萬壑爭流處，他日終煩顧虎頭。《東坡全集》卷十七。

四二　書艾宣畫四首

竹鶴

　　此君何處不相宜，況有能言老令威。誰識長身古君子，猶將緇布緣深衣。

黄精鹿

　　太華西南第幾峯，落花流水自重重。幽人只採黃精去，不見春山鹿養茸。

杏花白鷳

　　天工翦刻爲誰妍，抱蕊遊蜂自作團。把酒惜春都是夢，不如閒客此閒看。

蓮龜

　　半脱蓮房露壓欹，綠荷深處有游龜。只應翡翠蘭苕上，獨見玄夫曝日時。《東坡全集》卷十七。

四三　《栢石圖》詩　並叙

　　陳公弼家藏《栢石圖》，其子慥季常傳寶之。東坡居士作詩以爲之銘。

　　栢生兩石間，天命本如此。雖云生之艱，與石相終始。韓子俯仰人，但愛平地美。

土膏雜糞壤，戎壞幾何耳。君看化槎牙，豈有可移理？蒼龍轉玉骨，黑虎抱金柅。畫師亦可人，使我毛髮起。當年落筆意，正欸譏韓子。《東坡全集》卷十七。

四四　和王晉卿題李伯時畫馬

督郵有良馬，不爲君所奇。顧收紙上影，駿骨何由歸？一朝見縈策，蟻封驚肉飛。豈惟馬不遇，人已半生癡。《東坡全集》卷十七。

四五　戲書李伯時畫《御馬好頭赤》

山西戰馬饑無肉，夜嚼長稭如嚼竹。蹄間三丈是徐行，不信天山有坑谷。豈如廄馬好頭赤，立仗歸來臥斜日。莫教優孟卜葬也，厚衣薪槱入銅歷。《東坡全集》卷十七。

四六　書林次中所得李伯時《歸去來》《陽關》二圖後二首

不見何戡唱渭城，舊人空數米嘉榮。龍眠獨識慇懃處，畫出陽關意外聲。

兩本新圖寶墨香，樽前獨唱《小秦王》。爲君翻作《歸來引》，不學《陽關》空斷腸。《東坡全集》卷十七。

四七　題李伯時畫趙景仁琴鶴圖二首

清獻先生無一錢，故應琴鶴是家傳。誰知黙皺無絃曲，時向珠宮舞幻仙。

醜石寒松未易親，聊將短曲調長人。秉軒故自非明眼，終日儦儦舞爨薪。《東坡全集》卷十七。

四八　書王定國所藏煙江疊嶂圖　王晉卿畫

江上愁心千疊山，浮空積翠如雲煙。山耶雲耶遠莫知，煙空雲散山依然。但見兩崖蒼蒼暗絶谷，中有百道飛來泉。縈林絡石隱復見，下赴谷口爲奔川。川平山開林麓斷，小橋野店依山前。行人稍度喬木外，漁舟一葉江吞天。使君何從得此本，點綴毫末分清妍。不知人間何處有此境，徑欲往置二頃田。君不見武昌樊口幽絶處，東坡先生留五年。春風搖江天漠漠，暮雲卷雨山娟娟。丹楓翻鴉伴水宿，長松落雪驚醉眠。桃花流水在人世，武陵豈必皆神仙。江上清空我塵土，雖有去路尋無緣。還君此畫三歎息，山中故人應有招我歸來篇。《東坡全集》卷十七。

四九　王晉卿作《煙江疊嶂圖》，僕賦詩十四韻，晉卿和之，語特奇麗。因復次韻，不獨紀其詩畫之美，亦爲道其出處契闊之故，而終之以不忘在莒之戒，亦朋友忠愛之義也

山中舉頭望日邊，長安不見空雲煙。歸來長安望山上，時移事改應潸然。管絃去盡賓客散，惟有馬埒編金泉。渥洼故自千里足，要飽風雪輕山川。屈居華屋啗棗脯，十年俯仰龍旗前。却因病瘦出奇骨，鹽車之厄寧非天。風流文采磨不盡，水墨自與詩爭妍。畫山何必山中人，田歌自古非知田。鄭虔三絕君有二，筆勢挽回三百年。欲將嚴谷亂窈窕，眉峯脩嫮誇連娟。人間何有春一夢，此身將老蠶三眠。山中幽絕不可久，要作平地家居仙。能令水石長在眼，非君好我當誰緣。願君終不忘在莒，樂時更賦《囚山篇》。柳子厚有《囚山賦》。《東坡全集》卷十七。

五〇　王晉卿所藏著色山二首

縹緲營丘水墨仙，浮空出沒有無間。爾來一變風流盡，誰見將軍著色山？

犖确何人似退之，意行無路欲從誰？宿雲解駁晨光漏，獨見山紅澗碧時。《東坡全集》卷十七。

五一　書王定國所藏王晉卿畫著色山二首

白髮四老人，何曾在商顏。煩君紙上影，照我胸中山。山中亦何有，木老土石頑。正賴天日光，澗谷紛斕斑。我心空無物，斯文定何間。君看古井水，萬象自往還。

君歸嶺北初逢雪，我亦江南五見春。寄語風流王武子，三人俱是識山人。《東坡全集》卷十七。

五二　書劉景文所藏宗少文一筆畫

宛轉回紋錦，縈盈連理花。何須郭忠恕，匹素畫縴車。《東坡全集》卷十八。

五三　次韻子由書王晉卿畫山水二首

老去君空見畫，夢中我亦曾遊。桃花縱落誰見，水到人間伏流。

山人昔與雲俱出，俗駕今隨水不回。賴我胸中有佳處，一樽時對畫圖開。《東坡全集》卷十九。

五四　又書王晉卿畫四首

山陰陳跡

當年不識此清真，強把先生擬季倫。等是人間一陳跡，聚蚊金谷本何人。

雪谿乘興

谿山雪月兩佳哉，賓主談鋒夜轉雷。猶言不見戴安道，爲問適從何處來。

四明狂客

毫端偶集一微塵，何處谿山非此身。狂客思歸便歸去，更求敕賜枉天真。

西塞風雨

斜風細雨到來時，我本無家何處歸。仰看雲天真箬笠，旋收江海入蓑衣。《東坡全集》卷十九。

五五　破琴詩　並引

舊説房琯開元中嘗宰盧氏，與道士邢和璞出游，過夏口村，入廢佛寺，坐古松下。和璞使人鑿地，得甕中所藏婁師德與永禪師書，笑謂琯曰："頗憶此耶？"琯因悵然，悟前生之爲永師也。故人柳子玉寶此畫，云："是唐本，宋復古所臨者。"元祐六年三月十九日，予自杭州還朝，宿吳淞江，夢長老仲殊挾琴過予，彈之有異聲，就視琴，頗損，而有十三絃。予方歎惜不已，殊曰："雖損，尚可修。"曰："奈十三絃何？"殊不答，誦詩云："度數形名本偶然，破琴今有十三絃。此生若遇邢和璞，方信秦箏是響泉。"予夢中了然，識其所謂，既覺而忘之。明日晝寢，復夢殊來理前語，再誦其詩，方驚覺，而殊適至意，其非夢也。問之，殊蓋不知。是歲六月，見子玉之子子文於京師，求得其畫，乃作詩並書所夢其上。子玉名瑾，善作詩及行草書。復古名迪，畫山水草木，蓋妙絶一時。仲殊本書生，棄家學佛，通脱無所着，皆奇士也。

破琴雖未修，中有琴意足。誰云十三絃，音節如佩玉。新琴空高張，絃聲不附木。宛然七絃箏，動與世好逐。陋矣房次律，因循墮流俗。懸知董庭蘭，不識無絃曲。《東坡全集》卷十九。

五六　題王晉卿畫後

醜石半蹲山下虎，長松倒卧水中龍。試君眼力看多少，數到雲峯第幾重。《東坡全集》卷十九。

五七　聽武道士彈賀若

清風終日自開簾，涼月今宵肯挂簷。琴裏若能知賀若，詩中定合愛陶潛。《東坡全集》卷十九。

五八　閻立本《職貢圖》

貞觀之德來萬邦，浩如滄海吞河江。音容儉獰服奇麗，橫絕嶺海逾濤瀧。珍禽瑰產爭牽扛，名王解辮却蓋幢。粉本遺墨開明窗，我嗢而作心未降，魏徵封倫恨不雙。《東坡全集》卷二十。

五九　次韻吳傳正《枯木歌》

天公水墨自奇絕，瘦竹枯松寫殘月。夢回疎影在東窗，驚怪霜枝連夜發。生成變壞一彈指，乃知造物初無物。古來畫師非俗士，妙想實與詩同出。龍眠居士本詩人，能使龍池飛霹靂。君雖不作丹青手，詩眼亦自工識拔。龍眠胸中有千駟，不獨畫肉兼畫骨。但當與作少陵詩，或自與君拈禿筆。東南山水相招呼，萬象入我摩尼珠。盡將書畫散朋友，獨與長鋏歸來乎。《東坡全集》卷二十一。

六〇　次韻李端叔謝送牛戩《鴛鴦竹石圖》

聞君談西戎，廢食忘早晚。王師本不陳，賊壘何足剗。守邊在得士，此語要而簡。知君論將口，似我識畫眼。笑指塵壁間，此是老牛戩。平生師衛玠，非意常理遣。訴君定何人，未用市朝顯。置之勿復道，世俗固多舛。歸去亦何須，單車渡殽澠。如蟲得羽化，已脫安用蠶？家書空萬軸，涼曝困舒捲。念當掃長物，閉息默自煖。此畫聊付君，幽處得小展。新詩勿縱筆，羣吠驚邑犬。時來未可知，妙斲待輪扁。《東坡全集》卷二十二。

六一　子由新修汝州龍興寺吳畫壁

丹青久衰工不藝，人物尤難到今世。每摹市井作公卿，畫手懸知是徒隸。吳生已與不傳死，那復典刑留近歲。人間幾處變西方，盡作波濤翻海勢。細觀手面分轉側，妙算毫釐得天契。始知真放本精微，不比狂花生客慧。似聞遺墨留汝海，古壁蝸涎可垂涕。力捐金帛扶棟宇，錯落浮雲捲新霽。使君坐歊清夢餘，幾疊衣紋數褾袂。他年弔古知有人，姓名聊記東坡弟。《東坡全集》卷二十二。

六二　題過所畫枯木竹石三首

老可能爲竹寫真，小坡今與石傳神。山僧自覺菩提長，心境都將付卧輪。
散木支離得自全，交柯蚴蟉欲相纏。不須更説能鳴雁，要以空中得盡年。
倦看澀勒暗蠻村，亂棘孤藤束瘴根。唯有長身六君子，依依猶得似淇園。《東坡全集》卷二十四。

六三　歐陽晦夫遺接䍦琴枕，戲作此詩謝之

携兒過嶺今七年，晚塗更著黎衣冠。白頭穿林要藤帽，赤脚渡水須花縵。不愁故人驚絶倒，但使僰俗相恬安。見君合浦如夢寐，挽鬚握手俱汍瀾。妻縫接䍦霧縠細，兒送琴枕冰徽寒。無絃且寄陶令意，倒載猶作山公看。我懷汝陰六一老，眉宇秀髮如春巒。羽衣鶴氅古仙伯，岌岌兩柱扶霜紈。至今畫像作此服，凛如追之加渥丹。爾來前輩皆鬼録，我亦帶脱巾欹寬。作詩頗似六一語，往往亦帶梅公酸。《東坡全集》卷二十五。

六四　書韓幹二馬

赤髯碧眼老鮮卑，回策如縈獨善騎。楚白紫騮俱絶世，馬中岳湛有妍姿。《東坡全集》卷二十五。

六五　王晉叔所藏畫跋尾五首

徐熙杏花

江左風流王謝家，盡攜書畫到天涯。却因梅雨丹青暗，洗出徐熙落墨花。

趙昌四季芍藥

倚竹佳人翠袖長，天寒猶著薄羅裳。揚州近日紅千葉，自是風流時世粧。

躑躅

楓林翠壁楚江邊，躑躅千層不忍看。開卷便知歸路近，劍南樵叟爲施丹。

寒菊

輕肌弱骨散幽葩，真是青裙兩髻丫。便有佳名配黄菊，應緣霜後苦無花。

山茶

遊蜂掠盡粉絲黄，落蕊猶收蜜露香。待得春風幾枝在，年來殺菽有飛霜。《東坡全集》

卷二十五。

六六　韋偃牧馬圖

神工妙技帝所收，江都曹韓逝莫留。人間畫馬唯韋侯，當年爲誰掃驊騮。至今霜蹄踏長楸，圉人困臥沙壟頭。沙苑茫茫蒺藜秋，風鬣霧鬛寒颼颼。龍種尚與駑駘遊，長楷短苴豈我羞。八鑾六轡非馬謀，古來西山與東丘。《東坡全集》卷二十五。

六七　李伯時畫其弟亮功舊宅圖

樂天蚤退今安有，摩詰長閒古亦無。五畝自栽池上竹，十年空看輞川圖。近聞陶令開三徑，應許揚雄借一區。晚歲與君同活計，如雲鶩鴨散平湖。《東坡全集》卷二十五。

六八　畫車詩二首

何人畫此隻輪車，便是當年欹器圖。上易下難須審細，左提右挈免疏虞。

九衢歌舞頌王明，誰惻寒泉獨自清。賴有千車能散福，化爲膏雨滿重城。《東坡全集》卷二十五。

六九　次韻魯直書伯時畫王摩詰書

前身陶彭澤，後身韋蘇州。欲覓王右丞，還向五字求。詩人與畫手，蘭菊芳春秋。又恐兩皆是，分身來入流。《東坡全集》卷二十六。

七〇　申王畫馬圖

天寶諸王愛名馬，千金爭致華軒下。當時不獨玉花驄，飛電流雲絕瀟灑。兩坊岐薛寧與申，憑陵內廄多清新。肉駿汗血盡龍種，紫袍玉帶真天人。驪山射獵包原隰，御前急詔穿圍入。揚鞭一蹙破霜蹄，萬騎如風不能及。雁飛兔走驚弦開，翠華按轡從天囘。五家錦繡變山谷，百里烏珥遺纖埃。青騾蜀棧兩超忽，高準濃蛾散荆棘。囘首追風趂日飛，五陵佳氣春蕭瑟。《東坡全集》卷二十六。

七一　舟中聽大人彈琴

彈琴江浦夜漏永，歛袵竊聽獨激昂。風松瀑布已清絕，更愛玉佩聲琅璫。自從鄭衛亂雅樂，古器殘闕世已忘。千年寥落獨琴在，有如老仙不死閱興亡。世人不容獨反古，強以新曲求鏗鏘。微音淡弄忽變轉，數聲浮脆如笙簧。無情枯木今尚爾，何況古意墮渺茫。江空月出人響絕，夜闌更請彈《文王》。《東坡全集》卷二十六。

七二　戲詠子舟畫兩竹兩鸜鵒

風晴日暖搖雙竹，竹間對語雙鸜鵒。鸜鵒之肉不可食，人生不才果爲福。子舟之筆利如錐，千變萬化皆天機。未知筆下鸜鵒語，何似夢中蝴蝶飛？《東坡全集》卷二十七。

七三　觀子玉郎中草聖

柳侯運筆如電閃，子雲寒悴羊欣儉。百斛明珠便可扛，此書非我誰能雙？《東坡全集》卷二十七。

七四　題李伯時《淵明東籬圖》

彼哉嵇阮曹，終以明自膏。靖節固昭曠，歸來侶蓬蒿。新霜著疎柳，大風起江濤。東籬理黃華，意不在芳醪。白衣挈壺至，徑醉還遊遨。悠然見南山，意與秋氣高。《東坡全集》卷二十七。

七五　次韻水官詩　並引

净因大覺璉師以閻立本畫水官遺編禮公，公既報之以詩，謂某：汝亦作。某頓首再拜次韻，仍錄二詩爲一卷以獻。

高人豈學畫，用筆乃其天。譬如善遊人，一一能操船。閻子本逢掖，疇昔慕雲淵。丹青偶爲戲，染指初嘗黿。愛之不自已，筆勢如風翻。傳聞貞觀中，左袒解椎鬟。南夷羞白雉，佛國貢青蓮。詔令擬王會，別殿寫戎蠻。熊冠金絡額，豹袖擁旛幢。傳入應門內，俯伏脫劍弮。天姿儼龍鳳，雜沓朝鵷鸇。神功與絕跡，後世兩莫扳。自從李氏亡，羣盜竊山川。長安三日火，至寶隨飛烟。尚有脫身者，漂沉出東關。三官豈容獨，得此今已編。吁嗟至神物，會合當有年。京城諸權貴，欲取百計難。贈以玉如意，豈能動高禪。信應一篇詩，皎若畫在前。《東坡全集》卷二十七。

七六　題贈田辨之琴姬

流水隨絃滑，清風入指寒。坐中有狂客，莫近繡簾彈。《東坡全集》卷二十八。

七七　宋復古畫《瀟湘晚景圖》三首

　　西征憶南國，堂上畫瀟湘。照眼雲山出，浮空野水長。舊遊心自省，信手筆都忘。會有衡陽客，來看意渺茫。
　　落落君懷抱，山川自屈蟠。經營初有適，揮洒不應難。江市人家少，烟村古木攢。知君有幽意，細細爲尋看。
　　咫尺殊非少，陰晴自不齊。徑蟠趨後崦，水會赴前溪。自說非人意，曾經是馬蹄。他年宦遊處，應話劍山西。《東坡全集》卷二十八。

七八　題李景元畫

　　聞說神仙郭恕先，醉中狂筆勢瀾翻。百年寥落何人在，只有華亭李景元。《東坡全集》卷二十八。

七九　李委吹笛　並引

　　元符五年十二月十九日，東坡生日也。置酒赤壁磯下，踞高峰，俯鵲巢，酒酣，笛聲起於江上。客有郭、石二生，頗知音，謂坡曰："笛聲有新意，非俗工也。"使人問之，則進士李委，聞坡生日，作新曲曰《鶴南飛》以獻。呼之使前，則青巾紫裘，要笛而已。既奏新曲，又快作數弄，嘹然有穿雲裂石之聲。坐客皆引滿醉倒，委袖出嘉紙一幅，曰："吾無求於公，得一絕句足矣。"坡笑而從之。

　　山頭孤鶴向南飛，載我南遊到九嶷。下界何人也吹笛，可憐時復犯龜茲。《東坡全集》卷二十八。

八〇　書黃筌畫《翎毛花蝶圖》二首

　　短翎長喙喜喧卑，曳練雙翔亦自奇。賴有黃鸝鬪嬛好，獨依薜石立多時。
　　綠陰青子已愁人，忍見中庭燕麥新。惆悵劉郎今白首，時來看卷覓余春。《東坡全集》卷二十八。

八一　次韻子由彈琴

　　琴上遺聲久不彈，琴中古意本長存。苦心欲記常逃舊，信指如歸自着痕。應有仙人依樹聽，空教瘦鶴舞風騫。誰知千里溪堂夜，時引驚猿撼竹軒。《東坡全集》卷二十九。

八二　次韻功父觀余畫雪鵲有感二首

早知臭腐即神奇，海北天南總是歸。九萬里風安税駕，雲鵬今悔不卑飛。
可憐倦鳥不知時，空羨騎鯨得所歸。玉局西南天一角，萬人沙苑看孤飛。《東坡全集》卷二十九。

八三　追憶郭功父觀余舊畫雪鵲，復作二韻寄之，時在惠州

平生才力信瑰奇，今在窮荒豈易歸。正似雪林樓上畫，羽翰雖好不能飛。《東坡全集》卷二十九。

八四　題懷素草帖

人人送酒不曾沽，終日松間掛一壺。草聖無成狂飲發，真堪畫作醉僧圖。《東坡全集》卷二十九。

八五　次韻致遠

長笑右軍稱草聖，不如東野以詩鳴。樂天自欲吟淮月，懷祖無勞聽角聲。《東坡全集》卷二十九。

八六　次韻景文山堂聽箏三首

忽憶韓公二妙姝，琵琶箏韻落空無。猶勝江左狂靈運，空鬪東昏百草鬚。
馬上胡琴塞上姝，鄭中丞後有人無。詩成畫燭飄金爐，八尺英公欲燎鬚。
荻花楓葉憶秦姝，切切么絃細欲無。莫把胡琴挑醉客，回看霜戟褚公鬚。《東坡全集》卷二十九。

八七　憩寂圖

東坡雖是湖州派，竹石風流各一時。前世畫師今姓李，不妨還作輞川詩。《東坡全集》卷二十九。

八八　惠州靈惠院壁間畫一仰面向天醉僧，云是蜀僧隱巒所作，題詩於其下

直視無前氣吐虹，五湖三島在胸中。相逢莫怪不相揖，只見山曾不見公。《東坡全集》

卷三十。

八九　琴詩

若言琴上有琴聲，放在匣中何不鳴？若言聲在指頭上，何不於君指上聽？《東坡全集》卷三十。

九〇　惠崇蘆鴈

惠崇烟雨蘆鴈，坐我瀟湘洞庭。欲買扁舟歸去，故人云是丹青。《東坡全集》卷三十。

九一　題王維畫

摩詰本詞客，亦自名畫師。平生出入輞川上，鳥飛魚泳嫌人知。山光盎盎著眉睫，水聲活活流肝脾。行唫坐咏皆自見，飄然不作世俗辭。高情不盡落縑素，連山絕澗開重帷。百年流落存一二，錦囊玉軸酬不貲。誰令食肉貴公子，不覺祖父驅熊羆。細氊净几讀文史，落筆璀璨傳新詩。青山長江豈君事，一揮水墨光淋漓。手中五尺小橫卷，天末萬里分毫釐。謫官南出止均、潁，此心通達無不之。歸來纏裹任紈綺，天馬性在終難羈。人言摩詰是初世，欲從顧老痴不痴。桓公、崔公不可與，但可與我寬衰遲。公自注：桓玄嘗竊長康畫，崔圓嘗使摩詰畫壁。　文淵閣四庫全書本《蘇詩補注》卷四十七。

九二　延和殿奏新樂賦　成德之老，來奏新樂

皇帝踐祚之三載也，治道旁達，王功告成。御延和之高拱，奏元祐之新聲。翕然便坐之前，初觀擊拊；允也德音之作，皆協和平〔一〕。

自昔鐘律不調，工師失職。鄭衛之聲既盛，雅頌之音殆息。時有作者，僅存遺則。於魏則大樂令夔，在漢則河間王德。俾後世之有考，賴斯人之用力。時移事改，嗟製作之各殊；昔是今非，知高下之孰得？爰有耆德，適丁盛時。以謂樂之作也，臣嘗學之。顧近世之所用，校古人而失宜。峴下朴律，猶有太高之弊；瑗改照尺，不知同失於斯。是用稽《周官》之舊法而均其分寸，驗太府之見尺而審其毫釐。鑄器而成，庶幾改數以正度；具書以獻〔二〕，孰謂體知而無師。時維帝俞，眷兹元老。雖退身而安逸，未忘心於論討。鏗然鐘磬之調適，燦然筍簴之華好〔三〕。聊即便安之所，奏黃鐘而歌大成；行詠文明之章，薦英祖而享神考。爾乃停法部之役，而衆工莫與；肄太常之業，而邇臣必陪。天聽聰明而下就，時風和協以徐回。歌曲既登，將歎貫珠之美；韶音可合，庶觀儀鳳之來。斯蓋世格文明，俗躋仁壽。天地之和既應，金石之樂可奏。延英旁矚，念故老之不來；講武前臨，消群慝之交搆。然則律制既立，治功日新。號

令皆發而中節，磬筦無聞於奪倫。上以導和氣於宮掖，下以胥悦豫於臣鄰。以清濁任意而相譏，何憂工玉；謂宮商各諧而自遂，無愧音臣。

嗚呼，趙鐸固中於宮商，周尺仍分於清濁。道欲詳解，事資學博。儻非夔、曠之徒，孰能正一代之樂？明萬曆間茅維編刻《蘇文忠公全集》卷一。

〔一〕協：原作"效"，據明萬曆刊《東坡先生外集》卷一一改。
〔二〕具：原作"其"，據明成化本《東坡七集·續集》卷三改。
〔三〕筍簾：原作"虛業"，據明萬曆刊《東坡先生外集》改。

九三　古樂制度

問：聖人之治天下，使風淳俗美者，莫善於樂也。去聖既遠，咸莖韶濩，間無遺聲。所可見者周之制。而《周官》苦戰國附益，傳籍出暴秦之煨燼，其記載亡幾，又復駁異難較，雖傳稱神瞽考中聲以立鈞出度，則律先於度，《周官》由嘉量然後見聲，則量先於律。傳載先王作七聲，而《周官》之法，則曰"黃鐘爲宮，大呂爲角，大簇爲徵，應鐘爲羽"。則聲止於四而闕其三，律同其三而異其二。至於其間雖有制度，反復可見，而先儒説釋，又加謬妄。歌奏二事而曰相通，其音果和耶？圜極兩統皆有所避，其法果當耶？法之二三，樂不可正，後世雖欲淳天下風，美天下俗，將何以哉？《蘇文忠公全集》卷七。

九四　送錢塘僧思聰歸孤山叙

天以一生水，地以六成之，一六合而水可見。雖有神禹，不能知其孰爲一孰爲六也。

子思子曰："自誠明謂之性，自明誠謂之教。誠則明矣，明則誠矣。"誠明合而道可見。雖有黃帝、孔丘，不能知其孰爲誠孰爲明也。

佛者曰："戒生定，定生慧。"慧獨不生定乎？伶玄有言："慧則通，通則流。"是烏知真慧哉？醉而狂，醒而止，慧之生定，通之不流也審矣。故夫有目而自行，則褰裳疾走，常得大道。無目而隨人，則車踰曳踵，常仆坑穽。慧之生定，速於定之生慧也。

錢塘僧思聰，七歲善彈琴，十二舍琴而學書；書既工，十五捨書而學詩。詩有奇語，雲煙葱朧，珠璣的皪，識者以爲畫師之流。聰又不已，遂讀《華嚴》諸經，入法界海慧。今年二十有九，老師宿儒，皆敬愛之。秦少游取《楞嚴》文殊語，字之曰"聞復"。使聰日進不止，自聞思修以至於道，則《華嚴》法界海慧，盡爲蘧廬，而況書、詩與琴乎！

雖然，古之學道，無自虛空入者。輪扁斲輪，傴僂承蜩，苟可以發其巧智，物無陋者。聰若得道，琴與書皆與有力，詩其尤也。聰能如水鏡以一含萬，則書與詩當益奇。吾將觀焉，以爲聰得道淺深之候。《蘇文忠公全集》卷一〇。

九五　寶繪堂記

君子可以寓意於物，而不可以留意於物。寓意於物，雖微物足以爲樂，雖尤物不足以爲病。留意於物，雖微物足以爲病，雖尤物足以爲樂。老子曰："五色令人目盲，五音令人耳聾，五味令人口爽，馳騁田獵令人心發狂。"然聖人未嘗廢此四者，亦聊以寓意焉耳。劉備之雄才也，而好結氂。嵇康之達也，而好鍛鍊。阮孚之放也，而好蠟屐。此豈有聲色臭味也哉，而樂之終身不厭。

凡物之可喜，足以悦人而不足以移人者，莫若書與畫。然至其留意而不釋，則其禍有不可勝言者。鍾繇至以此嘔血發塚，宋孝武、王僧虔至以此相忌，桓玄之走舸，王涯之復壁，皆以兒戲害其國、凶其身。此留意之禍也。

始吾少時，嘗好此二者，家之所有，惟恐其失之，人之所有，惟恐其不吾予也。既而自笑曰：吾薄富貴而厚於書，輕死生而重於畫〔一〕，豈不顛倒錯繆失其本心也哉？自是不復好。見可喜者雖時復蓄之，然爲人取去，亦不復惜也。譬之煙雲之過眼，百鳥之感耳，豈不欣然接之，然去而不復念也〔二〕。於是乎二物者常爲吾樂而不能爲吾病。

駙馬都尉王君晉卿雖在戚里，而其被服禮義，學問詩書，常與寒士角。平居攘去膏粱，屏遠聲色，而從事於書畫，作寶繪堂於私第之東，以蓄其所有，而求文以爲記。恐其不幸而類吾少時之所好，故以是告之，庶幾全其樂而遠其病也。熙寧十年七月二十二日記。《蘇文忠公全集》卷一一。

〔一〕於：原闕，據四部叢刊影刻之郎曄《經進東坡文集事略》補。
〔二〕然：原闕，據同上補。

九六　墨寶堂記

世人之所共嗜者，美飲食，華衣服，好聲色而已。有人焉，自以爲高而笑之，彈琴弈棋，蓄古法書圖畫，客至，出而誇觀之，自以爲至矣。則又有笑之者曰：古之人所以自表見於後世者，以有言語文章也，是惡足好？而豪傑之士，又相與笑之。以爲士當以功名聞於世，若乃施之空言，而不見於行事，此不得已者之所爲也。而其所謂功名者，自知效一官，等而上之，至於伊、呂、稷、契之所營，劉、項、湯、武之所爭，極矣。而或者猶未免乎笑，曰：是區區者曾何足言，而許由辭之以爲難，孔丘知之以爲博。由此言之，世之相笑，豈有既乎？

士方志於其所欲得，雖小物，有棄軀忘親而馳之者。故有好書而不得其法，則椎心嘔血幾死而僅存〔一〕，至於剖塚斲棺而求之。是豈有聲色臭味足以移人哉。方其樂之也，雖其口不能自言，而況他人乎！人特以己之不好，笑人之好，則過矣。

毗陵人張君希元，家世好書，所蓄古今人遺跡至多，盡刻諸石，築室而藏之，屬余爲記。余，蜀人也。蜀之諺曰："學書者紙費，學醫者人費。"此言雖小，可以喻大。世有好功名者，以其未試之學，而驟出之於政，其費人豈特醫者之比乎？今張君以兼人之能，而位不稱其才，優游終歲，無所役其心智，則以書自娛。然以余觀之，君豈久閒者，蓄極而通，必將大發之於政。君知政之費人也甚於醫〔二〕，則願以余之所言者爲鑑。《蘇文忠公全集》卷一一。

〔一〕椎：原作"拊"，據四部叢刊影刻之郎曄《經進東坡文集事略》改。
〔二〕醫：原作"費"，據同上改。

九七　文與可畫篔簹谷偃竹記

竹之始生，一寸之萌耳，而節葉具焉。自蜩腹蛇蚹以至於劍拔十尋者，生而有之也。今畫者乃節節而爲之，葉葉而累之，豈復有竹乎！故畫竹必先得成竹於胸中，執筆熟視，乃見其所欲畫者，急起從之，振筆直遂，以追其所見，如兔起鶻落，少縱則逝矣。

與可之教予如此。予不能然也，而心識其所以然。夫既心識其所以然而不能然者，內外不一，心手不相應，不學之過也。故凡有見於中而操之不熟者，平居自視了然，而臨事忽焉喪之，豈獨竹乎！

子由爲《墨竹賦》以遺與可曰："庖丁，解牛者也，而養生者取之。輪扁，斲輪者也，而讀書者與之。今夫夫子之託於斯竹也，而予以爲有道者，則非耶？"子由未嘗畫也，故得其意而已。若予者，豈獨得其意，並得其法。

與可畫竹，初不自貴重，四方之人持縑素而請者，足相躡於其門。與可厭之，投諸地而罵曰："吾將以爲襪材〔一〕。"士大夫傳之，以爲口實。及與可自洋州還，而余爲徐州。與可以書遺余曰："近語士大夫，吾墨竹一派，近在彭城，可往求之。襪材當萃於子矣。"書尾復寫一詩，其略曰："擬將一段鵝谿絹，掃取寒梢萬尺長〔二〕。"予謂與可，竹長萬尺，當用絹二百五十匹，知公倦於筆硯，願得此絹而已。與可無以答，則曰："吾言妄矣，世豈有萬尺竹也哉〔三〕。"余因而實之，答其詩曰："世間亦有千尋竹，月落庭空影許長〔四〕。"與可笑曰："蘇子辯則辯矣〔五〕。然二百五十匹，吾將買田而歸老焉。"因以所畫篔簹谷偃竹遺予。曰："此竹數尺耳，而有萬尺之勢。"

篔簹谷在洋州，與可嘗令予作《洋州三十詠》，篔簹谷其一也。予詩云："漢川修竹賤如蓬，斤斧何曾赦籜龍。料得清貧饞太守，渭濱千畝在胸中。"與可是日與其妻遊谷中，燒筍晚食，發函得詩，失笑噴飯滿案。

元豐二年正月二十日，與可沒於陳州。是歲七月七日，予在湖州曝書畫，見此竹，廢卷而哭失聲。昔曹孟德《祭橋公文》，有"車過"、"腹痛"之語，而予亦載與可疇昔戲笑之言者，以見與可於予親厚無間如此也。《蘇文忠公全集》卷一一。

〔一〕材：原無，據《苕溪漁隱叢話》前集卷三九補。
〔二〕梢：原作"稍"，據《皇朝文鑑》卷八二改。
〔三〕也：原闕，據同上補。
〔四〕庭空：原作"空庭"，據同上乙。
〔五〕辯矣：原作"辨矣"，據同上改。

九八　净因院畫記〔一〕

余嘗論畫，以爲人禽宮室器用皆有常形。至於山石竹木，水波煙雲，雖無常形，而有常理。常形之失，人皆知之；常理之不當，雖曉畫者有不知。故凡可以欺世而取名者，必託於無常形者也。雖然，常形之失，止於所失，而不能病其全，若常理之不當，則舉廢之矣。以其形之無常，是以其理不可不謹也。

世之工人，或能曲盡其形，而至於其理，非高人逸才不能辦〔二〕。與可之於竹石枯木，真可謂得其理者矣。如是而生，如是而死，如是而攣拳瘠蹙，如是而條達暢茂〔三〕，根莖節葉，牙角脉縷，千變萬化，未始相襲，而各當其處。合於天造，厭於人意。蓋達士之所寓也歟。

昔歲嘗畫兩叢竹於净因之方丈，其後出守陵陽而西也，余與之偕别長老臻師〔四〕，又畫兩竹梢一枯木於其東齋。臻師方治四壁於法堂〔五〕，而請於與可，與可既許之矣，故余並爲記之。必有明於理而深觀之者，然後知余言之不妄。《蘇文忠公全集》卷一一。

〔一〕《西樓帖》此文題作《文與可畫墨竹枯石記》。
〔二〕辦：原作"辨"，據《西樓帖》改。
〔三〕暢：原作"遂"，據同上改。
〔四〕"老"後原有"道"字，據同上删。
〔五〕師：原闕，據同上補。

九九　《石氏畫苑》記

石康伯，字幼安，蜀之眉山人，故紫微舍人昌言之幼子也。舉進士不第，即棄去，當以蔭得官，亦不就，讀書作詩以自娱而已，不求人知。獨好法書、名畫、古器、異物，遇有所見，脱衣輟食求之，不問有無。居京師四十年，出入閭巷，未嘗騎馬。在稠人中，耳目謖謖然，專求其所好。長七尺，黑而髯〔一〕，如世所畫道人劍客，而徒步塵埃中，若有所營，不知者以爲異人也。又善滑稽，巧發微中，旁人抵掌絶倒，而幼安淡然不變色。與人遊，知其急難，甚於爲己。有客於京師而病者，輒舁置其家，親飲食之，死則棺歛之，無難色。凡識幼安者，皆知其如此。而余獨深知之。

幼安識慮甚遠，獨口不言耳。今年六十二，狀貌如四十許人，鬚三尺，鬱然無一莖白者，此豈徒然者哉。爲亳州職官與富鄭公俱得罪者，其子夷庚也。其家書畫數百軸，取其毫末雜碎者，以冊編之，謂之《石氏畫苑》。幼安與文與可遊，如兄弟，故得其畫爲多。而余亦善畫古木叢竹，因以遺之，使置之苑中。

子由嘗言："所貴於畫者，爲其似也。似猶可貴，況其真者。吾行都邑田野所見人物，皆吾畫笥也。所不見者，獨鬼神耳，當賴畫而識，然人亦何用見鬼。"此言真有理。今幼安好畫，乃其一病，無足錄者，獨著其爲人之大略云爾。

元豐三年十二月二十日趙郡蘇軾書〔二〕。《蘇文忠公全集》卷一二。

〔一〕黑而髯：原作"髯而黑"，據四部叢刊影刻郎曄《經進東坡文集事略》卷四九改。
〔二〕趙郡蘇軾書：據同上補。

一〇〇　畫水記〔一〕

古今畫水，多作平遠細皺，其善者不過能爲波頭起伏。使人至以手捫之，謂有窪隆，以爲至妙矣。然其品格，特與印板水紙爭工拙於毫釐間耳。唐廣明中，處士孫位始出新意，畫奔湍巨浪，與山石曲折，隨物賦形，畫水之變，號稱神逸。其後蜀人黃筌、孫知微，皆得其筆法。

始，知微欲於大慈寺壽寧院壁作湖灘水石四堵，營度經歲，終不肯下筆。一日，倉皇入寺，索筆墨甚急，奮袂如風，須臾而成。作輸瀉跳蹙之勢，洶洶欲崩屋也。

知微既死，筆法中絕五十餘年。近歲成都人蒲永昇，嗜酒放浪，性與畫會，始作活水，得二孫本意。自黃居寀兄弟、李懷袞之流，皆不及也。王公富人或以勢力使之，永昇輒嘻笑捨去。遇其欲畫，不擇貴賤，頃刻而成。嘗與余臨壽寧院水，作二十四幅，每夏日掛之高堂素壁〔二〕，即陰風襲人，毛髮爲立。永昇今老矣，畫益難得，而世之識真者亦少。如往時董羽，近日常州戚氏畫水，世或傳寶之。如董、戚之流，可謂死水，未可與永昇同年而語也。

元豐三年十二月十八日夜，黃州臨皋亭西齋戲書〔三〕。《蘇文忠公全集》卷一二。

〔一〕宋刻大字本《東坡集》卷二三題作《書蒲永昇畫後》。
〔二〕掛：原作"桂"，據宋刻大字本《東坡集》卷二三改。
〔三〕"元豐三年"以下原闕，據同上補。

一〇一　范景仁墓誌銘（節錄）

初，仁宗命李照改定大樂，下王朴樂三律。皇祐中，又使胡瑗等考正，公與司馬光皆與〔一〕。公上疏〔二〕，論律尺之法。又與光往復論難，凡數萬言，自以爲獨得於心。元豐三年〔三〕，神宗詔公與劉几定樂。公曰："定樂當先正律。"上曰："然。雖有師曠之聰，不以六律，不能正五音。"公作律尺、龠、合、升、斗、豆、區、鬴、斛，欲圖上之，又乞訪求真黍以定黃鐘。而劉几即用李照樂，加用四清聲而奏樂成。詔罷局，賜賚有加。公謝曰："此劉几樂也，臣何與焉？"及提舉崇福宮，欲造樂獻之，自以爲嫌，乃先請致仕。《蘇文忠公全集》卷一四。

〔一〕下一"與"原爲空格，據《皇朝文鑑》卷一四三補。
〔二〕公：原爲空格，據同上補。
〔三〕三：原作"五"，據宋刻大字本《東坡集》改。

一〇二　九成臺銘

韶陽太守狄咸新作九成臺，玉局散吏蘇軾之銘，曰：

自秦併天下，滅禮樂，《韶》之不作，蓋千三百二十有三年〔一〕。其器存，其人亡，則《韶》既已隱矣，而況於人器兩亡而不傳。雖然，《韶》則亡矣，而有不亡者存。蓋常與日月寒暑晦明風雨並行於天地之間。世無南郭子綦，則耳未嘗聞地籟也，而況得聞於天。使耳聞天籟，則凡有形有聲者，皆吾羽旄干戚管磬匏絃。嘗試與子登夫韶石之上，舜峰之下，望蒼梧之莽，九疑之聯綿。覽觀江山之吐吞，草木之俯仰，鳥獸之鳴號，眾竅之呼吸，往來唱和，非有度數而均節自成者，非《韶》之大全乎！上方立極以安天下，人和而氣應，氣應而樂作，則夫所謂《簫韶》九成，來鳳鳥而舞百獸者，既已粲然畢陳於前矣。建中靖國元年正月一日。《蘇文忠公全集》卷一九。

〔一〕二十：原作"一十"，據《皇朝文鑑》卷七三改。

一〇三　文與可畫《墨竹屏風》讚

與可之文，其德之糟粕。與可之詩，其文之毫末。詩不能盡，溢而爲書，變而爲畫，皆詩之餘。其詩與文，好者益寡。有好其德如好其畫者乎？悲夫！《蘇文忠公全集》卷二一。

一〇四　戒壇院文與可畫《墨竹》讚

風梢雨籜，上傲冰雹。霜根雪節，下貫金鐵。誰爲此君，與可姓文。惟其有之，是以好之。《蘇文忠公全集》卷二一。

一〇五　文與可飛白讚

嗚呼哀哉，與可豈其多好，好奇也歟？抑其不試故藝也？始余見其詩與文，又得见其行草篆隶也，以爲止此矣。既没一年，而復見其飛白〔一〕。美哉多乎，其盡萬物之態也。霏霏乎其若輕雲之蔽月，翩翩乎其若長風之捲旆也。猗猗乎其若遊絲之縈柳絮，裹裹乎其若流水之舞荇帶也。離離乎其遠而相屬，縮縮乎其近而不隘也。其工至於如此，而余乃今知之，則余之知與可者固無幾，而其所不知者蓋不可勝計也。嗚呼哀哉！《蘇文忠公全集》卷二一。

〔一〕"而"字前原有"得"字，據宋刻大字本《東坡集》卷二○刪。

一〇六　文與可《枯木》讚

怪木在廷，枯柯北走。窮猿投壁，驚雀入牖。居者蒲氏，畫者文叟。讚者蘇子，觀者如流。《蘇文忠公全集》卷二一。

一〇七　李伯時所畫《沐猴馬》讚

吾觀沐猴，以馬爲戲。至使此馬，竊銜詭轡。沐猴宜馬，真虛言爾。《蘇文忠公全集》卷二一。

一〇八　文勳篆讚

世人篆字，隸體不除。如淛人語，終老帶吳。安國用筆，意在隸前。汲冢魯壁，周鼓秦山〔一〕。《蘇文忠公全集》卷二一。

〔一〕周：原作"用"，據明成化本《東坡七集·續集》卷一○改。

一〇九　夢作司馬相如求畫讚並叙

夜夢嚴君平、司馬相如、揚子雲合席而坐。子雲曰："長卿久欲求公作畫讚。"余辭以罪戾之餘，久廢筆硯。子雲懇祈不獲已爲之。既成，子雲戲余曰："三賦果足以重趙乎？"余曰："三賦足以重趙，則子之《太玄》果足以重趙乎？"爲之一笑而散。

長卿有意，慕藺之勇。言還故鄉，閭里是聳。景星鳳凰，以見爲寵，煌煌三賦，可使趙重。《蘇文忠公全集》卷二一。

一一○　王元之畫像讚並叙

《傳》曰："不有君子，其能國乎？"余常三復斯言，未嘗不流涕太息也。如漢汲黯、蕭望之、李固，吳張昭，唐魏鄭公、狄仁傑，皆以身徇義，招之不來，麾之不去，正色而立於朝，則豺狼狐狸，自相吞噬，故能消禍於未形，救危於將亡。使皆如公孫丞相、張禹、胡廣，雖累千百，緩急豈可望哉！

故翰林王公元之，以雄文直道，獨立當世，足以追配此六君子者。方是時，朝廷清明，無大姦慝。然公猶不容於中，耿然如秋霜夏日，不可狎玩，至於三黜以死。有如不幸而處於眾邪之間，安危之際，則公之所爲，必將驚世絕俗，使斗筲穿窬之流，心破膽裂，豈特如此而已乎？

始余過蘇州虎丘寺，見公之畫像，想其遺風餘烈，願爲執鞭而不可得。其後爲徐州，而公之曾孫汾爲兗州，以公墓碑示余，乃追爲之讚，以附其家傳云。

維昔聖賢，患莫已知。公遇太宗，允也其時。帝欲用公，公不少貶。三黜窮山，之死靡憾。咸平以來，獨爲名臣。一時之屈，萬世之信。紛紛鄙夫，亦拜公像。何以占之，有泚其顙。公能泚之，不能已之。茫茫九原，愛莫起之。《蘇文忠公全集》卷二一。

一一一　秦少游真讚

以君爲將仕也，其服野，其行方。以君爲將隱也，其言文，其神昌。置而不求君不即，即而求之君不藏。以爲將仕將隱者，皆不知君者也，蓋將挈所有而乘所遇，以游於世，而卒反於其鄉者乎？《蘇文忠公全集》卷二一。

一一二　韓幹畫馬讚

韓幹之馬四。其一在陸，驪首奮鬣，若有所望，頓足而長鳴。其一欲涉，尻高首下，擇所由濟，踟躕而未成。其二在水，前者反顧，若以鼻語，後者不應，欲飲而留行。以爲廄馬也，則前無羈絡，後無箠策；以爲野馬也，則隅目聳耳，豐臆細尾，皆中度程。蕭然如賢大夫貴公子，相與解帶脫帽，臨水而濯纓。遂欲高舉遠引，友麋鹿而終天年，則不可得矣。蓋優哉游哉，聊以卒歲而無營。《蘇文忠公全集》卷二一。

一一三　九馬圖讚並叙

長安薛君紹彭，家藏曹將軍《九馬圖》，杜子美所爲作詩者也，拳毛、師子二駿在焉。作《九馬圖讚》〔一〕：

牧者萬歲，繪者惟霸。甫爲作誦，偉哉九馬。姚、宋廟堂，李、郭治兵。帝下毛龍，以馭羣英。我思開元，今爲幾日。筋骨應圖，至三萬疋。云何寂寥，跬步山川。負鹽拘磨，淚濕九泉。牝牡驪黃，自以爲至。駁其一毛，棄我千里。蹢躅是乘，脂蠟其鞭。道阻且長，喟其永歎。《蘇文忠公全集》卷二一。

〔一〕圖：原脱，據《皇朝文鑑》卷七五補。

一一四　小篆《般若心經》讚

草隸用世今千載，少而習之手所安。如舌於言無揀擇，終日應對惟所問。忽然使作大小篆，如正行走值牆壁。縱復學之能粗通，操筆欲下仰尋索。譬如鸚鵡學人語，所習則能否則默。心存形聲與點畫，何暇復求字外意。世人初不離世間，而欲學出世間法。舉足動念皆塵垢，而以俄頃作禪律。禪律若可以作得，所不作處安得禪。善哉李子小篆字，其間無篆亦無隸。心忘其手手忘筆，筆自落紙非我使。正使忽忽不少暇，倏忽千百初無難。稽首《般若多心經》，請問何處非《般若》。《蘇文忠公全集》卷二二。

一一五　賜端明殿學士銀青光祿大夫致仕范鎮獎諭詔

敕范鎮：朕惟春秋之後，禮樂先亡。秦漢以來，《韶》《武》僅在。散樂工於河海之上，往而不還；聘先王於齊魯之間，有莫能致。魏、晉以下，曹、鄶無譏。豈徒鄭、衛之音，已雜華、戎之器〔一〕。間存作者〔二〕，猶有典刑。然銖黍之一差，或宮商之易位。惟我四朝之老，獨知五降之非。審聲如音，以律生尺。覽詩書之來上，閱簨、虡之在廷〔三〕。君臣同觀，父老太息。方留學士大夫論其法，工師有司考其聲，上追先帝移風易俗之心，下慰老臣愛君憂國之志。究觀所作，嘉歎不忘。《蘇文忠公全集》卷四〇。

〔一〕戎：原作"夏"，據《皇朝文鑑》卷三一改。
〔二〕存：原作"有"，據同上改。
〔三〕簨：原作"虞"，據同上改。

一一六　與王定國（八　節録）

近頗知養生，亦自覺薄有所得，見者皆言道貌與往日殊別，更相闊數年，索我閬風之上矣。兼畫得寒林墨竹，已入神品，行草尤工，只是詩筆殊退也，不知何故。明萬曆間茅維編刻《蘇文忠公全集》卷五二。

一一七　與王定國（一三　節録）

君數書，筆法漸逼晉人，吾筆法亦少進耶？畫不能皆好，醉後畫得一二十紙中〔一〕，時有一紙可觀，然多爲人持去。《蘇文忠公全集》卷五二。

〔一〕十：原作"千"，據《翰墨》改。

一一八　答李方叔（二）

秋試時，不審已從吉未？若可以下文字，須望鼎甲之捷也。暑中既不飲酒，無緣作字，時有一二，輒爲人取去，無以塞好事之意，亦不願足下如此癖好也。近獲一銅鏡，如漆色，光明冷徹。背有銘云："漢有善銅出白陽，取爲鏡，清如明，左龍右虎俌之〔一〕。"字體雜篆隸，真漢時字也。白陽不知所在，豈南陽白水陽乎？"如"字應作"而"字使耳。"左龍右虎"，皆未甚曉，更聞，爲考之。《蘇文忠公全集》卷五三。

〔一〕俌：原作"輔"，據《永樂大典》卷一一三六八改。

一一九　與程懷立（一）

某啓：昨日辱訪，感怍不已。經宿起居佳勝。蒙借示子明傳神，筆勢精妙，彷彿莫辨，恐更有別本，願得一軸，使觀者動心駭目也。專此致叙，滅裂，不一。《蘇文忠公全集》卷五六。

一二〇　與何浩然

人還，辱書，且喜起居佳勝。寫真奇妙，見者皆言十分形神，甚奪真也〔一〕。非故人倍常用意，何以及此。感服之至。所要詩，稍暇作寫去。雙幅已令蜀中織造，至便寄納。未即會見，千萬珍重。《蘇文忠公全集》卷五九。

〔一〕奪：原作"篤"，據《永樂大典》卷一一三六八改。

一二一　與參寥子（一八）

穎沙彌書跡巉聳可畏〔一〕，他日真妙總門下龍象也，老夫不復止以詩句字畫期之矣。老師年紀不小〔二〕，尚留情句畫間爲兒戲事耶〔三〕？然此回示詩，超然真遊戲三昧也。居閒，不免時時弄筆〔四〕。見索書字要楷法，輒往數篇〔五〕，終不甚楷也。祇一讀了〔六〕，付穎師收，勿示餘人也。雪浪齋詩尤奇瑋〔七〕，感激！感激！轉海相訪，一段奇事。但聞海舶遇風，如在高山上墜深谷中〔八〕。非愚無知與至人，皆不可處。胥靡遺生，恐吾輩不可學。若是至人無一事，冒此險做甚麼？千萬勿萌此意。穎師喜於得預乘桴之遊耳〔九〕。所謂無所取材者，其言不可聽，切切〔一〇〕！相知之深，不可不盡道其實爾。自揣餘生，必須相見，公但記此言〔一一〕，非妄語也。軾再拜〔一二〕。

《蘇文忠公全集》卷六一。

〔一〕穎：原作"穎"，下同。畏：原作"愛"。據《三希堂石刻》改。
〔二〕老：原闕，據同上補。
〔三〕事耶：原作"乎"，據同上改。
〔四〕時時：原闕，據同上補。"筆"後原有"硯"字，據《三希堂石刻》刪。
〔五〕往：原作"能"，據明成化本《東坡七集·續集》改。
〔六〕一：原闕，據《三希堂石刻》補。
〔七〕瑋：原作"偉"，據同上改。
〔八〕墜：原作"墮"，據同上改。
〔九〕耳：原闕，據同上補。
〔一〇〕切切：原闕，據同上補。上句"言"後有"甘"字，據同上刪。
〔一一〕公：原闕，據同上補。
〔一二〕軾再拜：原闕，據同上補。

一二二　與東林廣惠禪師（二）

古人字體，殘闕處多，美惡真偽，全在模刻之妙。根尋氣脈之通，形勢之所宜，然後運筆，虧者補之，餘者削之，隱者明之，斷者引之。秋毫之地，失其所體，遂無可觀者。

昔王朗文采、梁鵠書、鍾繇鐫〔一〕，謂之三絕。要必能書然後刻，況復摹哉！三者常相爲利害，則吾文猶有望焉爾。《蘇文忠公全集》卷六一。

〔一〕王朗：原作"王郎"，據唐李綽《尚書故實》改。

一二三　淵明非達

陶淵明作《無絃琴》詩云："但得琴中趣，何勞絃上聲。"蘇子曰：淵明非達者也。五音六律，不害爲達，苟爲不然，無琴可也，何獨絃乎？《蘇文忠公全集》卷六五。

一二四　陳隋好樂

吹笛、彈琵琶、五絃及歌舞之技〔一〕，自齊文襄以來好之，河清已後尤甚。後主惟賞胡戎樂，耽愛無已，於是繁手淫聲，爭新哀怨，故曹妙達、安馬駒之徒，至有封王開府者，遂服簪纓，而爲伶人之事。後主亦能自度曲，親執樂器，玩悦無倦，倚絃而歌，別採新聲爲《無愁曲》〔二〕，音韻窈窕，極於哀思，使宮閹官輩齊唱和之，曲終樂闋，莫不殞涕。行幸道路，或時馬上作之。樂往哀來，竟以亡國〔三〕。

煬帝不解音律，略不關懷。後大製艷曲，詞極淫綺。令樂正白明達造新聲，創

《萬歲樂》《藏鉤樂》《投壺樂》《舞席同心髻》《玉女行觴》《神仙留客》《擲塼續命》《鬭雞子》《鬭百草》《泛龍舟》《還舊宮》《長樂苑》及《十二時》等曲，掩抑摧藏，哀音斷絕。帝悦之不已，謂幸臣曰："多彈曲者，如人多讀書。讀書多則能撰文，彈曲多則能造曲。"因語明達云："陳氏褊陋，曹妙達猶封王，況我天下大同乎？"

宋武帝既受禪，朝廷未備音樂，殷仲文以爲言。帝曰："日不暇給，且所不解。"仲文曰："屢聽自解。"帝曰："政以解則好之，故不習。"觀二主之言，興亡之理，豈不明哉！《蘇文忠公全集》卷六五。

〔一〕及：原作"又"，據《隋書》卷一四《音樂志》中改。
〔二〕愁：原作"怨"，據明萬曆刊《東坡先生外集》卷二一改。
〔三〕《歷代名賢確論》以篇首至"竟以亡國"爲一則，在卷六四；"煬帝不解音律"以下爲另一則，在卷六六。

一二五　唐製樂律

唐初，即用隋樂。武德九年，始詔祖孝孫、竇璡等定樂。初，隋用黄鍾一宫〔一〕，惟擊七鍾，其五懸而不擊，謂之啞鍾。張文收乃依古斷竹爲十二律，與孝孫等次調五鍾，叩之而應。由是十二鍾皆用。

至肅宗時〔二〕，山東人稷延陵得律，因李輔國奏之，云："太常樂調，皆不合黄鍾，請悉更制諸鍾磬。"帝以爲然。乃悉取諸樂器摩剗之，二十五日而成。然以漢律考之，黄鍾乃太簇也。當時議者，以爲非是。

唐用肅宗樂，以後政日急，民日困，俗日偷，以至於亡。以理推之，其所謂下者，乃中聲也。悲夫！《蘇文忠公全集》卷六五。

〔一〕鍾：原作"鐘"，據《曲洧舊聞》卷五改。
〔二〕至：原作"而"，據同上改。

一二六　淵明無絃琴

舊説淵明不知音，蓄無絃琴以寄意，曰："但得琴中趣，何勞絃上聲。"此妄也。淵明自云"和以七絃"，豈得不知音，當是有琴而絃弊壞，不復更張，但撫弄以寄意，如此爲得其真。

其《自祭文》出妙語於繕息之餘，豈死生之流乎？但恨其猶以生爲寓，以死爲真。嗟夫，先生豈真死獨非寓乎？《蘇文忠公全集》卷六五。

一二七　記《陽關》第四聲

舊傳《陽關》三疊，然今歌者，每句再疊而已，通一首言之，又是四疊。皆非是。

或每句三唱〔一〕，以應三疊之説，則叢然無復節奏。

余在密州，有文勳長官，以事至密，自云得古本《陽關》，其聲宛轉凄斷，不類嚮之所聞，每句皆再唱，而第一句不疊。乃知唐本三疊蓋如此〔二〕。及在黃州，偶讀樂天《對酒》詩云："相逢且莫推辭醉，新唱《陽關》第四聲。"注："第四聲：'勸君更盡一杯酒。'"以此驗之，若第一句疊。則此句爲第五聲矣，今爲第四聲，則第一不疊審矣。《蘇文忠公全集》卷六七。

〔一〕句：原作"語"，據《苕溪漁隱叢話》卷二一四改。
〔二〕知：原闕，據同上補。

一二八　書諸集僞謬

唐末五代，文章衰盡〔一〕，詩有貫休，書有亞棲，村俗之氣，大率相似。如蘇子美家收張長史書云："隔簾歌已俊，對坐貌彌精。"語既凡惡，而字無法〔二〕，真亞棲之流。

近見曾子固編《太白集》，自謂頗獲遺亡，而有《贈懷素草書歌》及《笑矣乎》數首，皆貫休以下詞格。二人皆號有識知者，故深可怪。如白樂天贈徐凝、退之贈賈島之類，皆世俗無知者所託，尤不足多怪。《蘇文忠公全集》卷六七。

〔一〕章：原作"物"，據《苕溪漁隱叢話》前集卷五改。
〔二〕無：原闕，據稗海本《志林》補。

一二九　書石曼卿詩筆後

范文正公《祭曼卿文》，其略曰："曼卿之才，大而無媒。不登公卿，善人是哀。曼卿之詩，氣豪而奇。大愛杜甫，酷能似之。曼卿之筆，顏筋柳骨。散落人間，寶爲神物。曼卿之心，浩然無機。天地一醉，萬物同歸。不見曼卿，憶兮如生。希世之人，死爲神明。"方此時，世未有言曼卿爲神仙事。後十餘年，乃有芙蓉之説，不知文正公偶然之言乎，抑亦有以知之也？

元符三年十月十六日書。《蘇文忠公全集》卷六八。

一三〇　書摹本《蘭亭》後

"外寄所託"改作"因寄"，"於今所欣"改作"向之"，"豈不哀哉"改作"痛哉"，"良可悲"改作"悲夫"，"有感於斯"改作"斯文"。凡塗兩字，改六字，注四字。"曾不知老之將至"，誤作"僧"，'已爲陳跡"，誤作"以"，"亦猶今之視昔"，誤作"由"。舊說此文字有重者，皆構別體，而"之"字最多，今此"之"字頗有同者。

又嘗見一本，比此微加楷，疑此起草也。然放曠自得，不及此本遠矣。子由自河朔持歸，寶月大師惟簡請其本，令左綿僧意祖摹刻於石。

治平四年九月十五日。《蘇文忠公全集》卷六九。

一三一　題《遺教經》

僕嘗見歐陽文忠公，云："《遺教經》非逸少筆。"以其言觀之，信若不妄。然自逸少在時，小兒亂真，自不解辨，況數百年後傳刻之餘，而欲必其真偽，難矣。顧筆畫精穩，自可爲師法。《蘇文忠公全集》卷六九。

一三二　題《筆陣圖》　王晉卿所藏

筆墨之跡，託於有形，有形則有弊。苟不至於無，而自樂於一時，聊寓其心，忘憂晚歲，則猶賢於博弈也。

雖然，不假外物而有守於內者，聖賢之高致也。惟顏子得之。《蘇文忠公全集》卷六九。

一三三　題二王書

筆成冢，墨成池，不及羲之即獻之。筆禿千管，墨磨萬鋌，不作張芝作索靖。《蘇文忠公全集》卷六九。

一三四　題晉人帖

唐太宗購晉人書，自二王以下，僅千軸。《蘭亭》以玉匣葬昭陵，世無復見。其餘皆在秘府。至武后時，爲張易之兄弟所竊，後遂流落人間，多在王涯、張延賞家〔一〕。涯敗，爲軍人所劫，剝去金玉軸，而棄其書。

余嘗於李都尉瑋處，見晉人數帖，皆有小印"涯"字，意其爲王氏物也。有謝尚、謝鯤、王衍等帖，皆奇。而夷甫獨超然如羣鶴聳翅，欲飛而未起也。《蘇文忠公全集》卷六九。

〔一〕多：原闕。張：原作"趙"。據《蘭亭考》卷三補、改。

一三五　題蕭子雲帖

蕭子雲嘗答敕云："臣昔不能賞拔，隨時所貴，規模子敬，多歷年所。年二十六，著《晉史》，至《二王列傳》，欲作論學隸法，言不盡意〔一〕，遂不能成，略指論飛白一事而已。十許年，乃見敕旨《論書》一卷，商略筆法，洞微字體，始變子敬，全範元常。逮邇以來，自覺功進。"文見《梁書》本傳〔二〕。今閣下法帖十卷中，有衛夫人與一僧書，班班取子雲此文，其僞妄無疑也〔三〕。《蘇文忠公全集》卷六九。

〔一〕言：原闕，據《梁書·蕭子雲傳》補。
〔二〕梁書：原作"齊史"，據同上改。
〔三〕此句下原有"又有王逸"四字，據汲古閣刊《東坡題跋》刪。

一三六　跋褚、薛臨帖

王會稽父子書存於世者，蓋一二數。唐人褚、薛之流，硬黃臨放，亦足爲貴。《蘇文忠公全集》卷六九。

一三七　辨法帖

辨書之難，正如聽響、切脉，知其美惡則可，自謂必能正名之者，皆過也。

今官本十卷法帖中，真僞相雜至多。逸少部中有"出宿餞行"一帖，乃張説文。又有"不具釋智永白"者，亦在逸少部中，此最謬。余嘗於秘閣觀墨跡，皆唐人硬黃上臨本，惟鵝羣一帖，似是獻之真筆。後又於李瑋都尉家，見謝尚、王衍等數人書，超然絶俗。考其印記，王涯家本。其他但得唐人臨本，皆可蓄〔一〕。《蘇文忠公全集》卷六九。

〔一〕蓄：原作"畜"，據明萬曆刊《東坡先生外集》卷四七改。

一三八　辨官本法帖

此卷有云："伯趙鳴而戒晨，爽鳩薝而揚武。"此張説送賈至文也。乃知法帖中真僞相半。《蘇文忠公全集》卷六九。

一三九　疑二王書

梁武帝使殷鐵石臨右軍書，而此帖有與鐵石共書語，恐非二王書。字亦不甚工，覽者可細辨也。《蘇文忠公全集》卷六九。

一四〇　題逸少書（一）

此卷有永"足下還來"一帖。其後云"不具釋智永白"，而云逸少書。余觀其語云"謹此代申"。唐末以來，乃有此等語，而書至不工，乃流俗僞造永禪師書耳。《蘇文忠公全集》卷六九。

一四一　題逸少書（二）

逸少謂此郡難治，云："吾何故捨逸而就勞。"當是爲懷祖所檢察耳。《蘇文忠公全集》卷六九。

一四二　題逸少書（三）

蘭亭、樂毅、東方先生三帖，皆妙絕，雖摹寫屢傳，猶有昔人用筆意思，比之《遺教經》，則有間矣。

元豐二年上巳日寫〔一〕。《蘇文忠公全集》卷六九。

〔一〕"元豐"等八字原闕，據宋俞松《蘭亭續考》卷一引蘇軾《跋官本法帖》補。

一四三　題子敬書

子敬雖無過人事業，然謝安欲使書宮殿榜，竟不敢發口，其氣節高逸，有足嘉者。此書一卷，尤可愛。《蘇文忠公全集》卷六九。

一四四　題衛夫人書

衛夫人書既不甚工，語意鄙俗，而云"奉勑"。"勑"字從力，"舘"字從舍，皆流俗所爲耳。《蘇文忠公全集》卷六九。

一四五　題山公《啟事》帖

此卷有山公《啟事》，使人愛玩，尤不與他書比。

然吾嘗怪山公薦阮咸之清正寡欲，咸之所爲，可謂不然者矣。意以謂心跡不相關，此最晉人之病也。《蘇文忠公全集》卷六九。

一四六　題衛恒帖

恒，衛瓘子。本傳有《論書勢》四篇，其詞極美，其後與瓘同遇害云。《蘇文忠公全集》卷六九。

一四七　題唐太宗帖

太宗忧暴如此，至於妻子間，乃有"忌欲均死"之語，固牽於愛者也。《蘇文忠公全集》卷六九。

一四八　題蕭子雲書

唐太宗評蕭子雲書云："行行如紆春蚓，字字若綰秋蛇。"今觀其遺跡，信虛得名耳。《蘇文忠公全集》卷六九。

一四九　跋庾征西帖

吴道子始見張僧繇畫，曰："浪得名耳。"已而坐卧其下，三日不能去。

庾征西初不服逸少，有家雞野鶩之論，後乃歎其爲伯英再生〔一〕。今觀其石〔二〕，不逮子敬甚遠，正可比羊欣耳。《蘇文忠公全集》卷六九。

〔一〕歎其爲：原作"以謂"，據《石刻鋪叙》卷一改。
〔二〕觀其石：原闕，據同上補。

一五〇　題法帖

"宰相安和，殷生無恙。"宰相當是簡文帝，殷生即浩也耶？

杜庭之書，爲世所貴重，乃不編入，何也？《蘇文忠公全集》卷六九。

一五一　題晉武書

昨日閣下見晉武帝書，甚有英偉氣。乃知唐太宗書，時有似之。

魯君之宋，呼於垤澤之門，門者曰："此非吾君也，何其聲之似吾君也！"居移氣，養移體，信非虛語矣。《蘇文忠公全集》卷六九。

一五二　題羊欣帖

此帖在王文惠公家，軾得其摹本於公之子鍇，以遺吴興太守孫莘老，使刻石置墨妙亭中。《蘇文忠公全集》卷六九。

一五三　書逸少《竹葉帖》

王逸少《竹葉帖》，長安水丘氏傳寶之，今不知所在，三十年前，見其摹本於雷壽。《蘇文忠公全集》卷六九。

一五四　跋衛夫人書

此書近妄庸，人傳作衛夫人書耳。晉人風流，豈爾惡耶？《蘇文忠公全集》卷六九。

一五五　跋桓元子書

"蜀平，天下大慶，東兵安其理，當早一報此。桓元子書。""蜀平"蓋討譙縱時也。僕喜臨之，人間當有數百本也。《蘇文忠公全集》卷六九。

一五六　跋葉致遠所藏永禪師《千文》

永禪師欲存王氏典刑，以爲百家法祖，故舉用舊法，非不能出新意求變態也，然其意已逸於繩墨之外矣。云下歐、虞，殆非至論，若復疑其臨放者，又在此論下矣。《蘇文忠公全集》卷六九。

一五七　跋王鞏所收藏真書

僧藏真書七紙，開封王君鞏所藏。君侍親平涼，始得其二，而兩紙在張鄧公家，其後馮公當世又獲其三，雖所從分異者不可考，然筆勢奕奕，七紙意相屬也。君，鄧公外孫，而與當世相善，乃得而合之。

余嘗愛梁武帝評書，善取物象，而此公尤能自譽，觀者不以爲過，信乎其書之工也。然其爲人儻蕩，本不求工，所以能工此，如沒人之操舟，無意於濟否，是以覆却萬變，而舉止自若，其近於有道者耶？《蘇文忠公全集》卷六九。

一五八　題顏公書《畫讚》

顏魯公平生寫碑，惟《東方朔畫讚》爲清雄，字間櫛比，而不失清遠。其後見逸少本，乃知魯公字字臨此書，雖小大相懸，而氣韻良是。非自得於書，未易爲言此也。《蘇文忠公全集》卷六九。

一五九　題魯公帖

觀其書，有以得其爲人，則君子小人必見於書。是殆不然。以貌取人，且猶不可，而況書乎？

吾觀顏公書，未嘗不想見其風采，非徒得其爲人而已，凛乎若見其詣盧杞而叱希烈，何也？其理與韓非竊斧之説無異。然人之字畫工拙之外，蓋皆有趣，亦有以見其爲人邪正之粗云。《蘇文忠公全集》卷六九。

一六〇　題魯公《放生池碑》

湖州有《顏魯公放生池碑》，載其所上肅宗表云："一日三朝，大明天子之孝；問安侍膳，不改家人之禮。"魯公知肅宗有愧於是也，故以此諫。孰謂公區區於放生哉？《蘇文忠公全集》卷六九。

一六一　題魯公書草

昨日，長安安師文出所藏顏魯公與定襄郡王書草數紙，比公他書尤爲奇特。信手自然〔一〕，動有姿態，乃知瓦注賢於黃金，雖公猶未免也。《蘇文忠公全集》卷六九。

〔一〕手：原作"乎"，據明萬曆刊《東坡先生外集》卷四七改。

一六二　書張少公判狀

張旭爲常熟尉，有父老訴事，爲判其狀，欣然持去。不數日，復有所訴，亦爲判之。他日復來。張甚怒，以爲好訟。叩頭曰："非敢訟也，誠見少公筆勢殊妙，欲家藏之爾。"張驚問其詳，則其父蓋天下工書者也。張由此盡得筆法之妙。

古人得筆法有所自，張以劍器，容有是理。雷太簡乃云聞江聲而筆法進，文與可亦言見蛇鬬而草書長，此殆謬矣。《蘇文忠公全集》卷六九。

一六三　書張長史草書

張長史草書，必俟醉，或以爲奇，醒即天真不全。此乃長史未妙，猶有醉醒之辨，若逸少何嘗寄於酒乎？僕亦未免此事。《蘇文忠公全集》卷六九。

一六四　跋懷素帖

懷素書極不佳，用筆意趣，乃似周越之險劣。此近世小人所作也，而堯夫不能辨，亦可怪矣。《蘇文忠公全集》卷六九。

一六五　跋王荆公書

荆公書得無法之法，然不可學，學之則無法〔一〕。故僕書盡意作之似蔡君謨，稍得意似楊風子，更放似言法華。《蘇文忠公全集》卷六九。

〔一〕學之則：原闕，據涵芬樓本《仇池筆記》補。

一六六　跋胡霈然書匣後

唐文皇好逸少書，故其子孫及當時士人，爭學二王筆法，至開元、天寶間尤盛，而胡霈然最爲工妙，以宗盟覆有家藏也。《蘇文忠公全集》卷六九。

一六七　跋咸通湖州刺史牒

唐人以身言書判取士，故人人能書。此牒近時待詔所不及，況州鎮書史乎？元符三年十月十六日。《蘇文忠公全集》卷六九。

一六八　書太宗皇帝《急就章》

軾近至終南太平宮，得觀三聖遺跡，有太宗書《急就章》一卷，爲妙絕。

自古英主少有不工書。魯君之宋，呼於垤澤之門，守者曰："非吾君也，何其聲之似我君也？"軾於書亦云。《蘇文忠公全集》卷六九。

一六九　書所作字後

獻之少時學書，逸少從後取其筆而不可，知其長大必能名世。

僕以爲不然。知書不在於筆牢，浩然聽筆之所之而不失法度，乃爲得之。然逸少所以重其不可取者，獨以其小兒子用意精至，猝然掩之，而意未始不在筆，不然，則是天下有力者莫不能書也。

治平甲辰十月二十七日，自歧下罷，過謁石才翁，君强使書此數幅。僕豈曉書，而君最關中之名書者，幸勿出之，令人笑也。

軾書。《蘇文忠公全集》卷六九。

一七〇　題蔡君謨帖

慈雅游北方十七年而歸，退老於孤山下，蓋十八年矣。平生所與往還，略無在者。偶出蔡公書簡觀之，反復悲歎。

耆老凋喪，舉世所惜，慈雅之歎，蓋有以也。《蘇文忠公全集》卷六九。

一七一　跋蔡君謨書《海會寺記》

君謨寫此時，年二十八。其後三十二年，當熙寧甲寅，軾自杭來臨安借觀，而君謨之没已六年矣。

明師之齒七十有四，耳益聰，目益明，寺益完壯。竹林橋上，暮山依然，有足感歎者。因師之行，又念竹林橋看暮山，乃人間絕勝之處，自馳想耳。《蘇文忠公全集》卷六九。

一七二　論君謨書

歐陽文忠公論書云："蔡君謨獨步當世。"此爲至論。言君謨行書第一，小楷第二，草書第三。就其所長而求其所短，大字爲小也。天資既高，輔以篤學，其獨步當世，宜哉！

近歲論君謨書者，頗有異論，故特明之。《蘇文忠公全集》卷六九。

一七三　跋君謨飛白

物一理也，通其意，則無適而不可。分科而醫，醫之衰也；占色而畫，畫之陋也。和、緩之醫，不別老少；曹、吳之畫，不擇人物。謂彼長於是則可也，曰能是不能是則不可。

世之書篆不兼隸，行不及草，殆未能通其意者也。如君謨真、行、草、隸，無不如意，其遺力餘意，變爲飛白，可愛而不可學，非通其意，能如是乎？《蘇文忠公全集》卷六九。

一七四　跋君謨書賦

余評近歲書，以君謨爲第一，而論者或不然，殆未易與不知者言也。書法當自小楷出，豈有正未能而以行、草稱也〔一〕？君謨年二十九而楷法如此，知其本末矣。《蘇文忠公全集》卷六九。

〔一〕有正未能：原作"未有能正"，據明萬曆刊《東坡先生外集》卷四八改。

一七五　跋君謨書

僕論書以君謨爲當世第一，多以爲不然，然僕終守此説也。《蘇文忠公全集》卷六九。

一七六　題李十八净因雜書

劉十五論李十八草書，謂之"鸚哥嬌"。意謂鸚鵡能言，不過數句，大率雜以鳥語。

十八其後稍進，以書問僕，近日比舊如何，僕答云："可作秦吉了也。"然僕此書自有"公在乾侯"之態也。

子瞻書。《蘇文忠公全集》卷六九。

一七七　跋董儲書（一）

董儲郎中，密州安丘人，能詩，有名寶元、慶曆間。其書尤工，而人莫知，僕以爲勝西臺也。《蘇文忠公全集》卷六九。

一七八　跋董儲書（二）

密州董儲亦能書，近歲未見其比，然人猶以爲不然。僕固非善書者，而世稱之，以是。知是非之難齊也。《蘇文忠公全集》卷六九。

一七九　跋文與可草書

李公擇初學草書，所不能者，輒雜以真、行。劉貢父謂之"鸚哥嬌"。其後稍進，問僕："吾書比來何如？"僕對："可謂秦吉了矣。"與可聞之大笑。

是日，坐人争索與可草書，落筆如風，初不經意。劉意謂鸚鵡之於人言，止能道此數句耳。

十月一日。《蘇文忠公全集》卷六九。

一八〇　評草書

書初無意於佳〔一〕，乃佳爾。草書雖是積學乃成，然要是出於欲速。古人云"匆匆不及，草書"，此語非是。若"匆匆不及"，乃是平時亦有意於學。此弊之極，遂至於周越仲翼，無足怪者。

吾書雖不甚佳，然自出新意，不踐古人，是一快也。《蘇文忠公全集》卷六九。

〔一〕佳：原作"嘉"，據明萬曆刊《東坡先生外集》卷四八改。下同。

一八一　論書

書必有神、氣、骨、肉、血，五者闕一，不爲成書也。《蘇文忠公全集》卷六九。

一八二　題醉草

吾醉後能作大草，醒後自以爲不及。然醉中亦能作小楷，此乃爲奇耳。《蘇文忠公全集》卷六九。

一八三　題七月二十日帖

江左僧寶索靖七月二十日帖。僕亦以是日醉書五紙。細觀筆跡，與二妙爲三，每紙皆記年月。

是歲熙寧十年也。《蘇文忠公全集》卷六九。

一八四　跋楊文公書後

楊文公相去未久，而筆跡已難得，其爲人貴重如此。豈以斯人之風流不可復見故耶？

元豐戊午四月十六日題。《蘇文忠公全集》卷六九。

一八五　跋杜祁公書

正獻公晚乃學草書，遂爲一代之絕。公書政使不工，猶當傳寶之，况其清閑妙麗，得昔人風氣如此耶？《蘇文忠公全集》卷六九。

一八六　跋陳隱居書

陳公密出其祖隱居先生之書相示。軾聞之，蔡君謨先生之書，如三公被袞冕立玉墀之上。軾亦以爲學先生之書，如馬文淵所謂學龍伯高之爲人也。

書法備於正書，溢而爲行、草，未能正書而能行、草，猶未嘗莊語而輒放言，無是道也。《蘇文忠公全集》卷六九。

一八七　跋歐陽文忠公書

歐陽文忠公用尖筆乾墨，作方闊字，神采秀發，膏潤無窮。後人觀之，如見其清眸豐頰，進趨裕如也〔一〕。《蘇文忠公全集》卷六九。

〔一〕裕：原作"嘩"，據稗海本《東坡志林》改。

一八八　跋陳氏歐帖

右，陳敏善所藏歐公帖。軾聞公之幼子季默編公之賤牘爲一集。此數帖，尤有益於世者，當録以寄季默也。《蘇文忠公全集》卷六九。

一八九　跋錢君倚書《遺教經》

人貌有好醜，而君子小人之態不可掩也。言有辯訥，而君子小人之氣不可欺也。書有工拙，而君子小人之心不可亂也。

錢公雖不學書，然觀其書，知其爲挺然忠信禮義人也。軾在杭州，與其子世雄爲僚，因得觀其所書佛《遺教經》刻石，峭峙有不回之勢。孔子曰："仁者其言也訒。"今君倚之書，蓋訒云。《蘇文忠公全集》卷六九。

一九〇　書章郇公寫《遺教經》

章文簡公楷法尤妙，足以見前人篤實謹厚之餘風也。《蘇文忠公全集》卷六九。

一九一　跋所書《清虛堂記》

世多藏予書者，而子由獨無有。以求之者衆，而子由亦以余書爲可以必取，故每以與人不惜。

昔人求書法，至刔心嘔血而不獲，求安心法，裸雪沒腰，僅乃得之。今子由既輕以余書予人可也，又以其微妙之法言不待憤悱而發，豈不過哉！

然王君之爲人，蓋可與言此者。他人當以余言爲戒。《蘇文忠公全集》卷六九。

一九二　評楊氏所藏歐、蔡書

自顏、柳氏沒，筆法衰絕，加以唐末喪亂，人物彫落磨滅，五代文采風流，掃地盡矣。獨楊公凝式筆跡雄傑，有二王、顏、柳之餘，此眞可謂書之豪傑，不爲時世所汩沒者。

國初，李建中號爲能書，然格韻卑濁，猶有唐末以來衰陋之氣，其餘未見有卓然追配前人者。獨蔡君謨書〔一〕，天資既高，積學深至，心手相應，變態無窮，遂爲本朝第一。然行書最勝，小楷次之，草書又次之，大字又次之，分、隸小劣。又嘗出意作飛白，自言有翔龍舞鳳之勢，識者不以爲過。

歐陽文忠公書，自是學者所共儀刑，庶幾如見其人者。正使不工，猶當傳寶，況其精勤敏妙，自成一家乎？

楊君畜二公書，過黃州，出以相示，偶爲評之。《蘇文忠公全集》卷六九。

〔一〕謨：原闕，據《仇池筆記》補。

一九三　雜評

楊凝式書，頗類顏行。李建中書，雖可愛，終可鄙，雖可鄙，終不可棄。李國士本無所得，舍險瘦，一字不成。宋宣獻書，清而復寒，正類李留臺重而復寒，俱不能濟所不足。蘇子美兄弟，俱太俊，非有餘，乃不足也。蔡君謨爲近世第一，但大字不如小字，草不如真，真不如行也。《蘇文忠公全集》卷六九。

一九四　王文甫達軒評書

唐末五代文章卑陋，字畫隨之。楊公凝式筆爲雄，往往與顏、柳相上下，甚可怪也。

今世多稱李建中、宋宣獻。此二人書，僕所不曉。宋寒而李俗，殆是浪得名。惟近日蔡君謨，天資既高，而學亦至，當爲本朝第一。《蘇文忠公全集》卷六九。

一九五　記潘延之評予書

潘延之謂子由曰：「尋常於石刻見子瞻書，今見真跡，乃知爲顏魯公不二。」嘗評魯公書與杜子美詩相似，一出之後，前人皆廢。若予書者，乃似魯公而不廢前人者也。
《蘇文忠公全集》卷六九。

一九六　書贈徐大正（四）

或問東坡草書。坡云："不會。"進云："學人不會？"坡云："則我也不會。"《蘇文忠公全集》卷六九。

一九七　跋李康年篆《心經》後

江夏李君康年，好古博學，而小篆尤精。以私忌日篆《般若心經》，爲其親追福，而求余爲跋尾。

余聞此經雖不離言語文字，而欲以文字見，欲以言語求則不可得。篆畫之工，蓋亦無施於此，況所謂跋尾者乎？然人之欲薦其親，必歸於佛而作佛事，當各以其所能。雖畫地聚沙，莫不具足，而況篆字之工若此者耶？獨恐觀者以字法之工，便作勝解。故書其末，普告觀者，莫作是念。

元豐五年十二月十三日。《蘇文忠公全集》卷六九。

一九八　跋文與可《論草書》後

留意於物，往往成趣。

昔人有好草書，夜夢則見蛟蛇糾結。數年，或晝日見之，草書則工矣，而所見亦可患。與可之所見，豈真蛇耶，抑草書之精也？

予平生好與與可劇談大噱，此語恨不令與可聞之，令其捧腹絕倒也。《蘇文忠公全集》卷六九。

一九九　跋草書後

僕醉後，乘興輒作草書十數行〔一〕，覺酒氣拂拂，從十指間出也。《蘇文忠公全集》卷六九。

〔一〕乘興：原闕，據稗海本《志林》補。

二〇〇　跋先君與孫叔靜帖　並書

嘉祐、治平間，先君編修《太常因革禮》。在京師學者，多從講問。而孫叔靜兄弟，皆篤學能文，先君亟稱之。

先君既歿十有八年，軾謫居於黃，叔靜自京師過蘄，枉道過軾，出先君手書以相示。軾請受而藏之，叔靜不可，遂歸之。

先君平生往還書疏，多口占以授子弟，而此獨其真跡，信於叔靜兄弟厚善也耶？

元豐六年七月十五日，軾記。《蘇文忠公全集》卷六九。

二〇一　跋先君書《送吳職方引》

先伯父及第吳公榜中，而軾與其子子上再世爲同年，契故深矣。

始先君家居，人罕知之者。公攜其文至京師，歐陽文忠公始見而知之。公與文忠交蓋久，故文忠謫夷陵時，贈公詩有"落筆妙天下"之語。軾自黃遷於汝，舟過慈湖，子上昆仲出此文相示，乃泣而書之。

元豐七年四月十四日，軾謹記。《蘇文忠公全集》卷六九。

二〇二　跋蔡君謨書

僕嘗論君謨書爲本朝第一，議者多以爲不然。或謂君謨書爲弱，此殊非知書者。若江南李主〔一〕，外託勁險而中實無有〔二〕，此真可謂弱者。世以李主爲勁〔三〕，則宜以君謨爲弱也。

元豐八年七月四日。《蘇文忠公全集》卷六九。

〔一〕主：原作"王"，徑改。下同。
〔二〕此句原作"外託勤儉而實無有"，據《仇池筆記》改。
〔三〕勁：原作"健"，據同上改。

二〇三　記與君謨論書

作字要手熟，則神氣完實而有餘韻，於靜中自是一樂事。然常患少暇，豈於其所樂常不足耶？

自蘇子美死，遂覺筆法中絕。近年蔡君謨獨步當世，往往謙讓，不肯主盟。往年，予嘗戲謂君謨，言學書如泝急流，用盡氣力，船不離舊處〔一〕。君謨頗諾，以謂能取譬。今思此語已四十餘年，竟如何哉？《蘇文忠公全集》卷六九。

〔一〕船：原闕，據稗海本《志林》補。

二〇四　跋范文正公帖

軾自省事，便欲一見范文正公，而終不可得。覽其遺跡，至於泫然。人之云亡，邦國殄瘁，可不哀哉！

元豐八年九月一日。《蘇文忠公全集》卷六九。

二〇五　題顏長道書

故人楊元素、顏長道、孫莘老，皆工文而拙書，或不可識，而孫莘老尤甚。不論他人，莘老徐觀之，亦自不識也。三人相見，輒以此爲歎。今皆爲陳跡，使人哽噎。《蘇文忠公全集》卷六九。

二〇六　跋秦少游書

少游近日草書，便有東晉風味，作詩增奇麗。乃知此人不可使閒，遂兼百技矣。技進而道不進，則不可，少游乃技道兩進也。《蘇文忠公全集》卷六九。

二〇七　跋黃魯直草書

草書祇要有筆，霍去病所謂不至學古兵法者爲過之。魯直書。

去病穿城蹋鞠，此正不學古兵法之過也。學即不是，不學亦不可。子瞻書〔一〕。

《蘇文忠公全集》卷六九。

〔一〕自"去病"以下，據明萬曆刊《東坡先生外集》卷四八另起。

二〇八　跋魯直爲王晉卿小書《爾雅》

魯直以平等觀作欹側字，以真實相出游戲法，以磊落人書細碎事，可謂三反。《蘇文忠公全集》卷六九。

二〇九　跋王晉卿所藏《蓮華經》　經七卷，如箸粗

凡世之所貴，必貴其難。真書難於飄揚，草書難於嚴重，大字難於結密而無間，小字難於寬綽而有餘。

今君所藏，抑又可珍，卷之盈握，沙界已周，讀未終篇，目力可廢，乃知蝸牛之

角可以戰蠻觸，棘刺之端可以刻沐猴。

嗟歎之餘，聊題其末。《蘇文忠公全集》卷六九。

二一〇　自評字

昨日見歐陽叔弼，云："子書大似李北海。"予亦自覺其如此。世或以謂似徐書者，非也。《蘇文忠公全集》卷六九。

二一一　跋太宗皇帝御賜書《曆子》

京朝官中選三十人充知州，而賜以御書《曆子》，臣得此可以爲榮矣。而審官任其事，蓋猶有古者選部激濁揚清之風也。非太宗皇帝知錢若水之深，若水亦自信不疑，則三十人者獨獲此賜，其能使人心服而無疑乎？

元祐四年四月十九日，龍圖閣直學士臣軾書。《蘇文忠公全集》卷六九。

二一二　跋焦千之帖後

歐陽文忠公言"焦子皎潔寒泉冰"者，吾友伯强也。泰民徐君，濟南之老先生也。錢昷仲蓋嘗師之，以伯强與泰民往還書疏枉示。伯强之沒，蓋十年矣，覽之悵然。

元祐五年二月十五日書。《蘇文忠公全集》卷六九。

二一三　題劉景文所收歐陽公書

處處見歐陽文忠書，厭軒冕思歸而不可得者，十常八九。乃知士大夫進易而退難，可以爲後生汲汲者之戒。

元祐五年三月八日，偶與楊次公同過劉景文。景文出此書，僕與次公，皆文忠客也。次公又其抵掌談笑，使人感歎不已。《蘇文忠公全集》卷六九。

二一四　題歐陽帖

歐陽公書，筆勢險勁，字體新麗，自成一家。然公墨跡自當爲世所寶，不待筆畫之工也。

文忠公得謝，其喜如此。以是知士非進身之難，乞身之難也。《蘇文忠公全集》卷六九。

二一五　跋劉景文歐公帖

此數十紙，皆文忠公衝口而出，縱手而成，初不加意者也。其文采字畫，皆有自然絕人之姿，信天下之奇蹟也。

元祐四年九月十九日，蘇軾書〔一〕。《蘇文忠公全集》卷六九。

〔一〕"元祐四年"等十二字原闕，據《歐陽文忠公全集》卷一三〇附錄補。

二一六　題蘇才翁草書

才翁草書真跡，當爲歷世之寶。然《李白草書歌》，迺唐末五代禪月而不及者，云"賤麻絹素排數箱"，村氣可掬也。《蘇文忠公全集》卷六九。

二一七　題所書《東海若》後

軾久欲書柳子厚所作《東海若》一篇刻之石，置之淨住院無量壽佛堂中。元祐六年二月九日，與海陵曹輔、開封劉季孫、永嘉侯臨會堂下，遂書以遺僧從本，使刻之。《蘇文忠公全集》卷六九。

二一八　題所書《歸去來辭》後

毛國鎮從予求書，且曰："當於林下展玩。"故書陶潛《歸去來》以遺之。然國鎮豈林下人也哉，譬如今之紈扇，多畫寒林雪竹，當世所難得者，正使在廟堂之上，尤可觀也矣！《蘇文忠公全集》卷六九。

二一九　跋舊與辯才書

軾平生與辯才道眼相照之外，緣契冥符者多矣。始以五年九月三十日入山，相對終日，留此數紙。明年是日在潁州作書與之，有"少留山中勿便歸安養"之語，而師寔以是日化去。又明年，其徒惟楚携此軸來，爲一太息。五月十一日書。《蘇文忠公全集》卷六九。

二二〇　跋陳瑩中《題朱表臣歐公帖》

美哉瑩中之言也。仲尼之存，或削其跡，夢奠之後，履藏千載。文忠公《讀石守道文集》有云："後世苟不公，至今無聖賢。"公歿之後二十餘年，憎愛一衰，議論乃公，亦何待後世乎？紹聖元年五月書。《蘇文忠公全集》卷六九。

二二一　書王奧所藏太宗御書後

日行於天，委照萬物之上，光氣所及，或流爲慶雲，結爲丹砂，初豈有意哉！

太宗皇帝以武功定禍亂，以文德致太平，天縱之能，溢於筆墨，摛藻尺素之上，弄翰團扇之中，散流人間者幾何矣。而三槐王氏，得之爲多，子孫世守之，遂爲希代之寶。文正之孫、懿敏之子奧，出以示。臣軾敬拜手稽首書其後。《蘇文忠公全集》卷六九。

二二二　書張長史書法〔一〕

世人見古有見桃花悟道者〔二〕，爭頌桃花〔三〕，便將桃花作飯喫。喫此飯五十年，轉沒交涉。正如張長史見擔夫與公主爭路，而得草書之法。欲學長史書，日就擔夫求之，豈可得哉？《蘇文忠公全集》卷六九。

〔一〕趙刻《志林》題作《桃花悟道》。
〔二〕"古"字後原有"德"字，據稗海本《志林》刪　道：原闕，據前引補。
〔三〕"爭"字前原有"便"字，據趙刻《志林》刪。

二二三　書《歸去來辭》贈契順

余謫居惠州，子由在高安，各以一子自隨。余分寓許昌、宜興，嶺海隔絶。諸子不聞余耗，憂愁無聊。蘇州定慧院學佛者卓契順謂邁曰："子何憂之甚，惠州不在天上，行即到耳，當爲子將書問之。"

紹聖三年三月二日，契順涉江度嶺，徒行露宿，僵仆瘴霧，黧面繭足以至惠州，得書徑還。余問其所求，答曰："契順惟無所求，而後來惠州。若有所求〔一〕，當走都下矣。"苦問不已，乃曰："昔蔡明遠鄱陽一校耳，顏魯公絶糧江淮之間，明遠載米以周之。魯公憐其意，遺以尺書，天下至今知有明遠也。今契順雖無米與公，然區區萬里之勤，儻可以援明遠例，得數字乎？"

余欣然許之，獨愧名節之重，字畫之好，不逮魯公。故爲書淵明《歸去來辭》以遺之，庶幾契順託此文以不朽也。《蘇文忠公全集》卷六九。

〔一〕所：原闕，據四部叢刊初編影元刊本《集註分類東坡詩》卷首《東坡紀年録》紹聖三年紀事節引此文補。

二二四　題所書《寶月塔銘》　並魯直跋

予撰《寶月塔銘》，使澄心堂紙，鼠鬚筆，李庭珪墨，皆一代之選也。舟師不遠萬里，來求予銘，予亦不孤其意。

紹聖三年正月十二日，東坡老人書。《蘇文忠公全集》卷六九。

二二五　跋山谷草書

曇秀來海上，見東坡，出黔安居士草書一軸，問此書如何？坡云："張融有言，不恨臣無二王法，恨二王無臣法。"吾於黔安亦云。他日黔安當捧腹軒渠也。

丁丑正月四日。《蘇文忠公全集》卷六九。

二二六　跋希白書

希白作字，自有江左風味，故長沙法帖，比淳化待詔所摹爲勝〔一〕，世俗不察，争訪閣本，誤矣。此逸少一卷爲尤妙。

庚辰七夕〔二〕，合浦官舍借觀。《蘇文忠公全集》卷六九。

〔一〕摹：原作"篆"，據《後村題跋》卷四改。
〔二〕夕：原作"月"，據同上改。

二二七　題自作字

東坡平時作字，骨撑肉，肉没骨，未嘗作此瘦妙也。宋景文公自名其書鐵綫。若東坡此帖，信可謂云爾已矣。

元符三年九月二十四日，遊三州嵓回，舟中書。《蘇文忠公全集》卷六九。

二二八　書舟中作字

將至曲江，船上灘欹側，撑者百指，篙聲石聲犖然，四顧皆濤瀨，士無人色，而吾作字不少衰，何也？吾更變亦多矣，置筆而起，終不能一事，孰與且作字乎？《蘇文忠公全集》卷六九。

二二九　論沈遼、米芾書

自君謨死後，筆法衰絶。沈遼少時本學其家傳師者，晚乃諱之，自云學子敬。病其似傳師也，故出私意新之，遂不如尋常人。

近日米芾行書，王鞏小草，亦頗有高韻，壁不逮古人，然亦必有傳於世也。《蘇文忠公全集》卷六九。

二三〇　跋歐陽文忠公書

賀下不賀上，此天下通語。士人歷官一任，得外無官謗，中無所愧於心，釋肩而去，如大熱遠行，雖未到家，得清涼館舍，一解衣漱濯，已足樂矣。況於致仕而歸，脱冠珮，訪林泉，顧平生一無可恨者，其樂豈可勝言哉！

余出入文忠門最久，故見其欲釋位歸田，可謂切矣。他人或苟以藉口，公發於至情，如飢者之念食也。顧勢有未可者耳。

觀與仲儀書〔一〕，論可去之節三，至欲以得罪、病告去。君子之欲退，其難如此，可以爲欲進者之戒〔二〕。《蘇文忠公全集》卷六九。

〔一〕儀：原作"義"，據明萬曆刊《東坡先生外集》卷四九改。
〔二〕欲：原闕，據同上補。

二三一　書《篆髓》後

滎陽鄭惇方，字希道，作《篆髓》六卷，《字義》一篇。凡古今字説，班、楊、賈、許、二李、二徐之學，其精者皆在。間有未盡〔一〕，傅以新意，然皆有所考本，不用意斷曲説，其疑者蓋闕焉。凡學術之邪正，視其爲人。鄭君信厚君子也，其言宜可信。

余嘗論學者之有《説文》，如醫之有《本草》，雖草木金石，各有本性，而醫者用之，所配不同，則寒温補瀉之效，隨用各別。而自漢以來，學者多以一字考經。字同義異，皆欲一之；彫刻采繪，必成其説。是以六經不勝異説，而學者疑焉。孔子曰："夫聞也者，色取仁而行違，居之不疑。"則聞爲小人。而《詩》曰："允矣君子，展也大成。之子于征，有聞無聲。"則聞爲君子。又曰："君子周而不比。"則比爲惡。而《易》曰："地上有水比。以建萬國親諸侯。"則比爲善〔二〕。有子曰："知和而和，不以禮節之，亦不可行也。"則所謂和者，同而已矣。而孔子曰："君子和而不同。"若此者多矣。喪欲速貧，死欲速朽，此以八字成文，然猶不可一，曰言各有當也，而況欲以一字一之耶？

余愛鄭君之學簡而通，故私附其後。《蘇文忠公全集》卷六九。

〔一〕間：原作"皆"，據宋刻大字本《東坡集》卷二三改。
〔二〕自"惡"起至"則比爲"之"爲"，共十九字原闕，據同上補。

二三二　書唐氏六家書後

　　永禪師書，骨氣深穩，體兼眾妙，精能之至，反造疎淡。如觀陶彭澤詩，初若散緩不收，反覆不已，乃識其奇趣。今法帖中有云"不具釋智永白"者，誤收在逸少部中，然亦非禪師書也〔一〕。云"謹此代申"，此乃唐末五代流俗之語耳，而書亦不工。

　　歐陽率更書，妍緊拔羣，尤工於小楷，高麗遣使購其書，高祖歎曰："彼觀其書，以爲魁梧奇偉人也。"此非知書者〔二〕。凡書象其爲人。率更貌寒寢，敏悟絕人，今觀其書，勁嶮刻厲，正稱其貌耳。

　　褚河南書，清遠蕭散，微雜隸體。古之論書者，兼論其平生，苟非其人，雖工不貴也。河南固忠臣，但有譖殺劉洎一事，使人怏怏。然余嘗攷其實，恐劉洎末年褊忿〔三〕，實有伊、霍之語，非譖也。若不然，馬周明其無此語，太宗獨誅洎而不問周，何哉？此殆天后朝許、李所誣，而史官不能辨也。

　　張長史草書，頹然天放，略有點畫處，而意態自足，號稱神逸。今世稱善草書者或不能真、行，此大妄也。真生行，行生草，真如立，行如行，草如走，未有未能行立而能走者也。今長安猶有長史真書《郎官石柱記》，作字簡遠，如晉、宋間人。

　　顏魯公書雄秀獨出，一變古法，如杜子美詩，格力天縱，奄有漢、魏、晉、宋以來風流，後之作者，殆難復措手。

　　柳少師書，本出於顏，而能自出新意，一字百金，非虛語也。其言心正則筆正者，非獨諷諫，理固然也。

　　世之小人，書字雖工，而其神情終有睢盱側媚之態，不知人情隨想而見，如韓子所謂竊斧者乎，抑真爾也？然至使人見其書而猶憎之，則其人可知矣。

　　余謫居黃州，唐林夫自湖口以書遺余，云："吾家此六人書，子爲我略評之而書其後〔四〕。"林夫之書過我遠矣，而反求於予，何哉？此又未可曉也。

　　元豐四年五月十一日，眉山蘇軾書。《蘇文忠公全集》卷六九。

〔一〕師：原作"宗"，據宋刻大字本《東坡集》卷三三改。
〔二〕此：原作"書"，據同上改。
〔三〕褊：原作"偏"，據同上改。
〔四〕書：原作"此"，據同上改。

二三三　書若逵所書經後〔一〕

　　懷楚比丘，示我若逵所書二經。經爲幾品，品爲幾偈，偈爲幾句，句爲幾字，字爲幾畫，其數無量。而此字畫，平等若一，無有高下，輕重大小。云何能一？以忘我故〔二〕。若不忘我〔三〕，一畫之中，已現二相，而況多畫。如海上沙，是誰磋磨，自然勻平，無有粗細。如空中雨，是誰揮灑，自然蕭散，無有疏密。咨爾楚、迹，若能一念，了是法門，於刹那頃，轉八十藏，無有忘失，一句一偈。

東坡居士，説是法已，復還其經。

元祐七年四月二十五日〔四〕。《蘇文忠公全集》卷六九。

〔一〕《咸淳臨安志》卷七八題作《跋楚迹二上人書經》。
〔二〕故：原脱，據《咸淳臨安志》卷七八補。
〔三〕"若"字後原有"故"字，據同上刪。
〔四〕"元祐七年"等十字原闕，據同上補。

二三四　書摩詰《藍田煙雨圖》

味摩詰之詩，詩中有畫；觀摩詰之畫，畫中有詩。詩曰："藍谿白石出，玉川紅葉稀。山路元無雨，空翠濕人衣。"此摩詰之詩，或曰非也。好事者以補摩詰之遺。《蘇文忠公全集》卷七〇。

二三五　跋文與可墨竹

昔時，與可墨竹，見精縑良紙〔一〕，輒憤筆揮灑，不能自已，坐客爭奪持去，與可亦不甚惜。後來見人設置筆硯，即逡巡避去。人就求索，至終歲不可得。或問其故。與可曰："吾乃者學道未至，意有所不適，而無所遣之，故一發於墨竹，是病也。今吾病良已，可若何？"

然以余觀之，與可之病，亦未得爲已也，獨不容有不發乎？余將伺其發而掩取之。彼方以爲病，而吾又利其病，是吾亦病也。

熙寧庚戌七月二十一日，子瞻。《蘇文忠公全集》卷七〇。

〔一〕縑：原作"練"，據明萬曆刊《東坡先生外集》卷五〇改。

二三六　書通叔篆〔一〕

李元直，長安人。其先出於唐讓帝。學篆書數十年，覃思甚苦，曉字法，得古意。用銛鋒筆，縱手疾書，初不省度。見余所藏與可墨竹，求題其後，因戲書此數百言。通叔其字云。《蘇文忠公全集》卷七〇。

〔一〕此四字原接上文之末。明萬曆刊《東坡先生外集》卷五〇以此四字爲本文之題，今據之。文中之"此"乃指上文。

二三七　書李將軍《三駿馬圖》

唐李將軍思訓作《明皇摘瓜圖》。嘉陵山川，帝乘赤驃，起三駿，與諸王及嬪御十數騎，出飛仙嶺下，初見平陸，馬皆若驚，而帝馬見小橋作徘徊不進狀。

不知三駿謂何，後見岑嘉州詩，有《衛節度赤驃歌》云："赤髯胡雛金剪刀，平明剪出三駿高。"乃知唐御馬多剪治，而三駿其飾也。《蘇文忠公全集》卷七〇。

二三八　書吳道子畫後

智者創物，能者述焉，非一人而成也。君子之於學，百工之於技，自三代歷漢至唐而備矣。故詩至於杜子美，文至於韓退之，書至於顏魯公，畫至於吳道子，而古今之變，天下之能事畢矣。

道子畫人物，如以燈取影，逆來順往，旁見側出，橫斜平直，各相乘除，得自然之數，不差毫末，出新意於法度之中，寄妙理於豪放之外，所謂游刃餘地，運斤成風，蓋古今一人而已。

余於他畫，或不能必其主名，至於道子，望而知其真偽也。然世罕有真者，如史全叔所藏，平生蓋一二見而已。

元豐八年十一月七日書。《蘇文忠公全集》卷七〇。

二三九　書李伯時《山莊圖》後

或曰："龍眠居士作《山莊圖》，使後來入山者信足而行，自得道路，如見所夢，如悟前世。見山中泉石草木，不問而知其名；遇山中漁樵隱逸，不名而識其人。此豈強記不忘者乎？"

曰："非也。畫日者常疑餅，非忘日也。醉中不以鼻飲，夢中不以趾捉，天機之所合，不強而自記也。居士之在山也，不留於一物，故其神與萬物交，其智與百工通。雖然，有道有藝，有道而不藝，則物雖形於心，不形於手。吾嘗見居士作華嚴相，皆以意造，而與佛合。佛菩薩言之，居士畫之，若出一人，況自畫其所見者乎？"《蘇文忠公全集》卷七〇。

二四〇　書朱象先畫後

松陵人朱君象先，能文而不求舉，善畫而不求售。曰："文以達吾心，畫以適吾意而已。"

昔閻立本始以文學進身，卒蒙畫師之恥。或者以是為君病，余以謂不然。謝安石欲使王子敬書太極殿榜，以韋仲將事諷之。子敬曰："仲將，魏之大臣，理必不爾。若然者，有以知魏德之不長也。"使立本如子敬之高，其誰敢以畫師使之。

阮千里善彈琴，無貴賤長幼皆爲彈。神氣冲和，不知向人所在。內兄潘岳使彈〔一〕，終日達夜無忤色，識者知其不可榮辱也。使立本如千里之逼，其誰能以畫師辱之。

今朱君無求於世，雖王公貴人，其何道使之，遇其解衣盤礴，雖余亦得攪攘其旁也。

元祐五年九月十八日，東坡居士書。《蘇文忠公全集》卷七〇。

〔一〕潘：原作"藩"，據宋刻大字本《東坡集》卷二三改。

二四一　題趙屏風與可竹

與可所至，詩在口，竹在手。來京師不及歲，請郡還鄉，而詩與竹皆西矣。一日不見，使人思之。其面目嚴冷，可使靜險躁，厚鄙薄。

今相去數千里，其詩可求，其竹可乞，其所以靜、厚者不可致。此予所以見竹而歎也。《蘇文忠公全集》卷七〇。

二四二　跋蒲傳正燕公山水

畫以人物爲神，花、竹、禽、魚爲妙，宫室、器用爲巧，山水爲勝，而山水以清雄奇富變態無窮爲難。

燕公之筆，渾然天成，粲然日新，已離畫工之度數而得詩人之清麗也。

熙寧六年六月六日〔一〕。《蘇文忠公全集》卷七〇。

〔一〕"六日"之"六"：原闕，據汲古閣《東坡題跋》補。

二四三　跋文勳扇畫

舊聞吳道子畫《西方變相》，觀者如堵。道子作佛圓光，風落電轉，一揮而成。嘗疑其不然。今觀安國作方界，略不抒思，乃知傳者之不謬。《蘇文忠公全集》卷七〇。

二四四　跋吳道子《地獄變相》

道子，畫聖也。出新意於法度之內，寄妙理於豪放之外，蓋所謂游刃餘地，運斤成風者耶？

觀《地獄變相》，不見其造業之因，而見其受罪之狀，悲哉悲哉！能於此間一念清淨，豈無脱理，但恐如路傍草，野火燒不盡，春風吹又生耳。

元豐六年七月十日，齊安臨皋亭借觀。《蘇文忠公全集》卷七〇。

二四五　跋與可《紆竹》

紆竹生於陵陽守居之北崖，蓋岐竹也。其一未脱籜，爲蠍所傷，其一困於嵌嵓，是以爲此狀也。吾亡友文與可爲陵陽守，見而異之，以墨圖其形。

余得其摹本以遺玉册官祁永〔一〕，使刻之石，以爲好事者動心駭目詭特之觀，且以想見亡友之風節，其屈而不撓者，蓋如此云。《蘇文忠公全集》卷七〇。

〔一〕官：原作"宫"，據《丹淵集》附錄改。

二四六　書黃筌畫雀

黃筌畫飛鳥，頸足皆展。或曰："飛鳥縮頸則展足，縮足則展頸，無兩展者。"驗之信然。乃知觀物不審者，雖畫師且不能，況其大者乎？君子是以務學而好問也。《蘇文忠公全集》卷七〇。

二四七　書戴嵩畫《牛》

蜀中有杜處士，好書畫，所寶以百數。有戴嵩《牛》一軸〔一〕，尤所愛，錦囊玉軸，常以自隨。一日曝書畫，有一牧童見之，拊掌大笑，曰："此畫鬥牛也。牛鬥，力在角，尾搐入兩股間，今乃掉尾而鬥，謬矣。"處士笑而然之。

古語有云："耕當問奴，織當問婢。"不可改也。《蘇文忠公全集》卷七〇。

〔一〕戴：原作"載"，據明萬曆刊《東坡先生外集》卷五〇改。

二四八　跋趙雲子畫

趙雲子畫筆略到而意已具，工者不能。然託於椎陋以戲侮來者，此柳下惠之不恭，東方朔之玩世，滑稽之雄乎？或曰："雲子蓋度世者。"蜀人謂狂雲猶曰風雲耳。《蘇文忠公全集》卷七〇。

二四九　跋艾宣畫

金陵艾宣畫翎毛花竹，爲近歲之冠。既老，筆跡尤奇，雖不復精匀，而氣格不凡。

今尚在，然眼昏不能復運筆矣。嘗見此物，各爲賦一首云。《蘇文忠公全集》卷七〇。

二五〇　書畫壁易石

靈壁出石，然多一面。劉氏園中砌臺下，有一株獨巉然，反覆可觀，作麋鹿宛頸狀。東坡居士欲得之，乃畫臨華閣壁，作醜石風竹。主人喜，乃以遺予。居士載歸陽羨。

元豐八年四月六日。《蘇文忠公全集》卷七〇。

二五一　書陳懷立傳神

傳神之難在於目。顧虎頭云："傳神寫照，都在阿堵中，其次在顴頰。"吾嘗於燈下顧見頰影，使人就壁畫之，不作眉目，見者皆失笑，知其爲吾也。目與顴頰似，餘無不似者，眉與鼻口，蓋可增減取似也。

傳神與相一道，欲得其人之天，法當於衆中陰察其舉止。今乃使具衣冠坐注視一物，彼斂容自持，豈復見其天乎？凡人意思各有所在，或在眉目，或在鼻口。虎頭云："頰上加三毛，覺精采殊勝。"則此人意思，蓋在須頰間也。優孟學孫叔敖，抵掌談笑，至使人謂死者復生。此豈能舉體皆似耶？亦得其意思所在而已。使畫者悟此理，則人人可謂顧、陸。

吾嘗見僧惟真畫曾魯公，初不甚似。一日，往見公，歸而喜甚，曰："吾得之矣！"乃於眉後加三紋，隱約可見，作仰首上視，眉揚而額蹙者，遂大似。

南都人陳懷立傳吾神，衆以爲得其全者。懷立舉止如諸生，蕭然有意於筆墨之外者也。故以所聞者助發之。《蘇文忠公全集》卷七〇。

二五二　跋《畫苑》

君厚《畫苑》，處不充篋笥，出不汗牛馬。明窗净几，有坐卧之安；高堂素壁，無舒卷之勞。而人物禽魚之變態，山川草木之奇姿，粲然陳前，亦好事者之一適也。

元祐二年二月八日，平叔借觀，子瞻書。《蘇文忠公全集》卷七〇。

二五三　跋宋漢傑畫

僕曩與宋復古遊，見其畫瀟湘晚景，爲作三詩，其略云："逶遙趨後崦，水會赴前溪。"復古云："子亦善畫也耶？"今其猶子漢傑，亦復有此學，假之數年，當不減復古。

元祐三年四月五日書。《蘇文忠公全集》卷七〇。

二五四　又跋漢傑畫山（一）

唐人王摩詰、李思訓之流，畫山川峰麓，自成變態，雖蕭然有出塵之姿，然頗以雲物間之。作浮雲杳靄，與孤鴻落照，滅沒於江天之外，舉世宗之，而唐人之典刑盡矣。

近歲惟范寬稍存古法，然微有俗氣。漢傑此山，不古不今，稍出新意，若爲之不已，當作著色山也。《蘇文忠公全集》卷七〇。

二五五　又跋漢傑畫山（二）

觀士人畫，如閱天下馬，取其意氣所到。乃若畫工，往往只取鞭策皮毛槽櫪芻秣〔一〕，無一點俊發，看數尺許便卷。漢傑真士人畫也。《蘇文忠公全集》卷七〇。

〔一〕秣：原作"抹"，據明萬曆刊《東坡先生外集》卷五〇改。

二五六　跋李伯時《卜居圖》

定國求余爲寫杜子美《寄讚上人詩》，且令李伯時圖其事，蓋有歸田意也。

余本田家，少有志丘壑，雖爲搢紳，奉養猶農夫。然欲歸者蓋十年，勤請不已，僅乃得郡。

士大夫逢時遇合，至卿相如反掌，惟歸田古今難事也。定國識之。吾若歸田，不亂鳥獸，當如陶淵明。定國若歸，豪氣不除，當如謝靈運也。《蘇文忠公全集》卷七〇。

二五七　跋李伯時《孝經圖》

觀此圖者，易直子諒之心，油然生矣。筆跡之妙，不減顧、陸。至第十八章，人子之所不忍者，獨寄其髣髴。非有道君子不能爲，殆非顧、陸之所及。《蘇文忠公全集》卷七〇。

二五八　跋盧鴻學士《草堂圖》

此唐盧丞相、段文昌本，今在内侍都知劉君元方家。

元祐三年七月，予館伴北使於都亭驛，劉以示予，爲賦此篇。迨、過遠來省，書令同作。《蘇文忠公全集》卷七〇。

二五九　跋南唐《挑耳圖》〔一〕

王晉卿嘗暴得耳聾，意不能堪，求方於僕。僕答之云："君是將種，斷頭穴胸，當無所惜，兩耳堪作底用，割捨不得？限三日疾去，不去，割取我耳。"晉卿洒然而悟。三日，病良已，以頌示僕云："老坡心急頻相勸〔二〕，性難只得三日限。我耳已較君不割，且喜兩家總平善。"今見定國所藏《挑耳圖》，云得之晉卿，聊識此事〔三〕。元祐六年八月二日，軾書〔四〕。《蘇文忠公全集》卷七〇。

〔一〕挑：原作"剔"，據明萬曆刊《東坡先生外集》卷五〇改。
〔二〕坡：原作"婆"，據《書畫鑑影》卷一改。
〔三〕事：原闕，據明萬曆刊《東坡先生外集》卷五〇補。
〔四〕"元祐六年"等十字原闕，據同上補。

二六〇　跋《摘瓜圖》

元積《望雲騅歌》云："明皇當時無此馬，不免騎驢來幸蜀。"信如積言，豈有此權奇踥蹀與嬪御摘瓜山谷間如思訓之圖乎？然祿山之亂，崔圖在蜀〔一〕，儲設甚備，騎驢當時虛語耳。《蘇文忠公全集》卷七〇。

〔一〕圖：原作"圓"，據明萬曆刊《東坡先生外集》卷五〇改。

二六一　書唐名臣像

李衛公言唐儉輩不足惜。觀其容貌，殆非所謂名下無虛士。《蘇文忠公全集》卷七〇。

二六二　書許道寧畫

秦人有屈鼎筆者，許道寧之師。善分布澗谷，間見屈曲之狀，然有筆而無思致，林木皆唵靄而已。道寧氣格似過之，學不及也。《蘇文忠公全集》卷七〇。

二六三　書黃魯直畫跋後三首

遠近景圖

舟未行而風作，固不當行，若中塗遇風，不盡力牽挽以投浦岸，當何之耶？魯直怪舟師不善，預相風色可也，非畫師之罪。

紹聖二年正月十一日，惠州思無邪齋書。《蘇文忠公全集》卷七〇。

北齊校書圖

畫有六法，賦彩拂澹，其一也，工尤難之。此畫本出國手，止用墨筆，蓋唐人所謂粉本。而近歲畫師，乃爲賦彩，使此六君子者，皆涓然作何郎傅粉面，故不爲魯直所取，然其實善本也。

紹聖二年正月十二日，思無邪齋書。《蘇文忠公全集》卷七〇。

右軍《斫膾圖》

謝安石人物爲江左第一，然其爲政，殊未可逸少意，作書譏誚，殆欲痛哭。此所謂君子愛人以德者。以紙五十萬與桓溫，何足道！此乃史官之陋，而魯直亦云爾，何哉？

書生見五十萬紙，足了一世，舉以與人，真異事耳。本傳又云："蘭亭之會，或以比金谷，而以逸少比季倫，逸少聞之甚喜。"金谷之會，皆望塵之友也。季倫之於逸少，如鴟鳶之於鴻鵠，尚不堪作奴，而以自比，決是晉、宋間妄語。史官許敬宗，真人奴也，見季倫金多，以爲賢於逸少。今魯直又怪畫師不能得逸少高韻，豈不難哉！

余在惠州，徐彥和寄此畫，求余跋尾，書此以發千里一笑。

紹聖二年正月十二日，東坡居士書。《蘇文忠公全集》卷七〇。

二六四　跋《醉道士圖》　並章子厚跋

僕素不喜酒，觀正父《醉士圖》，以甚畏執盃持耳翁也。子瞻書。《蘇文忠公全集》卷七〇。

二六五　再跋《醉道士圖》

熙寧元年十二月二十九日，再過長安，會正父於毋清臣家。再觀《醉士圖》，見子厚所題，知其爲予噱也。持耳翁余固畏之，若子厚乃求其持而不得者。他日再見，當復一噱。

時與清臣、堯夫、子由同觀。子瞻書。《蘇文忠公全集》卷七〇。

二六六　記歐公論把筆

把筆無定法，要使虛而寬。歐陽文忠公謂余，當使指運而腕不知，此語最妙。方其運也，左右前後却不免欹側，乃其定也，上下如引繩，此之謂筆正。柳誠懸之語良是。《蘇文忠公全集》卷七〇。

二六七　書諸葛散卓筆

散卓筆，惟諸葛能之。他人學者，皆得其形似而無其法，反不如常筆。如人學杜甫詩，得其粗俗而已。《蘇文忠公全集》卷七〇。

二六八　雜書琴事九首　贈陳季常（選録）

家藏雷琴

余家有琴，其面皆作蛇蚹紋〔一〕，其上池銘云："開元十年造，雅州靈關村〔二〕。"其下池銘云："雷家記八日合〔三〕。"不曉其"八日合"爲何等語也？其嶽不容指，而絃不収〔四〕，此最琴之妙，而雷琴獨然。求其法不可得，乃破其所藏雷琴求之。琴聲出於兩池間，其背微隆，若薤葉然，聲欲出而隘，徘回不去，乃有餘韻，此最不傳之妙。《蘇文忠公全集》卷七一。

〔一〕蚹：原作"腹"。據作者《書王進叔所蓄琴》"蛇蚹紋已漸出"句改。
〔二〕關村：原作"開材"，據稗海本《志林》改。
〔三〕日：原作"曰"，據同上改。下句同。
〔四〕収：原作"收"，據明萬曆刊《東坡先生外集》卷五三改。

歐陽公論琴詩

"昵昵兒女語，恩怨相爾汝。劃然變軒昂，勇士赴敵場。"此退之《聽穎師琴》詩也。歐陽文忠公嘗問僕："琴詩何者最佳？"余以此答之。公言此詩固奇麗，然自是聽琵琶詩，非琴詩〔一〕。余退而作《聽杭僧惟賢琴》詩云："大絃春溫和且平，小絃廉折亮以清。平生未識宮與角，但聞牛鳴盎中雉登木。門前剥啄誰扣門，山僧未閑君勿嗔。歸家且覓千斛水，净洗從前箏笛耳。"詩成欲寄公，而公薨，至今以爲恨。《蘇文忠公全集》卷七一。

〔一〕非琴詩：原闕，據《詩話總龜》卷二八改。

琴非雅聲

世以琴爲雅聲，過矣。琴正古之鄭、衛耳。今世所謂鄭、衛者，乃皆胡部，非復中華之聲。自天寶中坐立部與胡部合，自爾莫能辨者。或云，今琵琶中有獨彈，往往有中華鄭、衛之聲，然亦莫能辨也。《蘇文忠公全集》卷七一。

琴貴桐孫

凡木，本實而末虛，惟桐反之。試取小枝削，皆堅實如蠟，而其本皆中虛空。故世所以貴孫枝者，貴其實也。實，故絲中有木聲。《蘇文忠公全集》卷七一。

戴安道不及阮千里

阮千里善彈琴，人聞其能，多往求聽。不問貴賤長幼，皆爲彈之，神氣沖和，不知何人所在。内兄潘岳每命鼓琴，終日達夜無忤色，識者歎其恬澹，不可榮辱。戴安道亦善鼓琴，武陵王晞使人召之。安道對使者破琴曰："戴安道不爲王門伶人〔一〕。"余以謂安道之介，不如千里之達。《蘇文忠公全集》卷七一。

〔一〕道：原闕，據明萬曆刊《東坡先生外集》卷五三改。

琴鶴之禍

衛懿公好鶴，以亡其國；房次律好琴，得罪至死。乃知燒煮之士，亦自有理。《蘇文忠公全集》卷七一。

天陰絃慢

或對一貴人彈琴者，天陰聲不發。貴人怪之，曰："豈絃慢故？"或對曰："絃也不慢。"《蘇文忠公全集》卷七一。

桑葉揩絃

琴絃舊則聲闇，以桑葉揩之，輒復如新，但無如其青何耳。《蘇文忠公全集》卷七一。

文與可琴銘

文與可家有古琴，予爲之銘曰："攫之幽然，如水赴谷。醳之蕭然，如葉脱木。按之噫然，應指而長言者似君；置之枵然，遺形而不言者似僕。"與可好作楚詞，故有"長言似君"之句。"醳"、"釋"同。鄒忌論琴云："攫之深，醳之愉。"此言爲指法之妙爾。

元豐四年六月二十三日，陳季常處士自岐亭來訪予，携精筆佳紙妙墨求予書。會客有善琴者，求予所蓄寶琴彈之，故所書皆琴事。軾〔一〕。《蘇文忠公全集》卷七一。

〔一〕軾：原闕，據《式古堂書畫彙考》卷一一補。

二六九　雜書琴曲十二首　贈陳季常

子夜歌

《子夜歌》者，女子名子夜，造此聲。晉孝武帝太元中〔一〕，瑯瑯王軻之家有鬼歌子夜，則子夜是此時人也。《蘇文忠公全集》卷七一。

〔一〕太：原作"大"，徑改。

鳳將雛

《鳳將雛》者，舊曲也。應璩《百一》詩云是《鳳將雛》，則其來久矣。《蘇文忠公全集》卷七一。

前漢歌〔一〕

《前漢歌》者，車騎將軍沈充。《蘇文忠公全集》卷七一。

〔一〕漢：原作"溪"，據明萬曆刊《東坡先生外集》卷五三改。

阿子歌

《阿子》及《歡聞歌》者，穆帝升平初，歌畢，輒呼"阿子汝聞否"？後人衍其聲爲此曲。《蘇文忠公全集》卷七一。

團扇歌

《團扇歌》者，中書令王珉與嫂婢有情愛，篃撻過苦。婢素善歌，而珉好執白團扇，故作此聲。《蘇文忠公全集》卷七一。

懊歌

《懊歌》者，隆安初，俗間訛謠之曲。《蘇文忠公全集》卷七一。

長史變

《長史變》者，司徒左長史王廞臨敗所作。凡此諸曲，皆徒歌，既而被之管絃者。有因金石絲竹造歌以被之，如魏世三調歌之類是也。《蘇文忠公全集》卷七一。

杯柈舞

《杯柈舞》，手接杯柈反覆之。漢世惟有柈舞，而晉加之以杯。《蘇文忠公全集》卷七一。

公莫舞

《公莫舞》，今之巾舞也。相傳項莊舞劍，項伯以袖隔之，使不及高祖，且語莊云："公莫舞。"《蘇文忠公全集》卷七一。

公莫渡河

琴操有《公莫渡河》，其聲所從來已久。俗云項伯，非也。《蘇文忠公全集》卷七一。

白紵歌

白紵本吳地所出，宜是吳舞也。晉《俳歌》云："皎皎白緒，節節爲叢。"吳音謂緒爲紵〔一〕，白紵即白緒也。《蘇文忠公全集》卷七一。

〔一〕爲紵：原作"紵琴"，據明萬曆刊《東坡先生外集》卷五三改。

瑤池燕

琴曲有《瑤池燕》，其詞既不甚佳，而聲亦怨咽。或改其詞作《閨怨》云："飛花成陣春心困。寸寸別腸，多少愁悶。無人問。偸啼自搵殘粧粉。抱瑤琴、尋出新韻。玉纖趁。南風未解幽慍。低雲鬟。眉峰歛，暈嬌和恨。"此曲奇妙，季常勿妄以與人。《蘇文忠公全集》卷七一。

二七〇　書士琴二首

贈吳主簿

武昌主簿吳亮君采攜其故人士琴之說，與高齋先生之銘、空同子之文、太平之頌以示余。余不識沈君，而讀其書，反覆其義趣，如見其人，如聞士琴之聲。余昔從高齋先生遊，嘗見其寶一琴，無銘無識，不知其何代物也。請以告二子，使從先生求觀之，此士琴者待其琴而後和。元豐六年閏六月二十四日書。《蘇文忠公全集》卷七一。

書《醉翁操》後

二水同器，有不相入；二琴同手，有不相應。今沈君信手彈琴而與泉合，居士縱筆作詩而與琴會，此必有真同者矣。本覺法真禪師，沈君之子也，故書以寄之。願師宴坐靜室，自以爲琴，而以學者爲琴工，有能不謀而同三令無際者，願師取之。元祐七年四月二十四日。《蘇文忠公全集》卷七一。

二七一　書文忠贈李師琴詩

與次公聽賢師琴，賢求詩，倉卒無以應之。次公曰："古人賦詩皆歌所學，何必己云。"次公因誦歐陽公贈李師詩，囑余書之以贈焉。元祐四年九月二十一日。《蘇文忠公全集》卷七一。

二七二　書林道人論琴棋

元祐五年十二月一日，遊小靈隱，聽林道人論琴棋，極通妙理。余雖不通此二技，然以理度之，知其言之信也。杜子美論畫云："更覺良工心獨苦。"用意之妙，有舉世莫之知者。此其所以爲獨苦歟？《蘇文忠公全集》卷七一。

二七三　書仲殊琴夢

元祐六年三月十八日五鼓，船泊吳江，夢長老仲殊彈一琴，十三絃頗壞損而有異聲。余問云："琴何爲十三絃？"殊不答，但誦詩曰："度數形名豈偶然，破琴今有十三絃。此生若遇邢和璞，方信秦箏是響泉。"夢中了然諭其意，覺而識之。今晚到蘇州，殊或見過，即以示之。寫至此，筆未絕，而殊老叩舷來見，驚歎不已，遂以贈之。時去州五里。《蘇文忠公全集》卷七一。

二七四　書王進叔所蓄琴

知琴者以謂前一指後一紙爲妙，以蛇蚹紋爲古。進叔所蓄琴，前幾不容指，而後劣容紙，然終無雜聲，可謂妙矣。蛇蚹紋已漸出，後日當益增，但吾輩及見其斑斑焉，則亦可謂難老者也。元符二年十月二十三日，與孫叔靜皆雲。《蘇文忠公全集》卷七一。

二七五　書黃州古編鐘

黃州西北百餘里，有歐陽院。院僧畜一古編鐘，云得之耕者。發其地，獲四鐘，斸破其二，一爲鑄銅者取去，獨一在此耳。其聲空籠，然頗有古意，雖不見《韶濩》之音，猶可想見其髣髴也。《蘇文忠公全集》卷七一。

二七六　書李嵓老棋

南嶽李嵓老好睡。眾人飽食下棋，嵓老輒就枕。數局一展轉，云："我始一局，君幾局矣？"東坡曰："李嵓老常用四腳棋盤，只着一色黑子。昔與邊韶敵手，今被陳摶爭先。着時似有輸贏，着了並無一物。"歐陽公夢中作詩云："夜涼吹笛千山月，路暗迷人百種花。棋罷不知人換世，酒闌無奈客思家。"殆是謂也。《蘇文忠公全集》卷七一。

二七七　論沈傳師書

傳師雖學二王筆法，後欲破之自立，乃傷變主者也。近世人多學傳師，又不至，但有小人跳籬驀圈腳手，令人可憎，世人皆學，何哉？知不足齋叢書本《侯鯖錄》卷七。

二七八　題陸柬之臨摹帖

觀蘭亭五言，江左風流，蕭然在目，筆跡古雅，亦近二王，然少雜奇嶮，豈陸君所摹耶！博陵用吉得之盧家阿姑，非大姓故家莫能有此也。

元豐八年二月十二日，眉陽蘇軾書。是年十一月十八日，轍過泗州嘗觀。文淵閣四庫全書本《蘭亭考》卷五。

二七九　論書

遇天色明暖，筆硯和暢，便宜作草書數紙，非獨以適吾意，亦使百年之後，與我同病者，有以發之也。

張長史、懷素得草書三昧，聖宋文物之盛，未有以嗣之，惟蔡君謨頗有法度，然而未放，止與東坡相上下耳。文淵閣四庫全書本《曲洧舊聞》卷五。

二八〇　跋内教博士《水墨天龍八部圖卷》

此吳道子本深愛之，故爲後人所愛也。

予欽吳道子畫鬼神人物，得面目之新意，窮手足之變態，尤妙於旁見側出曲折長短之勢，精意考之，不差毫毛，其粗可言者如此。至其神妙自然使人喜愕者，固不可言也。

今長安雷氏所藏，乃其真跡。世稱道子，至以爲畫聖，不如此，不稱其名。人多假其名氏者。觀此，乃知其非是。

舊說，狗馬難於鬼神，此非至論。鬼神非人所見，然其步趨動作，要以人理考之，豈可欺哉！難易在工拙，不在所畫。工拙之中，又有格焉。畫雖工而格卑，不害爲庸品。

熙寧三年正月廿二日，趙郡蘇軾子瞻書。文淵閣四庫全書本《式古堂書畫彙考》卷八。

二八一　跋閻右相《洪崖仙圖卷》

洪崖先生，不知何許人也。姓張名蘊，字藏真。風神秀逸，志趣閑雅。仙書秘典，九經諸史，無所不通。開元中已千歲矣，蓋古之高仙。明皇仰其神異，累詔不赴。多遊終南、泰華，或往青城、王屋，與東羅二大師爲侶。每述金丹華池之事，易形鍊丹之術，人莫究其微妙焉。

先生戴烏帽，衣紅蕉葛衫，烏犀帶，短靮靴。僕五人，名狀各怪，曰橘、术、粟、葛、拙。有白驢曰雪精，日行千里。復有隨身之用白藤笠、六角扇、木如意、筇竹杖、長盈壺，常滿杯自然流酌。每跨驢，領僕遊於市廛，酒酣笑傲自若。明皇詔圖其像，庶朝夕得瞻觀之。

元祐四年，東坡蘇軾書。《式古堂書畫彙考》卷八。

二八二　題自畫竹贈方竹逸

昔歲，余嘗偕方竹逸尋淨因觀長老，至其東齋小閣中，壁有與可所畫竹石，其根莖脈縷，牙角節葉，無不臻理，非世之工人所能者。

與可論畫竹木，於形既不可失，而理更當知，生死、新老、煙雲、風雨，必曲盡真態，合於天造，厭於人意，而形理兩全，然後可言曉畫，非達才明理，不能辨論也。

今竹逸求余畫竹，因妄襲與可法則爲之，並書舊事以贈。

元豐五年八月四日，眉山蘇軾。文淵閣四庫全書本《六硯齋三筆》卷一。

二八三　自跋石恪《三笑圖讚》

近於士人家，見石恪畫此圖，三人皆大笑，至於冠服衣履手足，皆有笑態。其後三小童，罔測所謂，亦復大笑。世間侏儒觀優，而或問其所見，則曰：“長者豈欺我哉！”此畫正類此。

寫呈欽之兄，想亦當捧腹絕倒，撫掌胡盧，冠纓索絕也。萬曆三十六年濟南康氏刊本《重編東坡先生外集》卷二三。

二八四　自跋石恪畫《維摩讚》《魚枕冠頌》

僕在黃岡時，戲作此等語十數篇，漸復忘之。元祐三年八月廿九日，同僚早出，獨坐玉堂，忽憶此二首，聊復錄之。

翰林學士眉山蘇軾記。黑龍江人民出版社一九八四年影印本《三希堂法帖》。

二八五　《醉翁亭記》書後跋

廬陵先生以慶曆八年三月己未刻石亭上。字畫褊淺，恐不能傳遠，滁人欲改刻大字久矣。

元祐六年，軾爲潁州，而開封劉君季孫自高郵來，過滁。滁守河南王君詔請以滁人之意〔一〕，求書於軾。軾於先生爲門下士，不可以辭。

十一月乙未。臺灣新文豐出版公司石刻史料新編本《金石續編》卷一五。

〔一〕"自高郵來"至"王君詔"十三字原闕，據《山左金石志》卷一五補。"滁守"之"滁"原無，據前引補。

二八六　書《和王晉卿題李伯時畫馬戲書李伯時畫駿馬好頭赤次韻黃魯直觀李伯時畫馬》後

此詩，余以元祐三年戊辰任翰林學士，在貢舉試院中作也。

謫居惠州，無事，因書於卷末裝池。軾。五月二日。民國六年有正書局印本《蘇黃墨寶》。

二八七　題李伯時臨劉商《觀弈圖》

余所藏劉商《觀弈圖》，由唐迄今二百年，絹素剥爛，粉墨蕭瑟。伯時爲余臨之，茅君篆勒之，皆絶筆也。

噫，劉商之畫，非伯時則失其真；伯時之筆，非茅生則不能壽。茅生之名，豈以余言而遂傳歟！

眉陽蘇軾謹題。適園叢書本《珊瑚網》卷二。

二八八　題"大江東去"後

久不作草書，適□醉走筆，覺酒氣勃勃，紛然□出也。東坡醉筆。宋拓《蘇長公雪堂帖》。

二八九　題蔡君謨詩草

此蔡君謨《夢中》詩，真跡在濟明家，筆力遒勁。

元祐五年十月四日。巴蜀書社一九八五年本《蘇文忠公詩編注集成總案》引石刻。

二九〇　跋歐陽文忠公小草

文忠小草《秋聲賦》《歸鴈亭詩》，當爲希世珍藏，而思仲乃得之老人家箱篋間，以苴藉綫纊者。荆山之人，以玉抵鵲，非虛言也。中華書局一九八一年校點本《遊宦紀聞》卷一〇。

二九一　跋某人帖（一）

章子厚有唐人石刻本，與此無異，而字畫加豐腴。乃知石刻常患瘦耳。

元祐四年十月二十五日，子瞻。湖北美術出版社影印本《景蘇園帖》。

二九二　跋某人帖（二）

呂夢得承事，年八十三，讀書作詩，手不廢卷。室如懸磬，佴貯古今書帖而已。作詩以示慈雲老師。《景蘇園帖》。

二九三　題崔白布袋真儀

熙寧間，畫公崔白示余布袋真儀，其筆清而尤古，妙乃過吳矣。
元祐三年七月一日，眉山蘇軾記。上海古籍出版社一九九五年本《山左金石志》卷一七。

二九四　跋晁無咎藏畫馬〔一〕

晁無咎所藏野馬八，出沒山谷間，意象慘澹，如柳子厚所云"風鬃霧鬣，千里相角"。然筆法相疎，當是有遠韻人而不甚工者。
元祐三年，宋遐叔、張文潛同觀。文淵閣四庫全書本《柳河東集》附録。

〔一〕原題無"藏"字，據文意徑補。

二九五　李伯時畫像跋

初，李伯時畫予真，且自畫其像，故讚云"殿以二士"。已而黃魯直與家弟子由皆署語其後，故伯時復寫二人，而以葆光爲導，皆山中人也。
軾書。萬曆拓本《戲鴻堂法書》卷二。

二九六　跋自書《赤壁》二賦

元豐甲子，余居黃五稔矣，蓋將終老焉。近有移汝之命，作詩留別雪堂鄰里二三君子。獨潘邠老與弟大觀，復求書《赤壁》二賦。余欲爲書《歸去來辭》，大觀礱石欲並得焉。余性不耐小楷，强應其意。然遲余行數日矣。
蘇軾書。希古樓刊本《八瓊室金石補正》卷一〇八。

二九七　跋自書《後赤壁賦》

黃州少西山麓，斗入江中，石色如丹。傳云曹公敗處，所謂赤壁者，或曰非也。
時曹公敗歸，由華容路，路多泥濘，使老弱先行，踐之而過，曰："劉備智過人而見事遲，華容夾道皆葭葦，使縱火，則吾無遺類矣。"今赤壁少西對岸即華容鎮，庶幾是也。然岳州復有華容縣，未知孰是？四部叢刊影刻本《經進東坡文集事略》卷一《後赤壁賦》注文引。

二九八　題孫仲謀千山競秀卷

孫仲謀作此卷，終不去拔刀砍柴時手段，叙列八法，以示己能。復云"多江南佳麗之氣"，則江南固佳麗地，仲謀腕不能出之。復有"作者"一語，其自謂也。無怪老瞞臨江作欣羨語。即此一事，非老瞞所能也。

余嘗見老瞞書，終遜於彼，故並及之，豈弗具能爲仲謀師耶，善別者能言之耳。

眉山蘇軾。清抄本《十百齋書畫錄》卯集。

《仇池筆記》（選錄　一六則）

陽關三疊

舊傳《陽關三疊》，今歌者每句再疊而已，若通一首，又是四疊，皆非是。每句三唱以應三疊，則叢然無復節奏。有文勛者，得古本《陽關》，每句皆再唱，而第一句不疊。乃知唐本三疊如此。樂天詩云："相逢且莫推辭醉，聽唱陽關第四聲。""勸君更盡一杯酒。"以此驗之，若一句再疊，則此句爲第五聲。今爲第四，則一句不疊審矣。

石墨

陸士衡與士龍書云："登銅雀臺，得曹公所藏石墨數甕，今分寄一螺。"《大業拾遺》："宮中以蛾綠畫眉。"亦石墨之類也。沈存中帥鄜延，以石燭作墨，堅重而墨，在松煙之上。曹公所藏，豈此物也？

桃笙

柳子厚詩云："盛時一失貴反賤，桃笙葵扇安可常。"不知桃笙爲何物。因閱《方言》，宋、魏之間，簟謂之笙，乃悟桃笙以桃竹爲簟也。

晉人書

唐太宗購晉人書，有二王以下富千軸，皆在秘府。武后時，爲張易之兄弟所攘竊，遂流落人間，多在王涯、張延賞家。涯敗，軍人劫奪金玉軸而棄其書。余於李瑋都尉家見晉人數帖，皆有小印"涯"字，意其爲王氏物也。有謝尚、謝鯤、王衍等字，皆奇。夷甫獨超然，若羣鶴聳翅欲飛而未起也。

戴嵩鬬牛

有藏戴嵩鬬牛者，以錦囊繫肘後隨出與客觀。旁有牧童曰："鬬牛力在前，尾入兩股間。今畫鬬而尾掉，何也？"黄筌畫飛鴈，頭足皆展。或曰："飛鳥縮頭則展足，縮足則展頭，無兩展者。"驗之信然。

論墨

今世論墨，惟取其光。光而不黑，是爲棄墨。黑而不光，索然無神氣，亦復安用。要使其光清而不渾，一作浮。湛湛然如小兒目睛乃佳。以上文淵閣四庫全書本《仇池筆記》卷上。

晉卿墨

王晉卿造墨用黄金丹砂，墨成，價與金等。三衢蔡瑫自煙煤膠外，一物不用，特以和劑有法，甚黑而光，殆不減晉卿。胡人謂犀黑暗、象白暗，可以名墨，亦可以名茶。

硬黄臨二王書

王會稽父子書存於世者，蓋一二數。唐人褚、薛之流，硬黄臨倣，亦足爲貴。

君謨書

僕嘗論蔡君謨書爲本朝第一，議者多以爲不然。或謂君謨書爲弱，殊非知書者。若江南李主，外險而中實無有，此真可謂弱者。以李主爲勁，則宜以君謨爲弱。

鳳咮研

僕好用鳳咮石研，論者多異同。蓋少得真者，黯然灘石亂之耳。

李十八草書

劉十五論李十八草書，謂之鸚哥嬌，意謂鸚鵡能言不過數句，大率雜以鳥語。十八後稍進，以書問僕："近日比舊何如？"僕答曰："可作秦吉了矣。"

楊凝式書

唐末五代文章卑泥，字畫從之，而楊凝式筆跡雄強，往往與顔、柳相上下。今世多稱李建中、宋宣獻。此二人書，僕所不解，宋寒而李俗，殆是浪得名耳。惟蔡君謨書姿格既高，而學亦至當，爲本朝第一。

潘谷墨

潘谷墨既精妙，而價不二。一日，忽取欠墨錢劵焚之，飲酒三日，發狂赴井死。

人下視之，趺坐井中，尚持數珠也。

顔魯公論逸少字

顔真卿寫碑，唯《東方朔畫讚》最爲清雄。後見逸少本，乃知魯公字臨此，雖大小相懸而意良是。非自得於書，未易爲言之也。

歐公書

歐公用尖筆作方濶字，神采秀發，膏潤無窮。後人見之，如見其清晬豐頰，進趨裕如也。

荆公書

王荆公書得無法之法，然不可學，學之則無法。僕書作意爲之，頗似蔡君謨，稍得意則似楊風子，更放則似言法華。以上《仇池筆記》卷下。

《漁樵閒話錄》 舊題蘇軾 （選錄 一則）

漁曰："舊事有傳之於世，而人或喜得之可以爲談笑之資者，時多尚之，以助燕閒之樂。然而歲月浸遠，語及同異，有若明皇嘗燕諸王於木蘭殿，貴妃醉起舞《霓裳羽衣曲》，明皇大悦。《霓裳羽衣曲》，説者數端：《逸史》云，羅公遠引明皇遊月宮，擲一竹枝於空中爲大橋，色如金，行十數里，至一大城闕。羅曰：'此乃月宮也。'仙女數百，素衣飄然，舞於廣庭中。明皇問：'此何曲？'曰：'《霓裳羽衣曲》也。'明皇素曉音律，乃密記其聲，及歸，使伶人繼甚聲作《霓裳羽衣曲》。及鄭愚作《津陽門》詩云：'蓬萊池上望秋月，萬里無雲懸清輝。上皇半夜月中去，三十六宮愁不歸。月中秘樂天半聞，玎璫玉石和塤篪。宸聰聽覽未終曲，却到人間迷是非。'釋云：'葉靜能嘗引上入月宮，時秋已深，上苦悽寒不堪久。回至半天，尚聞天樂。及歸，但記其半，遂於笛中寫之。西凉都督楊敬述進婆羅門曲，與其音相符，遂以月中所聞爲散序，用敬述所進作腔名《霓裳羽衣曲》。'又劉禹錫詩云：'開元天子萬事足，惟惜當時光景促。三鄉陌上望仙山，歸作《霓裳羽衣曲》。仙心從此在瑤池，三清八景相追隨。天上忽乘白雲去，世間空有秋雁辭。'"原校：此下當有脱誤。 明萬曆刊《東坡雜著五種》本《漁樵閒話錄》上篇。

韓忠彥藝話（一則）

韓忠彥（一〇三八～一一〇九）字師朴，相州安陽（今河南安陽）人，琦長子。少以父任補官，復舉進士。神宗初，以秘書丞召試，除秘閣校理、同知太常禮院。元豐中，歷戶部副使，知瀛州，拜給事中、禮部尚書。元祐四年，自戶部尚書擢尚書左丞，改同知樞密院事，遷知院事。哲宗親政，以觀文殿學士知真定府、定州；降資政殿學士，改知大名府。徽宗即位，以吏部尚書召拜門下侍郎，進左僕射，封儀國公。崇寧中，四謫至磁州團練副使，入元祐黨籍。大觀三年卒，年七十二。

題《江干初雪圖》

諸公當日聚巖廊，半謫南荒半已亡。惟有紫樞黃閣老，再開圖畫看瀟湘。文淵閣四庫全書本《石林詩話》。

孫升藝話（一則）

孫升（一〇三八～一〇九九）字君孚，高郵軍高郵（今江蘇高郵）人。治平二年第進士，簽書泰州判官。哲宗立，爲監察御史。朝廷廢新法，頗與其力，遷殿中侍御史。元祐二年五月，執政以其附會梁燾，出知濟州。逾年，提點京西刑獄，召爲金部員外郎，復拜殿中侍御史，進侍御史。元祐六年，由起居郎擢中書舍人，以天章閣待制知應天府。紹聖初，被劾削職，知房州、歸州，貶水部員外郎，又貶果州團練副使、汀州安置，卒。徽宗時名入元祐黨籍。孫升善詩文，南宋陳造謂其"詩法清麗嚴密，唐元、白流亞"（《題孫公談圃》）。謫居汀州時，與劉延世接談時事，劉延世記錄爲《孫公談圃》三卷。

《孫公談圃》（選錄　一則）

黔川謝師德，嘗收梁職貢圖，小筆尤精，後有陶尚書跋尾數百字，開寶時親筆，公甚愛之，公云："其畫絕妙，世鮮有之"。師德，公之女夫也。文淵閣四庫全書本《孫公談圃》卷中。

朱長文藝話（三則）

朱長文（一〇三九～一〇九八）字伯原，蘇州吳縣（今江蘇蘇州）人。未冠，舉嘉祐四年進士，少時嘗從孫復聽講《春秋》之學。嘉祐四年進士，以病足不肯試吏，築室樂圃坊，讀書爲學，自得其樂，與徐積、陳烈號稱"三先生"。元祐中，除秘書省校書郎、許州司戶參軍，充蘇州教授。召爲太學博士，遷秘書省正字，兼樞密院編修。元符元年卒，年六十。長文博學強識，論文先經術後辭藻，於六經皆有辨說，《四庫全書總目》卷一五五稱其"在南北宋間，與徐積齊名，然積之學問主靖研事理，長文之學問主博考古今；積之文章多怪偉駭俗，長文之文章多平易近人，其所造則各有不同"。著有《春秋通志》二十卷、《吳郡圖經續記》三卷、《易經解》、《墨池編》六卷、《琴史》六卷。另有《樂圃文集》一百卷，建炎兵火後散失，朱思於南宋紹熙間搜訪遺佚，編爲十卷，名曰《樂圃餘稿》。

一　《閱古叢編》序

古之聖賢有三立：上曰德，次曰功，次曰言。得其一，可以名天下。猶謂其傳之不遠也，於是託之於物。

物之久者莫如金石，故可以寓焉。吉日之題，岐陽之鼓，比干之墓，正考父、仲山甫之鼎，後世類有傳焉。嬴秦震矜厥勳，勒泰山，鑱鄒嶧，剗之罘，刊會稽，自以謂三代莫己若，而人弗信也。

西漢陋秦之爲，雖封嶽省方，未嘗刻石。而羣公庶士若蕭相國善篆，張京兆古文，不聞鐫鏤者。逮於東京，碑詞始作。碑者，古之葬祭之一器也。葬以繞紼，祭以繫牲。而宮中亦有碑，說者云所以識日景、測陰陽也。古者用大木穴其上，以便於用。後世賢者易之以石。觀漢碑上亦有穴，此其遺象也。

既易以石，於是假以銘焉。楊震、劉寬之高爵，郭林宗、陳太邱之潛德，宣父、老子華嶽之廟，皆因碑以製文焉。由是貴賤競作，美詞相誇，浸繁於魏、晉，而尤盛於隋、唐。或矜己以耀世，或褒親以垂後，或譽天以求福，或記事以謹時，不可勝言矣。雖所述艱於盡信，而事有可考，文有可師，跡有可法。至於羣經眾篇，妙札奇帖，往往傳於琬琰者甚眾，是以學者務觀焉。然不幸爲干戈之所蹂躪，風霜之所摧剝，或因時主之所詔毀，或遭野獸之所殘齧，其存者蓋十一焉，亦可爲之嘆息也。

余少也學古，凡古人之文無不求而讀之，又從而藏之，好其書如其文也。古書之載於紙墨者幾希，而存於金石者類在於故都之外，四方之遠，與夫山林墟墓之間，唯勢位赫赫、眾所禽附而好之甚篤者爲能多置也。余以疾退隱，跡與世遠，雖欲致之，豈不艱哉！顧嗜此爲癖，早夜不捨，所游必問，所居必求。丐於交游，購於市里。不憚勞費，月增歲積，自周穆王以來，下歷秦、漢、魏、晉、隋、唐，至於本朝，諸公之跡，莫不皆有。於是哀精撮奇，刀筆在手，字剪行綴，不失舊文。有冊有軸，悉隨其宜，斯亦勤矣。哀而次之，名曰《閱古叢編》。蓋不獨取其墨妙，亦將以廣前代之異聞，正舊史之闕遺也〔一〕。其書不以世次，爲其編之未已也。古刻之石，若其卷第載之目錄，其書之可評〔二〕，事之可辨，言之可述，爲之題跋於後，又錄焉。蓋墨本易朽而詞章可傳也。

或謂余曰："古之好古者聚道，今之好古者聚物。碑亦物也，何其聚之多？"余解之曰："人情固未免有好，觀其所好何如耳。金犀在籯，珠玉在堂，良疇連阡，華宇並疆，吾所未嘗好也。美食方丈，旨酒千鍾，貪饕自安，沉湎無窮，吾所未嘗好也。妖妍悅目，淫哇亂耳，秦箏羌笛，齊紈蜀綺，吾所未嘗好也。放情嬉游，爭勝博弈，白日孜孜，從事無益，吾所未嘗好也。吾於四者忽之若遺，而能韞櫝六書之妙跡，網羅千載之遺文，庸何傷乎？"乃書石刻之所興與其所好，爲之序。文淵閣四庫全書本《樂圃餘稿》卷七。

〔一〕之：原無，據國家圖書館藏傅增湘校康熙朱嶽壽刻本補。
〔二〕書：原作"詩"，據同上改。

二 《琴史》序

琴之爲器，起於上皇之世。後聖承承，益加潤飾。其材則鍾山水之靈氣，其制則備律呂之殊用，可以包天地萬物之聲，可以考民物治亂之兆。是謂八音之輿，眾樂之統也。

自伏羲作琴，而樂由此興。女媧氏之笙簧，朱襄氏之瑟，葛天氏之八闋，陰康氏之舞，伊耆氏之土鼓，簧栟葦籥，源源以流。黃帝作《咸池》，少皞作《太淵》，帝嚳作《六英》，堯之《大章》，舜之《九韶》，皆資琴以成樂。三代之盛，此爲重焉。

《周官·大司樂》闕奏之宗廟也。《關雎》之詩云"窈窕淑女，琴瑟友之"，施之房中也。《鹿鳴》之詩云"我有嘉賓，鼓瑟鼓琴"，作之朝廷也。《禮》云"春誦夏絃，太師詔之"，教之庠序也。士無故不徹琴瑟，施之閨門也。故奏之宗廟，則祖考來格；用之房中，則后妃和順；作之朝廷，則君臣恭肅；教之庠序，則俊造成德；施之閨門，則長幼咸序。是以動盪血脈，通流精神，充養行義，防去浮佚。至於移風易俗，遷善遠罪而不知者，琴之德也。故古之君子未嘗不知琴也。達則推其和以兼濟天下，窮則寓其志以獨善一躬。其操弄遺名，或傳於今。

孔子既沒，下逮戰國，禮樂廢闕，人忘其學。寖及漢、唐之間，薦紳士大夫不以樂為事。間有賢智異能之士，超然遠覽，得意於徽絃之間，載在前史，班班可述。後之君子，宜為之哀次而褒顯也。

余經術之暇，每願學焉，而病故相仍，是以未就。嘗謂書畫之事，古人猶多編述，而琴獨未備，竊用嘅然，因疏其所記，作《琴史》。方當朝廷成太平之功，謂宜製作禮樂，比隆斯商、周，則是書也豈為虛文而已。元豐七年正月序。《樂圃餘稿》卷七。

三　樂在人和不在音賦　以"聖人治民，情以作樂"為韻

盛德興樂，至和本人。不在八音之制，蓋由萬化之純。既備情文，用寫歡心之極；豈專聲律，誠非末節之因。

竊原樂與天同，音由人起。蓋喜怒哀樂既怵於外，而噍嘽散厲遂形於此。惟聖人圖化俗而有作，慎感民之所以。積中發外，必資悅豫之深；易俗移風，非特鏗鏘之美。於時神武外震，烈文內宣。躋八荒於壽域，陶萬彙於仁天。於是製以《雅》《頌》，播之管絃。既乘時而更制，唯探本以相沿。順氣正聲，為羣情之影響；黃鐘大呂，乃至理之蹄筌。羽毛干戚兮，是謂繁文；管籥鐘鼓兮，孰稱至樂。惟羣元咸得其情性，而雅奏密調於商角。理出自然，識歸先覺。四時當而天地順，既效緝熙；百姓樂而金石諧，未論清濁。

且夫不偽者惟樂，可畏者惟民。聽暴君之作，則蹙額而多懼；聞治世之奏，則躍以歸仁。匪聲音之異道，蓋憂樂以殊倫。是以鼓清角於晉邦，曾遭旱暵；歌《後庭》於唐室，誰復悲辛。是以興替關時，盛衰在政。桑濮非能致亂也，亂先起於淫僻；英莖非能致治也，治必逢於睿聖。未有功成而樂乃不作，未有民困而音能自正。荀公嘗定於新律，終貽晉室之憂；鄭譯雖攷於舊音，曷救隋人之病。噫！莫備乎二帝之大樂〔一〕，莫隆於三代之仁聲。庶尹允諧兮，聽其擊拊；嘉客夷懌兮，感其和平。小則草木之繁撫，大則穹壤之充盈。非曒繹之能及，實歡忻之所成。舜廟笙鏞，鳳有來儀之應；周庭簨簴，民懷始附之情。

異哉！樂出於和，而還以審政之和；音生於樂，而復以導民之樂。逮王道之既遠，歎古風之寖薄。絳、灌溝害，而孝文之議遂寢；房、杜未備，而貞觀之時不作。幸逢聖代之緝熙，繼有名臣之咨度。揆太府之尺以為之度，累上黨之黍以為之籥。推樂本之先立，感興情而咸若。上方乘百年之極治，而集六聖之睿謨，臣請告成於簫勺。《樂圃餘稿》卷八。

〔一〕大：原闕，據《古今圖書集成》樂律典卷四二補。

吕希哲藝話（一則）

　　吕希哲（生卒年不詳）字原明，學者稱滎陽先生，壽州（今安徽鳳台）人，吕公著長子。少時從孫複、石介、胡瑗等學，復與程顥、程頤、張載遊。以門蔭入仕，久爲管庫官，後公著逝世，始爲兵部員外郎。元祐時范祖禹薦爲崇政殿説書。紹聖間黨論起，出知懷州，分司南京，謫居和州。徽宗初年，召爲秘書少監，改光禄少卿，出知曹州。旋遭崇寧黨禍，奪職知相州，徙邢州。罷領宫祠，羈寓淮泗間十餘年，卒。希哲爲人端重有行，晚年名節益高，謫居歷陽時不輕與人交，嘗賦詩云"行林瓦枕虛堂上，卧看江南雨後山"，清曠閒澹。撰有《歲時雜記》一卷、《吕氏雜記》二卷，多記東京節物與中原風俗。

《吕氏雜記》（選録　一則）

　　范蜀公自爲雅樂，參考書傳，躬親礱錯型範之事，亦已勞矣。費私財亦數千計，踰年然後成。然其磬聲響不發者，乃取石於陽翟山中爲之。今太常有泗濱磬，璞山積而人不知也。使蜀公當日請之，朝廷必不惜也。文淵閣四庫全書本《吕氏雜記》卷下。

莫君陳藝話（二則）

莫君陳（生卒年不詳）字和中，湖州歸安（今浙江湖州）人。約宋神宗熙寧前後在世。少從胡瑗學。登嘉祐進士。熙寧中，新置大法科，君陳中首選。甚爲王安石所重，樞刑部郎中，知婺州。著有《月河所聞集》一卷，皆記當時事。

《月河所聞集》（選錄 二則）

國恤服除，駕出作樂，教坊獻曲。仁宗曰"四海波清引"，英宗曰"萬壽無疆引"，神宗曰"應聖樂"。

饒州女樂之首，年六十餘，乃名妓也。范希文矚眄，有詩"千旦寄顏色"之句，或時寄朱粉賜之。緣此，郡官容凡□□作妓長。以上文淵閣四庫全書本《月河所聞集》。

子厚藝話（一則）

子厚（失其姓氏），南陽（今河南南陽）人，居毘陵（今江蘇武進），仁宗、英宗時在世。

題定武李氏《蘭亭帖》摹本

世傳《太史箴》《大雅吟》《黃庭經》《樂毅論》《遺教經》《蘭亭記》，皆逸少奇跡，而《太史箴》《大雅吟》不復傳。《黃庭》雖有本，然殊不類，似後世依放而託之者。《遺教經》又訛闕過半，獨《樂毅論》字完正，精勁絕出。此本藏於毘陵高氏，云始得之石城，已亡其一角，所存三百餘字，即其真也。其後或見其石者，以爲元玉，高氏子弟以火試之，今將破爲數段。石蓋楚石，堅瑩似玉而畏火，予亦嘗見之。然物之不幸，有如此者，亦可嗟也。

《蘭亭記》傳者尤多，行草不一，竟未見其正本。嘉祐中，侍官陳留，得集賢胡公謹家本，觀之，與世之傳者不相類，而字勢奇絕，非後人所能爲，然予不知公謹果何從得之也。

治平乙巳，予歸毘陵，又獲瑯琊模本，而字體乃與公謹所藏悉同，其後有永陽守杜符卿題云："《蘭亭記》，自永嘉之亂而亡其石刻，今存於定武李氏。李氏初亦不甚秘，而今無能見之者，惟府帥下教，或得墨本一二而已。"於是予乃知公謹所藏，蓋定武李氏本也，杜守真可謂好事者。然其傳模非良工，僅存梗概，而失其精神遠矣。聊識而藏之，然不知異日果能得李氏正本否。四月壬辰，南陽子厚題於山軒南齋。文淵閣四庫全書本《蘭亭續考》卷一。

張景修藝話（一則）

張景修（生卒年不詳）字敏叔，常州（今江蘇常州）人。治平四年進士。元豐末，爲饒州浮梁縣令。後兩爲憲漕，五典州符，歷仕神宗、哲宗、徽宗三朝。大觀中，官祠部郎中，年七十餘卒。能詩，著有詩上千篇，號《張祠部集》，今已佚。

題徐常侍篆書之跡

少常張公藏此書以遺其子孫，又皆得其篆法，可謂好學者矣。儀真秀實齋張景修題。清同治十年利津李氏刊本《書畫鑑影》卷三。

陳師錫藝話（一則）

　　陳師錫（生卒年不詳）字伯修，時稱閒樂先生，建州建陽（今福建南平建陽）人。熙寧九年進士，調昭慶軍掌書記，郡守蘇軾器之，倚以爲政。元豐二年，蘇軾以詩案入獄，衆人畏避不相見，師錫獨出餞之。知臨安縣，爲監察御史。出知宿遷縣。元祐初，以蘇軾薦，召爲秘書省校書郎，遷工部員外郎，提點開封府縣鎮。忤蔡京，罷知解州，歷宣、蘇二州。徽宗即位，召拜殿中侍御史，改考功郎中，復出知潁、廬、滑三州。入黨籍，謫監衡州酒稅，又削官安置郴州。年六十九卒。紹興中追贈直龍圖閣。師錫立朝有節操，文章冠絕於當世。其著述有奏議一卷，凡十五篇，今已佚。

題李公麟畫《歸去來圖》　　有雪竇和尚親書偈

　　百中神鋒誇妙手，當時破敵秖同機。餘花墮襪無人見，半偈流傳豈易知。文淵閣四庫全書本《宋詩紀事》卷二十五。

蘇轍藝話（三三則）

　　蘇轍（一〇三九～一一一二）字子由，一字同叔，晚號潁濱遺老，眉州眉山（今四川眉山）人，洵子，軾弟。自幼深靜好學，博覽群書，抱負宏遠，以治國安邦爲己任。嘉祐二年，與兄軾同榜進士及第，一時名動京師。嘉祐六年，兄弟二人同舉制科，在御試制科策中極言朝政得失。除商州軍事推官，未赴任。英宗治平二年出任大名府推官。神宗熙寧二年爲制置三司條例司檢詳文字。三年，出爲陳州教授。六年，改齊州掌書記。九年，簽書南京判官。元豐二年受兄烏臺詩案連累，貶監筠州鹽酒稅。七年，移績溪令。八年，神宗病逝，被召還朝，擢右司諫。元祐元年擢起居郎、中書舍人。其後相繼任戶部侍郎、翰林學士、吏部尚書、御史中丞、尚書右丞、大中大夫守門下侍郎。紹聖元年哲宗親政後，落職知汝州，貶居筠州、雷州、循州。哲宗崩，徽宗立，遇赦北歸，閒居潁昌。政和二年卒，年七十四。後追復端明殿學士，謚文定。蘇轍是宋代著名文學家，與其父蘇洵、兄蘇軾合稱"三蘇"。蘇轍論文以復古爲革新，反對窮妍極態、浮巧侈麗的時文，主張"文律還應似兩京"（《送家安國赴成都教授三絕》），這一主張正是後來"文必秦漢"之先聲。其文學成就主要在散文創作，明人茅坤云："蘇文定公之文，其讜削之思或不如父，雄傑之氣或不如兄，然而冲和淡泊，遒逸疏宕……西漢以來別調也。"（《蘇文定公文鈔引》）擅長作賦，以《黃樓賦》和《墨竹賦》爲代表。蘇轍詩亦類其文，不事馳騁，筆意老練，於平穩中時見渾凝，自然樸實，閒淡高雅。蘇轍在北宋文壇具有很大影響，後世文人對他更是推崇有加，將其列入唐宋八大家，把他的散文作爲學習的典範。蘇轍一生著述豐富。著有《詩集傳》《春秋集解》《古史》《龍川略志》《龍川別志》《老子解》《欒城集》，皆傳世。

一　舟中聽琴

　　江流浩浩羣動息，琴聲琅琅中夜鳴。水深天濶音響遠，仰視牛斗皆從橫。昔有至人愛奇曲，學之三歲終無成。一朝隨師過滄海，留置絕島不復迎。終年見怪心自感，海水震掉魚龍驚。翻囘蕩潏有遺韻，琴意忽忽從此生。師來迎笑問所得，撫手無言心已明。世人囂囂好絲竹，撞鐘擊鼓浪譁榮。安知江琴韻超絕，掩耳大笑不肯聽。文淵閣四庫全書本《欒城集》卷一。

二　子瞻寄示岐陽十五碑

堂上岐陽碑，吾兄所與我。吾兄自善書，所取無不可。歐陽弱而立，商隱瘦且橢。小篆妙詰曲，波字美婀娜。譚藩居顔前，何類學顔頗。魏華自磨淬，峻秀不包裹。九成刻賢俊，磊落雜么麼。英公與褒鄂，戈戟聞自荷。何年學操筆，終歲惟箭笴。書成亦可愛，藝業嗟獨夥。余雖謬學文，書字每慵墯。車前駕騏驥，車後繫蠃跛。逾年學舉足，漸亦行駃騠。古人有遺跡，篋短不及鏁。願從兄發之，洗硯處兄左。文淵閣四庫全書本《欒城集》卷一。

三　畫文殊普賢

誰人畫此二菩薩，跌坐花心乘象狻。弟子先後執盂缶，老僧槎牙森比肩。山林脩道幾世劫，顔貌偉麗如開蓮。重崖宛轉帶林樹，野水荒蕩浮雲天。峨眉高處不可上，下有絕澗鋼九泉。朝陽未出白霧起，有光升天如月圓。靈仙居中粗可識，有類白兔依清臚。游人禮拜千萬萬，迤邐漸遂如飛煙。五臺不到想亦爾，今之畫圖誰所傳？吾兄子瞻苦好異，敗繒破紙收明鮮。自從西行止得此，試與記錄代一觀。文淵閣四庫全書本《欒城集》卷二。

四　大人久廢彈琴，比借人雷琴以記舊曲，十得三四，率爾拜呈

久厭凡桐不復彈，偶然尋繹尚能存。倉庚鳴樹思前歲，春水生波滿舊痕。泉落空巖虛谷應，珮敲清殿百官寒。終宵竊聽不能學，庭樹無風月滿軒。文淵閣四庫全書本《欒城集》卷二。

五　和子瞻鳳翔八觀八首·王維吳道子畫　在普門及開元寺

吾觀天地間，萬事同一理。扁也工斲輪，乃知讀文字。我非畫中師，偶亦識畫旨。勇怯不必同，要以各善耳。壯馬脫銜放平陸，步驟風雨百夫靡。美人婉娩守閒獨，不出庭戶修容止。女能嫣然笑傾國，馬能一蹴致千里。優柔自好勇自強，各自勝絕無彼此。誰言王摩詰，乃過吳道子？試謂道子來，置女所挾從軟美。道子掉頭不肯應，剛傑我已足自恃。雄奔不失馳，精妙實無比。老僧寂滅生慮微，侍女閒潔非復婢。丁寧勿相違，幸使二子齒。二子遺跡今豈多，岐陽可貴能獨備。但使古壁常堅完，塵土雖積光豔長不毀。文淵閣四庫全書本《欒城集》卷二。

六　和子瞻鳳翔八觀八首·楊惠子塑維摩像　在天柱寺

金粟如來瘦如臘，坐上文殊秋月圓。法門論極兩相可，言語不復相通傳。至人養心遺四體，瘦不爲病肥非妍。誰人好道塑遺像，鮐皮束骨筋扶咽。兀然隱几心已滅，形如病鶴竦兩肩。骨節支離體疎緩，兩目視物猶炯然。長嗟靈運不知道，強剪美鬢插兩顴。彼人視身若枯木，割去右臂非所患。何況塑畫已身外，豈必奪爾庸自全？真人遺意世莫識，時有遊僧施鉢錢。文淵閣四庫全書本《欒城集》卷二。

七　石蒼舒醉墨堂

石君得書法，弄筆歲月久。經營妙在心，舒捲功隨手。惟兹逸羣氣，扶駕須斗酒。作堂名醉墨，揮灑動牆牖。安得濁酒池，淋漓看濡首。但取繼張君，莫顧顛名醜。文淵閣四庫全書本《欒城集》卷三。

八　吳道子畫四真君　在精思觀

浮埃古壁上，蕭然四真人。矯如雲中鶴，猶若畏四鄰。坐令世俗士，自慙汙濁身。勿謂今所無，嵩少多隱淪。文淵閣四庫全書本《欒城集》卷四。

九　周昉畫美人歌

深宮美人百不知，飲酒食肉事遊嬉。彈絲吹竹舞羅衣，曲終對鏡理鬢眉。岌然高髻玉釵垂，雙鬟窈窕萼葉微。宛轉躑躅從嬰兒，倚楹俯檻皆有姿。擁扇執拂知從誰，瘦者飛燕肥玉妃。俯仰向背樂且悲，九重深邃安得窺？周生執筆心坐馳，流傳人間眩心脾。飛瓊小玉雲霧幃，長風吹開忽見之。夢魂清夜那復追，老人衰朽百事非。展卷一笑亦胡爲，持付少年良所宜。文淵閣四庫全書本《欒城集》卷十四。

一〇　子瞻與李公麟宣德共畫翠石古木，老僧謂之憩寂圖，題其後

東坡自作蒼蒼石，留取長松待伯時。只有兩人嫌未足，更收前世杜陵詩。文淵閣四庫全書本《欒城集》卷十五。

一一　韓幹三馬

老馬側立鬃尾垂，御者高拱持青絲。心知後馬有爭意，兩耳微起如立錐。中馬直

視翹右足，眼光已動心先馳。僕夫旋作奔佚想，右手正控黃金羈。雄姿駿發最後馬，回身奮鬣真權奇。圉人頓轡屹山立，未聽決驟爭雄雌。物生先後亦偶爾，有心何者能忘之？畫師韓幹豈知道，畫馬不獨畫馬皮。畫出三馬腹中事，似欲譏世人莫知。伯時一見笑不語，告我韓幹非畫師。文淵閣四庫全書本《欒城集》卷十五。

一二　書郭熙橫卷

鳳閣鸞臺十二屏，屏上郭熙題姓名。崩崖斷壑人不到，枯松野葛相欹傾。黃散給舍多肉食，食罷起愛飛泉清。皆言古人不復見，不知北門待詔白髮垂冠纓。袖中短軸纔半幅，慘澹百里山川橫。巖頭古寺擁雲木，沙尾漁舟浮晚晴。遙山可見不知處，落霞斷鴈俱微明。十年江海興不淺，滿帆風雨通宵行。投篙枘杙便止宿，買魚沽酒相逢迎。歸來朝中亦何有，包裹觀闕圍重城。日高困睡心有適，夢中時作東南征。眼前欲擬要真物，拂拭束絹付與汾陽生。文淵閣四庫全書本《欒城集》卷十五。

一三　題王生畫三蠶蜻蜓二首

飢蠶未得食，宛轉不自持。食蠶聲如雨，但食無復知。老蠶不復食，矯首有所思。君畫三蠶意，還知使者誰？

蜻蜓飛翩翩，向空無所著。忽然逢飛蚊，驗爾饑火作。一飽困竹梢，凝然反冥寞。若無飢渴患，何貴一簞樂？文淵閣四庫全書本《欒城集》卷十五。

一四　贈寫真李道士

君不見景靈六殿圖功臣，進賢大羽東西陳。能令將相長在世，自古獨有曹將軍。嵩高李師掉頭笑，自言弄筆通前身。百年遺像誰復識，滿朝冠劍多偉人。據鞍一見心有得，臨牕相對疑通神。十年江海鬢半脫，歸來俛仰慚簪紳。一揮七尺倚牆立，客來顧我誠似君。金章紫綬本非有，綠蓑黃篛甘長貧。如何畫作白衣老，置之茅屋全吾真。文淵閣四庫全書本《欒城集》卷十五。

一五　次韻子瞻題郭熙平遠二絕

亂山無盡水無邊，田舍漁家共一川。行遍江南識天巧，臨牕開卷兩茫然。

斷雲斜日不勝秋，付與騷人滿目愁。父老如今亦才思，一蓑風雨釣槎頭。文淵閣四庫全書本《欒城集》卷十五。

一六　聞蔡肇求李公麟畫觀音德雲

好事桓靈寶，多才顧長康。何嘗爲人畫，且可設奇將。久聚要當散，能分慰所望。清新二大士，畀我夜燒香。文淵閣四庫全書本《欒城集》卷十五。

一七　次韻劉貢父題文潞公草書

鷹揚不減少年時，墨作龍蛇紙上飛。應笑學書心力盡，臨池寫遍未裁衣。文淵閣四庫全書本《欒城集》卷十五。

一八　盧鴻草堂圖

昔爲大室遊，盧巖在東麓。直上登封壇，一夜蠒生足。徑歸不復往，巒壑空在目。安知有十志，舒捲不盈幅。一處一盧生，裘褐蔭喬木。方爲世外人，行止何須錄？百年入篋笥，犬馬同一束。嗟予縛世累，歸來有茅屋。江干百畝田，清泉映脩竹。尚將逃姓名，豈復上圖軸？文淵閣四庫全書本《欒城集》卷十五。

一九　秦虢夫人走馬圖二絕

秦虢風流本一家，豐枝穠葉映雙花。欲分妍醜都無處，夾道遊人空嘆嗟。
朱幩玉勒控飛龍，笑語誼譁步驟同。馳入九重人不見，金鈿翠羽落泥中。文淵閣四庫全書本《欒城集》卷十五。

二〇　韓幹二馬

玉帶胡奴騎且牽，銀駿白鼻兩爭先。八坊龍種知何數，乞與岐邠並錦韉。文淵閣四庫全書本《欒城集》卷十五。

二一　題王詵都尉畫山水橫卷三首

摩詰本詞客，亦自名畫師。平生出入輞川上，鳥飛魚泳嫌人知。山光盎盎著眉睫，水聲活活流肝脾。行吟坐詠皆自見，飄然不作世俗詞。高情不盡落縑素，連峯絕澗開重帷。百年流落存一二，錦囊玉軸酬不訾。誰令食肉貴公子，不學父祖驅熊羆。細氊淨几讀文史，落筆璀璨傳新詩。青山長江豈君事，一揮水墨光淋漓。手中五尺小橫卷，天末萬里分毫釐。謫官南出止均潁，此心通達無不之。歸來纏裹任紈綺，天馬性在終難羈。人言摩詰是前世，欲比顧老疑不癡。桓公崔公不可與，但可與我寬衰遲。

憐君將帥雖有種，多君智慧初無師。篇章俊發已可駭，丹青妙絶當誰知？自言五色苦亂目，況乃旨酒長傷脾。手狂但可時弄筆，口病未免多微詞。歌鐘一散任池館，幅巾靜坐空書帷。偶從禪老得真趣，此身不足非財貲。世間反覆岸爲谷，猛獸相食虎與羆。逝將得意比春夢，獨取妙語傳清詩。眼看官釀瀉酥酪，未與村酒分醇漓。解鞍駿馬空伏櫪，寄書黃狗聞生釐。江山平日偶有得，不自圖寫渾忘之。臨窗展卷聊自適，盤礴豈復冠裳羈？欲乘漁艇發吾興，願入野寺嗟兒癡。行縢布襪雖已具，山中父老應嫌遲。

我昔得罪遷南夷，性命頃刻存篙師。風吹波蕩到官舍，號呼誰復相聞知？小園畜蟻防橘蠹，空庭養蜂收蜜脾。讀書一生空自笑，賣鹽竟日那復詞。城中清溪可濯漱，城上連峯堪幕帷。十千薄俸聊足用，魚多米賤憂無眥。東坡居士最岑寂，岌然深蕝見狐羆。坐隅止鵬偶成賦，槃中食蠆時作詩。憐君富貴可炙手，一時出走羞啜醨。澤傍憔悴凡幾歲，胸中芥蔕無一釐。江山別來今久矣，不獨能言能畫之。同朝執手不容久，笑我野馬方受羈。袖中短卷墨猶濕，傍人笑指吾儕癡。方求農圃救貧病，它年未用譏樊遲。文淵閣四庫全書本《欒城集》卷十六。

二二　題李公麟山莊圖　並叙

伯時作《龍眠山莊圖》，由建德館至垂雲沜，著録者十六處。自西而東，凡數里，巖崿隱見，泉源相屬，山行者路窮於此。道南溪，山清深秀峙，可遊者有四，曰勝金巖、寶華巖、陳彭漈、鵲源，以其不可緒見也。故特著於後。子瞻既爲之記，又屬轍賦小詩，凡二十章，以繼摩詰輞川之作云。詩略　文淵閣四庫全書本《欒城集》卷十六。

二三　李公麟《陽關圖》二絶

百年摩詰陽關語，三疊嘉榮意外聲。誰遣伯時開縑素，蕭條邊思坐中生。

西出陽關萬里行，彎弓走馬自忘生。不堪未別一盃酒，長聽佳人泣渭城。文淵閣四庫全書本《欒城集》卷十六。

二四　武宗元比部畫文殊玄奘

遺墨消磨顧陸餘，開元一一數吳盧。本朝唯有宗元近，國本長留後世模。出世真人氣雍穆，入蕃老釋面清癯。居人不惜遊人愛，風雨侵陵色欲無。文淵閣四庫全書本《欒城後集》卷三。

二五　畫歎　並引

武宗元比部學吳道子畫佛菩薩鬼神，燕肅龍圖學王摩詰畫山川水石，皆得其彷彿，潁川僧舍往往見之，而里人不甚貴重，獨重趙、董二生。二生雖工而俗，不識古名畫遺意，作《畫歎》。

武燕未遠嗟誰識，趙董紛紛枉得名。已矣孫陳舊人物，至今但數漢公卿。文淵閣四庫全書本《欒城第三集》卷一。

二六　西軒畫枯木怪石

西軒素屏開白雲，婆娑老桂依霜輪。顧兔出走蟾蜍奔，河漢卷海鰲石蹲。牽牛自載倚桂根，清風颯然吹四鄰。東坡妙思傳子孫，作詩髣髴追前人。筆墨墮地稱奇珍，閉藏不聽落泥塵。老人讀書眼病昏，一看落筆生精神。文淵閣四庫全書本《欒城第三集》卷三。

二七　畫學董生畫山水屏風

承平百事足，鴻都無不有。策牘試篆隸，丹青寫飛走。紛然四方集，狐兔萃林藪。何人知有益，長嘯呼鷹狗。奔逃走城邑，驚顧念糊口。素屏開白雲，稱我茅簷陋。濡毫願揮洒，峯巒映巖竇。巨石連地軸，飛布瀉天漏。縈山一徑通，過水微橋構。山家煙火然，遠寺晨鐘叩。僧從何方來，行速午齋後。有客呼渡船，隔水惟病叟。听然發一笑，此處定真否？人生初偶然，與此誰夭壽。厄窮妄自憐，一醉輒曰富。客至亦茫然，邀我沽斗酒。文淵閣四庫全書本《欒城第三集》卷三。

二八　墨竹賦

與可以墨為竹，視之良竹也。客見而驚焉，曰："今夫受命於天，賦形於地。涵濡雨露，振蕩風氣。春而萌芽，夏而解弛。散柯布葉，逮冬而遂。性剛潔而疏直，姿嬋娟以閑媚。涉寒暑之徂變，傲冰雪之凌厲。均一氣於草木，嗟壤同而性異。信物生之自然，雖造化其能使？今子研青松之煤，運脫兔之毫。睥睨牆堵，振灑繒綃。須臾而成，鬱乎蕭騷。曲直橫斜，穠纖庳高。竊造物之潛思，賦生意於崇朝。子豈誠有道者耶？"

與可聽然而笑曰："夫予之所好者道也，放乎竹矣。始予隱乎崇山之陽，廬乎修竹之林。視聽漠然，無概乎予心。朝與竹乎為游，莫與竹乎為朋。飲食乎竹間，偃息乎竹陰。觀竹之變也多矣。若夫風止雨霽，山空日出。猗猗其長，森乎滿谷。葉如翠羽，筠如蒼玉。澹乎自持，凄兮欲滴。蟬鳴鳥噪，人響寂歷。忽依風而長嘯，眇掩冉以終日。笋含籜而將墜，根得土而橫逸。絶澗谷而蔓延，散子孫乎千億。至若叢薄之餘，斤斧所施。山石犖埆，荆棘生之。蹇將抽而莫達，紛既折而猶持。氣雖傷而益壯，身已病而增奇。凄風號怒乎隙穴，飛雪凝冱乎陂池。悲衆木之無賴，雖百圍而莫支。猶復蒼然於既寒之後，凛乎無可憐之姿。追松柏以自偶，竊仁人之所爲。此則竹之所以爲竹也。始也余見而悦之，今也悦之而不自知也。忽乎忘筆之在手，與紙之在前。勃然而興，而修竹森然。雖天造之無朕，亦何以異於兹焉？"

客曰："蓋予聞之：庖丁，解牛者也，而養生者取之；輪扁，斲輪者也，而讀書者與之。萬物一理也，其所從爲之者異爾。况夫夫子之託於斯竹也，而予以爲有道者，則非耶？"

與可曰："唯唯。"明清夢軒本《欒城集》卷一七。

二九　私試進士策問二十八首（節録）

問：古之言治者必曰禮樂，禮樂之於人，譬如飲食，未有一日而不相從者。故士之閒居無故，不去琴瑟，行則有佩玉之音，登車則有和鸞之節。身蹈於禮而耳屬於樂，如此而後邪辟不至。蓋自秦漢以來，士大夫不師古始。然其朝廷鄉黨之間，起居飲食之際，亦未嘗無禮，而樂獨盡廢，士有終年未嘗聞樂而不知其非者。於是有以疑樂之可去，而以古人爲非矣。不然，請言樂之不立，而士之所以不如古者安在？

問：秦滅經籍，漢興，《易》《詩》《書》《禮》《春秋》復存，而《樂》遂喪。然自孔子弟子散亡，天下學者争立異説，各尊所聞以相攻，而聖人之道日以湮没。頃者，朝廷患之，掃除傳疏而著以新説，天下庶幾由此以識聖人之遺意。然《易》《詩》《書》《禮》皆立學官，《春秋》雖不用，而其書亦不廢。惟大《樂》淪棄，漫滅無文，無所考信。嗚呼，士生於今，去聖久遠，師法不傳，幸明天子慨然深愍遺墜而興之，而六經不備，豈不闕甚矣哉？意者求之他書，推其端而究其末，引而伸之，猶可得而觀也。請誦其所取焉。明清夢軒本《欒城集》卷二○。

三○　祭文與可學士文

維元豐二年歲次己未二月庚子朔，具官蘇轍謹以清酌庶羞之奠，致祭於故吴興太守與可學士親家翁之靈。

嗚呼！與君結交，自我先人。舊好不忘，繼以新姻。鄉黨之歡，親友之恩。豈無他人，君則兼之。君牧吴興，我官南京。從君季子，長女實行。君次於陳，往見姑嫜。使者未反，而君淪亡。於何不淑，以至於斯。匪人所知，神實爲之。

昔我愛君，忠信篤實。廉而不劌，柔而不屈。發爲文章，實似其德。風雅之深，追配古人。翰墨之工，世無擬倫。人得其一，足以自珍。縱橫放肆，久而疑神。晚歲好道，耽悅至理。洗濯塵翳，湛然不起。病革不亂，遺書滿紙。嗟乎今日，見此而已。

我欲哭君，神往身留。遣使往奠，涕泗橫流。絳幡素車，歸安故丘。嗚呼哀哉！尚饗。明清夢軒本《欒城集》卷二六。

三一　汝州龍興寺修吳畫殿記

予先君宫師平生好畫，家居甚貧，而購畫常若不及。予兄子瞻少而知畫，不學而得用筆之理。轍少聞其餘，雖不能深造之，亦庶幾焉。凡今世自隋晉以上，畫之存者無一二矣。自唐以來，乃時有見者。世之誌於畫者，不以此爲師，則非畫也。

予昔遊成都，唐人遺跡徧於老佛之居。先蜀之老有能評之者，曰："畫格有四，曰：能、妙、神、逸。蓋能不及妙，妙不及神，神不及逸。"稱神者二人，曰范瓊、趙公祐；而稱逸者一人，孫遇而已。范、趙之工，方圓不以規矩〔一〕，雄傑偉麗，見者皆知愛之。而孫氏縱橫放肆，出於法度之外，循法者不逮其精，有從心不逾矩之妙。於眉之福海精舍爲行道天王，其記曰："集湄州高座寺張僧繇。"予每觀之，輒歎曰："古之畫者必至於此，然後爲極歟！"其後東遊至岐下，始見吳道子畫，乃驚曰："信矣，畫必以此爲極也！"蓋道子之跡，比范、趙爲奇，而比孫遇爲正，其稱畫聖，抑以此耶？

紹聖元年四月，予以罪謫守汝陽，間與逭守李君純繹游龍興寺，觀華嚴小殿，其東西夾皆道子所畫。東爲維摩、文殊，西爲佛成道，比岐下所見，筆跡尤放。然屋瓦弊漏，塗棧闕弛，幾侵於風雨。蓋事之精不可傳者，常存乎其人。人亡而跡存，達者猶有以知之。故道子得之隋晉之餘，而范、趙得之道子之後。使其跡亡，雖有達者，尚誰發之？

時有僧惠真方葺寺大殿，乃喻使先治此，予與李君亦少助焉。不踰月，堅完如新。於殿埃之中得記曰〔二〕："治平丙午蘇氏惟政所葺。"眾異之，曰："前後葺此皆蘇氏，豈偶然也哉？"惠真治石請記。五月二十五日。明清夢軒本《欒城後集》卷二一。

〔一〕圓：原作"園"，據宋刻《蘇文定公文集》改。
〔二〕埃：原作"危"，據同上改。

三二　跋馬知節詩草

馬公子元，臨事敢爲，立朝敢言，以將家子，得讀書之助，作詩蓋其餘事耳。早知成都，以抑強扶弱，爲蜀人所喜。然酷嗜圖畫，能第其高下。成都多古畫壁，每至其下，或終日不轉足。

蜀中有高士孫知微，以畫得名，然實非畫師也。公欲見之而不可得。知微與壽寧院僧相善，嘗於其閣上畫惠遠送陸道士、藥山見李習之一壁。僧密以告公，公徑往從之。知微不得已，擲筆而下，不復終畫。公不一爲忤，禮之益厚。知微亦愧其意，作《蜀江出山圖》，俟其罷去，追至劍門贈之。蓋公之喜士如此。

　　陽翟李君方叔，公之外玄孫也，以此詩相示。因記所聞於後。

　　辛巳季春丙寅，眉山蘇轍子由題。明清夢軒本《欒城遺言》。

三三　跋懷素帖

　　世傳懷素書未有若此完者。紹聖三年三月，予謫居高安，前新昌宰邵君出以相示。予雖知其奇，然不能盡識其妙。余兄和仲特善行草，時亦謫惠州，恨不令一見也。

　　眉山蘇轍同叔記。文淵閣四庫全書本《鐵網珊瑚》卷一。

徐康直藝話（一則）

徐康直（生卒年不詳）字平甫，常州無錫（今江蘇無錫）人。約當神、哲、徽宗之世，曾任杭州於潛縣令。

《樂毅論》石刻跋

《樂毅論》石刻有二本：其一，元豐初吳人得其石於太湖水中，石闕過半，背、面皆有刻。面十三行，背六行。後題"永和四年十一月二十四日書賜官奴"。其上書"异、僧權"，即梁人朱异、徐僧權也。又有草書兩行云："知足下行至吳，念遠離不可居，叔當西爾。"今《十七帖》中亦有此一帖，然"不可居"三字亦已闕不全。後有小字一行云"大和六年中勒畢"。大和，唐文宗年號，疑若唐玄度兄弟所摹，蓋其字勢甚類玄度書故也。

其一，即周越《法書苑》所記高紳學士得其石於秣陵井中者是也。凡二十九行，石闕一角。後兩行只有最下一字，至"海"字止。紳之子安世死於吳，其家以石質錢，因沒入州民錢氏。石已破爲數片，以鐵束之。當官者每令摹拓，錢氏厭之，紿言比失火焚毀矣。

熙寧中，吳大饑疫，吾姻家趙子立以黃金貿得之。子立每欲摹本，必躬濡紙傅石，以綿帛漬墨拓之。自此雖權勢皆不可得，嚮之傳於人者益寶之矣。

或以爲舊傳《樂毅論》乃右軍親書於石，其後石入昭陵。朱梁時溫韜得之，復傳人間，即高氏本是也。又按，張彥遠《法書要錄》記智永云："《樂毅論》者，正書第一。梁世摹出，天下珍之。蕭阮之徒，莫不臨學。"又褚遂良記：'貞觀十二年，內出《樂毅論》，是王右軍真跡。令直弘文館馮承素模寫，賜長孫無忌等六人。於是在外乃有六本，並稱精妙，備盡楷則。"又《書譜》云："太平公主愛《樂毅論》，則天與之，以織成錦袋盛之。主敗籍沒。咸陽嫗竊舉袖中，吏覺，嫗投之竈中，不可復得。"而考此數者之說，未審孰是。而子立所得高氏本，字勢奇絕，非右軍親書於石，亦模真跡而刻之者。然石已破裂，而字跡稍存，得者宜寶藏之。<u>叢書集成本《寶刻叢編》卷一四。</u>

吕升卿艺话（一则）

　　吕升卿（生卒年不详）字明甫，泉州晋江（今福建泉州）人，惠卿弟。熙宁三年登进士第。六年三月，以王安石荐，自常州团练推官召为馆阁校理。四月，权发遣京东路常平等事。十一月，权发遣京东路转运判官。十二月，徙淮南东路军器监。七年，为馆阁校勘、崇政殿说书兼同修撰经义，直集贤院。八年十月，权发遣江南西路转运副使。十二月落职，降授太常寺太祝、监无为军酒税。元丰三年，复馆阁校勘，权判登闻鼓院。六年，为太常寺丞。元祐元年以吏部员外郎通判海州。绍圣四年，自京东路转运副使徙河北路。元符元年，改河东提刑。二年，知江宁府。

跋沈翰林帖

　　观沈翰林书，恍然如其生存也。反覆阅之，使人怆然不自胜耳。熙宁甲寅中夏端午前一日，逍遥堂题。温陵吕升卿明甫。文渊阁四库全书本《石渠宝笈》卷一〇。

陳雄藝話（一則）

陳雄（生卒年不詳）字武仲，鳳翔府盩厔（今陝西周至）人。元豐初爲進士，後知扶風縣。

刻蘇軾詩題後

"癸卯九月十六日，挈家來遊。眉山蘇軾題。'遠望若可愛，朱欄碧瓦溝。聊爲一駐足，且慰百迴頭。水落見山石，塵高昏市樓。臨風莫長嘯，遺響浩難收。'"

天和寺在扶風縣之南山，東坡蘇公留詩於廳壁，迄今二十年矣。予承乏斯邑，因暇日與絳臺田願子立、洛陽趙卬勝翁同觀，愛其真墨之妙，慮久而浸滅，乃召方渠閻圭公儀就模於石。時元豐癸亥六月二十三日，終南陳雄武仲題。_{嘉慶四年刻本《扶風縣志》卷二。}

吳立禮藝話（一則）

吳立禮（？～一○九二），興國永興（今湖南永興）人，中復子。歷光祿寺丞、著作佐郎，累官左朝奉大夫、提點兩浙刑獄。元祐六年十月除殿中侍御史，有父風節。七年使遼，卒於道。

范文正公《道服贊》跋

獲觀文正公之詞翰，淳重清勁，如其爲人。每展卷諷誦，未嘗不想見風采。何名德之重，使人愛慕如此其深也！富川吳立禮題〔一〕。文淵閣四庫全書本《鐵網珊瑚》卷二。

〔一〕此題郡望富川，不知是否即永興吳立禮，姑作吳立禮文，俟考。

范祖禹藝話（一則）

范祖禹（一〇四一～一〇九八）字淳甫，一字夢得，成都華陽（今四川成都）人。范鎮從孫，百祿侄。幼孤，爲從叔祖范鎮撫育成人。嘉祐八年登進士甲科，知資州龍水縣。熙寧三年，司馬光辟同修《資治通鑑》，隨司馬光編撰《通鑑》十五年，實掌唐三百年叢目及長編之編纂。元豐七年，《通鑑》成，遷秘書省正字。哲宗即位，擢右正言，以岳父呂公著爲執政辭，改著作佐郎、修神宗實錄檢討官，遷著作郎兼侍講。元祐四年，拜右諫議大夫，依前兼侍講，充實錄院修撰，遷給事中，兼國史院修撰，爲禮部侍郎。七年，爲翰林學士，改翰林侍講學士。八年，又爲翰林學士兼侍講，知制誥，兼知國史院事。紹聖初，哲宗親政，復行新法，祖禹以元祐舊黨出知陝州。言者論其修實錄詆誣，貶武安軍節度副使、昭州別駕，安置永州，徙賀州，再徙賓州、化州。元符元年卒，年五十八。祖禹久在經筵、史館，正言進諫，獻納尤多，蘇軾嘗稱爲講官第一，謂其"清德絕識，高文博學，非獨今世所無，古人亦罕有能兼者"（《與范元長》）。現存文集以制誥、章疏爲多，能洞見事機，計慮周詳，而又言辭剴切，簡捷明晰。與修《神宗實錄》，著有《唐鑑》《帝學》《古文孝經說》等多種，《唐鑑》尤爲著名，時稱"唐鑑公"。又有《范太史集》五十五卷。

樂通神明　御試

世治興和樂，陽來符正聲。純能格天地，幽可逮神明。協氣流無外，靈心識太平。九歌人鬼享，八變地祇迎。翕縱多祥集，欣歡萬祉生。須知勳德大，聖作掩英莖。文淵閣四庫全書本《范太史集》卷一。

劉涇藝話（二則）

劉涇（一〇四一？～一〇九八？）字巨濟，一字濟震，號前溪，簡州陽安（今四川簡陽）人，孝孫子。熙寧六年進士及第。七年，王安石舉薦其才，召見，除經義所檢討。元祐初，爲太學博士，知咸陽縣，爲常州教授，歷通判莫州、成都府。除國子監丞，出知處、虢、真、坊四州。元符末上書，除職方郎中。卒，年五十八。劉涇善書畫，與米芾爲書畫友，作林石槎竹，筆墨狂逸，體制拔俗。爲文章務用奇語，有文名於時。嘗作《夏初臨·夏景》詞，閒適恬澹，從容和雅，與其文不類。著有《前溪集》五卷，今已佚。

一　和米元章龍真行 祕府右軍書一卷，有龍形真字印，故作

秦火蕩焚天地赤，孔堂壞後無餘壁。不知科斗六書文，化作龍蛇二王跡。集賢他日作仙久，官姓篆章存歷歷。自憐黃眼未親逢，一段因依徒奪魄。元章揮灑早驚動，祕篋墨皇曾敬識。孤標未要後生知，劣許下官論莫逆。好奇舉世不多得，神物尤來終變易。神鋒雙合會有時，真墨一飛無處覓。頗聞祕篋作訛語，別有擾龍招異客。不如乾沒歸去來，勝在箇家遭水厄。文淵閣四庫全書本《宋詩紀事》卷二十五。

二　元章好古過人，書畫驚世，起余作歌

天下愛奇人没量，奇不諛人奇解相。奇人奇物方合璧，乞與世閒人物樣。六朝唐盛始兼得，訪古知名已蕭爽。人亡物喪付衰夢，注想後來逢好尚。元章心自鑒秋月，一路仍行九霄上。家時菜色無斗粟，書畫奇奇世人望。譬如大海沈百寶，爾輩乘風得之浪。二王褚陸已天作，老顧如來更天匠。其餘緹襲凡幾重，但見光明爛垂象。珍犀瑞錦扶蘭茝，龍躍鸑鷟訶魍魎。金仙詎敢觸以手，雪子玉人聊置掌。余家僻素最沈著，退舍還師覺難傍。世人往往力能幹，未免目蝦終惚恍。緘機偽謬各臣妾，未覩堂堂筆中王。袖閒澀縮氣如線，淨几明窗譁瞻仰。從來所有萬錢價，不即臭帑當火葬。傾心妙絕豈求勝，妄意臨摹須殺謗。端居自號書一品，好事如封繪三藏。諸郎青出即護持，未肯充飢謬爲駔。余衰二物擬高閣，子可專之世無兩。書來詩往但悠悠，塵土欺人正惆悵。《宋詩紀事》卷二十五。

鄭俠藝話（一則）

鄭俠（一〇四一～一一一九）字介夫，號大慶居士，又號一拂居士、西塘先生，福州福清（今福建福清）人。治平四年進士高第。熙寧初，任光州司法參軍。五年，秩滿入京，監安上門。數上書王安石言新法之弊。七年，奏上流民圖，王安石罷相，出知江寧。及呂惠卿執政，又上疏劾之，復繪《正直君子邪曲小人事業圖跡》，惠卿奏其謗訕朝政，編管英州十二年。哲宗即位，始得歸，蘇軾、孫覺薦爲泉州教授、錄事參軍。元符間再竄英州。徽宗立，赦還，詔復故官，又爲蔡京所奪，罷歸田里。宣和元年卒，年七十九。紹熙時，追贈朝奉郎。蓋俠賦性勁直，百折不回，嘗自稱"上不諛公卿，下不原鄉黨，水火可蹈，而議論不可回"（《大慶居士序》）。清王士禎謂其文章綽有"浩然之氣，至大至剛"，詩文"大抵以石守道，而無其怒張叫呶之習，有德之言、仁者之勇，彷彿見之。古體詩如《古交行》《呈子京》等篇，在樂天、東野之間"，近體詩《和荊公何處難忘酒》一章，"令奸邪九原之下猶當慚汗"（《居易錄》卷一二）。吳之振亦謂其"古詩疏樸老直，有次山、東野之風"（《宋詩抄·西塘詩抄序》）。著有《西塘先生文集》二十卷，南宋隆興時其孫鄭嘉正所輯，後有散佚，至明萬曆時再刻，併爲十卷。

題孫子和殿直宅夫子像

瞽者無與乎黼繡之觀，聾者無與乎鼖鼓之聽，此或天之所廢。形骸之病，有不遠千里，以求療治者矣。若夫子之道，日月之麗也；六經之教，雷霆之震也。世或不與聞知，此則知識之盲聾，古今之大病，而不知療治，則愚之甚也。

孫侯以武進用，而志尊夫子之道，心喜六經之言。五子皆教以詩書，所至必爲擇師友，慎其所與。處繪夫子貌，朝夕瞻仰，知所當尊先者：此其智識之聰明遠矣。然其所爲，好賢樂善，治家有法；識人艱苦，時有所濟。

予以此觀之，益信其知所宗嚮，而意其後之必大也。明萬曆三十七年葉向高等刻《西塘先生文集》卷二。

舒亶藝話（一則）

舒亶（一〇四一～一一〇三）字通道，號懶堂，明州慈谿（今浙江慈谿）人。治平二年進士，試禮部第一，調臨海縣尉。熙寧中，爲審官院主簿，使熙河括田有功，遷奉禮郎。八年，召爲權監察御史裏行，加集賢校理。元豐二年，與李定論奏蘇軾作歌詩譏切時事，並上其詩三卷，釀成"烏台詩案"。三年，擢同修起居注，改知諫院。四年，權侍御史知雜事，爲知制誥，兼判國子監。五年，拜給事中，權直學士院，爲御史中丞。六年，以奏事詐僞，追兩秩，勒停。廢斥十餘年，紹聖元年，始複通直郎，管勾洞霄宮。崇寧初，起知南康軍，改知荊南府，進龍圖閣待制。二年卒，年六十三，贈直學士。舒亶善屬文，尤工詩詞，以其人品卑下，故多不傳。現存詩歌多爲近體，以寫景詠物見長。擅長作詞，詞風與秦觀相近，王灼《碧雞漫志》説他"思致妍密，要是波瀾小"。著有文集一百卷，久已佚。民國時張壽鏞輯有《舒懶堂詩文存》三卷、補遺一卷，收入《四明叢書》。劉毓盤有《輯校舒學士詞》一卷。

舜琴歌《南風》賦　帝舜作琴，以歌南風

帝意雖遠，琴音可通，欲發揚於孝道，遂歌詠於《南風》。寓意五弦，寫生成之至德；託言萬物，荷長養之元功。粤其耕稼陶漁至爲君，聰明睿智積諸己。日深致孝之念，躬盡事親之理。以謂鞠養之德，欲言之不足；生育之愛，欲報之何以！緣情指物，孰形孝子之思？流詠在琴，具載《南風》之旨。時其比屋熙乂，巖廊靚深，包我萬慮，寫於一琴。協天地以同趣，按絲桐而播音。作以叙情，適在無爲之日；薰兮入奏，永言至孝之心。蓋曰風之於物也，有化養之恩覃；親之於己也，有劬勞之德博。眷物理之明甚，假琴聲而遠託。一彈而歡意具寫，再鼓而群心咸若。按弦而奏，聲參韶樂之淳；寓象而言，義並《凱風》之作。議夫琴，求以意，而不求乎形器。帝樂在孝，而非樂於弦歌。感民之義，豈並於《北里》；思親之志，固深於《蓼莪》。藏韻於心，非止解一時之慍；寄聲於政，又將陶萬國之和。自是正音暢而化洽幽遐，協氣流而時消沴癘。閨門聽之，則翕爾和順；朝廷聞之，則歡然感厲。風被乃俗，功歸於帝。又得夔工之奏，同樂於民；不煩鄒律之吹，阜財於世。兹蓋淵默玩意，優遊面南。歌孝風

之遠曁，託琴理以中含。

　　惜乎道與世汨，樂非德參。操變而亡，徒起後人之歎；音調而理，空聞前史之談。夫豈知昔者導樂理之淳淳，達孝思之進進？內將報德之罔極，外以格民之大順。然則歌琴之意至矣哉，莫如虞舜！《四明叢書》本《舒嬾堂詩文存》補遺。

孔武仲藝話（九則）

孔武仲（一〇四二～一〇九八）字常父，臨江新淦（今江西新淦）人，文仲弟、平仲兄。幼力學，嘉祐八年中進士甲科，調穀城主簿，選爲齊州教授、國子直講。元祐初，歷秘書省正字、集賢校理、著作郎、國子司業。嘗論科舉之弊，排詆王安石經義，請復詩賦取士。進起居郎兼侍講，除起居舍人，拜中書舍人、直學士院。擢給事中，遷禮部侍郎，出知洪州，徙宣州。紹聖四年，坐元祐黨奪職，管勾洪州玉隆觀，池州居住。元符元年卒，年五十七。元符末，追復原官。武仲與其兄、弟著稱於時，號"清江三孔"，黃庭堅有"二蘇聯璧，三孔分鼎"（周必大《清江三孔集原序》引）之譽。爲文宗"歐蘇"古文，尤長於論説。詩歌兼備古體、近體，格律嚴整，文辭平易。著有《詩説》《書説》《論語説》《金華講義》《内外制》，自編有文集《丙寅赴闕詩稿》《南齋集稿》《渡江集》，均佚。南宋慶元時所編《清江三孔集》四十卷，含孔武仲《宗伯集》十七卷。

一 二賢

羲之之墨池，淵明之醉石。人生嗜好亦天然，豈顧書淫與酒癖。一時聲價動宇宙，千古林泉記蹤跡。書固吾不能，酒亦久不喫。支節葱翠畔，鑑影泓澄側。蕭然欣會間，頗類師也辟。所慕不靳能，舍此山南宅。文淵閣四庫全書本《清江三孔集》卷四。

二 子瞻畫枯木

寒雲行空亂春華，西風凛凛空吹沙。夫子抱膝若喪魄，誰知巧思中萌芽。敗毫淡墨任揮染，蒼莽菌蠢移龍蛇。畧增點綴已成就，止見枯木成槎枒。更無丹青相掩翳，惟有口鼻隨穿呀。往年江湖飽觀畫，或在山隈溪水涯。腹中空洞夜藏魅，巔頂突兀春無花。徑深最宜繫畫舸，日落時復停歸鴉。蘇公早與俗子偶，避世欲種東陵瓜。窺觀盡得物外趣，移向紙上無毫差。醉中遺落不秘惜，往往流傳藏人家。趙昌丹青最細膩，直與春色爭豪華。公今好尚何太癖，曾載木車出岷巴。輕肥欲與世爲戒，未許木葉勝枯槎。萬物流形若泫露，百歲俄驚眼如車。樹酒如此不長久，人以何者堪矜誇。悠悠坐見死生境，但隨天機無損加。却笑金城對宮柳，泫然流涕空咨嗟。《清江三孔集》卷五。

三　觀鍾離中散草書帖

兒童不識草書法，但見滿紙鰌蛇結。安知筆法追古初，睨視衆體稱雄傑。事忙往往無暇寫，属思幽牕乃奇絶。鍾離昂昂散人後，寄跡一官今白首。潛心妙趣百事忘，興來書空不停手。當年飄泊重湖外，翰墨已有時流愛。風波頓挫格逾遒，羽翩翩翩入吾。輩一時已聞紙價高，千古定有書名在。何當灑塙竹洞邊，雲醅滿酌黃金舩。萬事崢嶸置毫末，三盃縱逸如張顛。相知本不誇勢力，休論脫帽王公前。《清江三孔集》卷六。

四　黃州夜泊聽水聲，因爲絶句，以廣歐陽公詩話

泠然非徵亦非商，夜久清音入夢長。人道官蛙成鼓吹，我知風水是霓裳。《清江三孔集》卷八。

五　次韻和鄧慎思謝劉明復畫道林秋景（二首選一）

以詩博畫雖不費，要秋得冬如未完。恍疑霙雪滿天地，慘若暮氣迷峯巒。夜堂高張醉魂醒，暑館偶窺吟魄寒。筆端直與造化會，莫作人間毫素看。《清江三孔集》卷八。

六　東坡居士畫怪石賦

東坡居士壯長多難，而處乎江湖之濱。或夕休於巖，或朝餔於野。或釣於水之濱，或耕於山之下。頎然八尺，皆知其爲異人。觀於萬物，無所不適，而尤得意於怪石之嶙峋。或凌煙而孤起，或絶渚而羅陳。端莊醜怪，不可以悉狀也。蒼蒼黮黮，磈磈礧礧，森森以鱗鱗。彼造物者何簡也！此賦形者何多也！蓋含之爲一氣，散之爲萬物，非尺度所裁量，斧鑿所增損。乃知夫黜聰明，捐智巧，則其動作固將有凝於神也。乃濡禿毫，闡幽思，以心虛爲無象，以感觸爲太始。混沌黔婁，左右爲之相；浮立洪崖，唯諾爲之使。移瞬息於千年，托方寸於萬里。其醉墨淋漓，藏於人家，散於塔廟者，蓋有年矣。

一日止前驂〔一〕，款荊關，解金龜，置紫綬，而蒼顏瘦骨，傑焉如長松之臨歲寒。舉酒而屢釂，仰屋而獨言曰："吾之胸中若有嵬峨突兀，欲出而未肆。又若嵩高太華，乍隱乍顯。"在乎窗户之下，几案之前，乘興命童奴展紙萬幅，澆歙溪之石，磨隃麋之丸，睥睨八荒，運移雲煙。不知太山之覆於左，麋鹿之興於前。亦不知我之在此，而人之旁觀。一揮而皴蒼菌蠢之體具，再撫而幽深杳遠之意足。如在武昌之麓，二別之

間。是時朔風號怒，寒氣充斥。日臨西雲，倒射東壁。居士既得其象，又感其聲。寫修纖與森蔚，橫斜出乎崢嶸。悄乎如鳥雀之將下，泠然若幽泉之可聽。乃有霜顋鐵面百歲之翁，瞪若有覩，卷之懷中。居士無吝色，無矜容。淡若亡也，豈以爲彼取之有限，我應之不窮！

嘗聞之曰："文者，無形之畫；畫者，有形之文。二者異跡而同趨，以其皆能傳生寫似，爲世之所貴珍。"居士之文，俟偉閎博。紆餘姣好矣，而又欲窮丹青之妙。憂以此娛情，歡以此寓笑。蓋將以賈誼、陸贄之辭，凱之、摩詰之筆，兼之乎一身。故其動之爲風，散之爲雲，斂之爲秋，舒之爲春，是何其視聽食息與我略均，而多才與藝如此？此余之所以心醉乎斯人也。豫章叢書本《宗伯集》卷一。

〔一〕止：原作"至"，據文淵閣四庫全書本改。

七　黃師是家所藏書跋尾〔一〕

周越書

越書，近世不甚貴重。然於眾人中，猶矻矻有立，庸可輕哉？

蘇子美書

崇文北軒有子美書數行在壁。又見所傳詩軸。遺墨如新，而斯人之沒久矣。爲之慨歎。

蔡君謨書

君謨書，人多有之。而簡尺尤佳，蓋初不用意，神完力餘，故可喜也。

李建中書

近世學書者浸少，如西臺筆法，尤不易得。聞其爲人，清直之士也。

錢忠懿王書

宋興七世，而國初僭僞之王，家無聞者。獨忠懿之子孫世顯於朝廷，此其仁民忠國之效。觀其遺書，又知中朝待之有禮如此。《宗伯集》卷一五。

〔一〕家：原作"象"，據文淵閣四庫全書本改。

八　說琴贈元志

古者，自天子至於士，其講習禮樂，無不在其間，自少壯至於白首，琴未嘗去側。

蓋天地之聲，藏於寂默，而不可以言諭。有智者作焉，析桐比絲，諧協律呂，以擬陰陽之妙用，使聽之者喜怒哀樂皆有以自復於中和，日引月長，卒成其德。此先王之化，所以幾於神，而成不言之妙也。

自雅頌廢，而鄭衛夷胡之樂並作於中國，聽音者溺亂於新奇。古樂既斥而不用，所謂琴者，獨處士逸人取爲嬉好，故其寓意多在於山高水深、風月寂寥之間。古之爲琴者未必然也。

越僧元志，居真州之資福院，少學琴於其師義海，盡得其法。余暇日造焉，爲余鼓《越溪》《履霜》二操，坐者相與肅然歛容而聽之。余評之曰：此非三代之中聲也。夫中聲者，使人趨之而忘勞，故其道可以久。元志之琴，方務爲淒切苦淡，聽者如在於深山長谷之中，寂然不與世接，其能久而不厭哉？

然余猶喜其趣尚高遠，出於塵垢之外也。夫君子之學惡其多，暇日而欲其無倦怠也，故有投壺博弈之屬以休其心，不使墮於非僻之中。今元志之琴，雖未能全乎先王之樂，比諸投壺博弈，不有間乎！余於是欲學之，而求其可以日相與處而數往來者，惟元志也。

乃爲說以贈之。《宗伯集》卷一五。

九　回氏畫說

江州景德寺之畫壁，有二石相倚，出乎叢莽之間，其上則枯木槎枒，老竹森蔚，而山鵲立其杪，竦背俯頸，若將飛去者。大抵爲窮冬苦寒，天高霜烈，物性凝定，無葩華動盪之意。

客語余曰："此回氏之畫也。昔有回暗者，貌寢而明目，常卧於寺之廡下，喜飲酒，而不能言，有所欲，必以書自達。俄告人曰：'爲汝畫此壁，可乎？'則許諾。初若不經意，卷紙濡墨，立語間，而畫已就。自此不復見矣。或曰：所謂回者，呂也，呂洞賓嘗以劍術遊乎人間，名聲甚顯，後乃自匿所至，稱回氏。爲此畫者，即洞賓也。於是設檻於外以環之，至今二十年矣。"

余以謂呂氏，有道者也。夫有道者，神完於內，其於外也，如谷之續聲，鑑之接影。故能隨萬物之形而與之上下，至於虺蛇羊豕無所不入。彼豈習爲虺蛇羊豕哉？其所應者然也。夫四肢百骸，猶能值物以爲醜好，況欲爲一木一石之形乎？其俊偉奇健，誠未足怪。而世之學者，方且殫翰墨之勤，窮歲月之力，至於疲思竭巧，失之彌遠而不知。夫不學而能者，其本未有異乎此也。

余欲摹取之，而恐益爲畫之累也。因記其大都而爲之說，以自覽焉。《宗伯集》卷一五。

陸佃藝話（一則）

陸佃（一〇四二～一一〇二）字農師，號陶山，越州山陰（今浙江紹興）人。少時至金陵從學於王安石。熙寧三年，擢進士甲科，授蔡州推官。選爲鄆州教授，召補國子監直講，加集賢校理、崇政殿說書，同修起居注。元豐間，擢中書舍人、給事中。哲宗即位，遷吏部侍郎，修《神宗實錄》，徙禮部，進權禮部尚書。出知潁州，徙鄧州、江寧府。甫至江寧，拜祭王安石墓。紹聖初，坐修《神宗實錄》不實，落職，知泰州，改海、蔡二州。徽宗即位，召爲禮部侍郎，修《哲宗實錄》，遷吏部尚書。建中靖國元年，拜尚書右丞、遷左丞。崇寧元年，以名在元祐黨籍，罷知亳州，數月卒，年六十一，贈太師、楚國公。陸佃工詩文，元方回稱其詩風格與胡宿相似，《四庫全書總目》卷一五四謂其詩以七言近體見長。現存詩僅有古體詩數首，其餘均爲五、七言近體，次韻和答之作尤多，也時有佳篇。陸佃還精通禮象、名數、小學，著有《埤雅》《爾雅新義》《鶡冠子》《春秋後傳》《禮象》，現存《埤雅》《爾雅新義》《鶡冠子》。又著有《陶山集》三十卷，原本久佚，清四庫館臣自《永樂大典》中輯出詩文，編爲《陶山集》十四卷。

書《王荆公遊鍾山圖》後

荆公退居金陵，多騎驢遊鍾山。每令一人提經，一僕抱《字說》前導，一人負木虎子隨之。

元祐四年六月六日，伯時見訪，坐小室，乘興爲予圖之。其立松下者，進士楊驥、僧法秀也。後此一夕，夢侍荆公如平生。予書"法雲在天，寶月便水"二句。"便"，初作"流"字，荆公笑曰："不若'便'字之爲愈也。"既覺，悵然自失。

念昔橫經座隅，語至言極，追今閱二紀，無以異於昨夕之夢。人之生世何如也。伯時能爲我圖之乎？吳郡陸某農師題。文淵閣四庫全書本《陶山集》卷一一。

釋道潛藝話（八則）

道潛（一〇四三~?），號參寥子，俗姓何，杭州於潛（今浙江杭州臨安）人。幼試《法華經》得度爲僧，能文章，尤喜爲詩，與蘇軾、秦觀爲方外友。蘇軾謫居齊安，道潛不遠千里相訪，留住期年。紹聖間，蘇軾貶南海，道潛亦因詩獲譴，責令還俗。建中靖國初，曾肇在翰苑，辨解其非辜，詔復爲僧，賜號妙總大師。崇寧末年，歸老於潛山。道潛爲著名詩僧，尤長於絕句，蘇軾《與文與可》甚稱重之，謂"其詩句清絕，可與林逋相上下，而通曉大義，見之令人肅然"。其近體詩大多清麗真率，深有唐人韻致。著有《參寥集》十二卷行世。

一 觀恭師詩書，以二絕勉之（選一）

論書當亦似論兵，軍律非嚴事不成。行伍會須同比櫛，出奇方可語縱橫。文淵閣四庫全書本《參寥子詩集》卷七。

二 聽盛道人琴

陰雲收雨閣層簷，寂寂西風不動簾。燒盡夜堂紅蠟炬，高山流水聽無厭。
有客浮遊不定家，玉琴三尺當生涯。從來正始無人會，棹首高歌烏帽斜。《參寥子詩集》卷九。

三 觀宗室趙明發使君所畫訪戴圖並二小詩，因次其韻

水石追摩詰，風騷類小山。每來窺二妙，戀戀欲忘還。
巉絕千峰玉，清妍五字詩。胸中盤爽氣，彷彿幾人知。《參寥子詩集》卷十。

四 觀明發畫《李賀高軒過圖》

唐年茂宗枝，時平多俊良。長吉尤震曜，春林擢孤芳。退之於孔門，屹屹真棟梁。

筆力障百川，風瀾息其狂。破衣繫麻鞵，右顧生輝光。一朝與浞輩，命駕驚煌煌。賀初爲兒童，隨父事迎將。須臾命賦詩，英氣加激昂。長安衆詞客，聲問爭推揚。風流垂異代，尚想古錦囊。君今亦宗英，韻勝斯人方。少年肯事事，苦學志獨強。風騷擬屈宋，妙處相頡頏。丹青出戲弄，配古猶擅場。形容示往事，彷彿如在旁。一徑入幽遠，古垣繚林莊。平橋跨渌水，叢薄含葱蒼。晴窓爲披拂，佳興杳難忘。《參寥子詩集》卷十。

五 觀宗室曹夫人畫

野水平林渺不窮，雪翻鷗鷺點晴空。洞房豈識江湖趣，意象冥将造化同。

華屋生知世胄榮，誰教天付與多能。西風白草牛羊晚，隱見横岡一兩層。

臨平山下藕花洲，旁引官河一帶流。雨棹風帆有無處，筆端須與細冥搜。嘗許作《臨平藕花圖》。 《參寥子詩集》卷十。

六 同趙伯充防禦觀東坡所畫枯木

經綸志業終不試，晚歲收功翰墨林。偶向僧坊委陳跡，每經風雨聽龍吟。

蕭然素壁倚枯枝，行路驚嗟况所思。惆悵騎鯨，却来人世恐無期。《參寥子詩集》卷十一。

七 次韻王潛翁題王孝孫所藏《摩詰聽松圖》

輞川奇處固難評，眼裏瞳人要自明。落落信爲霜後操，蕭蕭那慮世間聲。忘言我已輸三士，妙曲渠寧羨九成。此去黄塵沙漠底，時時開匣覩餘清。時孝孫有塞上之行。《參寥子詩集》卷十一。

八 聽天竺慧照師琴

太古淳音久已虧，多君妙指善醫治。高山流水意雖在，白雪陽春和者誰。不放驚飇侵澗户，只容明月侍簾帷。滿堂賓客俱傾耳，共失芙蓉漏轉時。《參寥子詩集》卷十二。

張商英藝話（一則）

張商英（一〇四三~一一二一）字天覺，號無盡居士，蜀州新津（今四川新津）人，唐英弟。治平二年進士，調達州通川主簿、辟知南川縣，以檢正中書禮房擢監察御史裏行，責監荊南稅。更十年，得館閣校勘、檢正刑房，責監赤岸鹽稅。哲宗初，爲開封府推官，反對變更新法，出提點河東刑獄，連使河北、江西、淮南。哲宗親政，召爲右正言、左司諫，力攻元祐大臣。又以事責監江寧酒。起知洪州，入爲工部侍郎，遷中書舍人，出爲河北都轉運使，降知隨州。崇寧初，歷吏部、刑部侍郎、翰林學士。雅善蔡京，拜尚書右丞，轉左丞。復攻京，罷知亳州，入元祐黨籍，削籍知鄂州。大觀四年，除中書侍郎，拜尚書右僕射，變更蔡京之政。政和元年，爲臣僚所攻，罷知河南府，旋貶衡州安置，繼復還故官職。宣和三年十一月卒，年七十九。紹興中賜謚文忠。商英爲人雄辯敢言，然詭譎多變，又深於佛法教乘，喜與僧徒遊，時人戲稱爲"相公禪"。現存歌詩多偈頌，詩中也多用禪語，成就不高，祇有一些山水遊歷詩，尚具詩歌韻味。著有《神正典》六卷、《三才定位圖》一卷，《無盡居士集》一百卷，今已佚。《兩宋名賢小集》收其《友松閣遺稿》一卷。

跋閻立本畫

崇寧甲申十二月甲寅，夔玉舟過善溪，盡得其家藏閻令、王維、三宰、韓幹、邊鸞、周昉畫閱之。

佛書曰："心如工畫師。"畫之妙出於心，猶足以濡毫設色，造化物像；況心之妙，薰以正法，無間斷哉！上海古籍出版社一九七九年校點本《能改齋漫錄》卷一二。

魏泰藝話（七則）

魏泰（生卒年不詳）字道輔，自號臨漢隱居，襄陽（今湖北襄陽）人。曾布妻弟。與呂惠卿、王安石、徐禧、黃庭堅等有交往。博覽群書，善屬文，喜談朝野間事。又喜論詩，主優柔感諷，以豪縱怒張爲戒，對當世詩人多有不滿。亦能詩，所作詩格律峻峭，有六朝詩人風韻。著有《臨漢隱居集》二十卷，又有《襄陽題詠》二卷，今已佚。現存《東軒筆錄》十五卷、《臨漢隱居詩話》一卷。

題閻立本諸番圖卷

閻立本總章元年拜右丞相，封博陵縣公，有應務之才，兼能書畫。時天下初定，異國來朝，詔立本畫外邦人物，此圖是也。

李嗣真云："自江左陸、謝云亡，北朝子華長逝，象人之妙，號爲中興。"至若萬國來庭，奉塗山之玉帛，百蠻朝貢，接應門之叙位，折旋矩度，端簪奉笏之儀，魁詭譎怪，鼻飲頭飛之俗，盡該毫末，備得神情。故朝廷號爲丹青神化，與兄立德同在上品云。臨漢魏泰道輔記。文淵閣四庫全書本《式古堂書畫彙考》卷三八。

《東軒筆錄》（選錄　六則）

英宗即位之初，有著作佐郎甄履獻《繼聖圖》，其序大略曰："昔景德戊申歲，天書降。後二十四年，陛下降生之日，復是天慶節，是天書於二紀已前，爲陛下降聖之兆也。又邇來市民染帛，以油漬紫色，謂之油紫，油紫者，猶子也，陛下濮安懿王之子，視仁宗爲諸父，此猶子之義也。"又云："京師自二年來，里巷間多云'着箇羊'。陛下生於辛未，羊爲未神，此又語瑞也。"又以御名拆其點畫，使兩日相並，爲離明繼照之義，其言詭誕不經。英宗聖性高明，尤惡諛諂，書奏，怒其妖妄，御批送中書，令削官停任，天下服其神鑑。文淵閣四庫全書本《東軒筆錄》卷四。

熙寧六、七年，河東、河北、陝西大饑，百姓流移於京西就食者，無慮數萬，朝廷遣使賑恤。或云，使者隱落其數，十不奏一，然而流連襁負，取道於京師者，日有千數。選人鄭俠監安上門，遂畫《流民圖》，及疏言時政之失，其辭激訐譏訕，往往不實。《東軒筆錄》卷五。

陳恭公再罷政，判亳州，年六十九。遇生日，親族往往獻《老人星圖》以爲壽，獨其侄世修獻《范蠡遊五湖圖》，且讚曰："賢哉陶朱，霸越平吳。名遂身退，扁舟五湖。"恭公甚喜，即日上表納節。明年，累表求退，遂以司徒致仕。《東軒筆錄》卷八。

尚書郎周越以書名盛行於天聖、景祐間，然字法軟俗，殊無古氣。梅堯臣作詩，務爲清切閒淡，近代詩人鮮及也。皇祐已後，時人作詩尚豪放，甚者粗俗強惡，遂以成風。蘇舜欽喜爲健句，草書尤俊快，嘗曰："吾不幸寫字爲人比周越，作詩爲人比梅堯臣，良可歎也。"蓋歐陽公常目爲蘇、梅云。

陳恭公拜集賢殿大學士，時賈文元公昌朝當國，張方平草麻，有"萬事不理，繫胡廣之能言；四夷未平，賴陳平之達識。"賈公深惡之。韓魏公知定州日，作閱古堂，自爲記，書於石後，又畫魏公像於堂上。宋子京知定州，作樂歌十闋，其詞曰："聽說中山好，韓家閱古堂。畫圖真將相，刻石好文章。"魏公聞之不喜。以上《東軒筆錄》卷十一。

唐初，字書得晉、宋之風，故以勁健相尚，至褚、薛則尤極瘦硬矣。開元、天寶以後，變爲肥厚，至蘇靈芝輩，幾於重濁。改老杜云"書貴瘦硬方有神"，雖其言爲篆家而發，亦似有激於當時也。貞元、元和已後，柳、沈之徒，復尚清勁。唐末五代，字學大壞，無可觀者。其間楊凝式至國初李建中妙絕一時，而行筆結字亦主於肥厚，至李昌武以書著名，而不免於重濁。故歐陽永叔評書曰："書之肥者譬如厚皮饅頭，食之味必不佳，而每命之爲俗物矣。"亦有激而云耳。江南李後主善書，嘗與近臣語書，有言顏魯公端勁有法者，後主鄙之曰："真卿之書，有楷法而無佳處，正如叉手並腳田舍漢耳。"《東軒筆錄》卷十五。

黄裳藝話（一四則）

黄裳（一〇四四～一一三〇）字冕仲，號演山，又號紫玄翁，南劍州（今福建南平）人。元豐五年，舉進士第一，歷越州簽判。元祐元年，爲大宗正丞，遷校書郎。六年，轉集賢校理。紹聖四年，試兵部侍郎。元符二年，兼吏部侍郎。徽宗即位，轉禮部侍郎，進禮部尚書。崇寧中，歷知青、潁、鄆諸州，落職提舉杭州洞霄宫。政和四年，起知福州。宣和七年，進端明殿學士，再領宫祠。建炎二年致仕，次年卒，年八十七，諡忠文。黄裳初未嘗知名，以神宗親擢爲第一，故而以文章鳴於世。其詩頗有宋詩好議論的特色，而議論却不甚深刻。黄裳的著述，其自編爲集的有《言意文集》《演山居士新詞》《書意集》《長樂詩集》，均不存。又有《演山集》四十卷，以所居之山名集，收其未及第前之詩文。南宋乾道間其子黄玠增補其仕宦後之作，編爲六十卷，今存明影宋抄本、《四庫全書》本。後人自黄裳文集中抄出詞單行，現存《演山先生詞》二卷，有清抄本。

一　聽隱士琴

幽意不可象，因心而後形。至聲不可僞，因心而後生。三尺膝上孤，一寸胸中鳴。急聲如飛泉，瀉瀉秋雲邊。巧聲如流鶯，歷歷春風前。幽人無此心，素絃無此聲。心與手相忘，意與聲相迎。彈者自到古，聞者誰知音。但見風色吹我清，欲御此風天上行。四庫全書珍本初集本《演山集》卷一。

二　留題琴軒

軒閣競華麗，誰肯厭絲管。豪華既交歡，盛麗亦同翫。鳴絃雖侑觴，惟宜素纖按。聲色方争高，耳目及中亂。古意始興懷，曲終情已换。黄子尋天真，開軒名以琴。問琴意何在，答以琴爲心。我願聽以目，與子爲知音。無絃之琴聲無聲，世間此曲今何人。《演山集》卷三。

三　琴軒　並序

以琴名軒，琴不與焉，學忘形聲者也。心無所事乎機，手無所事乎巧，妙音幽韻，本於無何有之鄉。山泉泠泠，松風瀟瀟，湘江月明，萬籟合於太虛，莫能感而對之，黃君勉哉！窒欲以虛其心，滅學以空其性，將進於是，則予之遊是軒也，當以非耳聽焉。因書昔年次人憶琴之什以爲贈云。

聲音求我皆邪道，有琴可聽非深造。無絃絃上聲無聲，世間此曲今何人。《演山集》卷四。

四　聽隱士琴

心手相忘到混成，又非湘瑟與秦箏。秋來獨坐水邊石，古往誰知絃上聲。易度寸心閒有味，難諧羣耳淡無情。夕陽回首山猶好，更起松風一段清。《演山集》卷七。

五　書顔魯公遺帖後

予觀顏魯公《乞米》及《醋》二帖，知其不以貧爲愧，故能守道，雖犯難不可屈。剛正之氣，發於誠心，與其字體無以異也。紫玄翁題。《演山集》卷三五。

六　書墨竹畫卷後

終日運思，章之以五色，作妖麗態度，易爲美好，然而過目而意盡焉。以單毫飲水墨形，見渭川一枝，遂能使人知有歲寒之意，不畏霜雪之色。灑落之趣，此豈俗士賤工所能爲哉？《演山集》卷三五。

七　《樂記》論

有天地之樂，有人之樂。天地之和，所謂天地之樂也。由人心生，所謂人之樂也。圓方之相研，剛柔之相干，雷霆日月、風雨四時之相爲用。太和之中，萬物並育而不相害，並行而不相悖，有情者和，有氣者順，飛者翔，驟者伏，潛者遊，蟄者昭，胎生者不殰，卵生者不殈，各遂其生，各適其性，是所謂天地之樂也。

一生二，在人之性則爲仁義之實；二生三，在人之性則爲樂之實。仁義者，陰陽也；樂者，仁義之沖氣也。仁義以成，而後樂之實生焉。方其在心之時，未有感也，虛靜而已。然而天理在其中，不能與物絕。及物感觸之，始有言，有嗟歎，有歌，有舞蹈。仁義之情，形見於聲氣，其猶籟歟！飄風則大鳴，泠風則小鳴。激謞叱吸，叶譹宎咬，其聲之不同也，是所謂人之樂也。

雖然，樂之實，豈能遽然樂夫仁義哉？亦成乎禮之實而已。孟子曰：仁之實，事親是也；義之實，從兄是也。智之實，知斯二者弗去是也；禮之實，節文斯二者是也。樂之實，樂斯二者是也。

夫仁義之實，發於天性之自然。知吾仁之實不止於事親，自其親而達之，無所往而不爲仁；知義之實不止於從兄，自其兄而達之，無所往而不爲義。貴賤莫不然也，天下之愚眾習矣而不察，行之而不著，天資之茂，見伐於外物，且不知其實可以至此極也。蓋惟子弟之賢者，不失乎智之實，遂能擴而充之，弗去斯二者，則其本少固矣。然而墨子之徒，至此又失禮之所在。泛然之仁無所疑，正使夫父兄之間不能全得以望我，而恩義一齊於天下。乃至役有涯之生，私憂天下之不足，勞苦頓瘁，與百姓相夷〔一〕，又失樂之所在。或見其樂不生也，以爲人之心未始有樂焉，豈其性之罪哉？墨子實自伐去之耳。仁義之實殘闕散漫，又甚乎由之不知其道者。夫天地尊卑之位，小大之分，性命不同之禮，墨子輕以智故而廢之，是何率天下而禍仁義耶？

君子以謂天之生物，使之一本，我之有身乃親之支屬，安得齊於人乎？故庸敬於兄，則不同於鄉人，長吾之長，則與楚人之長異。仁不失之泛，義不失之刻，此禮之實，所以節斯二者也。父之攘羊可以隱，徐行而後長者遂爲弟，此禮之實，所以文斯二者也。文之，其介不爲仲子；節之，其泛不爲墨子、申、韓之徒。天下之大可以違而去之，莫能傷其恩；而人可以望其餘恩，莫能齊其愛，於此得性矣。始初盡其心，所以求知其性，今得性矣，心寧有不樂者邪？故不獨睟於色，盎於背，乃至手足舞蹈而後已，此樂之實，所以樂斯二者也。

人之心有樂，而後萬物以存，其猶天地之中有沖氣，而後萬物以生。故先王知人有禮樂之實，乃爲之感發其德性。故製禮以道其志，作樂以和其聲。知天地有禮樂之道，乃爲之讚其化育。故大禮與天地同節，大樂與天地同和。其內有情有質，其外有文有器。其度數嚴而通，不違天下之情者，以禮之有樂也；其聲氣和而正，不流天下之性者，以樂之有禮也。其近者合於民，其大者合於天地，其妙者合於道。與道合，則行乎陰陽，通乎鬼神，而萬物莫能間之。禮樂之用，何至於此極也耶？先王亦原天地之美，達萬物之理而已。《演山集》卷四二。

〔一〕與：原作"於"，據國家圖書館藏清抄本改。

八　禮樂

問：禮樂之實生於天下之情性，然後聖人爲之著於文，寓於器。孟子曰：禮之實，節文斯二者是也；樂之實，樂斯二者是也。仁之實，失節則泛，失文則固；義之實，失節則刻，失文則介。天下之人，其泛爲墨子，其固爲子莫，其介爲仲子，其刻爲申子。禮樂之實熄矣，其文與器豈得而議哉？先三始以五禮防萬民之僞，而教之中，故其中也，喜怒哀樂之未發，無過不及；六樂防萬民之情，而教之和，故其和也，喜而爲仁，怒而爲義，哀而不傷，樂而不淫，皆中其節。萬民之僞弗入而廢其天，其性中矣，禮之實存焉。萬民之情弗出而狥於物，其禮和矣，樂之實存焉。然後聖人以文與器兼收其實而已。製禮樂所以致中和，中和之氣格於上，則天位焉；格於下，則地位焉；行乎其中，萬物育焉。《記》曰："治定製禮，功成作樂。"能使其情和然後其功成，能使其性正然後其治定。嗚呼，五禮六樂，外入乎人者也，其效至於此極，後世有志於禮樂者，何可廢哉！然而先王始以五禮防萬民之僞，而教之中；以六樂防萬民之情，而教之和。設施之序，感入之方，試言其詳。《演山集》卷四六。

九　雜說（一　節錄）

大樂致和，大禮致中。天地之於萬物，生之以和，成之以節。而先王以大禮大樂贊天地之化育，故大樂與之同其和，大禮與之同其節。天地生成百物者也，故言皆化；王者收用百物者也，故言不失。百物得和而生，得節而成。先王大禮同天地之節，大樂同天地之和，其力則在天地之後。故物之成也，先王不敢私有其功焉，祀天祭地，報之而已。明則有禮樂，幽則有鬼神，此禮樂之鬼神。率神而從天，居鬼而從地，此禮樂之役鬼神者也。《演山集》卷四七。

一〇　雜說（二　節錄）

先王之製禮樂也，發天地之情，明天地之理而已。過製過作，人僞也，非真禮樂也。故過製則非理而失之亂，過作則非情而失之暴。明於天地，然後能興禮樂者，發其情，明其理而已。

倫者言其理而已矣。倫，人理也；樂之情，天德也。以天德論人理，則無病天之患矣。人之德，出而分於三則有中，入而止於一則有正，中而無邪則能從於人，正而無邪則能侔於天。敬順，禮之制在心者也；莊恭，禮之制在體者也。欣喜歡愛則設於情，恭順莊敬則立於質。與民同禮，樂之小者也；與天地同禮，樂之大者也；與道同禮，樂之妙者也。先王之於天地，以其妙者官之，以其大者相之。

王者之爲天下，方其圖功而謀治也，則有教化以行禮樂之道；及其功成而治定也，則有製作以建禮樂之業。道也，先王非敢私行之；業也，先王非敢私爲之，明人之天而已。禮之實，節文仁義者也；樂之實，樂仁義者也。節之不泛，文之不固，樂之不乖。二者之實，雖人之所固有者，彼所以節文而樂之，則因教化而後至焉。蓋使天下之人，耳目之視聽無非禮也，手足之舞蹈無非樂也。其功已成，其治已定，先王始有製作以收其成而已。樂以象德，而功成則德之著也，故作樂以揚之；禮以節事，而治定則事之辨也，故製禮以彰之。功大者其樂備，治辨者其禮具。王者之製禮樂，其情相沿而有詳略者，時而已矣。

干戚之舞，飾威而已，故非備樂；熟烹而祀，致味而已，故非達理。五帝之天下未傳之子，故不言世而言時。其時未失德，故不言禮而言樂。五帝之時，其俗未頓革，故言殊而不言異。

樂極則憂者，以物爲樂故也；禮粗則偏者，以數度爲貴故也。大聖敦樂有仁，而其樂未嘗荒，故無憂；禮備有義，而其法足以適用，故不偏。

樂之和，失之則不生；禮之別，失之則亂。及其得之，則極乎天而蟠乎地，行乎陰陽而通乎鬼神，窮高極遠而測深厚。行乎陰陽則物莫能違之，通乎鬼神則物莫能間之。凡有聲氣形數之類，在其中焉。禮樂至於此矣，然後能著大始，能居成物。

歌南風，和天也；賞諸侯，和人也。諸侯之受賞，亦責其致和而已。德盛而教尊，則其德和於人。五穀時熟則其德和於天，樂者象德而賞之也。舞者德之容，故觀其舞而知其德；謚者行之跡，故聞其謚而知其行。

《雲門》，天德之象也；《咸池》，地德之象也。樂之象德，有天而已，則簡地，堯之樂有《咸池》備矣。《韶夏》，文樂也；《濩武》，武樂也。象德有文而已，則闕武，商、周之樂有《濩武》則盡矣。《大卷》言雲之形，《大章》言雲之象。《演山集》卷四八。

一一　雜説（五　節錄）

單出曰聲，雜比曰音。單出未之變也，五聲相應而變生焉。聲成文謂之音，此言聲有所變；變成方謂之音，此言變有所歸。惟其有所歸在，故其始作翕如也，從之純如也，繹如也，以成。無方，則不可比矣。孟子曰"樂之實，樂斯二者"是也。樂則生矣，生則烏可已也？烏可已，則不知手之舞之、足之蹈之也。治世之音安以樂，其情有節，其言有序，樂夫仁義之性而已。詠歌亦可謂之樂也，然而樂之未至也，及其手舞足蹈而後至矣。蓋未至於舞蹈，不足以爲樂。樂生於夷曠，故其聲嘽以緩；喜生於愜適，故其聲發以散；哀則抑，故噍以殺；怒則揚，故粗以厲；敬則義心感也，故其聲直以廉；愛則仁心感也，故其聲和以柔。六者之感，情動於中，而形於心者也，性所有也，然而非性。言性則靜矣，無六者之動；言性則合矣，無六者之別。物能動人之情，先王能制天下之物。故物之所以感人者，先王能爲之慎焉。聲之所出，則有樂以和之；志之所適，則有禮以道之；其行喪同，則有政以一之；其姦害同，則有刑以防之。禮樂以治其內，刑政以治其外，其名四，所以同民心而出治道，其實一也。《演山集》卷五一。

一二　雜説（六　節錄）

怒有以責之也，至亡國也，不足以責之，思其治者而已，《下泉》之詩是也。怨有以親之也，至亡國也，不足以親之，哀其亡者而已，《黍離》之詩是也。政有得失，則於物有善惡；物有善惡，則於情有喜怒；情有喜怒，則於聲有美刺。故曰："聲音之道與政通。"其君不驕則其宮不亂，其宮不亂則其音不荒〔一〕；其財不匱則其羽不亂，其羽不亂則其音不危。故曰：五者不亂，則無怗懘之音矣。誣上則天下之誠心喪，行私則天下之和心喪，此亡國之音所以作也。

〔一〕其宮不亂：原無，據下句文例逕補。

禽獸有聞而無知，有情而無文，故不知音。眾庶有知而無德，有文而無實，故不知樂。

聲變而爲音，故審聲以知音；音比而爲樂，故審音以知樂。政者，樂之安樂怨怒、中淫恭慢之所自作，故審樂以知政。樂與禮同出乎仁義之實。禮之實節文，仁義之成樂，則樂其成而已。然而樂之和，已有節文在中焉。子曰："禮者理也，樂者節也。"以其樂爲主，不得謂之禮耳，故曰："知樂則幾於禮。"心徹而爲智，智徹而爲德。偏得樂則和而有所流，偏得禮則中而有所倚，非所謂有德。

極音致味，以物爲音爲味也；朱絃之有遺音，玄酒之有遺味，以德爲音爲味也。先王之製禮樂也，以極口腹耳目之欲，則雖極音致味不足以厭其志；而教民平好惡，反人道之正，則內足而無待乎外矣。故雖朱絃之濁，疏越之遲，三歎之希，玄酒之質，俎魚之腥，大羹之淡，足以勝其欲。是以先王之製禮樂也，務使人以禮而後動，以節而後作。

樂由中出，不可以爲偽。樂得其道而王樂興焉，樂之由中出者也；樂得其欲而淫樂興焉，樂之曰偽作者也。均是樂也，而樂有內外。在外之樂無常，其欲無已。無常之樂不赴，無已之欲則憂至焉。物累其心，又累其樂之去，則惑而已矣。《演山集》卷五二。

一三　雜説（九　節錄）

樂於獨而不樂於與人，樂於少而不樂於與眾，非好樂之甚者。樂之實根於人心，本於人性，其來久矣。古人之心與性無以異於今人，何獨至於今樂而疑之哉？古之民仰足以事父母，而無不相見之憂，則仁之性遂矣；旁足以友於兄弟，俯足以養妻子，而無離散之厄，則義之性遂矣。孟子曰："仁之實，事親是也；義之實，從兄是也"；"禮之實，節文斯二者是也；樂之實，樂斯二者"是也。先王之樂，豈固有他哉？文采節奏，教民樂斯二者而已矣。孟子曰："樂民之樂，民亦樂其樂。"與少樂樂王，固知其非與人樂。樂王固知其是，而王樂於少而不樂與人者，特其私徇安佚爲之蔽耳。孟子所以爲王陳民之憂喜，而告之鼓樂田獵，與民同樂，則王樂於獨少則亡。《書》曰："有一於此，未或不亡。"以其禽荒嗜音，不與民同樂而已。王者之道，固非迂遠而難爲也，使民聞其聲音，見其田獵，舉欣欣然有喜色，而相告曰："吾王庶幾無疾病與，何以能鼓樂也？""何以能田獵也？"則王之道存焉。使民仰足以事父母，而無不相見之憂，旁足以友於兄弟，俯足以養妻子，而無離散之厄。遂其仁義之實，則古樂之道存焉。《演山集》卷五五。

一四　雜說（一一　節錄）

　　大樂所樂者性也，故易；大禮所履者理也，故簡。先王之製禮樂也，豈其私意哉？禮致其性之中，樂致其情之和而已。由性之中製禮，以致其中；由情之和作樂，以致其和。然後天位乎上以生，地位乎下以成，而人位乎其中以贊之。大樂之易，大禮之簡，天下之理存乎！先王以禮樂合天地之化、百物之產，則成位乎其中矣。

　　樂者樂也，德也，故由中出，而外設者其文也。禮者履也，行也，故自外作，而中立者其本也。外作於貌，故文；內出於性，故靜。形則著誠之者也，故誠者不見而章；動則變誠之者也，故誠者不動而變。不見而章，博厚之道也；不動而變，高明之道也；無爲而成，悠久之道也。同出於至誠，自其見者而命之，所薄者厚，所厚者薄，末在所先，本在所後，未能格物者也。量其薄厚，度其本末，然後格物。誠意正心，在其所先；治國齊家，在其所後，然後知至。由家齊至天下平，出於身修；由意誠至身修，出於知至。《中庸》曰："知風之自，知遠之近，知微之顯。"風之自在意誠，遠之近在齊家，微之顯在天下平。

　　樂陽也，配地之陰；禮陰也，配天之陽。茲其所以爲合歟！目之於色，耳之於聲，口之於味，鼻之於臭，四肢之於安佚，性也，有命焉，君子不謂之性。天下之人，豈能皆爲君子？然而天產作陰德，而或能不以色肆視，不以味肆口；地產作陽德，而或能不以安佚肆於四肢。徇性之欲，喪性之善，其得欲也，則勝之有禮樂；其失欲也，則處之有命。故天下之趨於君子之途，罔或自棄者，先王之防亦已至矣。

　　以樂合天之神、動物之產，使陰德無淫邪，與天地同節者也；以禮合地之化、植物之產，使陽德無倦怠，與天地同和者也。《演山集》卷五七。

何執中藝話（一則）

　　何執中（一〇四四～一一一七）字伯通，處州龍泉（今浙江龍泉）人。熙寧六年進士高第，調台、亳二州判官。移知海鹽縣，入爲太學博士。紹聖四年，選爲記室，元符元年，進侍講。元符三年，超拜寶文閣待制，尋遷中書舍人、兵部侍郎、工、吏部尚書兼侍讀。崇寧四年，拜尚書右丞。大觀元年詔爲中書、門下侍郎，二年，進金紫光祿大夫。三年，爲尚書左丞，加特進。爲司空、尚書左僕射。政和二年，以提舉國史《哲宗紀》恩加少保，尋轉少傅，爲太宰。三年，遷少師，封榮國公。六年四月，特授太傅致仕。七年十一月卒，年七十四。

米芾多景樓詩帖跋

　　昨日元度座上見襄陽米元章所題多景樓詩，不獨仰其翰墨，尤服造語之工，真可目之三絕。崇寧元祀清明前一日，劍川何執中謹跋。上海書畫出版社一九七三年影印本《米芾墨跡三種》。

張向藝話（一則）

張向（生卒年不詳），圃澤（今河南中牟西）人。神宗時在世。

閻立本《步輦圖》跋

閻相國之本，章伯益之篆，皆當時精妙。元豐甲子孟春中澣日，圃澤張向書於長沙之靜鑑軒。江蘇古籍出版社一九八四年版《古書畫偽訛考辨》第四十三頁。

孔平仲藝話（三四則）

孔平仲（生卒年不詳）字義甫，一作毅父，臨江新喻（今江西新餘）人。文仲、武仲弟。治平二年進士。長於史學，工文辭，與其二兄並稱於時，號"清江三孔"。現存詩古體、近體兼備，其古體詩風格平易，近於白居易新樂府；其近體詩古淡秀雅，氣勢紆舒，但少錘煉，故無精警之句。著有《續世說》《釋稗》及《珩璜新論》（一題《孔氏雜說》）、《良史事證》《詩戲》等，今存《珩璜新論》一卷、《續世說》十二卷、《談苑》五卷，其餘均佚。又著有文集，原卷數不詳，南宋慶元時將孔氏三人之詩文合刻爲《清江三孔集》四十卷，其中孔平仲之作二十一卷。

一　因讀黃魯直所與周法曹詩，詩與字俱好，以此寄之

直之文如電折霜開，魯直之書如雨行冰散。駸駸步驟日加遠，與子三年不相見。庭柯未長一尺圍，起視孤標插星漢。昨朝誦子所作詩，使我自失長嗟嘆。我衰力薄空辛勤，直欲爲子焚筆研。此才不使重臺閣，四十青衫尚爲縣。南山積雪玉倚空，高亭壓城天北風。安得與子跨飛鴻，與我共哦清景中？鏐金紆紫世不空，豪傑卓犖豈易逢？願言與子長相從，四方上下爲雲龍。文淵閣四庫全書本《清江三孔集》卷二十。

二　觀舞

館簇金絲，繡茵呈舞旋。雲鬟應節低，蓮步隨歌轉。勢多體不犯，妙絕乃習貫。含咲有餘情，小揖更微盼。《清江三孔集》卷二十一。

三　題《清溪圖》

清溪之水清無泥，鳧飛鴈下太平池。昔人嘗比翠綃舞，安得卷之必自隨？畫師摹寫多巧思，只用烏田數張紙。戲拈禿筆掃成圖，濃淡邅迴真得意。江磯釣浦邃更深，昔時行處皆可尋。張公好雅心不俗，眉山先生爲楚吟。公今奉使庾嶺南，峽中喬林與

天參。白雲搖曳入船戶，清江呼嘯窺江潭。天霾不開地多熱，佛桑山丹赤如血。此時一展《清溪圖》，洒若胸中貯冰雪。南方不可以久留，祝公歸來此中州。枕白石兮漱清流，蘆聲戰雨曷若颶風之拔木，漁煙凝晚曷若海霧之橫秋。我已卜居在九江，九華廬阜鬱相望。千里思公如咫尺，扁舟棹月到池陽。《清江三孔集》卷二十二。

四　飲夢錫官舍，出文君、西子、小小畫真

西施蘇小卓文君，畫筆相傳窈窕真。雖有金珠並粉黛，恨無笑語與精神。一罇美酒留連客，千載芳魂著莫人。醉眼恍然迷不覺，自慚心地尚埃塵。《清江三孔集》卷二十四。

《續世說》（選錄　二三則）

太宗既平寇亂，留意儒學，乃於宮城西起文學館，以待四方文士。杜如晦、房玄齡、于志寧、蘇世長、薛收、褚亮、姚思廉、陸德明、孔穎達、李元道、李守素、虞世南、蔡允恭、顏相時、許敬宗、薛元敬、蓋文達、蘇勖，號十八學士。圖其形狀，題其名字爵里，藏之書府，以彰禮賢之重也。宛委別藏傳寫宋刻本《續世說》卷二。

王僧虔論書云："從祖中書令瑉書子敬曰：弟書如騎騾，駸駸常欲度驊騮前。"

庾征西翼書，少時與右軍齊名。右軍後進，庾猶不憤，在荊州與都下人書云："小兒輩賤家雞，皆學逸少書，須吾下當比之。"張翼，王右軍自書表，晉穆帝令翼題後答右軍。當時不別，久方悟云："小人幾欲亂真。"

齊王彬習篆隸，時人語云："三真六草，爲天下寶。"

宋羊欣字敬元，尤長隸書。年十二，夏月著新絹裙晝寢，王獻之書裙數幅而去。欣書不工，由此彌善。

宋有嵇元榮羊蓋者，善彈琴，云傳戴安道法。齊柳惲從之學，特窮其妙。竟陵王子良曰："卿巧越嵇心，妙臻羊體。"惲嘗賦詩未就，以筆插琴，客以箸扣之。惲驚其哀韻，乃製爲雅音。後傳擊琴，自此始。

梁蕭子雲善草隸，武帝論其書曰："筆力勁峻，心手相應，巧踰杜度，美過崔寔。當與元常並驅爭先爾。"子雲出爲東陽太守，百濟使人求書，望船三十許步拜行前，子雲爲停船三日，書三十紙與之，得金寶數百萬。

齊蕭爲遙善畫，於扇上圖山水，咫尺之內，便覺萬里爲遙。矜慎不傳，自娛而已。

梁宣城王於東府起齋，令顧野王畫古賢，命王襃書讚，時人稱爲"二絕"。

梁顏協工於草隸飛白，荊楚碑碣，皆協所書。時又有會稽謝善，能爲八體六文，方寸千言。

虞世南同郡沙門智永，善王羲之書，世南師焉，妙得其體。太宗以世南有五絕，書翰是其一。

薛稷尤工隸書。自貞觀、永徽之際，虞世南、褚遂良，時人宗其書，自後罕復能繼者。稷外祖魏徵家富圖藉，多有虞、褚舊跡。稷銳精模仿，筆態遒麗，當時無及之者。又善畫，博探古跡。睿宗在藩，留意小學，稷於是時特見招引。

太宗工王羲之書，尤善飛白。嘗宴三品於元武門，帝操筆作飛白字賜群臣，或乘酒爭取於帝手。劉洎登御床，引手得之。皆奏曰："洎登御床，罪當死。請付法。"帝笑曰："昔聞婕妤辭輦，今見常侍登床。"

閻立本善畫，《秦府十八學士圖》及《貞觀中凌煙閣功臣圖》，並立本之跡也，時人稱妙。太宗與侍臣學士泛舟於春苑池中，有異鳥隨波容與，太宗擊賞，詔座者賦詩，召立本，令寫焉。閣外傳呼云畫師。閻立本時已爲主爵郎中，奔走流汗，俯伏池側，手揮丹粉，瞻望座賓，不勝愧赧。退戒其子曰："吾少學讀書，今惟以丹青見知，躬廝役之務，辱莫甚焉！汝宜深戒，勿習此末技。"

太宗嘗謂魏徵曰："虞世南死後，無人可與論書。"徵曰："褚遂良下筆遒勁，甚得王逸少體。"太宗即日召令侍書。太宗出金帛購王羲之書，天下爭獻，遂良辨認真僞，一無舛誤。

高宗以裴行儉工草書，以絹素百卷，令行儉草書《文選》一部，帝覽之稱善，賜帛五百段。行儉嘗謂人曰："褚遂良非精筆佳墨，未嘗輒書。不擇筆墨而妍捷者，惟余與虞世南耳。"

韓皋生知音律，嘗觀彈琴，至止，歎息曰："妙哉！嵇生之爲是曲也。其當晉魏之際乎？其音主商，商爲秋聲。秋也者，天將搖落蕭殺，其歲之晏乎！又晉乘金運，商金聲，此所以知魏之季而晉將代也；慢其商弦，與宮同音，是臣奪君之義也，所以知司馬氏之將篡也。司馬懿受魏帝顧託後嗣，反有篡奪之心，自誅曹爽，逆節彌露。王凌都督揚州，謀立荊王彪，毋邱儉、文欽、諸葛誕，前後相繼爲揚州都督，咸有匡復魏室之謀，皆爲懿父子所殺。叔夜以揚州故廣陵之地，彼四人者，皆魏室文武大臣，咸敗散於廣陵也。止息者，雖晉暴興，終止息於此也！其哀憤躁蹙、慘痛迫脅之旨，盡在是矣。永嘉之亂，其應乎？叔夜撰此，將貽後代之知音者，且避晉魏之禍，故託之於鬼神也。"

柳公權初學二王書，遍閱近代筆法體勢，勁媚自成一家。當時公卿大臣，碑板不得公權手筆者，人以爲不孝。外邦入貢，皆別署貨，具曰："此購柳書。"上都西明寺金剛經碑，備有鍾、王、歐、虞、褚、陸之體，尤爲得意。文宗夏日與學士聯句，帝曰："人皆苦炎熱，我愛夏日長。"公權續曰："薰風自南來，殿閣生微涼。"文宗吟諷，以爲詞清意足，令公權題於殿壁，方圓五寸，帝視之，歎曰："鍾王復生，何以加焉！"大中初，轉少師，入謝宣宗，召升殿御前，書三紙。一紙真書十字，曰：衛夫人傳筆法於王右軍；一紙書十一字曰：永禪師真草《千字文》得家法；一紙草書曰：謂語助者焉哉乎也。賜銀錦等，仍令自書謝狀，勿拘真行。帝尤奇惜之。

懿宗時，伶官李可及能轉喉爲新聲，音詞曲折，聽者忘倦。同昌公主除喪，帝與淑妃思念不已，可及爲歎百年舞曲，舞人珠璣盛飾者數百人，畫魚龍地，衣用宮絁五千匹。曲終樂闋，珠璣覆地。詞語淒惻，聞者流涕。可及爲子娶婦，帝賜酒二銀樽，啟之非酒，皆金翠也。僖宗即位，逐死嶺南。

歐陽詢初學王羲之書，漸變其體，筆力險勁，爲一時之絕。人得其尺牘文字，咸以爲楷範。高麗甚重其書，嘗遣使求之。高祖歎曰："不意詢之書名遠播如此！"彼觀其跡，固謂其形魁梧耶？以詢貌寢陋故也。

賀知章善草隸書，時有吳郡張旭，亦與知章相善。旭善草書而好酒，每醉後號呼狂走，索筆揮灑，變化無窮，若有神助。時人號爲"張顛"。

王維書畫特臻其妙，筆端措思，參於造化。而創意經圖，即有所闕，如山水平遠，雲峰石色，絕跡天機，非繪者之所及也。以上《續世說》卷六。

杜審言，甫之祖也，恃才蹇傲，爲時輩所疾。乾封中，蘇味道爲天官侍郎，審言預選試判訖，謂人曰："味道必死。"人問其故，審言曰："見吾判，自當羞死矣。"又嘗謂人曰："吾之文章，合得屈、宋作衙官；吾之書跡，合得王羲之北面。"其矜誕如此。《續世說》卷七。

《談苑》（選錄　七則）

朝士趙昶有兩婢，善吹笛，知藤州日，以無砂遺子瞻，子瞻以蘄笛報之，並有一曲，其詞甚美，云："木落淮南，雨晴雲夢，日斜風嫋。"又云："自桓伊不見，中郎去後，孤負秋多少。"斷章云："爲使君洗盡蠻風瘴雨，作清霜曉。"昶曰："子瞻罵我矣。"昶，南雄州人，意謂子瞻以蠻風譏之。文淵閣四庫全書本《談苑》卷二。

朱東之自言作滁州推官時，歐陽永叔爲太守，杜彬作倅，曉音律。永叔自琅琊山幽谷亭醉歸，妓扶步行，前引以樂，彬自亭下舞一曲破，直到州衙前，凡一里餘。永叔詩云："杜彬琵琶皮作弦。"元祐五年，彬子焯在金陵，或問："皮何以作弦？"焯云："永叔詩詞之過也。琵琶誠好，乃國初老聶工造，世間只有四面，今尚收藏在家，但無皮弦事爾。"《談苑》卷三。

《閣下法帖》十卷，淳化中所集，其中多弔喪問疾。唐國子祭酒李浩所撰《刊誤》云："短啟出於晉、宋兵革之餘，時國禁書疏，非弔喪問疾，不得輒行尺牘。故羲之書首云'死罪'，是違制令也。"

前世錢文未有草書者。淳化中，太宗始以宸翰爲之。既成，以賜近臣。王元之有詩云："謫官無俸突無煙，唯擁琴書盡日眠。還有一般勝趙壹，囊中猶貯御書錢。"

陳恭公判亳州，遇生日，親族多獻《老人星圖》，姪世修獨獻《范蠡遊五湖圖》，且讚曰："賢哉陶朱，霸越平吳。名遂身退，扁舟五湖。"公即日納節，明日致仕。

江南徐鉉善小篆，映日視之，書中心有一縷濃墨，正當其中。至屈折處，亦當中無偏側。乃筆鋒直下不倒側，故鋒常在畫中，此用筆之法也。

古人以散筆作隸書，謂之散隸。蔡君謨以散筆作草書，謂之散草，或曰飛草。其法皆生於飛白，亦自成一家也。以上《談苑》卷四。

崔希仲藝話（一則）

崔希仲（生卒年不詳）字德舉，丹陽（今江蘇丹陽）人。元豐中知衢州西安縣。

題右軍二謝帖

　　右軍書法，萬世所宗。昔人稱歐、虞之體，謂如壯士美人者。但能精於一偏，尚且傳之後代，而況得其全者哉！是知此字當使好事者寶之也。元豐乙丑五月望日，西安縣齋，丹陽崔希仲德舉題。東陽鄭汝言無伐同觀。適園叢書本《珊瑚網》上卷一。